武汉大学
学术丛书

陈国灿　武汉大学历史系教授，博士生导师，兼任中国敦煌吐鲁番学会常务理事、副会长，中国敦煌研究院兼职研究员，兰州大学敦煌研究所兼职教授。台湾地区"政治大学"、"中国文化大学"、"东吴大学"客座教授。曾参与编纂或编写《吐鲁番出土文书》、《敦煌吐鲁番文书初探》一、二编、《敦煌学大辞典》等，出版个人学术专著《斯坦因所获吐鲁番文书研究》、《日本宁乐美术馆藏吐鲁番文书》、《唐代的经济社会》、《吐鲁番出土唐代文献编年》、《敦煌学史事新证》等。主编《民族融合　缔造中华——中华民族的形成与发展》、《<全唐文>职官丛考》等。发表专题学术论文100余篇。

刘安志　1966年12月生，贵州织金人。1987年毕业于西南师范大学历史系，获历史学学士学位，其后就读于武汉大学历史系，先后获得历史学硕士（1990年）、博士（1999年）学位。1999年留校执教，现为武汉大学中国三至九世纪研究所副教授，主要研究方向为魏晋南北朝隋唐史及敦煌吐鲁番文书，已发表《从吐鲁番出土文书看唐高宗咸亨年间的西域政局》、《跋吐鲁番鄯善县所出<唐开元五年（717）后西州献之牒稿为被悬点入军事>》、《敦煌所出张君义文书与唐中宗景龙年间西域政局之演变》等学术论文20余篇。

武汉大学学术丛书

国家社会科学"八五"规划重点项目
全国古籍整理出版规划领导小组资助出版

吐鲁番文书总目
（日本收藏卷）

陈国灿 刘安志 主编

武汉大学出版社

图书在版编目（CIP）数据

吐鲁番文书总目·日本收藏卷/陈国灿，刘安志主编．—武汉：武汉大学出版社，2005.6
（武汉大学学术丛书）
ISBN 7-307-04448-x

Ⅰ.吐…　Ⅱ.①陈…　②刘…　Ⅲ.古书契—吐鲁番地区—目录
Ⅳ.K877

中国版本图书馆 CIP 数据核字（2005）第 009461 号

责任编辑：张俊超　　责任校对：程小宜　　版式设计：支　笛

出版发行：武汉大学出版社　　（430072　武昌　珞珈山）
　　　　（电子邮件：wdp4@whu.edu.cn　网址：www.wdp.whu.edu.cn）
印刷：武汉中远印务有限公司
开本：787×1092　1/16　　印张：40.25　　字数：967 千字
版次：2005 年 6 月第 1 版　　2005 年 6 月第 1 次印刷
ISBN 7-307-04448-x/K·259　　定价：79.00 元

目　录

总　前　言

坐落在天山东部博格达山脚下的吐鲁番盆地，在秦汉以前，曾是姑（车）师人生活定居的地方。随着西汉王朝对西域的经营，汉元帝初元元年（公元前48年），中央朝廷便在此建置了"戊己校尉"，进行军事屯田。经历魏晋，至前凉建兴十五年、即东晋咸和二年（公元327年），张骏于此地置高昌郡。此后，高昌先后曾为前秦、后凉、北凉、西凉等割据政权的属郡。在沮渠氏北凉流亡政权统治高昌期间，车师前王国最终被灭，吐鲁番盆地统一成为一个有机的整体。沮渠氏之后，盆地进入高昌王国时期，先后经历了阚、张、马、麴四姓王国的统治。直到唐太宗贞观十四年（公元640年），麴氏高昌王国才被唐所灭，唐于其地置西州，并在当地全面推行中原制度，使之成为唐朝经营西域的重要基地。9世纪初，回鹘人进驻西州，由此开始了西州回鹘王国的时代。13世纪初，此地又归属于元王朝的统治。公元1756年，清朝以维吾尔族大阿訇额敏和卓世领其地。

历史上的吐鲁番盆地正当丝绸北路，又是中西交通的重要枢纽。两千多年来，先后在此生活定居过的民族有车师人、汉人、粟特人、突厥人、吐谷浑人、回鹘人等。因此，这里有着较为深厚的历史文化底蕴。加之，此地气候干燥，高温少雨，故在其地上地下，遗留下来了大量的文字记录，特别是古代的纸质文书。这些文书既有汉文的，又有其他民族文字的，其最早者，可上溯至公元3世纪；晚者延续至清代。它记录着古代先民们的各种活动和思维，也记载了历代官府在这里的施政政策及其行政运转；它既积淀下了一千多年来丰厚的中华古代文明，也渗透着不少外来的文化，是中华民族的一份宝贵历史文化遗产。

吐鲁番文书主要出自古墓葬、古城遗址、佛教石窟等处。出自墓葬的文书，除少量较为完整外，大多是被制成葬具而埋入的，如纸靴、纸鞋、纸冠、纸带、纸俑、纸衾、纸棺等，因而较为残破；此外，其他的文书也多是从倒塌的佛寺、石窟寺或古城遗址中发掘出来，同样也残缺不全。这与出自莫高窟藏经洞的敦煌文书有很大的不同。

前清末叶，一些雅好古物的新疆地方官员，常从吐鲁番地区的农民手中，获得一些古代的写本，题跋赏玩。与此同时，一些外国的探险家、考察队也纷至沓来。1898～1910年间，俄国的考察队先后三次到吐鲁番搜寻古物和古代写本；1902～1914年，德国组成的"普鲁士皇家吐鲁番考察队"先后四次对吐鲁番的佛寺、洞窟、古城遗址进行了搜寻和发掘；1903～1913年，日本的大谷探险队也曾三次到吐鲁番各遗址搜寻古物，还对阿斯塔那古墓葬进行了首次大规模的发掘，获取文物与古文书不少；接着英国的斯坦因1915年到吐鲁番，除对古城、佛窟搜寻外，也发掘了阿斯塔那古墓葬，又获取了不少墓葬文书。一时间，吐鲁番出土的古文书，与敦煌藏经洞出的古写本一样，成了人们谋求收藏的珍品，于是一些中、外冒险家，猎奇者们，也零星不断地到吐鲁番来进行挖掘和收购。如此一来，吐鲁番出土古代文书流向世界各地的历程，竟长达半个世纪。然而，中国的考古工作者在此地也做了卓有成效的考古发掘。1928年和1930年考古学家黄文弼两次来到吐鲁番盆地进行考察，从当地购得各遗址出土文书若干件。1959～1975 年,新疆文物考古工作者在吐鲁番阿斯塔那和哈拉和卓古代墓葬先后进行了 13 次的系统发掘,获得一大批文书和文物。1975 年以后,吐鲁番地区文博部门又在阿斯塔那古墓葬、伯孜克里克千佛洞等地陆续进行了抢救性的发掘和清理,也获得了不少文书。

因此,在日本、德国、英国、俄国、芬兰、瑞典、土耳其、美国、印度等国的一些博物馆、图书馆和研究部门,都有吐鲁番文书的收藏。而在中国国内的许多博物馆、图书馆甚至档案馆也有一些收藏。究竟吐鲁番出土的古写本、印本文书总的数量有多少? 具有哪些内容? 长时期以来,中、外学术界也都并不十分清楚。而造成目前吐鲁番学层层迷雾的原因,尽管有多种,但其中最主要的一个原因是:各国对这些文书的编目、刊布和研究发展不平衡。中国在20 世纪 70 年代,由于国家重视,在国家文物局直接领导下,成立了以唐长孺教授为首的"吐鲁番出土文书整理小组",对新中国成立以来出土的吐鲁番文书,进行了系统的整理,并于80 年代由文物出版社完成了《吐鲁番出土文书》的出版。日本龙谷大学大宫图书馆所藏的大谷文书,在小田义久教授主持下,从 80 年代起,整理出版了《大谷文书集成》,到目前已出版 3 卷。与此同时,羽田明、山田信夫等对吐鲁番所出回鹘文文书的整理;百济康义等对伊朗文书的整理;武内绍人和上山大峻等对古藏文文献的整理也相继发表出版。可以说到 20世纪末期,中国和日本对吐鲁番文书的整理和研究,已走在国际吐鲁番学领域的前列。两国学者,不仅关注本国所藏,而且关注着他国他地的收藏或整理,并出了不少新成果。这为我们编纂海内外所藏吐鲁番文书总目录奠定了一定的基础。

然而,也还有不少收藏吐鲁番古写本的国家,至今未对其所藏做出全面整理和编目,如德国当年"普鲁士皇家吐鲁番考察队"携往柏林的吐鲁番古写本,除了日本学者协助编过两本佛经目录外,迄今未见一个全面完整的收藏目录。俄国探险队多次将吐鲁番所获的古写本带至圣彼得堡后,与敦煌文书混在一起,统称为"敦煌特藏",尽管后来孟列夫编有两本解说目录,也只做到 2925 号。而现在上海古籍出版社与俄罗斯科学院东方研究所圣彼得堡分所、俄罗斯科学出版社东方文学部联合出版的《俄藏敦煌文献》,已刊布到 19080 号。其中有哪些属吐鲁番出土物,均有待甄别。芬兰赫尔辛基大学图书馆藏有约 2000 号来自中国新疆、甘肃出土的古写本,其中有不少出自吐鲁番,也存在有待甄别的问题。类似的情况,在一些收藏量不是很大的国家里也存在着。这些无疑增加了编目工作的难度。

本目录的编制工作开始于 1992 年,并作为"海内外吐鲁番文书的整理与研究"的子项目,列入国家"八五规划社会科学重点项目"。十多年来,项目组成员围绕着本课题都分别做出了不少成果,但总目却迟迟未能付梓,一是由于上述世界各地的收藏,需要做认真的实际情况调查,这需要时间,有时还需要等待,有些文书个案,还需做甄别研究;二是本总目属索引式的目录,对每件文书尽可能做到订名、断代、标明收藏地、号、行数、缺损以及简要说明等。此外还标示刊载该文书的图、文书刊以及围绕该文书的相关研究。这无疑会增加不少难度和工作量,特别是许多佛经残片及民族文字文书等的订名,花去了相当多的时间。

本总目由于分量大,故分三册出版。第一册为中国收藏卷,第二册为日本收藏卷,第三册为欧美国家收藏卷,由本项目组成员分工编撰。全三册,由陈国灿负责统一协调、定稿。虽然有此分工,但项目组成员所做的工作,有些又贯穿于全三册之中,如杨富学负责编制的回鹘文文书目录,又成了各册中回鹘文文书目录的组成部分,因此本总目又是全体项目组成员集体劳动、通力合作的结果。在本目录编制过程中,由香港敦煌吐鲁番研究中心饶宗颐先生组织、主编,由王素编著的《吐鲁番出土高昌文献编年》、陈国灿编著的《吐鲁番出土唐代文献编年》,相继在台湾新文丰出版公司出版。这两部编年,对许多文书的订题、断代,提供了基础,对编制本目录的体例,也提供了借鉴,可以说本总目又是海内外吐鲁番学界此前劳动成果的一个总汇,因为本总目有些也是在利用他们已编目录的基础上发展而来的。在此,我们对海内外吐鲁番学界的朋友们表示由衷的感谢。

编制一份海内外吐鲁番文书总目,意在为学术界提供一种便利,同时也为这份人类的历史文化遗产,列出一个比较明细的账目。然而,十多年来的辛勤劳作,做得也并非十全十美,情况不明者仍然不少,甚或存在着一些错漏。我们衷心希望,本总目的出版能促进海内外各收藏馆、所对本总目的内容进行丰高和补充,纠正其中的错漏,或者促成该单位及时编出所藏的详细新目录来,以推动总目事业的发展。

武汉大学出版社积极承担了《吐鲁番文书总目》的出版,并得到国家古籍整理出版基金的资助,我们在此表示衷心的感谢。

《吐鲁番文书总目》编撰小组

2004 年 10 月 30 日

日本收藏卷前言

　　20世纪以来,吐鲁番出土文书流散到世界各地。邻国日本是收藏最丰的国家。可能是由于同文化渊源的关系,日本佛教界、学术界对吐鲁番出土的各类古写本、印本,一直兴趣盎然。20世纪初,日本西本愿寺长老大谷光瑞组成"大谷探险队",对吐鲁番诸佛窟、古城、寺庙遗址进行了多次的搜寻,得到许多佛经,还发掘了阿斯塔那古墓葬,以及盆地的一些古遗址,获得了不少社会文书以及各民族文字文书。这些文书运到日本后,初藏于京都的西本愿寺,第二次世界大战结束以后,转到了京都龙谷大学大宫图书馆。

　　战后,日本学术界首先对这批"大谷文书"中的汉文文书做出了许多整理和研究,并以《西域文化研究》系列,做了部分文书的公布。接着池田温氏发表了专著《中国古代籍帐研究》(1979),在其资料录文中,整理、缀合了六百余号大谷汉文文书。20世纪60年代以后,龙谷大学文学部组成以小田义久教授为首的"大谷文书编撰委员会",负责对汉文文书的整理,至今已出版了《大谷文书集成》Ⅰ—Ⅲ卷(1984、1990、2003),基本上将龙谷大学收藏的吐鲁番汉文文书如数加以公布。与此同时,龙谷大学西域文化研究所则致力于吐鲁番等地出土民族文字文书的整理与研究,羽田明、山田信夫1961年发表了《大谷探险队将来回鹘文资料目录》;1993年山田信夫等出版了《回鹘文契约文书集成》三卷;百济康义、吉田丰与德国伊朗语专家宗德曼合作编制了《龙谷大学所藏大谷探险队收集中亚出土伊朗语断片集成》(1997),还有井之口泰淳等编集了《西域出土佛典之研究》(1980);上山大峻、井之口泰淳、武内绍人等发表了《大谷探险队搜集藏语文书之研究》报告两篇(1987、1990)等。这些均为我们对大谷文书的全面编目奠定了基础。对于原为大谷探险队所获而今不知去向的少部分文书,此次也尽可能列出了一个备忘目录。

　　对于日本一些收藏颇丰、已有过全面订题的编目,我们则充分尊重日本学者的成果加以登录和补充。如东京中村不折氏创建的书道博物馆收藏的古写本,有不少出自吐鲁番,其中大多为原新疆布政使王树枏、清理财务官梁素文的旧藏,写本中的一些社会文书,金祖同的《流沙遗珍》曾做过刊布,但还有相当部分的写本及残片没有公布。20世纪50年代,该馆曾编过一本《书道博物馆所藏经卷文书目录附解说》,颇为详细,可能为馆主中村不折氏亲手所编,其中属于吐鲁番出土的部分,我们基本上做了移录。又如大阪四天王寺出口常顺氏所藏,经藤枝晃氏整理为《高昌残影》,本目录则移录了该目,并据其图版比例换算出每件文书的高宽尺寸。

　　对于一些没有编目的馆藏,我们则依据每件图版做了新的订题编目,如东京静嘉堂文库所藏、原为梁素文家藏佛经残片,迄未编目。此次我们也尽可能地核查出各大片的经名,对每片做出订名编目。奈良宁乐美术馆藏、京都桥本关雪纪念馆藏以及日比野丈夫氏新获见的唐西州蒲昌府文书,虽经日比野丈夫、菊池英夫氏等对其内容做过研究,但却未对每件文书订名,在他们研究的基础上,此次对每件均给了订题编目。

　　十多年来我们在编目过程中,得到了池田温先生、小田义久先生、藤枝晃先生、日比野丈夫先生以及宁乐美术馆馆主中村准佑先生等的支持和帮助,他们不仅提供了各种资料,而且还常为我们释疑、解惑。东洋文库赠送了他们组织日本中青年学者编著的《敦煌·吐鲁番出土汉文文书研究文献目录》,这对我们编制每件文书的研究参考,提供了很大的帮助,在此谨致以衷心的感谢。可以说,没有日本学术界同行专家学者们的帮助,这本目录是绝对无法完成的。因此,本目录实际上也是中、日两国学者密切交流合作的一个·成果。

　　本目录所涉,除汉文文书外,尚有多种民族文字文书。凡属中亚民族文字文书,由荣新江教授编制、审定;大谷4500号以前的回鹘文文书,由杨富学博士编制、审定;汉文及其他民族文字文书部分,由刘安志博士负责编制。至于大谷文书以外的日本各地公私收藏,则以陈国灿的《东访吐鲁番文书纪要》(一——三)为基础进行了编制(石墨林先生协助录制了其中的大阪四天王寺出口常顺、奈良宁乐美术馆、京都桥本关雪纪念馆等所藏文书;杨富学博士提供了不少有关回鹘文文书研究的参考论著);汉文中不少还未订名的佛经、道经、古籍及其他文书,由刘安志博士、石墨林先生进行通盘核查,尽可能给以订名。有关占卜文书的定名,得到黄正建先生的指教和帮助,而部分道教文书的比定,则得到王卡先生的帮助。最后由陈国灿、刘安志统筹审定。因此,本目录也是集体劳动通力合作的结果。尽管本组成员作了多方努力,仍然免不了有许多的遗漏。至于错置误释之处,亦在所不免。不过即使十分粗糙,也是第一部日藏吐鲁番文书总目。我们期盼日本学术界及中国学人能对此目做出补充,纠其谬误,以备将来更精细目录的及早到来。

陈国灿

2004 年 10 月 30 日

凡　　例

一、吐鲁番出土文书总目(日本收藏卷),收入日本公、私博物馆及个人收藏之吐鲁番文书目录,以收藏单位为单元进行排列,以京都、东京、奈良、大阪和其他各地所藏为序。

二、对于文书号,原收藏单位有序号者,以原单位收藏序列为准(如大谷文书等)。原收藏单位无序号者,则新给以序号。个别收藏文书业经整理、拼接,以新整理文书序列号为准(如宁乐美术馆藏文书等),但同时保存原收藏号。有双面书写者,若内容不同,则对其背面文书,以小写"v"字另行标示。

三、对诸家收藏文书,原已有贴切订题者,保持原订题;原订题不具体或欠妥者,本目录则根据内容重新拟题;原无题者,本目录尽可能给以具体拟题,以方便读者。残片或尚待研究者,则以"断片"或"残片"示之。

四、对每件文书的长宽尺寸,通以公分表示,个别已用中国市尺标示者,仍保留之(如书道博物馆馆藏文书)。对无尺寸记录,而目前又无从见到原件者,暂缺。

五、对每件文书的行数、残缺,尽可能加以标示。文书中有纪年、印信或其他特征者,亦做出标示,或做内容相关提示、说明,以有助于对文书时、空、性质的认识。

六、本目录为备检索,每条均列有"图"、"文"栏,"图"指刊载文书图版的主要书刊;"文"指登载该文书录文的主要书刊。为节约篇幅,对所引具体书刊名称,均用略称加以表示。以略称名首字的汉语拼音先后为序,列在"吐鲁番文书研究参考论著目录"中,以备检索。

七、为便于对文书进行认识和研究,本目录每条还列有参考一栏,用"参"加以标明,主要重点列举国内外学者对该文书的认识、缀合、考订、研究,并统编为"吐鲁番文书研究参考论著目录",列在本目录的后部。该目以论著作者姓氏为纲,以姓氏字头(包括日本作者)汉语拼音 A、B、C、D……为序;西文作者,亦按作者名首字母,列入其汉语同音字母中。每位作者的论著,又以年月先后为序。

八、对于 20 世纪曾一度流散在日本、而今不知其收藏地的少部分文书,我们或据其图片,或据其旧目,或据学者论著,尽管不完整、不全面,亦收入在本目录中,以资备考。对出土地不明而涉及吐鲁番内容甚多者,如藤井有邻馆藏文书,则作为附录,列在目录之末。对大谷探险队当年所获部分非吐鲁番地区所出文书,为保持大谷编号的完整性,也一并列在目录中。

京都龙谷大学大宫图书馆藏大谷文书

542　　**回鹘文《天地八阳神咒经》**

29.3×510，出自雅尔湖附近，卷子式，卷首缺，存405行。自右向左用墨横书，佛名朱书。

图 羽田亨1915B，208-209页。羽田论文集（下）66-67页附图。大谷资料选53页（部分）。文 羽田亨1915B，41-78、189-228页。羽田论文集（下）74-114页。参 羽田亨1915B。新西域记卷下，535页。Bang-Gabain 1934。大谷资料选53页。

543　　**回鹘文买卖契约文书**

34×41.5，卷子本，后缺，后半部中间有洞，存23行，有四处钤印。本件出自哈拉和卓。

图 考古图谱（下）西域语文书8。羽田论文集（下）卷首第1图。西域Ⅵ图版22。山田信夫1967图版4。契约文书集成1图，454页。契约文书集成3图版30。文 羽田论文集（下）45-47页。契约文书集成2，36-37页。李经纬研究B68-71页。参 羽田亨1916A。护雅夫1960。山田信夫1961、1963、1965、1967、1978。李经纬研究B，68-72页。

835　　**回鹘文《别译杂阿含经》残片**

8.5×6.3，存4行。

图 Kudara-Zieme 1996，52-53页图6。文 Kudara-Zieme 1996，52-53页。参 Kudara-Zieme 1996。

1001　　**唐开元间西州某县尉司马景九月十八日帖**

28.4×15.3，前、后缺，存3行，在"尉司马景"后有"令开煌"同署，"令开煌"上另书小字4行，为某人"於典张什边舍得小麦伍硕陆斗"事，其中还提及"开觉寺"，知为唐西州某县文书。按"景"又见于大谷1027号开元二十六年牒，知本件为开元间帖文。

图 缺。文 大谷目一1页。集成壹1页。参 小田义久1989。

1002　　**唐西州官府文案尾**

27.6×16.7，前缺，后为骑缝线，存5行，2行有"付司辩示"，4、5行为别笔："二月十一日录事参军 受。丞判主簿 付。"按县无录事参军之职，此处存疑。

图 缺。文 大谷目一1-2页。集成壹1页。参

1003　　**唐仪凤二年（677）十一月西州仓曹府史藏牒为十月、十一月市间柴估事（北馆文书一）**

28×25，前缺，存9行，可与大谷1259、4924号及中村文书A（遗珍图7）缀合。据2行"……日典周建智牒"，知前缺部分为周建智所上牒文内容。3、4行为"付

司义示。二十三日"，6、7 行之间缝背署"让"字。

图 西域Ⅲ图版 5。集成壹图版 10。**文** 大谷目一 2 页。西域Ⅲ 55-56 页。集成壹 1 页。**参** 大庭脩 1959。内藤乾吉 1960。小田义久 1985A。大津透 1990、1993。

1004　唐天宝某年交河郡官府文案尾

19×11.5，前、后缺，存 5 行。1 行为"交河郡当即处分，谘"，2、3 行为"道济白。十五日"，4 行为"依判。谘，沙安示"。

图 西域Ⅲ插图 5。集成壹图版 18。**文** 西域Ⅲ 51 页。集成壹 1-2 页。**参** 内藤乾吉 1960。李方考论，202-203 页。

1005　唐西州高昌县文案尾

23×6.5，前、后缺，存 3 行，1 行处有朱印，存"主簿　盈"3 字，2 行为"依前业白"。

图 集成壹图版 20。**文** 西域Ⅲ 101 页。集成壹 2 页。**参** 内藤乾吉 1960。

1006　丁亥年春夏读经僧残文书

17.5×2.5，前、后缺，存 1 行，残存"丁亥年春夏读经僧 历 "数字。

图 集成壹图版 110。**文** 大谷目一 3 页。集成壹 2 页。**参**

1007　安进轻残文书

16.5×5.7，前、后缺，存 2 行，2 行残存" 取 粟一石口件安进轻 租 "数字。

图 缺。**文** 大谷目一 3 页。集成壹 2 页。**参**

1008　唐"恐涉差违"残文书

15×3.5，前、后缺，存 2 行，1 行有" 审 实恐涉差违待"数字，2 行残存"处分"2 字。据内容，颇类唐代辩辞。

图 缺。**文** 大谷目一 3 页。集成壹 2 页。**参**

1009　唐残契尾

29.5×6，前缺，存 3 行，2 行记某保人年龄"五十九"，3 行存"保人王虔口"数字。

图 缺。**文** 大谷目一 3 页。集成壹 2 页。**参**

1010　唐西州高昌县文案尾

27.5×4.2，前缺，后面纸背有押缝，存 1 行，残"主簿盈付"4 字，有朱印，纸背有押缝。

图 集成壹图版 20。**文** 大谷目一 3 页。西域Ⅲ 102 页。集成壹 2 页。**参** 内藤乾吉 1960。

1011　唐天宝二年（743）交河郡市司状为七月中旬时估事之一（市估案）

28.5×8，前、后缺，存 1 行，内容为"市司状为七月中旬时估事"数字，"市司状"3 字右边存有朱书 3 字。本件可缀入大谷 1012 号之后。

图 集成壹图版 19。**文** 大谷目一 4 页。籍帐研究 465 页。集成壹 3 页。**参** 池田温 1975。小田义久 1985A。

1012　唐天宝二年（743）交河郡市司状为七月中旬时估事之一（市估案）

28.5×28，前、后缺，存 2 行，2 行为"七月十八日受，其月二十一日行判"。本件前可与大谷 4894 号缀合，后与大谷 1011 号缀合。

图 集成壹图版 19。**文** 大谷目一 4 页。籍帐研究 462 页。集成壹 3 页。**参** 池田温 1975。小田义久 1985A。

1013 唐贞观十七年（643）六月安西都护府户曹勘问延陁行踪案卷之一

23.7×9，前部可与大谷 2831 号文书缀合，后缺，存 4 行，内容是奴俊延妻孙氏回答西州官府有关延陁行踪事的辩辞。3 行明记时间为"贞观十七年六月 日"，4 行据同属案卷之大谷 1037、1256 号文书，当为"实心白"3 字。据研究，实心乃安西都护府户曹参军，本件实为户曹审理案卷之一。

图 籍帐研究插图 39，314 页。集成壹图版 106。**文** 大谷目一 4 页。籍帐研究 314 页。集成壹 3 页。法制文书考释 506 页。**参** 池田温 1973A。法制文书考释 505-509 页。李方 1997A。刘安志 2002。

1014 唐天宝四载（745）十一月交河郡兵曹参军赵晋阳牒为分付和忠钱练事残片之一

24×9.7，存 3 行，前有骑缝线，署"休（?）"字，后部可与大谷 1057 号文书缀合，知为天宝四载十一月文书。据内容，乃是交河郡兵曹参军赵晋阳被问有关分付和忠钱练事的牒文。王永兴氏认为，此文书与大谷 1057、1312、3004、3005、3009、3010、3011、3012、3013、3014、3496、3497、4904、4909 诸号及 72TAM228：33、34 号文书，同为唐天宝四载十至十二月交河郡财务案卷。

图 西域Ⅲ图版 18。集成壹图版 93。**文** 大谷目一 4 页。西域Ⅲ 163 页。集成壹 3 页。中田笃郎 1985，178 页。西北军事研究 330-331 页。**参** 小笠原宣秀、西村元佑 1960。中田笃郎 1985。西北军事研究 327-339 页。

1015 文书残片

25×13，前、后缺，存 4 行，有绘画片附着。1 行残"付年月逃"4 字，3 行存"停止辨示"4 字。推测为官府文书残片。

图 缺。**文** 大谷目一 5 页。集成壹 3 页。**参**

1016 唐史张某十一月十四日帖为马死处分事

19×21.5，前、后缺，存 5 行，1 行为"□称上件马死请裁者"，2 行为"□团出卖仍限今月二十"，5 行有"司马纪衣"4 字。由"团"、"司马"称谓推测，本件当为军府文书。

图 缺。**文** 大谷目一 5 页。集成壹 3 页。**参**

1017 唐天宝二年（743）交河郡高昌县访捉碛西逃兵樊游俊案卷之一

27.5×16，前、后缺，存 6 行，2 行为"六月 日史阴敬牒"，4 行提及"河东郡行营"。据刘安志氏研究，该文书与大谷 1018、1024、1026、3000、3129、3137、3494 诸号同为唐天宝二年交河郡高昌县访捉碛西逃兵樊游俊之案卷。

图 西域Ⅲ图版 8。集成壹图版 21。**文** 西域Ⅲ 97 页。集成壹 4 页。刘安志 1997A，122 页。**参** 内藤乾吉 1960。刘安志 1997A。

1018 唐天宝二年（743）交河郡高昌县访捉碛西逃兵樊游俊案卷之一

28.5×14.5，前为骑缝线，后缺，纸背有绘画片附着，存 5 行，1、2 行为"检案业白。二十五日"。4 行为"七月（中缺日数）史阴敬牒"。

图 集成壹图版 20。**文** 大谷目一 5 页。西域Ⅲ 99 页。集成壹 4 页。刘安志 1997A，

123 页。**参** 内藤乾吉 1960。刘安志 1997A。

1019 唐开元九年（721）官府文案尾

20×15，前缺，后为骑缝线，存 4 行，2、3 行之间为别笔"十九日假"4 字。2 行存"开元九年"4 字，3 行存"宣议郎"3 字，4 行有"朝议郎行司马员外置同"数字。

图 缺。**文** 大谷目一 6 页。集成壹 4 页。**参**

1020 唐录事残文书

22×6.5，前缺，存 1 行，存"录事检无"4 字。

图 缺。**文** 大谷目一 6 页。集成壹 5 页。**参**

1021 唐官府残文书

21.5×2.5，前为骑缝线，后缺，存 1 行，有一"检"字。

图 缺。**文** 集成壹 5 页。**参**

1022 唐官府残文书

23×7.5，前缺，存 3 行，1 行存"借直主师 部 余"6 字，2 行为"上德意白"，3 行存一"七"字，当为七日，此为官文书无疑。

图 缺。**文** 大谷目一 6 页。集成壹 5 页。**参**

1023 唐西州高昌县文案尾

27×10，前、后缺，存 2 行，内容为"连业白。二十七日"。按"业"又见于大谷 1018、1024 诸号文书，当为天宝初年高昌县县尉。

图 集成壹图版 20。**文** 西域Ⅲ 102 页。集成壹 5 页。**参** 内藤乾吉 1960。

1024 唐天宝二年（743）交河郡高昌县访捉碛西逃兵樊游俊案卷之一

28×15，前、后缺，存 6 行，2 行为"七月 日史阴敬牒"，3、4 行为"检业白。三日"，5 行题"碛西逃兵樊游俊"，6 行提及"河东郡行营"。

图 集成壹图版 21。**文** 大谷目一 7 页。西域Ⅲ 98、157 页。集成壹 5 页。刘安志 1997A，123 页。**参** 内藤乾吉 1960。小笠原宣秀、西村元佑 1960。刘安志 1997A。

1025 文书残片

26.5×14.5，前缺，有污渍，存 1 行，有一"十"字。

图 缺。**文** 集成壹 5 页。**参**

1026 唐天宝二年（743）交河郡高昌县访捉碛西逃兵樊游俊案卷之一

28.7×16.5，前、后缺，存 4 行，为行判文尾，2 行存"簿"、"盈"2 字，当为高昌县主簿盈的签署，3 行署"史阴敬"，4 行为"六月二十五日受，其月二十七日行判"。

图 集成壹图版 22。**文** 大谷目一 7 页。西域Ⅲ 97 页。集成壹 5-6 页。刘安志 1997A，123 页。**参** 内藤乾吉 1960。刘安志 1997A。

1027 唐开元二十六年（738）六月某县行判文尾

26.7×18.4，前、后缺，存 6 行，1 行记时间为"开元二十六年六月"，3 行署"尉景"，县尉"景"又见于大谷 1001 号文书，5、6 行为"五月二十三日受，六月五日行判。录事 检无稽失"。

图 缺。**文** 大谷目一 7 页。集成壹 6 页。**参**

1028　道教符箓残片

8×4.2，纸质粗糙，无文字，有朱印。

图 集成壹图版114。文 缺。参

1029　残官印片

5.8×5.7，残官印一半，无文字。

图 集成壹图版114。文 缺。参

1030　道教符箓残片

9.3×10.2，有"勅"、"护身"等字。

图 西域Ⅲ插图16。集成壹图版114。文 集成壹6页。参 小笠原宣秀1960A。

1031　武周给付康福定段文书

17.3×6.5，前、后缺，有朱印，存3行，有武周新字，3行提及"主帅"，当为军府文书；"康福"一名又见于72TAM225：31《武周圣历二年（699）豆卢军残牒》，两者当属同一案卷。

图 缺。文 集成壹6页。参 荒川正晴1988。

1032　唐仪凤二年（677）十二月西州高昌市司上州仓曹牒为报酱估事（北馆文书之一）

23.9×10，前、后缺，钤有"西州都督府之印"，存4行，1行为"市司 牒上仓曹为报酱估事"，3行为"右被仓曹牒称：得北馆厨典周建智等牒"，可与中村文书F、G缀合。

图 西域Ⅱ图版42。集成壹图版10。文 大谷目一8页。西域Ⅱ378页。西域Ⅲ64页。内藤考证288页。集成壹6页。参 大庭脩1959。内藤乾吉1960。小田义久1985A。大津透1990、1993。

1033　唐田亩步计簿残片

23.7×11.4，前、后缺，两纸粘贴处上钤有官印，纸背缝处有黑角印，存2行，1行为"东西二十二步，南北二十四步，步计计五百"，2行为"一亩余四十八步 翟隆"。

图 缺。文 大谷目一9页。集成壹7页。参

1034　唐净土教妇女祈愿、施舍文

15.5×35，前为骑缝线，后空白，存13行，1-11行为祈愿文，11行下部至13行记诸妇女名及施舍之财物，如12行记为"取油一升"。

图 西域Ⅲ图版28。集成壹图版110。文 大谷目一9页。集成壹7页。参 西域佛教史104-105页。王素1995。

1035　唐大历二年（767）二月　日节度副使大将军令狐□残牒

20×15，前、后缺，存两种书体，小字为一残牒尾，存3行，末行为"大历二年二月　日节度副使大将军令狐□"；大字存2行草书，压写在3行上，疑为牒文废弃后再利用书写。

图 西域Ⅲ图版17。集成壹图版93。文 大谷目一10页。西域Ⅲ162页。集成壹7页。参 小笠原宣秀、西村元佑1960。王小甫1992，205页。陈国灿1996。

1036　唐刘□达于某人边举麦契

21.5×26.5，前、后缺，存10行，记刘□达于某人边举麦，利息为七分。文书缺

年月，依字迹判断，当为唐代。

图集成壹图版101。T.T.D.Ⅲ（B）30页。文大谷目一10页。西域Ⅲ193页。集成壹7页。王永兴校注908-909页。T.T.D.Ⅲ（A）33页。参仁井田陞1960。池田温1973B、1975。陈国灿1983A。

1037　唐贞观十七年（643）六月安西都护府户曹勘问延陁行踪案卷之一

26×8，前缺，后可与人谷1254号缀合，本件存4行，2、3行记"前辩所注五月，实是虚妄"，据大谷1419、1256两件缀合文书，本件当为善憙再次回答官府讯问的辩辞。

图籍帐研究插图39，314页。集成壹图版105。文大谷目一11页。籍帐研究314页。集成壹8页。参池田温1973A。法制文书考释505-509页。刘安志2002。

1038　唐西州天山府下校尉高坚隆团帖

28×7.5，前、后缺，存2行，首行为"天山府　帖校尉高坚隆团"，2行存"马一疋"3字。

图集成壹图版94。文大谷目一11页。西域Ⅲ28、150页。集成壹8页。参内藤乾吉1960。小笠原宣秀、西村元佑1960。

1039　唐给侍残文书

24.5×9.2，前、后缺，存4行，2行书"外生男焦恶奴"，3行存"县口所赵先蒙给侍前为恶身"数字。

图缺。文大谷目一11页。集成壹8页。参

1040　高昌田地城僧尼入绵历

25.7×9.1，后缺，两端用针穿过，右端附着丝片，存4行，首行小字为"九十六斤四两"，2行大字"田地僧绵"后用小字记僧尼入绵的时间及其斤两。

图西域Ⅱ插图6，37页。集成壹图版1。文大谷目一11页。西域Ⅱ37页。籍帐研究311页。集成壹8页。参小笠原宣秀1957、1958。那波利贞1959。小田义久1962。

1040v　高昌迦匕贪旱等钱谷帐

25.7×9.1，前为骑缝线，后缺，存4行，首行为"头六扺书后作王信金钱一文"，2行前6字为"迦匕贪旱大官"。

图集成壹图版1。文籍帐研究311页。集成壹9页。参小笠原宣秀1957、1958。姜伯勤1990。吴玉贵1991。

1041　唐天宝元年（742）交河郡某官考课历

29×12，前、后缺，表面有绘画片附着，存5行，2行题"军功出身"4字，3行"合今任经考三"下以小字记开元二十八、二十九年俱考为"中中"，4行记其经去年考后以来"被差摄判冑曹司知甲仗杂物"。

图西域Ⅲ图版15。集成壹图版94。文大谷目一12页。西域Ⅲ148、431页。西村研究616页。籍帐研究446页。集成壹9页。参大庭脩1958-1960。小笠原宣秀、西村元佑1960。西村元佑1960、1968B。李方2000。

1042　唐马先生残文书

15.5×9.3，前、后缺，存2行，首行"马先生"下有双行小字，一为"福来奴年

□□"，另一为"一段引茶□□"。

图 缺。文 集成壹9页。参

1043　唐请便追勘当官府文书

11.7×12，前面纸背有押缝，后缺，存3行，1行上部残缺，存"人请便追勘当"数字，2、3行乃具体人名，有唐德师、张怀绪等。

图 缺。文 大谷目一12页。集成壹9页。参

1044　残牍稿（？）

12.5×20.3，前缺上残，后有骑缝线，存11行，草书体，数处曾被涂抹。其中所记"波罗木叉"、"光明若古"之语，或与佛教有关。

图 集成壹图版114。文 集成壹9-10页。参

1045　《俱舍论颂疏论本·序》注疏残片

15×21.5，前、后缺，下部残，存13行，文用大、小两种字体，大字为圆晖《俱舍论颂疏论本》序，小字为该序的注疏。与大谷3945、8117、8119号书法相同，俱为同一抄本。

图 集成壹图版115。张娜丽2003A图5。文 集成壹10页。张娜丽2003A，20页。参 张娜丽2003A。

1046　唐某人致师兄书

27.8×14.7，前、后缺，下部残，存9行，淡墨行书体。首行残"师兄"2字，9行最后2字为"谨宣"，5行提及"北庭"，又无武周新字，文书时间当在中宗神龙以后。

图 集成壹图版115。文 集成壹10页。参

1047　武周天授二年（691）七月西州高昌县诸堰头等申青苗亩数佃人牒残片之一

10.5×5.5，前缺，后为骑缝线，存2行，有武周新字，2行"堰头何浮知牒"数字处有指节印。

图 集成壹图版72。文 大谷目一13页。西域Ⅱ107页。佐藤武敏1967，2页。籍帐研究330-331页。集成壹11页。参 周藤吉之1959。佐藤武敏1967。池田温1975。

1048　唐残文书

8.5×4，前、后缺，存1行，残"牒拾有"3字。

图 缺。文 集成壹11页。参

1049　唐开元二十五年（737）残文书

7.3×5.5，前、后缺，存1行，残"开元二十五年"数字。

图 缺。文 大谷目一13页。集成壹11页。参

1050　唐西州田亩簿残片

5.5×7.5，前、后缺，存2行，1行存"东渠　西都护"5字，"渠"字上有朱点，2行残"西还公"3字。T.T.D.Ⅱ（A）、T.T.D.Ⅱ（B）订为《唐开元年代？西州高昌县籍》。

图 T.T.D.Ⅱ（B）124页。文 大谷目一13页。集成壹11页。T.T.D.Ⅱ（A）194页。参 T.T.D.Ⅱ（A）68-69页。

1051　唐开元某年西州高昌县籍残片

5.5×5，前、后缺，存2行，1行残"城东肆拾里柳"6字，2行存"居住园宅"4字。数字用大写，当为开元年间文书。

图 集成壹图版9。T.T.D.Ⅱ（B）124页。文 大谷目一14页。集录167页。籍帐研究253页。集成壹11页。T.T.D.Ⅱ（A）81页。参 土肥义和1969。T.T.D.Ⅱ（A）68-69页。

1052 "发心痛"药方残片

7×8，前、后缺，存6行，有丝栏，1行存"发心痛又方"5字，4行亦存"又方诃梨勒"5字。

图 集成壹图版107。文 集成壹11页。参 陈明2001。

1053 "一校竟"残文书

6.5×7，前、后缺，存2行，1行有"一校竟"。

图 缺。文 大谷目一14页。集成壹12页。参

1054 唐西州籍残片

7.5×5.5，前、后缺，下部残，存2行，1行残"壹段壹"3字，2行存"壹段肆拾步"5字。本件缺纪年，籍帐研究推测可能为8世纪前、中期。

图 集成壹图版9。T.T.D.Ⅱ（B）129页。文 集录170页。籍帐研究257页。集成壹12页。T.T.D.Ⅱ（A）86页。参 土肥义和1969。T.T.D.Ⅱ（A）75页。

1055 唐行兵残文书

9×5，前、后缺，存2行，1行为"施行外合行兵军伏乞"，2行为"照检施行须企申者"。

图 缺。文 集成壹12页。参

1056 药方残片

7×4，前、后缺，存3行。

图 集成壹图版107。文 集成壹12页。参

1057 唐天宝四载（745）十一月交河郡兵曹参军赵晋阳牒为分付和忠钱练事残片之一

15×16.5，前部可与大谷1014号缀合，后缺，存4行，3行为"和忠被问依实牒"，4行署"天宝四载十一月 日 兵曹参军赵晋阳"。

图 西域Ⅲ图版18。集成壹图版93。文 大谷目一15页。西域Ⅲ163页。集成壹12页。中田笃郎1985，178页。西北军事研究330-331页。参 小笠原宣秀、西村元佑1960。中田笃郎1985。西北军事研究327-339页。

1058 武周天授二年（691）七月西州高昌县诸堰头等申青苗亩数佃人牒残片之一

9.5×13，前、后缺，存2行，1行存"请承受重罪被"，2行残"九十亩"3字。

图 集成壹图版72。文 大谷目一15页。周藤研究31页。籍帐研究324-325页。集成壹12页。参 周藤吉之1959。

1059 武周天授二年（691）七月西州高昌县诸堰头等申青苗亩数佃人牒残片之一

16.5×10，前、后缺，存3行，有武周新字，2行署"天授二年七月九日"。

图 集成壹图版72。文 大谷目一15页。西域Ⅱ107页。周藤研究39页。籍帐研究331页。集成壹12页。参 周藤吉之1959。池田温1975。

1060 唐残牒文

18.5×7，前、后缺，存2行，1行有"牒检"2字，2行有"八月"2字。

图 缺。文 集成壹 13 页。参

1061 唐"吐蕃使并设随日料"残文书

14.5×3.8，前、后缺，存1行，有"二日□吐蕃使并设随日料"数字。

图 缺。文 大谷目一 16 页。集成壹 13 页。参

1062 唐残牒尾

14.5×10，前、后缺，纸背附有青色颜料，存2行，1行有"承嘉 检无稽失"数字。

图 缺。文 大谷目一 16 页。集成壹 13 页。参

1063 武周长寿二年（693）腊月制授张怀寂茂州都督府司马告身之一

14×8.5，前缺，后可与大谷2833号缀合，本件存4行，有武周新字，首行存"纳言阙"3字，4行为"（制）书如右请奉"诸字。

图 西域Ⅲ图版35。集成壹图版104。文 大谷目一 16 页。西域Ⅱ 408 页。西域Ⅲ 294页。集成壹 13 页。参 内藤乾吉 1933。小笠原宣秀、大庭脩 1958。大庭脩 1958-1960、1960、1964。小笠原宣秀 1959。嶋崎昌 1963。

1064 唐官府文书残片

12.5×10.5，前、后缺，存4行，有官印，1行存"别头被符称前件"数字，4行存"等贰人请给复准府判"数字。

图 缺。文 大谷目一 16 页。集成壹 13 页。参

1065 武周天授二年（691）七月西州高昌县诸堰头等申青苗亩数佃人牒残片之一

11.3×14，后缺，存2行，1行存小字"一亩弘宝寺"5字，2行存"人姓名如前谨牒"数字，本件可与大谷3361号缀合。

图 集成壹图版72。文 籍帐研究 330 页。周藤研究 7 页。集成壹 14 页。参 小田义久 1989。

1066 唐某县"请共曹司磨勘给"残文书

13.5×7.5，前、后缺，有石头片附着，存2行，首行残"县公廨"3字，2行为"县请共曹司磨勘给"数字。

图 缺。文 大谷目一 17 页。集成壹 14 页。参

1067 唐会计簿残片

5.5×14，前为骑缝线，后缺，存4行，1行残"两升油"3字，2行存"壹阡贰佰"4字，4行残"昌译语"3字，或与高昌译语人有关。

图 缺。文 集成壹 14 页。参

1068 唐官府文书残片

5.5×13.5，前、后缺，存2行，末行存一"史"字。

图 缺。文 集成壹 14 页。参

1069 文书残片

5×15，前、后缺，存7行，残"别"、"宣"、"雅"等字。

图 缺。文 集成壹 14-15 页。参

1070 唐"运草车牛"文书残片

12.5×7.8，前、后缺，纸背面有土附着，存4行，1行存"王师奴使"4字，3行存"运草车牛"4字，3行残"钱银伍"3字。

图 缺。文 大谷目一18页。集成壹15页。参

1071　唐领抄残文书

13.5×10.5，前、后缺，纸背面有土附着，存3行，与大谷1070号为同一文书，末行存"总人领抄"4字。

图 缺。文 集成壹15页。参

1072　文书残片

2.5×6，两面书写，正面前、后缺，存4行，2、3行残"望例出"，"解牛故"数字；背面存3行，2行残"仏二赞"3字。

图 缺。文 集成壹15页。参

1073　文书残片

4×2.7，两面书写，正面前、后缺，存2行，1行存"分第二□"数字；背面存2行。

图 缺。文 集成壹15-16页。参

1074　药方残片

11.5×20.2，前、后缺，存14行，行间有丝栏，4、5、9、10行处有朱点。

图 集成壹图版107。文 集成壹16页。参

1075　唐赏赐掌闲、驾士及剑队以上官兵文书

9.5×7，前、后、上、下残，存5行，1行残"果毅"2字，2行为"剑队以上各给绢两疋"，3行为"（掌）闲驾士等当番有身死"，3、4行残"又有赠官"、"更给准令"数字。

图 集成壹图版118。文 大谷目一18-19页。西域Ⅲ148页。集成壹16页。王永兴校注671页。参 小笠原宣秀、西村元佑1960。

1076　药方残片

5×6，前、后缺，存4行。

图 集成壹图版107。文 集成壹16页。参

1077　药方残片

9×16，前、后缺，存11行。

图 集成壹图版108。文 集成壹16-17页。参

1078　药方残片

13.5×11.5，前、后缺，存9行，行间有丝栏。

图 集成壹图版108。文 集成壹17页。参

1079　唐西州兵曹残文书

12.5×5，前、后缺，存2行，首行残"阿王男存日充"6字，次行为"其兵曹便于县典樆五……"。

图 集成壹图版94。文 大谷目一19页。西域Ⅲ165页。集成壹17页。参 小笠原宣秀、西村元佑1960。

1080　唐西州役丁簿

17×27.5，前、后缺，上部残，存8行，5、7行间距有4厘米，末尾有朱笔2字署名及三点画指。杨楚宏等人名下俱记月、日，6行存"追未到"3字，7行为"七十三人见在"。本件缺纪年，籍帐研究订于8世纪前半期。

圕 集成壹图版99。囻 大谷目一19-20页。西域Ⅲ137页。王永兴校注509-510、565-566、634页。籍帐研究381页。集成壹17-18页。叁 小笠原宣秀、西村元佑1960。大津透等2003。

1081 文书残片

4.5×3.5，前、后缺，存1行，残一"梵"字。

圕 缺。囻 集成壹18页。叁

1082 唐都督府残文书

5×4，前、后缺，存1行，残存"都督府"3字。

圕 缺。囻 集成壹18页。叁

1083 唐"勿失事宜"残文书

10×8.5，前为骑缝线，后缺，存2行，首行存"勿失事宜"4字。

圕 缺。囻 大谷目一20页。集成壹18页。叁

1084 唐军府文书残片

6×9.5，前、后缺，存4行，1行有一"兵"字，2、3行存"马屯在□"、"管见领□"数字。

圕 缺。囻 大谷目一20页。西域Ⅲ151页。集成壹18页。叁 小笠原宣秀、西村元佑1960。

1085 武周某年七月三日司马参军残牒尾

16.5×7.5，前、后缺，有武周新字，存5行，末行署"司马参军孟"。

圕 缺。囻 集成壹18页。叁

1086 武周圣历二年（699）沙州豆卢军为迎吐谷浑归朝案卷之一

19.5×12，前、后、上、下残，有朱印，存7行。3行所记之"赤水川"，乃吐谷浑活动之地，又2行"日"字为武周新字，故文书当与圣历二年（699）瓜、沙地区吐谷浑归唐事有关。

圕 集成壹图版116。囻 集成壹18-19页。叁 陈国灿1987。荒川正晴1988。

1087 武周西州交河县耆老名簿之一

13×17，前、后缺，存8行，8行残存"人"字，乃武周新字。所记交河县永安、安乐、龙泉等乡诸里户人，俱为年八十以上者。

圕 西域Ⅵ图版21。集成壹图版19。囻 大谷目一21页。西域Ⅵ255页。松本研究410页。籍帐研究341页。集成壹19页。叁 松本善海1963，小田义久1981A。

1088 索米建等残名籍

15.5×7，前、后缺，存3行，残"索米建"、"孙诸颜"、"索孝通"等人名。

圕 缺。囻 集成壹19页。叁

1089 文书残片

6.3×5.6，前、后缺，存1行，有一"连"字。

圕 缺。囻 集成壹19页。叁

1090　文书残片

2.5×4.7，前、后缺，存2行，残一"立"字。

图 缺。文 集成壹 19 页。参

1091　文书残片

4.3×4.3，前、后缺，存2行，1行残"末拾"2字。

图 缺。文 集成壹 19-20 页。参

1092　"第九袟"文书残片

9.2×3.5，前、后缺，存1行，残"第九袟"3字。

图 集成壹图版110。文 人谷目一22页。集成壹20页。参 小笠原宣秀1957。

1093　文书残片

8.5×4.5，前、后缺，存1行，残"叁年"2字。

图 缺。文 集成壹 20 页。参

1094　文书残片

8.4×3.5，存2字，内容不明。

图 缺。文 缺。参

1095　唐残状文

6.5×3.5，前、后缺，存1行，残"营状为"3字。

图 缺。文 集成壹 20 页。参

1096　残器物帐

8.9×9.5，前、后、上、下残，存3行，为登记油、大小盆等器物之残帐。

图 集成壹图版111。文 大谷目一22页。集成壹21页。参 小笠原宣秀1957。

1097　回鹘文买卖贷借文书

12×35，两面书写，正面存28行，草书，文末有手印；背面存8行草书，性质不明。原注："交河城。"

图 西域Ⅳ图版36。山田信夫1967图版3。契约文书集成1图，29、453页。契约文书集成3图版26、27。文 西域Ⅳ215页。山田信夫1967，80-82页。契约文书集成1，21页。契约文书集成2，30-31页。李经纬研究B，58-60页。参 羽田明、山田信夫1961。山田信夫1961、1967。李经纬研究B，58-62页。

1098　回鹘文佛典残片

18×15，两面书写，正面存14行，横楷书，贝叶，朱栏；背面存14行，横楷书。原注："No.1。"

图 西域Ⅳ图版11。文 西域Ⅳ198-199页。参 羽田明、山田信夫1961。山田信夫1961。

1099　回鹘文经典残片

13×11，存10行，横楷书，有衬里。

图 缺。文 缺。参 羽田明、山田信夫1961。

1100　回鹘文文书残片

5×8.8，存6行，行头楷书，有衬里。

图 缺。文 缺。参 羽田明、山田信夫1961。

1101 回鹘文文书残片

极小片，存 4 行，草书，有丝栏，有衬里。

图 缺。文 缺。参 羽田明、山田信夫 1961。

1102 回鹘文《天地八阳神咒经》残片

10×10，存 8 行，横草书，有丝栏，有衬里。

图 小田寿典 1983，184 页。文 小田寿典 1983，173 页。参 羽田明、山田信夫 1961。小田寿典 1983。

1103 回鹘文文书残片

极小片，2.5×6.8，存 1 行，草书，有衬里。

图 缺。文 缺。参 羽田明、山田信夫 1961。

1104 回鹘文文书残片

极小片，4×3，存 3 行，草书，有衬里。

图 缺。文 缺。参 羽田明、山田信夫 1961。

1105 回鹘文文书残片

小片，8.5×5.8，存 5 行，草书。

图 缺。文 缺。参 羽田明、山田信夫 1961。

1106 回鹘文文书残片

20×12，双面草书，正面存 21 行，与大谷 1632、1636、1785 诸号有关联；背面存 23 行，纸系粗厚的黄白色纸。

图 缺。文 缺。参 羽田明、山田信夫 1961。

1107 回鹘文文书残片

13×9，双面草书，正面存 6 行，背面存 5 行。

图 缺。文 缺。参 羽田明、山田信夫 1961。

1108 回鹘文消费贷借文书

30×8.5，上部残，后缺，存 4 行，草书，有两处指印。本件可与大谷 2149 号正面缀合。

图 西域Ⅳ图版 36。山田信夫 1967 图版 3。契约文书集成 1 图，29、453 页。契约文书集成 3 图版 76。文 西域Ⅳ216 页。山田信夫 1967，83 页。契约文书集成 1，22 页。契约文书集成 2，89 页。李经纬研究 B，129-130 页。参 羽田明、山田信夫 1961。山田信夫 1961、1965、1967。李经纬研究 B，129-130 页。

1109 回鹘文文书残片

13×8，双面书写，正面存 8 行，背面存 7 行，纸系赤茶色厚纸。

图 缺。文 缺。参 羽田明、山田信夫 1961。

1110 回鹘文佛典残片（智慧经）

19×12，双面书写，正面存 10 行，楷书，有衬里；背面存 10 行，草书，纸系白色薄纸。

图 缺。文 西域Ⅳ199 页。参 羽田明、山田信夫 1961。

1111 回鹘文文书残片

10×10，存 5 行，草书，与大谷 2007 号为同一文书残片，纸系白色纸。

图 缺。文 缺。参 羽田明、山田信夫 1961。

1112　回鹘文文书残片

极小片，4×2，存 1 行，活字体，有衬里。

图 缺。文 缺。参 羽田明、山田信夫 1961。

1113　回鹘文文书残片

极小片，3.5×3.5，存 4 行，草书，有衬里。

图 缺。文 缺。参 羽田明、山田信夫 1961。

1114　回鹘文佛典残片

8×4.5，横楷书，可与人谷 1374 号缀合。原注．"16。"

图 西域Ⅳ图版 14。文 西域Ⅳ201 页。参 羽田明、山田信夫 1961。

1115　回鹘文文书残片

17×7，存 3 行，活字体，与大谷 1371 号为同一文书，有衬里。

图 缺。文 缺。参 羽田明、山田信夫 1961。

1116　回鹘文文书残片

15×10，贝叶，双面活字，朱色贝叶式，正面存 3 行，背面存 7 行。原注："No. 48。"

图 缺。文 缺。参 羽田明、山田信夫 1961。

1117　回鹘文佛典残片

12×6，双面书写，正面存 4 行，朱丝栏，内容为佛典，背面存 6 行，草书。原注："No. 31。"

图 缺。文 缺。参 羽田明、山田信夫 1961。

1118　回鹘文文书残片

小片，双面书写，楷书，朱丝栏，正面存 5 行，背面存 5 行。原注："31。"

图 缺。文 缺。参 羽田明、山田信夫 1961。

1119　回鹘文文书残片

11×5，双面草书，正面存 5 行，背面存 3 行。原注："第 11。"

图 缺。文 缺。参 羽田明、山田信夫 1961。

1120-1126　回鹘文文书残片（其中 1123 号另列）

极小片，两面书写，存 1-4 行不等。原注："第 11 -（1120）、（1121）、（1122）、（1123）、（1126）No. 8 -（1125）。"

图 缺。文 缺。参 羽田明、山田信夫 1961。

1123　粟特文佛典残片

6×3，存 2 行。与大谷 1129、2135A、2803A、5735、5746、5747、5758 诸号同卷。

图 イラン语断片集成图版 1。文 イラン语断片集成 51 页。参 イラン语断片集成 51-53 页。

1123v　粟特文音译汉文佛典

存 2 行。

图 イラン语断片集成图版 1。文 イラン语断片集成 51 页。参 イラン语断片集成 51-53 页。

1127　回鹘文文书残片

小片，两面活字，俱存4行。原注："No. 31。"

图 缺。文 缺。参 羽田明、山田信夫1961。

1128　回鹘文经典残片

15×7，双面活字横书，正面存5行，背面存5行。

图 缺。文 缺。参 羽田明、山田信夫1961。

1129　粟特文佛典残片

8×8，存7行。与大谷1123、2135A、2803A、5735、5746、5747、5758诸号同卷。

图 イラン语断片集成图版1。文 イラン语断片集成51页。参 イラン语断片集成51-53页。

1129v　粟特文音译汉文佛典

图 イラン语断片集成图版1。文 イラン语断片集成52页。参 イラン语断片集成51-53页。

1130　回鹘文《天地八阳神咒经》残片

9×5，活字，存3行，有丝栏，有衬里。

图 小田寿典1983，180页。文 小田寿典1983，168-169页。参 羽田明、山田信夫1961，小田寿典1983。

1131　回鹘文文书残片

7×5，活字，存4行，有丝栏，有衬里。

图 缺。文 缺。参 羽田明、山田信夫1961。

1132　粟特文佛典残片

7.8×6，存4行，有衬里。

图 イラン语断片集成图版2。文 イラン语断片集成53页。参 イラン语断片集成53页。

1133-1134　回鹘文文书残片

极小片，存1-5行不等。

图 缺。文 缺。参 羽田明、山田信夫1961。

1135　回鹘文文书残片

10×3，存4行。

图 缺。文 缺。参 羽田明、山田信夫1961。

1136　粟特文佛典残片

3.8×3.4，存3行。与大谷1137、1138号同卷。

图 イラン语断片集成图版3。文 イラン语断片集成53-54页。参 イラン语断片集成53-54页。

1137　粟特文佛典残片

3.9×2.1，存2行。与大谷1136、1138号同卷。

图 イラン语断片集成图版3。文 イラン语断片集成54页。参 イラン语断片集成53-54页。

1138　粟特文佛典残片

1.3×1.2，存1行。与大谷1136、1137号同卷。

图 イラン语断片集成图版3。文 イラン语断片集成54页。参 イラン语断片集成 53-54页。

1139　回鹘文佛典残片

5×6，存4行。

图 缺。文 缺。参 羽田明、山田信夫1961。

1140　粟特文佛典残片

3×4.8，存5行。

图 イラン语断片集成图版3。文 イラン语断片集成54页。参 イラン语断片集成 54页。

1141　回鹘文文书残片

极小片。

图 缺。文 缺。参 羽田明、山田信夫1961。

1142　回鹘文文书残片

极小片。

图 缺。文 缺。参 羽田明、山田信夫1961。

1143　摩尼教文书残片

3.5×5，存2行，摩尼教文，有衬里。

图 缺。文 缺。参 羽田明、山田信夫1961。

1144　粟特文佛典题记残片

6.2×4.3，存2行。与大谷2921号同卷，楷书，有衬里。

图 イラン语断片集成图版3。文 吉田丰1989B，94页。Yoshida 1991，240页。イ ラン语断片集成54页。参 吉田丰1989B，93-95页。Yoshida 1991，239-240页。イ ラン语断片集成54-55页。

1145　回鹘文文书残片

3×4.5，存2行，活字，有衬里。

图 缺。文 缺。参 羽田明、山田信夫1961。

1146　粟特文摩尼教书信残片

12.7×10.8，存7行，草书，有丝栏，有衬里。

图 イラン语断片集成图版4。文 イラン语断片集成55页。参 羽田明、山田信夫 1961。イラン语断片集成55页。

1147　回鹘文文书残片

14×7，存4行，草书，有衬里。

图 缺。文 缺。参 羽田明、山田信夫1961。

1148　回鹘文文书残片

6×10，存2行，草书，有衬里。

图 缺。文 缺。参 羽田明、山田信夫1961。

1149　回鹘文文书残片

7.5×6.5，存6行。

图 缺。文 缺。参 羽田明、山田信夫 1961。

1150　回鹘文文书残片

3.5×6，存 2 行。

图 缺。文 缺。参 羽田明、山田信夫 1961。

1151　回鹘文文书残片

4×5，存 3 行。

图 缺。文 缺。参 羽田明、山田信夫 1961。

1152　回鹘文文书残片

12×3，存 8 行。

图 缺。文 缺。参 羽田明、山田信夫 1961。

1153　粟特文佛典残片

9.5×4.8，存 4 行，草书，有丝栏，有衬里。

图 イラン语断片集成图版 4。文 イラン语断片集成 55 页。参 羽田明、山田信夫 1961。イラン语断片集成 55 页。

1154　回鹘文文书残片

3.5×2.5，存 4 行，有衬里。

图 缺。文 缺。参 羽田明、山田信夫 1961。

1155　回鹘文文书残片

4.5×2.5，存 2 行，有衬里。

图 缺。文 缺。参 羽田明、山田信夫 1961。

1156　回鹘文文书残片

7×3.5，存 4 行。

图 缺。文 缺。参 羽田明、山田信夫 1961。

1157　回鹘文文书残片

10.5×2.5，存 2 行，有衬里，背面亦存字。

图 缺。文 缺。参 羽田明、山田信夫 1961。

1158　回鹘文文书残片

12.5×5，存 7 行，草书，有衬里。

图 缺。文 缺。参 羽田明、山田信夫 1961。

1159　粟特文医药文献残片

14×4.2，存 3 行，草书，纸系白色薄纸，有衬里。

图 イラン语断片集成图版 4。文 イラン语断片集成 55 页。参 羽田明、山田信夫 1961。イラン语断片集成 55-56 页。

1160-1163　回鹘文文书残片

此 4 片为同一文书断片（8×3，8×6，6.6×3.6，6.6×2.4），白色薄纸，存 3-6 行不等，草书，有衬里，与大谷 1315 号属同类文书。

图 缺。文 缺。参 羽田明、山田信夫 1961。

1164　回鹘文文书残片

2×7.8，存 2 行，细字草书，有衬里。

图 缺。文 缺。参 羽田明、山田信夫 1961。

1165　回鹘文文书残片

7.4×6.8，存 5 行，细字草书，有衬里。

图 缺。文 缺。参 羽田明、山田信夫 1961。

1166　回鹘文文书残片

2.5×7，存 3 行，细字，有衬里。

图 缺。文 缺。参 羽田明、山田信夫 1961。

1167　回鹘文文书残片

2.5×7，存 3 行，细字，有衬里。

图 缺。文 缺。参 羽田明、山田信夫 1961。

1168　回鹘文文书残片

4.5×3.5，存 5 行，细字草书。

图 缺。文 缺。参 羽田明、山田信夫 1961。

1169　回鹘文文书残片

3×2，存 3 行，细字。

图 缺。文 缺。参 羽田明、山田信夫 1961。

1170　粟特文残片

3.3×8.2，存 3 行，有衬里。

图 イラン语断片集成图版 4。文 イラン语断片集成 56 页。参 羽田明、山田信夫 1961。イラン语断片集成 56 页。

1171　回鹘文文书残片

3×4，存 3 行，有衬里。

图 缺。文 缺。参 羽田明、山田信夫 1961。

1172　回鹘文文书残片

3×4.5，存 2 行，有衬里，与大谷 1173 号为同一文书断片。

图 缺。文 缺。参 羽田明、山田信夫 1961。

1173　回鹘文文书残片

4×2.5，存 3 行，有衬里，与大谷 1172 号为同一文书。

图 缺。文 缺。参 羽田明、山田信夫 1961。

1174-1184　回鹘文文书残片（其中 1176、1180、1181 诸号另列）

均为极细残片，有衬里，除大谷 1181 号（5.5×4.5）存 4 行外，余均为 1-3 行。

图 缺。文 缺。参 羽田明、山田信夫 1961。

1176　粟特文佛典残片

3.5×2.3，存 1 行。

图 イラン语断片集成图版 4。文 イラン语断片集成 56 页。参 羽田明、山田信夫 1961。イラン语断片集成 56 页。

1180　粟特文摩尼教文献残片

3.7×2.1，存 1 行。

图 イラン语断片集成图版 4。文 イラン语断片集成 56 页。参 羽田明、山田信夫

1961。イラン语断片集成 56-57 页。

1181　粟特文残片

4×5.3，存 4 行。

图 イラン语断片集成图版 4。文 イラン语断片集成 57 页。参 羽田明、山田信夫 1961。イラン语断片集成 57 页。

1185-1190　回鹘文文书残片（其中 1186、1188、1189、1190 诸号另列）

此 6 片为同一文书断片，均有衬里，存草书 2-3 行不等。原注："吐鲁番 –（1186）、（1188）。"

图 缺。文 缺。参 羽田明、山田信夫 1961。

1186　粟特文书信残片

23×4，存 4 行。原注："吐鲁番。"与大谷 1188、1189、1190、1318、1320、1321、1325 诸号同卷。

图 イラン语断片集成图版 5。文 イラン语断片集成 57 页。参 羽田明、山田信夫 1961。イラン语断片集成 57-60 页。

1188　粟特文书信残片

24.2×5.2，存 3 行。原注："吐鲁番。"与大谷 1186、1189、1190、1318、1320、1321、1325 诸号同卷。

图 イラン语断片集成图版 5。文 イラン语断片集成 57 页。参 羽田明、山田信夫 1961。イラン语断片集成 57-60 页。

1189　粟特文书信残片

20×5，存 4 行。原注："吐鲁番。"与大谷 1186、1188、1190、1318、1320、1321、1325 诸号同卷。

图 イラン语断片集成图版 5。文 イラン语断片集成 57 页。参 羽田明、山田信夫 1961。イラン语断片集成 57-60 页。

1190　粟特文书信残片

7.5×5.2，存 2 行。与大谷 1186、1188、1189、1318、1320、1321、1325 诸号同卷。

图 イラン语断片集成图版 6。文 イラン语断片集成 58 页。参 羽田明、山田信夫 1961。イラン语断片集成 57-60 页。

1191　回鹘文文书残片

5×7，活字，存 4 行，有衬里。

图 缺。文 缺。参 羽田明、山田信夫 1961。

1192　回鹘文文书残片

13×5，存 5 行，活字，有衬里。

图 缺。文 缺。参 羽田明、山田信夫 1961。

1193　回鹘文文书残片

6×4.5，存 4 行，活字，有衬里。

图 缺。文 缺。参 羽田明、山田信夫 1961。

1194　回鹘文文书残片

9.5×4，存3行，活字，有衬里。

图 缺。**文** 缺。**参** 羽田明、山田信夫1961。

1195 回鹘文契约文书残片

9×6，存6行，属契尾，草书，有指印，白薄纸，有衬里。

图 缺。**文** 缺。**参** 羽田明、山田信夫1961。

1196 回鹘文文书残片

1×6，存1行，楷书。

图 缺。**文** 缺。**参** 羽田明、山田信夫1961。

1197 回鹘文文书残片

3×4，存2行，草书。

图 缺。**文** 缺。**参** 羽田明、山田信夫1961。

1198 回鹘文文书残片

3×2.5，存2行，楷书。

图 缺。**文** 缺。**参** 羽田明、山田信夫1961。

1199 唐西州高昌县城西枣树渠户别部田簿残片之一

A片：25.6×17.5，前、后缺，存13行，首先记户主姓名、年龄、身份，然后记该户在"城西七里枣树渠"的部田亩数及四至方位。本件缺纪年，籍帐研究系于唐开元二十年至二十九年（732-741）之间。

图 西域Ⅱ图版39。西村研究图版14。集成壹图版87。**文** 西域Ⅱ347页。西村研究403-404页。籍帐研究386页。集成壹21页。**参** 西村元佑1959。西嶋定生1959。韩国磐1986。

B片：18×23.5，前、后缺，存8行，格式同A片。

图 西域Ⅱ图版39。西村研究图版14。集成壹图版87。**文** 西域Ⅱ202页。西嶋研究590页。西村研究404页。籍帐研究390页。集成壹21页。**参** 西村元佑1959。西嶋定生1959。韩国磐1986。

C片：5×5，存1行。

图 集成壹图版87。**文** 西村研究405页。籍帐研究390页。集成壹21页。**参**

D片：7×5，存1行。

图 集成壹图版87。**文** 西村研究405页。籍帐研究386页。集成壹21页。**参**

E片：10×4，存1行，残"亩永业"3字。

图 集成壹图版87。**文** 籍帐研究390页，集成壹22页。**参**

1200 唐西州高昌县城西枣树渠户别部田簿残片之一

19.5×18，前、后缺，下部缺，存6行，首行署"归义乡"。

图 西村研究图版9。集成壹图版88。**文** 大谷目一23页。西域Ⅱ203、347页。西嶋研究591页。西村研究399、405页。籍帐研究389-390页。集成壹22页。**参** 西村元佑1959。西嶋定生1959。杨际平1988。

1201 唐西州高昌县城西枣树渠户别部田簿残片之一

24×22.5，前、后缺，下部残，存8行，第8行"马孤易"一名又见大谷2893号文书。

图 集成壹图版 88。**文** 大谷目一 24 页。西域 II 219、347 页。西嶋研究 643-644 页。籍帐研究 386 页。西村研究 405-406 页。集成壹 22 页。**参** 西村元佑 1959。西嶋定生 1959。

1202 唐西州高昌县城西枣树渠户别部田簿残片之一

25.5×20.1，前空、后缺，存 1 行，有"善积里"3 字。

图 西村研究图版 9。集成壹图版 89。**文** 大谷目一 24 页。西域 II 348 页。西村研究 406 页。籍帐研究 390 页。集成壹 22 页。**参** 西村元佑 1959。

1203 唐户主田亩簿残片

14×19.2，前、后缺，存 5 行，与大谷 2404 号同米，每行记户主姓名、年龄及土地亩数，多为一二亩，如 3 行记："户主张丰仁年六十四一亩。"

图 集成壹图版 100。**文** 西域 II 329 页。集成壹 22 页。**参** 西嶋定生 1959。

1204 唐西州高昌县城西枣树渠户别部田簿残片之一

18.9×5.4，前、后缺，存 3 行。

图 集成壹图版 89。**文** 西域 II 348 页。西村研究 406 页。籍帐研究 389 页。集成壹 23 页。**参** 西村元佑 1959。西嶋定生 1959。

1205 唐西州高昌县城西枣树渠户别部田簿残片之一

由 A、B、C、D 4 片组成，A 片 9.5×5，存 2 行；B 片 10.5×5，存 3 行；C 片 13×15，存 1 行"永善里"3 字；D 片 11×4.5，存 1 行。

图 集成壹图版 89。**文** 大谷目一 25 页。西域 II 348 页。西村研究 406-407 页。籍帐研究 386-387 页。集成壹 23 页。**参** 西村元佑 1959。西嶋定生 1959。

1206 唐西州高昌县城西枣树渠户别部田簿残片之一

由 A、B、C 3 片组成，A、B 2 片相粘贴，12×5，A 片前缺，存 3 行，文字书于背面；B 片存"归德乡"3 字；C 片 10×5，前、后缺，存 3 行，3 行"亩部田"3 字亦书于背后，2 行户主"傅感子"又见于大谷 1199 号。

图 集成壹图版 89。**文** 西域 II 348 页。西村研究 407 页。籍帐研究 387 页。集成壹 23 页。**参** 西村元佑 1959。西嶋定生 1959。

1207 唐西州高昌县城西枣树渠户别部田簿残片之一

由 A、B、C、D、E 5 片组成，俱前、后缺，A 片 10×5，存 2 行；B 片 9×3.5，存 2 行；C 片 6×3，存 2 行；D 片 5.5×4.5，存 2 行；E 片 8×8，存 3 行。

图 集成壹图版 89。**文** 西域 II 349 页。西村研究 407-408 页。籍帐研究 387 页。集成壹 24 页。**参** 西村元佑 1959。西嶋定生 1959。小田义久 1981B。

1208 唐西州高昌县城西枣树渠户别部田簿残片之一

12×10.5，前、后缺，存 4 行。

图 集成壹图版 90。**文** 西域 II 349 页。西村研究 408 页。籍帐研究 387 页。集成壹 24 页。**参** 西村元佑 1959。西嶋定生 1959。

1209 武周如意元年（692）西州高昌县诸堰头等申青苗亩数佃人牒残片之一

27.5×17，前、后缺，存 7 行，每行记户主姓名、土地亩数、佃种人名、种植作物种类及四至方位。各行亩数旁有朱勾，人名边还有"尚"、"大"、"平"等字，当是尚贤、宁大、太平乡名之省称。

图 西域Ⅱ图版6。集成壹图版72。文 西域Ⅱ100-101页。周藤研究22-23页。籍帐研究332页。集成壹24-25页。参 周藤吉之1959、1965。池田温1975。小田义久1981B。

1210　武周如意元年（692）西州高昌县诸堰头等申青苗亩数佃人牒残片之一

27.5×13，前、后缺，存4行，各行亩数旁有朱勾，人名边还有"尚"、"昌"等字，当是尚贤、宁昌乡名之省称。本件可与人谷2366号缀合。

图 西域Ⅱ图版6。集成壹图版72。文 西域Ⅱ100页。周藤研究21页。佐藤武敏1967，4页。籍帐研究334页。集成壹25页。参 周藤吉之1959、1965。佐藤武敏1967。池田温1975。赵冈1977。小田义久1981B。

1211　武周天授二年（691）七月西州高昌县诸堰头等申青苗亩数佃人牒残片之一

27×17.3，前、后缺，存5行，1、2行亩数旁有朱勾，佃人名边有"西"字，当是安西乡省称。3、4、5行内容为："牒件通当堰秋青苗亩数，具主佃人姓名如前。如后有隐没一亩已上，请依法受罪。谨牒。"本件与大谷2370号有关联。

图 西域Ⅱ图版4。集成壹图版73。文 大谷目一25-26页。西域Ⅱ96页。周藤研究11页。籍帐研究328页。集成壹25页。参 周藤吉之1959、1965。池田温1975。小田义久1981B。

1212　武周天授二年（691）西州高昌县诸堰头等申青苗亩数佃人牒残片之一

26×19，前、后缺，存6行，3行"正"字乃武周新字，各行亩数旁有朱勾点，人名边有"尚"、"昌"、"西"等字。

图 集成壹图版74。文 大谷目一26页。西域Ⅱ98页。周藤研究15页。籍帐研究324页。集成壹25页。参 周藤吉之1959、1965。小笠原宣秀1960A。堀敏一1960。池田温1975。小田义久1981B。

1213　武周天授二年（691）七月西州高昌县诸堰头等申青苗亩数佃人牒残片之一

27.5×17.5，前为骑缝线，后缺，存7行，各行有朱笔勾字，1行"索渠"字左边有黑点。人名边有"西"、"大"、"化"、"戎"等字，当是崇化、宁戎等乡名之省称，另还有朱笔"厶"。

图 西域Ⅱ图版10。集成壹图版74。文 大谷目一26-27页。西域Ⅱ103-104页。周藤研究30页。籍帐研究329-330页。集成壹25-26页。参 周藤吉之1959、1965。堀敏一1960。池田温1975。王仲荦1980。小田义久1981B。

1214　武周天授二年（691）西州高昌县诸堰头等申青苗亩数佃人牒残片之一

13.5×11，前、后缺，存5行，1行平康乡"辛定仁贰亩"下注有"口分自营佃"5字，各行亩数旁有朱点，人名边还有"平"、"尚"等字。

图 集成壹图版74。文 周藤研究15页。籍帐研究323-324页。集成壹26页。参 周藤吉之1959、1965。小笠原宣秀1960A。堀敏一1960。池田温1975。小田义久1981B。

1215　武周天授二年（691）七月西州高昌县诸堰头等申青苗亩数佃人牒残片之一

26×27，前为骑缝线，后缺，存8行，各行亩数旁附有朱点，人名边还有"大"、"昌"、"西"、"平"等字，1行"杜渠"字左边有黑点，7行"肆"乃"贰"字的改写。

图 集成壹图版 75。文 佐藤武敏 1967，2 页。籍帐研究 327-328 页。集成壹 26 页。
参 周藤吉之 1959、1965。堀敏一 1960。池田温 1975。佐藤武敏 1967。小田义久 1981B。

1216 武周天授二年（691）七月西州高昌县诸堰头等申青苗亩数佃人牒残片之一

29×17，前、后缺，存 7 行，各行有朱点，人名边有"大"、"昌"、"西"等字。

图 集成壹图版 75。文 西域Ⅱ102 页。周藤研究 26-27 页。西村研究 346-347 页。籍帐研究 328 页。集成壹 26-27 页。参 周藤吉之 1959、1965。小笠原宣秀 1960A。池田温 1975。小田义久 1981B。

1217 武周天授二年（691）七月西州高昌县诸堰头等申青苗亩数佃人牒残片之一

26.5×18，前有骑缝线，后缺，存 5 行，各行有朱点，1 行"匡渠"字右边有黑点，人名边有"西"、"平"等字。

图 集成壹图版 76。文 西域Ⅱ96 页。周藤研究 12 页。佐藤武敏 1967，2 页。籍帐研究 329 页。集成壹 27 页。参 周藤吉之 1959、1965。堀敏一 1960。佐藤武敏 1967。池田温 1975。小田义久 1981B。

1218 武周天授二年（691）七月西州高昌县诸堰头等申青苗亩数佃人牒残片之一

10×23.5，前有骑缝线，后缺，存 6 行，各行有朱笔勾画，1 行"塞渠"字左边有黑点。

图 集成壹图版 74。文 籍帐研究 328-329 页。集成壹 27 页。参 小笠原宣秀 1960A。小田义久 1981B。

1219 武周天授二年（691）七月西州高昌县诸堰头等申青苗亩数佃人牒残片之一

22×5.5，前缺，后有骑缝线，存 3 行，各行亩数旁附有朱线，佃人名右边有两"昌"字。

图 集成壹图版 77。文 大谷目一 27-28 页。籍帐研究 329 页。集成壹 27 页。参 周藤吉之 1959、1965。小笠原宣秀 1960A。堀敏一 1960。池田温 1975。小田义久 1981B。

1220 唐开元二十九年（741）前后西州高昌县退田簿残片之一

22×24，前、后缺，存 7 行，2 行与 3 行间相距 6 厘米，列有诸段田地方位、四至。

图 西嶋研究图版 22。集成壹图版 26。文 西域Ⅱ174 页。西嶋研究 501-502 页。籍帐研究 408 页。集成壹 27 页。参 西嶋定生 1959。池田温 1985A。

1221 唐开元二十九年（741）前后西州高昌县退田簿残片之一

15×17.5，前缺，存 5 行，列有诸段田地方位、四至，后为骑缝线，正面署"元"字，背面署"云晏"2 字，四面被剪成圆形，与大谷 2379、2380 号为同一笔体，西嶋定生氏认为可与 2380 号缀合。

图 西域Ⅱ图版 27。西嶋研究图版 20。集成壹图版 26。文 西域Ⅱ174、189 页。西嶋研究 502、546 页。籍帐研究 400 页。集成壹 28 页。参 西嶋定生 1959。小口彦太 1974。池田温 1985A。

1222 唐开元二十九年（741）前后西州高昌县退田簿残片之一

16×20，前、后缺，存 4 行，末行为"年四月 日 里正 贾思义 牒"数字。

图 西域Ⅱ图版 28。西嶋研究图版 22。集成壹图版 27。文 西域Ⅱ174-175 页。西嶋研究 503 页。西村研究 383 页。籍帐研究 411 页。集成壹 28 页。**参** 西嶋定生 1959。土肥义和 1979。池田温 1985A。

1223 唐开元二十九年（741）前后西州高昌县退田簿残片之一

13.5×14，前、后缺，存 6 行，列有诸段田地方位、四至、四面被剪成圆形。

图 西嶋研究图版 23。集成壹图版 27。**文** 西域Ⅱ175 页。西嶋研究 503 页。籍帐研究 408 页。集成壹 28 页。**参** 西嶋定生 1959。西村元佑 1959。池田温 1985A。

1224 唐开元二十九年（741）西州高昌县给田簿残片之一

19×27.5，前为骑缝线，背署"元"字，后缺，存 8 行，在列出田地方位、四至后，有官员在其后粗笔草签"给×××允"，其下有另一官员"泰"朱笔签字。

图 西域Ⅱ图版 17。西嶋研究图版 8。集成壹图版 43。**文** 西域Ⅱ157 页。西嶋研究 440-441 页。籍帐研究 426-427 页。集成壹 28-29 页。**参** 西嶋定生 1959、1960。西村元佑 1959。

1225 唐开元二十九年（741）西州高昌县给田簿残片之一

28×5.5，存 4 行，前为骑缝线，背署"元"字，前后与大谷 2388、2392 号缀合，2396 号与此有关联；内容与大谷 1224 号相似，但官员朱笔签字为"天"。1 行"马"、"难"，3 行"义"，4 行"壹"诸字旁皆有朱点，受田者名侧标有"西"、"戎"等字，当为乡名。

图 西域Ⅱ图版 13。西嶋研究图版 3。集成壹图版 44。**文** 西域Ⅱ157、170 页。西域Ⅲ470 页。西嶋研究 441、488 页。籍帐研究 418 页。集成壹 29 页。**参** 西嶋定生 1959、1960。西村元佑 1959。内藤乾吉 1960。王永兴 1982。大津透等 2003。

1226 唐开元二十九年（741）冬西州高昌县给田关系牒之一

24×21.5，前、后缺，存 5 行，有"元宪"及主簿等十二月二十四日受牒判示，钤有"高昌县之印"。

图 西域Ⅲ图版 7。集成壹图版 62。**文** 西域Ⅲ93 页。籍帐研究 434 页。集成壹 29 页。**参** 内藤乾吉 1960。大津透等 2003。

1227 唐开元二十九年（741）冬西州高昌县给田关系牒之一

17.5×24.5，前缺，上部残，前部与大谷 4900 号缀合，存 6 行，存上牒者七里正名及"元宪示"等，缝背署"元"字。

图 西域Ⅲ图版 7。西嶋研究图版 42。集成壹图版 62。**文** 大谷目一 29 页。西域Ⅲ95、477 页。西嶋研究 584-585 页。西村研究 382 页。籍帐研究 435 页。集成壹 29 页。**参** 内藤乾吉 1960。西嶋定生 1960。王永兴 1986。赵吕甫 1989。大津透等 2003。

1228 唐开元二十九年（741）西州高昌县给田簿残片之一

15.5×33，后缺，存 10 行，可与大谷 2390、2930、2974 号缀合，受田者名侧注有朱书"顺"、"大"，并有官员"泰"朱笔签字。

图 西域Ⅱ图版 13。西嶋研究图版 4。集成壹图版 45。**文** 西域Ⅱ157、170 页。西域Ⅲ471 页。西嶋研究 441-442 页。籍帐研究 421 页。集成壹 30 页。**参** 西嶋定生 1959、1960。内藤乾吉 1960。王仲荦 1980。大津透等 2003。

1229 唐开元二十九年（741）西州高昌县给田簿残片之一

28×16，前缺，存6行，后与大谷2975号缀合，缝背署"元"字，3行"娄"、5行"祐"字右边有朱点，3、5行有朱书"西"、"天"等字。

图 西域Ⅱ图版17。西嶋研究图版7。集成壹图版46。文 西域Ⅱ158页。西域Ⅲ470页。西嶋研究442、496页。籍帐研究418页。集成壹30页。参 西嶋定生1959、1960。内藤乾吉1960。

1230　唐开元二十九年（741）西州高昌县给田簿残片之一

22×16，前、后缺，存6行，3、5行处有朱书"天"、"泰"2字。

图 西域Ⅱ图版17。西嶋研究图版9。集成壹图版46。文 西域Ⅱ158页。西嶋研究443页。籍帐研究427页。集成壹30页。参 西嶋定生1959、1960。西村元佑1959。大津透等2003。

1231　唐开元二十九年（741）西州高昌县给田簿残片之一

28×14.5，前、后缺，存5行，其中2、4行"张阿苏剩退"两段地又见于大谷2854号之6、7行，本件与大谷2932号有关联。

图 西域Ⅱ图版15。西嶋研究图版8。集成壹图版46。文 西域Ⅱ158、172页。西嶋研究443-444、497-498页。西村研究346页。籍帐研究422页。集成壹30-31页。参 西嶋定生1959。西村元佑1959。

1232　唐开元二十九年（741）西州高昌县给田簿残片之一

14×26，前、后缺，上部残，存6行，前有骑缝线，缝背署"元"字，上可与大谷2384号缀合。

图 西域Ⅱ图版14。西嶋研究图版5。西村研究图版5。集成壹图版47。文 西域Ⅱ158、171页。西嶋研究444、493页。籍帐研究421页。集成壹31页。参 西嶋定生1959。小笠原宣秀1960A。大津透等2003。

1233　唐开元二十九年（741）西州高昌县给田簿残片之一

20×23.5，前、后缺，存8行，4、5行间距6厘米，5、7行处有朱点。

图 西域Ⅱ图版18。西嶋研究图版9。集成壹图版48。文 西域Ⅱ158页。西嶋研究444-445页。籍帐研究424页。集成壹31页。参 西嶋定生1959。西村元佑1959。大津透等2003。

1234　文书残片

22×24.5，前、后缺，存4行，有"累"、"简"、"二百"等数字。

图 缺。文 集成壹31页。参

1235　唐开元二十九年（741）西州高昌县给田簿残片之一

19×13，前、后缺，存3行，2行处有朱点。

图 西嶋研究图版27。集成壹图版48。文 西域Ⅱ159页。西嶋研究445页。籍帐研究427页。集成壹32页。参 西嶋定生1959。西村元佑1959。大津透等2003。

1236　唐开元二十九年（741）西州高昌县给田簿残片之一

14.5×14，前、后缺，存5行。

图 西域Ⅱ图版18。西嶋研究图版9。集成壹图版48。文 西域Ⅱ159页。西嶋研究446页。籍帐研究423页。集成壹32页。参 西嶋定生1959。西村元佑1959。大津透等2003。

1237　唐开元二十九年（741）西州高昌县给田簿残片之一

11.5×25.5，前、后缺，存8行，3行处有朱点，4、5行间距4厘米。

图 西域Ⅱ图版18。西嶋研究图版10。西村研究图版5。集成壹图版48。**文** 西域Ⅱ
159页。西嶋研究446-447页。西村研究358-359页。籍帐研究424页。集成壹32
页。**参** 西嶋定生1959。西村元佑1959。

1238　唐开元二十九年（741）西州高昌县给田簿残片之一

12.5×20，前缺，存5行，后可与大谷2604号缀合，2行"曹定德"又见于大谷
3028号。

图 西域Ⅱ图版18。西嶋研究图版10。籍帐研究插图62，420页。集成壹图版49。
文 西域Ⅱ159页。西域Ⅲ142、471页。西嶋研究447-448、489-490页。籍帐研究
420页。集成壹32-33页。**参** 西嶋定生1959、1960。王永兴1982。大津透等2003。

1239　唐开元二十九年（741）西州高昌县给田簿残片之一

16.5×12，前缺，后有骑缝线，缝背署"元"字，存4行，2、4行有朱书"泰"
字。

图 西域Ⅱ图版18。西嶋研究图版10。集成壹图版50。**文** 西域Ⅱ159页。西嶋研究
448页。籍帐研究426页。集成壹33页。**参** 西嶋定生1959。内藤乾吉1960。

1240　唐开元二十九年（741）西州高昌县给田簿残片之一

13×14.5，前、后缺，存4行，四面被剪成圆形，1、2行间距6厘米，3行处有朱
点。

图 集成壹图版50。**文** 西域Ⅱ159页。西嶋研究448-449页。籍帐研究428页。集
成壹33页。**参** 西嶋定生1959。

1241　唐开元二十九年（741）西州高昌县给田簿残片之一

12.5×20，前、后缺，存6行，1、2行间距6厘米，3行处有朱点，3、5行有朱书
"泰"字。

图 集成壹图版50。**文** 西域Ⅱ159-160页。西嶋研究449页。籍帐研究428-429页。
集成壹33页。**参** 西嶋定生1959。

1242　唐开元二十九年（741）西州高昌县给田簿残片之一

13.5×16.5，前、后缺，存4行，3、4行间距6厘米，2行有朱书"泰"字。

图 集成壹图版50。**文** 西域Ⅱ160页。西嶋研究449-450页。籍帐研究429页。集
成壹33-34页。**参** 西嶋定生1959。

1243　唐开元二十九年（741）西州高昌县给田簿残片之一

14×16，前有骑缝线，后缺，存5行，1、2行间距5厘米，2、5行有朱点。

图 西域Ⅱ图版19。西嶋研究图版11。集成壹图版50。**文** 西域Ⅱ160页。西嶋研究
450页。籍帐研究424页。集成壹34页。**参** 西嶋定生1959。周藤吉之1959。

1244　唐开元二十九年（741）西州高昌县给田簿残片之一

13.5×18，前、后缺，存6行，2行"给宋□□"旁注黑体"西"字，4行有朱
点。

图 西域Ⅱ图版19。西嶋研究图版10。集成壹图版50。**文** 西域Ⅱ160页。西嶋研究
451页。籍帐研究425页。集成壹34页。**参** 西嶋定生1959。

1245 唐开元二十九年（741）西州高昌县给田簿残片之一

13.5×10.5，前缺，存3行，后有骑缝线，缝背署"元"字，3行有朱书"泰"字。
图 集成壹图版51。**文** 西域Ⅱ160页。西嶋研究451页。籍帐研究429页。集成壹
34页。**参** 西嶋定生1959。内藤乾吉1960。杨际平1988。

1246 唐开元二十九年（741）西州高昌县给田簿残片之一

12×7，后缺，存3行，前可与大谷2381号缀合，2、3行处有朱点。
图 西域Ⅱ图版15。西嶋研究图版7。集成壹图版51。**文** 西域Ⅱ160、171页。西嶋
研究452、497页。籍帐研究422页。集成壹34页。**参** 西嶋定生1959。大金富雄
1988。

1247 空号

1248 唐开元二十九年（741）前后西州高昌县退田簿残片之一

10.5×9.5，前缺，存田亩四至4行，后面骑缝线署"元"字，缝背有朱书，上部
与大谷1251号缀合。
图 西域Ⅱ图版27。西嶋研究图版20。集成壹图版27。**文** 西域Ⅱ175、189页。西
嶋研究504、545页。籍帐研究408页。集成壹35页。**参** 西嶋定生1959。西村元
佑1959。池田温1985A。

1249 唐开元二十九年（741）前后西州高昌县退田簿残片之一

7.5×10，前、后缺，残存3行，3行处有朱点。
图 集成壹图版27。**文** 籍帐研究411页。集成壹35页。**参** 池田温1985A。

1250 唐开元二十九年（741）西州高昌县给田簿残片之一

12×12，后缺，存2行，2行处有朱点。
图 集成壹图版51。**文** 西域Ⅱ160页。西嶋研究452页。籍帐研究427页。集成壹
35页。**参** 西嶋定生1959。大津透等2003。

1251 唐开元二十九年（741）前后西州高昌县退田簿残片之一

7×11，前、后缺，存5行，下部与大谷1248号缀合。
图 西域Ⅱ图版27。西嶋研究图版20。集成壹图版27。**文** 西域Ⅱ175、189页。西
嶋研究504、545页。籍帐研究408页。集成壹35页。**参** 西嶋定生1959。西村元
佑1959。池田温1985A。

1252 唐官府残判尾

28×14，前、后缺，存2行，纸背附有青色胡粉，2行内容为"依判，监客示。七
日"。
图 缺。**文** 大谷目一33页。集成壹35-36页。**参**

1253 唐残入米给付帐

25.5×14，前、后缺，存1行，残"三月二十四日 入米贰硕给付"数字。
图 缺。**文** 大谷目一33页。集成壹36页。**参**

1254 唐贞观十七年（643）六月安西都护府户曹勘问延陁行踪案卷之一

27.5×9.8，后缺，前可与大谷1037号缀合，本件存3行，1、2行内容为"贞观
十七年六月二日。连，实心白"。据考，"实心"乃安西都护府户曹参军，本件实
为户曹审理案卷之一。

图 籍帐研究插图 39，314 页。集成壹图版 105。**文** 大谷目一 33 页。籍帐研究 314 页。集成壹 36 页。**参** 池田温 1973A。法制文书考释 505-509 页。刘安志 2002。

1255 武周天授二年（691）七月西州高昌县诸堰头等申青苗亩数佃人牒残片之一

28.3×28.5，前面缝背有押署，后空白，存 3 行，1 行"堰头董达□"旁有指节押，文书中"月"、"日"为武周新字。

图 集成壹图版 77。**文** 西域Ⅱ 105 页。周藤研究 39 页。佐藤武敏 1967，2 页。籍帐研究 331 页。集成壹 36 页。**参** 周藤吉之 1959、1965。小笠原宣秀 1960A。堀敏一 1960。佐藤武敏 1967。池田温 1975。小田义久 1981B。

1256 唐贞观十七年（643）八月安西都护府户曹勘问延陁行踪案卷之一

27×8，后缺，存 3 行，前部与大谷 1419 号缀合，本件与大谷 1013、1037、1254、1419、2831 诸号同为贞观十七年六月安西都护府户曹审理善憙、奴俊延妻孙氏案卷。

图 籍帐研究插图 39，315 页。集成壹图版 105。**文** 大谷目一 34 页。籍帐研究 315 页。集成壹 36 页。**参** 池田温 1973A。法制文书考释 505-509 页。刘安志 2002。

1257 唐西州高昌县官府文书残片

14×5，前部缝背有押署，后缺，存 2 行，内容为"检案业白。十四日"。"业"为开元末天宝初的高昌县县尉。

图 集成壹图版 22。**文** 集成壹 36 页。**参** 内藤乾吉 1960。

1258 武周天授二年（691）七月西州高昌县诸堰头等申青苗亩数佃人牒残片之一

19.5×28，前、后缺，存 5 行，有武周新字，2 行内容为"天授二年七月九日堰头康文海牒"，左侧有指节押。

图 集成壹图版 78。**文** 西域Ⅱ 95 页。周藤研究 10 页。佐藤武敏 1967，2-3 页。籍帐研究 330 页。集成壹 37 页。**参** 周藤吉之 1959、1965。小笠原宣秀 1960A。堀敏一 1960。池田温 1975。佐藤武敏 1967。小田义久 1981B。

1259 唐仪凤二年（677）十一月西州仓曹府史藏牒为十月、十一月市间柴估事（北馆文书之一）

17.6×28.5，前、后缺，存 4 行，可与大谷 1003、4924 号及中村文书 A 缀合，4 行以下由别的纸粘合。

图 西域Ⅲ图版 5。集成壹图版 10。**文** 西域Ⅲ 56 页。集成壹 37 页。**参** 大庭脩 1959。内藤乾吉 1960。小田义久 1985A。大津透 1990、1993。

1260 唐小麦文书残片

8.5×21.5，前、后缺，存 7 行，由两纸粘合而成。

图 缺。**文** 集成壹 37 页。**参**

1261 唐卫士番役文书残片

8.5×26.2，前、后缺，存 7 行，纸背附有茶色颜料，2、3 行间距 8 厘米。1 行存"月一日仗身"，3 行存"见在具显姓名"，4 行为"上队副刘"。

图 西域Ⅲ图版 14。集成壹图版 95。**文** 西域Ⅲ 146-147 页。集成壹 37-38 页。王永兴校注 673 页。**参** 小笠原宣秀、西村元佑 1960。西村元佑 1960、1968B。黄惠贤 1990。

1262 唐仪凤三年（678）度支支配四年诸州庸调及折造杂綵色数并处分事条残片之一
由 A、B、C 三片上下粘贴而成，A 片 22.5×18.5，B 片 11.5×19.5，C 片 9.8×
10，此件带有苇席痕，与其他带有苇席痕的大谷 100 多片文书统称为苇席文书。纸
背附有紫绢片。

图 西域 II 插图 20。集成壹图版 23。文 西域 II 405 页。集成壹 38 页。大津透、榎
本淳一 1987，53、57、61、62 页。叁 小笠原宣秀 1959。大津透 1986。大津透、榎
本淳一 1987。

1263 唐仪凤三年（678）度支支配四年诸州庸调及折造杂綵色数并处分事条残片之一
35×20.5，前、后缺，存 8 行，由数纸粘贴，苇席文书之一，纸背附有紫绢片。

图 集成壹图版 23。文 大谷目一 35 页。西域 II 406 页。西域 III 207 页。集成壹 38
页。王永兴校注 728-729 页。大津透、榎本淳一 1987，52、56、58、60、63 页。叁
小笠原宣秀 1959。池田温 1984A。大津透 1986。大津透、榎本淳一 1987。

1264 唐仪凤三年（678）度支支配四年诸州庸调及折造杂綵色数并处分事条残片之一
27.5×29，前、后缺，存 7 行，由数纸粘贴，苇席文书之一，纸背附有紫绢片。3、
4 行间距 13 厘米。

图 集成壹图版 23。文 集成壹 38-39 页。大津透、榎本淳一 1987，53、57、61、62
页。叁 小笠原宣秀 1959。大津透 1986。大津透、榎本淳一 1987。小田义久 1988。

1265 唐仪凤三年（678）度支支配四年诸州庸调及折造杂綵色数并处分事条残片之一
20.5×8，前、后缺，由数纸粘贴，苇席文书之一。

图 集成壹图版 24。文 集成壹 39 页。大津透、榎本淳一 1987，53、54、57、59 页。
叁 小笠原宣秀 1959。大津透 1986。大津透、榎本淳一 1987。

1266 唐仪凤三年（678）度支支配四年诸州庸调及折造杂綵色数并处分事条残片之一
16×11，前、后缺，存 3 行，由两纸粘贴，苇席文书之一。

图 缺。文 集成壹 39 页，大津透、榎本淳一 1987，61-62 页。叁 小笠原宣秀 1959，
大津透 1986，大津透、榎本淳一 1987。

1267 唐仪凤三年（678）度支支配四年诸州庸调及折造杂綵色数并处分事条残片之一
20.5×9，前、后缺，存 2 行，由两纸粘贴，纸背押署"俭"，苇席文书之一。

图 集成壹图版 24。文 西域 III 138 页。集成壹 39 页。王永兴校注 670 页。大津透、
榎本淳一 1987，57 页。叁 小笠原宣秀 1959。小笠原宣秀、西村元佑 1960。内藤乾
吉 1960。池田温 1984A。大津透 1986。大津透、榎本淳一 1987。

1268 唐仪凤三年（678）度支支配四年诸州庸调及折造杂綵色数并处分事条残片之一
11×8.3，前、后缺，存 2 行，苇席文书之一。

图 集成壹图版 24。文 集成壹 39 页。大津透、榎本淳一 1987，60 页。叁 小笠原宣
秀 1959。大津透 1986。大津透、榎本淳一 1987。

1269 唐仪凤三年（678）度支支配四年诸州庸调及折造杂綵色数并处分事条残片之一
6.5×3，前、后缺，存 1 行，有"所由"2 字；纸背亦前、后缺，存 1 行，有"送
兵"2 字，苇席文书之一。

图 缺。文 集成壹 39-40 页。大津透、榎本淳一 1987，60、63 页。叁 小笠原宣秀
1959。大津透 1986。大津透、榎本淳一 1987。

1270 唐仪凤三年（678）度支支配四年诸州庸调及折造杂䌷色数并处分事条残片之一
6.2×6.2，前、后缺，存2行；纸背亦前、后缺，存1行，苇席文书之一。
图缺。文集成壹40页。大津透、榎本淳一1987，55页。参小笠原宣秀1959。大津透1986。大津透、榎本淳一1987。

1271 唐仪凤三年（678）度支支配四年诸州庸调及折造杂䌷色数并处分事条残片之一
5×4.5，正面无文字，纸背前、后缺，存2行，苇席文书之一。
图缺。文集成壹40页。大津透、榎本淳一1987，55、59页。参小笠原宣秀1959。大津透1986。大津透、榎本淳一1987。

1272 唐仪凤三年（678）度支支配四年诸州庸调及折造杂䌷色数并处分事条残片之一
4×7，正面无文字，纸背前、后缺，存1行，有一"歌"字，附有染色绢布片，苇席文书之一。
图缺。文集成壹40页。大津透、榎本淳一1987，52、56、58页。参小笠原宣秀1959。大津透1986。大津透、榎本淳一1987。

1273 唐仪凤三年（678）度支支配四年诸州庸调及折造杂䌷色数并处分事条残片之一
6×4，前、后缺，存1行，有"地县开国公"5字，苇席文书之一。
图缺。文集成壹40页。大津透、榎本淳一1987，52、56页。参小笠原宣秀1959。大津透1986。大津透、榎本淳一1987。

1274 唐仪凤三年（678）度支支配四年诸州庸调及折造杂䌷色数并处分事条残片之一
10.5×6，前、后缺，存1行，由三纸粘贴，苇席文书之一。
图缺。文集成壹40页。大津透、榎本淳一1987，53、54、57、59页。参小笠原宣秀1959。人津透1986。大津透、榎本淳一1987。

1275 唐仪凤三年（678）度支支配四年诸州庸调及折造杂䌷色数并处分事条残片之一
14.5×9，前、后缺，存3行，由数纸粘贴，苇席文书之一。
图缺。文集成壹41页。大津透、榎本淳一1987，58页。参小笠原宣秀1959。大津透1986。大津透、榎本淳一1987。

1276 唐仪凤三年（678）度支支配四年诸州庸调及折造杂䌷色数并处分事条残片之一
11.5×7.5，前、后缺，存2行，背面亦存2行文字，由两纸粘贴，苇席文书之一。
图缺。文集成壹41页。大津透、榎本淳一1987，55、59页。参小笠原宣秀1959。大津透1986。大津透、榎本淳一1987。

1277 唐仪凤三年（678）度支支配四年诸州庸调及折造杂䌷色数并处分事条残片之一
12×6.5，前、后缺，存1行，背面存2行，由数纸粘贴，苇席文书之一。
图缺。文集成壹41页。大津透、榎本淳一1987，53、54、57、59页。参小笠原宣秀1959。大津透1986。大津透、榎本淳一1987。

1278 唐仪凤三年（678）度支支配四年诸州庸调及折造杂䌷色数并处分事条残片之一
11.5×7，前、后缺，存3行，苇席文书之一。
图缺。文集成壹41页。大津透、榎本淳一1987，63页。参小笠原宣秀1959。大津透1986。大津透、榎本淳一1987。

1279 唐仪凤三年（678）度支支配四年诸州庸调及折造杂䌷色数并处分事条残片之一
8×3.5，前、后缺，存1行，由两纸粘贴，苇席文书之一。

图 缺。文 集成壹 41 页。大津透、榎本淳一 1987，61-62 页。参 小笠原宣秀 1959。大津透 1986。大津透、榎本淳一 1987。

1280 唐仪凤三年（**678**）度支支配四年诸州庸调及折造杂綵色数并处分事条残片之一

8.5×2.3，前、后缺，存 1 行，苇席文书之一。

图 缺。文 集成壹 41 页。大津透、榎本淳一 1987，52 页。参 小笠原宣秀 1959。大津透 1986。大津透、榎本淳一 1987。

1281 唐仪凤三年（**678**）度支支配四年诸州庸调及折造杂綵色数并处分事条残片之一

8×2.5，前、后缺，存 1 行，由两纸粘贴，苇席文书之一。

图 缺。文 集成壹 42 页。大津透、榎本淳一 1987，54、57 页。参 小笠原宣秀 1959。大津透 1986。大津透、榎本淳一 1987。

1282 唐仪凤三年（**678**）度支支配四年诸州庸调及折造杂綵色数并处分事条残片之一

5×2.5，残"已西路次"4 字，苇席文书之一。

图 缺。文 集成壹 42 页。大津透、榎本淳一 1987，60、63 页。参 小笠原宣秀 1959。大津透 1986。大津透、榎本淳一 1987。

1283 唐仪凤三年（**678**）度支支配四年诸州庸调及折造杂綵色数并处分事条残片之一

3×3.5，残"州"字，苇席文书之一。

图 缺。文 集成壹 42 页。参 小笠原宣秀 1959。大津透 1986。大津透、榎本淳一 1987。

1284 唐仪凤三年（**678**）度支支配四年诸州庸调及折造杂綵色数并处分事条残片之一

3×4，由两纸粘贴，残"状拾"2 字，苇席文书之一。

图 缺。文 集成壹 42 页。大津透、榎本淳一 1987，54、59 页。参 小笠原宣秀 1959。大津透 1986。大津透、榎本淳一 1987。

1285 唐仪凤三年（**678**）度支支配四年诸州庸调及折造杂綵色数并处分事条残片之一

4×2，残"镇"字，苇席文书之一。

图 缺。文 集成壹 42 页。大津透、榎本淳一 1987，63 页。参 小笠原宣秀 1959。大津透 1986。大津透、榎本淳一 1987。

1286 唐仪凤三年（**678**）度支支配四年诸州庸调及折造杂綵色数并处分事条残片之一

3×2，残"开国公殁"4 字，苇席文书之一。

图 缺。文 集成壹 42 页。大津透、榎本淳一 1987，56 页。参 小笠原宣秀 1959。大津透 1986。大津透、榎本淳一 1987。

1287 唐仪凤三年（**678**）度支支配四年诸州庸调及折造杂綵色数并处分事条残片之一

2×2，残 1 字，不识，苇席文书之一。

图 缺。文 集成壹 42 页。参 小笠原宣秀 1959。大津透 1986。大津透、榎本淳一 1987。

1288 唐仪凤三年（**678**）度支支配四年诸州庸调及折造杂綵色数并处分事条残片之一

8×15，残 1 字，不识，有两处朱点，苇席文书之一。

图 缺。文 集成壹 42 页。参 小笠原宣秀 1959。大津透 1986。大津透、榎本淳一 1987。

1289 唐仪凤三年（**678**）度支支配四年诸州庸调及折造杂綵色数并处分事条残片之一

5×6，由两纸粘贴，上部存 1 行，下部存 2 行，苇席文书之一。
图 缺。文 集成壹 42 页。大津透、榎本淳一 1987，53、57 页。参 小笠原宣秀
1959。大津透 1986。大津透、榎本淳一 1987。

1290 唐仪凤三年（678）度支支配四年诸州庸调及折造杂綵色数并处分事条残片之一
8×4.5，由两纸粘贴，上部存 1 行，下部存 2 行，苇席文书之一。
图 缺。文 集成壹 42 页。大津透、榎本淳一 1987，60、63 页。参 小笠原宣秀
1959。大津透 1986。大津透、榎本淳一 1987。

1291 唐仪凤三年（678）度支支配四年诸州庸调及折造杂綵色数并处分事条残片之一
7.5×12.5，由两纸粘贴，上部存 2 行，下部存 3 行，苇席文书之一。
图 缺。文 集成壹 42 页。大津透、榎本淳一 1987，60、63 页。参 小笠原宣秀
1959。大津透 1986。大津透、榎本淳一 1987。

1292 唐仪凤三年（678）度支支配四年诸州庸调及折造杂綵色数并处分事条残片之一
由 A、B 两片组成，A 片 4×5，B 片 5×2.5，A 片背面存"诸州"2 字，B 片由两
纸粘贴，存"县主"2 字，苇席文书之一。
图 缺。文 集成壹 42 页。大津透、榎本淳一 1987，54、59 页。参 小笠原宣秀
1959。大津透 1986。大津透、榎本淳一 1987。

1293 唐仪凤三年（678）度支支配四年诸州庸调及折造杂綵色数并处分事条残片之一
10.5×4，由两纸粘贴，上部存一"揗"字，下部存"度支"2 字，苇席文书之一。
图 缺。文 集成壹 42 页。大津透、榎本淳一 1987，53、57 页。参 小笠原宣秀
1959。大津透 1986。大津透、榎本淳一 1987。

1294 唐仪凤三年（678）度支支配四年诸州庸调及折造杂綵色数并处分事条残片之一
7.5×2.5，前、后缺，存 1 行，有一"其"字，苇席文书之一。
图 缺。文 集成壹 43 页。参 小笠原宣秀 1959。大津透 1986。大津透、榎本淳一
1987。

1295 唐仪凤三年（678）度支支配四年诸州庸调及折造杂綵色数并处分事条残片之一
6.5×6，由两纸粘贴，上部存"前"、"风"等字，下部存 2 行，苇席文书之一。
图 缺。文 集成壹 43 页。大津透、榎本淳一 1987，54、59 页。参 小笠原宣秀
1959。大津透 1986。大津透、榎本淳一 1987。

1296 唐仪凤三年（678）度支支配四年诸州庸调及折造杂綵色数并处分事条残片之一
6×6，前、后缺，存 2 行，苇席文书之一。
图 缺。文 集成壹 43 页。大津透、榎本淳一 1987，61 页。参 小笠原宣秀 1959。大
津透 1986。大津透、榎本淳一 1987。

1297 唐仪凤三年（678）度支支配四年诸州庸调及折造杂綵色数并处分事条残片之一
8×4，由两纸粘贴，上部无文字，下部存"等数"2 字，苇席文书之一。
图 缺。文 集成壹 43 页。参 小笠原宣秀 1959。大津透 1986。大津透、榎本淳一
1987。

1298 唐仪凤三年（678）度支支配四年诸州庸调及折造杂綵色数并处分事条残片之一
11.5×3，前、后缺，存 1 行，苇席文书之一。
图 缺。文 集成壹 43 页。大津透、榎本淳一 1987，63 页。参 小笠原宣秀 1959。大

津透 1986。大津透、榎本淳一 1987。

1299 唐仪凤三年（678）度支支配四年诸州庸调及折造杂綵色数并处分事条残片之一
12×4.5，前、后缺，存 2 行，由两纸粘贴，苇席文书之一。
图 缺。文 集成壹 43 页。大津透、榎本淳一 1987，52、56 页。参 小笠原宣秀
1959。大津透 1986。大津透、榎本淳一 1987。

1300 唐仪凤三年（678）度支支配四年诸州庸调及折造杂綵色数并处分事条残片之一
6.5×7.8，由数纸粘贴，上部存 "何"、"所"、"布" 等字，纸背有 "巡州" 2 字，
苇席文书之一。
图 缺。文 集成壹 44 页。大津透、榎本淳一 1987，55、59、61 页。参 小笠原宣秀
1959。大津透 1986。大津透、榎本淳一 1987。

1301 唐仪凤三年（678）度支支配四年诸州庸调及折造杂綵色数并处分事条残片之一
12.5×6，前、后缺，存 2 行，苇席文书之一。
图 缺。文 集成壹 44 页。大津透、榎本淳一 1987，61 页。参 小笠原宣秀 1959。大
津透 1986。大津透、榎本淳一 1987。

1302 唐仪凤三年（678）度支支配四年诸州庸调及折造杂綵色数并处分事条残片之一
7.2×4.4，由数纸粘贴，上部存一 "谨" 字，苇席文书之一。
图 缺。文 集成壹 44 页。大津透、榎本淳一 1987，54、58 页。参 小笠原宣秀
1959，大津透 1986，大津透、榎本淳一 1987。

1303 佛教文书残片
8×12.5，前、后缺，存 6 行，5、6 行有墨涂抹，3 行残 "觉心即" 3 字，背面存 5
行，5 行存 "是无量" 等字，与佛教有关。
图 缺。文 集成壹 44 页。参

1304 高昌玄隆、智海等僧入粮物帐
23.3×16.9，前、后缺，存 12 行，乃玄隆、智海等入粮物的记帐，其中曇进、曇
隆两名又见于吐鲁番出土文书，为高昌弘宝寺僧，由计量词 "斛"、"斗"、"升"
等书体判断，本件当书于高昌时期。
图 集成壹插图 1，20 页。文 集成壹 44-45 页。参

1304v 高昌或唐初唐阿会等田亩簿
前、后缺，存 10 行，有朱字，书体与正面不同，记唐阿会等土地亩数，多者 8 亩，
少者 1 亩，无年月，疑为高昌或唐初之户口田亩帐。
图 集成壹插图 1，20 页。文 集成壹 45 页。参

1305 武周西州柳中县官田租谷簿
27.5×46，前、后缺，存 18 行，用武周新字，上有黑污，所钤官印似为 "柳中县
之印"，记土地段亩数、佃人名及缴纳谷物数，佃人名旁还书有 "明"、"承"、
"道" 等字，当指柳中县的钦明乡、承礼乡和五道乡。
图 西域Ⅱ图版 8。周藤研究图版 7。集成壹图版 92。文 西域Ⅱ124 页。周藤研究
83-84 页。池田温 1975，90-91 页。籍帐研究 340 页。集成壹 45-46 页。参 周藤吉
之 1959、1965。西村元佑 1959。堀敏一 1960。池田温 1975。

1306 高昌侍郎焦延明残文书

13.7×9.9，由数纸粘贴，前、后缺，存4行，由"侍郎"、"殿中"等称谓看，当为高昌时期文书。

图 缺。文 集成壹 46 页。参 关尾史郎等 1990。王素 1997，320 页。

1307　高昌左亲侍散望麹某残文书

15.5×10.7，由数纸粘贴，前、后缺，存4行，1行残"下事侍郎臣高"6字，知为高昌时期文书。

图 缺。文 集成壹 46 页。参 关尾史郎等 1990。王素 1997，320 页。

1308　唐差科簿残片

7×18.6，前、后缺，下部残，存6行，与大谷1496号为同一书体，4行"男明憙年"旁"五月一日"4字为朱书。

图 集成壹图版 100。文 西域Ⅲ454 页。西村研究 674 页。集成壹 46 页。参 西村元佑 1960、1968B。

1309　文书残片

16.3×22.9，前、后缺，存6行，性质不明。由两纸呈丁字形粘贴，纸背全部用墨涂抹。

图 缺。文 集成壹 46-47 页。参 鲍晓娜 1985。

1310　高昌延寿元年（624）六月剂远行马价钱敕符

24×18.7，前、后缺，存6行，此符乃"延寿元年甲申岁六月二十日起"，由"宁远将军吏部郎中兼兵部事麹"及"通事令史辛"下给高昌某"县司马主者"，令该县输纳"甲申岁六月剂远行马价钱"。

图 籍帐研究插图 38，312 页。集成壹图版 1。文 大谷目一 37-38 页。籍帐研究 312 页。集成壹 47 页。参 嶋崎昌 1963。陈国灿 1988。关尾史郎 1989、1994。陈仲安 1990。

1311　高昌延寿元年（624）六月剂远行马价钱敕符

25×18.7，前、后缺，存7行，左半部剪成圆形，此乃六月二十一日下"交河郡司马主者"敕。

图 集成壹图版 2。文 大谷目一 38 页。籍帐研究 313 页。集成壹 47 页。参 嶋崎昌 1963。卢开万 1983。陈国灿 1988。关尾史郎 1989、1994。陈仲安 1990。

1312　唐天宝某载交河郡秋冬禄直练文书

19.8×16.1，前、后缺，下部残，存5行，3行残"文后令晋□□"数字，4行存"□秋冬禄直练便折分□"数字，当与大谷1014、1057等号同为一个案卷。

图 缺。文 大谷目一 38 页。集成壹 47 页。中田笃郎 1985，178 页。西北军事研究 330 页。参 中田笃郎 1985。西北军事研究 327-339 页。

1313　回鹘文文书残片

5.6×3.6，存3行，与大谷1314号同类，有衬里。

图 缺。文 缺。参 羽田明、山田信夫 1961。

1314　回鹘文文书残片

6.8×4.6，存3行，与大谷1313号同类，有衬里。

图 缺。文 缺。参 羽田明、山田信夫 1961。

1315 回鹘文文书残片

7×16，存4行，与大谷1160-1163诸号为同类文书，有衬里。

图 缺。文 缺。参 羽田明、山田信夫1961。

1316 回鹘文文书残片

4.6×5，存2行，与大谷1317号同类，有衬里。

图 缺。文 缺。参 羽田明、山田信夫1961。

1317 回鹘文文书残片

2.8×2.4，存3行，与大谷1316号同类，有衬里。

图 缺。文 缺。参 羽田明、山田信夫1961。

1318 粟特文书信残片

9.5×8.5，存5行，与大谷1186、1188、1189、1190、1320、1321、1325诸号同卷。

图 イラン语断片集成图版6。文 イラン语断片集成58页。参 羽田明、山田信夫1961。イラン语断片集成57-60页。

1319 回鹘文文书残片

8.6×5.2，存4行。

图 缺。文 缺。参 羽田明、山田信夫1961。

1320 粟特文书信残片

7.2×7.6，存4行，与大谷1186、1188、1189、1190、1318、1321、1325诸号同卷。

图 イラン语断片集成图版6。文 イラン语断片集成58页。参 羽田明、山田信夫1961。イラン语断片集成57-60页。

1321 粟特文书信残片

6.3×7.5，存3行，与大谷1186、1188、1189、1190、1318、1320、1325诸号同卷。

图 イラン语断片集成图版6。文 イラン语断片集成58页。参 羽田明、山田信夫1961。イラン语断片集成57-60页。

1322 回鹘文文书残片

5.4×7.2，存5行，有衬里、丝栏。

图 缺。文 缺。参 羽田明、山田信夫1961。

1323 回鹘文文书残片

8.8×6.2，存2行，有衬里。

图 缺。文 缺。参 羽田明、山田信夫1961。

1324 回鹘文文书残片

7×5，存2行，与大谷1119、1318、1320、1321、1326诸号同卷。

图 缺。文 缺。参 羽田明、山田信夫1961。

1325 粟特文书信残片

8×3.5，存2行，与大谷1186、1188、1189、1190、1318、1320、1321诸号同卷。

图 イラン语断片集成图版6。文 イラン语断片集成58页。参 羽田明、山田信夫

1961。イラン语断片集成 57-60 页。

1326　回鹘文文书残片

6.8×2.8，存1行，与大谷1119、1318、1320、1321、1324 诸号同卷。

图 缺。文 缺。参 羽田明、山田信夫1961。

1327　回鹘文文书残片

6.2×3.4，存2行，有衬里。

图 缺。文 缺。参 羽田明、山田信夫1961。

1328　粟特文佛典残片

9×7.3，存4行，有衬里并三黑印。

图 イラン语断片集成图版7。文 イラン语断片集成60页。参 羽田明、山田信夫1961。イラン语断片集成60页。

1329　回鹘文文书残片

10.2×5.6，存4行，有衬里。

图 缺。文 缺。参 羽田明、山田信夫1961。

1330　粟特文佛典残片

4.5×4.8，存4行，楷书，有丝栏。原注："Ⅰ。"

图 イラン语断片集成图版7。文 イラン语断片集成60页。参 羽田明、山田信夫1961。イラン语断片集成60页。

1331　回鹘文文书残片

4.4×5.4，存4行，草书。

图 缺。文 缺。参 羽田明、山田信夫1961。

1332　回鹘文文书残片

5.6×5.6，存4行，草书。

图 缺。文 缺。参 羽田明、山田信夫1961。

1333　回鹘文文书残片

4×2，存1行，草书。

图 缺。文 缺。参 羽田明、山田信夫1961。

1334　回鹘文文书残片

2.6×2.4，存3行，草书。

图 缺。文 缺。参 羽田明、山田信夫1961。

1335　回鹘文文书残片

9.6×8.8，存5行，草书。

图 缺。文 缺。参 羽田明、山田信夫1961。

1336　回鹘文文书残片

共2片，草书，第1片5.9×6.5，存5行；第2片4.2×1.5，存2行。

图 缺。文 缺。参 羽田明、山田信夫1961。

1337　回鹘文《天地八阳神咒经》残片

14.8×3.5，存3行，楷书，有朱丝栏。

图 小田寿典1983，184页。文 小田寿典1983，174页。参 羽田明、山田信夫

1961。小田寿典 1983。

1338　回鹘文佛典残片

17.2×20，两面书写，正面存 14 行，背面存 15 行，均为横楷书。原注："第 11。"
图 西域Ⅳ图版 12。文 西域Ⅳ199 页。参 羽田明、山田信夫 1961。

1339　回鹘文佛典残片

16.2×6.2，两面书写，正面存 4 行，背面存 5 行，均为横楷书。原注："第 11。"
图 缺。文 缺。参 羽田明、山田信夫 1961。

1340　回鹘文文书残片

5.8×7.2，两面书写，正面存 5 行，背面存 5 行，均为横楷书。
图 缺。文 缺。参 羽田明、山田信夫 1961。

1341　回鹘文文书残片

5.4×6.2，存 7 行，有衬里。
图 缺。文 缺。参 羽田明、山田信夫 1961。

1342　回鹘文文书残片

6.2×2，存 1 行，有衬里。
图 缺。文 缺。参 羽田明、山田信夫 1961。

1343　回鹘文文书残片

7.2×5，存 5 行，有衬里。
图 缺。文 缺。参 羽田明、山田信夫 1961。

1344　回鹘文文书残片

8.8×4.2，存 2 行，有衬里。
图 缺。文 缺。参 羽田明、山田信夫 1961。

1345　回鹘文文书残片

8×3.2，存 2 行，有衬里。
图 缺。文 缺。参 羽田明、山田信夫 1961。

1346　回鹘文文书残片

6.4×4.2，存 2 行，有衬里。
图 缺。文 缺。参 羽田明、山田信夫 1961。

1347　回鹘文文书残片

6.6×1.8，存 1 行，有衬里。
图 缺。文 缺。参 羽田明、山田信夫 1961。

1348　回鹘文文书残片

2.4×3.6，存 3 行，有衬里。
图 缺。文 缺。参 羽田明、山田信夫 1961。

1349 +2035　回鹘文《弥勒会见记》残片

13×12，两面书写，正面存 9 行，楷书、朱丝栏，有页数；背面存 9 行，楷书。
图 P. Zieme 2000A，图版 XVI-XVII。文 P. Zieme 2000A，126-128 页。参 羽田明、山田信夫 1961。P. Zieme 2000A，123-134 页。

1350　回鹘文佛典残片

22.8×14.2，两面书写，正面存18行，横楷书，朱丝栏；背面存18行，横楷书，朱丝栏。

🖼 西域Ⅳ图版13。📄 西域Ⅳ199-200页。📑 羽田明、山田信夫1961。

1351　粟特文音译西伊朗语残片

3.5×3.2，存3行。

🖼 イフン语断片集成图版7。📄 イラン语断片集成60页。📑 羽田明、山田信夫1961。イラン语断片集成60页。

1352　回鹘文文书残片

5.6×4，存3行，有丝栏。

🖼 缺。📄 缺。📑 羽田明、山田信夫1961。

1353　回鹘文文书残片

5.6×4.2，存4行。

🖼 缺。📄 缺。📑 羽田明、山田信夫1961。

1354　回鹘文文书残片

11×3，存4行。

🖼 缺。📄 缺。📑 羽田明、山田信夫1961。

1355　回鹘文文书残片

7×1，存1行，有丝栏。

🖼 缺。📄 缺。📑 羽田明、山田信夫1961。

1356　回鹘文《天地八阳神咒经》残片

4.8×9.6，存10行，有朱丝栏。

🖼 小田寿典1983，178页。📄 小田寿典1983，165页。📑 羽田明、山田信夫1961。小田寿典1983。

1357　回鹘文文书残片

7.2×6.8，存3行。

🖼 缺。📄 缺。📑 羽田明、山田信夫1961。

1358　回鹘文文书残片

4.6×3，存3行。

🖼 缺。📄 缺。📑 羽田明、山田信夫1961。

1359　回鹘文文书残片

4.6×4.2，存3行。

🖼 缺。📄 缺。📑 羽田明、山田信夫1961。

1360　回鹘文文书残片

8.4×9.8，存7行，有朱丝栏。

🖼 缺。📄 缺。📑 羽田明、山田信夫1961。

1361　回鹘文文书残片

4.8×5.2，存3行。

🖼 缺。📄 缺。📑 羽田明、山田信夫1961。

1362　回鹘文文书残片

8×2.2，存2行，细字。

图 缺。文 缺。参 羽田明、山田信夫1961。

1363 回鹘文文书残片

6×5.4，存4行。

图 缺。文 缺。参 羽田明、山田信夫1961。

1364 回鹘文文书残片

19.2×17，两面书写，正面存4行，粗厚纸，草书大字；背面存6行，草书。

图 缺。文 缺。参 羽田明、山田信夫1961。

1365-1369 回鹘文文书残片

此5片均为极小片，最大片仅4×2.6（1369号），均两面书写，存1-3行不等。

图 缺。文 缺。参 羽田明、山田信夫1961。

1370 回鹘文佛典

5×17.2，存19行，纸系白色薄纸，草书，首尾全。

图 西域Ⅳ图版23。文 西域Ⅳ200页。参 羽田明、山田信夫1961。

1371 回鹘文文书残片

11×6.4，存3行，活字，与大谷1115、1371诸号为同一文书。

图 缺。文 缺。参 羽田明、山田信夫1961。

1372 回鹘文文书残片

4×3.2，存2行，草书。

图 缺。文 缺。参 羽田明、山田信夫1961。

1373 回鹘文文书残片

9.8×14.2，两面书写，正面存7行，草书；背面存10行，二重书写草书。原注："31。"

图 缺。文 缺。参 羽田明、山田信夫1961。

1374 回鹘文佛典残片

10.8×13.8，两面书写，均存10行，横楷书，与大谷1114号缀合，与大谷1338号为同类佛典。原注："31。"

图 西域Ⅳ图版14。文 西域Ⅳ201页。参 羽田明、山田信夫1961。

1375 回鹘文佛典残片

18.8×9.2，贝叶形，两面书写，楷书，朱字。正面存6行，背面存6行。原注："No. 31。"

图 缺。文 缺。参 羽田明、山田信夫1961。

1376 唐开元二十九年（741）西州高昌县给田簿残片之一

21.5×37.5，前、后缺，存11行，各行有朱点及朱书"泰"、"昌"、"大"等字，1、2行间距5厘米。

图 西域Ⅱ图版19。西嶋研究图版11。集成壹图版51。文 西域Ⅱ161页。西嶋研究452-453页。籍帐研究424-425页。集成壹47-48页。参 西嶋定生1959。大津透等2003。

1377 唐索宁生等残名籍

8.7×31.5，前、后缺，存9行，9行人名下有一"送"字，或为征镇名籍。

图 缺。文 大谷目一39页。集成壹48页。参

1378　唐军府关系文书

14.6×7.7，正、反两面书写，正面前、后缺，存4行，2行载"有步兵一万七千六百"，4行有小字"即得火数"4字，当属军府文书，小笠原宣秀、西村元佑氏推测可能是有关卫士斥候用的天田勤务义书。背面存3行，文字不易识读。

图 西域Ⅲ图版15。集成壹图版94。文 大谷目一39页。西域Ⅲ148页。集成壹48页。参 小笠原宣秀、西村元佑1960。

1379　布萨会表白义

15.7×18，前、后、上残，存9行，3行残存"可行尊作布萨事僧"，7行残存"众和合布萨上"，当与佛教布萨会有关。

图 西域Ⅲ图版29。集成壹图版111。文 大谷目一39-40页。西域Ⅲ257页。集成壹49页。参 小笠原宣秀1960B、1961A。

1380　田吕服残辞

12.3×14，后缺，存4行，1行存"人田吕服辞"5字。

图 缺。文 集成壹49页。参

1381　武周里正残文书

6×4.7，前、后缺，存2行，1行残"里正"2字，正乃武周新字，表面有土附着。

图 缺。文 集成壹49页。参

1382　文书残片

9.7×3.1，前、后缺，存1行3字，不易识读，纸背有土附着，存有丝栏线。

图 缺。文 集成壹49页。参

1383　药方残片

9.7×8.5，前、后、上、下残，存6行，有丝栏。

图 集成壹图版108。文 集成壹49页。参

1384　药方残片

8.9×4.9，前、后、上、下残，存3行，有丝栏。

图 集成壹图版108。文 集成壹50页。参

1385　药方残片

6×8.9，前、后、上、下残，存6行，有丝栏，有朱点。

图 集成壹图版108。文 集成壹50页。参

1386　药方残片

6.6×5.5，前、后、上、下残，存4行，有丝栏，文字有朱点。

图 集成壹图版108。文 集成壹50页。参

1386v　佛教文书残片

存2行。

图 缺。文 集成壹50页。参

1387　药方残片

6.1×8.7，前、后、上、下残，存6行，有丝栏，有朱点。

图 集成壹图版109。文 集成壹50页。参

1388 药方残片

5.7×4.1，前、后、上、下残，存3行，有丝栏。

图 集成壹图版109。文 集成壹51页。参

1389 药方残片

6.1×5.3，前、后、上、下残，存3行，有朱点，由数纸粘贴而成。

图 集成壹图版109。文 集成壹51页。参 陈明2001。

1390 药方残片

11×9.3，前、后缺，上部残，存7行，有丝栏，有朱点。

图 集成壹图版109。文 集成壹51页。参

1391 药方残片

6.7×5.9，前、后、上、下残，存4行，2行有朱点。

图 集成壹图版109。文 集成壹51页。参

1392 药方残片

7.1×6.3，前、后缺，下部残，存3行，有丝栏。

图 集成壹图版109。文 集成壹51-52页。参

1393 药方残片

6.6×6.8，前、后、上、下残，存4行，有丝栏。

图 集成壹图版109。文 集成壹52页。参

1394 文书残片

7×7.6，前、后缺，存2行，有朱点。

图 缺。文 集成壹52页。参

1395 文书残片

7.3×4.2，前、后缺，存1行，存"取高昌"3字。

图 缺。文 集成壹52页。参

1396 文书残片

11.7×3，前、后缺，存1行，存"平等乡"3字。

图 缺。文 集成壹52页。参

1397 唐残牒文

7.4×11.6，前、后缺，存1行，存"牒于"2字。

图 缺。文 集成壹52页。参

1398 唐县司残文书

6.8×11.6，前、后缺，存2行，各存3字，1行为"县司大"。

图 缺。文 集成壹52页。参

1399 唐百姓残文书

11.4×7.9，前、后缺，存2行，各存5字，2行为"百姓还旬分"。

图 缺。文 集成壹53页。参

1400 唐军府文书残片

22.2×3.6，前、后缺，存 1 行，存 "要路□□□着兵□有烟塵遞相附报愿" 十数字。

图 缺。文 集成壹 53 页。参

1401 武周圣历二年（699）沙州豆卢军为迎吐谷浑归朝案卷之一

19.4×7，前、后缺，存 3 行，2 行上部有朱印，1 行存 "司总张令端"，张令端又见于大谷 3761、3366 号及吐鲁番阿斯塔那 225 号墓所出豆卢军军府文书；2 行所记 "从化乡"，乃沙州敦煌县属乡。

图 集成壹图版 118。大谷研究图版 11。文 西域Ⅲ152 页。集成壹 53 页。参 小笠原宣秀、西村元佑 1960。池田温 1965。陈国灿 1987。荒川正晴 1988。

1402 文书残片

7×8.3，前、后缺，存 2 行。

图 缺。文 集成壹 53 页。参

1403 武周西州交河县耆老名簿之一

8.5×8，前、后缺，存 3 行，有武周新字，有交河县 "永安乡"、"龙泉乡" 名，与大谷 1087 号同类。

图 西域Ⅵ图版 21。集成壹图版 19。文 西域Ⅵ255 页。松本研究 410 页。籍帐研究 341 页。集成壹 53 页。参 西嶋定生 1959。松本善海 1963。

1404 唐开元年代（?）西州某县籍残片

8.5×9.5，前、后、上、下残，有骑缝线，缝上钤有 "□□县之印"，存文字 3 行，1 行记 "……□角子年陆拾贰岁 老男……"。本件缺纪年，籍帐研究推测可能为开元年代。

图 集成壹图版 9。T. T. D. Ⅱ（B）126 页。文 集录 168 页。籍帐研究 255 页。集成壹 53 页。T. T. D. Ⅱ（A）82 页。参 土肥义和 1969。T. T. D. Ⅱ（A）71-72 页。

1405 文书残片

9.7×6.6，前、后缺，存 2 行，1 行存 "严仁" 2 字。

图 缺。文 集成壹 54 页。参

1406 康欢隆文书残片

9.5×13，前、后缺，存 3 行，由 1、2 行所存 "康欢隆官"、"右得上" 数字看，当为官府文书，3 行残 "帐至" 2 字，或为高昌时期文书。

图 缺。文 集成壹 54 页。参

1407 唐高昌县史阴敬残牒

10.3×11.8，前、后缺，存 4 行，1 行存 "史阴敬牒"，2-4 行为判语，存 "逃兵马惠德"。"史阴敬" 又见于大谷 1017、1018、1024、1026 诸号等唐天宝二年高昌县访捉逃兵文书。

图 集成壹图版 22。文 西域Ⅲ102、151 页。集成壹 54 页。参 内藤乾吉 1960。小笠原宣秀、西村元佑 1960。刘安志 1997A。

1408 唐 "逃者准牒" 官府残文书

15.1×10.6，前部空白 6 厘米，后缺，存 3 行，1 行存 "逃者准牒" 4 字，3 行存 "录状上" 3 字。

图 缺。文 集成壹 54 页。参

1409 唐天宝二年（743）交河郡高昌县访捉逃兵刘德才、任顺儿、梁日新案卷之一

11.8×13.3，前、后缺，存 5 行，与大谷 1410、2377、3002、3128、3379 诸号同为唐天宝二年（743）交河郡高昌县访捉逃兵刘德才、任顺儿、梁日新案卷。

图 集成壹图版 95。文 西域Ⅲ 155 页。集成壹 54 页。参 小笠原宣秀、西村元佑 1960。西北军事研究 347-352 页。刘安志 1997A。

1410 唐天宝二年（743）交河郡高昌县访捉逃兵刘德才、任顺儿、梁日新案卷之一

16.6×11.3，前、后缺，存 5 行，纸背有绘画片附着。

图 集成壹图版 95。文 西域Ⅲ 156 页。集成壹 55 页。参 小笠原宣秀、西村元佑 1960。西北军事研究 347-352 页。刘安志 1997A。

1411 "三界访捉"文书残片

8.2×16.2，后缺，存 1 行，存"三界访提（捉?）并无"数字。

图 缺。文 集成壹 55 页。参

1412 唐官府访逃文书残片

17×8.2，前、后缺，存 3 行，2 行存"访逃人讫"4 字，3 行存"牒所"2 字，当为官府文书。

图 缺。文 集成壹 55 页。参

1413 文书残片

13.2×8.2，前、后缺，存 2 行，2 行存"捌步"2 字，或与土地有关。

图 缺。文 集成壹 55 页。参

1414 回鹘文土地买卖文书

30×25.5，存 22 行，为土地买卖契，首尾全，草书，有手印 3 处。原注："No. 56 吐鲁番出土。"年代为 12 至 13 世纪。

图 西域Ⅳ图版 34。山田信夫 1967，图版 1。大谷资料选 55 页。契约文书集成 1，27。契约文书集成 3 图版 3。文 西域Ⅳ 209-210 页。山田信夫 1967，73-74 页。契约文书集成 1，15-16 页。契约文书集成 2，6-7 页。李经纬研究 A，101-102 页。参 羽田明、山田信夫 1961。山田信夫 1961、1963、1967。大谷资料选 55 页。李经纬研究 A，102-104 页。

1414v 回鹘文遗言状

存 12 行，似遗言状方面的家产分割文书，各行头缺一字，文末有指印，草书。

图 西域Ⅳ图版 34。山田信夫 1967，图版 1。大谷资料选 55 页。契约文书集成 1，451 页。契约文书集成 3 图版 119。文 西域Ⅳ 201-202 页。契约文书集成 2，137-138 页。李经纬研究 A297 页。参 羽田明、山田信夫 1961。山田信夫 1961、1963、1967。大谷资料选 55 页。李经纬研究 A，298-299 页。

1415 回鹘文入破历计会

30.5×27.2，文书全文 29 行，由正面书写至背面，正面 20 行，背续写 9 行，草书。原注："吐鲁番出土。"本件年代约为 11 至 13 世纪，大谷资料选 54 页题为"回鹘文收支决算报告书"。

图 西域Ⅳ图版 15。大谷资料选 54 页。文 西域Ⅳ 202-203 页。李经纬研究 A277-278

页。**参** 羽田明、山田信夫 1961。山田信夫 1961、1965。大谷资料选 54 页。李经纬研究 A，278-281 页。

1416　唐西州高昌县城西枣树渠户别部田簿残片之一

12×12，后缺，存 4 行，1 行题"净化里"。

图 集成壹图版 90。**文** 西域Ⅱ219、349 页。西嶋研究 642 页。西村研究 408 页。籍帐研究 387-388 页。集成壹 56 页。**参** 西村元佑 1959。西嶋定生 1959。

1417　唐开元二十九年（741）十月西州高昌县牒为落蕃人张孝感请给复处分事

23.9×16.6，前、后缺，存 5 行，1、4 行处有官印，4 行署时间"开元二十九年十月二十二日"，5 行存一"佐"字，文中"张孝感"又见于大谷 2892 号高昌县欠田簿。

图 西域Ⅲ图版 17。集成壹图版 96。**文** 西域Ⅱ200 页。西域Ⅲ154-155 页。西嶋研究 575-576 页。集成壹 56 页。**参** 西嶋定生 1959。小笠原宣秀、西村元佑 1960。

1418　唐开元二十九年（741）前后西州高昌县退田簿残片之一

15.5×23，前缺，后有押缝，正面存"元"字，缝背朱署，存 7 行，4、5 行间距 4.5 厘米。

图 西嶋研究图版 23。集成壹图版 27。**文** 西域Ⅱ175 页。西嶋研究 505 页。籍帐研究 409 页。集成壹 56 页。**参** 西嶋定生 1959。小笠原宣秀 1960A。池田温 1985A。大津透等 2003。

1419　唐贞观十七年（643）六月安西都护府户曹勘问延陁行踪案卷之一

27×10，前缺，存 4 行，后部可与大谷 1256 号缀合，2 行为"六月二日 府宋师牒"，其后内容为安西都护府户曹参军"实心"的判语。

图 籍帐研究插图 39，315 页。集成壹图版 105。**文** 籍帐研究 315 页。集成壹 56-57 页。**参** 池田温 1973A。法制文书考释 507-509 页。刘安志 2002。

1420　唐户曹文书残片

18×3.4，前缺，后有押缝，纸背有官印，存 1 行，残"户曹"2 字。

图 缺。**文** 集成壹 57 页。**参**

1421　唐仪凤二年（677）十月西州北馆厨典周建智牒为在厨用物请酬物主价直事（北馆文书之一）

21×38，前缺，存 8 行，与大谷 4930 号缀合，2 行署时间为"仪凤二年十月"，缝背署"让"字，下部与大谷 1422 号贴合。

图 集成壹图版 11。**文** 西域Ⅲ58 页。集成壹 57 页。**参** 大庭脩 1959。内藤乾吉 1960。大津透 1990。

1422　唐仪凤二年（677）十一月西州仓曹府史藏牒为得市司酱估直事（北馆文书之一）

30.3×36.7，前、后缺，存 10 行，有朱点，上部与大谷 1421 号贴合。本件缺年月，据小田义久氏考证，约在仪凤二年十一月。

图 西域Ⅱ图版 4。集成壹图版 11。**文** 西域Ⅱ377 页。西域Ⅲ65 页。集成壹 57 页。**参** 大庭脩 1959。内藤乾吉 1960。小田义久 1985A。大津透 1990、1993。

1423　唐仪凤三年（678）五月西州官府文案尾（北馆文书之一）

27.1×39.3，前缺，存 4 行，1 行记"五月七日录事 受"，3、4 行为"依前业白。

七日"，缝背署"业"字。据大谷4895号与中村文书H两件缀合文书，本件"业"当即仪凤三年五月九日的仓曹参军"津业"，两者似前后相连。

🈸集成壹图版12。🈩西域Ⅲ68-69页。集成壹58页。🈺内藤乾吉1960。大津透1990、1993。

1424 唐仪凤三年（678）度支支配四年诸州庸调及折造杂綵色数并处分事条残片之一
15.4×15.2，由数纸粘贴，上部纸存1行，有苇席迹；最下部纸存4行，苇席文书之一。

🈸缺。🈩集成壹58页。大津透、榎本淳一1987，52、54、56、58页。🈺大津透、榎本淳一1987。小田义久1988。

1425 唐仪凤三年（678）度支支配四年诸州庸调及折造杂綵色数并处分事条残片之一
18.1×16.3，由数纸粘贴，上部纸附有苇席片，最下部纸存前、后缺，存3行，1、2行间缝背署"俭"字，苇席文书之一。

🈸缺。🈩集成壹58页。大津透、榎本淳一1987，52、53、54、55、56、57、59页。🈺内藤乾吉1960。池田温1984A。大津透1986。大津透、榎本淳一1987。

1426 唐仪凤三年（678）度支支配四年诸州庸调及折造杂綵色数并处分事条残片之一
19.3×13.1，由上、下两纸粘贴，上部纸有苇席迹，前、后缺，存4行；下部纸背面附着紫绢片，前、后缺，存4行，苇席文书之一。

🈸集成壹图版25。🈩集成壹58-59页。大津透、榎本淳一1987，52、56页。🈺大津透1986。大津透、榎本淳一1987。荒川正晴1989。

1427 唐仪凤三年（678）度支支配四年诸州庸调及折造杂綵色数并处分事条残片之一
18.2×7.5，前、后缺，存3行，纸面附有糯糊，苇席文书之一。

🈸缺。🈩集成壹59页。大津透、榎本淳一1987，52页。🈺大津透1986。大津透、榎本淳一1987。

1428 唐仪凤三年（678）度支支配四年诸州庸调及折造杂綵色数并处分事条残片之一
23.3×8.3，前、后缺，存2行，上部与另纸粘贴，附有苇席片。1行署"户曹制（?）仓曹元怀俭"。

🈸缺。🈩集成壹59页。大津透、榎本淳一1987，53页。🈺内藤乾吉1960。池田温1984A。大津透1986。大津透、榎本淳一1987。

1429 唐仪凤三年（678）度支支配四年诸州庸调及折造杂綵色数并处分事条残片之一
26.6×11.8，由上、下两纸粘贴，上部纸又有另纸粘贴，有苇席迹，纸背附有紫色绢片。上部纸存有"州主者奉"诸字，下部纸前、后缺，存4行。

🈸缺。🈩集成壹59页。大津透、榎本淳一1987，53、57、63页。🈺大津透1986。大津透、榎本淳一1987。

1430 唐仪凤三年（678）度支支配四年诸州庸调及折造杂綵色数并处分事条残片之一
14.7×6.5，由上、下两纸粘贴，上部纸附有苇席片，纸背附有紫色绢片。下部纸前、后缺，存2行。

🈸缺。🈩集成壹59页。大津透、榎本淳一1987，55、59页。🈺大津透1986。大津透、榎本淳一1987。

1431 唐仪凤三年（678）度支支配四年诸州庸调及折造杂綵色数并处分事条残片之一

9.6×11.5，前、后缺，存3行，纸面附有糨糊片。

图 缺。文 集成壹 59 页。大津透、榎本淳一 1987，53 页。参 大津透 1986。大津透、榎本淳一 1987。

1432　唐仪凤三年（678）度支支配四年诸州庸调及折造杂綵色数并处分事条残片之一

9.6×8.1，由两纸粘贴，有苇席迹，上部纸前、后缺，存2行，下部纸存"州油数"数字。

图 缺。文 集成壹 60 页。大津透、榎本淳一 1987，60、63 页。参 大津透 1986。大津透、榎本淳一 1987。

1433　唐仪凤三年（678）度支支配四年诸州庸调及折造杂綵色数并处分事条残片之一

14.3×8.5，前、后缺，存2行，上部有另纸粘贴，上有"一"字，有苇席迹，附有紫色绢片。

图 缺。文 集成壹 60 页。大津透、榎本淳一 1987，57、63 页。参 大津透 1986。大津透、榎本淳一 1987。

1434　唐仪凤三年（678）度支支配四年诸州庸调及折造杂綵色数并处分事条残片之一

11.4×7.9，由数纸粘贴，上部有苇席迹，纸背附有紫色绢片，下部纸存一"限"字。

图 缺。文 集成壹 60 页。大津透、榎本淳一 1987，54、59 页。参 大津透 1986。大津透、榎本淳一 1987。

1435　唐仪凤三年（678）度支支配四年诸州庸调及折造杂綵色数并处分事条残片之一

4×4，附有苇席片。

图 缺。文 大津透、榎本淳一 1987，53、57 页。参 大津透 1986。大津透、榎本淳一 1987。

1436　唐仪凤三年（678）度支支配四年诸州庸调及折造杂綵色数并处分事条残片之一

3×3.4，附有苇席片，无文字。

图 缺。文 缺。参 大津透 1986。大津透、榎本淳一 1987。

1437　唐仪凤三年（678）度支支配四年诸州庸调及折造杂綵色数并处分事条残片之一

4.5×2.7，附有苇席片，存"史人"2字。

图 缺。文 集成壹 60 页。大津透、榎本淳一 1987，53 页。参 大津透 1986。大津透、榎本淳一 1987。

1438　唐仪凤三年（678）度支支配四年诸州庸调及折造杂綵色数并处分事条残片之一

3.6×2，附有苇席片，存"在具"2字。

图 缺。文 集成壹 60 页。大津透、榎本淳一 1987，63 页。参 大津透 1986。大津透、榎本淳一 1987。

1439　唐仪凤三年（678）度支支配四年诸州庸调及折造杂綵色数并处分事条残片之一

4.3×5，附有苇席片，存"明录"2字。

图 缺。文 集成壹 60 页。大津透、榎本淳一 1987，53 页。参 大津透 1986。大津透、榎本淳一 1987。

1440　唐仪凤三年（678）度支支配四年诸州庸调及折造杂綵色数并处分事条残片之一

4.8×6.3，附有苇席片。

图 缺。文 大津透、榎本淳一1987，55、61 页。参 大津透1986。大津透、榎本淳一1987。

1441 唐仪凤三年（678）度支支配四年诸州庸调及折造杂綵色数并处分事条残片之一

4.6×5.3，附有苇席片。

图 缺。文 大津透、榎本淳一1987，54、59 页。参 大津透1986。大津透、榎本淳一1987。

1442 唐仪凤三年（678）度支支配四年诸州庸调及折造杂綵色数并处分事条残片之一

5.6×6.8，附有苇席片，存一"每"字。

图 缺。文 集成壹60 页。大津透、榎本淳一1987，53、57 页。参 大津透1986。大津透、榎本淳一1987。

1443 唐仪凤三年（678）度支支配四年诸州庸调及折造杂綵色数并处分事条残片之一

5.4×3.6，附有苇席片，存"门下□节篮德□"数字。

图 缺。文 集成壹60 页。大津透、榎本淳一1987，52、56 页。参 大津透1986。大津透、榎本淳一1987。

1444 唐仪凤三年（678）度支支配四年诸州庸调及折造杂綵色数并处分事条残片之一

6×3.3，附有苇席片，所存2 字无法识读。

图 缺。文 大津透、榎本淳一1987，55、59 页。参 大津透1986。大津透、榎本淳一1987。

1445 文书残片

4×7.6，前、后缺，存5 行，每行二三字不等。

图 缺。文 集成壹60 页。参

1446 武周佛教文书残片

11×15.5，正反两面书写，正面有朱字，存"寺代"、"南都梵"、"尼善安三"、"者一侍案"等文字，背面文字不易识读。据大谷1447 号，本件年代似在武周时期。

图 缺。文 集成壹61 页。参

1447 武周僧人残文书

12.9×5.6，正反两面书写，与大谷1446 号为同一文书。正面有朱字，前、后缺，存7 行，1 行残"僧"字，5 行"日"乃武周新字；背面前、后缺，存6 行，1 行存"主客"2 字，4 行存"父驴"2 字。

图 缺。文 集成壹61 页。参

1448 高昌延寿十五年（638）残文书

7.3×12.7，正面存"延寿十五年"数字，背面全部用墨涂抹，附有丝片。

图 集成壹图版3。文 集成壹61 页。参 关尾史郎等1990。

1449 高昌残文书

6.4×7.9，正面附有糨糊细片，存"昭为地平"4 字，背面全部用墨涂抹。

图 缺。文 集成壹61 页。参

1450 诸子残片

6.4×9.1，正反两面书写，由两纸粘贴，有丝栏线，本件用丝线与大谷1451 号缝合在一起。正面后缺，存 4 行，1 行存"齐襄"2 字，4 行存"礼在"2 字。背面有"詠"等字。

图 集成壹图版 117。文 集成壹 61 页。参

1451　习字残片

9.7×5.8，由两纸粘贴，用丝线与大谷 1450 号缝合在一起，正面后缺，存 4 行，是"之"、"所"、"如"等的习书；上部纸背存 3 行，下部纸有"慎"、"美"等字。

图 集成壹图版 117。文 集成壹 62 页。参

1452　高昌令狐悫儿输钱物残文书

9×9，由两纸粘贴，纸背黑地，画有黄色文样，前、后缺，存 3 行，1 行存"狐悫儿偷横截白寺主鞠□"数字，"偷"，疑为输字。

图 集成壹图版 7。文 集成壹 62 页。参 关尾史郎等 1990。王素 1997，320 页。

1453　高昌高岳隆传令残文书

8.5×8，由数纸粘贴，纸背黑地，画有黄色文样，一纸残"中高岳隆传"数字，另一纸残"元岳婢□香偷悔"数字。

图 集成壹图版 7。文 集成壹 62 页。参 关尾史郎等 1990。王素 1997，319-320 页。

1454　高昌输铜、银钱残文书

13.5×11，纸背黑地，附有黄色绘画片，正面附有糨糊，前、后缺，存 5 行，可见者有"铜钱陆"、"银钱壹文"、"取银钱"等。

图 集成壹图版 7。文 集成壹 62 页。参 关尾史郎等 1990。王素 1997，320 页。

1455　高昌延寿纪年残文书

6×9，由数纸粘贴，纸背黑地，有黄色文样，存"延寿"纪年文字。

图 集成壹图版 7。文 集成壹 62 页。参 关尾史郎等 1990。

1456　高昌残文书

9×7，由数纸粘贴，纸背黑地，有黄色文样，正面有一"连"字，背面有"永伯"等字。

图 集成壹图版 8。文 集成壹 62 页。参 关尾史郎等 1990。王素 1997，320 页。

1457　高昌铜钱、大小麦残文书

11×8，由数纸粘贴，纸背黑地，有黄色文样，最上部纸前、后缺，存 3 行，1 行残"陆文铜钱伍个大小麦肆昇"数字，2 行存"延隆传"3 字；另一纸前、后缺，存 3 行。

图 集成壹图版 8。文 集成壹 63 页。参 关尾史郎等 1990。关尾史郎 1996。王素 1997，320-321 页。

1458　唐开元二十九年（741）西州高昌县欠田簿残片之一

10.5×9.3，后缺，存 2 行，附有青色壁画片，列户主名下几丁欠部田几亩。

图 集成壹图版 63。文 西域Ⅱ300 页。西村研究 310 页。籍帐研究 394 页。集成壹 63 页。参 西村元佑 1959。

1459　高昌上奏残文书

14.9×10.3，由两纸粘贴，纸背黑地，有黄色文样，一纸前、后缺，存 5 行，1 行

存"佰肆拾陆"4字，后面4行均残存"臣麴"之字眼；另一纸残存"行门下"、"通事"等字。

图集成壹图版4。文集成壹63页。参白须净真1984。关尾史郎等1990。王素1997，321页。

1460　唐西州高昌县官府文书残片

27×18，由A、B、C 3片粘贴，A片表面附有糨糊，前、后缺，存7行，7行存"宁戎乡里正严部达"数字；B片前、后缺，存6行，2行有"主簿□示"数字，乃一残牒尾；C片纸背被墨涂抹，存"牒检案连"4字。

图缺。文集成壹63页。参

1461　高昌郑延相等残名籍

23.5×9.6，前、后缺，存4行，乃郑延相、张善祐等人的名籍，形状与大谷1464号相同。

图集成壹图版4。文集成壹64页。参小田义久1985B。关尾史郎等1990。王素1997，321页。

1462　高昌王丰仁等年名簿残片

7×8.8，由数纸粘贴，纸背被墨涂抹，前、后缺，存3行，1行残"王丰仁年二十"6字，2行存"男武武年三十"5字。

图集成壹图版8。文集成壹64页。参关尾史郎等1990。王素1997，321-322页。

1463　高昌残文书

11×7.5，由数纸粘贴，纸背被墨涂抹，周围有缝合的痕迹，并附有麻片，存"水生"、"成"等文字。

图集成壹图版8。文集成壹64页。参关尾史郎等1990。王素1997，322页。

1464　高昌输马价城作文书

22.7×10，纸面附有糨糊，前、后缺，上部残，存4行，形状与大谷1461号相同。有"年满拾伍，即输价"、"年不满拾伍，亦不城作"诸语。籍帐研究、集成壹将本件系于延寿元年（624）六月。

图集成壹图版2。文籍帐研究313页。集成壹64页。参嶋崎昌1963。卢开万1983。陈国灿1988。关尾史郎1989、1996。陈仲安1990。

1465　高昌高欢幢等残名籍

21.9×9.4，被剪成半圆形，前、后缺，存4行，4行后4字为"合拾究人"；背面全部被墨涂抹，存一"几"字。

图集成壹图版5。文集成壹64页。参关尾史郎等1990。王素1997，321页。

1466　高昌延寿元年（624）六月剂远行马价钱敕符

24×12，前缺，存5行，纸背全部被墨涂抹，纸表面附有糨糊。有"符到，期此月二十六日仰当事人送来"，5行署有"宁远将军吏部郎中兼兵部事　麴"。

图籍帐研究插图38，312页。集成壹图版2。文大谷目一50页。籍帐研究312页。集成壹65页。参嶋崎昌1963。陈国灿1988。关尾史郎1989、1994。陈仲安1990。

1467　高昌官文书残片

23×13.4，由两纸粘贴，残有糨糊，背面全部被墨涂抹，前缺，存2行，2行存

"侍郎和子" 4 字。

图 集成壹图版 4。文 集成壹 65 页。参 关尾史郎等 1990。王素 1997，322 页。

1468 唐永徽六年（655）官府文书残片

11×21.6，由两纸粘贴，表面附有糨糊，上部纸前、后缺，存 9 行，2 行残 "破用" 2 字，3、4 行提及 "黍"、"应入司" 等内容，当是官府有关粮物破用的文书；下部纸前、后缺，存 6 行，为一残牒义，6 行残 "永徽八年" 4 字。

图 缺。文 集成壹 65 页。参

1469 高昌延寿十五年（638）六月周海隆买田券之一

19.1×12.1，前、后缺，存 4 行，可与大谷 3458、3459、3461（1、2、3）、3463 诸号缀合成一件。本片纸背一半被墨全部涂抹，存有 "明原" 等字，表面附有糨糊。

图 东洋史苑 24、25 合号图版 2。集成壹图版 6。T. T. D. Ⅲ（B）9、12 页。文 西域Ⅱ 247 页。西域Ⅲ 201 页。法制史研究Ⅰ 790 页。西嶋研究 715 页。池田温 1973B，62 页。集成壹 65 页。T. T. D. Ⅲ（A）7 页。参 西嶋定生 1959。仁井田陞 1960、1963。池田温 1973B、1982、1984。小口彦太 1974。小田义久 1985B。吴震 1986。川村康 1987。陈国灿 1991。

1470 高昌残文书

11×6，纸背绘有图画，正面存有 "令示" 等文字。

图 集成壹图版 9。文 集成壹 65 页。参 关尾史郎等 1990。王素 1997，322 页。

1471 土地段亩数残文书

9×3，由两纸粘贴，两面书写，正面前、后缺，存 1 行，残 "三二亩" 3 字，背面有文字 "一亩"。

图 缺。文 集成壹 66 页。参

1472 邓海海等残年名簿

8.5×8，前、后缺，存 2 行，2 行残 "邓海海年十" 5 字。

图 缺。文 集成壹 66 页。参

1473 唐仪凤三年（678）度支支配四年诸州庸调及折造杂綵色数并处分事条残片之一

10×3.5，前、后缺，存 2 行，1 行存 "朝散大夫……府司马" 诸字，2 行存 "依常式支"。有苇席迹，苇席文书之一。

图 缺。文 集成壹 66 页。大津透、榎本淳一 1987，52、56 页。参 大津透 1986。大津透、榎本淳一 1987。

1474 文书残片

5×7.5，纸表、纸背用墨涂抹，前、后缺，存 2 行 4 字。

图 缺。文 集成壹 66 页。参

1475 土地段亩数残文书

8.5×4.6，由数纸粘贴，被剪成半圆形，正面存 1 行，残 "亩半卅步" 4 字，背面有文字 "二亩"。

图 缺。文 集成壹 66 页。参

1476 文书残片

6.8×4.6，纸背用墨涂抹，附有糨糊，存2行，1行残"十二"2字。

图 缺。文 集成壹66页。参

1477　文书残片

5×3.8，纸表面附有糨糊，纸背有污迹，前、后缺，存1行"守愿年"3字。

图 缺。文 集成壹66页。参

1478　文书残片

4.8×4.5，由两纸粘贴，纸表用墨涂抹，前、后缺，存2行。

图 缺。文 集成壹67页。参

1479　文书残片

7.5×4.7，两纸粘贴，前、后缺，存1行。

图 缺。文 集成壹67页。参

1480　唐仪凤三年（678）度支支配四年诸州庸调及折造杂綵色数并处分事条残片之一

9.7×4.7，两纸粘贴，附有苇席片，苇席文书之一。正面前、后缺，存2行，背面残有文字"本州"。

图 缺。文 集成壹67页。大津透、榎本淳一1987，60、63页。参 大津透1986。大津透、榎本淳一1987。

1481　文书残片

4×3，数纸粘贴，纸背全部附有绘画，前、后缺，存2行。

图 缺。文 集成壹67页。参

1482　文书残片

有大、小2片，大片6.5×7.7，表面附有糨糊；小片3×4.5，残有"郭"字。

图 缺。文 集成壹67页。参

1483　文书残片

7×6，两纸粘贴，纸表有污迹，纸背2/3被墨涂抹。

图 缺。文 缺。参

1484　文书残片

3.5×9.2，被剪成长方形，纸背后半部分被墨涂抹，前、后缺，存3行，每行1-2字。

图 缺。文 集成壹67页。参

1485　文书残片

1.8×2.7，纸背全部被墨涂抹，残有2字，但无法识读。

图 缺。文 缺。参

1486　绘画片

4×3.7，无文字。

图 集成壹68页。文 缺。参

1487　高昌延寿元年（624）六月剂远行马价钱敕符

9.5×5.5，前、后缺，存3行，右上端两纸粘贴，上纸用墨涂抹。

图 集成壹图版3。文 籍帐研究313页。集成壹68页。参 小田义久1984。关尾史郎1989、1994。

1488　唐仪凤三年（678）度支支配四年诸州庸调及折造杂綵色数并处分事条残片之一

8.3×5.8，由两纸粘贴，纸表附有苇席片，苇席文书之一。上部纸前、后缺，存1行，残"二月"2字，纸背见有"月二十日"等字。

图缺。文集成壹68页。大津透、榎本淳一1987，54、58页。参大津透1986。大津透、榎本淳一1987。

1489　文书残片

5×3.7，由两纸粘贴，纸表面附有污渍、糨糊，纸背全部被墨涂抹，前、后缺，存1行。

图缺。文集成壹68页。参

1490　文书残片

4.7×4.5，纸表面附有糨糊，纸背被墨涂抹，存1行一"府"字。

图缺。文集成壹68页。参

1491　唐差科簿残片

7.5×13.5，纸表面附有糨糊，上部被剪裁，前缺下残，存5行，1行存"曹秃仁"人名，3行残"武城赵尾□"，当指武城乡的赵某。

图集成壹图版100。文西域454页Ⅲ。西村研究674-675页。集成壹68-69页。参西村元佑1960、1968B。

1492　高昌某人买田、桃残契卷

7.5×14.5，纸表面附有糨糊，下部有缝合的痕迹并附有丝片，后半部分由两纸粘贴，被墨涂抹。前、后缺，存7行，第4行指节印间写有"为明证"，6行指节印间有"不解书为明"，表明为高昌券契尾。原注："吐鲁番发掘。"

图集成壹插图3，135页。T. T. D. Ⅲ（B）15页。文集成壹69页。T. T. D. Ⅲ（A）8、9页。参池田温1984B。王素1997，312页。

1493　唐授田文书残片

13×12.5，由数纸粘贴，纸表面全部被墨涂抹，有缝合的痕迹，背面前、后缺，存2行，1行"师五"下"仁年六亩"数字为别笔，2行残"里授田人丁中□男□"等字。

图缺。文集成壹69页。参

1494　高昌某人买田、桃残契券

14.5×4.7，纸背全部被墨涂抹，右端有缝合的痕迹并附有丝片，前缺，存2行，2行残"钱买取□"4字。原注："吐鲁番发掘。"

图T. T. D. Ⅲ（B）14页。文集成壹69页。T. T. D. Ⅲ（A）8页。参池田温1984B。王素1997，312页。

1495　唐差科簿残片

6.2×27.5，前、后、上、下残，存10行，1、2行处被墨涂抹，3行存"配天"2字，5、6行间被切断，6行右端被墨涂抹，8、9行间有一朱字"上"，纸表面附有糨糊。6、7行纸背有一纸粘贴，后缺，存3行文字。原注："吐鲁番出土。"

图集成壹图版100。文西域Ⅲ454-455页。西村研究675页。集成壹69-70页。参西村元佑1960、1968B。

1496 唐差科簿残片

5.3×18.5，前、后、上、下残，存6行，行间有朱字，如1、2行间为"五月一日上"，纸表面附有糨糊，附有墨色污迹，与大谷1308号为同一文书。原注："吐鲁番出土。"

图 集成壹图版100。文 西域Ⅲ455页。西村研究676页。集成壹70页。参 西村元佑1960、1968B。

1497 高昌延寿元年（624）六月剂远行马价钱敕符

8×18.5，纸表面有糨糊痕迹，纸背全部被墨涂抹，前、后缺，存4行，3行署"延寿元年"，4行存"敕横截县司马主者"。

图 集成壹图版3。文 籍帐研究313页。集成壹70页。参 小田义久1984。荒川正晴1986。关尾史郎1989、1994。

1498 唐欢相等家口残簿

5.2×17，纸表面附有糨糊及墨色污迹，纸背全部被墨涂抹，前、后缺，存5行，1行残"欢相年卅八男"6字，5行存"男为子"3字，当是家庭男口登记簿。

图 缺。文 集成壹70页。参

1499 唐伊州残文书

本件存2片，第1片5.5×22.7，存3行数字，第2片5.5×18.5，后缺，存6行，1至3行处纸背全部被墨涂抹。据李锦绣氏研究，第2片文书与吐鲁番阿斯塔那210号墓所出关于军资练的诸件文书，同属贞观二十三年（649）唐平龟兹后对参战的伊州三卫及诸蕃大首领进行赏官、赏物的财务案卷。

图 集成壹图版96。文 西域Ⅲ148页。集成壹71页。参 西村元佑1960。李锦绣1995，1237页。

1500 高昌某人买田、桃残契券

17.5×7，由两纸粘贴，纸背全部被墨涂抹，纸表面附有糨糊，周围有缝合的痕迹，前、后缺，存3行，2-3行处有三点画指，指印间写有"以兄欢伯妻手不□书，指节为明"。

图 集成壹图版6。T.T.D.Ⅲ（B）15页。文 西域Ⅲ194页。集成壹71页。T.T.D.Ⅲ（A）8页。参 仁井田陞1939、1960。池田温1984B。小田义久1984。王素1997，312页。

1501 高昌延寿元年（624）六月剂远行马价钱敕符

7×17，纸表面附有糨糊，纸背附墨，前、后缺，存4行，1行存"敕威神县司马主"，4行署"延寿元年"。

图 集成壹图版3。文 籍帐研究313页。集成壹71页。参 小田义久1984。荒川正晴1986。侯灿1986。陈国灿1988。关尾史郎1989、1994。

1502 高昌入买药价残文书

13.5×5.5，由两纸粘贴，纸背黑地，附有黄色文样，前、后缺，存2行，2行残"人买药价中传味"数字。

图 集成壹图版9。文 集成壹71页。参 关尾史郎等1990。王素1997，322页。

1503 唐安西稻、禾计量残文书

本件存 2 片，附有土，第 1 片 23.5×15，存 3 行，1 行残 "合加五折稻计当……□□佰叁拾玖佰□□□" 数字；第 2 片 9×8，存 2 行。原注："汉第一。"库车都勒都尔·阿护尔出土。

图 集成壹图版 131。**文** 集成壹 71-72 页。**参** 姜伯勤 1989A。

1504　唐计钱残文书

9.6×12.4，前、后缺，存 3 行，2、3 行俱存 "陆佰文" 3 字。原注："汉第三。"库车都勒都尔·阿护尔出土。

图 缺。**文** 集成壹 72 页。**参** 仁井田陞 1960。

1505　唐残契尾

19.3×5.7，前、后缺，存 2 行，1 行存 "同取人男"；2 行残存 "保人安屯娘年" 数字。原注："汉第五。"库车都勒都尔·阿护尔出土。

图 集成壹图版 131。T.T.D.Ⅲ（B）36 页。**文** 大谷目一 53 页。西域Ⅲ 193 页。法制史研究Ⅰ 771-772 页。集成壹 72 页。T.T.D.Ⅲ（A）76 页。**参** 仁井田陞 1960。

1506　唐安西张子顺等残名籍

14.8×13，前、后缺，存 2 行。原注："汉第七。"库车都勒都尔·阿护尔出土。

图 缺。**文** 集成壹 72 页。**参**

1507　唐安西残契尾

19.5×8.2，前、后缺，存 2 行，1 行存 "无信故立文契为记"；2 行存 "□身奴莫拂 年二十五"，此处有三点画指，仁井田陞释所缺字为 "赎"。原注："汉第八。"库车都勒都尔·阿护尔出土。

图 集成壹图版 131。T.T.D.Ⅲ（B）36 页。**文** 大谷目一 54 页。西域Ⅲ 194 页。法制史研究Ⅰ 713 页。集成壹 72 页。T.T.D.Ⅲ（A）76 页。**参** 仁井田陞 1960。

1508　唐安西官府事目历残片之一

18.5×20.5，前、后缺，存 8 行，与大谷 1538 号可缀合为一件，内容是有关请葡萄酒价值、请过所、请漆器什物等的事目，6 行还提及安西有 "大井馆"。原注："汉第九。"库车都勒都尔·阿护尔出土。

图 集成壹图版 132。**文** 集成壹 73 页。刘安志 1997B，87 页。**参** 刘安志 1997B。

1509　唐安西给付米、麨残帐一

17.5×17.3，前、后缺，存 11 行，与大谷 1530 号为同类文书，内容记粮食种类、数量、给付人姓名及给付时间（皆为 "四日付"），行间有 "南" 字。原注："汉第拾。"库车都勒都尔·阿护尔出土。

图 集成壹图版 132。**文** 集成壹 73 页。**参**

1510　唐安西习字残片

6.2×7，前缺，存 3 行，为 "鹰"、"行" 的习书。原注："汉第拾。"库车都勒都尔·阿护尔出土。

图 集成壹图版 132。**文** 集成壹 73 页。**参**

1511　唐安西白沙没黎等残名籍

17×3.2，前、后缺，存 2 行，人名右边有朱点。原注："汉第拾。"库车都勒都尔·阿护尔出土。

图 缺。文 大谷目一 54 页。集成壹 73 页。参

1512　唐安西和众坊残文书

14.5×10.5，前、后缺，存 1 行，残存"和众坊东来四日坊上名"数字。原注："汉第拾一。"库车都勒都尔·阿护尔出土。

图 缺。文 大谷目一 54 页。集成壹 74 页。参 刘安志 1997B。

1513　唐安西白苏磨地残文书

10.2×2，前、后缺，存 1 行，残存"白苏磨地□"数字。原注："汉第拾一。"库车都勒都尔·阿护尔出土。

图 缺。文 大谷目一 55 页。集成壹 74 页。参

1514　唐安西西萨波、僧厄黎等村残文书

16.2×7，前、后缺，存 3 行，1 行存 3 字"西萨波"；2 行残存"僧厄黎村崔进达车□"数字。原注："汉第拾一。"库车都勒都尔·阿护尔出土。

图 缺。文 大谷目一 55 页。集成壹 74 页。参 刘安志 1997B。

1515　文书残片

25×8，无文字。原注："汉第拾二。"库车都勒都尔·阿护尔出土。

图 缺。文 无。参

1516　唐安西掏拓使残文书

16.2×4.5，前、后缺，存 1 行三字"掏拓使"。原注："汉第拾三。"库车都勒都尔·阿护尔出土。

图 缺。文 大谷目一 55 页。集成壹 74 页。参 小笠原宣秀 1959。小笠原宣秀、西村元佑 1960。

1517　文书残片

15×7，附有墨迹，无文字。原注："汉第拾三。"库车都勒都尔·阿护尔出土。

图 缺。文 无。参

1518　文书残片

5.8×5.6，前、后缺，存 2 行。原注："汉第拾三。"库车都勒都尔·阿护尔出土。

图 缺。文 集成壹 74 页。参

1519　文书残片

6.5×7，前、后缺，存 1 行，残"籍受□"3 字。原注："汉第拾三。"库车都勒都尔·阿护尔出土。

图 缺。文 集成壹 75 页。参

1520　唐领铠子甲等残文书

12.5×4.5，正反两面书写，正面前、后缺，存 2 行，2 行存"三十六领铠子甲三百二十目"数字；纸背前、后缺，存 2 行，残存"一百三十九口"、"六十三口"等字，"三"字右边有朱点。原注："汉第拾三。"库车都勒都尔·阿护尔出土。

图 缺。文 集成壹 75 页。参

1521　文书残片

2.5×4，正面有一"福"字，反面有一"开"字。原注："汉第拾三。"库车都勒都尔·阿护尔出土。

图缺。文集成壹75页。参

1522　唐安西官府残牒尾

12.3×11，前、后缺，存3行，2行有"请处分谨牒"数字，3行残"三月十日德当谨牒"数字。原注："汉第拾七。"库车都勒都尔·阿护尔出土。

图缺。文集成壹75页。参

1523　斋祭残文书

10.8×12.3，前、后缺，存4行，2行残存"祭文"，3行存"例斋祭□"。原注："汉第拾八。"库车都勒都尔·阿护尔出土。

图缺。文集成壹75页。参

1524　唐安西安伏稍等残名籍

10.5×8，前、后缺，存3行。原注："汉第拾八。"库车都勒都尔·阿护尔出土。

图缺。文集成壹75-76页。参

1525　唐安西习字文书残片

14.2×11.2，前、后缺，存7行，7行为"及"字的习书，纸背内容为"驴壹头青"。原注："汉第拾九。"库车都勒都尔·阿护尔出土。

图集成壹图版132。文集成壹76页。参

1526　文书残片

8.5×4.2，由两纸粘贴，文字无法识读。原注："汉第拾九。"库车都勒都尔·阿护尔出土。

图缺。文缺。参

1527　唐安西罗弥吉善等残名籍

19×7.5，前、后缺，存3行，2行残记"张孝顺　家人什德"。原注："汉第拾九。"库车都勒都尔·阿护尔出土。

图集成壹图版132。文集成壹76页。参

1528　文书残片

15.5×19，前、后缺，存4行，正反两面有糨糊，上附有使用过的谷物皮。原注："汉第二十。"库车都勒都尔·阿护尔出土。

图缺。文集成壹76页。参

1529　唐安西社邑文书残片

22.7×13.7，前、后缺，存5行，2、3行提及"社户"、"社邑"，当属社邑文书。原注："汉第二十。"库车都勒都尔·阿护尔出土。

图集成壹图版133。T.T.D.Ⅳ（B）151页。文小笠原宣秀1962，22页。大谷目一57页。集成壹77页。T.T.D.Ⅳ（A）145页。参小笠原宣秀1962。

1530　唐安西给付米、麨残帐二

10.5×12.5，前、后缺，存9行，与大谷1509号为同类文书。原注："汉第二十四。"库车都勒都尔·阿护尔出土。

图集成壹图版133。文集成壹77页。参

1531　文书残片

12.8×4.3，前、后缺，存2行，1行残"正月五日"数字。原注："汉第二十四。"

库车都勒都尔·阿护尔出土。

图 缺。文 集成壹 77 页。参

1532 文书残片

10×2.5，无文字。原注："汉第二十四。"库车都勒都尔·阿护尔出土。

图 缺。文 无。参

1533 文书残片

4.5×8.5，前、后缺，存 3 行数字。原注："汉第拾三。"库车都勒都尔·阿护尔出土。

图 缺。文 集成壹 77 页。参

1534 残诗稿

28×11.5，前、后缺，存 2 行，1 行存诗三句："一心君念我，二心我念君。君心念我如，我……情。"原注："汉第二十五。"库车都勒都尔·阿护尔出土。

图 集成壹图版 133。文 集成壹 78 页。参

1535 唐安西金沙寺设斋供养文

26.5×22.3，前、后缺，存 8 行，3 行记有"金沙寺设斋"，5 行以后记信徒人名及捐钱数目。原注："汉第二十六。"库车都勒都尔·阿护尔出土。

图 西域 Ⅲ 图版 28。集成壹图版 134。T. T. D. Ⅳ（B）152 页。文 小笠原宣秀 1962，20 页。大谷目一 58 页。集成壹 78 页。T. T. D. Ⅳ（A）145 页。参 小笠原宣秀 1962。小田义久 1962。

1535v 唐安西某人向李大兄借瓮一口残文书

前缺，存 3 行，1、2 行内容为"谨谘 李大兄：为掏拓饭非芬，粗恶无浆水，望大兄借与瓮一口□□□"，3 行残一"日"字。

图 集成壹图版 134。文 集成壹 78 页。T. T. D. Ⅳ（A）145 页。参

1536 文书残片

15.4×11，前、后缺，存 7 行，行间有朱点，内容似为民户纳丝记帐。原注："汉第二十七。"库车都勒都尔·阿护尔出土。

图 缺。文 集成壹 78 页。参

1537 唐安西残状尾

27.5×12.5，前、后缺，存 1 行，残"以前件状如前"数字。原注："汉第二十八。"库车都勒都尔·阿护尔出土。

图 缺。文 集成壹 79 页。参

1538 唐安西官府事目历残片二

13×16，前、后缺，存 5 行，纸表面有糨糊迹，与大谷 1508 号可缀合为一件。原注："汉第三十一。"库车都勒都尔·阿护尔出土。

图 缺。文 集成壹 79 页。刘安志 1997B，87 页。参 刘安志 1997B。

1539 回鹘文《天地八阳神咒经》残片

20.6×14，两面活字印版，各存 8 行。

图 西域 Ⅳ 图版 18。文 山田信夫 1958，86-87 页。参 山田信夫 1958。羽田明、山田信夫 1961。

1540 回鹘文《天地八阳神咒经》残片

18.4×14，两面活字印版，各存8行。

图 西域Ⅳ图版17。文 山田信夫1958，87-88页。参 山田信夫1958。羽田明、山田信夫1961。

1541 回鹘文《天地八阳神咒经》残片

18.6×14，两面活字印版，各存8行，行间有回鹘文书写文字。

图 山田信夫1958，86页。西域Ⅳ图版17。文 山田信夫1958，88-89页。参 山田信夫1958。羽田明、山田信夫1961。

1542 回鹘文《天地八阳神咒经》残片

17.6×14，两面活字印版，各存8行，行间有胡语。

图 西域Ⅳ图版16。文 山田信夫1958，89-90页。参 山田信夫1958。羽田明、山田信夫1961。

1543 回鹘文《天地八阳神咒经》残片

17.2×14，两面活字印版，各存8行。

图 西域Ⅳ图版18。文 山田信夫1958，90-91页。参 山田信夫1958。羽田明、山田信夫1961。

1544 回鹘文《天地八阳神咒经》残片

17.2×14，两面活字印版，各存8行。

图 西域Ⅳ图版16。文 山田信夫1958，91-92页。参 山田信夫1958。羽田明、山田信夫1961。

1545 《十方千五百佛名经》残片

6×4.6，前、后、上、下残，有丝栏，存3行，2行存"佛　雨七宝佛"，3行存"□顶佛　多伽罗"。《十住毗沙论》卷第五同。吐鲁番哈拉和卓出土。

图 集成壹图版113。文 集成壹79页。参 严耀中1986。刘安志、石墨林2003。

1545v 回鹘文《天地八阳神咒经》残片

前、后、上、下残，存2行。

图 集成壹图版113。文 缺。参 羽田明、山田信夫1961。

1546 唐安西官府文书残片

本件存2片，第1片15×20，前、后缺，存2行，1行残"用府印　开"4字；第2片19×8，前、后缺，存3行，2行存"主田明牒状　上件麦今般"数字。原注："库车地方汉第一。"

图 缺。文 大谷目一59页，集成壹79页。参

1547 《佛说罪业应报教化地狱经》（?）残片

15.5×9.6，由两纸粘贴，纸张质量不一，前、后缺，上部残，存4行，有丝栏。原注："吐鲁番喀喇和卓汉第六。"

图 集成壹图版113。张娜丽2003B 图1。文 集成壹79-80页。张娜丽2003B，75页。参 严耀中1986。张娜丽2003B。刘安志、石墨林2003。

1547v 回鹘文文书残片

前、后、上、下残，存2行。

图 集成壹图版 113。文 缺。参 羽田明、山田信夫 1961。

1548 《大般若波罗蜜多经》卷第五百七十残片

11.3×6.5，前、后缺，下部残，有丝栏，存 5 行。2 行 "白佛言世尊何缘"，今本作 "白佛言世尊有何因缘"。原注："吐鲁番喀喇和卓汉第二。"本件为《大般若波罗蜜多经》中的 "第六分平等品七"，与大谷 1549 号书法相同，当为同卷。

图 集成壹图版 113。张娜丽 2003B 图 2。文 集成壹 80 页。张娜丽 2003B，76 页。
参 张娜丽 2003B。刘安志、石墨林 2003。

1549 《大般若波罗蜜多经》卷第五百七十残片

15.2×3.3，前、后缺，下部残，有丝栏，存 2 行。原注："吐鲁番喀喇和卓汉第二。"本件为《大般若波罗蜜多经》中的 "第六分观相品八"，与 1548 号当为同卷。

图 集成壹图版 113。张娜丽 2003B 图 3。文 集成壹 80 页。张娜丽 2003B，76 页。
参 严耀中 1986。张娜丽 2003B。刘安志、石墨林 2003。

1549v 回鹘文文书残片

存 1 行。

图 缺。文 缺。参 羽田明、山田信夫 1961。

1550 《放光般若经》卷第十一残片

12.5×10.5，前后上下缺，存 6 行，有丝栏，6 行后存回鹘文 1 行。原注："喀喇和卓出土汉第二。"

图 集成壹图版 113。张娜丽 2003B 图 4。文 集成壹 80 页。张娜丽 2003B，77 页。
参 严耀中 1986。张娜丽 2003B。刘安志、石墨林 2003。

1550v 回鹘文文书残片

存 4 行。

图 缺。文 缺。参 羽田明、山田信夫 1961。

1551 《大般涅槃经》卷第二十四残片

10.5×7，前、后缺，下部残，存 5 行。本件与大谷 1552、1553 两件俱由一纸包裹，且书法相同，内容皆为北凉天竺三藏昙无谶所译《大般涅槃经》卷第二十四 "光明遍照高贵德王菩萨品第十之四"，但彼此并不衔接，前后顺序为 1552＋1551＋1553，三件为同卷无疑。南朝宋沙门慧严等编《大般涅槃经》卷第二十二同。哈拉和卓出土。

图 集成壹图版 113。张娜丽 2003B 图 5。文 集成壹 80 页。张娜丽 2003B，77 页。
参 张娜丽 2003B。刘安志、石墨林 2003。

1552 《大般涅槃经》卷第二十四残片

10.5×7.2，前、后、上、下残，存 4 行，与 1551、1553 号同卷。南朝宋沙门慧严等编《大般涅槃经》卷第二十二同。哈拉和卓出土。

图 集成壹图版 113。张娜丽 2003B 图 6。文 集成壹 81 页。张娜丽 2003B，78 页。
参 张娜丽 2003B。刘安志、石墨林 2003。

1553 《大般涅槃经》卷第二十四残片

6×4.3，前、后、上、下残，存 2 行，与 1551、1552 号同卷。南朝宋沙门慧严等编《大般涅槃经》卷第二十二同。哈拉和卓出土。

图 集成壹图版 113。张娜丽 2003B 图 7。**文** 集成壹 81 页。张娜丽 2003B，78 页。**参** 张娜丽 2003B。刘安志、石墨林 2003。

1554　唐于阗残文书

10.5×9，前、后缺，存 1 行，残"十八日"3 字，本件与大谷 1555、1556、1557 诸号纸质相同，并同出于和阗，当为同类文书。原注："和阗地方汉第一。"

图 缺。**文** 集成壹 81 页。**参**

1555　唐于阗残文书

11×6，前、后缺，存 3 行数字。原注："和阗地方汉第一。"

图 缺。**文** 集成壹 81 页。**参**

1556　唐于阗残牒文

17.5×13，前、后缺，存 4 行，4 行有"牒"字，当为于阗官府牒文。原注："和阗地方汉第一。"

图 缺。**文** 集成壹 81 页。**参**

1557　唐于阗残文书

7×7，前、后缺，存 3 行，3 行残"九月十八日"。原注："和阗地方汉第一。"

图 集成壹插图 2，110 页。**文** 集成壹 81-82 页。**参**

1558　回鹘文佛典残片

15×10，贝叶形，朱色，两面楷书，正面存 10 行，背面存 10 行。

图 缺。**文** 缺。**参** 羽田明、山田信夫 1961。

1559　回鹘文佛典残片

10×5，两面书写，正面存 9 行，背面存 10 行，楷书，有勾读点。

图 缺。**文** 缺。**参** 羽田明、山田信夫 1961。

1560-1589　回鹘文文书残片（其中 1563＋1573、1574、1586、1587、诸号另列）

小片，存 2-8 行不等。

图 缺。**文** 缺。**参** 羽田明、山田信夫 1961。

1565＋1573　粟特文残字

5.5×2.4。

图 イラン语断片集成图版 7。**文** イラン语断片集成 61 页。**参** イラン语断片集成 61 页。

1574　粟特文残字

5.7×2.3。

图 イラン语断片集成图版 7。**文** イラン语断片集成 61 页。**参** イラン语断片集成 61 页。

1586　粟特文残字

3.8×2，a 面与 b 面字体不同。

图 イラン语断片集成图版 7。**文** イラン语断片集成 61 页。**参** イラン语断片集成 61 页。

1587　摩尼文残片

4.5×5.4，正、背面各存 2 残行，语言是粟特语还是回鹘语不明。与摩尼文成 90 度角，竖写粟特文 2 行。

图 イラン语断片集成图版 93。**文** イラン语断片集成 170 页。**参** イラン语断片集成 170 页。

1590　回鹘文文书残片

9.2×8.6，两面书写，草书，正面存 3 行，背面存 4 行。

图 缺。**文** 缺。**参** 羽田明、山田信夫 1961。

1591　回鹘文文书残片

14×4，两面书写，正面存 4 行，有朱角印，草书，背面存 2 行，草书。

图 缺。**文** 缺。**参** 羽田明、山田信夫 1961。

1592　回鹘文文书残片

13×20，两面书写，正面存 9 行，草书；背面存 3 行。

图 缺。**文** 缺。**参** 羽田明、山田信夫 1961。

1593　回鹘文文书残片

20×8，存 3 行，草书，与大谷 1594、1595、1596 号属同类文书。

图 缺。**文** 缺。**参** 羽田明、山田信夫 1961。

1594　回鹘文文书残片

8.6×8，草书。

图 缺。**文** 缺。**参** 羽田明、山田信夫 1961。

1595　粟特文书信残片

9.8×3，存 1 行。

图 イラン语断片集成图版 8。**文** イラン语断片集成 62 页。**参** 羽田明、山田信夫 1961。イラン语断片集成 62 页。

1596　回鹘文文书残片

8.6×12.8，存 5 行。

图 缺。**文** 缺。**参** 羽田明、山田信夫 1961。

1597-1607　回鹘文文书残片

小片、极小片，存 1-8 行不等，草书。

图 缺。**文** 缺。**参** 羽田明、山田信夫 1961。

1608　回鹘文契约文书（？）残片

9×6，存 5 行，草书。

图 缺。**文** 缺。**参** 羽田明、山田信夫 1961。

1609　回鹘文文书残片

7.2×6.2，存 4 行，草书。

图 缺。**文** 缺。**参** 羽田明、山田信夫 1961。

1610-1627　回鹘文文书残片

小片、极小片，草书，存 1-5 行不等。

图 缺。**文** 缺。**参** 羽田明、山田信夫 1961。

1628-1631　回鹘文文书残片

小片、极小片，两面书写，草书，存 2-4 行不等。

图 缺。文 缺。参 羽田明、山田信夫 1961。

1632　回鹘文文书残片

15×8，两面书写，草书，正面存 13 行，背面存 12 行，纸系黄白色粗厚纸，与大谷 1106 号属同一文书断片。

图 缺。文 缺。参 羽田明、山田信夫 1961。

1633-1644　回鹘文文书残片

小片、极小片，草书，存 2-5 行不等。

图 缺。文 缺。参 羽田明、山田信夫 1961。

1645　回鹘文文书残片

7.4×5.2（纸角），存 1 行，楷书。

图 缺。文 缺。参 羽田明、山田信夫 1961。

1646　回鹘文文书残片

13.2×14，存 5 行，草书，断作 2 片，纸系茶褐色粗厚纸，与大谷 1648 号为同一文书。

图 缺。文 缺。参 羽田明、山田信夫 1961。

1647　回鹘文文书残片

30×18，存 7 行，草书，纸系茶褐色粗厚纸。

图 缺。文 缺。参 羽田明、山田信夫 1961。

1648　回鹘文文书残片

11.2×14.3，两面书写，草书，正面存 3 行，背面存 1 行，纸系茶褐色粗厚纸。

图 缺。文 缺。参 羽田明、山田信夫 1961。

1649　回鹘文文书残片

14.3×19.8，存 9 行，草书，纸系茶褐色粗厚纸，破损严重，有朱角印。

图 缺。文 缺。参 羽田明、山田信夫 1961。

1650　回鹘文文书残片

16.4×3.8，存 2 行，草书，白色薄纸，质良。

图 缺。文 缺。参 羽田明、山田信夫 1961。

1651　回鹘文文书残片

20×5.7，存 5 行，草书。

图 缺。文 缺。参 羽田明、山田信夫 1961。

1652　回鹘文社会经济文书残片

12×5.2，存 3 行，草书，与大谷 1654 号属同一文书。

图 缺。文 缺。参 羽田明、山田信夫 1961。

1653　回鹘文文书残片

10.4×7.2，存 5 行，草书。

图 缺。文 缺。参 羽田明、山田信夫 1961。

1654　回鹘文社会经济文书残片

10.4×7.4，存 4 行，草书，与大谷 1652 号属同一文书。

图 缺。文 缺。参 羽田明、山田信夫 1961。

1655 回鹘文文书残片

4.6×4，存 2 行，草书。

图 缺。文 缺。参 羽田明、山田信夫 1961。

1656 回鹘文文书残片

12.4×9.8，存 3 行，草书。

图 缺。文 缺。参 羽田明、山田信夫 1961。

1657 回鹘文社会经济文书残片

12.6×9，两面书写，草书，正面存 4 行，属社会经济内容，背面存 2 行。

图 西域Ⅳ图版 32。文 缺。参 羽田明、山田信夫 1961。

1658 回鹘文文书残片

11.8×8.6，存 3 行，草书，与大谷 1659 号为同一文书。

图 缺。文 缺。参 羽田明、山田信夫 1961。

1659 回鹘文文书残片

15.4×7.2，存 2 行，草书。

图 缺。文 缺。参 羽田明、山田信夫 1961。

1660 回鹘文佛教徒祈愿文

7.4×9.5，细草书，有丝栏，纸茶色，后缺，存 14 行。年代约为 12 至 14 世纪。

图 西域Ⅳ图版 19。大谷资料选 64 页。文 西域Ⅳ 203 页。参 羽田明、山田信夫 1961。大谷资料选 64 页。

1661-1674 回鹘文文书残片（其中 1667 号另列）

小片、极小片，存 1-5 行不等，有草书、楷书。

图 缺。文 缺。参 羽田明、山田信夫 1961。

1667 粟特文残片

3.7×3，存 2 行。正面为汉文佛典。

图 イラン语断片集成图版 8。文 イラン语断片集成 62 页。参 羽田明、山田信夫 1961。イラン语断片集成 62 页。

1675-1692 回鹘文文书残片

极小片，多为两面书写，存 1-6 行不等，有草书、楷书。

图 缺。文 缺。参 羽田明、山田信夫 1961。

1693 回鹘文文书残片

29.3×8.5，两面书写，草书，正面存 5 行，背面存 3 行，纸系厚白纸。

图 缺。文 缺。参 羽田明、山田信夫 1961。

1694 回鹘文文书残片

23.6×17.3，两面书写，草书，正面存 10 行，疑为社会经济关系文书；背面存 10 行，亦可能为社会经济关系文书。纸系厚茶褐色粗纸。

图 缺。文 缺。参 羽田明、山田信夫 1961。

1695 回鹘文文书残片

23.4×17.2，两面书写，正面存 10 行，草书，背面存 8 行。

圈 缺。文 缺。参 羽田明、山田信夫 1961。

1696　回鹘文社会经济关系文书

存 3 片，大片 26.2×17.2，存 7 行，纸系茶褐色粗纸。

圈 西域Ⅳ图版 19。文 西域Ⅳ204 页。参 羽田明、山田信夫 1961。

1697　回鹘文文书残片

15×8，存 4 行，草书，纸系茶褐色粗纸。

圈 缺。文 缺。参 羽田明、山田信夫 1961。

1698　唐仪凤三年（678）度支支配四年诸州庸调及折造杂綵色数并处分事条残片之一

本件存 3 片，附有苇席迹，纸背附有紫色绢片，第 1 片 16×9，第 2 片 16×9，前、后缺，存 3 行，第 3 片 13×19，前、后缺，存 2 行，内容为"□俭白。二十七日"。

圈 缺。文 集成壹 82 页。大津透、榎本淳一 1987，53、58、60 页。参 大津透 1986。大津透、榎本淳一 1987。

1699　唐仪凤二年（677）十月西州北馆厨典周建智牒为坊市供柴价直事（北馆文书之一）

28×11，本件与大谷 1700 号粘贴在一起，后缺，存 4 行，可与中村文书（B）缀合。4 行"梁洪义"又见于中村文书（C）。

圈 集成壹图版 13。文 集成壹 82 页。参 大津透 1993。

1700　唐仪凤二年（677）十一月西州市司牒为报十月三旬蒭柴估直事（北馆文书之一）

27×25，前缺，存 2 行，内容为"依前恒让白。十三日"。可与中村文书（D）缀合。

圈 集成壹图版 13。文 集成壹 82 页。参 大津透 1993。

1701-1720　回鹘文文书残片

小片（其中 1705 号为 12×5），两面书写，存 2-4 行不等，多有朱字、朱栏、勾读点。原注："No. 20 -（1709）。"

圈 缺。文 缺。参 羽田明、山田信夫 1961。

1721 +1722　粟特文摩尼教《光明智慧布道书》（Sermon of the Light-Nous）残片

6×8.2，与 2075 同卷。细楷书，纸白，质地优良，存 10 行。

圈 イラン语断片集成图版 8。文 Sundermann 1992，61、74 页。イラン语断片集成 62-63 页。参 羽田明、山田信夫 1961。Sundermann 1992，75 页。Yoshida 1994，106 页。イラン语断片集成 62-64 页。

1721 +1722v　粟特文摩尼书信残片

与 2075 同卷，存 10 行。

圈 イラン语断片集成图版 8。文 Sundermann 1992，61、76 页。イラン语断片集成 62-63 页。参 羽田明、山田信夫 1961。Sundermann 1992，77 页。Yoshida 1994，106 页。イラン语断片集成 62-64 页。

1723　粟特文摩尼教赞美诗残片

4.4×5.1，细楷书，纸白，质地优良，正、背面各存 7 行。

圈 イラン语断片集成图版 9。文 イラン语断片集成 64-65 页。参 羽田明、山田信夫 1961。イラン语断片集成 64-65 页。

1724　回鹘文文书残片

13.8×10，两面书写，正面存 3 行，朱栏，有另向书写的胡语 3 行；背面存 3 行，有另向书写的胡语 3 行。

图 缺。文 缺。参 羽田明、山田信夫 1961。

1725　回鹘文文书残片

4.4×8.3，两面书写，正面存 4 行，有另向书写的胡语 2 行，内有 1 行朱字；背面存 4 行，有另向书写的胡语 2 行。

图 缺。文 缺。参 羽田明、山田信夫 1961。

1726-1733　回鹘文文书残片

小片、极小片，存 1-6 行不等。

图 缺。文 缺。参 羽田明、山田信夫 1961。

1734　粟特文《大般涅槃经》残片

5×5.8，与大谷 2099、2919 号同卷。贝叶楷书，正、背面均存 2 行。

图 イラン语断片集成图版 9。文 イラン语断片集成 65-66 页。参 羽田明、山田信夫 1961。イラン语断片集成 65-67 页。

1735　回鹘文文书残片

4.4×5.9，两面书写，均存 1 行。

图 缺。文 缺。参 羽田明、山田信夫 1961。

1736　粟特文残片

6.5×6.7，两面书写，楷书，正面存 6 行，背面存 5 行。

图 缺。文 缺。参 羽田明、山田信夫 1961。

1737　粟特文残片

9.1×7.9，两面书写，楷书，均存 7 行。

图 缺。文 缺。参 羽田明、山田信夫 1961。

1738-1784　回鹘文文书残片

极小片，两面书写，楷书，存 1-6 行不等。原注："No. S18 –（1744）～（1761）No. B11 –（1762）～（1772）。"

图 缺。文 缺。参 羽田明、山田信夫 1961。

1785-1787　回鹘文文书残片

极小片，两面书写，草书，存 2-4 行不等。

图 缺。文 缺。参 羽田明、山田信夫 1961。

1788　回鹘文社会经济关系文书残片

15×5，两面书写，草书，正面存 3 行，属社会经济内容，背面存 1 行，草书。

图 缺。文 缺。参 羽田明、山田信夫 1961。

1789　回鹘文文书残片

5.3×11.1，两面书写，草书，正面存 13 行，背面存 9 行。

图 缺。文 缺。参 羽田明、山田信夫 1961。

1790　回鹘文文书残片

15×5，两面书写，草书，正面存5行，背面存10行，草书。

图 缺。文 缺。参 羽田明、山田信夫1961。

1791   回鹘文文书残片

16.5×11.6，两纸贴合，正面存2行，草书。

图 缺。文 缺。参 羽田明、山田信夫1961。

1792   回鹘文契约文书残片

10×7，两面书写，草书，正面存3行，背面存4行。

图 缺。文 西域Ⅳ217页。山田信夫1967，83页。契约文书集成1，23页。参 羽田明、山田信夫1961。山田信夫1961、1967。

1793   回鹘文社会经济文书残片

4×5.7，两面书写，草书，正面存2行，属契约文书，背面存3行。

图 缺。文 缺。参 羽田明、山田信夫1961。

1794   回鹘文社会经济文书残片

14.4×5.8，两面书写，草书，正面存8行，背面存4行，与大谷1795号属同一件文书。

图 缺。文 缺。参 羽田明、山田信夫1961。

1795   回鹘文社会经济文书残片

7.7×6.2，两面书写，草书，正面存4行，属社会经济内容，背面存1行，与大谷1794号属同一件文书。

图 缺。文 缺。参 羽田明、山田信夫1961。

1796-1810   回鹘文文书残片

极小片，存1-5行不等。

图 缺。文 缺。参 羽田明、山田信夫1961。

1811   回鹘文文书残片

由10小片组成，第10片有另向书写胡语3行。

图 缺。文 缺。参 羽田明、山田信夫1961。

1812   回鹘文文书残片

由6小片组成。

图 缺。文 缺。参 羽田明、山田信夫1961。

1813   回鹘文文书残片

6.2×7，存6行，楷书。

图 缺。文 缺。参 羽田明、山田信夫1961。

1814   回鹘文文书残片

10×17，存4行，草书大字。

图 缺。文 缺。参 羽田明、山田信夫1961。

1815   回鹘文文书残片

20×10，存3行，草书大字。

图 缺。文 缺。参 羽田明、山田信夫1961。

1816   回鹘文《阿弥陀经》残片

17×7，存7行，草书。

图 缺。文 缺。参 羽田明、山田信夫1961。

1817　回鹘文文书残片

20×5，存6行，草书。

图 缺。文 缺。参 羽田明、山田信夫1961。

1818　空号

1819　回鹘文文书残片

10×12，存8行，草书。

图 缺。文 缺。参 羽田明、山田信夫1961。

1820　回鹘文文书残片

11.8×11.3，两面书写，草书，俱存2行。

图 缺。文 缺。参 羽田明、山田信夫1961。

1821　回鹘文文书残片

8.4×9.2，活字，存3行，有朱丝栏。

图 缺。文 缺。参 羽田明、山田信夫1961。

1822　回鹘文契约文书残片

7.4×10.7，存10行，草书，白纸。

图 西域Ⅳ图版32。文 缺。参 羽田明、山田信夫1961。

1823-1846　回鹘文文书残片（其中1829、1832号另列）

小片，存1-6行不等，个别存8-10行。

图 缺。文 缺。参 羽田明、山田信夫1961。

1829　粟特文忏悔文残片

13.3×11.7，存4行。

图 イラン语断片集成图版11。文 イラン语断片集成67页。参 イラン语断片集成67-68页。

1832　古突厥语摩尼教文书残片

13.5×3，前、后、上、下残，存3行。年代当为9至10世纪。

图 大谷资料选64页。文 缺。参 羽田明、山田信夫1961。大谷资料选64页。

1847　回鹘文文书残片

11.3×12.9，存8行，草书。

图 缺。文 缺。参 羽田明、山田信夫1961。

1848　回鹘文文书残片

14×8.7，存2行，草书。

图 缺。文 缺。参 羽田明、山田信夫1961。

1849　回鹘文文书残片

由两小片（8.2×10.5，9.5×10.3）组成。

图 缺。文 缺。参 羽田明、山田信夫1961。

1850　回鹘文文书残片

10×15，存7行，草书，有丝栏。

图 缺。文 缺。参 羽田明、山田信夫 1961。

1851-1855　回鹘文文书残片

小片，两面书写，存 3-6 行不等，楷书。

图 缺。文 缺。参 羽田明、山田信夫 1961。

1856　回鹘文社会经济文书残片

27.2×11.5，存 6 行，草书，纸系厚白色粗纸。

图 缺。文 缺。参 羽田明、山田信夫 1961。

1857　回鹘文社会经济文书残片

15.1×11.2，存 9 行，草书，纸系厚白色粗纸。

图 缺。文 缺。参 羽田明、山田信夫 1961。

1858　回鹘文文书残片

24×11.6，存 7 行，草书，纸系厚茶褐色粗纸，破损严重。

图 缺。文 缺。参 羽田明、山田信夫 1961。

1859-1861　回鹘文文书残片

极小片，存 1-2 行不等，草书。

图 缺。文 缺。参 羽田明、山田信夫 1961。

1862　回鹘文文书残片

11.7×7.2，存 5 行，楷书。

图 缺。文 缺。参 羽田明、山田信夫 1961。

1863-1870　回鹘文文书残片

极小片，存 1-2 行不等，楷书。

图 缺。文 缺。参 羽田明、山田信夫 1961。

1871-1873　回鹘文文书残片

极小片，存 1-2 行不等，草书。

图 缺。文 缺。参 羽田明、山田信夫 1961。

1874　回鹘文文书残片

7.9×11.8，两面书写，草书，正面存 6 行，背面存 6 行。

图 缺。文 缺。参 羽田明、山田信夫 1961。

1875　回鹘文文书残片

12×7，两面书写，草书，正面存 6 行，背面存 8 行。

图 缺。文 缺。参 羽田明、山田信夫 1961。

1876-1886　回鹘文文书残片

小片（其中 1879 号为 12.5×8.3，1880 号为 14.7×12.3），除 1878 号（5×10）
为单面书写婆罗迷文 2 行外，其余皆为两面书写，草书，存 2-10 行不等。

图 缺。文 缺。参 羽田明、山田信夫 1961。

1887-1906　回鹘文文书残片

小片、极小片（其中 1906 号分为 2 片），存 1-4 行不等，楷书。原注："22
(1887)、(1888)、17-(1889)。"

图 缺。文 缺。参 羽田明、山田信夫 1961。

1907-1913　回鹘文文书残片

极小片（其中 1911 号分为 2 片），存 1-4 行不等，楷书。

图 缺。文 缺。参 羽田明、山田信夫 1961。

1914　回鹘文契约文书

30×18，草书，正、背面俱存 6 行，第 1 行头存婆罗迷文 1 行，又另向文字 1 行。

图 缺。文 缺。参 羽田明、山田信夫 1961。

1915　回鹘文文书残片

5.2×9.3，两面书写，楷书，正面存 8 行。

图 缺。文 缺。参 羽田明、山田信夫 1961。

1916-1926　回鹘文文书残片

小片、极小片，存 1-4 行不等，楷书。

图 缺。文 缺。参 羽田明、山田信夫 1961。

1927　粟特文摩尼教文献残片

8×25.6，存 13 行，楷书。

图 イラン语断片集成图版 11。文 イラン语断片集成 68 页。参 羽田明、山田信夫
1961。イラン语断片集成 68 页。

1928-1944　回鹘文经典残片（其中 1929＋1930 号另列）

小片、极小片，楷书（1944 号为草书），存 2-8 行不等。原注："Ⅰ（3 通）Ⅱ（5
通）Ⅲ（5 通）。"

图 缺。文 缺。参 羽田明、山田信夫 1961。

1929＋1930　回鹘文《维摩诘所说经》残片

可拼合的小残片 2 片，存 8 行，楷书。

图 P. Zieme2000B，图版 LVIII-LIX。文 P. Zieme2000B，110 页。参 羽田明、山田
信夫 1961。P. Zieme2000B。

1945　回鹘文文书残片

18.8×5.6，两面书写，草书，正面存 4 行，背面存 1 行。

图 缺。文 缺。参 羽田明、山田信夫 1961。

1946　回鹘文文书残片

22×3，两面书写，草书，正面存 2 行，背面存 1 行。

图 缺。文 缺。参 羽田明、山田信夫 1961。

1947　回鹘文文书残片

18.2×4.4，两面书写，草书，正面存 2 行，背面存 1 行。

图 缺。文 缺。参 羽田明、山田信夫 1961。

1948　回鹘文文书残片

18.5×6.6，两面书写，草书，正面存 2 行，大字；背面存 3 行。

图 缺。文 缺。参 羽田明、山田信夫 1961。

1949　回鹘文文书残片

10×15，两面书写，楷书，正面存 8 行，背面存 7 行。

图 缺。文 缺。参 羽田明、山田信夫 1961。

1950　回鹘文文书残片

14.5×14.3，两面书写，楷书，正面存 11 行，与大谷 1934 号同类，有粟特文特征；背面存 11 行。

图 缺。文 缺。参 羽田明、山田信夫 1961。

1951　回鹘文文书残片

13.7×2.6，两面书写，楷书，正面存 1 行，背面存 1 行。

图 缺。文 缺。参 羽田明、山田信夫 1961。

1952　回鹘文文书残片

5.5×5.3，两面书写，正面存草书细字 3 行，背面存楷书 3 行。

图 缺。文 缺。参 羽田明、山田信夫 1961。

1953　粟特文佛典残片

9.2×7.3，两面书写，正面存粟特文 5 行，背面存回鹘文草书 5 行。

图 イラン语断片集成图版 12。文 イラン语断片集成 37（回鹘）、68（粟特）页。

参 羽田明、山田信夫 1961。イラン语断片集成 37、68 页。

1954　回鹘文文书残片

12.1×8.3，两面书写，正面存草书 6 行，背面存 5 行。

图 缺。文 缺。参 羽田明、山田信夫 1961。

1955　回鹘文文书残片

12.7×6.3，两面书写，草书，正面存细字 8 行，背面存 6 行。

图 缺。文 缺。参 羽田明、山田信夫 1961。

1956　回鹘文经典残片

存 4 片，两面书写，大片（15.3×10.2）正面存楷书 7 行，与大谷 1958 号属同一文书；背面存草书 5 行。原注："Ⅰ，Ⅱ，Ⅲ。"

图 缺。文 缺。参 羽田明、山田信夫 1961。

1957　回鹘文佛教论书

9.3×14，两面书写，正面存草书 12 行，其间书有汉字"如是"及"利"等；背面存 6 行。

图 缺。文 缺。参 羽田明、山田信夫 1961。

1958　回鹘文文书残片

9.2×10，两面书写，正面存楷书 6 行，有朱丝栏，与大谷 1956 号属同一文书；背面存草书 4 行。

图 缺。文 缺。参 羽田明、山田信夫 1961。

1959　回鹘文文书残片

9.6×17.5，存 9 行，草书。

图 缺。文 缺。参 羽田明、山田信夫 1961。

1960　回鹘文文书残片

17.8×7.2，存 3 行，草书。

图 缺。文 缺。参 羽田明、山田信夫 1961。

1961　回鹘文文书残片

2.4×6.1，存1行，草书，与大谷1962号为同一文书。

图 缺。文 缺。参 羽田明、山田信夫1961。

1962 回鹘文文书残片

23.2×5.6，存2行，草书。

图 缺。文 缺。参 羽田明、山田信夫1961。

1963 回鹘文文书残片

22.7×7.9，存2行，草书。

图 缺。文 缺。参 羽田明、山田信夫1961。

1964 回鹘文文书残片

22.6×4.4，存1行，草书，与大谷1965、1966号为同一文书。

图 缺。文 缺。参 羽田明、山田信夫1961。

1965 回鹘文文书残片

25×1，存1行，草书。原注："Ⅱ。"

图 缺。文 缺。参 羽田明、山田信夫1961。

1966 回鹘文文书残片

25×2，存3行，草书。原注："Ⅰ。"

图 缺。文 缺。参 羽田明、山田信夫1961。

1967 粟特文摩尼教书信残片

7.5×10.5，存2行，草书，大字，有朱圆印3枚。吉田丰推测年代为10世纪。

图 西域Ⅳ图版33。イラン语断片集成图版12。文 イラン语断片集成69页。参 羽
田明、山田信夫1961。イラン语断片集成69页。

1968 回鹘文文书残片

7×4.4，存3行，草书。

图 缺。文 缺。参 羽田明、山田信夫1961。

1969 回鹘文文书残片

10×5，存2行，草书，细字。

图 缺。文 缺。参 羽田明、山田信夫1961。

1970 回鹘文文书残片

10×5，两面书写，草书，正面存9行，背面存3行。

图 缺。文 缺。参 羽田明、山田信夫1961。

1971-1977 回鹘文文书残片

小片（其中1971号为14×8.5，1973号为14×5.8），存1-5行不等，草书。

图 缺。文 缺。参 羽田明、山田信夫1961。

1978 回鹘文文书残片

23.3×26.7，存13行，草书，破损严重。

图 缺。文 缺。参 羽田明、山田信夫1961。

1979 粟特文书信残片

23×36，存4行，草书，有朱圆印3枚。

图 イラン语断片集成图版13。文 イラン语断片集成69页。参 羽田明、山田信夫

1961。イラン语断片集成 69 页。

1980　回鹘文佛典残片

15×50，存 25 行，草书。

图 西域Ⅳ图版 20。文 西域Ⅳ204 页。参 羽田明、山田信夫 1961。

1981　回鹘文文书残片

25.4×15.1，存 4 行，草书，大字，有朱角印。

图 缺。文 缺。参 羽田明、山田信夫 1961。

1982　回鹘文文书残片

27×12.2，有 2 片，正面存 2 行，草书大字。

图 缺。文 缺。参 羽田明、山田信夫 1961。

1983　回鹘文文书残片

11.9×9.8，存 2 行，草书，有朱印。

图 缺。文 缺。参 羽田明、山田信夫 1961。

1984　回鹘文文书残片

10.8×17.2，存 6 行，草书，有朱印二。

图 缺。文 缺。参 羽田明、山田信夫 1961。

1985　回鹘文文书残片

15×5，存 1 行，草书。

图 缺。文 缺。参 羽田明、山田信夫 1961。

1986　回鹘文文书残片

15×2.8，存 1 行，草书。

图 缺。文 缺。参 羽田明、山田信夫 1961。

1987　回鹘文文书残片

10×8，存 5 行，草书。

图 缺。文 缺。参 羽田明、山田信夫 1961。

1988-1990　回鹘文文书残片

小片，存 4-6 行不等，草书，有丝栏，其中 3 件为性质相同的文书。原注："Ⅰ－
(1988) Ⅱ－(1989) Ⅲ－(1990)。"

图 西域Ⅳ图版 33（1988 号）。文 缺。参 羽田明、山田信夫 1961。

1991　回鹘文文书残片

7.2×7.4，存 4 行，草书。

图 缺。文 缺。参 羽田明、山田信夫 1961。

1992　回鹘文文书残片

15×4，存 3 行，草书。

图 缺。文 缺。参 羽田明、山田信夫 1961。

1993　回鹘文文书残片

26.6×3.5，存 1 行，草书。

图 缺。文 缺。参 羽田明、山田信夫 1961。

1994　回鹘文文书残片

5.2×38.2，两面书写，草书，正面存 10 行，背面存 8 行。

图 缺。文 缺。参 羽田明、山田信夫 1961。

1995-2016　回鹘文文书残片（其中 2012 号另列）

小片、极小片，草书、楷书（2008 号极细），存 2-13 行不等，其中 2002 号为佛典残片。2001、2003 号有朱丝栏，2006、2015 号有丝栏，2012 号有朱角印二，2013 号有角印。原注："Ⅰ-（1988）、（2000）、（2004）、（2006）、（2011）Ⅱ-（1999）、（2001）、（2007）、（2010）Ⅲ-（2009）。"

图 缺。文 缺。参 羽田明、山田信夫 1961。

2012　回鹘文文书残片

草书，存 3 行。

图 西域Ⅳ图版 33。文 缺。参 羽田明、山田信夫 1961。

2017-2024　回鹘文文书残片（其中 2018 号另列）

小片（其中 2020 号为 18×8，2022 号为 9×9.6，乃摩尼文残片，两面均存 14 行；2024 号为 18×4），两面书写，草书（2022、2023 号为细字），存 1-14 行不等。

图 缺。文 缺。参 羽田明、山田信夫 1961。

2018A　摩尼文帕提亚语（？）文献残片

10.5×6，残纸由麻布托裱，存 3 行残字。

图 イラン语断片集成图版 93。文 イラン语断片集成 170 页。参 イラン语断片集成 170 页。

2018B　摩尼文帕提亚语（？）文献残片

残纸由麻布托裱，存 3 行残字。

图 イラン语断片集成图版 93。文 イラン语断片集成 170 页。参 イラン语断片集成 170 页。

2025-2032　回鹘文文书残片

极小片，单面存 2-5 行不等，楷书。原注："Ⅰ-（2026）、（2028）Ⅱ-（2027）、（2029）Ⅲ-（2030）。"

图 缺。文 缺。参 羽田明、山田信夫 1961。

2033-2073　回鹘文佛典残片

极小片，均两面书写，活字、楷书，存 1-7 行不等。其中 2035 号与 1349 号缀合，已注录，见前 1349 号。2037、2046、2063、2068 诸号有丝栏，2058 号有朱丝栏，2051-2056 号有朱字。原注："Ⅰ-（2033）Ⅱ-（2034）。"

图 缺。文 缺。参 羽田明、山田信夫 1961。

2074　回鹘文文书残片

15.2×11.2，存 9 行，草书，纸薄、白，质地优良。原注："唐纸。"

图 缺。文 缺。参 羽田明、山田信夫 1961。

2075　粟特文摩尼教《光明智慧布道书》（Sermon of the Light-Nous）残片

7.4×9，与大谷 1721＋1722 号同卷。两面书写，楷书，存 11 行。

图 イラン语断片集成图版 8。文 Yoshida 1994，107 页。イラン语断片集成 63-64 页。参 羽田明、山田信夫 1961。Yoshida 1994，106-108 页。イラン语断片集成 62-

64 页。

2075v 粟特文摩尼书信残片

与 1721＋1722 号同卷，存 11 行。

图 イラン语断片集成图版 8。文 Yoshida 1994，107 页。イラン语断片集成 63-64 页。参 Yoshida 1994，106-108 页。イラン语断片集成 62-64 页。

2076 回鹘文文书残片

有 3 片，两面书写，大片（8.7×13.7）正面存 5 行，背面存 5 行。

图 缺。文 缺。参 羽田明、山田信夫 1961。

2077 回鹘文《天地八阳神咒经》残片

11.7×19.4，楷书 15 行，有丝栏。内容与 5302 号可拼接。

图 小田寿典 1983，182 页。文 小田寿典 1983，170-171 页。参 羽田明、山田信夫 1961，小田寿典 1983。

2078 回鹘文佛典残片

9.4×13.2，两面书，活字，正面存 8 行，有朱丝栏；背面存 8 行。原注："一号。"

图 缺。文 缺。参 羽田明、山田信夫 1961。

2079 回鹘文文书残片

5×4.7，两面活字，均存 3 行。

图 缺。文 缺。参 羽田明、山田信夫 1961。

2080-2148 回鹘文佛典残片（其中 **2099、2135A、2138A、2146** 诸号另列）

小片、极小片，两面书，活字、楷书，存 1-8 行不等。2081、2084、2085、2086、2088、2089、2090、2091、2092、2097、2098、2102、2103、2104、2107、2108、2117、2122 诸号有朱丝栏，2095、2124、2134、2135 诸号有丝栏，2085、2105、2125 号为贝叶，2087、2125 号有朱字。原注："第五号の第二十号－（2080）一号－（13 通）三号－（4 通）四号－（28 通）No.73－（4 通）。"

图 缺。文 缺。参 羽田明、山田信夫 1961。

2099 粟特文《大般涅槃经》残片

8.3×5.9，与大谷 1734、2919 号同卷。

图 イラン语断片集成图版 9。文 イラン语断片集成 66 页。参 イラン语断片集成 65-67 页。

2135A 粟特文佛典残片

2.5×5.5，与大谷 1123、1129、2803A、5735、5746、5747、5758 号同卷。

图 イラン语断片集成图版 1。文 イラン语断片集成 51-52 页。参 イラン语断片集成 51-53 页。

2135Av 粟特文音译汉文佛典

图 イラン语断片集成图版 1。文 イラン语断片集成 52 页。参 イラン语断片集成 51-53 页。

2138A 粟特文摩尼教文献残片

4×1.7。

图 イラン语断片集成图版 14。文 イラン语断片集成 70 页。参 イラン语断片集成

70 页。

2138B 回鹘文文书残片

2146 粟特文佛典残片

2.6×2.7，正、背面各 2 行。

🖼 イラン语断片集成图版 14。📄 イラン语断片集成 70 页。📎 イラン语断片集成 70 页。

2149 回鹘文消费贷借文书

14.5×4.5，前、后缺，下部缺，两面书写，正面 4 行草书，有手印；背面存 2 行，有千印。本件正面与人谷 1108 号背面文字为同一书体，可缀合。原注："27。"

🖼 西域Ⅳ图版 36、37。山田信夫 1967，图版 3。契约文书集成 1 图，30 页。契约文书集成 3 图版 75、77。📄 西域Ⅳ 217 页。山田信夫 1967，84 页。契约文书集成 1，23 页。契约文书集成 2，89 页。李经纬研究 B129 页。📎 羽田明、山田信夫 1961。山田信夫 1961、1967。李经纬研究 B，129-130 页。

2150 回鹘文契约文书残片

7.5×5.5，两面书写，草书，正面存 5 行，有手印；背面存 3 行。原注："27。"

🖼 西域Ⅳ图版 32。📄 西域Ⅳ 218 页。山田信夫 1967，85 页。契约文书集成 1，24 页。📎 羽田明、山田信夫 1961。山田信夫 1961、1965、1967。

2151-2154 回鹘文文书残片

小片，两面书写，存 3-5 行不等，2151、2152 号为草书，2153、2154 号为活字。原注："25 -（2152）26 -（2153）。"

🖼 缺。📄 缺。📎 羽田明、山田信夫 1961。

2155-2188 回鹘文佛典残片

小片、极小片，活字、楷书，存 1-7 行不等。2155、2173 号有丝栏，2165、2175、2183、2186、2188 诸号有朱丝栏，2168 号为贝叶。原注："No. 36 -（2156）~（2163）No. 48 -（2164）~（2166）、（2168）~（2175）No. 71 -（2167）17 -（2177）~（2179）第 15 -（2181）~（2188）。"

🖼 缺。📄 缺。📎 羽田明、山田信夫 1961。

2189-2204 回鹘文文书残片

小片、极小片，草书（2189、2192 号为活字），存 2-9 行不等。2189、2194、2100 号有朱栏，2192、2193、2199 号有丝栏，2202 号有朱角印。原注："55 -（2189）~（2204）。"

🖼 缺。📄 缺。📎 羽田明、山田信夫 1961。

2205-2226 回鹘文文书残片

极小片，两面书写，活字、楷书（2204 号为草书），存 1-6 行不等。2205、2206、2208、2217、2221 诸号有朱丝栏。

🖼 缺。📄 缺。📎 羽田明、山田信夫 1961。

2227-2238 回鹘文文书残片

小片、极小片（其中 2234 号为 10×10，属经典文书），两面书写，草书（2233-2235 号为楷书），存 1-7 行不等。原注："（No.）102（2232）~（2238）。"

图 缺。**文** 缺。**参** 羽田明、山田信夫 1961。

2239-2289　回鹘文佛典残片

　　小片、极小片，活字（2251 号为草书），两面写，存 2-7 行不等，其中 2243、2252 号由 2 片组成。2245、2250、2258、2259、2260、2265、2266、2270、2283、2284、2285、2286 诸号有丝栏，2241、2246 号有朱丝栏，2253、2261 号为贝叶，2266、2271 号有句读点。原注："Ⅰ－（6 通）Ⅱ－（7 通）Ⅲ－（2 通）几号－（5 通）十号－（19 通）No.71－（14 通）17・18・19・。"

　　图 缺。**文** 缺。**参** 羽田明、山田信夫 1961。

2290-2325　回鹘文文书残片（其中 2294＋2308、2300、2302、2309、2312、2314 诸号另列）

　　小片、极小片，楷书、草书（2294 号为粟特文），存 1-5 行不等。2295、2317 号有丝栏。原注："十二号－（2289）、（2291）Ⅰ－（2292）Ⅱ－（2292）Ⅲ－（2291）、（2293）。"

　　图 缺。**文** 缺。**参** 羽田明、山田信夫 1961。

2294＋2308　粟特文残片

　　6.6×6.3，存 4 行。

　　图 イラン语断片集成图版 14。**文** イラン语断片集成 70-71 页。**参** イラン语断片集成 70-71 页。

2300　粟特文残片

　　6×3.3，存 2 行。

　　图 イラン语断片集成图版 14。**文** イラン语断片集成 71 页。**参** イラン语断片集成 71 页。

2302　粟特文佛典残片

　　2.3×1.8，存 1 行。

　　图 イラン语断片集成图版 14。**文** イラン语断片集成 71 页。**参** イラン语断片集成 71 页。

2308　与 2294 可以缀合，见 2294 号

2309　粟特文残片

　　2.5×3.3，存 2 行。

　　图 イラン语断片集成图版 14。**文** イラン语断片集成 71 页。**参** イラン语断片集成 71 页。

2312　粟特文残片

　　2.5×5，存 4 行。

　　图 イラン语断片集成图版 14。**文** イラン语断片集成 71-72 页。**参** イラン语断片集成 71-72 页。

2314　粟特文摩尼教徒书信残片

　　6.1×5.2，存 5 行。

　　图 イラン语断片集成图版 14。**文** イラン语断片集成 72 页。**参** イラン语断片集成 72 页。

2326 粟特文《法王经》残片

8.5×10。与大谷2437、2922号同卷，大体可以缀合，3片合成后，共存13行文字。吉田丰定本件年代为8至10世纪。

图 大谷资料选61页。イラン语断片集成图版15。文 吉田丰1985，51-52页。イラン语断片集成72-73页。参 吉田丰1985，50-54页。大谷资料选61页。イラン语断片集成72-73页。

2327 回鹘文文书残片

4.2×4.4，存3行。

图 缺。文 缺。参 羽田明、山田信夫1961。

2328 回鹘文《天地八阳神咒经》残片

15×2，正面存回鹘文2行，楷书。

图 小田寿典1983，180页。文 小田寿典1983，168页。参 羽田明、山田信夫1961。小田寿典1983。

2329 回鹘文文书残片

11.3×16.6，存11行，草书。

图 缺。文 缺。参 羽田明、山田信夫1961。

2330-2336 回鹘文文书残片（其中2333号另列）

小片，存2-7行不等，楷书。2333号行头有丝栏。

图 缺。文 缺。参 羽田明、山田信夫1961。

2333 粟特文佛典残片

6.5×9.3，存8行。可与2788缀合。

图 イラン语断片集成图版16。文 イラン语断片集成73页。参 イラン语断片集成73页。

2337-2344 回鹘文文书残片

小片、极小片，存1-6行不等。2338号有朱栏。

图 缺。文 缺。参 羽田明、山田信夫1961。

2345 回鹘文《天地八阳神咒经》残片

10×12，存6行，楷书，行末有丝栏。

图 缺。文 缺。参 羽田明、山田信夫1961。

2346 回鹘文社会经济文书残片

5×13.8，存3行，草书。

图 缺。文 缺。参 羽田明、山田信夫1961。

2347 回鹘文文书残片

24×14.3，存11行，草书。

图 缺。文 缺。参 羽田明、山田信夫1961。

2348 回鹘文文书残片

16.8×10，存8行，草书，有圆朱印。

图 西域Ⅳ图版33。文 缺。参 羽田明、山田信夫1961。

2349 回鹘文文书残片

9.4×6.4，存 4 行，楷书，有丝栏。

图 缺。文 缺。参 羽田明、山田信夫 1961。

2350　回鹘文文书残片

5×13，两面书写，草书，正面存 5 行，背面存 6 行，有句读点。

图 缺。文 缺。参 羽田明、山田信夫 1961。

2351　回鹘文经典残片

11.8×14.3，两面书写，贝叶，有朱栏，正面存 12 行，背面存 11 行，楷书；与大谷 2353 号为同一文书。

图 缺。文 缺。参 羽田明、山田信夫 1961。

2352　回鹘文文书残片

7.4×10.7，两面书写，正面存 9 行，背面存 8 行，草书。

图 缺。文 缺。参 羽田明、山田信夫 1961。

2353　回鹘文经典残片

17.4×19.2，贝叶，有朱栏，存 13 行，楷书，与大谷 2351 号为同一文书。

图 缺。文 缺。参 羽田明、山田信夫 1961。

2354　回鹘文佛典残片

8×7.3，两面书写，楷书，有朱栏，正面存 5 行，有朱字，背面存 5 行。

图 缺。文 缺。参 羽田明、山田信夫 1961。

2355　唐西州某寺谷物破用历

30×19，前、后缺，存 9 行，内容较完整，数处提及"春季破讫"，2、6、7 行粮物数有勾笔，并署一"寂"字，由 3 行所记"一十石，修寺，付坚惠"，推知文书当为西州某寺春季谷物破用、见在的帐历。T. T. D. Ⅳ（A）、（B）订为"唐年次未详（8 世纪）吐鲁番出土官衙破诸色历计会（残）"。集成壹作"谷物等计量文书。"

图 西域Ⅲ图版 39。集成壹图版 93。T. T. D. Ⅳ（B）151 页。文 大谷目一 61 页。西域Ⅲ 476 页。集成壹 83 页。T. T. D. Ⅳ（A）144 页。参 小笠原宣秀 1958A、1960B。西嶋定生 1960。小田义久 1962。

2356　唐西州高昌县城西枣树渠户别部田簿残片之一

10.5×21，有污渍，前、后缺，下部残，存 7 行。

图 集成壹图版 90。文 西域Ⅱ 349 页。西村研究 408-409 页。籍帐研究 385 页。集成壹 83 页。参 西村元佑 1959。西嶋定生 1959。韩国磐 1986。

2357　唐西州高昌县城西枣树渠户别部田簿残片之一

12×12，有污渍，前、后缺，存 4 行。

图 集成壹图版 90。文 西域Ⅱ 349 页。西村研究 409 页。籍帐研究 385 页。集成壹 83 页。参 西村元佑 1959。西嶋定生 1959。韩国磐 1986。

2358　唐西州高昌县城西枣树渠户别部田簿残片之一

21.9×15，前、后缺，存 9 行。

图 集成壹图版 90。文 西域Ⅱ 350 页。西域Ⅲ 162-163 页。西村研究 409-410 页。籍帐研究 388 页。集成壹 83-84 页。参 西村元佑 1959。西嶋定生 1959。小笠原宣秀、西村元佑 1960。韩国磐 1986。

2359 唐西州高昌县城西枣树渠户别部田簿残片之一

14.1×15，有污渍，前、后缺，存4行。

图 集成壹图版90。**文** 西域Ⅱ350页。西村研究410页。籍帐研究385-386页。集成壹84页。**参** 西村元佑1959。西嶋定生1959。韩国磐1986。

2360 唐西州高昌县城西枣树渠户别部田簿残片之一

16.2×21，有污渍，前、后缺，存8行。

图 集成壹图版91。**文** 西域Ⅱ350页。西村研究410页。籍帐研究386页。集成壹84页。**参** 西村元佑1959。西嶋定生1959。韩国磐1986。

2361 唐西州高昌县城西枣树渠户别部田簿残片之一

21×19.5，一部由数纸粘贴，纸背附有紫色绢片及布，前、后缺，存8行，5行人名"高仁节"又见于大谷4042号。

图 集成壹图版91。**文** 西域Ⅱ203、350页。西嶋研究591-592页。西村研究410-411页。籍帐研究390页。集成壹84页。**参** 西村元佑1959。西嶋定生1959。韩国磐1986。

2362 唐西州高昌县城西枣树渠户别部田簿残片之一

10.5×5.1，分为7、8片，前、后缺，存3行。

图 集成壹图版91。**文** 西域Ⅱ203、350页。西村研究411页。西嶋研究592页。籍帐研究388页。集成壹85页。**参** 西村元佑1959。西嶋定生1959。韩国磐1986。

2363 唐西州高昌县城西枣树渠户别部田簿残片之一

约分为十余小片，且数纸粘贴，第一片3.5×4，前、后缺，存2行数字。

图 集成壹图版91。**文** 籍帐研究388页。集成壹85页。**参** 小田义久1981B。韩国磐1986。

2364 唐西州高昌县城西枣树渠户别部田簿残片之一

存2片，第1片5×9，前、后缺，存3行；第2片10×4，由数纸粘贴，第1纸存1行，纸背亦存1行，残"□肆亩永业"数字。

图 集成壹图版91。**文** 籍帐研究391页。集成壹85页。**参** 小笠原宣秀1961A，韩国磐1986。

2365 唐西州高昌县城西枣树渠户别部田簿残片之一

存8小片，其中6片有文字，一片6.3×2.2，存1行；一片5.5×5.6，存2行；一片8×2.3，存2行；一片3.5×3.5，存2行；一片5×2.7，存1行；一片6×1.8，存1行。

图 集成壹图版91。**文** 籍帐研究388页。集成壹85页。**参** 小田义久1981B。韩国磐1986。

2366 武周如意元年（692）西州高昌县诸堰头等申青苗亩数佃人牒残片之一

26×3.5，前、后缺，存1行，人名"康父师"又见于大谷2368、3030号，"贰亩"之"贰"字右侧附有朱线。本件可与大谷1210号缀合。

图 集成壹图版79。**文** 西域Ⅱ100页。周藤研究22页。佐藤武敏1967，4页。籍帐研究334页。集成壹85-86页。**参** 周藤吉之1959。池田温1975。伊藤正彦1980。

小田义久 1981B。

2367　武周天授二年（691）西州高昌县诸堰头等申青苗亩数佃人牒残片之一

27×2.45，前、后缺，存 8 行，1 行有画指，7、8 行为"连，公成白。八日"，"日"为武周新字，佃人旁署一"平"字。

图 西域Ⅱ图版 4。集成壹图版 78。文 西域Ⅱ97 页。周藤研究 14 页。籍帐研究 324 页。集成壹 86 页。参 周藤吉之 1959。池田温 1975。伊藤正彦 1980。小田义久 1981B。

2368　武周天授二年（691）西州高昌县诸堰头等申青苗亩数佃人牒残片之一

27×32.5，前缺，存 13 行，亩数旁有朱勾，有武周新字，13 行署"天授二年 月日 堰头骨恶是牒"，有三点画指，佃人旁有"大"、"尚"、"西"等字。

图 西域Ⅱ图版 2。周藤研究图版 1。集成壹图版 79。文 西域Ⅱ94-95 页。周藤研究 7-8 页。佐藤武敏 1967，3 页。籍帐研究 322-323 页。集成壹 86 页。参 周藤吉之 1959、1965。佐藤武敏 1967。小口彦太 1974。池田温 1975。均田制研究 308-310 页。伊藤正彦 1980。王仲荦 1980。小田义久 1981B。

2369　武周天授二年（691）西州高昌县诸堰头等申青苗亩数佃人牒残片之一

26×22，后缺，存 6 行，纸表面附有糨糊迹，1 行存"匡□堰头康毳子"，2-5 行有朱勾，5 行人名"辛鼢子"又见于大谷 3027 号，佃人旁有"大"、"西"、"平"等。

图 西域Ⅱ图版 3。集成壹图版 80。文 西域Ⅱ96 页。西域Ⅲ143 页。周藤研究 10、119 页。佐藤武敏 1967，3 页。籍帐研究 323 页。集成壹 86-87 页。参 周藤吉之 1959、1965。小笠原宣秀、西村元佑 1960。佐藤武敏 1967。池田温 1975。伊藤正彦 1980。小田义久 1981B。

2370　武周天授二年（691）七月西州高昌县诸堰头等申青苗亩数佃人牒残片之一

27.5×7，前缺，存 2 行，亩数右侧有朱勾，文尾有糨糊迹。

图 集成壹图版 80。文 西域Ⅱ96 页。周藤研究 11-12 页。籍帐研究 328 页。集成壹 87 页。参 周藤吉之 1959。伊藤正彦 1980。小田义久 1981B。

2371　武周天授二年（691）七月西州高昌县诸堰头等申青苗亩数佃人牒残片之一

26×9，前缺，存 5 行，文尾附有糨糊迹，1、2 行记等爱寺、弘宝寺土地各 6 亩。

图 西域Ⅱ图版 11。集成壹图版 80。文 西域Ⅱ97 页。籍帐研究 329 页。集成壹 87 页。参 周藤吉之 1959、1965。小笠原宣秀 1960A。堀敏一 1960。小田义久 1962、1981B。

2372　武周天授二年（691）七月西州高昌县诸堰头等申青苗亩数佃人牒残片之一

28×42，存 16 行，前后较完整，各亩数旁有朱勾，1 行存"索渠第一堰々（头）康阿战"，11 行"阚祐洛"一名又见于大谷 3025 号，佃人旁记"昌"、"大"、"西"、"尚"等字。

图 西域Ⅱ图版 7。周藤研究图版 4。集成壹图版 81。文 大谷目一 63-64 页。西域Ⅱ101 页。西域Ⅲ141 页。周藤研究 23-24 页。佐藤武敏 1967，4 页。籍帐研究 325-326 页。集成壹 87-88 页。参 周藤吉之 1959、1965。小笠原宣秀、西村元佑 1960。小笠原宣秀 1960A。堀敏一 1960。佐藤武敏 1967。王仲荦 1980。小田义久 1981B。

2373 武周天授二年（691）七月西州高昌县诸堰头等申青苗亩数佃人牒残片之一

26.5×42，存15行，前后较完整，1行有三点画指，各亩数旁有朱勾，佃人旁记
"西"、"大"、"化"、"平"、"尚"、"顺"等字。
图 周藤研究图版5。集成壹图版82。文 西域Ⅱ102页。周藤研究25-26页。籍帐研
究326页。集成壹88页。参 周藤吉之1959、1965。小笠原宣秀、西村元佑1960。
小笠原宣秀1960A。堀敏一1960；均田制研究326页。赵冈1977。小田义久
1981B。

2374 武周天授二年（691）七月西州高昌县诸堰头等申青苗亩数佃人牒残片之一

26×24，后缺，存8行，佃人旁记有"昌"字，1行"……渠第十三堰堰头康力
相"之下有三点画指，各亩数旁有朱点，文书两面附有糨糊迹。
图 西域Ⅱ图版11。周藤研究图版6a。集成壹图版83。文 西域Ⅱ97页。周藤研究
13、130页。佐藤武敏1967，3页。籍帐研究327页。集成壹88页。参 周藤吉之
1959、1965。堀敏一1960、1963。佐藤武敏1967。伊藤正彦1980。王仲荦1980。
小田义久1981B。

2375 武周天授二年（691）七月西州高昌县诸堰头等申青苗亩数佃人牒残片之一

18×35，前、后、中缺，存11行。
图 集成壹图版84。文 西域Ⅱ101页。周藤研究25页。籍帐研究326-327页。集成
壹89页。参 周藤吉之1959。伊藤正彦1980。小田义久1981B。

2376（1） 唐开元二十九年（741）前后西州高昌县欠田簿残片之一

22×33，后缺，上、下残，被剪成天盖样，存13行，缝背署"元"字，纸面附有
糨糊，记各户丁、中、老及所欠常田、部田数。
图 集成壹图版63。文 西域Ⅱ300页。西嶋研究569-570页。西村研究310页。籍帐
研究394页。集成壹89页。参 西村元佑1959。西嶋定生1959。王永兴1986。船越
泰次1987。

2376（2） 唐开元二十九年（741）西州高昌县退田簿残片之一

22.5×31，前、后缺，存12行，行间"同立"乃朱书，与大谷2990号为同一笔
体，西嶋定生氏认为两者可以缀合。
图 西域Ⅱ图版27。西嶋研究图版21。集成壹图版28。文 西域Ⅱ175、191页。西嶋
研究505-506、551-552页。籍帐研究400页。集成壹90页。参 西嶋定生1959。池
田温1985A。王永兴1986。

2376（3） 唐官府文书残片

22×31，前缺，存6行，纸背附有绘画片（3×2），4、5行处钤有官印。
图 缺。文 集成壹90页。参

2377 唐天宝二年（743）交河郡高昌县访捉逃兵刘德才、任顺儿、梁日新案卷之一

26×30.5，前、后缺，存10行，5行署"天宝二年七月 日 坊正康小奴牒"，9、
10行残记"仍付司申郡处分，元宪"。
图 西域Ⅲ图版9。集成壹图版95。文 大谷目一65页。西域Ⅱ402页。西域Ⅲ97-
98、156页。集成壹90-91页。参 小笠原宣秀1959。小笠原宣秀、西村元佑1960。
内藤乾吉1960。西北军事研究347-352页。刘安志1997A。

2378　**唐开元二十九年（741）西州高昌县给田簿残片之一**

11.5×13，前、后缺，存4行，缝背署"元"，2、3行间距5.5厘米。

图 西嶋研究图版16。集成壹图版51。文 西域Ⅱ161页。西嶋研究453-454页。籍帐研究432页。集成壹91页。参 西嶋定生1959。西村元佑1959。

2379　**唐开元二十九年（741）前后西州高昌县退田簿残片之一**

11.5×20，前、后缺，存6行，5、6行间距4.5厘米，5行"李洪政"又见于太谷2391号。

图 西域Ⅱ图版28。西嶋研究图版24。集成壹图版26。文 西域Ⅱ176页。西嶋研究506-507页。籍帐研究401页。集成壹91页。参 西嶋定生1959。池田温1985A。杜绍顺1989。

2380　**唐开元二十九年（741）前后西州高昌县退田簿残片之一**

15×9，后缺，存2行，与大谷1221、2379号为同一书体，缝背朱书"云晏"2字。

图 西域Ⅱ图版27。西嶋研究图版20。集成壹图版26。文 西域Ⅱ176、189页。西嶋研究507、546页。籍帐研究400页。集成壹91页。参 西嶋定生1959。小笠原宣秀、西村元佑1960。池田温1985A。

2381　**唐开元二十九年（741）西州高昌县给田簿残片之一**

12.5×9，前缺，存3行，后可与大谷1246号缀合。

图 西域Ⅱ图版15。西嶋研究图版7。集成壹图版51。文 西域Ⅱ161、171页。西嶋研究454、497页。籍帐研究422页。集成壹91页。参 西嶋定生1959。

2382　**唐开元二十九年（741）西州高昌县给田簿残片之一**

25×16，前、后缺，存6行，3、5行处有朱点，纸表面附有糨糊。

图 西域Ⅱ图版19。西嶋研究图版11。集成壹图版52。文 西域Ⅱ161页。西嶋研究454-455页。籍帐研究425页。集成壹92页。参 西嶋定生1959、1960。西村元佑1959。上野アキ1964。韩国磐1986。

2383　**唐开元二十九年（741）西州高昌县给田簿残片之一**

26×29.5，存9行，内容较完整，前后缝背署"元"字，后部可与大谷2391号缀合。

图 西域Ⅱ图版20。西嶋研究图版2。西村研究图版8。集成壹图版52。文 西域Ⅱ161-162页。西嶋研究455-456、485页。西村研究388页。籍帐研究418-419页。集成壹92页。参 西嶋定生1959、1960。西村元佑1959。内藤乾吉1960。韩国磐1986。王永兴1986。

2384　**唐开元二十九年（741）西州高昌县给田簿残片之一**

15×42，前、后缺，存14行，纸表面附有糨糊，2、3行间距6厘米，5-9行及12、13行处有朱点，右下部可与大谷1232号缀合。

图 西域Ⅱ图版14。西嶋研究图版5。西村研究图版5。集成壹图版47。文 西域Ⅱ162、171页。西嶋研究456-457、493-494页。籍帐研究421页。集成壹92-93页。参 西嶋定生1959。西村元佑1959。韩国磐1986。大津透等2003。

2385　**唐开元二十九年（741）西州高昌县给田簿残片之一**

18×40，前、后缺，存16行，纸表面附有糨糊。

图 西域Ⅱ图版20。西嶋研究图版12。西村研究图版5。集成壹图版53。**文** 西域Ⅱ162页。西嶋研究457-458页。籍帐研究425-426页。集成壹93页。**参** 西嶋定生1959。西村元佑1959。韩国磐1986。大津透等2003。

2386 唐开元二十九年（741）西州高昌县给田簿残片之一

16×21，前、后缺，存6行，4、5行间距4.5厘米。

图 西域Ⅱ图版21。西嶋研究图版13。集成壹图版54。**文** 西域Ⅱ162页。西嶋研究458-459页。籍帐研究423页。集成壹93-94页。**参** 西嶋定生1959。西村元佑1959。大津透等2003。

2387 唐开元二十九年（741）西州高昌县给田簿残片之一

17×23，后缺，存7行，缝背署"元"字，纸表面附有糨糊，3、4行间距5厘米，右上部可与大谷2977号缀合。

图 西域Ⅱ图版16。西嶋研究图版6。集成壹图版54。**文** 西域Ⅱ163、172页。西嶋研究459、494-495页。籍帐研究422页。集成壹94页。**参** 西嶋定生1959。杜绍顺1989。大津透等2003。

2388 唐开元二十九年（741）西州高昌县给田簿残片之一

29×16，后缺，存5行，纸表面附有糨糊，前部与大谷1225、2392号缀合。

图 西域Ⅱ图版13。西嶋研究图版3。集成壹图版44。**文** 西域Ⅱ163、170页。西嶋研究460、489页。籍帐研究418页。集成壹94页。**参** 西嶋定生1959、1960。大金富雄1988。王永兴1986。大津透等2003。

2389 唐开元二十九年（741）西州高昌县给田簿残片之一

19×25，前、后缺，存9行，2、4、6、8行内容又见于大谷2865号。

图 西域Ⅱ图版21。西嶋研究图版13。集成壹图版55。大谷研究图版15。**文** 西域Ⅱ163页。西嶋研究460-461页。籍帐研究423页。集成壹94页。**参** 西嶋定生1959。西村元佑1959。周藤吉之1959。小笠原宣秀、西村元佑1960。

2390 唐开元二十九年（741）西州高昌县给田簿残片之一

22×15，前缺，存5行，缝背署"元"字，与大谷1228、2930、2974号缀合。

图 西域Ⅱ图版21。西嶋研究图版4。集成壹图版55。**文** 西域Ⅱ163页。西域Ⅲ471-472页。西嶋研究461页。籍帐研究421页。集成壹95页。**参** 西嶋定生1959、1960。大津透等2003。

2391 唐开元二十九年（741）西州高昌县给田簿残片之一

29×42，上部残缺，存13行，前后缝背署"元"字，剪裁形状与大谷2856、3150、4910诸号相同，3、4行间距5厘米，前部可与大谷2383号缀合。

图 西域Ⅲ图版39。西嶋研究图版2。西村研究图版8。集成壹图版55。**文** 西域Ⅲ469页。西嶋研究462-463、486页。西村研究389-390页。籍帐研究419-420页。集成壹95页。**参** 西嶋定生1960。大津透等2003。

2392 唐开元二十九年（741）西州高昌县给田簿残片之一

28×23，前缺，存7行，正、反两面附有糨糊，1、4、5、6、7行有朱点，2、3行间距4.5厘米，4行"雷承福"又见于吐鲁番所出《唐西州佛寺出入钱备忘》（籍帐研究 492 页），6 行"王泥奴"又见于大谷 2888 号，后部可与大谷 1225、2388 号缀合。

图 西域Ⅱ图版 16。西嶋研究图版 3。集成壹图版 44。**文** 西域Ⅱ 172-173 页。西嶋研究 463-464、488 页。籍帐研究 418 页。集成壹 95-96 页。**参** 西嶋定生 1959、1960。西村元佑 1960。内藤乾吉 1960。王永兴 1982。大津透等 2003。

2393　唐开元二十九年（741）西州高昌县给田簿残片之

13×13.5，前、后缺，存 4 行，纸背面附有糨糊。

图 集成壹图版 56。**文** 西域Ⅱ 109、164 页。西嶋研究 464 页。籍帐研究 432 页。集成壹 96 页。**参** 西嶋定生 1959。西村元佑 1959。周藤吉之 1959。

2394　唐开元二十九年（741）西州高昌县给田簿残片之一

10.5×15.5，前、后缺，存 3 行，正、反两面附有糨糊。

图 集成壹图版 56。**文** 西域Ⅱ 164 页。西嶋研究 464 页。籍帐研究 431 页。集成壹 96 页。**参** 西嶋定生 1959。大津透等 2003。

2395　唐开元二十九年（741）西州高昌县给田簿残片之一

12×12.5，前、后缺，存 4 行，纸表面附有糨糊迹，1-3 行有朱点。

图 西域Ⅱ图版 22。西嶋研究图版 14。集成壹图版 56。**文** 西域Ⅱ 164 页。西嶋研究 465 页。籍帐研究 423 页。集成壹 96 页。**参** 西嶋定生 1959，西村元佑 1959。

2396　唐开元二十九年（741）西州高昌县给田簿残片之一

15.5×11.5，前、后缺，存 3 行，纸表面附有糨糊，1 行"夏阿智"、3 行"张相欢"又见于大谷 2599 号。

图 西域Ⅱ图版 16。西嶋研究图版 3。集成壹图版 56。**文** 西域Ⅱ 164、172 页。西域Ⅲ 470 页。西嶋研究 465、487-488 页。籍帐研究 418 页。集成壹 96 页。**参** 西嶋定生 1959、1960，王永兴 1982。

2397　唐仪凤三年（678）度支支配四年诸州庸调及折造杂綵色数并处分事条残片之一

7×6.7，前、后缺，存 3 行，由两纸粘贴，有苇席迹，苇席文书之一。

图 缺。**文** 集成壹 97 页。大津透、榎本淳一 1987，52、56 页。**参** 西村元佑 1959。大津透、榎本淳一 1987。

2398　唐仪凤三年（678）度支支配四年诸州庸调及折造杂綵色数并处分事条残片之一

8×5，前、后缺，存 2 行，由数纸粘贴，纸背存"调送纳配"数字，附有苇席纤维，苇席文书之一。

图 缺。**文** 集成壹 97 页。大津透、榎本淳一 1987，55、59 页。**参** 大津透 1986。大津透、榎本淳一 1987。

2399　唐仪凤三年（678）度支支配四年诸州庸调及折造杂綵色数并处分事条残片之一

5.8×5，前、后缺，存 1 行一"官"字，由两纸粘贴，有苇席迹，苇席文书之一。

图 缺。**文** 集成壹 97 页。大津透、榎本淳一 1987，61、62 页。**参** 大津透 1986。大津透、榎本淳一 1987。

2400　唐仪凤三年（678）度支支配四年诸州庸调及折造杂綵色数并处分事条残片之一

存 A、B 两片，A 片 4×4，前、后缺，存 1 行一"西"字，有苇席迹；B 片 8×3，由两纸粘贴，纸背附有紫色绢片，并有文字。

图 缺。文 集成壹 97 页。大津透、榎本淳一 1987，52、53、56 页。参 大津透 1986。大津透、榎本淳一 1987。

2401　高昌城作文书

19.7×10.6，正、反两面书写，纸表面附有糨糊，正面前、后缺，存 4 行，1 行记有某人"将年满拾伍，即坠城作"之语；背面前、后缺，存 3 行，为"通事辛传令"有关剂远行马价钱事。本件缺纪年，集成壹订于延寿元年（624）六月。

图 集成壹图版 5。文 籍帐研究 313 页。集成壹 97 页。参 嶋崎昌 1963。卢开万 1983。关尾史郎 1989、1996。陈仲安 1990。

2402　文书残片

16×10，苇席文书残片，纸表面附有糨糊，纸背有赤绢布丝片，有 2 字无法识读。

图 缺。文 缺。参

2403　文书残片

20×8，由两纸粘贴，第 1 纸前、后缺，存 3 行，表面、两端附有绘画片；第 2 纸前、后缺，存 2 行，中间破损。

图 缺。文 集成壹 98 页。参

2404　唐户主田亩簿残片

12.5×15.5，前、后缺，存 3 行，与大谷 1203 号同类，记户主姓名、年龄及土地亩数，由 6、7 纸粘贴，纸背全部被墨涂抹。

图 集成壹图版 100。文 集成壹 98 页。参 西嶋定生 1959。西村元佑 1959。

2405　高昌延寿十五年（638）五月史□□买田券之一

7.5×15.5，前、后缺，存 4 行，纸表面附有糨糊，上部有洞，右下部可与大谷 3466 号缀合，与大谷 3460、3464、3465 诸号为同一文书。

图 东洋史苑 24、25 合号图版 1。T. T. D. Ⅲ（B）9、11 页。集成贰图版 1。文 集成壹 98 页。T. T. D. Ⅲ（A）7 页。参 池田温 1982、1984。小田义久 1985B。吴震 1986。川村康 1987。陈国灿 1991。

2406　高昌上奏残文书

15×6.5，由两纸粘贴，上部纸前、后缺，存 2 行，1 行存"行门下事侍郎麴延陁"数字，下部纸存 2 行，残"延相"一名。

图 集成壹图版 6。文 集成壹 99 页。参 关尾史郎等 1990。关尾史郎 1991B。王素 1997，321 页。

2407-2410　回鹘文佛典残片

小片，活字（2409 号为楷书），存 7-11 行不等。2410 号有朱丝栏并朱字。

图 缺。文 缺。参 羽田明、山田信夫 1961。

2411　回鹘文社会经济文书残片

8.6×8.3，存 3 行，草书，纸系赤茶色粗纸。

图 缺。文 缺。参 羽田明、山田信夫 1961。

2412-2416　回鹘文佛典残片（其中 2414 号另列）

小片，楷书（2412 号为草书），存 2-7 行不等。

图 缺。文 缺。参 羽田明、山田信夫 1961。

2414 回鹘文《天地八阳神咒经》残片

11.4×6.6，正、背面各存4行，楷书。

图 小田寿典 1983，183 页。文 小田寿典 1983，172 页。参 小田寿典 1983。

2417、2418 空号

2419 回鹘文文书残片

极小片，存2行，楷书，有朱丝栏。

图 缺。文 缺。参 羽田明、山田信夫 1961。

2420 回鹘文文书残片

15×5，两面书写，存4行，楷书，有朱丝栏。

图 缺。文 缺。参 羽田明、山田信夫 1961。

2421 粟特文佛典残片

5.5×2.5，存2行，有丝栏。

图 イラン语断片集成图版 16。文 イラン语断片集成 73 页。参 羽田明、山田信夫 1961。イラン语断片集成 73-74 页。

2422-2434 回鹘文文书残片

小片、极小片，存1-4行不等。

图 缺。文 缺。参 羽田明、山田信夫 1961。

2435 粟特文文书残片

4.8×4.7，存4行。

图 缺。文 缺。参 羽田明、山田信夫 1961。

2435+2920 粟特文佛典残片

14.3×13.3，缀合后共存10行。

图 イラン语断片集成图版 16。文 イラン语断片集成 74 页。参 イラン语断片集成 74 页。

2436 回鹘文文书残片

5×5，存4行。

图 缺。文 缺。参 羽田明、山田信夫 1961。

2437 粟特文《法王经》残片

3×6.5，与大谷 2326 号、2922 号同卷。

图 イラン语断片集成图版 15。文 イラン语断片集成 72-73 页。参 イラン语断片集成 72-73 页。

2438-2443 回鹘文文书残片

极小片，存2-3行不等，有衬里。

图 缺。文 缺。参 羽田明、山田信夫 1961。

2444 粟特文文书残片

5×4，存3行。

图 缺。文 缺。参 羽田明、山田信夫 1961。

2445-2446 回鹘文文书残片

极小片，存2行。

图 缺。文 缺。参 羽田明、山田信夫 1961。

2447　摩尼教文书残片

3.7×4.5，存 4 行。

图 缺。文 缺。参 羽田明、山田信夫 1961。

2448-2469　回鹘文文书残片

极小片，存 1-4 行不等。

图 缺。文 缺。参 羽田明、山田信夫 1961。

2470　粟特文文书残片

4.5×4.5，存 2 行。

图 缺。文 缺。参 羽田明、山田信夫 1961。

2471-2478　回鹘文文书残片（其中 2476 号另列）

极小片，存 1-6 行不等。

图 缺。文 缺。参 羽田明、山田信夫 1961。

2476　粟特文佛典残片

9×5.5，存 5 行。

图 イラン语断片集成图版 16。文 イラン语断片集成 74 页。参 イラン语断片集成 74 页。

2479　粟特文文书残片

4.6×4.8，存 3 行。

图 イラン语断片集成图版 16。文 イラン语断片集成 75 页。参 イラン语断片集成 74-75 页。

2480-2493　回鹘文文书残片（其中 2483 号另列）

极小片，存 1-6 行不等。

图 缺。文 缺。参 羽田明、山田信夫 1961。

2483　粟特文书信（或书信练习）残片

9×4，存 2 行。

图 イラン语断片集成图版 17。文 イラン语断片集成 75 页。参 イラン语断片集成 75 页。

2494　粟特文佛典残片

6.3×11.7，存 8 行。与大谷 2516 号同卷。

图 イラン语断片集成图版 17。文 イラン语断片集成 75 页。参 イラン语断片集成 75-76 页。

2495　粟特文摩尼教徒书信残片

9×10，存 9 行。

图 イラン语断片集成图版 17。文 イラン语断片集成 76 页。参 イラン语断片集成 76 页。

2496　回鹘文文书残片

9×9，存 7 行。

图 缺。文 缺。参 羽田明、山田信夫 1961。

2497　粟特文基督教文献残片

16×9.5，存7行。

图 イラン语断片集成图版18。**文** イラン语断片集成76页。**参** イラン语断片集成76-77页。

2498　粟特文残片

2.5×9，存6行。

图 イラン语断片集成图版18。**文** イラン语断片集成77页。**参** イラン语断片集成77页。

2499　粟特文残片

10.7×4.5，存3行。

图 イラン语断片集成图版18。**文** イラン语断片集成77页。**参** イラン语断片集成77页。

2500　回鹘文《天地八阳神咒经》残片

9.3×3.5，存2行，楷书。

图 小田寿典1983，178页。**文** 小田寿典1983，164页。**参** 小田寿典1983。

2501-2515　回鹘文文书残片（其中2502、2503号另列）

极小片，除大谷2501号存9行外，余均为1-5行不等。

图 缺。**文** 缺。**参** 羽田明、山田信夫1961。

2502　粟特文字母表残片

16×3.3，存3行。

图 イラン语断片集成图版18。**文** 吉田丰1995，77页。イラン语断片集成77页。**参** 吉田丰1995，76-79页。イラン语断片集成77页。

2503　回鹘文《天地八阳神咒经》残片

8.4×5.5，存5行，楷书。

图 小田寿典1983，181页。**文** 小田寿典1983，169页。**参** 羽田明、山田信夫1961。小田寿典1983。

2516　粟特文佛典残片

6.5×11.2，存8行。与大谷2494号同卷。

图 イラン语断片集成图版17。**文** イラン语断片集成75页。**参** イラン语断片集成75-76页。

2517　粟特文摩尼教文献残片

9.5×8.7，存6行。

图 イラン语断片集成图版18。**文** イラン语断片集成78页。**参** イラン语断片集成78页。

2518-2521　回鹘文文书残片（其中2521+5341号另列）

极小片，存1-6行不等。

图 缺。**文** 缺。**参** 羽田明、山田信夫1961。

2521+5314　粟特文杂写残片

7×8.1，缀合后共5行。

图 イラン语断片集成图版 18。文 イラン语断片集成 78 页。参 イラン语断片集成 78 页。

2522-2558   回鹘文佛典残片（其中 2525 号另列）

小片、极小片，存 1-8 行不等。

图 缺。文 缺。参 羽田明、山田信夫 1961。

2525   粟特文文书残片

5.6×4.2，存 3 行。

图 イラン语断片集成图版 19。文 イラン语断片集成 78-79 页。参 イラン语断片集成 78-79 页。

2525v 粟特文音译汉语文书残片

图 イラン语断片集成图版 19。文 イラン语断片集成 79 页。参 イラン语断片集成 78-79 页。

2559＋2560   粟特文佛典残片

3.2×7，缀合后共存 5 行。

图 イラン语断片集成图版 19。文 イラン语断片集成 79 页。参 羽田明、山田信夫 1961。イラン语断片集成 79 页。

2560   与 2559 可以缀合，见 2559 号

2561-2584   回鹘文文书残片（其中 2561A、2571、2572、2576 诸号另列）

极小片，存 1-7 行不等。

图 缺。文 缺。参 羽田明、山田信夫 1961。

2561A 粟特文佛典残片

3.8×2.5，存 2 行。与 2653 号同卷。

图 イラン语断片集成图版 19。文 イラン语断片集成 79 页。参 イラン语断片集成 79 页。

2571   回鹘文《天地八阳神咒经》残片

10.5×9.5，存 7 行，楷书。

图 小田寿典 1983，179 页。文 小田寿典 1983，167 页。参 小田寿典 1983。

2572   粟特文词汇表残片

8×2.2，正、背面（a、b）各存 2 行。

图 イラン语断片集成图版 19。文 イラン语断片集成 80 页。参 イラン语断片集成 79-80 页。

2576   粟特文佛典残片

5.5×1.8，正、背面（a、b）各存 1 行。

图 イラン语断片集成图版 19。文 イラン语断片集成 80 页。参 イラン语断片集成 80 页。

2585   粟特文佛典残片

8.5×3，存 2 行。背面存回鹘文 4 行。

图 イラン语断片集成图版 19。文 イラン语断片集成 37（回鹘）、80（粟特）页。参 イラン语断片集成 37、80 页。

2586-2595　回鹘文文书残片（其中 2586A、2590 号另列）

极小片，存 2-7 行不等。

图 缺。文 缺。参 羽田明、山田信夫 1961。

2586A 粟特文摩尼教文献题记残片

9.7×7.3，正面存 4 行，背面存 5 行。

图 イフン语断片集成图版 20。文 イラン语断片集成 80-81 页。Yoshida 2000, 85 页。参 イラン语断片集成 80-81 页。Yoshida 2000, 84-85 页。

2590　回鹘文《天地八阳神咒经》残片

9×7，存 8 行，楷书。其中正面 4 行为该内容，背面 4 行为其他佛典。原注："No. 48。"

图 小田寿典 1983, 181 页。文 小田寿典 1983, 169 页。参 小田寿典 1983。

2596　粟特文残片

5.7×9.6，存 6 行。背面存回鹘文 4 行。

图 イラン语断片集成图版 20。文 イラン语断片集成 37（回鹘）、81（粟特）页。参 イラン语断片集成 37、81-82 页。

2597　唐仪凤三年（678）度支支配四年诸州庸调及折造杂綵色数并处分事条残片之一

本件由 A、B、C 三片上下粘贴而成，A 片 30×23，前、后缺，存 7 行，纸表面有苇席迹，纸背面附有紫色绢片，2、3、4 行内容为"依□□支配仪凤四年诸州庸调及折造杂綵色数并处分事条如右，谨以启闻，谨启。仪凤三年十月二十八日朝散大夫行度支员外郎"，其后出现的"大夫等"应属 C 片；B 片 11×7.5，前、后缺，存 3 行，1 行残"诸王任都督"；C 片 9×6.5，行数不清。

图 西域Ⅱ图版 47。西域Ⅲ图版 10。集成壹图版 98。文 西域Ⅱ406 页。西域Ⅲ134、135 页。集成壹 99 页。王永兴校注 491 页。大津透、榎本淳一 1987, 52、54、56、58、63 页。参 小笠原宣秀 1955、1959。小笠原宣秀、西村元佑 1960。内藤乾吉 1960。池田温 1984A。大津透 1986。大津透、榎本淳一 1987。荒川正晴 1989。

2598　唐开元二十九年（741）西州高昌县给田簿之一

28×32，前、后缺，存 10 行，纸表面附有糨糊，2、3、4、9 行有朱点，3 行"魏茂仙"又见于大谷 2892 号，记有"平"、"泰"、"天"等字。

图 西域Ⅱ图版 22。西嶋研究图版 14。集成壹图版 57。文 西域Ⅱ164 页。西嶋研究 465-466 页。籍帐研究 422 页。集成壹 99 页。参 西嶋定生 1959、1960。西村元佑 1959。大津透等 2003。

2599　唐开元二十九年（741）西州高昌县退田簿之一

16×16.5，前、后缺，存 6 行，左端附有白色胡粉，1、3 行内容又见于大谷 2396 号，4、5 行内容又见于大谷 2392 号，退田、给田之关系由此可见。

图 西域Ⅱ图版 28。西嶋研究图版 23。集成壹图版 32。文 西域Ⅱ176 页。西嶋研究 507-508 页。籍帐研究 409 页。集成壹 100 页。参 西嶋定生 1959，池田温 1985A。大津透等 2003。

2600　唐官府残文书

13×7，前、后缺，存 3 行，纸质上等。

图 缺。文 集成壹 100 页。参 西村元佑 1959。

2601　唐开元二十九年（741）西州高昌县给田簿之一
16×22.5，前、后缺，存 7 行，纸表面附有糨糊，纸上有洞眼。
图 西域Ⅱ图版 22。西嶋研究图版 14。集成壹图版 57。文 西域Ⅱ164-165 页。西嶋研究 466-467 页。籍帐研究 426 页。集成壹 100 页。参 西嶋定生 1959、1960。大津透等 2003。

2602　唐仪凤三年（678）度支支配四年诸州庸调及折造杂綵色数并处分事条残片之一
12.5×15.5，前、后缺，存 2 行，由数纸粘贴，有苇席迹，1 行残"二十七日府田德文牒"，当与大谷 2603 号正面文书内容有关，为唐仪凤四年（679）二月西州都督府接到度支的符文后进行处理的文案部分。
图 缺。文 集成壹 100 页。大津透、榎本淳一 1987，54、58、60 页。参 内藤乾吉 1960。池田温 1984A。大津透 1986。大津透、榎本淳一 1987。

2603　唐仪凤三年（678）度支支配四年诸州庸调及折造杂綵色数并处分事条残片之一
18×22.5，由三纸粘贴，有苇席迹，纸背附有紫色绢片，正面前、后缺，存 5 行，是一残关文，3 行记"关至准状，谨关"，4 行署"仪凤四年二月二十七日"，5 行残"府田"2 字，似即大谷 2602 号的"府田德文"；背面前、后缺，存 8 行，乃度支处分事条残片之一。
图 西域Ⅱ插图 21。集成壹图版 25。文 西域Ⅱ406 页。集成壹 101 页。大津透、榎本淳一 1987，54、59、61 页。参 小笠原宣秀 1955、1959。内藤乾吉 1960。池田温 1984A。大津透 1986。大津透、榎本淳一 1987。

2604　唐开元二十九年（741）西州高昌县给田簿之一
26.5×43，后缺，存 14 行，前部与大谷 1238 号缀合，纸表面附有糨糊，13、14 行间距 4.5 厘米，记有"昌"、"大"、"天"、"泰"、"戎"等字。
图 西域Ⅱ图版 12。西嶋研究图版 1。籍帐研究插图 62，420 页。集成壹图版 49。大谷资料选 77 页。文 西域Ⅱ155、165 页。西域Ⅲ471 页。西嶋研究 467-468、490-491 页。籍帐研究 420-421 页。集成壹 101-102 页。参 铃木俊、青山定雄 1958。西嶋定生 1959、1960。嶋崎昌 1959。西村元佑 1959。赵吕甫 1984。大津透等 2003。

2605　回鹘文文书残片
23.2×4.8，存 3 行，草书。
图 缺。文 缺。参 羽田明、山田信夫 1961。

2606　回鹘文文书残片
27.2×5，存 3 行，草书。
图 缺。文 缺。参 羽田明、山田信夫 1961。

2607　回鹘文文书残片
14.5×7.7，存 6 行，草书。
图 缺。文 缺。参 羽田明、山田信夫 1961。

2608-2631　回鹘文经典残片（其中 2608、2616A、2616B、2617、2621 诸号另列）
小片、极小片，活字、楷书，存 1-7 行不等。2608-2610 号两面书写。原注："31 -（2609）23 -（2610）。"

图 缺。文 缺。参 羽田明、山田信夫 1961。

2608　粟特文佛教（或摩尼教）文献残片

7.2×6.4，存4行。

图 イラン语断片集成图版20。文 イラン语断片集成82页。参 羽田明、山田信夫1961。イラン语断片集成82页。

2608v　粟特文杂写残片

存1行，文字方向与正面成90度。

图 イラン语断片集成图版20。文 イラン语断片集成82页。参 羽田明、山田信夫1961。イラン语断片集成82页。

2616A　粟特文残片

2×4.8，存3行。

图 イラン语断片集成图版20。文 イラン语断片集成82页。参 羽田明、山田信夫1961。イラン语断片集成82页。

2616B　粟特文残片

3×5，存4行。

图 イラン语断片集成图版20。文 イラン语断片集成82页。参 羽田明、山田信夫1961。イラン语断片集成82页。

2617　粟特文佛典残片

2.2×3.3，存3行。

图 イラン语断片集成图版20。文 イラン语断片集成83页。参 羽田明、山田信夫1961。イラン语断片集成83页。

2621　粟特文残片

6×4.2，存2行。

图 イラン语断片集成图版21。文 イラン语断片集成83页。参 羽田明、山田信夫1961。イラン语断片集成83页。

2632　回鹘文文书残片

20.5×5，存2行，草书，其间有一汉字"天"，另有别体3行。

图 缺。文 缺。参 羽田明、山田信夫1961。

2633　回鹘文文书残片

8.7×5，存2行，楷书。

图 缺。文 缺。参 羽田明、山田信夫1961。

2634　回鹘文文书残片

12.8×4.5，存2行，楷书。

图 缺。文 缺。参 羽田明、山田信夫1961。

2635　回鹘文文书残片

9×25.7，存24行，草书，与大谷1370号同，疑为陀罗尼类经。

图 缺。文 缺。参 羽田明、山田信夫1961。

2636-2641　回鹘文文书残片

小片、极小片，存2-4行不等。2639号有朱字，2641号有朱丝栏。

图 缺。文 缺。参 羽田明、山田信夫 1961。

2642　回鹘文文书残片

8.6×30，正、背面均存 8 行，楷书，有朱字。

图 缺。文 缺。参 羽田明、山田信夫 1961。

2643　回鹘文文书残片

27.2×11.5，存 4 行，草书，与大谷 2645 号为同一义书。

图 缺。文 缺。参 羽田明、山田信夫 1961。

2644　回鹘文文书残片

3×17.6，存 18 行，草书。

图 缺。文 缺。参 羽田明、山田信夫 1961。

2645　回鹘文文书残片

28×15，存 3 行，草书，与大谷 2643 号为同一文书。

图 缺。文 缺。参 羽田明、山田信夫 1961。

2646　回鹘文经典残片

21×11.2，正、背面均存 7 行，楷书，有朱字，背有丝栏。

图 缺。文 缺。参 羽田明、山田信夫 1961。

2647　回鹘文文书残片

17.2×18.2，两面书写，草书，正面存 4 行，有丝栏，另有婆罗迷文 3 行；背面存 1 行。

图 缺。文 缺。参 羽田明、山田信夫 1961。

2648　回鹘文经典残片

9.6×14.6，两面书写，正面存 9 行，楷书；背面存 7 行，均有朱丝栏。原注："No. 56。"

图 缺。文 缺。参 羽田明、山田信夫 1961。

2649-2658　回鹘文文书残片（其中 2653、2655 号另列）

小片、极小片，存 1-7 行不等。2649 号有朱角印，2654 号有朱丝栏。

图 缺。文 缺。参 羽田明、山田信夫 1961。

2653　粟特文残片

5.5×3，存 2 行。与大谷 2561A 号同卷。

图 イラン语断片集成图版 21。文 イラン语断片集成 83 页。参 羽田明、山田信夫 1961。イラン语断片集成 83 页。

2655　粟特文摩尼教文献残片

5×5.8，正面存 7 行，背面存 7 行。

图 イラン语断片集成图版 21。文 イラン语断片集成 83-84 页。参 羽田明、山田信夫 1961。イラン语断片集成 83-84 页。

2659　回鹘文佛典残片

15.2×17.5，两面书写，活字，有朱丝栏。正面存 9 行，背面存 8 行。原注："二堡三の内 2。"

图 缺。文 缺。参 羽田明、山田信夫 1961。

2660　回鹘文佛典残片

8.7×11.6，两面书写，楷书，正面存 6 行，背面存 6 行。与 2659 号为同类文书。原注："No. 102."

图 缺。文 缺。参 羽田明、山田信夫 1961。

2661-2670　回鹘文文书残片

小片、极小片，楷书（2665、2666 号为草书），存 1-6 行不等。2661、2663、2667、2669 诸号有朱丝栏。原注："（No.）102 –（2661）（No.）17 –（2667）、（2670）。"

图 缺。文 缺。参 羽田明、山田信夫 1961。

2671　空号

2672-2683　回鹘文佛典残片

约 10×10 以上（其中 2680 号为小片，2682 号为空号），楷书（2672、2679 号为横书），存 4-9 行不等。2672、2676、2681 号为贝叶，2672、2673、2675、2676、2678、2679、2681 诸号有朱丝栏，2681、2683 号有丝栏，2681 号有朱字。原注："15 号 –（2672）～（2679）十二号 –（2681）、（2683）。"

图 缺。文 缺。参 羽田明、山田信夫 1961。

2684　回鹘文文书残片

10×13，存 3 行，草书。

图 缺。文 缺。参 羽田明、山田信夫 1961。

2685　回鹘文文书残片

6.2×8.2，两面书写，正面存 5 行，活字（或楷书？）；背面存 4 行。

图 缺。文 缺。参 羽田明、山田信夫 1961。

2686　回鹘文文书残片

9.6×6.8，两面书写，正面存 4 行，背面存 5 行，活字（或楷书？）。

图 缺。文 缺。参 羽田明、山田信夫 1961。

2687　回鹘文文书残片

15.8×10.8，存 3 行，草书。

图 缺。文 缺。参 羽田明、山田信夫 1961。

2688　回鹘文契约文书残片

12×15，存 6 行，楷书。

图 缺。文 缺。参 羽田明、山田信夫 1961。

2689　回鹘文文书残片

12×11.3，存 3 行，草书。

图 缺。文 缺。参 羽田明、山田信夫 1961。

2690　回鹘文文书残片

8.2×11.3，两面书写，均存 8 行，活字。

图 缺。文 缺。参 羽田明、山田信夫 1961。

2691　回鹘文契约文书

7.5×15.6，正面 8 行草书，背面 5 行草书，属契约文书。

图 缺。**文** 缺。**参** 羽田明、山田信夫 1961。

2692　回鹘文文书残片

16.3×9.5，两面书写，正面存 5 行，有丝栏，背面存 1 行，草书，与大谷 2693 号为同类文书。

图 缺。**文** 缺。**参** 羽田明、山田信夫 1961。

2693　回鹘文文书残片

14.8×9.4，两面书写，正面存 5 行，背面存 1 行，草书，有丝栏。

图 缺。**文** 缺。**参** 羽田明、山田信夫 1961。

2694　回鹘文文书残片

15×22，两面书写，楷书，有朱丝栏，正面存 13 行，背面存 12 行。原注："No. 48。"

图 缺。**文** 缺。**参** 羽田明、山田信夫 1961。

2695　回鹘文《文殊师利成就法》残片

9×22，两面书写，草书，正面存 22 行，背面存 14 行，有婆罗迷文字的吐蕃语。原注："No. 33。"

图 西域Ⅳ图版 21。大谷资料选 60 页。**文** 小田寿典 1974，86-109 页。**参** 羽田明、山田信夫 1961。小田寿典 1974、1980。大谷资料选 60 页。

2696　回鹘文文书残片

16×17.2，两面书写，正面存 6 行，背面存 7 行，楷书。

图 缺。**文** 缺。**参** 羽田明、山田信夫 1961。

2697-2701　回鹘文文书残片

小片、极小片，楷书（2697 号为细草书），存 1-6 行不等。2698 号行头有朱丝栏，2699 号有朱字及朱丝栏。原注："29 –（2697）26 –（2698）。"

图 缺。**文** 缺。**参** 羽田明、山田信夫 1961。

2702　回鹘文文书残片

18×4，两面书写，草书，正面存 9 行，背面存 12 行。原注："26。"

图 缺。**文** 缺。**参** 羽田明、山田信夫 1961。

2703　回鹘文佛典残片

10×15，两面书写，楷书，贝叶形，有朱丝栏。正面存 7 行，背面存 7 行，有朱字。原注："三号。"

图 缺。**文** 缺。**参** 羽田明、山田信夫 1961。

2704-2714　回鹘文文书残片

极小片（2714 号为空号），存 1-2 行不等，活字（？）。原注："四号 –（2704）～（2713）。"

图 缺。**文** 缺。**参** 羽田明、山田信夫 1961。

2715　回鹘文经典残片

10×15，两面书写，楷书，朱栏，正面存 5 行，背面存 4 行。原注："三号。"

图 缺。**文** 缺。**参** 羽田明、山田信夫 1961。

2716　回鹘文文书残片

7.5×10.6，两面书写，楷书，正面存5行，朱栏，有句读点；背面存3行。原注："26。"

图 缺。文 缺。参 羽田明、山田信夫 1961。

2717　回鹘文文书残片

4.4×2.2，楷书，两面均存1行。

图 缺。文 缺。参 羽田明、山田信夫 1961。

2718　回鹘文社会经济关系文书

22.5×12.6，两面书写，草书，正面存7行，背面存5行。

图 西域Ⅳ图版22。文 西域Ⅳ205页。参 羽田明、山田信夫 1961。

2719　回鹘文社会经济文书残片

20×23，两面书写，草书，正面存15行，背面存23行，各行头有点。原注："26。"

图 缺。文 缺。参 羽田明、山田信夫 1961。

2720　回鹘文文书残片

15×12，两面书写，草书，正面存10行，背面存1行。原注："No.60。"

图 缺。文 缺。参 羽田明、山田信夫 1961。

2721-2727　回鹘文文书残片

小片、极小片，存2-4行不等。2721号行头、行末有朱丝栏，2723号有朱字。原注："57 –（2721）、（2726）。"

图 缺。文 缺。参 羽田明、山田信夫 1961。

2728　回鹘文社会经济文书残片

16×15，两面书写，草书，正面存13行，与大谷2729a号为同类文书，背面存12行，有指印。原注："27。"

图 西域Ⅳ图版32。文 缺。参 羽田明、山田信夫 1961。

2729-2730　回鹘文文书残片

小片，存4-8行不等，草书。

图 缺。文 缺。参 羽田明、山田信夫 1961。

2731　回鹘文佛典残片

11.8×13.5，两面活字，正、背面俱存5行。

图 缺。文 缺。参 羽田明、山田信夫 1961。

2732　回鹘文契约文书残片

11.8×6.7，两面书写，正面草书6行，背面存7行，有指印。

图 西域Ⅳ图版32。文 西域Ⅳ218页。参 羽田明、山田信夫 1961。

2733　回鹘文消费贷借文书

19.5×7.5，前后上下缺，两面书写，正面草书5行，背面存3行，有指印。

图 西域Ⅳ图版37。契约文书集成1图，30页。契约文书集成3图版7、743。文 西域Ⅳ218-219页。契约文书集成1，24-25页。契约文书集成2，87-88页。李经纬研究 B105-106页。参 羽田明、山田信夫 1961。山田信夫 1961。李经纬研究 B，105-106页。

2734　回鹘文谷物借贷文书

25×9，两面书写，正面存6行，首尾有两处指印，背面存2行。年代约为13至14世纪。

图 西域Ⅳ图版23、35。山田信夫1965，图版1；山田信夫1967，图版2。大谷资料选59页。契约文书集成1图，28、204、452页。契约文书集成3图版93、94。文 西域Ⅳ212-213页。山田信夫1967，77页。大谷资料选59页。契约文书集成1，18-19、154页。契约文书集成2，101-102页。李经纬研究A，163页。参 羽田明、山田信夫1961。山田信夫1961、1965、1967。大谷资料选59页。李经纬研究A，163-164页。

2735-2752　回鹘文文书残片（其中2740、2745、2752号另列）

小片、极小片，单面写，存1-4行不等。2737、2744号有朱丝栏。

图 缺。文 缺。参 羽田明、山田信夫1961。

2740　粟特文残片

4.2×7.7，存4行。

图 イラン语断片集成图版21。文 イラン语断片集成84页。参 羽田明、山田信夫1961。イラン语断片集成84页。

2745　粟特文残片

4×2.5，存2行。

图 イラン语断片集成图版21。文 イラン语断片集成84页。参 羽田明、山田信夫1961。イラン语断片集成84页。

2752　粟特文残片

2.4×2.2，存2行。

图 イラン语断片集成图版21。文 イラン语断片集成84页。参 羽田明、山田信夫1961。イラン语断片集成84页。

2753　回鹘文契约文书残片

14.7×9.6，存草书7行。

图 缺。文 缺。参 羽田明、山田信夫1961。

2754　回鹘文文书残片

7.5×11.7，存8行，草书。

图 缺。文 缺。参 羽田明、山田信夫1961。

2755　回鹘文契约文书（?）残片

11.3×11.6，存9行，草书。

图 缺。文 缺。参 羽田明、山田信夫1961。

2756　回鹘文佛典残片

13.8×10.2，存7行，活字，有朱字。

图 缺。文 缺。参 羽田明、山田信夫1961。

2757　回鹘文文书残片

12.2×8.5，存5行，草书，有丝栏。

图 缺。文 缺。参 羽田明、山田信夫1961。

2758 空号

2759 回鹘文文书残片

11.2×12.8，存6行，活字，有朱字，有丝栏。

图 缺。文 缺。参 羽田明、山田信夫 1961。

2760 回鹘文文书残片

7×10，存4行，草书。

图 缺。文 缺。参 羽田明、山田信夫 1961。

2761 回鹘文《天地八阳神咒经》残片

8.6×11.2，存8行，楷书，有丝栏。

图 小田寿典 1983，178 页。文 小田寿典 1983，166 页。参 羽田明、山田信夫
1961。小田寿典 1983。

2762 回鹘文佛典残片

13×5，存3行，活字，有丝栏。

图 缺。文 缺。参 羽田明、山田信夫 1961。

2763 回鹘文文书残片

14×5，存3行，楷书，有丝栏。

图 缺。文 缺。参 羽田明、山田信夫 1961。

2764 回鹘文经典残片

5×10，存8行，楷书。

图 缺。文 缺。参 羽田明、山田信夫 1961。

2765 回鹘文文书残片

11.2×3.6，存4行，楷书。

图 缺。文 缺。参 羽田明、山田信夫 1961。

2766 回鹘文文书残片

5.3×14.4，存4行，草书，大字。

图 缺。文 缺。参 羽田明、山田信夫 1961。

2767 回鹘文文书残片

17.3×14.5，存 11 行，草书。

图 缺。文 缺。参 羽田明、山田信夫 1961。

2768 回鹘文文书残片

11.2×15.2，存7行，草书，有朱角印。

图 缺。文 缺。参 羽田明、山田信夫 1961。

2769-2770 空号

2771 回鹘文经典残片

17×10，存 12 行，楷书。

图 缺。文 缺。参 羽田明、山田信夫 1961。

2772 空号

2773 回鹘文社会经济文书残片

12×23.8，存 14 行，草书。

图 缺。文 缺。参 羽田明、山田信夫 1961。

2774-2781　回鹘文文书残片（其中 2778 号另列）

小片、极小片，存 1-6 行不等。

图 缺。文 缺。参 羽田明、山田信夫 1961。

2778　粟特文残片

7×2.2，存 1 行。

图 イラン语断片集成图版 21。文 イラン语断片集成 84 页。参 羽田明、山田信夫 1961。イラン语断片集成 84-85 页。

2782　回鹘文社会经济关系文书

22.8×12.7，存草书 9 行。

图 西域Ⅳ图版 23。文 西域Ⅳ205 页。参 羽田明、山田信夫 1961。山田信夫 1971。森安研究 81、87 页。

2783-2792　回鹘文文书残片（其中 2787、2788 号另列）

小片，存 2-9 行不等，其中 2789 号为空号。

图 缺。文 缺。参 羽田明、山田信夫 1961。

2787　粟特文残片

11.3×5.3，存 3 行。

图 イラン语断片集成图版 21。文 イラン语断片集成 85 页。参 羽田明、山田信夫 1961。イラン语断片集成 85 页。

2788　粟特文残片

7×9.8，存 8 行。第 1 行与大谷 2333 号的第 4 行缀合。

图 イラン语断片集成图版 21。文 イラン语断片集成 85 页。参 羽田明、山田信夫 1961。イラン语断片集成 85 页。

2793　回鹘文文书残片

12×16.5，存 8 行，草书。

图 缺。文 缺。参 羽田明、山田信夫 1961。

2794　粟特文梵文对照书写陀罗尼残片

10×20.7，存 14 行。

图 イラン语断片集成图版 22。文 イラン语断片集成 85-86 页。参 羽田明、山田信夫 1961。イラン语断片集成 85-86 页。

2795　回鹘文文书残片

15×18.8，存 11 行，草书。

图 缺。文 缺。参 羽田明、山田信夫 1961。

2796　回鹘文社会经济文书（？）残片

21.2×16，存 5 行，草书，大字。

图 缺。文 缺。参 羽田明、山田信夫 1961。

2797-2802　回鹘文文书残片

小片、极小片，存 1-5 行不等。

图 缺。文 缺。参 羽田明、山田信夫 1961。

2803　佛典残片（？）

7×3.5，两面书写，背面为回鹘文，存 2 行；正面存 3 行汉字，1 行存一"何"字，2 行为"徒如生如是"，3 行为"建立此义　微"。

图 缺。文 缺。参

2803v　回鹘文文书残片

存 2 行。

图 缺。文 缺。参 羽田明、山田信夫 1961。

2803A　粟特文佛典残片

3.2×3.2，存 3 行。与大谷 1123、1129、2135A、5735、5746、5747、5758 诸号同卷。

图 イラン语断片集成图版 1。文 イラン语断片集成 52 页。参 イラン语断片集成 51-53 页。

2803Av　粟特文音译汉文佛典

存 2 行。

图 イラン语断片集成图版 1。文 イラン语断片集成 52 页。参 イラン语断片集成 51-53 页。

2804-2814　回鹘文文书残片

极小片，两面书写，存 1-4 行不等，楷书。

图 缺。文 缺。参 羽田明、山田信夫 1961。

2815　回鹘文文书残片

10×6.2，存 5 行，草书。

图 缺。文 缺。参 羽田明、山田信夫 1961。

2816　回鹘文社会经济文书残片

19×10，存 6 行，草书。

图 缺。文 缺。参 羽田明、山田信夫 1961。

2817　回鹘文文书残片

14×11，存 9 行，草书。

图 缺。文 缺。参 羽田明、山田信夫 1961。

2818　回鹘文文书残片

8.8×20，两面书写，正面存 8 行，背面存 9 行，活字，有朱字。

图 缺。文 缺。参 羽田明、山田信夫 1961。

2819-2821　回鹘文文书残片

小片，存 7-8 行不等，楷书。2821 号有朱字。

图 缺。文 缺。参 羽田明、山田信夫 1961。

2822　回鹘文文书残片

14.2×14，存 7 行，草书，大字。

图 缺。文 缺。参 羽田明、山田信夫 1961。

2823　回鹘文文书残片

15.5×7，存 5 行，草书，大字。

图 缺。文 缺。参 羽田明、山田信夫 1961。

2824 回鹘文文书残片

7.5×8.2，存 4 行，活字。

图 缺。文 缺。参 羽田明、山田信夫 1961。

2825 回鹘文文书残片

12×8，存 9 行，草书。

图 缺。文 缺。参 羽田明、山田信夫 1961。

2826 回鹘文文书残片

15×11.2，两面书写，均存 6 行，楷书。

图 缺。文 缺。参 羽田明、山田信夫 1961。

2827 唐西州都督府仓曹牒为市司请酬牛石住、焦士嵩柴价事

28×33，前、后缺，存 4 行，1、2 行间距 22 厘米，缝背署"让"，按"让"署名多见于仪凤年间的北馆文书，即西州都督府仓曹参军恒让，本件亦当在仪凤年间。

图 集成壹图版 18。文 大谷目一 70-71 页。西域 Ⅱ 378 页。西域 Ⅲ 70-71 页。集成壹102 页。参 大庭脩 1959。内藤乾吉 1960。李方 1997B。

2828 唐显庆四年（659）西州高昌县队正张君行租田契

28×32，前、后缺，存 11 行，缺年月，据 1 行"田柒亩，要经显庆伍年佃食"，知为显庆四年契，租价为"亩别与夏价小麦汉斟中陆斟半"。本件纸背有一"又"字。

图 法制史研究 Ⅰ 图版 17-1。池田温 1975，图版 Ⅰ、Ⅱ。集成壹图版 102、103。T. T. D. Ⅲ（B）17。文 西域 Ⅲ 197 页。法制史研究 Ⅰ 780-781 页。池田温 1973B，14-15 页。集成壹 102 页。T. T. D. Ⅲ（A）50 页。参 仁井田陞 1939、1960、1961、1963。堀敏一 1963。小口彦太 1974。池田温 1975。伊藤正彦 1980。孔祥星 1982A。

2829 唐开元二十三年（735）西州高昌县录申州仓曹状为取蒲昌、柳中县馆田麦充替筑城夫斋料请处分事

27.8×21，前缺，存 9 行，3、4 行处有"高昌县之印"，纸背有押署并钤有官印。本件无年月，据 7、8、9 行"蒲昌、柳中县开二十三年贴料小麦，被符令取肆拾陆硕，用充筑城夫斋料，令取彼县田收充替，录申州仓曹，请各下县准状者。谨依录申"，应为开元二十三年文书。

图 集成壹图版 99。文 西域 Ⅲ 136 页。集成壹 102-103 页。王永兴校注 563 页。参 小笠原宣秀、西村元佑 1960。上野アキ 1964。王永兴校注 563-565 页。鲁才全1990。大津透 1993。

2830 武周长安四年（704）敦煌思谏《归房》诗

28×29，前、后缺，存 8 行，乃某人（据纸背内容，应即思谏）的诗文，描述自己"遭厄"的心境。本件笔迹与大谷 2832 号同，且正、反两面所书之"付司辩示"，又见于大谷 2835、2836 号等沙州敦煌县文书，故亦同出自沙州。

图 集成壹图版 116。文 大谷目一 71 页。集成壹 103 页。参 内藤乾吉 1960。陈国灿2002。

2830v 武周长安四年（704）思谏牒稿

前、后缺，存8行，乃思谏的牒文，记其"去长安四年共上件人充傔，从侍御已来入选，去七月内，至却回赴尔"，且文字用武周新字，知文书时间即在长安四年。

图 集成壹图版117。**文** 大谷目一71-72页。集成壹103页。**参** 内藤乾吉1960。陈国灿2002。

2831 唐贞观十七年（643）六月安西都护府户曹勘问延陁行踪案卷之一

27×13，前缺，存4行，后部可与人谷1013号缀合。1行"奴俊延妻孙年二十二"后有三点指节押，2行以后为阿孙被官府再次勘问延陁行踪的辩辞。

图 籍帐研究插图39，314页。集成壹图版106。**文** 大谷目一72页。籍帐研究314页。集成壹103页。**参** 仁井田陞1960。池田温1973A。法制文书考释505-509页。刘安志2002。

2832 武周长安二年（702）前后沙州敦煌县残牒尾

28×41，前缺，存4行，缝背署"泽（?）"，与大谷2380号为同一笔迹，有武周新字，2行"史阁迢"又见于大谷2834号背面文书，故知为敦煌县牒。

图 西域Ⅲ图版3。集成壹图版118。**文** 大谷目一72页。西域Ⅲ31页。内藤考证248页。集成壹104页。**参** 内藤乾吉1960。小田义久1984。

2833 武周长寿二年（693）腊月制授张怀寂茂州都督府司马告身之二

28×42，存17行，有武周新字，前部与大谷1063号缀合，2行署"长寿二年腊月二十九日"，3行为"制可"。

图 西域Ⅲ图版35。集成壹图版104。大谷资料选71页。**文** 大谷目一73页。西域Ⅱ408页。西域Ⅲ294页。集成壹104页。**参** 内藤乾吉1933。小笠原宣秀、大庭脩1958。大庭脩1958-1960、1964。嶋崎昌1963。

2834 武周圣历二年（699）三月二十日前沙州敦煌县诸户作物种类段亩簿

28×20，前、后缺，存8行，2行记"户主 石海达 见受田 七十四亩"，其中二十七亩麦、六亩床、二十二亩粟等，据本件卷之后第四件牒（大谷2836背），本件应在圣历二年三月二十日前，钤"敦煌县之印"一方。

图 籍帐研究插图43，338页。集成壹图版119。释录二323页。**文** 大谷目一74页。池田温1962，271页。籍帐研究338页。集成壹104-105页。释录二323页。**参** 池田温1962。土肥义和1984。宁欣1986。吴震1987。陈国灿1990B。

2834v 武周长安四年（704）沙州敦煌县史阁迢状为逃人郭武生田改配马行僧、马行感等营田事

前、后缺，存7行，钤"敦煌县之印"一方，有武周新字，1行记"逃人郭武生田改配马行僧、马行感等营"，6行署"二月二十一日 史阁迢状"，本件缺纪年，为沙州敦煌县利用圣历年间文案纸背再写之长安间案卷之一，依据正、背两面排比顺序，本件应为长安四年。

图 西域Ⅲ图版3。集成壹图版119。释录二333页。**文** 西域Ⅲ30-31页。内藤考证247页。籍帐研究345页。集成壹105页。释录二333页。**参** 内藤乾吉1960。菊池英夫1980。齐陈骏1989。陈国灿1990B。

2835 武周圣历二年（699）三月二十日前沙州敦煌县录事司勋荫田簿

28×37，后空白，存13行，钤"敦煌县之印"一方，1行署"录事司"，2行为

"合勋荫田总柒拾陆顷壹拾玖亩"。本件缺纪年，但与大谷 2834 号背面文书属同出系列案卷，亦应在圣历二年三月二十日前。集成壹定此件为纸背，以时间先后而言，应为正面。

图 西域Ⅲ图版 38。西村研究图版 15。籍帐研究插图 42，337 页。集成壹图版 124。大谷资料选 72 页。释录二 322 页。文 大谷目一 77-78 页。西域Ⅲ432-433 页。西村研究 620-621 页。籍帐研究 337 页。集成壹 106 页。释录二 322 页。参 西村元佑 1960、1968B。宁欣 1986。陈国灿 1990B。

2835v 武周长安三年（703）三月敦煌县牒上括逃御史并牒凉、甘、肃、瓜等州为所居停沙州逃户事

28×140，存四纸 46 行，有武周新字，钤"敦煌县之印"一方，1 行记"甘凉瓜肃所居停沙州逃户"，19 行署"长安三年三月 日典阴永牒"，45 行为"牒为括逃使牒、请牒上御史并牒凉甘肃瓜等州事"。

图 西域Ⅲ绘 1。集成壹图版 120、121。大谷资料选 72 页。释录二 326-327 页。文 大谷目一 74-77 页。西域Ⅲ12-14 页。内藤考证 225-227 页。籍帐研究 342-343 页。集成壹 105-106 页。王永兴校注 271-274 页。释录二 326-327 页。参 小笠原宣秀 1955。内藤乾吉 1960。西村元佑 1960。唐长孺 1961、1989。中川学 1962。王永兴 1983。卢向前 1986。陈国灿 1990B。

2836 武周圣历二年（699）三月沙州敦煌县平康乡里正氾素牒为通当乡阙职官人地见种麦佃人段亩事

28.5×37.5，存 15 行，9-13 行有三点画指，1 行署"平康乡"，8 行署"圣历二年三月二十日里正氾素 牒"，与氾素同署者有 5 名"检校营田人"和 1 名"都检校前旅帅索爽"。本件另面为长安三年文书，理应为正面。

图 西域Ⅲ图版 1。集成壹图版 125。大谷资料选 73 页。释录二 321 页。文 大谷目一 78-80 页。西域Ⅲ24-25 页。内藤考证 240 页。籍帐研究 336 页。集成壹 108 页。释录二 321 页。参 周藤吉之 1959。内藤乾吉 1960。小口彦太 1974。卢向前 1986。宁欣 1986。陈国灿 1990B。

2836v 武周长安三年（703）三月沙州敦煌县牒为录事董文徹牒劝课百姓营田判下乡事

前缺，存 36 行，钤"敦煌县之印"一方，有武周新字，是敦煌县官府劝课百姓营田的文案，8 行署"长安三年三月 日 录事董文徹牒"，第 35 行乃处理文案完毕后的结案目："牒为录事董徹牒劝课百姓营田判下乡事。"

图 西域Ⅲ绘 1。内藤考证图版 2、3。集成壹图版 122、123。大谷资料选 73 页。释录二 328-330 页。文 大谷目一 78-79 页。西域Ⅲ21-23 页。内藤考证 236-238 页。籍帐研究 343-344 页。集成壹 107-108 页。释录二 328-330 页。参 周藤吉之 1959。内藤乾吉 1960。小口彦太 1974。王永兴 1983。卢向前 1990。陈国灿 1990B。

2837 武周《葬书》（?）残片

27×36，存 7 行，有武周新字，附带苇席，所记似为《葬书》。6、7 行间画有屋舍所处东南西北方位图，1 行所记为"三月十一日景申发故吉"，7 行为"十七日壬寅开出行吉"，下有双行小字："天道北行慎天大吉。日午出。"据此，本件亦有可能为《择日法》或《择吉日法》。查陈垣《二十史朔闰表》，十一日丙申之朔日为

丙戌，而武周时期仅有长安四年三月朔为丙戌，本件所记年代当为长安四年（704）。

图 西域Ⅱ图版49。集成壹图版112。**文** 大谷目一80页。西域Ⅱ408页。集成壹108页。**参** 小笠原宣秀1955、1959。小田义久1961。

2838 武周长安三年（703）二月沙州敦煌县为诸乡村正、社官不存农务节级科决判

28×35.5，前缺，存10行，是敦煌县对不存农务的诸乡村正、社官进行节级科决的判文，背面有"二月十六日社官、村正到"1行及倒书"悬泉乡，合当乡见社官、村正到"2行，正面判示者"意"又见于长安三年三月二日牒（大谷2836v），文书亦当在此年。

图 西域Ⅲ图版1。集成壹图版126、127。**文** 西域Ⅲ29页。内藤考证245-246页。籍帐研究344页。集成壹108-109页。**参** 内藤乾吉1960。竺沙雅章1964。北原薫1975。孔祥星1979。陈国灿1990B。

2839 武周圣历二年（699）沙州敦煌县诸乡营麦豆顷亩数计会

28.5×36.5，前缺，存10行，1行列"四百八十六顷八亩"，2-6行列有11乡土地顷亩数并注麦亩数，8行列"八顷八十七亩豆"，其下具列各乡的亩数。本件无纪年，据背面案卷，应为圣历二年文书，又集成壹视本件为背面。

图 籍帐研究插图44，339页。集成壹图版129。大谷资料选74页。释录二324页。**文** 池田温1962，271页。籍帐研究339页。集成壹109-110页。释录二324页。**参** 池田温1962、1965。陈国灿1989、1990B。

2839v 武周长安四年（704）二月沙州敦煌县洪闰乡、敦煌乡里正牒为当乡无折冲、果毅、别奏、典、傔及兵士已上娶妻妾事

28.5×36.5，存7行，有武周新字，1行署"洪闰乡 敦煌乡"，6行记"长安四年二月二十日 里正王定牒"，同署者有敦煌乡里正董靖。本件集成壹视为正面。

图 西域Ⅲ图版3。集成壹图版128。大谷资料选74页。释录二332页。**文** 大谷目一81页。西域Ⅲ32、147页。内藤考证249页。籍帐研究345页。集成壹109页。**参** 内藤乾吉1960。小笠原宣秀、西村元佑1960。菊池英夫1969-1970。孔祥星1979。吴震1987。赵吕甫1989。陈国灿1989、1990B。

2840 武周长安二年（702）十二月沙州豆卢军牒敦煌县为徵欠死官马肉钱付玉门军事

28.5×73，由两纸缀合，存21行，有武周新字，1-13行为豆卢军请敦煌县徵欠死官马肉钱付玉门军的牒文，14-21行是敦煌县对来牒的处理。文书钤有"豆卢军兵马使之印"及"敦煌县之印"。

图 西域Ⅲ图版2。集成壹图版130。大谷资料选75页。释录二325页。**文** 西域Ⅲ25-26、150页。内藤考证241-242页。籍帐研究342页。集成壹110页。释录二325页。**参** 内藤乾吉1960。小笠原宣秀、西村元佑1960。菊池英夫1961-1962。卢向前1986。陈国灿1987。

2841 唐仪凤二年（677）十一月西州知北馆厨典高信达牒为请付去月二十七日已来北馆厨柴数价直事（北馆文书之一）

17×71.5，存18行，缝背署"让"字，12行署"仪凤二年十一月 日知北馆厨典高信达牒"。

圝 西域Ⅱ图版41。集成壹图版14。大谷资料选81页。囻 大谷目二1-2页。西域Ⅱ375-376页。西域Ⅲ60-61页。集成壹111页。叄 大庭脩1959。内藤乾吉1960。小田义久1985A。大津透1990。孙晓林1991。

2842 唐仪凤二年（677）十一月西州仓曹府史藏牒为北馆厨用酱、柴付价直事（北馆文书之一）

27×81.5，前缺，存22行，缝背署"让"字，文书中人名与大谷1422号一致。

圝 西域Ⅱ图版43。集成壹图版15。大谷资料选81页。囻 大谷目二2-3页。西域Ⅱ376-377页。西域Ⅲ62-63、231页。集成壹111-112页。王永兴校注524-525页。叄 大庭脩1959。内藤乾吉1960。周藤吉之1960。小田义久1985A。大津透1990。

2843 唐仪凤三年（678）二月西州仓曹府史藏牒案尾（北馆文书之一）

28×55，前缺，存9行，前部缝背署"福"，并钤有"高昌县之印"，5、6行背面存"二月十八日直官俭"一行文字，7、8、9行内容为"二月二十一日府史藏牒。待市估，恒让白。二十一日"，文书缺纪年，据大谷4895号与中村文书H两件缀合文书（仪凤三年五月），本件当在仪凤三年二月。

圝 西域Ⅲ图版4。集成壹图版16。囻 大谷目二3页。西域Ⅲ67页。集成壹112页。叄 大庭脩1959。内藤乾吉1960。池田温1984A。

2844 唐仪凤二年（677）十月西州北馆厨典周建智牒为于坊市得柴、酱请酬价直事残片一（北馆文书之一）

26×35，存6行，缝背署"义"，前部与大谷3495号缀合，知为仪凤三年十月文案。

圝 西域Ⅲ图版4。集成壹图版17。囻 大谷目二3-4页。西域Ⅲ55页。集成壹112-113页。叄 大庭脩1959。内藤乾吉1960。大津透1993。

2845 武周如意元年（692）西州高昌县诸堰头等申青苗亩数佃人牒之一

26×23.5，前缺，存11行，后部与大谷2851号缀合，佃人名旁有"尚"、"化"、"顺"、"西"等字。

圝 西域Ⅱ图版5。周藤研究图版3。西村研究图版13。籍帐研究插图41，333页。集成壹图版85。囻 西域Ⅱ98、338-339页。周藤研究16页。西村研究443-444页。籍帐研究333页。集成壹113页。叄 周藤吉之1959、1965。西村元佑1959。堀敏一1960。均田制研究327-329页。池田温1975。伊藤正彦1980。小田义久1981A。

2846 武周如意元年（692）八月西州高昌县诸堰头等申青苗亩数佃人牒之一

26.3×35，前、后缺，存14行，数行有墨色勾笔，本件所记四至方位的笔墨稍浓，当为后书，2、6行"半"字及13行"连，公成白。十一日"亦是如此，13行署"如意元年八月　日 索酉信妻姜……"，并有三点画指。

圝 周藤研究图版2。集成壹图版86。囻 西域Ⅱ99页。周藤研究18页。籍帐研究332页。集成壹113页。叄 周藤吉之1959、1965。西村元佑1959。堀敏一1960。佐藤武敏1967。池田温1975。伊藤正彦1980。小田义久1981A。

2847 武周如意元年（692）西州高昌县诸堰头等申青苗亩数佃人牒之一

28×16，前、后缺，存6行，2-6行有墨色勾笔，1行记"成家堰王渠　堰头竹辰住"。

图 西村研究图版 13。集成壹图版 83。文 西域Ⅱ99、337 页。西域Ⅲ143 页。周藤研究 19-20 页。西村研究 438-439 页。佐藤武敏 1967，4 页。籍帐研究 333 页。集成壹 114 页。参 周藤吉之 1959、1965。西村元佑 1959。小笠原宣秀、西村元佑 1960。堀敏一 1960。佐藤武敏 1967。池田温 1975。伊藤正彦 1980。王仲荦 1980。小田义久 1981A。

2848　唐西州卫士征镇名籍残片

18.3×18.1，前、后缺，存 9 行，1-4 行有墨色勾笔，其中记有"一人废疾"、"二人弩手"、"四人差送巡察使"等，并提及旅帅、队副、卫士等，当为卫士征镇名籍。

图 西域Ⅲ图版 14。集成壹图版 96。文 大谷目二 4 页。西域Ⅲ144 页。集成壹 114 页。参 小笠原宣秀、西村元佑 1960。菊池英夫 1969 1970。小田义久 1990。陈国灿 1990A。

2849　唐西州卫士征镇名籍残片

27×9.5，前、后缺，存 4 行，有墨色勾笔，与大谷 2850 号为同一文书，内记"四人走逃"、"四人虞候"、"三人崑丘道行"、"一人孝假"，据"崑丘道行"，文书年代当在垂拱年间。

图 西域Ⅲ图版 15。集成壹图版 97。文 大谷目二 5 页。西域Ⅲ144 页。集成壹 114 页。参 周藤吉之 1959。小笠原宣秀、西村元佑 1960。内藤乾吉 1960。菊池英夫 1961-1962。黄惠贤 1983。小田义久 1990。陈国灿 1990A。

2850　唐西州卫士征镇名籍残片

26×6.5，前、后缺，存 3 行，与大谷 2849 号同类，2 行记"二人送马往龟兹"，3 行记"□一人疏勒道行"，似亦为垂拱年间文书。

图 集成壹图版 97。文 大谷目二 5 页。西域Ⅲ144 页。集成壹 114-115 页。参 小笠原宣秀、西村元佑 1960。菊池英夫 1961-1962。黄惠贤 1983。小田义久 1990。陈国灿 1990A。

2851　武周如意元年（692）西州高昌县诸堰头等申青苗亩数佃人牒之一

26×12.5，后缺，存 5 行，前部与大谷 2845 号缀合。

图 西域Ⅱ图版 5。周藤研究图版 3。籍帐研究插图 41，333 页。集成壹图版 85。文 西域Ⅱ98 页。周藤研究 17 页。西村研究 444 页。籍帐研究 333 页。集成壹 115 页。参 周藤吉之 1959、1965。西村元佑 1959。堀敏一 1960。均田制研究 327-329 页。池田温 1975。伊藤正彦 1980。小田义久 1981B。

2852　唐开元二十九年（741）西州高昌县退田簿残片之一

29×23，存 7 行，前后与大谷 2854、2853 号缀合。

图 西域Ⅱ图版 25。西嶋研究图版 18。籍帐研究插图 61，399 页。集成壹图版 29。大谷资料选 78 页。文 西域Ⅱ176、189-190 页。西嶋研究 508-509、547-548 页。籍帐研究 399 页。集成壹 115 页。参 西嶋定生 1959、1960。嶋崎昌 1959。西村元佑 1959。土肥义和 1979。池田温 1985A。杜绍顺 1989。大津透等 2003。

2853　唐开元二十九年（741）西州高昌县退田簿残片之一

29×16.5，后缺，存 7 行，前部与大谷 2852 号缀合。

图 西域Ⅱ图版25。西嶋研究图版18。集成壹图版29。大谷资料选78页。文 西域Ⅱ176、190页。西嶋研究509、548页。籍帐研究400页。集成壹115页。参 西嶋定生1959。嶋崎昌1959。西村元佑1959。土肥义和1979。王仲荦1980。池田温1985A。大津透等2003。

2854　唐开元二十九年（741）西州高昌县退田簿残片之一

29×17，前缺，存7行，后部与大谷2852号缀合，其中6、7行内容又见于大谷1231号。

图 西域Ⅱ图版25。西嶋研究图版18。籍帐研究插图61，399页。集成壹图版29。大谷资料选78页。文 西域Ⅱ176-177页。西嶋研究509、510、547页。籍帐研究399页。集成壹116页。参 西嶋定生1959、1960。嶋崎昌1959。周藤吉之1959。西村元佑1959。仁井田陞1963。赵吕甫1984。大津透等2003。

2855　唐开元二十九年（741）西州高昌县退田簿残片之一

27×27.5，前、后缺，存12行，1行前部与4、5行间及5、6行间有官员朱笔注文，5、6行内容与大谷2913号的2、3行相近，8、9行与大谷2914号的2、3行相近，3行附有绘画胡粉片。

图 西域Ⅱ图版28。西嶋研究图版24。集成壹图版32。文 西域Ⅱ177页。西嶋研究510-511页。籍帐研究412-413页。集成壹116页。参 西嶋定生1959。西村元佑1959。嶋崎昌1959。小笠原宣秀、西村元佑1960。王仲荦1980。赵吕甫1984。池田温1985A。

2856　唐开元二十九年（741）西州高昌县退田簿残片之一

19.9×29，后缺，存8行，1行书"德义里"，6、7行间有官员朱笔注："会开二十六年给王道俊讫，典。"

图 西域Ⅱ图版24。西嶋研究图版17。集成壹图版30。文 西域Ⅱ177页。西嶋研究511-512页。籍帐研究410页。集成壹116-117页。参 西嶋定生1959、1960。西村元佑1959。池田温1985A。大津透等2003。

2857　唐开元二十九年（741）西州高昌县退田簿残片之一

14.5×14.5，前缺，存6行，1行书"成化里"，1、2行间有官员朱笔注："会先给充府田，泰。"2、3行间的注文被涂抹。

图 西域Ⅱ图版29。西嶋研究图版25。集成壹图版32。文 西域Ⅱ177页。西嶋研究512-513页。籍帐研究410页。集成壹117页。参 西嶋定生1959。西村元佑1959。杨际平1982。池田温1985A。大津透等2003。

2858　唐开元二十九年（741）西州高昌县退田簿残片之一

16×11，后缺，存1行"归政里白黑奴剩退"数字。

图 集成壹图版32。文 西域Ⅱ178页。西嶋研究513页。籍帐研究410页。集成壹117页。参 西嶋定生1959。

2859　唐开元二十九年（741）西州高昌县退田簿残片之一

12×55，前、后缺，存2行。

图 集成壹图版32。文 西域Ⅱ178页。西嶋研究513页。籍帐研究411页。集成壹117页。参 西嶋定生1959。内藤乾吉1960。

2860　唐开元二十九年（741）西州高昌县退田簿残片之一

24.5×29，前、后缺，上部残，存7行，1、2行与5、6行及6、7行间距5厘米。
图 西嶋研究图版26。集成壹图版31。**文** 西域Ⅱ178页。西嶋研究513-514页。籍帐研究407-408页。集成壹118页。**参** 西嶋定生1959。杨际平1982。赵吕甫1984。池田温1985A。

2861　唐开元二十九年（741）西州高昌县退田簿残片之一

28×16.5，后缺，存5行，1行书"仁义里"。
图 西域Ⅱ图版29。西嶋研究图版25。集成壹图版33。**文** 西域Ⅱ178页。西嶋研究514-515页。籍帐研究406页。集成壹118页。**参** 西嶋定生1959。嶋崎昌1959。西村元佑1959。池田温1985A。

2862　唐开元二十九年（741）西州高昌县退田簿残片之一

21×25，后缺，存7行，1行书"太平乡"，2行书"忠诚里"，诸行间有朱笔注，多为"同惟安"，惟5、6行间所记为"同惟安会先给王忠顺讫"。
图 西域Ⅱ图版29。西嶋研究图版27。西村研究图版6。集成壹图版33。**文** 西域Ⅱ178页。西嶋研究515页。西村研究374-375页。籍帐研究407页。集成壹118-119页。**参** 西嶋定生1959。西村元佑1959。池田温1985A。

2863　唐开元二十九年（741）西州高昌县退田簿残片之一

28×32，后缺下残，存12行，诸行间有朱笔注，多为"同惟安"，惟1、2行间记为"同惟安会先给张守讫"。
图 西域Ⅱ图版30。西嶋研究图版28。集成壹图版34。**文** 西域Ⅱ179页。西嶋研究516-517页。籍帐研究405-406页。集成壹119页。**参** 西嶋定生1959。西村元佑1959。土肥义和1979。池田温1985A。

2864　唐开元二十九年（741）西州高昌县退田簿残片之一

13.5×3，前、后缺，存2行，有朱书、朱点。
图 集成壹图版35。**文** 西域Ⅱ179页。西嶋研究517页。籍帐研究407页。集成壹119-120页。**参** 西嶋定生1959。池田温1985A。

2865　唐开元二十九年（741）西州高昌县退田簿残片之一

28×32.5，前、后缺，存13行，诸行间有朱笔注，多为"同云晏"，惟1、2行间为"同云晏会先给赵思礼讫"，第10行起为"慕义里"之退田。
图 西域Ⅱ图版31。西嶋研究图版29。西村研究图版12。集成壹图版35。大谷研究图版15。**文** 西域Ⅱ179页。西嶋研究517-518页。西村研究432-433页。籍帐研究401页。集成壹120页。**参** 西嶋定生1959。西村元佑1959。嶋崎昌1959。周藤吉之1959。池田温1985A。

2866　唐开元二十九年（741）西州高昌县退田簿残片之一

28×12.5，前、后缺，存4行。
图 西嶋研究图版30。集成壹图版36。**文** 西域Ⅱ180页。西嶋研究518页。籍帐研究402页。集成壹120-121页。**参** 西嶋定生1959。池田温1985A。

2867　唐开元二十九年（741）西州高昌县退田簿残片之一

16×39，前、后缺，存12行，左上部与大谷2875号缀合，诸行间均有朱书，署

"同云"。

图西域Ⅱ图版26。西嶋研究图版19。集成壹图版36。**文**西域Ⅱ180、190页。西嶋研究519、549页。西村研究384-385页。籍帐研究404页。集成壹121页。**参**西嶋定生1959。土肥义和1979。池田温1985A。赵吕甫1989。大津透等2003。

2868　唐开元二十九年（741）西州高昌县退田簿残片之一

14.5×22，前、后缺，存9行，诸行间均有朱书，署"同云"，第1行顶头有"尚贤里"。

图西域Ⅱ图版32。西嶋研究图版30。集成壹图版37。**文**西域Ⅱ180页。西嶋研究520页。籍帐研究404-405页。集成壹121 122页。**参**西嶋定生1959。池田温1985A。大津透等2003。

2869　唐开元二十九年（741）西州高昌县退田簿残片之一

22.5×16，前、后缺，存6行，诸行间有朱书，署"同云晏"，纸表面附有糨糊。

图西域Ⅱ图版32。西嶋研究图版30。集成壹图版37。**文**西域Ⅱ180-181页。西嶋研究520-521页。籍帐研究402-403页。集成壹122页。**参**西嶋定生1959。西村元佑1959。土肥义和1979。池田温1985A。大津透等2003。

2870　唐开元二十九年（741）西州高昌县退田簿残片之一

22.5×16，前、后缺，存4行，纸表面附有糨糊。

图西嶋研究图版30。集成壹图版37。**文**西域Ⅱ181页。西嶋研究521页。籍帐研究402页。集成壹122页。**参**西嶋定生1959。西村元佑1959。池田温1985A。

2871　唐开元二十九年（741）西州高昌县退田簿残片之一

17.5×20，前、后缺，存7行，纸表面附有糨糊。

图西嶋研究图版30。集成壹图版38。**文**西域Ⅱ181页。西嶋研究521-522页。籍帐研究402页。集成壹123页。**参**西嶋定生1959。池田温1985A。

2872　唐开元二十九年（741）西州高昌县退田簿残片之一

14.5×14.5，前、后缺，存5行，背面附有白色胡粉片，人名"康元是"、"张延欢"、"韩祐"等又见于大谷2915号。

图西嶋研究图版25。集成壹图版38。**文**西域Ⅱ181页。西嶋研究522-523页。籍帐研究406页。集成壹123页。**参**西嶋定生1959。池田温1985A。

2873　唐开元二十九年（741）西州高昌县退田簿残片之一

16.5×9，前缺，存3行，1行书"高昌里"，纸表面附有糨糊。

图西域Ⅱ图版32。西嶋研究图版30。集成壹图版39。**文**西域Ⅱ181页。西嶋研究523页。籍帐研究403页。集成壹123页。**参**西嶋定生1959，池田温1985A。大津透等2003。

2874　唐开元二十九年（741）西州高昌县退田簿残片之一

18×9.5，后缺，存3行。

图集成壹图版39。**文**西域Ⅱ181页。西嶋研究523页。籍帐研究403页。集成壹124页。**参**西嶋定生1959。西村元佑1959。池田温1985A。大津透等2003。

2875　唐开元二十九年（741）西州高昌县退田簿残片之一

9×22，前、后缺，存7行，纸表面附有糨糊，下部与大谷2867号缀合。

图 西域Ⅱ图版32。西嶋研究图版19。集成壹图版36。文 西域Ⅱ182、190 页。西嶋研究 524、549 页。西村研究 384-385 页。籍帐研究 404 页。集成壹 124 页。参 西嶋定生 1959。土肥义和 1979。池田温 1985A。大津透等 2003。

2876　唐开元二十九年（741）西州高昌县退田簿残片之一
14×10，前、后缺，存 3 行，纸表面附有糨糊。
图 集成壹图版39。文 西域Ⅱ182 页。西嶋研究 524 页。籍帐研究 405 页。集成壹 124 页。参 西嶋定生 1959。池田温 1985A。

2877　唐开元二十九年（741）西州高昌县退田簿残片之一
14.5×9.5，前、后缺，存 3 行，1、2 行间顶头书有"净泰里"。
图 集成壹图版39。文 西域Ⅱ182 页。西嶋研究 525 页。籍帐研究 403 页。集成壹 124-125 页。参 西嶋定生 1959。池田温 1985A。

2878　唐开元二十九年（741）西州高昌县退田簿残片之一
19×15，前、后缺，存 4 行。
图 集成壹图版39。文 西域Ⅱ182 页。西嶋研究 525 页。籍帐研究 405 页。集成壹 125 页。参 西嶋定生 1959。池田温 1985A。

2879　唐开元二十九年（741）西州高昌县退田簿残片之一
6.5×8.5，前、后缺，存 3 行，3 行有"安义里"。
图 集成壹图版39。文 西域Ⅱ182 页。西嶋研究 526 页。籍帐研究 410 页。集成壹 125 页。参 西嶋定生 1959。池田温 1985A。

2880　唐开元二十九年（741）西州高昌县退田簿残片之一
6×13.5，前、后缺，存 4 行，1、2、4 行处有朱点。
图 集成壹图版39。文 西域Ⅱ182 页。西嶋研究 526 页。籍帐研究 405 页。集成壹 125 页。参 西嶋定生 1959。池田温 1985A。

2881　唐开元二十九年（741）西州高昌县退田簿残片之一
9.5×14，后缺，存 5 行，缝背朱书署"云晏"。
图 集成壹图版39。文 西域Ⅱ182 页。西嶋研究 526-527 页。籍帐研究 409 页。集成壹 125-126 页。参 西嶋定生 1959。池田温 1985A。

2882　唐开元二十九年（741）西州高昌县退田簿残片之一
9.5×3.5，前、后缺，存 2 行。
图 集成壹图版42。文 籍帐研究 411 页。集成壹 126 页。参 池田温 1985A。

2883　唐开元二十九年（741）西州高昌县退田簿残片之一
7×8，前、后缺，存 2 行，纸表面附有糨糊，1、2 行间距 2.5 厘米。
图 西嶋研究图版30。集成壹图版39。文 西域Ⅱ183 页。西嶋研究 527 页。籍帐研究 402 页。集成壹 126 页。参 西嶋定生 1959。池田温 1985A。

2884　唐开元二十九年（741）西州高昌县退田簿残片之一
5.2×6.1，前、后缺，存 2 行。
图 缺。文 集成壹 126 页。参

2885　唐开元二十九年（741）西州高昌县退田簿残片之一
2×6，后缺，存 2 行，正、反两面附有糨糊，1、2 行间距 2.5 厘米。

图 集成壹图版 39。文 西域Ⅱ183 页。西嶋研究 527 页。籍帐研究 405 页。集成壹 126 页。参 西嶋定生 1959。池田温 1985A。

2886 唐开元二十九年（741）前后西州高昌县欠田簿残片之一

38.5×33.5，存 12 行，纸表面附有糨糊，缝背署"元"字，前部与大谷 2912 号缀合，后部与大谷 2891 号缀合。

图 西域Ⅱ图版 34。西嶋研究图版 34。西村研究图版 1。籍帐研究插图 60，395 页。集成壹图版 64。文 西域Ⅱ297 页。西村研究 305-306 页。籍帐研究 395 页。集成壹 126-127 页。参 西村元佑 1959。西嶋定生 1959、1960。船越泰次 1987。大津透等 2003。

2887 唐开元二十九年（741）前后西州高昌县欠田簿残片之一

28.5×40.5，存 14 行，纸表面附有糨糊，缝背署"元"字。

图 集成壹图版 65。文 西域Ⅱ301 页。西村研究 311-312 页。籍帐研究 396 页。集成壹 127 页。参 西村元佑 1959。西嶋定生 1959。周藤吉之 1959。船越泰次 1987。大津透等 2003。

2888 唐开元二十九年（741）前后西州高昌县欠田簿残片之一

27.9×34.5，后缺，存 14 行，8 行"王泥奴"又见于大谷 2392 号，缝背署"元"字。本件与大谷 2890、2904 号为同一书体，当为同类文书。

图 西域Ⅱ图版 37。西嶋研究图版 37。西村研究图版 4。集成壹图版 66。文 西域Ⅱ199、302 页。西嶋研究 573-574 页。西村研究 312-313 页。籍帐研究 393 页。集成壹 127-128 页。参 西村元佑 1959。西嶋定生 1959。土肥义和 1979。船越泰次 1987。

2889 唐开元二十九年（741）前后西州高昌县欠田簿残片之一

25.8×25.8，前、后缺，存 9 行，6 行"张虔质"又见于大谷 2926 号，纸表面附有糨糊。

图 西村研究图版 4。西嶋研究图版 36。集成壹图版 67。文 西域Ⅱ199、303 页。西嶋研究 572 页。西村研究 313 页。籍帐研究 393 页。集成壹 128 页。参 西村元佑 1959。西嶋定生 1959。土肥义和 1979。船越泰次 1987。

2890 唐开元二十九年（741）前后西州高昌县欠田簿残片之一

28.5×13.2，前、后缺，存 7 行。本件与大谷 2888、2904 号为同一书体，当为同类文书。

图 西嶋研究图版 37。西村研究图版 4。集成壹图版 67。文 西域Ⅱ303 页。西村研究 314 页。籍帐研究 393 页。集成壹 128 页。参 西村元佑 1959。西嶋定生 1959。土肥义和 1979。船越泰次 1987。

2891 唐开元二十九年（741）前后西州高昌县欠田簿残片之一

28.5×6.6，后缺，存 2 行，缝背署"元"字，正反两面附有糨糊，前部与大谷 2886 号缀合。

图 籍帐研究插图 60，395 页。集成壹图版 64。文 西域Ⅱ304 页。西村研究 314 页。籍帐研究 395 页。集成壹 129 页。参 西村元佑 1959。西嶋定生 1959。船越泰次 1987。大津透等 2003。

2892　唐开元二十九年（741）前后西州高昌县欠田簿残片之一

15.6×34，前缺，存13行，各行有朱点，7行"张孝感"又见于大谷1417号，11行"魏茂仙"又见于大谷2598号。本件下部与大谷2900号缀合，后部与大谷2895号缀合。

图 西域Ⅱ图版35。西村研究图版2。西嶋研究图版38。集成壹图版68。大谷资料选79页。**文** 西域Ⅱ200、298-299页。西嶋研究574-575页。西村研究307-308页。籍帐研究391-392页。集成壹129页。**参** 西村元佑1959。西嶋定生1959、1960。小笠原宣秀、西村元佑1960。船越泰次1987。大津透等2003。

2893　唐开元二十九年（741）前后西州高昌县欠田簿残片之一

19×25.5，前缺，上下残，存9行，7行"马孤易"又见于大谷1201号文书，后部与大谷2906号缀合。

图 西域Ⅱ图版36。西嶋研究图版44。西村研究图版3。集成壹图版71。**文** 西域Ⅱ299页。西域Ⅲ478页。西嶋研究604页。西村研究309页。籍帐研究391页。集成壹129-130页。**参** 西村元佑1959。西嶋定生1959、1960。船越泰次1987。

2894　唐开元二十九年（741）前后西州高昌县欠田簿残片之一

22.5×10.5，前、后缺，存7行，正、反两面附有糨糊。

图 集成壹图版69。**文** 西域Ⅱ304页。西村研究314-315页。籍帐研究393-394页。集成壹130页。**参** 西村元佑1959。西嶋定生1959。土肥义和1979。船越泰次1987。

2895　唐开元二十九年（741）前后西州高昌县欠田簿残片之一

22.2×28.2，后缺，存9行，纸表面一部附有糨糊，前部与大谷2892号缀合。

图 西村研究图版2。集成壹图版68。**文** 西域Ⅱ304页。西村研究315-316页。籍帐研究392页。集成壹130页。**参** 西村元佑1959。西嶋定生1959、1960。小笠原宣秀、西村元佑1960。船越泰次1987。大津透等2003。

2896　唐开元二十九年（741）前后西州高昌县欠田簿残片之一

27.9×14.1，前、后缺，存5行。

图 集成壹图版69。**文** 西域Ⅱ305页。西村研究316页。籍帐研究397页。集成壹130页。**参** 西村元佑1959。西嶋定生1959。船越泰次1987。

2897　唐开元二十九年（741）前后西州高昌县欠田簿残片之一

16.5×18.5，后缺，存4行，2、3行有朱点，缝背署"元"字，纸表面一部附有糨糊，本件与大谷2900号有关联。

图 西域Ⅱ图版35。西嶋研究图版38。西村研究图版2。集成壹图版67。大谷资料选79页。**文** 西域Ⅱ200、298页。西嶋研究574页。西村研究307页。籍帐研究391-392页。集成壹131页。**参** 西村元佑1959。西嶋定生1959、1960。小笠原宣秀、西村元佑1960。内藤乾吉1960。船越泰次1987。大津透等2003。

2898　唐开元二十九年（741）前后西州高昌县欠田簿残片之一

12×12，前、后缺，存5行。

图 集成壹图版69。**文** 西域Ⅱ305页。西村研究316-317页。籍帐研究397页。集成壹131页。**参** 西村元佑1959。西嶋定生1959。船越泰次1987。

2899　唐开元二十九年（741）前后西州高昌县欠田簿残片之一

11.4×14.4，前、后缺，存6行，3行"周祝子"又见于大谷5804-5810号。

图 西村研究图版4。集成壹图版69。文 西域Ⅱ305页。西村研究317页。籍帐研究393页。集成壹131页。参 西村元佑1959。西嶋定生1959。周藤吉之1959。船越泰次1987。

2900　唐开元二十九年（741）前后西州高昌县欠田簿残片之一

11.5×29，前、后缺，存11行，1、2、4行有朱点，上部与大谷2892号缀合，与大谷2895、2897号为同一件。

图 西域Ⅱ图版35。西嶋研究图版38。西村研究图版2。集成壹图版68。大谷资料选79页。文 西域Ⅱ298-299页。西嶋研究574-575页。西村研究307-308页。籍帐研究392页。集成壹131-132页。参 西村元佑1959。西嶋定生1959、1960。小笠原宣秀、西村元佑1960。船越泰次1987。大津透等2003。

2901　唐开元二十九年（741）前后西州高昌县欠田簿残片之一

13.5×9.6，前、后、上、下残，存4行，纸表面一部附有糯糊。

图 集成壹图版70。文 西域Ⅱ305页。西村研究317-318页。籍帐研究397页。集成壹132页。参 西村元佑1959。西嶋定生1959。船越泰次1987。

2902　唐开元二十九年（741）前后西州高昌县欠田簿残片之一

11.1×15，前缺，上下残，存5行，缝背署"元"字，纸表面一部附有糯糊。

图 集成壹图版70。文 西域Ⅱ306页。西村研究318页。籍帐研究396页。集成壹132页。参 西村元佑1959。西嶋定生1959。船越泰次1987。大津透等2003。

2903　唐开元二十九年（741）前后西州高昌县欠田簿残片之一

13.5×10.5，前、后缺，下部残，存5行。

图 集成壹图版70。文 西域Ⅱ306页。西村研究318-319页。籍帐研究394页。集成壹132页。参 西村元佑1959。西嶋定生1959。船越泰次1987。

2904　唐开元二十九年（741）前后西州高昌县欠田簿残片之一

10.5×9，前、后、上、下残，存4行，2行处有污迹，4行残"开元"2字。本件与大谷2888、2890号为同一书体，当为同类文书。

图 西嶋研究图版37。西村研究图版4。集成壹图版70。文 西域Ⅱ306页。西嶋研究570页。西村研究319页。籍帐研究393页。集成壹132-133页。参 西村元佑1959。西嶋定生1959。土肥义和1979。船越泰次1987。

2905　唐开元二十九年（741）前后西州高昌县欠田簿残片之一

6.6×6.9，前、后、上、下残，存4行。

图 集成壹图版70。文 西域Ⅱ306页。西村研究319页。籍帐研究392页。集成壹133页。参 西村元佑1959。西嶋定生1959。船越泰次1987。

2906　唐开元二十九年（741）前后西州高昌县欠田簿残片之一

15×6.6，后缺，存3行，前部与大谷2893号缀合。

图 西域Ⅱ图版36。西嶋研究图版44。西村研究图版3。集成壹图版71。文 西域Ⅱ299页。西域Ⅲ478页。西嶋研究604页。西村研究309页。籍帐研究391页。集成壹133页。参 西村元佑1959。西嶋定生1959、1960。船越泰次1987。

2907 唐开元二十九年（741）前后西州高昌县欠田簿残片之一

7.5×12，前、后、上、下残，存5行。

图 集成壹图版70。文 西域Ⅱ306页。西村研究319-320页。籍帐研究397页。集成壹 133页。参 西村元佑1959。西嶋定生1959。船越泰次1987。

2908 唐开元二十九年（741）前后西州高昌县欠田簿残片之一

10.8×6.6，前、后、上、下残，存3行，正、反两面附有糨糊。

图 集成壹图版71。文 西域Ⅱ306页。西村研究320页。籍帐研究394页。集成壹 133-134页。参 西村元佑1959。西嶋定生1959。船越泰次1987。

2909 唐开元二十九年（741）前后西州高昌县欠田簿残片之一

5.4×7.5，前、后、上、下残，存2行。

图 集成壹图版71。文 西域Ⅱ307页。西村研究320页。籍帐研究396页。集成壹 134页。参 西村元佑1959。西嶋定生1959。船越泰次1987。

2910 唐开元二十九年（741）前后西州高昌县欠田簿残片之一

6×22.8，前、后缺，上部残，存7行，纸表面附有糨糊。

图 集成壹图版71。文 西域Ⅱ307页。西村研究320-321页。籍帐研究397页。集成壹 134页。参 西村元佑1959。西嶋定生1959。船越泰次1987。

2911 唐开元二十九年（741）前后西州高昌县欠田簿残片之一

3.3×27，前、后、上、下残，存9行，缝背署"元"字。

图 集成壹图版71。文 西域Ⅱ307页。西村研究321页。籍帐研究397页。集成壹 134页。参 西村元佑1959。西嶋定生1959。船越泰次1987。

2912 唐开元二十九年（741）前后西州高昌县欠田簿残片之一

29×13.5，存5行，正、反两面附有糨糊，后部与大谷2886号缀合，1行署"宁昌乡"，2行记"合当乡第九、第八户欠田丁中总一百人"，3行为"八十七人第九户"。

图 西域Ⅱ图版34。西嶋研究图版34。西村研究图版1。籍帐研究插图60，395页。集成壹图版64。文 大谷目二11页。西域Ⅱ198、297、308页。西嶋研究596页。西村研究305页。籍帐研究395页。集成壹134-135页。参 西村元佑1959。西嶋定生1959、1960。小笠原宣秀、西村元佑1960。内藤乾吉1960。土肥义和1979。船越泰次1987。赵吕甫1989。大津透等2003。

2913 唐开元二十九年（741）西州高昌县退田簿残片之一

27×17.5，后缺，存6行，1行署"太平乡"，有污渍，纸背一部附有胡粉。

图 西域Ⅱ图版32。西嶋研究图版31。集成壹图版40。文 大谷目二11-12页。西域Ⅱ183页。西嶋研究528页。籍帐研究412页。集成壹135页。参 西嶋定生1959。西村元佑1959。嶋崎昌1959。小笠原宣秀、西村元佑1960。王仲荦1980。池田温1985A。

2914 唐开元二十九年（741）西州高昌县退田簿残片之一

27.5×10，后缺，存3行，有污渍，1行署"尚贤乡"。

图 西域Ⅱ图版32。西嶋研究图版31。集成壹图版40。文 西域Ⅱ183页。西嶋研究528页。籍帐研究412页。集成壹135页。参 西嶋定生1959。西村元佑1959。嶋崎昌 1959。小笠原宣秀、西村元佑 1960。王仲荦 1980。池田温 1985A。

2915　唐开元二十九年（741）西州高昌县退田簿残片之一

28×14，后缺，存5行，1行署"归德乡"，2行"康元是"、3行"张延欢"、"韩祐"等又见于大谷 2872 号。

图 西域Ⅱ图版 33。西嶋研究图版 32。集成壹图版 40。文 西域Ⅱ 183 页。西嶋研究 529 页。籍帐研究 412 页。集成壹 136 页。参 西嶋定生 1959。西村元佑 1959。池田温 1985A。

2916　唐开元二十九年（741）西州高昌县给田簿残片之一

28×30.5，前、后缺，存10行，9 10行间距4厘米，有污渍。

图 西域Ⅱ图版 23。西嶋研究图版 15。集成壹图版 58。文 西域Ⅱ 165 页。西嶋研究 468-469 页。籍帐研究 425 页。集成壹 136 页。参 西嶋定生 1959、1960。西村元佑 1959。

2917　唐写经、造像功德疏残片

28.7×41，前缺，存3行，1行记有"观世音菩萨一　地藏菩萨一"，2行记有"写法华经十卷"，3行为"右件功德并为修造毕"。

图 西域Ⅲ图版 29。集成壹图版 111。文 大谷目二 12 页。西域Ⅲ 259 页。集成壹 136 页。参 小笠原宣秀 1960B。

2918　粟特文佛典残片

6.5×13.2，存9行。

图 イラン语断片集成图版 22。文 イラン语断片集成 86-87 页。参 羽田明、山田信夫 1961。イラン语断片集成 86-87 页。

2919　粟特文《大般涅槃经》残片

15.7×12.1，两面书写，楷书，正面存10行，背面存9行。与大谷 1734、2099 号同卷。

图 イラン语断片集成图版 10。文 イラン语断片集成 66 页。参 羽田明、山田信夫 1961。イラン语断片集成 65-67 页。

2920　与大谷 2435 号可以缀合，见大谷 2435 号

2921　粟特文佛典题记残片

18.5×9.5，与大谷 1144 号同卷。前、后缺，上部残，存5行，草书，有朱栏。

图 大谷资料选 61 页。イラン语断片集成图版 3。文 吉田丰 1989B，94 页。Yoshida 1991，240 页。イラン语断片集成 54 页。参 大谷资料选 61 页。吉田丰 1989B，93-95 页。Yoshida 1991，239-240 页。イラン语断片集成 54-55 页。

2922　粟特文《法王经》残片

14×11.5，与大谷 2326、2437 号同卷。

图 大谷资料选 61 页。イラン语断片集成图版 15。文 大谷资料选 61 页。イラン语断片集成 72-73 页。参 羽田明、山田信夫 1961。吉田丰 1989B。イラン语断片集成 72-73 页。

2923　粟特文佛典残片

10×7.3，存6行，楷书，有朱丝栏。

图 イラン语断片集成图版22。文 イラン语断片集成87页。参 羽田明、山田信夫1961。イラン语断片集成87页。

2924　张怀福残文书

28.5×21.8，前缺，存1行"张怀福"3字。

图 缺。文 大谷目二12页。集成壹136-137页。参

2925　唐开元二十九年（741）西州高昌县退田簿残片之一

13×12，后缺，存3行，前部骑缝署"元"字，与大谷2861号同，纸表面附有糨糊。

图 集成壹图版41。文 西嶋研究529页。籍帐研究413页。集成壹137页。参 西嶋定生1966。池田温1985A。

2926　唐开元二十九年（741）西州高昌县给田簿残片之一

13.5×11.5，前、后缺，存5行，3行"张虔质"又见于大谷2889号，纸表面附有糨糊。

图 西域Ⅱ图版23。西嶋研究图版15。集成壹图版58。文 西域Ⅱ165页。西嶋研究469-470页。籍帐研究426页。集成壹137页。参 西嶋定生1959。西村元佑1959。

2927　唐开元二十九年（741）西州高昌县给田簿残片之一

11×4，前、后缺，存3行。

图 集成壹图版58。文 西域Ⅱ165-166页。西嶋研究470页。籍帐研究431页。集成壹137页。参 西嶋定生1959。

2928　唐天宝间官府残牒文

10×8，后缺，存1行，残"牒谨连　太守判"数字。

图 缺。文 集成壹137页。参 西嶋定生1959。

2929　唐开元二十九年（741）西州高昌县给田簿残片之一

11×14，前、后缺，上部残，存5行，纸表面附有糨糊。

图 集成壹图版58。文 西域Ⅱ166页。西嶋研究470页。籍帐研究431页。集成壹137-138页。参 西嶋定生1959。

2930　唐开元二十九年（741）西州高昌县给田簿残片之一

8×14，存3行，缝背署"元"字，与大谷1228、2390、2974号缀合。

图 西域Ⅱ图版13。西嶋研究图版4。集成壹图版45。文 西域Ⅱ166、170页。西域Ⅲ471页。西嶋研究470-471页。籍帐研究421页。集成壹138页。参 西嶋定生1959、1960，小笠原宣秀、西村元佑1960。

2931　唐开元二十九年（741）西州高昌县退田簿残片之一

7×11.5，后缺，上部残，存2行，纸表面附有糨糊，行末有朱点，缝背朱署"云晏"2字，1行前"元"字又见于大谷2861、2925号。

图 集成壹图版41。文 西嶋研究530页。籍帐研究413页。集成壹138页。参 西嶋定生1966。池田温1985A。

2932　唐开元二十九年（741）西州高昌县给田簿残片之一

6.5×11.5，前、后缺，上部残，存3行，纸表面附有糨糊，本件与大谷1231号有关联。

图 西域Ⅱ图版15。西嶋研究图版8。集成壹图版46。文 西域Ⅱ166、172页。西嶋研究471、498页。籍帐研究422页。集成壹138页。参 西嶋定生1959。

2933 唐开元二十九年（741）西州高昌县退田簿残片之一
7×11，前、后缺，上部残，存2行，纸表面附有糨糊。
图 集成壹图版41。文 西域Ⅱ183页。西嶋研究530页。籍帐研究413页。集成壹138页。参 西嶋定生1959。池田温1985A。

2934 唐西州蒲昌县官府残文书
4.8×11，前、后缺，上部残，存3行，1行残存"蒲昌县尉"4字，纸表面附有糨糊。
图 缺。文 集成壹139页。参

2935 唐天宝间官府残文书
14.5×8，后缺，存2行，1行残存小字"使郡兵守仙领（岭）　伍佰"，2行残存"郡典阴仙到县云"数字。
图 缺。文 集成壹139页。参 大津透等2003。

2936 唐开元二十九年（741）西州高昌县退田簿残片之一
5×13，前、后、上、下残，存4行，纸表面附有糨糊。
图 集成壹图版42。文 西域Ⅱ183页。西嶋研究530页。籍帐研究413页。集成壹139页。参 西嶋定生1959。池田温1985A。

2937 高昌官府残文书
12×9，由两纸粘贴，纸表面附有糨糊，正面前、后缺，存2行，1行残"行门下事"，背面亦存2行文字，提及麦和银钱。
图 集成壹图版3。文 集成壹139页。参 关尾史郎等1990。王素1997，322页。

2938 唐开元二十九年（741）西州高昌县退田簿残片之一
12×6.5，前、后缺，存1行，纸表面附有糨糊，本件与以下的9件统一置于一袋之中。
图 集成壹图版41。文 西域Ⅱ183页。西嶋研究531页。籍帐研究407页。集成壹139页。参 西嶋定生1959、1960。池田温1985A。

2939 唐开元二十九年（741）西州高昌县退田簿残片之一
5×12，前、后、上、下残，存4行，纸表面附有糨糊，与大谷3164号为同一笔体，西嶋定生氏认为二者可以缀合。
图 集成壹图版41。文 西域Ⅱ184、190页。西嶋研究531、550页。籍帐研究411页。集成壹139-140页。参 西嶋定生1959、1960。池田温1985A。

2940 唐开元二十九年（741）西州高昌县退田簿残片之一
12×5.5，前、后缺，存1行，纸表面附有糨糊。
图 集成壹图版41。文 西域Ⅱ184页。西嶋研究531页。籍帐研究414页。集成壹140页。参 西嶋定生1959、1960。池田温1985A。

2941 唐开元二十九年（741）西州高昌县退田簿残片之一
15×7，前、后缺，存3行，纸表面附有糨糊。
图 集成壹图版41。文 西域Ⅱ184页。西嶋研究531-532页。籍帐研究414页。集成壹 140 页。📖 西嶋定生 1959、1960。池田温 1985A。

2942 **唐开元二十九年（741）西州高昌县欠田簿残片之一**

3×18.2，前、后、上、下残，存 4 行，正、反两面附有糨糊。

🖼 集成壹图版 71。📄 籍帐研究 398 页。集成壹 140 页。📖 西嶋定生 1959、1960。

2943 **唐开元二十九年（741）西州高昌县退田簿残片之一**

12.5×5，后缺，惟骑缝线署有"元"字。

🖼 集成壹图版 42。📄 籍帐研究 416 页。集成壹 140 页。📖 西嶋定生 1959、1960。
池田温 1985A。

2944 **唐天宝二年（743）交河郡市估案 B 种残片之一（物价文书）**

12.5×4，前、后缺，存 2 行，前部可与大谷 3060 号缀合。

🖼 集成壹图版 19。📄 籍帐研究 449 页。集成壹 140 页。📖 西嶋定生 1959、1960。
池田温 1968。

2945 **唐开元二十九年（741）西州高昌县退田簿残片之一**

4.5×11，前、后、上、下残，存 3 行，纸表面附有糨糊。

🖼 集成壹图版 42。📄 籍帐研究 416 页。集成壹 141 页。📖 西嶋定生 1959、1960。
池田温 1985A。

2946 **唐开元二十九年（741）西州高昌县退田簿残片之一**

9×5，后缺，存 1 行，骑缝线署有"元"字。

🖼 集成壹图版 42。📄 籍帐研究 416 页。集成壹 140 页。📖 西嶋定生 1959、1960。
池田温 1985A。

2947 **唐开元二十九年（741）西州高昌县欠田簿残片之一**

15×6，后缺，存 2 行，纸背附有糨糊。

🖼 集成壹图版 71。📄 籍帐研究 398 页。集成壹 141 页。📖 西嶋定生 1959、1960。

2948 **唐开元二十九年（741）西州高昌县给田簿残片之一**

7×6.5，前、后、上、下残，存 2 行，正、反两面附有糨糊，本件与以下的 7 片统
一置于一袋之中。

🖼 集成壹图版 59。📄 西域Ⅱ166 页。西嶋研究 471 页。籍帐研究 432 页。集成壹
141 页。📖 西嶋定生 1959、1960。西村元佑 1959。

2949 **唐开元二十九年（741）西州高昌县欠田簿残片之一**

6×4.3，前缺，上下残，存 2 行，缝背署有"元"字。

🖼 集成壹图版 71。📄 西域Ⅱ307 页。西村研究 321 页。籍帐研究 396 页。集成壹
141 页。📖 西嶋定生 1959、1960。西村元佑 1959。

2950 **唐开元二十九年（741）西州高昌县退田簿残片之一**

4.5×4，前、后缺，存 1 行，残"北渠"2 字，有朱点。

🖼 集成壹图版 41。📄 西域Ⅱ184 页。西嶋研究 532 页。籍帐研究 414 页。集成壹
141 页。📖 西嶋定生 1959、1960。池田温 1985A。

2951 **唐开元二十九年（741）西州高昌县给田簿残片之一**

8×9.5，前、后缺，下部残，存 2 行，纸表面附有糨糊，1 行所记"归（?）给"，
籍帐研究视为退田文书，集成壹视为给田文书，此从集成壹。

图 集成壹图版 59。文 籍帐研究 414 页。集成壹 142 页。参 西嶋定生 1959、1960。

2952 文书残片

7×3.5，存有骑缝线，上署一"思"字。

图 缺。文 集成壹 142 页。参 西嶋定生 1959、1960。

2953 文书残片

8.5×3，前缺，存 1 行，残"二人见"3 字，与大谷 2849 号有关联，纸表面附有糨糊。

图 缺。文 集成壹 142 页。参 西嶋定生 1959、1960。

2954 唐开元二十九年（741）西州高昌县给田簿残片之一

6×3，前、后缺，存 1 行。

图 集成壹图版 59。文 西域Ⅱ166 页。西嶋研究 471 页。籍帐研究 432 页。集成壹 142 页。参 西嶋定生 1959、1960。

2955 唐开元二十九年（741）西州高昌县退田簿残片之一

7×9，前、后缺，存 1 行，残"□将张志斌牒"数字，纸表面附有绿色胡粉。

图 集成壹图版 42。文 籍帐研究 416 页。集成壹 142 页。参 西嶋定生 1959、1960。西村元佑 1959。池田温 1985A。

2956 唐开元二十九年（741）西州高昌县退田簿残片之一

5.5×10，后缺，上下残，存 3 行，表面附有绿底黑线绘画片，本件与以下 5 片统一置于一袋之中。

图 集成壹图版 42。文 西域Ⅱ184 页。西嶋研究 532 页。籍帐研究 414 页。集成壹 142 页。参 西嶋定生 1959。池田温 1985A。

2957 唐天宝四载（745）兵曹残文书

4.2×8.5，后缺，下部残，有洞眼，存 2 行，1 行残"天宝四"3 字，2 行残"兵曹赵"3 字，由大谷 1014、1057、1312、3012 等号所组成的唐天宝四载十至十二月交河郡财务案卷判断，此处"兵曹赵"应即天宝四载交河郡都督府的兵曹参军赵晋阳，本件或为该案卷之一件。

图 缺。文 集成壹 142-143 页。参 西嶋定生 1959。

2958 文书残片

6×2.5，残 2 字，无法识读。

图 缺。文 缺。参 西嶋定生 1959。

2959 文书残片

11×7，前、后缺，正、反两面附有糨糊，有洞眼，存 2 行 2 字。

图 缺。文 集成壹 143 页。参 西嶋定生 1959。

2960 文书残片

2×6，前、后缺，存 1 行 2 字。

图 缺。文 集成壹 143 页。参 西嶋定生 1959。

2961 唐开元二十九年（741）西州高昌县退田簿残片之一

14×3，前缺，存 1 行，骑缝线上署"元"字，缝背有朱署，字不明。

图 集成壹图版 42。文 西嶋研究 532 页。籍帐研究 414 页。集成壹 143 页。参 西嶋定生 1959。池田温 1985A。

2962　唐开元二十九年（741）西州高昌县给田簿残片之一

10.5×16，后缺，上下残，存 4 行，缝背署有"元"字，正、反两面附有糨糊。

图 集成壹图版 59。**文** 西域Ⅱ166 页。西嶋研究 472 页。籍帐研究 430 页。集成壹 143 页。**参** 西嶋定生 1959。周藤吉之 1959。

2963　唐开元二十九年（741）西州高昌县给田簿残片之一

5.5×14，前缺，上下残，存 4 行，缝背署有"元"字，正、反两面附有糨糊。

图 集成壹图版 59。**文** 西域Ⅱ166 页。西嶋研究 472 页。籍帐研究 430 页。集成壹 143 页。**参** 西嶋定生 1959。

2964　唐开元二十九年（741）西州高昌县给田簿残片之一

7×14，前、后缺，下部残，存 4 行，正、反两面附有糨糊，有洞眼三处。

图 集成壹图版 59。**文** 西域Ⅱ166 页。西嶋研究 472-473 页。籍帐研究 427 页。集成壹 144 页。**参** 西嶋定生 1959。大津透等 2003。

2965　唐开元二十九年（741）西州高昌县给田簿残片之一

9×10，前、后、上、下残，存 5 行，正、反两面附有糨糊。

图 集成壹图版 60。**文** 西域Ⅱ166 页。西嶋研究 473 页。籍帐研究 427 页。集成壹 144 页。**参** 西嶋定生 1959。

2966　唐开元二十九年（741）西州高昌县给田簿残片之一

13×7，前、后缺，存 3 行，纸背附有糨糊。

图 集成壹图版 59。**文** 西域Ⅱ166 页。西嶋研究 473 页。籍帐研究 430 页。集成壹 144 页。**参** 西嶋定生 1959。

2967　唐开元二十九年（741）西州高昌县给田簿残片之一

12×3.5，前、后缺，存 2 行，表面一部附有糨糊。

图 集成壹图版 59。**文** 西域Ⅱ167 页。西嶋研究 474 页。籍帐研究 430 页。集成壹 144 页。**参** 西嶋定生 1959。

2968　唐开元二十九年（741）西州高昌县给田簿残片之一

3×12，前、后、上、下残，存 3 行，2、3 行间距 5 厘米，2 行处有黑点。

图 集成壹图版 60。**文** 西域Ⅱ167 页。西嶋研究 474 页。籍帐研究 430 页。集成壹 145 页。**参** 西嶋定生 1959。大津透等 2003。

2969　唐开元二十九年（741）西州高昌县给田簿残片之一

28×17，后缺，上部残，存 4 行，正、反两面附有糨糊。

图 集成壹图版 60。**文** 西域Ⅱ167 页。西嶋研究 474-475 页。籍帐研究 430 页。集成壹 145 页。**参** 西嶋定生 1959。

2970　唐开元二十九年（741）西州高昌县给田簿残片之一

27×7，前缺，存 3 行，缝背署有"元"字。

图 集成壹图版 59。**文** 西域Ⅱ167 页。西嶋研究 475 页。籍帐研究 429 页。集成壹 145 页。**参** 西嶋定生 1959。

2971　唐开元二十九年（741）西州高昌县给田簿残片之一

19×22，后缺，上下残，存 6 行，缝背署有"元"字，正、反两面附有糨糊。

图 西嶋研究图版 16。集成壹图版 60。文 西域Ⅱ167 页。西嶋研究 475-476 页。籍帐研究 430 页。集成壹 145 页。参 西嶋定生 1959、1960。小笠原宣秀、西村元佑 1960。

2972　唐开元二十九年（741）西州高昌县给田簿残片之一

23×8，前、后缺，存 3 行，缝背署有"元"字，正、反两面附有糨糊。

图 集成壹图版 60。文 西域Ⅱ167 页。西嶋研究 476 页。籍帐研究 430 页。集成壹 145-146 页。参 西嶋定生 1959。大津透等 2003。

2973　唐开元二十九年（741）西州高昌县给田簿残片之一

23×8，前、后缺，存 2 行，缝背署有"元"字，表面附有糨糊。

图 西嶋研究图版 16。集成壹图版 60。文 西域Ⅱ167 页。西嶋研究 476-477 页。籍帐研究 427 页。集成壹 146 页。参 西嶋定生 1959。西村元佑 1959。

2974　唐开元二十九年（741）西州高昌县给田簿残片之一

13×24，前、后缺，存 8 行，与大谷 1228、2390、2930 号缀合，表面一部附有白色胡粉，背面附有糨糊。

图 西域Ⅱ图版 13。西嶋研究图版 4。集成壹图版 45。文 西域Ⅱ167-168、170 页。西嶋研究 477 页。籍帐研究 421 页。集成壹 146 页。参 西嶋定生 1959、1960。小笠原宣秀、西村元佑 1960。大津透等 2003。

2975　唐开元二十九年（741）西州高昌县给田簿残片之一

24.2×8.5，后缺，存 2 行，缝背署有"元"字，表面附有糨糊，前部与大谷 1229 号缀合。

图 西嶋研究图版 7。集成壹图版 46。文 西域Ⅱ168 页。西域Ⅲ470 页。西嶋研究 477-478、496 页。籍帐研究 418 页。集成壹 146 页。参 西嶋定生 1959、1960。周藤吉之 1959。

2976　唐开元二十九年（741）西州高昌县给田簿残片之一

21×15.5，后缺，上部残，存 4 行，表面附有糨糊。

图 集成壹图版 60。文 西域Ⅱ168 页。西嶋研究 478 页。籍帐研究 431 页。集成壹 146 页。参 西嶋定生 1959。

2977　唐开元二十九年（741）西州高昌县给田簿残片之一

14×20，前缺，存 6 行，正、反两面附有糨糊，左下部与大谷 2387 号缀合。

图 西域Ⅱ图版 16。西嶋研究图版 6。集成壹图版 54。文 西域Ⅱ168、172 页。西嶋研究 478-479、495 页。籍帐研究 422 页。集成壹 147 页。参 西嶋定生 1959。大津透等 2003。

2978　唐开元二十九年（741）冬西州高昌县给田关系牒之一

8×12.5，后缺，存 4 行，首行题"司户"，4 行残"处分"2 字，正、反两面附有糨糊。

图 集成壹图版 62。文 大谷目二 16 页。籍帐研究 435 页。集成壹 147 页。参 韩国磐 1985。

2979　唐开元二十九年（741）西州高昌县给田簿残片之一

7×19，前、后缺，下部残，存 6 行，正、反两面附有糨糊。

图 集成壹图版 61。**文** 西域 Ⅱ 168 页。西嶋研究 479 页。籍帐研究 428 页。集成壹 147 页。**参** 西嶋定生 1959。

2980 唐开元二十九年（741）冬西州高昌县给田关系牒之一

16.5×11，前缺，存 1 行，残"二十六日"3 字，缝背署字不明，表面附有糨糊。

图 集成壹图版 62。**文** 籍帐研究 435 页。集成壹 137 页。**参** 韩国磐 1985。大津透等 2003。

2981 唐开元二十九年（741）西州高昌县给田簿残片之一

15×21，前、后、上、下残，存 7 行，正、反两面附有糨糊。

图 集成壹图版 61。**文** 西域 Ⅱ 168 页。西嶋研究 479-480 页。籍帐研究 431 页。集成壹 147-148 页。**参** 西嶋定生 1959。西村元佑 1959。小笠原宣秀 1960A。

2982 唐开元二十九年（741）冬西州高昌县给田关系牒之一

15×4，前、后、上、下残，存 2 行，2 行残有"高昌"之词，正、反两面附有糨糊。

图 集成壹图版 62。**文** 籍帐研究 436 页。集成壹 148 页。**参** 韩国磐 1985。

2983 唐开元二十九年（741）西州高昌县给田簿残片之一

19×5，前、后缺，存 1 行，正、反两面附有糨糊。

图 集成壹图版 61。**文** 西域 Ⅱ 168 页。西嶋研究 480 页。籍帐研究 431 页。集成壹 148 页。**参** 西嶋定生 1959。

2984 文书残片

17.8×4.5，存 1 行，正、反两面附有糨糊。

图 缺。**文** 集成壹 148 页。**参**

2985 唐开元二十九年（741）冬西州高昌县给田关系牒之一

9.5×14，后缺，存 1 行，残"牒检案连"4 字，表面附有糨糊。

图 集成壹图版 62。**文** 籍帐研究 436 页。集成壹 148 页。**参** 韩国磐 1985。

2986 唐开元二十九年（741）西州高昌县给田簿残片之一

6×12.5，前、后缺，下部残，存 4 行，正、反两面附有糨糊。

图 集成壹图版 61。**文** 西域 Ⅱ 168 页。西嶋研究 480-481 页。籍帐研究 428 页。集成壹 148 页。**参** 西嶋定生 1959。

2987 唐开元二十九年（741）西州高昌县给田簿残片之一

12×10，后缺，存 3 行，背面附有糨糊，2 行"尚"字原为墨书，后改为朱书。

图 集成壹图版 61。**文** 西域 Ⅱ 169 页。西嶋研究 481 页。籍帐研究 428 页。集成壹 149 页。**参** 西嶋定生 1959。大津透等 2003。

2988 唐开元二十九年（741）西州高昌县给田簿残片之一

11×3.5，前缺，存 1 行，缝背署有"元"字。

图 集成壹图版 61。**文** 西域 Ⅱ 169 页。西嶋研究 481 页。籍帐研究 431 页。集成壹 149 页。**参** 西嶋定生 1959。大津透等 2003。

2989 唐官府文书残片

7.5×12，前、后、上、下残，存 4 行，残存数字，2 行残一"付"字，正、反两面附有糨糊。

图 缺。文 集成壹 149 页。参

2990 唐开元二十九年（741）西州高昌县退田簿残片之一

5×23.5，前、后缺，下部残，存 7 行，与大谷 2376 号为同一书体。

图 西域Ⅱ图版 27。西嶋研究图版 21。集成壹图版 41。文 西域Ⅱ184、191 页。西嶋研究 533、551-552 页。籍帐研究 400 页。集成壹 149 页。参 西嶋定生 1959。池田温 1985A。

2991 文书残片

17×3，前、后缺，1 行存一"连"字，表面附有糨糊。

图 缺。文 集成壹 149 页。参

2992 唐天宝四载（745）交河郡残文书

17×13，后缺，下部残，存 5 行，表面一部附有白色胡粉，1 行残"天宝四"3 字，3 行提及"郡司"，当指交河郡。

图 缺。文 大谷目二 17 页。集成壹 150 页。参

2993 唐开元二十九年（741）西州高昌县给田簿残片之一

26×15，前、后、上、下残，存 3 行，表面附有糨糊。

图 集成壹图版 61。文 西域Ⅱ169 页。西嶋研究 481-482 页。籍帐研究 427 页。集成壹 150 页。参 西嶋定生 1959。

2994 唐开元二十九年（741）西州高昌县给田簿残片之一

5.5×16，后缺，存 2 行，背面附有糨糊。

图 集成壹图版 61。文 西域Ⅱ169 页。西嶋研究 482 页。籍帐研究 432 页。集成壹 150 页。参 西嶋定生 1959。小笠原宣秀 1960A。

2995 唐开元二十九年（741）西州高昌县退田簿残片之一

6×7.5，前、后、上、下残，存 2 行，与大谷 2376（2）、2990 号有关联。

图 西嶋研究图版 21。集成壹图版 42。文 西域Ⅱ184 页。西嶋研究 533 页。籍帐研究 400 页。集成壹 150 页。参 西嶋定生 1959。池田温 1985A。

2996 唐开元二十九年（741）西州高昌县退田簿残片之一

16×15.5，后缺，存 4 行，正、反两面附有糨糊，2 行记"右件人地漏剩令退，请处……"，3 行记"状如前，谨牒"，4 行残一"开"字。

图 集成壹图版 42。文 大谷目二 18 页。西域Ⅱ185 页。西嶋研究 534。籍帐研究 415-416 页。集成壹 150-151 页。参 西嶋定生 1959。池田温 1985A。大金富雄 1988。赵吕甫 1989。

2997 无字残片

16×26，被剪裁的无字残片，正、反两面附有糨糊。

图 缺。文 无。参

2998 武周天授二年（691）腊月西州天山县状上州为欠送炭车脚价事

25.5×19.5，后缺，存 7 行，有武周新字，1 行为"天山县　状上州"，7 行署"天授二年腊月"。

图 集成壹图版 22。文 大谷目二 18 页。池田温 1973B，102 页。集成壹 151 页。王

永兴校注 88-89 页。**参** 小田义久 1962、1985A。池田温 1973B。

2999 **唐天宝某年六月司兵张诜牒为访捉逃兵未获请给公验事**

27.5×16，前、后缺，存 7 行，背面附有绘画片，5 行署"天宝……月 日　司兵张诜牒"，6 行同署者为"子将果毅王景仙"，7 行为"付司，元宪示"，按"元宪"乃天宝二年前后西州高昌县县令，本件年代应与此相当。

图 集成壹图版 97。**文** 大谷目二 18-19 页。西域Ⅲ100-101 页。集成壹 151 页。刘安志 1997A，127-128 页。**参** 内藤乾吉 1960。程喜霖 1985。刘安志 1997A。

3000 **唐天宝二年（743）交河郡高昌县访捉碛西逃兵樊游俊案卷之一**

26.5×12.5，前、后缺，存 6 行，表面一部附有灰色胡粉，5 行署"七月　日　史阴敬"，6 行残记"碛西逃兵樊"，本件与大谷 1017、1018、1024 诸号同为一个案卷。

图 集成壹图版 21。**文** 大谷目二 19 页。西域Ⅲ99、157 页。集成壹 151 页。**参** 小笠原宣秀 1959。内藤乾吉 1960。小笠原宣秀、西村元佑 1960。刘安志 1997A。

3001 **唐天宝某年交河郡高昌县访捉逃兵未获残牒文**

21.6×14，前、后缺，存 4 行，2 行残"子细访捉，并无此色可言"数字，4 行残"天宝"2 字。

图 集成贰图版 57。**文** 大谷目二 19 页。西域Ⅲ156 页。集成贰 1 页。刘安志 1997A，127 页。**参** 小笠原宣秀、西村元佑 1960。刘安志 1997A。

3002 **唐天宝二年（743）交河郡高昌县访捉逃兵刘德才、任顺儿、梁日新案卷之一**

23×16.5，后缺，存 5 行，首行存"状上"2 字，2 行似残一"才"字，下有两笔粗墨，4 行内容为"承县司捉得，今欲赴北庭，请"，"今"字右边附有绘画片。本件与大谷 1410、1409、2377、3379、3128 诸号同为一个案卷。

图 集成贰图版 57。**文** 大谷目二 19 页。西域Ⅲ156 页。集成贰 1 页。**参** 小笠原宣秀、西村元佑 1960。西北军事研究 347-352 页。刘安志 1997A。

3003 **唐官文尾习书**

28×7，后缺，存 2 行，1 行为"司户件状如前，关至准状，谨关"，2 行为"……件状如前，以状牒，牒至准状，谨牒"，当为习书。

图 缺。**文** 集成贰 1 页。**参**

3004 **唐天宝某载交河郡府史张惟谦残牒文**

12×8，前、后缺，存 1 行，残"张惟谦牒"4 字，按张惟谦，据大谷 3010、4897、4903、4909 诸号，天宝四载（716）时为交河郡仓曹府史，本件年代亦应相当。

图 集成贰图版 25。**文** 中田笃郎 1985，176 页。集成贰 1 页。西北军事研究 334 页。**参** 中田笃郎 1985。西北军事研究 327-339 页。大津透等 2003。

3005 **唐天宝某载交河郡兵曹残文书**

10.5×13，前、后缺，下部残缺，存 3 行，1 行残"兵曹"2 字。

图 集成贰图版 49。**文** 西域Ⅲ165 页。集成贰 1 页。西北军事研究 333 页。**参** 小笠原宣秀、西村元佑 1960。西北军事研究 327-339 页。

3006 **唐开元二十九年（741）冬西州高昌县给田关系牒之一**

10×15，下部、后部残缺，存 4 行，前部缝上署有"元"字。

图 集成贰图版 42。文 籍帐研究 433 页。集成贰 2 页。参 大津透等 2003。

3007　唐残状文

19.5×8，后缺，左部剪成半圆形，纸背附有绘画片，1 行存"状上"2 字，2 行残"拾硕"2 字。

图 集成贰图版 27。文 集成贰 2 页。参

3008　唐开元二十九年（741）西州高昌县退田簿残片之一

15×11.5，上部、后部残缺，存 2 行，缝背署为"元"字，纸背有"公"字，2 行存"年四月　日　里正孙鼠居牒"。

图 集成贰图版 40。文 大谷目二 20 页。西嶋研究 560 页。籍帐研究 417 页。集成贰 2 页。参 西嶋定生 1959。杨联陞 1962。

3009　唐天宝某载交河郡典麴训□残牒文（休胤文书）

28.5×28.5，前缺下残，存 3 行，2 行残存"典麴训□……"，3 行为"录状过太守。六日，休胤"。

图 西域Ⅱ图版 47。集成贰图版 25。文 大谷目二 20 页。西域Ⅲ 164 页。中田笃郎 1985，162 页。集成贰 2 页。西北军事研究 328 页。参 小笠原宣秀、西村元佑 1960。中田笃郎 1985。西北军事研究 327-339 页。

3010　唐天宝四载（745）十一月交河郡府张惟谦牒为蒲昌县典李小仙纳天宝三载税钱事残片之一（休胤文书）

15×14，前、后缺，前有骑缝线，署有"休"字，上部与大谷 4897 号缀合，缀合后存 4 行，1 行内容为"蒲昌县典李小仙纳天宝三载税钱叁阡陆佰贰拾柒文"，2 行为"右件钱会历先纳讫"，4 行为"天宝四载十一月　日府张惟谦牒"。

图 西域Ⅱ图版 47。西域Ⅲ图版 26。集成贰图版 26。文 大谷目二 21 页。西域Ⅲ 164、237 页。中田笃郎 1985，162 页。王永兴校注 528 页。集成贰 2 页。西北军事研究 330 页。参 小笠原宣秀、西村元佑 1960。周藤吉之 1960。中田笃郎 1985。西北军事研究 327-339 页。大津透等 2003。

3011　唐天宝某载（745）交河郡高惟仙纳阙官钱文书（休胤文书）

28.8×7，后缺，存 2 行，缝背署有"休"字。1 行为"高惟仙纳阙官钱伍阡文。休胤"，2 行为"右件钱十月二十四日送到"。

图 西域Ⅱ图版 47。集成贰图版 26。文 大谷目二 21 页。西域Ⅲ 164、238 页。中田笃郎 1985，163 页。集成贰 3 页。西北军事研究 329 页。参 小笠原宣秀、西村元佑 1960。周藤吉之 1960。中田笃郎 1985。西北军事研究 327-339 页。

3012　唐天宝某载交河郡禄直练文书（休胤文书）

14×26，后缺，上下残，存 6 行，缝背署有"休"字，2 行提及"禄直练"、"赵兵曹"，"赵兵曹"又见于大谷 1057、3496 号，即天宝四载的交河郡兵曹参军赵晋阳；4 行残"请处分。休胤"数字。

图 西域Ⅲ图版 18。集成贰图版 26。文 大谷目二 2 页。西域Ⅲ 163 页。中田笃郎 1985，163 页。集成贰 3 页。西北军事研究 331 页。参 小笠原宣秀、西村元佑 1960。中田笃郎 1985。西北军事研究 327-339 页。

3013　唐天宝某载交河郡氾磨伽负张惟谦钱残文书（休胤文书）

21×9.2，后缺，存3行，1行残记"氾磨伽负张惟谦钱壹阡文。休胤"。

图 集成贰图版26。文 大谷目二21页。西域Ⅲ164页。中田笃郎1985，164页。集成贰3页。西北军事研究334页。参 小笠原宣秀、西村元佑1960。中田笃郎1985。西北军事研究327-339页。

3014 唐天宝某载交河郡兵曹料钱残文书（休胤文书）

14.5×10.5，上部、后部残缺，缝背署有"休"字，1行记"……阡玖佰壹拾肆文。休胤"，2行记"……兵曹十一月料"。

图 集成贰图版26。文 大谷目二21页。西域Ⅲ164页。中田笃郎1985，164页。集成贰3页。西北军事研究332页。参 小笠原宣秀、西村元佑1960。中田笃郎1985。西北军事研究327-339页。

3015 残文书

8.7×11.5，前、后缺，下部亦缺，存3行，1行残一"四"字，2行"康"字右边有黑点，当是人名，3行残"四人□"3字。文书似为一番役名籍。

图 集成贰图版52。文 集成贰3页。参

3016 唐西州卫士征镇名籍之一

10.5×11.6，后缺，存3行，与大谷3028、3029号缀合。缀合后存15行，前9行所记人名右边有黑点，10行记"一十二人送马往龟兹"，14行记"二十一人崑丘道行"。据黄惠贤氏考证，本件年代当在垂拱年间。

图 西域Ⅲ图版12。集成贰图版50。大谷研究图版13。文 西域Ⅲ142页。集成贰4页。参 小笠原宣秀、西村元佑1960。菊池英夫1960。黄惠贤1983。

3017 唐西州卫士征镇名籍残片

17.8×9.4，前、后缺，存3行，1行记"二人濛池军差……"，3行记"二十二人差送……"。

图 集成贰图版54。文 西域Ⅲ142页。集成贰4页。参 小笠原宣秀、西村元佑1960。菊池英夫1961。张广达1988。

3018 某物疋、丈支与、出卖得钱残文书

15.8×10.2，前、后缺，存5行，2、3行俱书"二丈与……"，4行存"一疋出卖得钱六百□"数字。

图 集成贰图版62。文 大谷目二22页。集成贰4页。参

3019 唐西州蒲昌府卫士番上、给复名籍之一

17.7×12.8，后缺，存5行，前部与大谷3026号缀合。2行记"一人方亭戍上往"，3行记"旅帅康守洛"，4行记"二人大角"。按方亭戍是蒲昌府辖区内之一戍，又与此缀合的大谷3026号中记有"二人给复"，知文书系蒲昌府卫士番上、给复名籍。

图 西域Ⅲ图版11。集成贰图版54。文 西域Ⅲ144页。集成贰4页。参 小笠原宣秀、西村元佑1960。菊池英夫1960。小田义久1990。

3020 唐垂拱四年（688）九月西州某团牒为通当团第二番兵破除、见上事

18.2×21.3，前、后缺，存9行，3行记"三人见上"，7行为"牒件通当团第二番兵破除、（见上）"，9行署"垂拱四年九月"。

图 西域Ⅱ图版 46。集成贰图版 54。文 大谷目二 22-23 页。西域Ⅲ154 页。集成贰 5 页。参 小笠原宣秀 1959。小笠原宣秀、西村元佑 1960。菊池英夫 1964。小田义久 1990。

3021　唐西州卫士征镇、逃走名籍之一

24.2×25.5，前缺，存 10 行，后部与大谷 3027 号缀合，所记人名右边有黑点，纸背周围附有白色涂料，上部附有朱色涂料。1 行记"二十七人救援龟兹"，8 行记"四十三人逃走"。

图 西域Ⅱ图版 46。西域Ⅲ图版 13。集成贰图版 53。大谷研究图版 12。文 大谷目二 23 页。西域Ⅲ142 页。集成贰 5 页。参 小笠原宣秀、西村元佑 1960。菊池英夫 1960。黄惠贤 1983。

3022　唐残牒

27.5×5，后缺，存 2 行，1 行存贾庆友、范延伯等 4 人人名，2 行残"谨牒"2 字。

图 集成贰图版 53。文 西域Ⅲ144 页。集成贰 5 页。参 小笠原宣秀、西村元佑 1960。

3023　唐西州卫士残名籍

20.2×2.7，前缺，存 1 行，所记有高才吉、氾德达、李圈德等人名，人名右边有黑点。据书道博物馆所藏历史文书 25 号，李圈德在垂拱四年九月的身份是卫士，知本件当为卫士名籍，年代亦相去不远。

图 集成贰图版 50。文 西域Ⅲ144 页。集成贰 5 页。参 小笠原宣秀、西村元佑 1960。

3024　唐和子达等残名籍

27.5×3.6，前、后缺，存 2 行，1 行列和子达、索孝通等人名，本件似为卫士名籍。

图 集成贰图版 50。文 西域Ⅲ144 页。集成贰 6 页。参 小笠原宣秀、西村元佑 1960。

3025　唐西州卫士分番名簿

18.4×20.6，后缺，存 9 行，1 行记"二十五人分番"，2 行记"校尉杨古峻、队正辛君贞、队副安□□"，3 行记"卫士赵□□、令狐海隆、阚祐洛、李……"，"阚祐洛"一名又见于大谷 2372 号，乃高昌县人；4-7 行记左昌子、和护军、白鸡仁等人名，8 行称"右□司马胡泰等牒"，9 行存"今月一日"。所有人名右边有黑点，左昌子、孙寅住、和护军、杨大智等人名旁还记有一"去"字，安伏力旁有"守府"2 字。本件似为前庭府卫士分番名簿。

图 西域Ⅲ图版 11。集成贰图版 51。文 大谷目二 24 页。西域Ⅲ140-141 页。集成贰 6 页。参 周藤吉之 1959。小笠原宣秀、西村元佑 1960。日比野丈夫 1963。小田义久 1990。陈国灿 2003B。

3026　唐西州蒲昌府卫士番上、给复名籍之二

19×18.5，前缺，存 7 行，后部与大谷 3019 号缀合。1 行记"□□人差送讫"，2-6 行记朱石师、张元海、安末奴等人名，人名右边皆有黑点，其中"安末奴"又见于中国历史博物馆所藏《唐载初元年（689）三月某团卫士安末奴等欠十驮马价凭》（Y860），本件年代应与此相当。7 行记"二人给福（复）"。

圝 西域Ⅲ图版 11。集成贰图版 54。図 西域Ⅲ143-144 页。集成贰 6 页。叁 周藤吉之 1959。小笠原宣秀、西村元佑 1960。菊池英夫 1960。

3027　唐西州卫士征镇、逃走名籍之二

24×16.3，存 5 行，前部与大谷 3021 号缀合，所记人名右边有黑点，纸背周围附有白色涂料，上部附有朱色涂料。所记人名有张申相、李武信、竹辰才、杨君集、白薄达等 25 人。

圝 西域Ⅲ图版 13。集成贰图版 53。大谷研究图版 12。図 西域Ⅲ142-143 页。集成贰 6-7 页。叁 小笠原宣秀、西村元佑 1960。菊池英夫 1960。黄惠贤 1983。

3028　唐西州卫士征镇名籍之二

23.7×29.2，前缺，存 11 行，后部与大谷 3029、3016 号缀合。1-9 行记康牛知你潘、高贞洛、竹文弘等 41 人人名，10 行记"一十二人送马往龟兹"，11 行记范守海、张行通等人名，所记人名旁皆有黑点。

圝 西域Ⅲ图版 12。集成贰图版 50。大谷研究图版 13。図 西域Ⅱ345 页。西域Ⅲ142 页。集成贰 7 页。叁 小笠原宣秀、西村元佑 1960。菊池英夫 1960。黄惠贤 1983。

3029　唐西州卫士征镇名籍之三

15.3×11.4，后缺，存 4 行，前部与大谷 3028 号缀合，下部与大谷 3016 号缀合。1-2 行记曹知尸多、左通行等人名，2 行记"十一人崑丘（道行）"，人名旁皆有黑点。

圝 西域Ⅲ图版 12。集成贰图版 50。大谷研究图版 13。図 西域Ⅲ142 页。集成贰 7 页。叁 小笠原宣秀、西村元佑 1960。菊池英夫 1960。黄惠贤 1983。

3030　唐西州蒲昌府卫士番上配注仗身、守府番佐及送上名簿

24.5×31.5，前缺，存 11 行，1 行记"六人来月一日方亭戍上"，2-3 行记队正贾建通、卫士曹畔洛、张白狐等 6 人人名，右边皆有黑点；4 行记"二人充来月一日当上右果毅囗"，6 行记"十四人配注仗身、守府番佐及送上……"，7 行记"五人填折冲九月十六日仗身……"，9 行记"四人填右果毅九月十六日仗……"，11 行记"五人填员外折冲康延八月一日仗身"。据 1 行所记"方亭戍"，本件应为蒲昌府卫士配注番役名簿。

圝 西域Ⅲ图版 14。集成贰图版 51。図 大谷目二 25 页。西域Ⅲ146 页。王永兴校注 671-672 页。集成贰 7-8 页。叁 周藤吉之 1959。小笠原宣秀、西村元佑 1960。菊池英夫 1961、1969-1970。黄惠贤 1990。

3031　唐开元二十九年（741）西州高昌县退田簿残片之一

5.5×11，前、后缺，上部残，存 3 行，记四至方位及人名。

圝 集成贰图版 40。図 西域Ⅱ185 页。西嶋研究 534 页。籍帐研究 414 页。集成贰 8 页。叁 西嶋定生 1959。

3032（1）　唐天宝二年（743）交河郡市估案 A 种残片之一（物价文书）

7.5×3，前、后缺，存 2 行，附有绘画片。据池田温氏整理研究，所有物价文书分为 A、B 两种：A 种为某月十四日 "市司牒上郡仓曹司" 的估案，B 种为某月二十八日 "市司牒上郡仓曹司" 的估案。本件即属 A 种。以下有关物价文书的定名、分类即依此。

图 集成贰图版 10。文 籍帐研究 460 页。集成贰 8 页。参 仁井田陞 1960。三木荣 1964。

3032（2）　唐天宝二年（743）交河郡市估案 B 种残片之一

3.5×9.3，前、后缺，存 4 行。

图 集成贰图版 10。文 籍帐研究 462 页。集成贰 8 页。参 仁井田陞 1960。

3033　唐天宝二年（743）交河郡市估案 A 种残片之一（物价文书）

11.5×9，前、后缺，存 4 行，2 行记 "桂心壹两　上直钱玖文……"，3 行记 "花烟支壹两　上直钱玖拾文……"。

图 集成贰图版 17。文 西域Ⅲ209 页。籍帐研究 457-458 页。集成贰 8 页。参 仁井田陞 1960。三木荣 1964。池田温 1968。

3034　唐天宝二年（743）交河郡市估案 B 种残片之一（物价文书）

17.5×9.5，前、后缺，存 5 行，5 行处有官印，左上部与大谷 3825 号缀合。列有练、絁等一匹的上、中、下三种价格。

图 集成贰图版 17。文 籍帐研究 448 页。集成贰 8 页。参 池田温 1968。

3035　唐天宝二年（743）交河郡市估案 B 种残片之一（物价文书）

14.5×8，后部、上部缺，存 3 行，缝背署有 "惟" 字，纸背钤有 "交河郡都督府之印"，所记为某些物品的上、中、下三种价格。

图 集成贰图版 17。文 籍帐研究 448 页。集成贰 9 页。参 池田温 1968。

3036　唐天宝二年（743）交河郡市估案 B 种残片之一（物价文书）

15.5×12，前部、下部缺，存 7 行，后部与大谷 3450 号缀合，所记为 "朱沙壹两"、"石碌壹两"、"空青壹两"、"铜碌壹两" 等物品的上、中、下三种价格。其中 "空青" 一名又见于大谷 3081 号。

图 集成贰图版 17。文 西域Ⅲ209 页。籍帐研究 458 页。集成贰 9 页。参 仁井田陞 1960。三木荣 1964。池田温 1968。

3037　唐天宝二年（743）交河郡市估案 A 种残片之一（物价文书）

8.5×12.5，前部、上部缺，存 5 行，下部与大谷 3079 号缀合，纸背附有深灰色涂料。

图 集成贰图版 17。文 籍帐研究 459-460 页。集成贰 9 页。参 池田温 1968。

3038　唐天宝二年（743）交河郡市估案 A 种残片之一（物价文书）

14×7.5，前、后缺，上、下残，存 3 行，2 行处附有红色涂料。

图 集成贰图版 17。文 籍帐研究 458 页。集成贰 9 页。参 池田温 1968。

3039　唐天宝二年（743）交河郡市估案 A 种残片之一（物价文书）

8.1×9.5，后部、上部残缺，存 3 行，缝背署有 "惟" 字，纸背接合处残 "交河郡都督府之印" 半方，本件与大谷 3076 号有关联。

图 集成贰图版 17。文 籍帐研究 458 页。集成贰 10 页。参 池田温 1968。

3040　唐天宝二年（743）交河郡市估案 A 种残片之一（物价文书）

10×7.5，前、后缺，下部残，存 3 行，2 行处钤有"交河郡都督府之印"。所记有"鞢绦壹具"、"细鞋壹量"、"次鞋壹量"的上直。

图 集成贰图版 18。文 西域Ⅲ209 页。籍帐研究 450 页。集成贰 10 页。参 仁井田陞 1960。池田温 1968。

3041 唐天宝二年（743）交河郡市估案 A 种残片之一（物价文书）

11.7×20.4，前、后、上、下残缺，存 7 行，纸背附有绘画断片，所记量词有胜、合。

图 集成贰图版 18。文 籍帐研究 447-448 页。集成贰 10 页。参 池田温 1968。

3042 唐天宝二年（743）交河郡市估案 B 种残片之一（物价文书）

14×12.5，前、后、下部残缺，存 6 行，记"散米壹胜"、"通草一枚"等的价格，其中"散米"又见于大谷 3436 号。

图 集成贰图版 10。文 大谷目二 27 页。西域Ⅲ209 页。籍帐研究 459 页。集成贰 10 页。参 仁井田陞 1960。池田温 1968。

3043 唐天宝二年（743）交河郡市估案 B 种残片之一（物价文书）

10.5×10.5，前、后、上部残缺，存 4 行，剪成圆形，纸背有官印。

图 集成贰图版 10。文 籍帐研究 461 页。集成贰 11 页。参 池田温 1968。

3044 唐天宝二年（743）交河郡市估案 A 种残片之一（物价文书）

15×5.5，前缺，存 2 行，后部、下部与大谷 3083、3048 号缀合，纸背附有深灰色涂料。1 行记"□布行"，2 行记"常州布壹端"的上、中、下三种价格。

图 集成贰图版 20。文 西域Ⅲ209 页。籍帐研究 449 页。集成贰 11 页。参 仁井田陞 1960。池田温 1968。孔祥星 1982B。

3045 唐天宝二年（743）交河郡市估案 A 种残片之一（物价文书）

21×9，后缺，存 2 行，前部与大谷 3097 号缀合，纸背有官印，1、2 行所记中价右边有朱点。记有"缦紫壹疋"、"缦绯壹疋"等的上、中、下三种价格。

图 集成贰图版 20。文 大谷目二 28 页。西域Ⅲ209 页。籍帐研究 448 页。集成贰 11 页。参 仁井田陞 1960。池田温 1968。孔祥星 1982B。

3046 唐天宝二年（743）交河郡市估案 B 种残片之一（物价文书）

21×9，前、后、下部缺，存 3 行，纸背附有深灰色涂料及绘画片。所记为"白柽炭壹斤"、"赤柽炭壹斤"等的价格。

图 集成贰图版 10。文 大谷目二 28 页。西域Ⅲ209 页。籍帐研究 453 页。集成贰 11 页。参 仁井田陞 1960。池田温 1968。

3047 唐天宝二年（743）交河郡市估案 B 种残片之一（物价文书）

27×6，前缺，存 4 行，后部与大谷 3066 号缀合。3、4 行分记"益州半臂段壹"、"绯高布衫段壹"等的上、中、下三种价格。

图 集成贰图版 10。文 西域Ⅲ209 页。籍帐研究 450 页。集成贰 11 页。参 仁井田陞 1960。池田温 1968。孔祥星 1982B。

3048 唐天宝二年（743）交河郡市估案 A 种残片之一（物价文书）

13.3×6.3，前缺，存 2 行，上部、后部与大谷 3044、3083 号缀合。两面附有深灰色涂料。

图 集成贰图版20。**文** 籍帐研究449页。集成贰12页。**参** 池田温1968。孔祥星1982B。

3049　唐天宝二年（743）交河郡市估案 B 种残片之一（物价文书）

21×6.5，前、后缺，存3行，纸背附有绘画片。记有"新兴苇壹束"、"苜蓿春菱壹束"的上、中、下三种价格。

图 集成贰图版20。**文** 大谷目二28页。西域Ⅲ209页。籍帐研究453页。集成贰12页。**参** 仁井田陞1960。池田温1968。

3050　唐天宝二年（743）交河郡市估案 B 种残片之一（物价文书）

27×9，前、后缺，存4行，纸背有官印，附有深灰色涂料及绘画片。记"轻粉"、"朱粉"、"胡桃瓤"的上、中、下三种价格。

图 集成贰图版11。**文** 西域Ⅲ209页。籍帐研究458页。集成贰12页。**参** 仁井田陞1960。三木荣1964。池田温1968。

3051　唐天宝二年（743）交河郡市估案 A 种残片之一（物价文书）

28×5，存2行，后部与大谷3057号缀合，纸背附有绘画片。记"次绵䌷壹尺"、"庵绵䌷"等的上、中、下三种价格。

图 籍帐研究插图64，449页。集成贰图版21。**文** 大谷目二29页。西域Ⅲ209页。籍帐研究450页。集成贰12页。**参** 仁井田陞1960。池田温1968。孔祥星1982B。

3052　唐天宝二年（743）交河郡市估案 B 种残片之一（物价文书）

25.5×4，前缺，存2行，纸表面附有深灰色及红色涂料，缝背署有"惟"字，纸背纸缝残印文为"督府之印"。所记有"春白羊毛壹斤"的价格。

图 集成贰图版11。**文** 西域Ⅲ209页。籍帐研究450页。集成贰12页。**参** 仁井田陞1960。池田温1968。

3053　唐天宝二年（743）交河郡市估案 B 种残片之一（物价文书）

28.5×5.5，前、后缺，存2行，纸背附有深灰色涂料。2行记"钢壹两 上直钱玖文……"。

图 籍帐研究插图64，452页。集成贰图版11。**文** 西域Ⅲ209-210页。籍帐研究451-452页。集成贰13页。**参** 仁井田陞1960。池田温1968。

3054　唐天宝二年（743）交河郡市估案 B 种残片之一（物价文书）

27.5×8，前、后缺，存3行，纸背附有深灰色涂料及绘画片，钤有"交河郡都督府印"。1行署"果子行"，2、3行分记"乾蒲萄壹胜"、"大枣壹胜"的价格。

图 西域Ⅲ图版22。集成贰图版11。**文** 大谷目二29页。西域Ⅲ210页。籍帐研究448页。集成贰13页。**参** 仁井田陞1960。三木荣1964。池田温1968。

3055　唐天宝二年（743）交河郡市估案 A 种残片之一（物价文书）

28.5×3.3，后缺，存2行，前部与大谷3058号缀合。1行记"□椀壹枚"的价格。

图 集成贰图版18。**文** 西域Ⅲ210页。籍帐研究451页。集成贰13页。**参** 仁井田陞1960。池田温1968。

3056　唐天宝二年（743）交河郡市估案 B 种残片之一（物价文书）

28.5×7.5，前缺，存4行，有官印，纸背附有深灰色涂料，后部与大谷3071号缀合。1-3 行记 "偏桃人"、"没老子"、"石蜜" 等各壹两的价格。

圖 集成贰图版 11。文 大谷目二 29-30 页。西域Ⅲ210 页。籍帐研究 457 页。集成贰 13 页。參 仁井田陞 1960。三木荣 1964。池田温 1968。

3057　唐天宝二年（743）交河郡市估案 A 种残片之一（物价文书）

28.5×9，存 3 行，前、后与大谷 3051、3080 号缀合，有官印，纸背附有茶色绘画片。所记为 "麄绵"、"细㧉"、"次㧉" 的价格。

圖 籍帐研究插图 64，449 页。集成贰图版 21。文 大谷目二 30 页。西域Ⅲ210 页。籍帐研究 450 页。集成贰 13 页。參 仁井田陞 1960。池田温 1968。赵冈 1977。孔祥星 1982B。

3058　唐天宝二年（743）交河郡市估案 A 种残片之一（物价文书）

27×4，前缺，存 2 行，纸背有官印，后部与大谷 3055 号缀合。1 行记 "大屈椀壹枚" 的价格。

圖 集成贰图版 18。文 大谷目二 30 页。西域Ⅲ210 页。籍帐研究 451 页。集成贰 14 页。參 仁井田陞 1960。池田温 1968。

3059　唐天宝二年（743）交河郡市估案 B 种残片之一（物价文书）

28.5×9，后缺，存 5 行，有官印，前部与大谷 3437 号缀合。4、5 行记 "燋割壹尺"、"杂色鞍褥表壹" 的价格。

圖 集成贰图版 12。文 西域Ⅲ210 页。籍帐研究 449 页。集成贰 14 页。參 仁井田陞 1960。池田温 1968。孔祥星 1982B。

3060　唐天宝二年（743）交河郡市估案 B 种残片之一（物价文书）

28.5×12，前、后缺，存 5 行，1 行记 "小绵壹屯" 的价格，2 行署 "綵帛行"，3 行记 "紫熟绵绫壹尺" 的价格，后部可与大谷 2944 号文书缀合。

圖 西域Ⅲ图版 22。集成贰图版 21。文 西域Ⅲ210 页。籍帐研究 449 页。集成贰 14 页。參 仁井田陞 1960。池田温 1968。孔祥星 1982B。

3061　唐天宝二年（743）交河郡市估案 A 种残片之一（物价文书）

23.4×3.7，前、后缺，存 2 行，1 行记 "□磨勒壹两" 的价格。

圖 集成贰图版 18。文 西域Ⅲ210 页。籍帐研究 457 页。集成贰 14 页。參 仁井田陞 1960。池田温 1968。孔祥星 1982B。

3062　唐天宝二年（743）交河郡市估案 B 种残片之一（物价文书）

24×5.8，前缺，存 3 行，纸背有官印，附有深灰色涂料及绘画片。所记为 "流蜜"、"笋" 等的价格。

圖 集成贰图版 12。文 西域Ⅲ210 页。籍帐研究 448 页。集成贰 14 页。參 仁井田陞 1960。三木荣 1964。池田温 1968。

3063　唐天宝二年（743）交河郡市估案 B 种残片之一（物价文书）

27×5，后缺，存 2 行，前部与大谷 3413 号缀合，所记为 "麹末"、"豆黄" 等的价格。

圖 集成贰图版 12。文 西域Ⅲ210 页。籍帐研究 447 页。集成贰 15 页。參 仁井田陞 1960。池田温 1968。

3064　唐天宝二年（743）交河郡市估案 B 种残片之一（物价文书）

27.5×5.5，存2行，纸背有官印，附有深灰色涂料，缝背署有"惟"字，前后与大谷3070、3082号缀合。1、2行分记"釜壹口三斛盛"与"釜壹口五斛盛"的价格。

图西域Ⅲ图版22。籍帐研究插图64，453页。集成贰图版13。文大谷目二31页。西域Ⅲ210页。籍帐研究452页。集成贰15页。参仁井田陞1960。池田温1968。

3065 唐天宝二年（743）交河郡市估案B种残片之一（物价文书）

28×5，前缺，存2行，缝背署有"惟"字，有官印，后部与大谷3413号缀合，所记为"麦酢壹勝"、"糠酢壹勝"的价格。

图集成贰图版12。文大谷目二31页。西域Ⅲ210页。籍帐研究447页。集成贰15页。参仁井田陞1960。池田温1968。

3066 唐天宝二年（743）交河郡市估案B种残片之一（物价文书）

28.5×7，后缺，存4行，纸背有官印，前部与大谷3047号缀合，2、3行分记"紫高布衫段壹"、"帛高布衫段壹"的价格。

图集成贰图版10。文大谷目二31页。西域Ⅲ210页。籍帐研究450页。集成贰15页。参仁井田陞1960。池田温1968。孔祥星1982B。武敏1984。

3067 唐天宝二年（743）交河郡市估案B种残片之一（物价文书）

28.5×4，前、后缺，存2行，纸背附有深灰色涂料及绘画片，1行记"皮裘壹领"的价格。

图集成贰图版14。文大谷目二31页。西域Ⅲ210页。籍帐研究450页。集成贰15页。参仁井田陞1960。池田温1968。

3068 唐开元二十九年（741）西州高昌县退田簿残片之一

20×8，前缺，存3行，1、2行间署朱书"同惟"，记有段亩及四至方位。

图集成贰图版40。文西域Ⅲ185页。西嶋研究534-535页。籍帐研究407页。集成贰16页。参西嶋定生1959。

3069 唐天宝二年（743）交河郡市估案B种残片之一（物价文书）

28.5×7，前、后缺，存3行，纸表钤有"交河郡都督府之印"，纸背附有绘画小片，所记有禾草、麃箄、粪等的价格。

图集成贰图版14。文大谷目二31-32页。西域Ⅲ210-211页。籍帐研究453页。集成贰16页。参仁井田陞1960。池田温1968。

3070 唐天宝二年（743）交河郡市估案B种残片之一（物价文书）

28.5×6.5，存3行，纸背有官印，前后与大谷3100、3064号缀合，1、2行记"复带快头"、"铁末"的价格，3行署"锴釜行"。

图西域Ⅲ图版22。籍帐研究插图64，453页。集成贰图版13。文大谷目二32页。西域Ⅲ211页。籍帐研究452页。集成贰16页。参仁井田陞1960、1965。池田温1968。

3071 唐天宝二年（743）交河郡市估案B种残片之一（物价文书）

28.5×6.5，后缺，存3行，纸背附有深灰色涂料，前部与大谷3056号缀合，2、3行记"胡臻子壹两"、"一日子壹两"的价格。

图集成贰图版11。文大谷目二32页。西域Ⅲ211页。籍帐研究457页。集成贰16

页。**参** 仁井田陞 1960。池田温 1968。

3072 唐天宝二年（743）交河郡市估案 B 种残片之一（物价文书）

28.5×6.5，前、后缺，存 3 行，纸表朱色，纸背附有深灰色涂料，1 行记"米面行"，2、3 行记"白面壹斗"、"北庭面壹斗"的价格。

图 西域Ⅲ图版 22。集成贰图版 14。**文** 大谷目二 32 页。西域Ⅲ211 页。池田温 1973B，104 页。籍帐研究 447 页。集成贰 16 页。**参** 仁井田陞 1960、1965。池田温 1968、1973B。

3073 唐天宝二年（743）交河郡市估案 A 种残片之一（物价文书）

28.5×4.5，前缺，存 1 行，纸背附有若干绘画小片，缝背署有"惟"字，有官印，所记有"细绵紬壹尺"的价格。

图 籍帐研究插图 64，449 页。集成贰图版 22。**文** 西域Ⅲ211 页。籍帐研究 449 页。集成贰 17 页。**参** 仁井田陞 1960。池田温 1968。赵冈 1977。

3074 唐天宝二年（743）交河郡市估案 A 种残片之一（物价文书）

28.5×4，前缺，存 2 行，后部与大谷 3435 号缀合，1 行记"鹿皮壹张"的价格。

图 集成贰图版 18。**文** 西域Ⅲ211 页。籍帐研究 459 页。集成贰 17 页。**参** 仁井田陞 1960。池田温 1968。

3075 唐天宝二年（743）交河郡市估案 B 种残片之一（物价文书）

17.5×14.5，后缺，上部残，存 5 行，缝背署有"惟"字，有官印。

图 集成贰图版 21。**文** 籍帐研究 453 页。集成贰 17 页。**参** 池田温 1968。

3076 唐天宝二年（743）交河郡市估案 A 种残片之一（物价文书）

12×14.5，后缺，下部残，存 6 行，纸背附有红色及深灰色涂料，记有"诃梨勒"、"青黛"、"黄丹"、"经墨"、"蜡"等的价格。

图 集成贰图版 17、18。**文** 大谷目二 33 页。西域Ⅲ211 页。籍帐研究 458 页。集成贰 17 页。**参** 仁井田陞 1960。三木荣 1964。池田温 1968。

3077 唐天宝二年（743）交河郡市估案 B 种残片之一（物价文书）

25×11，上部残，存 6 行，前、后与大谷 3084、3100 号缀合，纸背附有深灰色涂料及绘画小片。

图 集成贰图版 13。**文** 西域Ⅲ211 页。籍帐研究 452 页。集成贰 17-18 页。**参** 仁井田陞 1960。池田温 1968。

3078 唐天宝二年（743）交河郡市估案 A 种残片之一（物价文书）

20×15，后缺，上部残，存 6 行，缝背有官印。

图 集成贰图版 21。**文** 籍帐研究 456 页。集成贰 18 页。**参** 池田温 1968。

3079 唐天宝二年（743）交河郡市估案 A 种残片之一（物价文书）

9.6×18.5，前缺，存 8 行，缝背署有"惟"字，有官印，上部与大谷 3037 号缀合。

图 集成贰图版 17。**文** 籍帐研究 459-460 页。集成贰 18 页。**参** 池田温 1968。

3080 唐天宝二年（743）交河郡市估案 A 种残片之一（物价文书）

23×8.5，后缺，前部与大谷 3057 号缀合，记"麄牒"、"牒鞋"、"牒花"的价格。

图 集成贰图版 21。**文** 大谷目二 33-34 页。西域Ⅲ211 页。籍帐研究 450 页。集成贰 18 页。**参** 仁井田陞 1960。池田温 1968。赵冈 1977。孔祥星 1982B。

3081 **唐天宝二年（743）交河郡市估案 B 种残片之一（物价文书）**

28×11.5，前、后缺，存 5 行，纸表有官印，4、5 行记"空青"、"铜碌"的价格，此二物名又见于大谷 3036 号，2、3 行所缺，池田温补为"朱沙壹两"和"石碌壹两"。

图 集成贰图版 14。**文** 西域Ⅲ211 页。籍帐研究 458 页。集成贰 19 页。**参** 仁井田陞 1960。池田温 1968。

3082 **唐天宝二年（743）交河郡市估案 B 种残片之一（物价文书）**

28×11,4，后缺，存 5 行，纸背附有深灰色涂料，前部与大谷 3064 号缀合，所记为"锻"、"锄"、"釭"、"钏"等的价格。

图 籍帐研究插图 64，453 页。集成贰图版 13。**文** 大谷目二 34 页。西域Ⅲ211 页。籍帐研究 452 页。集成贰 19 页。**参** 仁井田陞 1960。池田温 1968。

3083 **唐天宝二年（743）交河郡市估案 A 种残片之一（物价文书）**

27×13.5，后缺，存 6 行，纸表下部、纸背上部附有绘画片，前部与大谷 3044、3048 号缀合，所记为"杂州布"、"火麻布"、"氎布"、"赀布"、"小水布"、"大绵"等的价格。

图 集成贰图版 20。**文** 大谷目二 34 页。西域Ⅲ211 页。籍帐研究 449 页。集成贰 19 页。**参** 仁井田陞 1960。池田温 1968。赵冈 1977。孔祥星 1982B。

3084 **唐天宝二年（743）交河郡市估案 B 种残片之一（物价文书）**

28.3×13.5，存 5 行，铃有"交河郡都督府之印"，纸背附有深灰色涂料，前后与大谷 3444、3077 号缀合，所记为"镔横刀壹口鍮石铰"、"钢横刀壹口白铁铰"、"梓覇（把）刀子壹镔剑"、"角覇（把）刀子壹钢剑"等的价格。

图 籍帐研究插图，452 页。集成贰图版 13。**文** 大谷目二 34-35 页。西域Ⅲ211-212 页。籍帐研究 452 页。集成贰 19 页。**参** 仁井田陞 1960。池田温 1968。

3085 **唐天宝二年（743）交河郡市估案 B 种残片之一（物价文书）**

28.5×16，前缺，存 7 行，纸表面附有绘画小片及朱色涂料，缝背押有官印，4 行署"菜子行"，5、6、7 行分记"蔓菁子"、"萝萄子"、"葱子"等各壹勝的价格。

图 西域Ⅲ图版 22。集成贰图版 14。**文** 大谷目二 35 页。西域Ⅲ212 页。籍帐研究 452-453 页。集成贰 20 页。**参** 仁井田陞 1960。池田温 1968。

3086 **唐天宝二年（743）交河郡市估案 A 种残片之一（物价文书）**

17×24.3，前、后缺，上部残，存 8 行，被剪成天盖样，纸背附有红色涂料。

图 集成贰图版 22。**文** 籍帐研究 455 页。集成贰 20 页。**参** 池田温 1968。

3087 **唐天宝二年（743）交河郡市估案 A 种残片之一（物价文书）**

17.6×24.5，前、后缺，存 9 行，被剪成天盖样，附有红色涂料，铃有"交河郡都督府之印"。所记为"突厥"、"波斯马"、"䭾"的价格。

图 西域Ⅲ图版 23。集成贰图版 22。**文** 大谷目二 35-36 页。西域Ⅲ212 页。籍帐研究 453-454 页。集成贰 20 页。**参** 仁井田陞 1960、1965。小田义久 1961、1985A。池田温 1968、1983。

3088 **唐天宝二年（743）交河郡市估案 A 种残片之一（物价文书）**

17×24.5，前、后缺，下部残，存 9 行，被剪成天盖样，切口处附有红色涂料，钤有"交河郡都督府之印"，所记为"兔丝子"、"亭历子"、"独活"等的价格。

图 集成贰图版 22。文 大谷目二 36 页。西域Ⅱ409 页。西域Ⅲ212 页。籍帐研究 455-456 页。集成贰 21 页。参 小笠原宣秀 1959。仁井田陞 1960。三木荣 1964。池田温 1968。

3089　唐天宝二年（743）交河郡市估案 B 种残片之一（物价文书）

23.7×17.3，前、后缺，存 8 行，纸背全部被红色涂料涂附，记有"紫雪"、"天门冬"、"酸枣"、"犀角"、"白石脂"等的价格。后部可与大谷 4933（2）号缀合。

图 集成贰图版 15。文 大谷目二 36 页。西域Ⅱ409 页。西域Ⅲ212 页。三木荣 1964，016 页。籍帐研究 456 页。集成贰 21 页。参 小笠原宣秀 1959。仁井田陞 1960。三木荣 1964。池田温 1968。

3090　唐天宝二年（743）交河郡市估案 B 种残片之一（物价文书）

19.6×20.2，前缺，存 8 行，1-3 行处钤有"交河郡都督府印"，纸背全部附有黑色绘画小片。

图 西域Ⅲ图版 23。集成贰图版 15。文 大谷目二 37 页。西域Ⅱ409 页。西域Ⅲ212 页。籍帐研究 454 页。集成贰 21 页。参 小笠原宣秀 1959。仁井田陞 1960、1965。池田温 1968。

3091　唐天宝二年（743）交河郡市估案 A 种残片之一（物价文书）

21×19，前、后缺，存 8 行，纸背附有少量深灰色涂料，记有"砂糖"、"橘皮"、"色丝"、"生丝"、"罗头巾"、"官絁头巾"等的价格，所列品目与大谷 3094 号同。

图 集成贰图版 18。文 大谷目二 37 页。西域Ⅲ212-213 页。籍帐研究 459 页。集成贰 22 页。参 仁井田陞 1960。三木荣 1964。池田温 1968。

3092　唐天宝二年（743）交河郡市估案 A 种残片之一（物价文书）

28.5×24，前、后缺，存 10 行，被剪成天盖样，3-5 行间钤有"交河郡都督府之印"，纸背附有红色涂料，右上部与大谷 3452 号缀合。记有"蜀柒"、"猪芩"、"贯众"、"大戟"、"茴芋"的价格。

图 西域Ⅱ图版 50。集成贰图版 23。文 大谷目二 37-38 页。西域Ⅲ213 页。籍帐研究 454-455 页。集成贰 22 页。参 仁井田陞 1960。三木荣 1964。池田温 1968。

3093　唐天宝二年（743）交河郡市估案 A 种残片之一（物价文书）

27×23.5，前、后缺，上部残，存 8 行，被剪成天盖样，切口处附有红色涂料。

图 集成贰图版 23。文 籍帐研究 455。集成贰 22 页。参 池田温 1968。

3094　唐天宝二年（743）交河郡市估案 B 种残片之一（物价文书）

28×16.5，前、后缺，存 9 行，所记品目与大谷 3091 号相同。

图 集成贰图版 15。文 大谷目二 38 页。西域Ⅲ213 页。籍帐研究 459 页。集成贰 23 页。参 仁井田陞 1960。三木荣 1964。池田温 1968。

3095　唐天宝二年（743）交河郡市估案 A 种残片之一（物价文书）

24×18.5，前、后缺，存 7 行，3-5 行间钤有"交河郡都督府之印"。记有"昆布"、"白芷"、"知母"等的价格。

图 西域Ⅱ图版50。集成贰图版24。文 大谷目二39页。西域Ⅱ410页。西域Ⅲ213页。籍帐研究455页。集成贰23页。参 小笠原宣秀1959。仁井田陞1960。三木荣1964。池田温1968。

3096　唐天宝二年（743）交河郡市估案A种残片之一（物价文书）

28×17.5，前、后缺，存8行，1-4行间见有"交河郡都督府之印"，纸背附有深灰色涂料。记有"鞭鞘"、"郁金花"、"麝香"、"丁香"、"沈香"、"白檀香"等的价格。

图 西域Ⅱ图版50。西域Ⅲ图版23。集成贰图版19。文 大谷目二39页。西域Ⅱ410页。西域Ⅲ213页。三木荣1964，016页。籍帐研究458-459页。集成贰23页。参 小笠原宣秀1959。仁井田陞1960、1965。小田义久1962。三木荣1964。池田温1968。

3097　唐天宝二年（743）交河郡市估案A种残片之一（物价文书）

28×20，前缺，存8行，后部与大谷3045号缀合，纸表右上部附有黑色及深灰色涂料。2行记"乌豆壹斗"的价格，3行署"帛练行"，4-8行记"大练"、"梓州小练"、"河南府生绝"、"蒲陕州绝"、"生绢"的价格。

图 西域Ⅲ图版23。集成贰图版20。文 大谷目二39-40页。西域Ⅲ213页。籍帐研究448页。集成贰24页。参 仁井田陞1960、1965。三木荣1964。池田温1968。孔祥星1982B。武敏1984。

3098　唐天宝二年（743）交河郡市估案A种残片之一（物价文书）

28×24，前、后缺，存7行，被剪成天盖样，7行处有朱字"同"（?）。记有"伏苓"等的价格。

图 西域Ⅱ图版50。集成贰图版24。文 西域Ⅲ213页。籍帐研究454页。集成贰24页。参 仁井田陞1960。三木荣1964。池田温1968。

3099　唐西州官府药香准估计钱帐

28.7×19.3，前、后缺，存6行，纸背钤有官印，记"桂心"、"毕拨"、"青木香"、"紫雪"、"硇沙"等数量、准估钱数、合计钱数，如3行记"青木香拾两，两别准估叁拾伍文，计贰佰伍拾文"。本件似为西州官府购入药香的计帐。

图 集成贰图版66。文 大谷目二40页。集成贰24页。参 小田义久1962。三木荣1964。

3100　唐天宝二年（743）交河郡市估案B种残片之一（物价文书）

28.4×14.3，存6行，纸背附有深灰色涂料，前后与大谷3077、3070号缀合。记有"斧"、"三寸钉"、"小锯鞓"、"钢食刀"、"钢鎌"等的价格。

图 籍帐研究插图64，453页。集成贰图版13。文 大谷目二40页。西域Ⅲ213-214页。籍帐研究452页。集成贰24-25页。参 仁井田陞1960。池田温1968。

3101　唐张某租陶契残片之一

13.7×9.2，前缺，上下残，存3行，后与大谷3104、3103号缀合，本件年代，池田温氏拟为7世纪。

图 池田温1975，图版Ⅲ。集成贰图版60。文 池田温1973B，22页。T.T.D.Ⅲ（A）57页。集成贰25页。参 池田温1973B。

3102　唐某人租田契残片

22.6×13.5，前、后、上、下残，存5行，纸背契合用"大"字，2行记"两主言和，获指为验"，3-5行残有"麦主"、"田主"、"保人"等字。

图 集成贰图版61。**文** 西域Ⅲ198页。法制史研究Ⅰ782-783页。池田温1973B，25页。T.T.D.Ⅲ（A）61页。集成贰25页。**参** 仁井田陞1960、1963。池田温1973B。

3103　唐张某租陶契残片之二

5×22，前、后缺，下部残，存6行，与大谷3101、3104号缀合，纸背契合用"大"字。

图 池田温1975，图版Ⅲ。集成贰图版60。**文** 池田温1973B，22-23页。T.T.D.Ⅲ（A）57页。集成贰25页。**参** 池田温1973B。

3104　唐张某租陶契残片之三

13.5×21，后缺，存6行，与大谷3101、3103号缀合，1行记"壹罚贰文（人）张"，2行记"至十月任张"，知为张某租陶契。

图 池田温1975，图版Ⅲ。集成贰图版60。**文** 池田温1973B，22-23页。T.T.D.Ⅲ（A）57页。集成贰25-26页。**参** 池田温1973B。

3105　唐某人从康师傅边租田契尾

26.7×16，前、后缺，存5行，所记为麦主、田主、保人名及年龄，3行有指节印，显为一残契尾。

图 集成贰图版61。**文** 大谷目二41页。西域Ⅲ198页。法制史研究Ⅰ783页。池田温1973B，25-26页。T.T.D.Ⅲ（A）62页。集成贰26页。**参** 仁井田陞1960、1963。池田温1973B。

3106　唐西州官吏上直名簿残片

18.8×26.8，前、后缺，上部残，存9行，所记皆为人名，有的在人名右边注有黑点，有的在人名下注有一"直"字，每行下皆有一"沙"字，当即沙安。

图 西域Ⅲ插图4，51页。集成贰图版27。**文** 西域Ⅲ50页。集成贰26页。**参** 内藤乾吉1960。

3107　唐开元二十四年（736）四月西州张某从左小礼边租田契

27×26，存三四片，前、后缺，存10行，记张某于开元二十四年二月向田主左小礼租取白渠口分部田贰亩，从第二年开始佃种，租价大概是小麦二斗。8、10行有画指，8行还有一倒书"保左孝礼范福子"。

图 西域Ⅲ图版19。法制史研究Ⅰ图版17-2。T.T.D.Ⅲ（B）27页。集成贰图版61。**文** 西域Ⅲ197-198页。法制史研究Ⅰ781-782页。池田温1973B，23-24页、93页注（19）。T.T.D.Ⅲ（A）58页。集成贰26-27页。**参** 仁井田陞1960、1961、1963。孙达人1962。堀敏一1963。池田温1973B。小口彦太1974。

3108　唐西州高昌县城西枣树渠户别部田簿残片之一

11.4×6，前、后、上、下残，存3行，1行记"城西七里枣树渠 东……"，2行记"……八岁 男孝忠"。

图 集成贰图版47。**文** 西域Ⅱ351页。西村研究411页。籍帐研究388页。集成贰

27 页。参 西嶋定生 1959。西村元佑 1959。

3109　文书残片

12.5×8，前、后缺，存 2 行，1 行残"田主牒礼"数字。

图缺。文集成贰 27 页。参

3110　文书残片

10×16，前、后缺，存 1 行，残"太君"2 字。

图缺。文集成贰 27 页。参

3111　文书残片

9.5×12，残有二二字，无法释读。

图缺。文缺。参

3112　无文字残片

8.5×4.7，无文字。

图缺。文缺。参

3113　无文字残片

7.1×4.4，无文字。

图缺。文缺。参

3114　文书残片

9×4.2，有二三字，无法释读。

图缺。文缺。参

3115　文书残片

7×3，存 1 行。

图缺。文集成贰 27 页。参

3116　文书残片

9×6，文字不明。

图缺。文缺。参

3117　文书残片

2×1.8，残一"神"字。

图缺。文集成贰 27 页。参

3118　文书残片

8×5，存 1 行，残一"其"字。

图缺。文集成贰 27 页。参

3119　文书残片

6×1.3，有 2 字，无法识读。

图缺。文缺。参

3120　文书残片

4×2.4，存 2 行，有数字。

图缺。文集成贰 28 页。参

3121　文书残片

1.7×4.4，有 2 字，无法识读。

图 缺。文 缺。参

3122　唐天宝八载（749）七月前车坊押官麴真果残牒

20×10.2，前、后缺，存 2 行，1 行记"唐天宝八载（749）七月　日前车坊押官麴真果牒"，2 行粗笔，为长官判示，但无法释读。

图 集成贰图版 27。文 大谷目二 42 页。集成贰 28 页。参

3123　土地四至文书残片

12.5×5.5，前、后缺，存 1 行，残"贰里高□ 东□□女 西……"。

图 集成贰图版 49。文 集成贰 28 页。参

3124　土地四至文书残片

5×3.5，前、后缺，存 2 行，1 行残"……昌城　东至渠□"。

图 集成贰图版 49。文 集成贰 28 页。参

3125　唐开元二十九年（741）西州高昌县退田簿残片之一

8.2×3.5，前、后缺，存 1 行，残"剩退一段四亩薄田　城西八十里"。

图 集成贰图版 40。文 西域Ⅱ220 页。西嶋研究 644 页。集成贰 28 页。参 西嶋定生 1959。

3126　文书残片

3.5×4，可识"至城"2 字，其他无法释读。

图 集成贰图版 49。文 缺。参

3127　文书残片

26×24，存数行，纸面附有糨糊，文字漫漶难识，1 行可识有"往见临宾"数字。

图 集成贰图版 28。文 集成贰 28 页。参

3128　唐天宝二年（743）交河郡高昌县访捉逃兵刘德才、任顺儿、梁日新案卷之一

19.8×24.5，前、后缺，存 6 行，2-3 行处钤有"高昌县之印"，3 行记"主簿盈"，4、5 行记"连业白，二十七日"，6 行残"健儿兵士等送者今"。

图 集成贰图版 58。文 大谷目二 42-43 页。西域Ⅲ99-100 页。集成贰 28-29 页。参 内藤乾吉 1960。西北军事研究 347-352 页。刘安志 1997A。

3129　唐天宝二年（743）前后西州（交河郡）高昌县文案尾

29.5×18，后缺，存 6 行，缝背署"业"，1、2 行记"检案业白。二十七日"，3、4 行记"牒检案连如前，谨牒。八月 日史阴敬牒"。按阴敬天宝二年为高昌县史，本件年代应与此相当。

图 集成贰图版 28。文 大谷目二 43 页。西域Ⅲ100 页。集成贰 29 页。刘安志 1997A，124 页。参 内藤乾吉 1960。刘安志 1997A。

3130　官文书残片

5.6×13，前、后、上、下残，存 2 行。

图 缺。文 集成贰 29 页。参

3131　官文书残片

5.5×6.5，前、后、上、下残，存 1 行。

图 缺。文 集成贰 29 页。参

3132　官文书残片

8.5×8，前、后、上、下残，存1行。

图 缺。文 集成贰29页。参

3133 官文书残片

27.5×8，前缺，存1行，记有"主簿□付"数字。

图 缺。文 集成贰29页。参

3134 唐西州（交河郡）高昌县官府文书残片

24.9×14.5，前、后缺，存4行，1、2行记康山奴、和大泉、白孝顺、冯破头等人名，3、4行为"付司元宪示。十五日"。按元宪开元末、天宝初为高昌县令，本件年代应与此相当，"冯破头"一名又见于大谷3137（2）号。

图 西嶋研究图版41。集成贰图版28。文 西域Ⅲ101页。集成贰30页。参 内藤乾吉1960。

3135 唐西州（交河郡）高昌县官府文案尾

27×13.3，前缺，存4行，3-4行处钤有"高昌县之印"，缝背署有"元"字。1、2行记"付司元宪示。十五日"，3、4行记"六月十四日录事受。主簿盈付"。据大谷3128号，本件年代亦应在天宝二年前后。

图 集成贰图版29。文 西域Ⅲ96页。集成贰30页。参 内藤乾吉1960。

3136 唐开元二十九年（741）西州高昌县退田簿残片之一

27×18，正面前、后缺，存1行，残"月 日里正阚孝迁牒"，阚孝迁又见于大谷1227、2885号；背面存3行，1行署"尚贤乡"，2、3行记和静敏土地一段二亩和一段三亩的四至方位。和静敏又见于大谷2885、2914号。

图 集成贰图版40。文 集成贰30页。参

3137（1） 唐天宝二年（743）交河郡高昌县访捉碛西逃兵樊游俊案卷之一

26.6×18，前、后缺，存5行，前部与大谷3494号缀合，2行记"天宝二年六月 日副城主阴善礼牒"，4行记"押城官前果毅都尉邓患"，5行残"付司元"3字。

图 西嶋研究图版40。集成贰图版29。文 西域Ⅲ96页。集成贰30页。参 内藤乾吉1960。沙知1982。刘安志1997A。

3137（2） 唐西州（交河郡）高昌县官府文案尾

22×15，前、后缺，存6行，5、6行处钤有"高昌县之印"，1、2行记冯破头等人名，3、4行记"付司元宪示。二十四日"，6行残"盈付"2字，本件与大谷2134号有关联，年代亦当在天宝二年前后。

图 西嶋研究图版41。集成贰图版29。文 西域Ⅲ101页。集成贰30-31页。参 内藤乾吉1960。

3138 文书残片

7.8×9.5，前、后缺，存2行，1行残一"敬"字，2行残一"失"字。

图 缺。文 西域Ⅲ103页。集成贰31页。参 内藤乾吉1960。

3139 武周如意元年（692）西州高昌县诸堰头等申青苗亩数佃人牒之一

17.5×23.3，前、后缺，存3行，有武周新字，1行记"□□□年八月 日史玄政牒"，2、3行记"连公成白。十一日"。

图 集成贰图版45。文 籍帐研究334页。集成贰31页。参 池田温1975。

3140　文书残片

11.8×10，前、后缺，1 行存一"依"字，附有绘画片。

图 缺。文 集成贰 31 页。参

3141　唐天宝二年（743）六月交河郡高昌县某城城主李贞祐牒残片之一

14.7×15.5，前、后缺，存 4 行，下部与大谷 3146 号缀合。1 行记"送状上听裁"，3 行存"天宝二年"，4 行为粗笔"付可"。

图 集成贰图版 30。文 大谷目二 44 页。西域Ⅲ95-96 页。集成贰 31 页。参 内藤乾吉 1960。沙知 1982。

3142　武周文书残片

6×11，前、后缺，存 3 行，残存数字，3 行"授"字为武周新字。

图 缺。文 集成贰 31 页。参

3143　唐开元二十九年（741）西州高昌县给田簿残片之一

3.5×8.3，前、后缺，下部残，1 行存"刘忠"2 字。

图 集成贰图版 42。文 籍帐研究 432 页。集成贰 32 页。参

3144　城主文书残片

10×6.5，前、后缺，下部残，存 3 行，2、3 行残"城主"、"押城"4 字。

图 集成贰图版 30。文 集成贰 32 页。参

3145　唐西州（交河郡）高昌县官府文案尾

14.6×17，前缺，存 6 行，3、4 行处钤有"高昌县之印"，4 行记"主簿盈付"，5、6 行记"检案业白。三日"。本件年代当在天宝二年前后。

图 西域Ⅲ图版 9。集成贰图版 30。文 大谷目二 44-45 页。西域Ⅲ98 页。集成贰 32 页。参 内藤乾吉 1960。

3146　唐天宝二年（743）六月交河郡高昌县某城城主李贞祐牒残片之二

14.5×16.7，前、后缺，存 3 行，上部与大谷 3141 号缀合，1 行记"六月　日城主李贞祐牒"，2 行记"押城李仙眘"，3 行记"元宪示"。

图 集成贰图版 30。文 大谷目二 45 页。西域Ⅲ96 页。集成贰 32 页。参 内藤乾吉 1960。沙知 1982。

3147　唐官文书残片

24.7×9.5，前、后缺，存 3 行，纸背附有绘画片，2 行记"依判辨示"。

图 集成贰图版 30。文 集成贰 32 页。参

3148　唐官文书残片

24.3×8，前、后缺，存 3 行，1、2 行残"□□示。二日"，3 行为"依判□示"。

图 集成贰图版 30。文 集成贰 33 页。参

3149　唐开元二十九年（741）冬西州高昌县给田关系牒之一

27×36，前缺，存 9 行，6、7 行处钤有"高昌县之印"。1、2 行为武城乡勋官王感洛请求支给田土的牒文内容，3 行记"开元二十九年十一月　日武城乡勋官王感洛牒"，4、5 行为高昌县县令元宪的批示："付司元宪示。十五日。"

图 西域Ⅱ图版 38。西域Ⅲ图版 8。西嶋研究图版 39。西村研究图版 7。集成贰图版 43。文 大谷目二 45-46 页。西域Ⅱ323 页。西域Ⅲ92-93、475 页。西嶋研究 580-

581 页。西村研究 376 页。籍帐研究 433-434 页。集成贰 33 页。**参** 西村元佑 1959。西嶋定生 1959。内藤乾吉 1960。小口彦太 1974。土肥义和 1979。

3150　唐康大智辞为请二亩口分田事

29.5×32，后缺，存 8 行，缝上署有"元"字。1 行残存"康大智辞"，3-5 行为康大智请求把废渠道 2 亩充分给他的辞文内容，6-8 行为粗笔官员判示："冬初给受，令式昭然，非……"池田温氏将本件列入"唐开元二十九年（741）冬西州高昌县给田关系牒"中。

图 西域Ⅱ图版 38。西嶋研究图版 43。西村研究图版 7。集成贰图版 44。**文** 大谷目二 46 页。西域Ⅱ 204、322 页。西域Ⅲ 94-95 页。西嶋研究 593-594 页。西村研究 378-379 页。籍帐研究 434 页。集成贰 33 页。**参** 西村元佑 1959。西嶋定生 1959。内藤乾吉 1960。仁井田陞 1965。小口彦太 1974。土肥义和 1979。大津透等 2003。

3151　唐西州处分小麦判残片

26.5×20.5，前、后缺，存 7 行，2-5 行记"昌合征小麦……用填此数下高昌县，即将前件麦数内，取肆拾陆硕迴造供用，余待后符处分"，6 行记"谘，思简白。九日"，7 行粗笔"依判……"，据"用填此数下高昌县"，本件当为西州州府处理小麦事之文案。

图 集成贰图版 31。**文** 大谷目二 47 页。集成贰 33-34 页。**参** 上野アキ 1964。

3152　唐开元二十五年（737）四月里正索某残牒

28×17.5，前、后缺，存 2 行，2 行记"开元二十五年四月　日里正索□□牒"，据其他退田簿残片，本件应为开元二十九年西州高昌县退田簿所附之旧有申牒文。

图 集成贰图版 41。**文** 大谷目二 47 页。籍帐研究 417 页。集成贰 34 页。**参**

3153　唐西州某人辞为家贫请处分事

25×12，前、后缺，存 4 行，1-3 行为某人的辞，叙其家贫，"每日巡门乞食以养活性命"，其中还提及与"兵曹论理"，4 行粗笔残"付司马请为"数字，由兵曹、司马之称知该辞乃递上西州都督府者。

图 西域Ⅲ图版 18。集成贰图版 49。**文** 大谷目二 47 页。西域Ⅲ 165 页。集成贰 34 页。**参** 小笠原宣秀、西村元佑 1960。

3154　唐西州残判文

26.5×13.5，前、后缺，下部残，存 7 行，附有绘画片。2 行残记"白水镇将王"，3 行记"各关牒下所由，准……"4-7 行为有关官员的批示。按白水镇由西州都督府管辖，本件似为西州都督府处理有关白水镇事务的文案。

图 集成贰图版 31。**文** 大谷目二 47-48 页。西域Ⅲ 162 页。集成贰 34 页。**参** 小笠原宣秀、西村元佑 1960。菊池英夫 1964。

3155　唐开元二十九年（741）冬西州高昌县给田关系牒之一

9.5×17.5，前、后缺，上部残，存 6 行，2 行存"处分，谨辞"，3、4 行记"元宪示，二十八日"，其后还有"盈"字。

图 西域Ⅲ图版 7。西嶋研究图版 42。集成贰图版 44。**文** 西域Ⅲ 94 页。籍帐研究 434 页。集成贰 34-35 页。**参** 内藤乾吉 1960。西嶋定生 1960。王永兴 1986。

3156　唐官府残判尾

24×18，前、后缺，存4行，1行残"望……勘给授"数字，2-4行粗笔，系长官判示："付杜璋推问。上琛示。十二日。"

图集成贰图版31。文集成贰35页。参

3157　唐西州官府文案尾

19×18，前、后缺，下部残，存4行，1行记"九月二十一日　录事杨□"，2行记有"司马"，本件当为西州都督府义案。

图集成贰图版32。文集成贰35页。参

3158　武周天授元年（691）西州高昌县诸堰头等申青苗亩数佃人牒之一

17×23.5，削缺，存2行，有武周新字，缝背置有"元"字。1行残"堰头汜嘉祚牒"，汜嘉祚一名又见于大谷1217号。

图集成贰图版45。文西域Ⅱ97页。周藤研究12页。籍帐研究329页。集成贰35页。参周藤吉之1959。佐藤武敏1967。池田温1975。

3159　唐天宝二年（743）交河郡市估案B种残片之一（物价文书）

29×6，后缺，存2行，纸背附有绘画片，所记为"牒上郡仓曹司。二十八日，客"。

图集成贰图版25。文籍帐研究447页。集成贰35页。参池田温1968。

3160　唐天宝二年（743）交河郡市估案A种残片之一（物价文书）

28×6，后缺，存3行，有官印，1行记"市司　牒上郡仓曹司"，2行记"十四日，客"，3行署"谷麦行"。

图集成贰图版25。文籍帐研究447页。集成贰35页。参池田温1968。小田义久1985A。

3161　官文书残片

27.2×6.2，前、后缺，存2行，2行记"录事向州"。

图集成贰图版32。文集成贰36页。参

3162　唐仪凤某年五月西州仓曹府史藏残牒文之一

27×38，后缺，存8行，缝背署有"业"字，5行处与大谷3713号缀合。2行记"五月一日　府史藏牒"，3、4行为"检业白。一日"。本件缺纪年，据文书格式及"府史藏"、"业"之记载，本件年代当在仪凤二三年，亦属北馆文书之一。

图西域Ⅲ图版6。集成贰图版4。文大谷目二48-49页。西域Ⅲ67-68页。集成贰36页。参内藤乾吉1960。大津透1990。

3163　唐仪凤某年西州仓曹司为莉柴估牒市司勘上事

16.5×13，后缺，存3行，缝背署有"业"字，与大谷3162号缀合。1行残"府史藏牒"，2、3行记"莉柴估牒市勘上。谘，津业白"。本件为北馆文书之一。

图集成贰图版4。文大谷目二49页。西域Ⅲ68页。集成贰36页。参内藤乾吉1960。大津透1990。

3164　唐开元二十九年（741）西州高昌县退田簿残片之一

7.5×14.5，前、后缺，存4行，右上部与大谷2939号缀合，3行残一"分"字，4行残"李德子牒"。

图集成贰图版41。文西域Ⅱ185页。西嶋研究535、550页。籍帐研究411页。集成贰 36 页。参 西嶋定生 1959。

3165 唐仪凤三年（678）度支支配四年诸州庸调及折造杂綵色数并处分事条残片之一

15.5×3.5，前、后缺，由二纸粘贴，存 1 行，残 "轻税诸州不申色目至"。附有苇席片，苇席文书之一。

图 大津透、榎本淳一 1987，53、57 页。集成贰图版 32。文 集成贰 36 页。参 大津透 1986。大津透、榎本淳一 1987。

3166 礼忏文残片

6.7×9，前、后、上、下残，存 5 行，2 行残存 "归依僧受"，3 行残存 "诸众生诸"。内容略同于《集诸经礼忏仪》卷下、《往生礼赞偈》、《礼忏文一本》等。

图 缺。文 大谷目二 49 页。集成贰 37 页。参 小笠原宣秀 1961A。

3167 唐写《太公家教》残片

9.6×9.2，前、后、上、下残，存 4 行，有朱点，3 行记有 "抱薪救火" 一词。据郑阿财氏考证，此系《太公家教》抄本断片，与大谷 3169、3175 号字迹相同，俱为同一写本的分裂断片，3507 号则为另人所抄。

图 集成贰图版 84。文 集成贰 37 页。张娜丽 2002，28 页。参 郑阿财 1993。张娜丽 2002。

3168 古籍写本残片

9.2×10.8，前、后、上、下残，存 6 行，有朱点，3 行记有 "不可不语" 一词。

图 集成贰图版 84。文 集成贰 37 页。参

3169 唐写《太公家教》残片

9.5×7，前、后、上、下残，有朱点，2 行记有 "鲁连" 一名，3 行残记 "目牛声闻于天"。

图 集成贰图版 84。文 集成贰 37 页。张娜丽 2002，28 页。参 郑阿财 1993。张娜丽 2002。

3170 《驾幸温泉赋》残片

5×9.5，前、后、上、下残，存 5 行，有朱点，2 行存 "伎艺能" 3 字，3 行残 "之文章" 3 字。与大谷 3172、3174、3177、3227、3504、3505、3506、4362、5789 诸号为同一写本。

图 集成贰图版 84。张娜丽 2004 图 7。文 集成贰 38 页。张娜丽 2002，32 页。张娜丽 2004，14 页。参 张娜丽 2002、2004。

3171 文书残片

3.7×9，前、后、上、下残，存 4 行。

图 缺。文 集成贰 38 页。参

3172 《驾幸温泉赋》残片

5.3×8，前、后、上、下残，存 4 行，有朱点。与大谷 3170、3174、3177、3227、3504、3505、3506、4362、5789 诸号为同一写本。

图 集成贰图版 84。张娜丽 2004 图 4。文 集成贰 38 页。张娜丽 2002，31 页。张娜丽 2004，13 页。参 张娜丽 2002、2004。

3173 古籍写本残片

5×7.8，前、后、上、下残，存 3 行，有朱点，1 行残存大字"啾唧"，2、3 行残存小字"永固城会胡"、"师张惠进本"数字。

图 集成贰图版 84。文 集成贰 38 页。参

3174　《驾幸温泉赋》残片

8.3×7.7，前、后、上、下残，存 4 行，有朱点，2 行残存"浐水兮人隘"5 字。与大谷 3170、3172、3177、3227、3504、3505、3506、4362、5789 诸号为同一写本。

图 集成贰图版 85。张娜丽 2004 图 2。文 集成贰 38 页。张娜丽 2002，30-31 页。张娜丽 2004，12 页。参 张娜丽 2002、2004。

3175　唐写《太公家教》残片

11.3×10，前、后、上、下残，有朱点，2 行残存"公王蒿艾之中"，3 行残存"伤仁慈者受"。

图 集成贰图版 85。文 集成贰 39 页。张娜丽 2002，27 页。参 郑阿财 1993。张娜丽 2002。

3176　古籍写本残片

13×6.7，前、后缺，下部残，存 4 行，有丝栏，附有朱点，2 行残存"持举其慈孝不异"。

图 集成贰图版 85。文 集成贰 39 页。参

3177　《驾幸温泉赋》残片

10×6，前、后缺，下部残，存 3 行，有朱点。与大谷 3170、3172、3174、3227、3504、3505、3506、4362、5789 诸号为同一写本。

图 集成贰图版 85。张娜丽 2004 图 6。文 集成贰 39 页。张娜丽 2002，31 页。张娜丽 2004，13 页。参 张娜丽 2002、2004。

3178　《无明罗刹集》卷上残片

12.5×6.5，前、后、上、下残，存 4 行。

图 集成贰图版 68。张娜丽 2003B 图 8。文 集成贰 39 页。张娜丽 2003B，79 页。参 张娜丽 2003B。刘安志、石墨林 2003。

3178v　佛典残片

前、后、上、下残，存 4 行，1、2 行记有"如意天女"、"足目天女"、"可意天女"等。

图 缺。文 集成贰 39 页。参

3179　文书残片

3×5，前、后、上、下残，有朱点，存 2 行，残存数字。

图 缺。文 集成贰 40 页。参

3180　《驾幸温泉赋》残片

4.5×3，前、后、上、下残，存 2 行，残存数字，有朱点，由两纸粘贴。据残存内容，当为《驾幸温泉赋》残片，或与大谷 3170、3172、3174、3177、3227、3504、3505、3506、4362、5789 诸号有关联。

图 缺。文 集成贰 40 页。参

3181 文书残片

5×2.5，前、后、上、下残，存1行，有朱点。

图缺。文集成贰40页。参

3182 文书残片

3×4.5，前、后、上、下残，存3行，残存数字。

图缺。文集成贰40页。参

3183 文书残片

3.5×5，前、后、上、下残，存3行，残存数字。

图缺。文集成贰40页。参

3184 文书残片

3×3，前、后、上、下残，存2行，有朱点，纸背见有"连"字。

图缺。文集成贰40页。参

3185 文书残片

3×4，存一"华"字。

图缺。文集成贰40页。参

3186 文书残片

2.5×2.5，存1行。

图缺。文集成贰40页。参

3187 文书残片

2×3，存一"场"字。

图缺。文集成贰41页。参

3188 文书残片

1×2.5，无文字。

图缺。文缺。参

3189 《大方便佛报恩经》卷第四残片

7.8×4.3，前、后、上、下残，存2行，残记"先耕田者"、"畜养众生"数字。

本件当与大谷3275号密切相关。

图缺。文集成贰41页。参刘安志、石墨林2003。

3189v 佛教文书残片

前、后、上、下残，存3行。

图缺。文集成贰41页。参

3190 文书残片

5.5×8.5，前、后缺，下部残，存4行数字。

图缺。文集成贰41页。参

3191 药方书残片

4.5×9，前、后、上、下残，存6行，有丝栏线。

图集成贰图版67。文集成贰41页。参

3192 清代典当铺物签

14×7，前、后缺，存3行。据陈国灿氏研究，从大谷3192到3216诸号，乃清代咸丰、祺祥间当票及物签。

图 集成贰图版 94。文 集成贰 41 页。参 陈国灿 1983B。

3193　清代典当铺物签

7.5×6，前、后缺，存 3 行。

图 集成贰图版 94。文 集成贰 41-42 页。参 陈国灿 1983B。

3194　清代典当铺物签

8×6.7，前、后缺，存 3 行。

图 集成贰图版 94。文 集成贰 42 页。参 陈国灿 1983B。

3195　清代典当铺物签

6.7×7，前、后缺，存 3 行。

图 集成贰图版 94。文 集成贰 42 页。参 陈国灿 1983B。

3196　清代典当铺物签

7.5×6，前、后缺，存 3 行。

图 集成贰图版 94。文 集成贰 42 页。参 陈国灿 1983B。

3197　清代典当铺物签

6.5×6.8，前、后缺，存 3 行。

图 集成贰图版 94。文 集成贰 42 页。参 陈国灿 1983B。

3198　清代典当铺物签

8×5，前、后缺，存 3 行。

图 集成贰图版 94。文 集成贰 42 页。参 陈国灿 1983B。

3199　清代典当铺物签

8×5，前、后缺，存 2 行。

图 集成贰图版 94。文 集成贰 43 页。参 陈国灿 1983B。

3200　清代典当铺物签

8.5×7，前、后缺，存 3 行。

图 集成贰图版 94。文 集成贰 43 页。参 陈国灿 1983B。

3201　清代典当铺物签

7×5，前、后缺，存 3 行。

图 集成贰图版 94。文 集成贰 43 页。参 陈国灿 1983B。

3202　清代咸丰十年（1860）典当铺当票残片

17×10.7，存 4 行，墨书文字，乃是在木刻印本票据空格内的填写。以下大谷 3203-3216 号均具此特征。第 4 行署"□□拾年叁月十八日"。

图 西域Ⅲ图版 20。集成贰图版 95。文 集成贰 43 页。参 仁井田陞 1960。陈国灿 1983B。

3203　清代咸丰、祺祥间典当铺当票残片

15.4×11.2，存 4 行，3 行处有朱印，4 行署"□□元年六月二十一日"。

图 西域Ⅲ图版 20。集成贰图版 95。文 集成贰 43 页。参 仁井田陞 1960。陈国灿 1983B。

3204　清代咸丰、祺祥间典当铺当票残片

8×6.7，存4行，3行处有朱印，存木刻"当本银"3字，4行署"□□拾年叁月二十九日"。

图 西域Ⅲ图版20。集成贰图版95。**文** 西域Ⅲ201页。集成贰43页。**参** 仁井田陞1960。陈国灿1983B。

3205 清代咸丰、祺祥间典当铺当票残片

13×12，存4行，有朱印，4行署"□□年九月二十一日"。

图 西域Ⅲ图版20。集成贰图版95。**文** 集成贰44页。**参** 仁井田陞1960。陈国灿1983B。

3206 清代咸丰、祺祥间典当铺当票残片

10×7.5，前、后缺，存2行，有朱印。

图 集成贰图版95。**文** 集成贰44页。**参** 仁井田陞1960。陈国灿1983B。

3207 清代咸丰、祺祥间典当铺当票残片

9×7.5，前、后缺，存3行。

图 集成贰图版95。**文** 集成贰44页。**参** 仁井田陞1960。陈国灿1983B。

3208 清代咸丰、祺祥间典当铺当票残片

10×7.5，前、后缺，存4行，有朱印。

图 集成贰图版95。**文** 集成贰44页。**参** 仁井田陞1960。陈国灿1983B。

3209 清代咸丰、祺祥间典当铺当票残片

15.5×8.8，前、后缺，存3行，有朱印。

图 西域Ⅲ图版20。集成贰图版95。**文** 集成贰44-45页。**参** 仁井田陞1960。陈国灿1983B。

3210 清代咸丰、祺祥间典当铺当票残片

13×10.5，前、后缺，存4行，有朱印。

图 西域Ⅲ图版20。集成贰图版95。**文** 集成贰45页。**参** 仁井田陞1960。陈国灿1983B。

3211 清代咸丰、祺祥间典当铺当票残片

15.5×11.5，前、后缺，存5行。

图 西域Ⅲ图版21。集成贰图版95。**文** 集成贰45页。**参** 仁井田陞1960。陈国灿1983B。

3212 清代咸丰、祺祥间典当铺当票残片

18×9.3，前、后缺，存3行，2行处存有印刷文字。

图 西域Ⅲ图版21。集成贰图版96。**文** 集成贰45页。**参** 仁井田陞1960。陈国灿1983B。

3213 清代咸丰、祺祥间典当铺当票残片

12×6，前、后缺，存3行，有朱印。

图 集成贰图版96。**文** 集成贰45页。**参** 仁井田陞1960。陈国灿1983B。

3214 清代咸丰、祺祥间典当铺当票残片

15×9.5，前、后缺，存3行，有朱印。

图 西域Ⅲ图版21。集成贰图版96。**文** 集成贰46页。**参** 仁井田陞1960。陈国灿

1983B。

3215　清代咸丰、祺祥间典当铺当票残片

16.5×11.5，前、后缺，存4行，有朱印。

图 西域Ⅲ图版21。集成贰图版96。文 集成贰46页。参 仁井田陞1960。陈国灿1983B。

3216　清祺祥元年（1862）典当铺当票残片

18.5×11，前、后缺，存3行，有朱印，3行署"祺祥"2字，为清同治帝初即位年号。

图 西域Ⅲ图版21。集成贰图版96。文 集成贰46页。参 仁井田陞1960。陈国灿1983B。

3217　取麦文书残片

16×9，前、后、上、下残，存4行。

图 集成贰图版62。文 集成贰46页。参

3218　《推□阴阳要决法》残片

12.5×9，前、后、上、下残，存6行。本件与下列3219号俱两面书写，书法相同，二者应为同一写本。3219号2行记有"推□阴阳要决法"数字，故作如上订名。

图 集成贰图版77。文 大谷目二50页。集成贰46页。参 小笠原宣秀1960B。

3218v《推失物法》残片

前、后、上、下残，画有4个圆圈，每一个圆圈内写有4行文字。

图 集成贰图版77。文 集成47页。参 小笠原宣秀1960B。

3219　《推□阴阳要决法》残片

13×15.5，前、后、上、下残，存8行，与上揭3218号为同卷，2行记有"推□阴阳要决法"数字，据此订名。

图 西域Ⅲ图版33。集成贰图版77。文 大谷目二50-51页。西域Ⅲ261页。集成贰47页。参 小笠原宣秀1960B。

3219v《推失物法》残片

前、后、上、下残，前部画有4个圆圈，每一个圆圈内写有4行文字，圆圈后面又写有5行文字。

图 集成叁图版77。文 集成叁47页。参 小笠原宣秀1960B。

3220　《禄命书》残片

11×17.5，前、后、上、下残，存12行，6-11行有横丝栏，6行"太岁"下记"子、丑、寅、卯、辰、巳"等字。

图 西域Ⅲ图版34。集成贰图版77。文 西域Ⅲ261-262页。集成贰48页。参 小笠原宣秀1960B。

3220v　妇人妊娠医方文书

前、后、上、下残，有丝栏，存12行，记妇人妊娠期间，产男产女所用之医方，马继兴氏认为是"亡名氏禁方"。

图 集成叁图版77。文 三木荣1964，11页。集成叁48页。参 三木荣1964。马继兴

2002。

3221　文书残片

8×10，前、后、上、下残，存4行草书。

图集成贰图版86。文集成贰48页。参

3222　《大方广佛华严经随疏演义钞》卷第十六（?）残片

10×10，前、后、上、下残，存8行，5行内容见于《大方广佛华严经随疏演义钞》卷第十六。后部可与大谷3261号缀合。

图集成贰图版72。张娜丽2003B图9。文集成贰49页。张娜丽2003B，79页。参张娜丽2003B。

3223　文书残片

7×5，前、后、上、下残，存2行6字。

图缺。文集成贰49页。参

3224　《俱舍论颂疏论本》卷第二十六残片

7.5×7.5，前、后、上、下残，存4行。本件与大谷3228、3238、3239诸号书法相同，前后似可与3228、3238号缀合。

图集成贰图版72。张娜丽2003B图10。文集成贰49页。张娜丽2003B，80页。参张娜丽2003B。刘安志、石墨林2003。

3225　佛典残片

6.5×6.5，前、后缺，下部残，存5行。

图集成贰图版72。文集成贰49页。参

3226　佛典残片

5×6.5，前、后、上、下残，存4行。

图缺。文集成贰49页。参

3227　《驾幸温泉赋》残片

8.5×4.5，前、后、上、下残，存3行，有朱点，2行存"百官顿手（首）而"数字。与大谷3170、3172、3174、3177、3504、3505、3506、4362、5789诸号为同一写本。

图集成贰图版86。张娜丽2004图5。文集成贰50页。张娜丽2002，31页。张娜丽2004，13页。参张娜丽2002、2004。

3228　《俱舍论颂疏论本》卷第二十六残片

8×7，前、后、上、下残，存4行，与大谷3224、3238、3239诸号书法相同，可与3224号缀合。俱为同一写本。

图集成贰图版72。张娜丽2003B图11。文集成贰50页。张娜丽2003B，80页。参张娜丽2003B。刘安志、石墨林2003。

3229　佛教文书残片

8.3×6.5，前、后、上、下残，存6行。

图集成贰图版68。文集成贰50页。参

3230　《御注金刚般若波罗蜜经宣演》卷下残片

9.5×4.5，前、后、上、下残，存3行。本件无图版，若其书法与大谷3237号相同，则两者能上、下缀合。

图 缺。文 集成贰 50 页。参 刘安志、石墨林 2003。

3231　文书残片

8.5×5.4，前、后、上、下残，存 2 行。

图 集成贰图版 86。文 集成贰 50 页。参

3232　《成唯实论述记》卷第二（？）残片

4.2×5，前、后、上、下残，存 3 行。1、2 行"说舍明圆"、"刚心已舍"见于《成唯实论述记》卷第三（末）。

图 缺。文 集成贰 50-51 页。参

3233　佛教文书残片

7.5×6.5，前、后、上、下残，存 2 行。

图 缺。文 集成贰 51 页。参

3234　佛典残片

8.1×6.6，前、后、上、下残，存 4 行，有丝栏。

图 集成贰图版 68。文 集成贰 51 页。参

3235　文书残片

3.5×6.6，前、后、上、下残，存 4 行。

图 缺。文 集成贰 51 页。参

3236　佛教文书残片

8.4×7.3，前、后、上、下残，存 3 行，3 行有 2 行小字："出宝云经。"

图 集成贰图版 68。文 集成贰 51 页。参

3237　《御注金刚般若波罗蜜经宣演》卷下残片

9.9×9.4，前、后、上、下残，存 5 行。本件书法与大谷 3253、3257、3258、3259、3260、3262、3263、3264、3267、3270 诸号相同，应俱为同卷。

图 集成贰图版 68。张娜丽 2003B 图 12。文 集成贰 51 页。张娜丽 2003B，81 页。参 张娜丽 2003B。刘安志、石墨林 2003。

3238　《俱舍论颂疏论本》卷第二十六残片

10.5×10.7，前、后、上、下残，存 7 行，6 行处有朱点。本件与大谷 3224、3228、3239 诸号书法相同，可与 3224 号缀合，俱为同一写本。

图 集成贰图版 68。张娜丽 2003B 图 13。文 集成贰 52 页。张娜丽 2003B，81 页。参 张娜丽 2003B。刘安志、石墨林 2003。

3239　《俱舍论颂疏论本》卷第二十六残片

10.7×9.4，前、后、上、下残，存 6 行，2 行有朱点。本件与大谷 3224、3228、3238 诸号书法相同，俱为同一写本，但不相连。

图 集成贰图版 68。张娜丽 2003B 图 14。文 集成贰 52 页。张娜丽 2003B，82 页。参 张娜丽 2003B。刘安志、石墨林 2003。

3240　《解深密经》卷第四残片

6.4×5.5，前、后、上、下残，存 4 行，有丝栏。本件与下面 3241、3242、3243、3244 诸号为同一文书残片，与大谷 3250 号为同一字体，二者似可上、下缀合。

图缺。文集成贰 52 页。参刘安志、石墨林 2003。

3240v 佛教文书残片

前、后、上、下残，存 2 行。

图缺。文集成贰 52 页。参

3241 佛教文书残片

4.2×4.6，两面书写，正面前、后、上、下残，存 4 行，有丝栏；背面前、后、上、下残，存 3 行。

图缺。文集成贰 52-53 页。参

3242 佛教义书残片

3.5×3，两面书写，正面前、后、上、下残，存 2 行，有丝栏；背面存 1 行。

图缺。文集成贰 53 页。参

3243 佛教文书残片

4.4×5.2，两面书写，正面前、后、上、下残，存 4 行，有丝栏；背面前、后、上、下残，存 4 行。

图缺。文集成贰 53 页。参

3244 佛教文书残片

3.9×3.7，前、后、上、下残，存 2 行。

图缺。文集成贰 53 页。参

3245 佛教文书残片

5.3×5.5，两面书写，正面前、后、上、下残，存 5 行，有丝栏；背面前、后、上、下残，存 4 行，3 行"凤驾俨（应飞）"乃王勣《七夕诗》中的诗句。

图缺。文集成贰 54 页。参

3246 佛教文书残片

7.5×5.2，前、后、上、下残，存 4 行。

图缺。文集成贰 54 页。参

3247 文书残片

9×4.5，两面书写，正面前、后、上、下残，存 4 行；背面残存 2 行数字。

图集成贰图版 86。文集成贰 54 页。参

3248 佛教文书残片

5×4，两面书写，俱前、后、上、下残，正面存 4 行，背面存 4 行，有丝栏。

图缺。文集成贰 54-55 页。参

3249 唐天宝某载交河郡籍残片

9×8，两面书写，正面前、后缺，存 3 行，2 行存"右件户虚挂"，3 行存"户主韦玄寿　载叁拾……"。

图 T.T.D. Ⅱ（B）135 页。集成贰图版 4。文集录 175 页。籍帐研究 261 页。T.T.D. Ⅱ（A）93 页。集成贰 55 页。参 T.T.D. Ⅱ（A）84 页。

3249v 佛教文书残片

前、后、上、下残，存 4 行。

图缺。文集成贰 55 页。参

3250　《解深密经》卷第四残片

8×8.5，前、后、上、下残，存5行，有丝栏，与大谷3240号为同一字体，二者似可上、下缀合。《瑜伽师地论》卷第七十八同。

图 集成贰图版68。张娜丽2003B 图 15。文 集成贰55页。张娜丽2003B，82页。
参 张娜丽2003B。刘安志、石墨林2003。

3250v　佛教文书残片

前、后、上、下残，存4行。

图 缺。文 集成贰55页。参

3251　《辩中边论》卷上残片

8×8，前、后缺，上部残，存5行，有丝栏，与大谷3240号为同一字体。

图 缺。文 集成贰68页。参 刘安志、石墨林2003。

3251v　佛教文书残片

前、后缺，上部残，存3行，2行"地"为武周新字。

图 集成贰图版68。文 集成贰56页。参

3252　《大般涅槃经》卷第六（北凉昙无谶译）残片

11×7，前、后、上、下残，存6行。本件与今本有些差异。南朝宋慧严等《大般涅槃经》卷第六同。

图 集成贰图版68。张娜丽2003B 图 16。文 集成贰56页。张娜丽2003B，83页。
参 张娜丽2003B。刘安志、石墨林2003。

3253　《御注金刚般若波罗蜜经宣演》卷下残片

10.5×5.5，前、后、上、下残，存3行。与大谷3237、3257、3258、3259、3260、3263、3264、3267、3270诸号同卷。

图 集成贰图版68。张娜丽2003B 图 17。文 集成贰56页。张娜丽2003B，83页。
参 张娜丽2003B。刘安志、石墨林2003。

3254　《维摩义记》卷第一（末）残片

4.9×10.8，前、后缺，下部残，存8行，有丝栏，3、6行有朱线。本件最后1行与今本不合。

图 集成贰图版68。文 集成贰56页。参 刘安志、石墨林2003。

3255　佛教文书残片

5×4.5，前、后缺，下部残，存3行，有丝栏。

图 缺。文 集成壹57页。参

3256　《御注金刚般若波罗蜜经宣演》卷下残片

15×10，前、后、上、下残，存6行。本件书法与下列3266、3268、3269诸号相同，应俱为同卷。

图 集成贰图版86。张娜丽2003B 图 18。文 集成贰57页。张娜丽2003B，84页。
参 张娜丽2003B。刘安志、石墨林2003。

3257　《御注金刚般若波罗蜜经宣演》卷下残片

12.8×5，前、后、上、下残，存3行。与大谷3237、3253、3258、3259、3260、3262、3263、3264、3267、3270诸号同卷。

图 集成贰图版86。张娜丽 2003B 图 19。**文** 集成贰 57 页。张娜丽 2003B，84 页。
参 张娜丽 2003B。刘安志、石墨林 2003。

3258 《御注金刚般若波罗蜜经宣演》卷下残片

10.2×16，前、后、上、下残，存 7 行。与大谷 3237、3253、3257、3259、3260、
3262、3263、3264、3267、3270 诸号同卷。

图 集成贰图版68。张娜丽 2003B 图 20。**文** 集成贰 57 页。张娜丽 2003B，84-85
页。**参** 张娜丽 2003B。刘安志、石墨林 2003。

3259 《御注金刚般若波罗蜜经宣演》卷下残片

16×9，前、后、上、下残，存 5 行。与人谷 3237、3253、3257、3258、3260、
3262、3263、3264、3267、3270 诸号同卷。

图 集成贰图版69。张娜丽 2003B 图 21。**文** 集成贰 57 页。张娜丽 2003B，85 页。
参 张娜丽 2003B。刘安志、石墨林 2003。

3260 《御注金刚般若波罗蜜经宣演》卷下残片

11×15，前、后缺，上部残，存 8 行。与大谷 3237、3253、3257、3258、3259、
3262、3263、3264、3267、3270 诸号同卷。

图 集成贰图版69。张娜丽 2003B 图 22。**文** 集成贰 58 页。张娜丽 2003B，86 页。
参 张娜丽 2003B。刘安志、石墨林 2003。

3261 佛教文书残片

19×14.5，前、后、上、下残，存 11 行。5 行内容略见于《妙法莲华经玄赞》卷
第二（本）及《大方广佛华严经随疏演义钞》卷第十六。前部可与大谷 3222 号缀
合。

图 集成贰图版69。张娜丽 2003B 图 23。**文** 集成贰 58 页。张娜丽 2003B，86-87
页。**参** 张娜丽 2003B。

3262 《御注金刚般若波罗蜜经宣演》卷下残片

15.5×13.8，前、后、上、下残，存 7 行。与大谷 3237、3253、3257、3258、
3259、3260、3263、3264、3267、3270 诸号同卷。

图 集成贰图版69。张娜丽 2003B 图 24。**文** 集成壹 58 页。张娜丽 2003B，87 页。
参 张娜丽 2003B。刘安志、石墨林 2003。

3263 《御注金刚般若波罗蜜经宣演》卷下残片

13.5×15.9，前、后缺，上部残，存 9 行。与大谷 3237、3253、3257、3258、
3259、3260、3262、3264、3267、3270 诸号同卷。

图 集成贰图版69。张娜丽 2003B 图 25。**文** 集成贰 59 页。张娜丽 2003B，87-88
页。**参** 张娜丽 2003B。刘安志、石墨林 2003。

3264 《御注金刚般若波罗蜜经宣演》卷下残片

14.5×16，前、后缺，上部残，存 7 行。与大谷 3237、3253、3257、3258、3259、
3260、3262、3263、3267、3270 诸号同卷。

图 集成贰图版69。张娜丽 2003B 图 26。**文** 集成贰 59 页。张娜丽 2003B，88 页。
参 张娜丽 2003B。刘安志、石墨林 2003。

3265 《俱舍论颂疏论本》卷第五残片

13.8×18.6，前、后缺，上部残，存14行。有双行小字注，2行下有3字被涂抹，4行下"翻"被改为"译"，14行下小字亦有一字被涂抹后改为"家"。

图 集成贰图版69。张娜丽2003B 图27。**文** 集成贰59页。张娜丽2003B，89页。
参 张娜丽2003B。刘安志、石墨林2003。

3266 《御注金刚般若波罗蜜经宣演》卷下残片

13×11，前、后缺，上部残，存8行。与人谷3256、3268、3269诸号同卷。

图 集成贰图版70。张娜丽2003B 图28。**文** 集成贰60页。张娜丽2003B，90页。
参 张娜丽2003B。刘安志、石墨林2003。

3267 《御注金刚般若波罗蜜经宣演》卷下残片

12×10.5，前、后缺，上部残，存5行。与大谷3237、3253、3257、3258、3259、3260、3262、3263、3264、3270诸号同卷。

图 集成贰图版70。张娜丽2003B 图29。**文** 集成贰60页。张娜丽2003B，90页。
参 张娜丽2003B。刘安志、石墨林2003。

3268 《御注金刚般若波罗蜜经宣演》卷下残片

13.4×13.5，前、后、上、下残，存9行。与大谷3256、3266、3269诸号同卷。

图 集成贰图版70。张娜丽2003B 图30。**文** 集成贰60页。张娜丽2003B，91页。
参 张娜丽2003B。刘安志、石墨林2003。

3269 《御注金刚般若波罗蜜经宣演》卷下残片

9×13.1，前、后缺，上部残，存9行。与大谷3256、3266、3268诸号同卷。

图 集成贰图版70。张娜丽2003B 图31。**文** 集成贰60-61页。张娜丽2003B，91-92页。**参** 张娜丽2003B。刘安志、石墨林2003。

3270 《御注金刚般若波罗蜜经宣演》卷下残片

12.5×12，前、后、上、下残，存6行。与大谷3237、3253、3257、3258、3259、3260、3262、3263、3264、3267诸号同卷。

图 集成贰图版70。张娜丽2003B 图32。**文** 集成贰61页。张娜丽2003B，92页。
参 张娜丽2003B。刘安志、石墨林2003。

3271 佛教文书残片

10×25.5，前、后缺，上部残，有丝栏，存18行，1-11行所记为《解深密经》卷第四（《瑜伽师地论》卷第七十八同），14-17行见于《辩中边论》卷上，但有些差异。

图 集成贰图版70。张娜丽2003B 图33。**文** 集成贰61页。张娜丽2003B，92-93页。**参** 张娜丽2003B。刘安志、石墨林2003。

3271v 佛教文书残片

前缺，上部残，存17行。

图 缺。**文** 集成贰61-62页。**参**

3272 唐西州籍残片

14.7×11.5，由数纸粘贴，前、后缺，存户籍文字3行，1行存"金鱼袋上柱国郭开表"，2行记"计緤布贰丈"，3行为"（计租）陆斛"；中有后人3行倒书："乙亥猪金命　景云二年"、"甲戌狗水命　景龙四年"、"癸酉鸡……"。

图 西域Ⅲ图版32。籍帐研究插图20，248 页。T. T. D. Ⅱ（B）117 页。集成贰图版3。文 西域Ⅲ260 页。集录 162 页。池田温 1973B，74、108 页。籍帐研究 248 页。集成贰 62 页。参 仁井田陞 1960。池田温 1973B。T. T. D. Ⅱ（A）61 页。

3272v《禄命书》（？）残片

前、后缺，下部残，存 5 行，4、5 行记"辛卯兔木命　天宝（后缺）"、"壬辰龙水命　天宝（后缺）"，与正面倒书为同一书体。书法及内容与大谷 3769 号相近，二者似有关联。

图 西域Ⅲ图版32。集成贰图版3。文 大谷目二 51 页。西域Ⅲ261 页。集成贰 62 页。参 小笠原宣秀 1960B。

3273　道教文书残片

15.2×9.2，两面书写，正面前、后缺，存 8 行，中间字迹漫漶难识，2 行记有"妙相贵"；背面前、后缺，存 9 行，8 行记"六十甲子姓相已竟己丑年正月十日"。

图 集成贰图版78。文 大谷目二 52 页。集成贰 62-63 页。参

3274《推人游年八卦法》残片

9.2×15.2，前、后、上、下残，存 13 行，有丝栏，1、5、10 行皆记有"游年"字样，2 行记有"绝命巽"。

图 集成贰图版78。文 大谷目二 52 页。集成贰 63 页。参

3274v《推人游年八卦法》残片

前、后、上、下残，存 10 行，有丝栏，书法与正面相同。1 行记有"绝命震"，5 行记有"绝命离"。

图 集成贰图版78。文 大谷目二 52 页。集成贰 63-64 页。参

3275　文书残片

8.5×7.4，由两纸粘贴，前部缺，上、下残，存 2 行，2 行记"诸军国愿"。

图 集成贰图版78。文 集成贰 64 页。参

3275v《大方便佛报恩经》卷第四残片

前、后、上、下残，存 4 行。本件当与大谷 3189 号密切相关。

图 集成贰图版78。张娜丽 2003B 图 34。文 集成贰 64 页。张娜丽 2003B，94 页。参 张娜丽 2003B。刘安志、石墨林 2003。

3276《易占书》残片

10×8.5，由两纸粘贴，前、后、上、下残，存 6 行，有丝栏，其中 4 行记有"占人相官禄爵"。

图 集成贰图版78。文 集成贰 64 页。参

3276v《易占书》残片

前、后、上、下残，存 5 行，记"占出兵"、"占梦"等。

图 集成贰图版78。文 集成贰 64 页。参

3277　佛教文书残片

8×6.4，两面书写，正面前、后、上、下残，存 5 行，集成贰定为"道教关系文书断片"，但文书记有"界场"、"界相"等词，似应为佛教文书。背面存 1 行"根神

姓刘" 4 字。

图 集成贰图版 78。文 集成贰 64-65 页。参

3278　《千字文》抄本残片

8.3×6.7，两面书写，正面前、后、上、下残，存 4 行，书 "虚堂习听"、"资父事君" 等；背面存 5 行。

图 集成贰图版 81。文 集成贰 65 页。参 唐长孺 1995。

3279　唐西州籍残片

9×5，由两纸粘贴，前、后、上、下残，存 2 行，记土地四至情况，2 行 "张玄敏" 又见于大谷 2863 号退田文书。本件缺纪年，籍帐研究推测可能为 8 世纪前、中期。

图 T. T. D. Ⅱ（B）130 页。集成贰图版 3。文 集录 172 页。籍帐研究 257 页。T. T. D. Ⅱ（A）87 页。集成贰 65 页。参 土肥义和 1969。T. T. D. Ⅱ（A）76 页。

3279v《御注孝经》(?) 残片

前、后、上、下残，存 4 行，3 行记有 "明王孝治以致和平"。

图 集成贰图版 3。张娜丽 2003A 图 3。文 集成贰 65 页。张娜丽 2003A，18-19 页。参 张娜丽 2003A。

3280　占卜文书 (?) 残片

9.3×4.8，有丝栏，前、后、上、下残，存 3 行，有 "是有忧无"、"身吉居官迁进事人"、"吉家内" 等语。

图 缺。文 集成贰 65 页。参

3280v 文书残片

前、后、上、下残，存 3 行。

图 缺。文 集成叁 66 页。参

3281　古籍写本 (?) 残片

5×7.2，两面书写，正面前、后缺，上部残，有丝栏，存 5 行，4 行记 "州事"，5 行记 "境有贼"；背面前、后、上、下残，存 4 行。

图 集成贰图版 78。文 集成贰 66 页。参

3282　道教文书残片

6×9，两面书写，前、后俱缺，上、下俱残，正面存 7 行，背面存 7 行。

图 集成贰图版 78。文 集成贰 66 页。参

3283　道教文书残片

7×5，两面书写，前、后俱缺，上、下俱残，正面存 3 行，背面存 4 行。

图 集成贰图版 79。文 集成贰 67 页。参

3284　《佛垂般涅槃略说教诫经》（亦名《佛遗教经》）残片

7×6.4，前、后、上、下残，存 4 行，有丝栏。集成贰定为 "道教关系文书断片"，误。

图 集成贰图版 79。张娜丽 2003B 图 35。文 集成贰 67 页。张娜丽 2003B，68、94 页。参 张娜丽 2003B。刘安志、石墨林 2003。

3284v《佛垂般涅槃略说教诫经》（亦名《佛遗教经》）残片

前、后、上、下残，存4行，有丝栏。本件书法同于正面，字迹虽漫漶不清，但3
行"恶骂之毒"数字仍依稀可见，据此可断定此面乃接书正面而来，两面所抄俱
为同一佛经。

图 集成贰图版79。**文** 集成贰67页。**参** 刘安志、石墨林2003。

3285 《杂宝藏经》卷第二残片

6.8×5.8，前、后、上、下残，存4行，有丝栏。集成贰定为"道教关系文书断
片"，误。

图 集成贰图版79。**文** 集成贰67页。**参** 刘安志、石墨林2003。

3285v《杂宝藏经》卷第二残片

前、后、上、下残，存4行，有丝栏。本件书法同于正面，且2行"众生亦孝"亦
见于《杂宝藏经》卷第二，当是两面同抄一经。

图 集成贰图版79。**文** 集成贰67页。**参** 刘安志、石墨林2003。

3286 佛教文书残片

5×6.5，两面书写，前、后俱缺，上、下俱残，正面存3行，背面存4行。

图 缺。**文** 集成贰68页。**参**

3287 佛教文书残片

4.3×4.9，两面书写，前、后俱缺，上、下俱残，正面存3行，1行有双行小字
"出譬喻经"；背面存2行。

图 缺。**文** 集成贰68页。**参**

3288 佛教文书残片

14×8.2，前、后、上、下残，存3行。

图 集成贰图版79。**文** 集成贰68页。**参**

3288v《盂兰盆经讚述》残片

前、后、上、下残，存5行。

图 集成贰图版79。**文** 集成叁68页。**参** 刘安志、石墨林2003。

3289 《太上洞玄灵宝真文度人本行妙经》残片

8.7×11.5，前、后缺，下部残，有丝栏，存6行。经文内容见于《云笈七签》卷
一百一《纪传部·金门皓灵皇老君纪》所引之《洞玄本行经》，经与敦煌P.3022v
《太上洞玄灵宝真文度人本行妙经》比对，《云笈七签》所引《洞玄本行经》和
《本行经》，其全名应即P.3022v号所题之经名，故作如上定名。本件与5790号当
为同一抄本。

图 集成贰图版79。张娜丽2003B图36。**文** 集成贰68-69页。张娜丽2003B，95
页。**参** 道经目录361页。荣新江1999。张娜丽2003B。

3289v《道教镇宅禳解符咒》（？）残片

前、后、上、下残，存6行，3行记"谁有人家居宅"，4行记"石九十斤镇鬼"，
5行记"居宅所遭"。本件与5790v号当为同一抄本。

图 集成贰图版79。**文** 集成叁69页。**参**

3290 佛典残片

9×11，前、后、上、下残，存5行，1、2行内容见于《天台菩萨戒疏》下。

图 缺。文 集成贰 69 页。参

3290v 佛典残片

前、后、上、下残，存 7 行，5 行"统括诸行成一厚集"仅见于《华严经探玄记》卷第十及《华严经疏》，或为《华严经》的另一注疏本。

图 集成贰图版 72。文 集成贰 69 页。参

3291 唐开元十三年（725）西州籍残片

11.5×7.5，前、后缺，存 2 行，1 行记"……年伍拾玖岁　白丁准开元拾年籍伍拾玖其年……"。

图 T. T. D. Ⅱ（B）120 页。集成贰图版 3。文 集录 163 页。籍帐研究 250 页。T. T. D. Ⅱ（A）78 页。集成贰 69-70 页。参 土肥义和 1969。池田温 1976。T. T. D. Ⅱ（A）63-64 页。

3291v 佛教文书残片

前、后、上、下残，存 4 行。

图 集成叁图版 3。文 集成贰 70 页。参

3292 古籍写本残片

7×3，前、后缺，存 2 行。

图 缺。文 集成贰 70 页。参

3293 佛教文书残片

9.5×3，前、后、上、下残，存 3 行。

图 缺。文 集成贰 70 页。参

3293v《妙法莲华经玄讚》卷第一（本）残片

前、后、上、下残，存 2 行。

图 缺。文 集成贰 70 页。参 刘安志、石墨林 2003。

3294《历代法宝记》残片

7×4.2，前、后、上、下残，存 3 行。

图 缺。文 集成贰 70 页。参 刘安志、石墨林 2003。

3295 佛教文书残片

6.7×3.6，两面书写，正、背面俱残存 2 行文字。

图 缺。文 集成贰 70 页。参

3296 佛教文书残片

6.9×3.6，前、后、上、下残，存 2 行，有丝栏。

图 缺。文 集成贰 71 页。参

3296v《肇论》残片

前、后、上、下残，存 2 行，文为："（闻圣无知。谓等大虚。有无之境。边见所存。岂是处中莫二）之道乎。何者万（物虽殊。然性本常一。不可而物）。"

图 缺。文 集成贰 71 页。参 刘安志、石墨林 2003。

3297 古籍写本残片

2.7×7，两面书写，正面残存 2 行，背面存 5 行，残存数字。

图 缺。文 集成贰 71 页。参

3298 古籍写本残片

6.5×2，两面书写，俱残存2行，正面有丝栏。

图缺。文 集成贰71页。参

3299 古籍写本残片

3×4，两面书写，正面残存3行，背面残存1行。

图缺。文 集成贰71页。参

3300 文书残片

7.5×3，由两纸粘贴，两面分别残存文书1行。

图缺。文 集成贰72页。参

3301 文书残片

3.5×3，两面分别残存数字。

图缺。文 集成贰72页。参

3302 文书残片

2×2，两面分别残存数字。

图缺。文 集成贰72页。参

3303 佛典残片

6.5×5.5，前、后、上、下残，存6行。

图 集成贰图版72。文 集成贰72页。参

3304 《灌顶经》卷第十二残片

8.7×11.7，前、后、上、下残，存6行。

图 集成贰图版72。张娜丽2003B 图37。文 集成贰72页。张娜丽2003B，95-96页。参 张娜丽2003B。刘安志、石墨林2003。

3305 佛典残片

8.5×3，前、后缺，存2行，有丝栏。

图缺。文 集成贰72页。参

3306 《无垢净光大陀罗尼经》残片

13×9.2，前、后缺，上部残，存11行，有丝栏，每栏书写2行经文。

图 集成贰图版70。张娜丽2003B 图38。文 集成贰73页。张娜丽2003B，96页。参 张娜丽2003B。刘安志、石墨林2003。

3307 《大智度论》卷第二十五残片

6.3×2，前、后、上、下残，存2行。

图缺。文 集成贰73页。参 刘安志、石墨林2003。

3308 《千字文》抄本残片

15.4×3.8，前、后缺，存3行，有丝栏，残"宣威沙漠"等字。

图 集成贰图版81。文 集成贰73页。参 唐长孺1995。

3309 《大唐内典录》卷第一残片

10.5×10.7，前、后缺，存8行，有丝栏，存大小两种字体，1-5行为小字，乃《大唐内典录》序言；6-8行为大字，为《大唐内典录》卷第一。

图 集成贰图版85。张娜丽2003B 图39。文 集成贰73页。张娜丽2003B，97页。

参 刘安志、石墨林 2003。

3310　古籍写本残片

4.5×5.5，存 3 行，残存数字。

图 缺。**文** 集成贰 74 页。**参**

3311　古籍写本残片

4.2×3.2，前、后缺，存 2 行 2 字。

图 缺。**文** 集成贰 74 页。**参**

3312　《佛说弥勒下生成佛经》残片

6.7×6，前、后、上、下残，存 4 行。集成贰定为"道教典籍断片"，误。

图 集成贰图版 79。张娜丽 2003B 图 40。**文** 集成贰 74 页。张娜丽 2003B，98 页。

参 张娜丽 2003B。刘安志、石墨林 2003。

3313　《千字文》抄本残片

5×3，前、后、上、下残，存 3 行。

图 集成贰图版 81。**文** 集成贰 74 页。**参** 唐长孺 1995。

3314　文书残片

8.5×7，前、后缺，下部残，存 3 行 6 字，有丝栏。

图 集成贰图版 79。**文** 集成贰 74 页。**参**

3315　《破邪论》卷上残片

12×4.5，前、后、上、下残，存 2 行，内容记有"华岳道士刘正念"及"戒仙人
请问本行因"，已有研究认为属道教经典，误；集成贰定为"道教典籍断片"，亦
误。

图 集成贰图版 79。张娜丽 2003B 图 41。**文** 集成贰 74 页。张娜丽 2003B，98 页。

参 道经目录 361 页。荣新江 1999。张娜丽 2003B。刘安志、石墨林 2003。

3316　佛典残片

6.5×14.5，前、后、上、下残，存 8 行，有丝栏。

图 集成贰图版 72。**文** 集成贰 75 页。**参**

3317　古籍写本残片

9.2×10.3，前、后、上、下残，存 4 行。

图 缺。**文** 集成贰 75 页。**参**

3318　《大般涅槃经》卷第三十一（北凉昙无谶译）残片

8×8.2，后缺，下部残，存 4 行，有丝栏。本件书法似为南北朝时期，宋沙门慧严
等编《大般涅槃经》卷第二十九同。

图 集成贰图版 85。张娜丽 2003B 图 42。**文** 集成贰 75 页。张娜丽 2003B，98-99
页。**参** 张娜丽 2003B。刘安志、石墨林 2003。

3319　道教符印

6.7×21.5，前、后缺，下部残，存 7 行。

图 西域Ⅲ插图 15。集成贰图版 79。**文** 西域Ⅲ259 页。集成贰 75 页。**参** 黄烈 1981、
1986。

3320　《四分律》卷第十六或《五分律》卷第九残片

6×3，前、后、上、下残，存2行"若 木兰"、"者（著）波逸提"数字，2行首字不易辨识，若是"者"字，则为《四分律》卷第十六或《四分律比丘戒本》、《四分戒本疏》卷第三写本；若是"著"字，则为《五分律》卷第九写本。集成贰定为《弥沙塞五分戒本》，似误。

图 集成贰图版72。**文** 集成贰76页。**参** 刘安志、石墨林2003。

3321　佛教文书残片

6×4.5，前、后缺，存3行，残存数字，2行"破殃伏"仅见于《佛说七千佛神符经》。

图 缺。**文** 集成贰76页。**参**

3322　道教典籍残片

4×4.5，前、后缺，存3行，残存数字，两面附有土，背面有一文字。

图 缺。**文** 集成贰76页。**参**

3323　《一切经音义》卷第四十八（玄应撰）残片

14×16，前、后缺，下部残，存7行，有丝栏，内容乃玄应对唐译《瑜伽师地论》卷第十六、十七的注释。

图 集成贰图版79。张娜丽2003A 图4。**文** 集成贰76页。张娜丽2003A，20页。**参** 张娜丽2003A。刘安志、石墨林2003。

3324　佛教文书残片

6.5×10.5，前、后缺，上部残，有丝栏，存3行，残存"同占"、"完进智定"数字。

图 集成贰图版80。**文** 集成贰76页。**参**

3325　《阎罗十王授记逆修生七经》残片

6.5×7.7，前缺，存4行，有丝栏，1行记"第二首"，4行残"十王授记逆修"数字。

图 集成贰图版72。**文** 集成贰77页。**参**

3326　唐写本郑笺《毛诗》残片

前、后缺，存7行，内容乃郑玄笺注《毛诗》"四月二章"与"北山六章"写本残片。

图 集成贰图版83。张娜丽2003A 图8。**文** 集成贰77页。张娜丽2003A，29页。**参** 张娜丽2003A。

3327　音韵书残片

7.9×5.7，前、后缺，下部残，存3行，为上平声支韵残片。

图 集成贰图版85。**文** 集成贰77页。**参**

3327v　音韵书残片

前、后缺，下部残，存3行，为上平声东韵残片。

图 集成贰图版85。**文** 集成贰77页。**参**

3328　佛教文书残片

4.6×4.5，前、后、上、下残，存3行，1、2行似为双行小字注，有"三惠"、"求助智法"、"为布施"之语。"三惠"、"求助智法"见于《伽耶山顶经》与《文殊师利菩萨问菩提经论》卷下（一名《伽耶山顶经论》）。

图 缺。文 集成贰 77 页。参

3329 佛典残片

5.5×7.2，前、后、上、下残，存 4 行。

图 缺。文 集成贰 77-78 页。参

3330 《南阳和尚问答杂徵义》残片

4×5.5，前、后、上、下残，存 3 行。

图 集成贰图版 80。张娜丽 2003B 图 43。文 集成贰 78 页。张娜丽 2003B，70、99 页。参 张娜丽 2003D。

3331 道教典籍残片

2.5×2.5，前、后缺，存 3 行，残存数字。

图 缺。文 集成贰 78 页。参

3332 文书残片

18.2×2.5，前、后缺，存 1 行，残存数字。

图 缺。文 集成贰 78 页。参

3333 文书残片

3.5×4.5，存一"王"字。

图 缺。文 集成贰 78 页。参

3334 文书残片

5.5×4.5，存 2 行，残存数字。

图 缺。文 集成贰 78 页。参

3335 文书残片

4×2.5，两面书写，存数字，有丝栏。

图 缺。文 集成贰 78 页。参

3336 古籍写本残片

4×4，存数字，有丝栏。

图 缺。文 集成贰 78 页。参

3337 文书残片

2.5×2.5，无文字。

图 缺。文 缺。参

3338 文书残片

4.5×2，存 2 字。

图 缺。文 集成贰 78 页。参

3339 文书残片

3.4×4，存 2 行，残存数字。

图 缺。文 集成贰 78 页。参

3340 文书残片

3×2.5，存 2 行，残存数字。

图 缺。文 集成贰 78 页。参

3341 文书残片

2×2.5，存一"会"字。

图 缺。文 集成贰 78 页。参

3342 文书残片

5×4.3，存一"日"字。

图 缺。文 集成贰 78 页。参

3343 文书残片

2.5×1.5，存"一大论"3 字。

图 缺。文 集成贰 78 页。参

3344 文书残片

存 2 片，一片 2×1，另一片 3.5×2，文字无法识读。

图 缺。文 缺。参

3345 文书残片

2.5×2，两面书写，存数字。

图 缺。文 集成贰 78 页。参

3346 文书残片

3×2，两面书写，有 2、3 字无法识读。

图 缺。文 缺。参

3347 文书残片

3×2，无文字。

图 缺。文 缺。参

3348 文书残片

2.5×2.5，两面书写，有 2、3 字无法识读。

图 缺。文 缺。参

3349 文书残片

2.5×1.6，两面书写，有 2 字无法识读。

图 缺。文 缺。参

3350 文书残片

2.8×1.6，有一字无法识读。

图 缺。文 缺。参

3351 《尔雅》注疏残片

9.8×8.5，前、后缺，上部残，存 8 行，有丝栏，每栏书 2 行，6 行"职为乱阶"、8 行"谁其尸之"，俱见于《毛诗》。后部可与大谷 8095 号缀合。

图 集成贰图版 85。张娜丽 2003A 图 1。文 集成贰 79 页。张娜丽 2003A，14 页。参
张娜丽 2003A。

3352 《妙法莲华经》卷第三残片

14×6.5，前、后缺，上部残，存 4 行，前 3 行为佛经，末行为胡语，有丝栏，背面附有土。《添品妙法莲华经》卷第三与此同。本件与大谷 3352 号书法相同，应为同卷。

图 集成贰图版 72。张娜丽 2003B 图 44。文 集成贰 79 页。张娜丽 2003B，99 页。
参 张娜丽 2003B。刘安志、石墨林 2003。

3353 《妙法莲华经》卷第三残片

26×7.5，前、后缺，有丝栏，存 5 行，3 行经文下记有胡语一行。《添品妙法莲华经》卷第三同。本件与 3352 号为同卷。

图 集成贰图版 72。张娜丽 2003B 图 45。文 集成贰 79 页。张娜丽 2003B，100 页。
参 张娜丽 2003B。刘安志、石墨林 2003。

3354 唐天宝年间天山军兵员支粮计会簿之一

29×43.5，后缺，存 14 行，行间多注文。簿中列有分布交河郡界各地的兵员人数，其粮食由就近仓库支给，如 5 行"一十二人鸜鹆镇界"后，有注记"郡仓支，十五日"，由此知为天宝年间文书。

图 西域Ⅲ图版 16。集成贰图版 55。文 大谷目二 54 页。西域Ⅲ 153 页。籍帐研究 484-485 页。集成贰 79-80 页。参 小笠原宣秀、西村元佑 1960。菊池英夫 1969-1970。中田笃郎 1985。西北军事研究 66-68 页。大津透等 2003。

3355 唐天宝年间天山军兵员支粮计会簿之二

存大、小两片，大片 26.7×41.2，后缺，存 12 行；小片 5×16，前、后缺，上部残，存 3 行 3 个"界"字。

图 西域Ⅲ图版 16。集成贰图版 56。文 西域Ⅲ 152-153 页。籍帐研究 485 页。集成贰 80-81 页。参 小笠原宣秀、西村元佑 1960。菊池英夫 1969-1970。中田笃郎 1985。西北军事研究 66-68 页。大津透等 2003。

3356 唐西州卫士番上名簿残片

18.5×27.5，前、后缺，存 10 行，背面附有白色颜料。3 行人名下记"已上四人填右果毅九月十六日……"，5 行下记"已上二人当上右果毅傔"。簿中人名多见于大谷 3030 号。

图 缺。文 大谷目二 55 页。西域Ⅲ 145 页。集成贰 81。参 小笠原宣秀、西村元佑 1960。菊池英夫 1961、1969-1970。

3357 唐西州卫士番上名簿残片

19×22.5，后缺，上部残，存 8 行，卫士名下署"州上"、"方亭上"等。8 行曹畔洛又见于大谷 3030 号。

图 集成贰图版 52。文 西域Ⅲ 145 页，集成贰 81-82 页。参 小笠原宣秀、西村元佑 1960，菊池英夫 1961、1969-1970。

3358 唐西州卫士番上名簿残片

18.3×22，前、后缺，存 9 行，2 行卫士名下署"已上守府"，8、9 行下记"却填员外折冲康延七日仗身"，簿中人名多见于大谷 3030 号。

图 集成贰图版 52。文 西域Ⅲ 145 页。集成贰 82 页。参 小笠原宣秀、西村元佑 1960。菊池英夫 1961、1969-1970。黄惠贤 1990。

3359 武周残文书

13.6×22，前、后缺，存 6 行，4 行月、日为武周新字，5、6 行为倒书。

图 集成贰图版 86。文 大谷目二 56 页。集成贰 82 页。参

3360　文书残片

11×16.3，两面书写，皆前、后缺，正面存3行，背面存2行，俱记有"小僧"2字。

图 集成贰图版86。文 集成贰82页。参

3361　武周天授二年（691）西州高昌县诸堰头等申青苗亩数佃人牒之一

16×12，前、后缺，下部残，存6行，5行署"天授二年"，6行记"连公成白"。两面附有糨糊，2行"柒"字右边有朱点。

图 西域Ⅱ图版11。集成贰图版46。文 西域Ⅱ94页。周藤研究7页。西村研究446-447页。籍帐研究330页。集成贰83页。参 周藤吉之1959、1965。西村元佑1959。

3362　唐垂拱四年（688）九月西州卫士赵欢才等辞为请准例合免事

19.2×10，前、后缺，背面附有白色颜料，存3行，内容记卫士赵欢才、康住德等曾参加过崑丘道行军，故辞呈官府请求"准例合免"。1行只记有"四年九月"，未有明确纪年，按唐初崑丘道行军有二：一在贞观二十一年，一在垂拱年间，此处"四年九月"当为垂拱四年九月。

图 集成贰图版52。文 大谷目二56页。西域Ⅲ104、147页。集成贰83页。参 小笠原宣秀、西村元佑1960。内藤乾吉1960。

3363　武周天授二年（691）西州高昌县诸堰头等申青苗亩数佃人牒之一

16×7.5，前、后缺，存3行，两面附有糨糊，佃人张崇敬旁有一"城"字，当即武城乡。

图 集成贰图版46。文 西域Ⅱ101页。周藤研究23页。佐藤武敏1967，4页。籍帐研究327页。集成贰83页。参 周藤吉之1959、1965。佐藤武敏1967。伊藤正彦1980。

3364　武周天授二年（691）七月西州高昌县诸堰头等申青苗亩数佃人牒之一

16×18，前、后缺，上部残，存8行，有武周新字，两面附有糨糊。6行记"（天）授二年七月 日堰头□□寺家人举子"，8行为"连公成白"。

图 大谷目二卷末第二叶。集成贰图版46。文 大谷目二56-57页。西域Ⅱ94页。周藤研究6页。佐藤武敏1967，3页。籍帐研究330页。集成贰83页。参 周藤吉之1959。堀敏一1960。佐藤武敏1967。伊藤正彦1980。小田义久1981B。姜伯勤1982。

3365　武周天授二年（691）西州高昌县诸堰头等申青苗亩数佃人牒之一

15.5×15，后缺，存4行，两面附有糨糊，4行记"十二亩 二亩官 一十亩并百姓（口分）"。

图 西域Ⅱ图版11。集成贰图版46。文 籍帐研究324页。集成贰84页。参 周藤吉之1959。

3366　武周圣历二年（699）沙州豆卢军为迎吐谷浑归朝案卷之一

13.2×14.2，前、后、上、下残，存7行，有武周新字，钤有官印。本件原出自吐鲁番阿斯塔那225号墓，以下5件同。3行记有"令端"，当即张令端。

图 集成贰图版58。大谷研究图版11。文 西域Ⅲ151页。集成贰84页。参 小笠原

宣秀、西村元佑 1960。陈国灿 1987。荒川正晴 1988。

3367　武周圣历二年（699）沙州豆卢军为迎吐谷浑归朝案卷之一

14.5×12.5，后缺，存 3 行，有武周新字，前部与大谷 3368 号缀合，1 行有"知运"2 字，当即郭知运。

图 集成贰图版 32。文 集成贰 84 页。参 荒川正晴 1988。

3368　武周圣历二年（699）沙州豆卢军为迎吐谷浑归朝案卷之一

16.5×11.8，前缺，存 4 行，有武周新字，后部与大谷 3367 号缀合。

图 集成贰图版 32。文 集成贰 84 页。参 小笠原宣秀、西村元佑 1960。荒川正晴 1988。

3369　武周圣历二年（699）沙州豆卢军为迎吐谷浑归朝案卷之一

14.5×17，前、后、上、下残，存 6 行，2 行记"称得瓜州都督"数字。

图 集成贰图版 60。大谷研究图版 11。文 大谷目二 57-58 页。西域Ⅲ 151 页。集成贰 84-85 页。参 小笠原宣秀、西村元佑 1960。陈国灿 1987。荒川正晴 1988。

3370　武周圣历二年（699）沙州豆卢军为迎吐谷浑归朝案卷之一

18×22，前、后缺，存 8 行，有武周新字，钤有官印。5 行记"已准敕各牒所由讫"，知朝廷曾为迎接吐谷浑事下过敕令。

图 集成贰图版 59。大谷研究图版 11。文 西域Ⅲ 151 页。集成贰 85 页。参 小笠原宣秀、西村元佑 1960。陈国灿 1987。

3371　武周圣历二年（699）沙州豆卢军为迎吐谷浑归朝案卷之一

23.5×25，后缺，上、下残，存 6 行，有武周新字，1 行记有"张总管"，即豆卢军子总管张令端；2 行记"准状故牒"，知为一牒文。

图 集成贰图版 32。文 集成贰 85 页。参 荒川正晴 1988。

3372　文书残片

15.5×9，前、后、上、下残，存 4 行，4 行提及"众僧"，或为寺院文书。

图 集成贰图版 83。文 大谷目二 58 页。集成贰 85 页。参 小笠原宣秀 1961A。

3373　佛教文书残片

11×14，前、后缺，下部残，存 8 行，1 行记有双行小字"出譬喻经"，6 行记"出阿含经"，似为佛经杂抄。

图 集成贰图版 73。文 集成贰 85-86 页。参

3374　唐残契

10.5×11.5，前、后、上、下残，存 6 行，3 行记"悔者罚一上二入悔者"。

图 集成贰图版 62。文 T. T. D. Ⅲ（A）72 页。集成贰 86 页。参 仁井田陞 1960。

3375　唐西州小麦分付、迴造文书

15.7×14.8，前、后缺，上部残，存 5 行，2 行有"牒"字，5 行记"其柳中蒲昌"，当为西州官府文书。

图 集成贰图版 62。文 大谷目二 58-59 页。集成贰 86 页。参

3376　某人书信残片

28.2×13.5，前、后缺，存 4 行，3 行提及"崇宝寺"。

图 集成贰图版 83。张娜丽 2003A 图 9。文 集成贰 86 页。张娜丽 2003A，31 页。参

张娜丽 2003A。

3377　唐开元二十九年（741）西州高昌县退田簿残片之一

27×12，前、后、上、下残，存5行，3、4行所记鄀索师、阴久讬田亩数及四至方位，可与大谷2855号的2、3行内容对应。

图 西域Ⅱ图版33。西嶋研究图版33。集成贰图版41。文 西域Ⅱ185页。西嶋研究535-536页。籍帐研究411-412页。集成贰86-87页。参 西嶋定生1959。嶋崎昌1959。西村元佑1959。王仲荦1980。

3378　唐开元二十四年（736）西州王慈顺等授官案卷之一

27×9.5，后缺，存3行，纸背附有绘画片，内容是有关王慈顺等授官的牒文处埋，与大谷3380号为同一案卷。

图 集成贰图版33。文 集成贰87页。参

3379　唐天宝二年（743）交河郡高昌县访捉逃兵刘德才、任顺儿、梁日新案卷之一

24×12，后缺，存4行。

图 西域Ⅲ图版17。集成贰图版58。文 西域Ⅲ156页。集成贰87页。参 小笠原宣秀、西村元佑1960。西北军事研究347-352页。刘安志1997A。

3380　唐开元二十四年（736）西州王慈顺等授官案卷之二

28×10，前、后缺，存4行，纸背附有绘画片，1行所记"敕崔希逸"，据3行记"采访使"及4行"开元二十四年牒"，似为开元二十四年代牛仙客节度河西的崔希逸。

图 集成贰图版33。文 集成贰87页。参

3381　唐兵曹参军残文书

22.5×4，前、后缺，存2行，有"兵曹参军意□"数字。

图 集成贰图版49。文 西域Ⅲ165页。集成贰87页。参 小笠原宣秀、西村元佑1960。

3382　唐残事目

23.3×3.5，前、后缺，表面附有糨糊，存1行，内容为"……准符检当府虞候数足事"。

图 集成贰图版59。文 西域Ⅲ44页。集成贰87页。参 内藤乾吉1960。

3383　唐官府文书残片

25×4，前、后缺，上部残，存2行，1行存"依判其官人白"数字。

图 集成贰图版33。文 集成贰88页。参

3384　文书残片

25×3，后缺，存1行，残"贰拾□十二月十四日于麴"数字。

图 集成贰图版87。文 集成贰88页。参

3385　唐残牒

23.5×2.8，前缺，存1行，残存数字。

图 集成贰图版33。文 集成贰88页。参

3386　残什物帐

21×2.5，后缺，存1行，记"鞍一具　袍一领"。

图 缺。文 集成贰 88 页。参

3387 **文书残片**

3.5×38.2，前、后缺，下部残，存 6 行，残存数字。

图 缺。文 集成贰 88 页。参

3388 **唐高武隆领折冲地子粟抄**

21×6，前、后缺，上部残，存 2 行，1 行记“折冲地子粟伍石陆㪷贰年”，2 行记“高武隆领”。

图 西域Ⅱ图版 10。集成贰图版 62。文 西域Ⅱ108 页。集成贰 88 页。参 周藤吉之 1959。船越泰次 1981。

3389 **卖绯草只得买价文书残片**

21×6，前、后缺，存 2 行，2 行有“间绯草卖，只得买价，绯草”。

图 集成贰图版 62。文 集成贰 89 页。参

3390 **唐西州阴雪君等征镇及诸色人等名籍**

23×5.2，前、后缺，存 3 行，1 行记“□人崑丘道行”，下列人名；2 行记“七人孝假”，亦列人名。

图 西域Ⅲ图版 15。集成贰图版 59。文 西域Ⅲ144 页。集成贰 89 页。参 小笠原宣秀、西村元佑 1960。黄惠贤 1983。小田义久 1990。

3391 **武周纳逋悬斛斗文书**

25×7.2，前、后缺，存 4 行，有武周新字，1 行残记“为文历浩大，遂漏项帐，寻即”，2 行提及“使司”及“前支度使”，3 行为“纳逋悬斛斗牒州，州符七月到县，令遣”，当是官府处理有关“纳逋悬斛斗”的文案。

图 集成贰图版 63。文 集成贰 89 页。参

3392 **残器物帐**

22.5×7，前、后缺，存 2 行，1 行记“切刀贰把”，2 行记“莲钜壹把”，下有近代数码，年代或在清代。

图 集成贰图版 63。文 集成贰 89 页。参

3393 **文书残片**

25×5.5，前、后缺，存 2 行，残存数字，下部另有一纸粘贴。

图 集成贰图版 87。文 集成贰 89 页。参

3394 **唐开元年代西州高昌县城西枣树渠户别部田簿残片之一**

22×37，前、后缺，存 13 行，具列户主王征仁等的年龄、家中男口年龄及在城西五里、七里枣树渠的部田段亩与四至方位。

图 集成贰图版 47。文 大谷目二 60 页。西域Ⅱ351 页。西村研究 411-412 页。籍帐研究 388-389 页。集成贰 89-90 页。参 西嶋定生 1959。西村元佑 1959。

3395 **唐开元年代西州高昌县城西枣树渠户别部田簿残片之一**

24×6，前、后缺，存 5 行，记户主柳天宝等部田段亩及四至方位情况。

图 西域Ⅱ图版 40。西村研究图版 11。集成贰图版 47。文 西域Ⅱ351 页。西村研究 412 页。籍帐研究 385 页。集成贰 90 页。参 西嶋定生 1959。西村元佑 1959。

3396 **唐开元年代西州高昌县城西枣树渠户别部田簿残片之一**

25.5×8.1，前、后缺，存5行，记户主张行义等部田段亩及四至方位情况。

图 集成贰图版47。文 西域Ⅱ351页。西村研究413页。籍帐研究389页。集成贰 90页。参 西嶋定生1959。西村元佑1959。

3397 唐开元年代西州高昌县城西枣树渠户别部田簿残片之一

21×7，前、后缺，存4行，记户主曹天你等部田段亩及四至方位情况，1行存"投化里"，曹天你一名又见于大谷2887号。

图 西域Ⅱ图版40。集成贰图版47。文 西域Ⅱ220页、351页。西嶋研究646页。西村研究401、413页。籍帐研究385页。集成贰90页。参 西嶋定生1959。西村元佑1959。

3398 唐开元年代西州高昌县城西枣树渠户别部田簿残片之一

25×10，前、后缺，存4行，记户主目保保等部田段亩及四至方位情况。

图 集成贰图版48。文 西域Ⅱ352页。西村研究413页。籍帐研究389页。集成贰 91页。参 西嶋定生1959。西村元佑1959。

3399 唐开元年代西州高昌县城西枣树渠户别部田簿残片之一

18×7.5，前、后缺，下部残，存5行，记户主安小感等部田段亩及四至方位情况。

图 集成贰图版48。文 西域Ⅱ220页、352页。西嶋研究644页。西村研究414页。籍帐研究389页。集成贰91页。参 西嶋定生1959。西村元佑1959。

3400 唐开元年代西州高昌县城西枣树渠户别部田簿残片之一

13.2×15.9，前、后缺，下部残，存6行，记户主和尚品等部田段亩及四至方位情况。

图 西域Ⅱ图版39。西村研究图版10。籍帐研究插图59，384页。集成贰图版48。文 西域Ⅱ352页。西村研究414页。籍帐研究384页。集成贰91页。参 西嶋定生1959。西村元佑1959。

3401 唐开元年代西州高昌县城西枣树渠户别部田簿残片之一

19.5×6，前、后缺，存3行，记户主何秃子等部田段亩及四至方位情况，1行署"尚贤乡"。

图 西域Ⅱ图版40。西村研究图版11。集成贰图版48。文 西域Ⅱ352页。西村研究414页。籍帐研究385页。集成贰91页。参 西嶋定生1959。西村元佑1959。杨际平1988。

3402 唐开元年代西州高昌县城西枣树渠户别部田簿残片之一

23×5.5，后缺，存2行3字。

图 集成贰图版47。文 籍帐研究389页。集成贰91页。参

3403 唐开元年代西州高昌县城西枣树渠户别部田簿残片之一

12.6×15，前、后缺，下部残，存4行，记户主李感□等部田段亩及四至方位情况。

图 西域Ⅱ图版39。西村研究图版10。籍帐研究插图59，384页。集成贰图版48。文 西域Ⅱ352页。西村研究414-415页。籍帐研究384页。集成贰92页。参 西嶋定生1959。西村元佑1959。

3404 唐开元年代西州高昌县城西枣树渠户别部田簿残片之一

9×2.5，前、后缺，存 1 行。

图 西域Ⅱ图版 39。西村研究图版 10。集成贰图版 48。**文** 西域Ⅱ 352 页。西村研究 415 页。籍帐研究 384 页。集成贰 92 页。**参** 西嶋定生 1959。西村元佑 1959。

3405　唐开元年代西州高昌县城西枣树渠户别部田簿残片之一

5.5×2.5，前、后缺，存 1 行。

图 西域Ⅱ图版 39。西村研究图版 10。集成贰图版 48。**文** 西域Ⅱ 352 页。西村研究 415 页。籍帐研究 385 页。集成贰 92 页。**参** 西嶋定生 1959。西村元佑 1959。

3406　唐开元年代西州高昌县城西枣树渠户别部田簿残片之一

15×18，前、后缺，下部残，存 7 行，记户主匡什善等部田段亩及四至方位情况，1 行存"安义里"，匡什善一名又见于大谷 2911 号。

图 西域Ⅱ图版 39。西村研究图版 10。籍帐研究插图 59，384 页。集成贰图版 48。**文** 西域Ⅱ 353 页。西嶋研究 645 页。西村研究 415 页。籍帐研究 384 页。集成贰 92 页。**参** 西嶋定生 1959。西村元佑 1959。

3407　唐开元年代西州高昌县城西枣树渠户别部田簿残片之一

14×22，后缺，上、下残，前部空白，存 3 行，记户主赵鼠真等部田段亩及四至方位情况。

图 西域Ⅱ图版 40。西村研究图版 11。集成贰图版 47。**文** 西域Ⅱ 353 页。西村研究 416 页。籍帐研究 385 页。集成贰 92 页。**参** 西嶋定生 1959。西村元佑 1959。

3408　唐开元年代西州籍残片

5.5×6.5，前、后、上、下残，存 2 行，为户籍残片。本件缺纪年，籍帐研究推测可能为开元年代，从之。

图 T. T. D. Ⅱ（B）126 页。集成贰图版 3。**文** 集录 169 页。籍帐研究 255 页。T. T. D. Ⅱ（A）83 页。集成贰 93 页。**参** 土肥义和 1969。T. T. D. Ⅱ（A）71-72 页。

3408v　文书残片

前、后、上、下残，存 3 行。

图 集成贰图版 3。**文** 集成贰 93 页。**参**

3409　唐西州籍残片

12×3.5，前、后缺，存 1 行，残存"贰佰步未受"数字。本件缺纪年，籍帐研究推测可能为 8 世纪前半期。

图 T. T. D. Ⅱ（B）126 页。集成贰图版 3。**文** 集录 171-172 页。籍帐研究 255 页。T. T. D. Ⅱ（A）83 页。集成贰 93 页。**参** 土肥义和 1969。T. T. D. Ⅱ（A）72 页。

3410　唐西州欠田文书残片

2.5×8，前、后缺，存 3 行，3 行残存"欠常田二"数字。

图 缺。**文** 集成贰 93 页。**参**

3411　唐天宝二年（743）交河郡市估案 B 种残片之一（物价文书）

7×6，前、后、上、下残，存 2 行，钤有"交河郡都督府之印"。

图 集成贰图版 15。**文** 籍帐研究 462 页。集成贰 93 页。**参**

3412　唐天宝二年（743）交河郡市估案 B 种残片之一（物价文书）

5.9×6.5，前、后、上、下残，存2行，2行记"绝壹尺"的上直。

图 集成贰图版15。文 籍帐研究449页。集成贰93页。参 池田温1968。

3413 唐天宝二年（743）交河郡市估案**B**种残片之一（物价文书）

12.5×4.7，前缺，存2行，后部与大谷3063号缀合，1行记"麴壹翻　上直钱贰"。

图 集成贰图版12。文 西域Ⅲ214页。籍帐研究447页。集成贰94页。参 仁井田陞1960。池田温1968。

3414 唐天宝二年（743）交河郡市估案**A**种残片之一（物价文书）

8×3，前、后缺，存1行，记紫粉壹两的上直。

图 集成贰图版19。文 西域Ⅲ214页。籍帐研究458页。集成贰94页。参 仁井田陞1960。池田温1968。

3415 唐天宝二年（743）交河郡市估案**B**种残片之一（物价文书）

10.5×3，前、后缺，存2行。

图 集成贰图版15。文 籍帐研究448页。集成贰94页。参 池田温1968。

3416 唐天宝二年（743）交河郡市估案**A**种残片之一（物价文书）

11.5×1.5，前、后缺，存1行，记"生石蜜壹两　上直钱叁拾文"。

图 集成贰图版24。文 籍帐研究457页。集成贰94页。参 池田温1968。

3417 唐天宝二年（743）交河郡市估案**A**种残片之一（物价文书）

5×2.5，前、后缺，存1行一"酱"字，纸背附有绘画片。

图 集成贰图版19。文 籍帐研究447页。集成贰94页。参 池田温1968。

3418 唐天宝二年（743）交河郡市估案**B**种残片之一（物价文书）

10×7.5，前、后缺，上部残，存3行，纸背附有绘画片。

图 集成贰图版16。文 籍帐研究453页。集成贰94页。参 池田温1968。

3419 唐天宝二年（743）交河郡市估案**A**种残片之一（物价文书）

8.3×8.5，前、后、上、下残，存3行，纸背附有绘画片。

图 集成贰图版19。文 籍帐研究460页。集成贰94页。参

3420 唐天宝二年（743）交河郡市估案**A**种残片之一（物价文书）

6.5×8，前缺，上部残，存2行，纸背有朱色官印，缝背署"惟"。

图 集成贰图版19。文 籍帐研究460页。集成贰95页。参

3421 唐天宝二年（743）交河郡市估案**A**种残片之一（物价文书）

9.8×5.5，前、后、上、下残，存2行，纸背附有绘画片。

图 集成贰图版19。文 籍帐研究460页。集成贰95页。参

3422 唐天宝二年（743）交河郡市估案**A**种残片之一（物价文书）

5.5×2，前、后缺，存1行，纸表有朱色官印。

图 集成贰图版19。文 籍帐研究460页。集成贰95页。参

3423 唐天宝二年（743）交河郡市估案**A**种残片之一（物价文书）

3×9.5，前、后缺，存2行。

图 集成贰图版24。文 籍帐研究462页。集成贰95页。参

3424 唐天宝二年（743）交河郡市估案**B**种残片之一（物价文书）

11×3.5，前、后缺，存2行，纸表有朱色官印，1行存"大染盤壹面　上直钱肆佰"数字。

图集成贰图版15。文籍帐研究451页。集成贰95页。参仁井田陞1960。池田温1968。

3425　唐天宝二年（743）交河郡市估案 B 种残片之一（物价文书）

13×6，前、后缺，存2行，纸背附有绘画片，所记为杂色隔沙、夹绿绫壹尺的上直。

图集成贰图版16。文籍帐研究449页。集成贰95页。参池田温1968。

3426　土地文书残片

3.5×14.5，前、后缺，存1行一"亩"字。

图集成贰图版49。文集成贰96页。参

3427　唐天宝二年（743）交河郡市估案 A 种残片之一（物价文书）

9.3×3，前、后、上、下残，存2行，纸背附有绘画片。

图集成贰图版19。文籍帐研究462页。集成贰96页。参

3428　唐天宝二年（743）交河郡市估案 A 种残片之一（物价文书）

9.5×2.5，前、后缺，存1行。

图集成贰图版24。文籍帐研究461页。集成贰96页。参

3429　唐天宝二年（743）交河郡市估案 A 种残片之一（物价文书）

8.5×2.5，前、后缺，存1行。

图集成贰图版24。文籍帐研究460页。集成贰96页。参

3430　唐天宝二年（743）交河郡市估案 A 种残片之一（物价文书）

12×3，前、后缺，下部残，存2行，1行记河葉盤子壹枚的上直。

图集成贰图版24。文籍帐研究451页。集成贰96页。参池田温1968。

3431　唐天宝二年（743）交河郡市估案 A 种残片之一（物价文书）

7×4.5，前、后缺，上部残，存2行，纸背有官印。

图集成贰图版19。文籍帐研究461页。集成贰96页。参

3432　唐天宝二年（743）交河郡市估案 A 种残片之一（物价文书）

5.5×2.5，前、后缺，存1行。

图集成贰图版19。文籍帐研究460页。集成贰96页。参

3433　唐天宝二年（743）交河郡市估案 A 种残片之一（物价文书）

3×2.5，前、后、上、下残，存1行。

图集成贰图版24。文籍帐研究451页。集成贰97页。参池田温1968。

3434　唐天宝二年（743）交河郡市估案 A 种残片之一（物价文书）

8.5×2，前、后、上、下残，存1行。

图集成贰图版24。文籍帐研究461页。集成贰97页。参

3435　唐天宝二年（743）交河郡市估案 A 种残片之一（物价文书）

后缺，存2行，前部与大谷3074号缀合，记藤帽、卤沙的价格。

图集成贰图版18。文籍帐研究459页。集成贰97页。参

3436　唐天宝二年（743）交河郡市估案 A 种残片之一（物价文书）

14.5×3，前、后缺，存 2 行，纸表有朱线，2 行残记散米壹胜的上直、次直。

图 集成贰图版 19。文 籍帐研究 459 页。集成贰 97 页。参 仁井田陞 1960。

3437 唐天宝二年（743）交河郡市估案 B 种残片之一（物价文书）

10.5×5.5，前缺，存 2 行，后部与大谷 3059 号缀合，纸表有官印，纸背附有绘画片。

图 集成贰图版 12。文 籍帐研究 449 页。集成贰 97 页。参 池田温 1968。

3438 空号

3439 唐天宝二年（743）交河郡市估案 B 种残片之一（物价文书）

13×4，前、后缺，上部残，存 2 行，纸背有朱色官印。

图 集成贰图版 16。文 籍帐研究 448-449 页。集成贰 97 页。参 池田温 1968。

3440 唐天宝二年（743）交河郡市估案 A 种残片之一（物价文书）

18×3.5，前缺，存 1 行。

图 集成贰图版 19。文 籍帐研究 460 页。集成贰 98 页。参

3441 唐天宝二年（743）交河郡市估案 B 种残片之一（物价文书）

13.5×5，存 2 行，后部与大谷 3445 号缀合，所记为韭子壹胜的上直。

图 集成贰图版 16。文 籍帐研究 453 页。集成贰 98 页。参 仁井田陞 1960。池田温 1968。

3442 唐天宝二年（743）交河郡市估案 A 种残片之一（物价文书）

15.5×3.5，前、后缺，上部残，存 1 行。

图 集成贰图版 19。文 籍帐研究 461 页。集成贰 98 页。参

3443 唐天宝二年（743）交河郡市估案 B 种残片之一（物价文书）

18×5，前、后缺，上部残，存 2 行，纸背附有绘画片。

图 集成贰图版 16。文 籍帐研究 462 页。集成贰 98 页。参

3444 唐天宝二年（743）交河郡市估案 B 种残片之一（物价文书）

16×2.8，前缺，存 1 行，记镔壹两的上直，纸背附有绘画片，后部与大谷 3084 号缀合。

图 籍帐研究插图 64，452 页。集成贰图版 13。文 籍帐研究 452 页。集成贰 98 页。参 仁井田陞 1960。池田温 1968。

3445 唐天宝二年（743）交河郡市估案 B 种残片之一（物价文书）

17.5×6，后缺，存 3 行，前部与大谷 3441 号缀合。

图 集成贰图版 16。文 籍帐研究 453 页。集成贰 98 页。参 仁井田陞 1960。池田温 1968。

3446 唐天宝二年（743）交河郡市估案 B 种残片之一（物价文书）

16.5×5，前、后缺，纸背附有绘画片，存 3 行，记马靴壹量、驼靴壹量的价格。

图 集成贰图版 16。文 籍帐研究 450 页。集成贰 98 页。参 仁井田陞 1960。池田温 1968。

3447 唐天宝二年（743）交河郡市估案 B 种残片之一（物价文书）

17.5×6，前、后缺，下部残，存 2 行，1 行处钤有官印，2 行记酪壹胜的上直。

图 集成贰图版 16。文 籍帐研究 447 页。集成贰 99 页。参 仁井田陞 1960。池田温

1968。

3448　唐天宝二年（743）交河郡市估案 B 种残片之一（物价文书）

16×5，前、后缺，存 2 行，纸表左有朱线，上部与大谷 3451 号缀合。

图 集成贰图版 16。文 籍帐研究 454 页。集成贰 99 页。参 池田温 1968。

3449　唐天宝二年（743）交河郡市估案 A 种残片之一（物价文书）

16.5×3.5，前、后、上、下残，存 1 行。

图 集成贰图版 19。文 籍帐研究 456 页。集成贰 99 页。参 池田温 1968。

3450　唐天宝二年（743）交河郡市估案 A 种残片之一（物价文书）

16.5×4，后缺，存 2 行，前部与大谷 3036 号缀合。

图 集成贰图版 17。文 籍帐研究 458 页。集成贰 99 页。参 池田温 1968。

3451　唐天宝二年（743）交河郡市估案 B 种残片之一（物价文书）

15×4.5，前、后缺，存 3 行，所记为各种牛的价格，下部与大谷 3448 号缀合。

图 集成贰图版 16。文 籍帐研究 454 页。集成贰 99 页。参 仁井田陞 1960。池田温
1968。

3452　唐天宝二年（743）交河郡市估案 A 种残片之一（物价文书）

9.5×11，前缺，下部残，存 3 行，后部与大谷 3092 号缀合。

图 集成贰图版 23。文 籍帐研究 454 页。集成贰 99 页。参 池田温 1968。

3453　文书残片

9×11，前、后、上、下残，存 3 行。

图 集成贰图版 87。文 集成贰 100 页。参

3454　唐天宝二年（743）交河郡市估案 B 种残片之一（物价文书）

16.5×14，前、后缺，下部残，存 7 行。

图 集成贰图版 16。文 籍帐研究 451 页。集成贰 100 页。参 仁井田陞 1960。池田温
1968。

3455　唐天宝二年（743）交河郡市估案 B 种残片之一（物价文书）

13×8，前、后缺，上部残，存 3 行，纸背附有绘画片。

图 集成贰图版 16。文 籍帐研究 461 页。集成贰 100 页。参

3456　唐天宝二年（743）交河郡市估案 A 种残片之一（物价文书）

10.5×11，前、后缺，上部残，存 4 行。

图 集成贰图版 22。文 籍帐研究 455-456 页。集成贰 100 页。参 池田温 1968。

3457　高昌某人买田、桃残券

15×3.3，前、后缺，存 2 行，两面附有糨糊。

图 T.T.D.Ⅲ（B）14 页。集成贰图版 87。文 T.T.D.Ⅲ（A）9 页。集成贰 100
页。参 王素 1997，313 页。

3458　高昌延寿十五年（638）六月周海隆买田券之二

7.3×21，下部残，存 8 行，左、右、上部分别与大谷 1469、3461、3463 号缀合，
纸表面附有糨糊，周围有缝合的痕迹。

图 东洋史苑 24、25 合号图版 2。T.T.D.Ⅲ（B）9、13 页。集成贰图版口绘
（彩）。文 T.T.D.Ⅲ（A）7 页。集成贰 101 页。参 西嶋定生 1959。仁井田陞

1960。池田温 1973B、1982、1984。小田义久 1985B。吴震 1986。川村康 1987。陈国灿 1991。

3459　高昌延寿十五年（638）六月周海隆买田券之三

7.2×22.5，上部残，存 8 行，前、后与大谷 3461 号的两片缀合，纸背全部被墨涂抹，纸表面附有糨糊。

图 东洋史苑 24、25 合号图版 2。T.T.D.Ⅲ（B）9、13 页。集成贰图版口绘（彩）。文 T.T.D.Ⅲ（A）7 页。集成贰 101 页。参 西嶋定生 1959。仁井田陞 1960。池田温 1973B、1982、1984。小田义久 1985B。吴震 1986。川村康 1987。陈国灿 1991。

3460　高昌延寿十五年（638）五月史□□买田券之二

7.5×20.3，后缺，存 5 行，纸表面附有糨糊，周围有缝合的痕迹，前部、上部与大谷 2405、3466 号缀合。

图 东洋史苑 24、25 合号图版 1。T.T.D.Ⅲ（B）9、11 页。集成贰图版 1。文 T.T.D.Ⅲ（A）7 页。集成贰 101 页。参 池田温 1982、1984。小田义久 1985B。吴震 1986。川村康 1987。陈国灿 1991。

3461　高昌延寿十五年（638）六月周海隆买田券之四

存 A、B、C3 片，A 片 10.4×6，B 片 12×6，C 片 25×8，分别与大谷 1469、3459、3463 号缀合，纸背全部被墨涂抹，15 行 "上簿了" 3 字为朱书。

图 东洋史苑 24、25 合号图版 2。T.T.D.Ⅲ（B）9、12 页。集成贰图版口绘（彩）。文 大谷目二 63 页。T.T.D.Ⅲ（A）7、8 页。集成贰 101 页。参 西嶋定生 1959。仁井田陞 1960。池田温 1973B、1982、1984。小田义久 1985B。吴震 1986。川村康 1987。陈国灿 1991。

3462　高昌某人买田、桃残券

7.5×15，前、后、上、下残，存 3 行，纸表附有糨糊。本件缺纪年。

图 T.T.D.Ⅲ（B）14 页。集成贰图版 2。文 T.T.D.Ⅲ（A）8 页。集成贰 102 页。参 池田温 1984B。王素 1997，312 页。

3463　高昌延寿十五年（638）六月周海隆买田券之五

7.4×17.3，前缺，与大谷 3458、3461 号缀合，上部有缝合的痕迹，纸表附有糨糊，纸背全部被墨涂抹。

图 东洋史苑 24、25 合号图版 2。T.T.D.Ⅲ（B）9、13 页。集成贰图版口绘（彩）。文 大谷目二 63 页。T.T.D.Ⅲ（A）7 页。集成贰 101 页。参 西嶋定生 1959。仁井田陞 1960。池田温 1973B、1982、1984。小田义久 1985B。吴震 1986。川村康 1987。陈国灿 1991。

3464　高昌延寿十五年（638）五月史□□买田券之三

26.2×6.6，存 3 行，后部与大谷 3466 号缀合，缝背署 "明原"，纸表附有糨糊，1、2 行记 "延寿十五年戊戌岁五月二十八日，史□□从司空文□随买石宕常田壹分，承伍亩半肆拾步役，即交与买□"。

图 西域Ⅱ插图，407 页。东洋史苑 24、25 合号图版 1。T.T.D.Ⅲ（B）9、10 页。集成贰图版 1。文 西域Ⅱ407 页。西嶋研究 716 页。西村研究 393 页。池田温

1973B，61 页。T. T. D. Ⅲ（A）7 页。集成贰 102 页。**参** 小笠原宣秀 1959。西嶋定生 1959。仁井田陞 1963。池田温 1973B、1982、1984。小田义久 1985A。吴震 1986。川村康 1987。陈国灿 1991。

3465 高昌延寿十五年（638）五月史□□买田券之四

7.5×22.7，后缺，上、下残，前部与大谷 3466 号缀合，存 6 行，纸表附有糨糊，下部有缝合的痕迹。

图 东洋史苑 24、25 合号图版 1。T. T. D. Ⅲ（B）9、11 页。集成贰图版 1。**文** T. T. D. Ⅲ（A）7 页。集成贰 102 页。**参** 小口彦太 1974。池田温 1982、1984。小田义久 1985B。吴震 1986。川村康 1987。陈国灿 1991。

3466 高昌延寿十五年（638）五月史□□买田券之五

25.7×8，存 3 行，纸表附有糨糊，与大谷 2405、3460、3464、3465 号缀合。

图 东洋史苑 24、25 合号图版 1。T. T. D. Ⅲ（B）9、10 页。集成贰图版 1。**文** 大谷目二 63-64 页。T. T. D. Ⅲ（A）7 页。集成贰 103 页。**参** 池田温 1982、1984。小田义久 1985B。吴震 1986。川村康 1987。陈国灿 1991。

3467 文书残片

26×5.5，由两纸粘贴，纸背全部被墨涂抹，两纸皆附有糨糊，一纸有"张安富"人名，另一纸有"宁昌"、"宁戎"等乡名。

图 集成贰图版 87。**文** 集成贰 103 页。**参**

3468 高昌延寿某年某人买蒲桃园残券

17.6×7，前、后缺，存 3 行，两面附有糨糊，周围有缝合的痕迹。

图 T. T. D. Ⅲ（B）14 页。集成贰图版 2。**文** 大谷目二 64 页。T. T. D. Ⅲ（A）8 页。集成贰 103 页。**参** 池田温 1984B。吴震 1986。川村康 1987。

3469 唐残牒尾

10×22.5，前、后缺，下部残，存 3 行，纸表附有糨糊。

图 集成贰图版 33。**文** 集成贰 103 页。**参**

3470 高昌某人买田、桃残券

26×14.5，前缺，上部残，存 5 行，纸表附有糨糊，上下部有缝合的痕迹，纸背全部被墨涂抹，4 行"员海伯"又见于大谷 1469、3461 号，缝背署"明原"。

图 T. T. D. Ⅲ（B）15 页。集成贰图版 2。**文** T. T. D. Ⅲ（A）9 页。集成贰 103 页。**参** 池田温 1984B。王素 1997，312 页。

3471 唐开元十九年（731）正月至三月西州天山县到来符帖目之一

存 2 片，纸背附有赤绢布，第一片 17×17，前、后缺，存 8 行；第二片 25×34，前缺，存 14 行，后部与大谷 3481 号缀合。本件与大谷 3473、3474、3476、3478、3479、3480、3481 诸号经池田温氏缀合整理为 116 行。

图 集成贰图版 7。**文** 籍帐研究 360 页。集成贰 103-104 页。**参** 大庭脩 1958-1960。内藤乾吉 1960。小笠原宣秀 1963A。李志生 1990。

3472 唐开元十九年（731）正月西州岸头府到来符帖目之一

19×21，存 8 行，前、后部与大谷 3477、3475 号缀合，纸背附有赤绢布，钤有"右领军卫岸头府之印"。

图 籍帐研究插图48，357页。集成贰图版5。文 小笠原宣秀 1963A，12-13页。籍帐研究 357页。集成贰 104-105页。参 大庭脩 1958-1960。内藤乾吉 1960。小笠原宣秀 1963A。李志生 1990。

3473 唐开元十九年（731）正月至三月西州天山县到来符帖目之一
25×56，前、后缺，存24行，纸背附有赤绢布及二纸片，钤有"天山县之印"。其中一纸片21×9.5，存5行，钤有"天山县之印"，另一纸片7×8，存2行。
图 集成贰图版8。文 小笠原宣秀 1963A，5-6页。籍帐研究 359、361页。集成贰 105-106页。参 大庭脩 1958-1960。内藤乾吉 1960。小笠原宣秀 1963A。李志生 1990。

3474 唐开元十九年（731）正月至三月西州天山县到来符帖目之一
23×30，前、后缺，存11行，纸背附有赤绢布，钤有"天山县之印"。
图 集成贰图版9。文 小笠原宣秀 1963A，7页。籍帐研究 361页。集成贰 106页。参 大庭脩 1958-1960。内藤乾吉 1960。小笠原宣秀 1963A。李志生 1990。

3475 唐开元十九年（731）正月西州岸头府到来符帖目之一
22×52，后缺，存22行，前部与大谷3472号相接，纸背附有赤绢布，纸缝背钤"右领军卫岸头府之印"。
图 籍帐研究插图48，357页。集成贰图版5、6。文 小笠原宣秀 1963A，13-14页。籍帐研究 357-358页。集成贰 106-107页。参 大庭脩 1958-1960。内藤乾吉 1960。小笠原宣秀 1963A。王永兴 1983。李志生 1990。

3476 唐开元十九年（731）正月至三月西州天山县到来符帖目之一
7×30，前、后、上、下残，存9行，纸背附有赤绢布。
图 集成贰图版8。文 小笠原宣秀 1963A，8页。籍帐研究 359-360页。集成贰 107-108页。参 大庭脩 1958-1960。内藤乾吉 1960。小笠原宣秀 1963A。李志生 1990。

3477 唐开元十九年（731）正月西州岸头府到来符帖目之一
12×15，前缺，存5行，后部与大谷3472号缀合，附帖有赤绢布。
图 籍帐研究插图48，357页。集成贰图版5。文 籍帐研究 357页。集成贰 108页。参 大庭脩 1958-1960。内藤乾吉 1960。小笠原宣秀 1963A。李志生 1990。

3478 唐开元十九年（731）正月至三月西州天山县到来符帖目之一
由两纸粘贴，纸背附有绢布，第一片22×7.3，前、后缺，上部残，存10行；第二片48×7，前、后缺，上部残，存20行，左上部与大谷3479号缀合。
图 集成贰图版7。文 小笠原宣秀 1963A，8-11页。籍帐研究 360、359页。集成贰 108-109页。参 大庭脩 1958-1960。内藤乾吉 1960。小笠原宣秀 1963A。李志生 1990。

3479 唐开元十九年（731）正月至三月西州天山县到来符帖目之一
28×5，纸背附有赤绢布，前、后缺，上部残，存9行，与大谷3479号第二片缀合，9行处另有一纸粘贴，存文字5行。
图 集成贰图版8。文 小笠原宣秀 1963A，11页。籍帐研究 359-361页。集成贰 109页。参 大庭脩 1958-1960。内藤乾吉 1960。小笠原宣秀 1963A。李志生 1990。

3480 文书残片

7×23，白麻纸，纸背附有赤绢布，无可识读的文书。

🖼 西域Ⅲ插图 10，109 页。集成贰图版 33。📄 缺。📎 内藤乾吉 1960。小笠原宣秀 1963A。

3481　唐开元十九年（731）正月至三月西州天山县到来符帖目之一

13×13，后缺，上、下残，存 5 行，前部与大谷 3471 号第二片缀合。

🖼 集成贰图版 7。📄 小笠原宣秀 1963A，12 页。籍帐研究 360 页。集成贰 110 页。

📎 大庭脩 1958-1960。内藤乾吉 1960。小笠原宣秀 1963A。李志生 1990。

3482　武周残牒文

18.5×10，前缺，存 3 行，有官印，月日乃武周新字。

🖼 集成贰图版 34。📄 集成贰 110 页。📎 周藤吉之 1959。横山裕男 1958。

3483　唐踏库残状文

29.5×5，前、后缺，存 2 行，1 行署"踏库　状上"，2 行记"十月二十六日入马料□□□□□前总领四七石"。

🖼 集成贰图版 34。📄 集成贰 110 页。📎

3484　唐残牒

10×4，前、后缺，存 1 行"谨牒"2 字。

🖼 缺。📄 集成贰 110 页。📎

3485　唐旅帅文书残片

26.5×4，前、后缺，存 2 行，记"旅帅何德"与"旅帅索武□"2 人。

🖼 集成贰图版 58。📄 集成贰 110 页。📎

3486　武周沙州敦煌县史郭怀牒残片

27.5×20，后缺，存 4 行，有武周新字，与大谷 2832 号有关联。2 行记"七月十日史郭怀牒"，3、4 行为"检□白，十三日"。

🖼 集成贰图版 34。📄 集成贰 110-111 页。📎

3487　唐开元二十五年（737）四月里正孙鼠居牒为和静敏退田事（退田关系文书）

29×29，前缺，存 5 行，3 行"静敏"，当即大谷 2855 号所记"死退二亩常田"之和静敏。和静敏虽死，但其母和叔母俱在，其家退田之事还应考虑其母和叔母的情况。本件正是有关这一问题的牒文。

🖼 西嶋研究图版 32。西村研究图版 6。集成贰图版 42。📄 大谷目二 65-66 页。西嶋研究 536 页。西村研究 385 页。籍帐研究 416 页。集成贰 111 页。📎 西嶋定生 1959。土肥义和 1979。

3488　唐残判文

27.5×9.5，前、后缺，下部残，存 3 行。

🖼 集成贰图版 34。📄 集成贰 111 页。📎

3489　官文书残片

27×9.5，前缺，存 2 行，2 行存"二十三日"3 字，缝背署字不明。

🖼 缺。📄 集成贰 111 页。📎

3490　唐残判辞

27×9，前、后缺，存 3 行，有武周新字，2、3 行记"所由追赴仍限明旦□□到□

济白。二十二日"。

图 集成贰图版 35。文 集成贰 111 页。参

3491 唐垂拱三年（687）八月史刘信残牒文

26×9，前、后缺，存 3 行，2 行记"垂拱三年八月 日 史刘信牒"，3 行署"司马□"。本件与大谷 3492 号为同一书体，二者当为同一案卷。

图 集成贰图版 57。文 大谷目二 66 页。西域Ⅲ 148 页。集成贰 111 页。参 小笠原宣秀、西村元佑 1960。菊池英夫 1961-1962。

3492 唐垂拱三年（687）八月队副魏眼德番上牒

27×12，后缺，存 4 行，1 行署"司兵"，2 行记"队副魏眼德"，3 行记"牒检案内前件人番当今月十六日州上，其人先为□驿……"。

图 集成贰图版 57。文 大谷目二 66 页。西域Ⅲ 147 页。集成贰 112 页。参 小笠原宣秀、西村元佑 1960。菊池英夫 1961-1962。

3493 唐天宝某载交河郡残牒文

19×14.3，前、后、上、下残，存 5 行，据内容，本件为请求处理某事的牒文，5 行有"录状过太……"，与大谷 3009 号第 3 行所记相似，恐也属天宝年间交河郡文书。

图 集成贰图版 35。文 中田笃郎 1985，185 页。集成贰 112 页。参 中田笃郎 1985。

3494 唐天宝二年（743）交河郡高昌县访捉碛西逃兵樊游俊案卷之一

14×15，后缺，下部残，存 5 行，1 行为"新兴城　状上"，2 行记"碛西逃兵樊游俊"，5 行"状如前谨牒"5 字残缺一半，与大谷 3137 号第 1 行"牒件状如前谨牒"正好缀合，据此可确定文书的年代在天宝二年。

图 西域Ⅲ图版 17。集成贰图版 35。文 大谷目二 67 页。西域Ⅲ 157 页。集成贰 112 页。刘安志 1997A，124、131 页。参 小笠原宣秀、西村元佑 1960。刘安志 1997A。

3495 唐仪凤二年（677）十月西州北馆厨典周建智牒为于诸坊市得柴、酱请酬价直事残片（北馆文书之一）

20.8×13，前缺，下部残，存 5 行，后部与大谷 2844 号缀合，4 行为"仪凤二年十月日"，5 行为"付司义示"。

图 西域Ⅲ图版 4。集成贰图版 4。文 大谷目二 67 页。西域Ⅲ 55 页。集成贰 112 页。参 内藤乾吉 1960。大津透 1993。

3496 唐天宝某载交河郡兵曹参军赵晋阳负钱文书（休胤文书）

14.5×4.5，后缺，存 1 行，缝背署"休"，内容残存"……兵曹赵晋阳负钱五千五佰……"。

图 集成贰图版 59。文 西域Ⅲ 164 页。中田笃郎 1985，179 页。集成贰 113 页。西北军事研究 333 页。参 小笠原宣秀、西村元佑 1960。中田笃郎 1985。西北军事研究 327-339 页。

3497 唐残文书

10×6，后缺，上、下残，存 2 行，2 行记有"十月"。本件字体书法与 3010＋4897 号相同，当为同一案卷。

图 集成贰图版 59。文 西域Ⅲ 164 页。集成贰 113 页。西北军事研究 329 页。参 小

笠原宣秀、西村元佑 1960。中田笃郎 1985。西北军事研究 327-339 页。

3498　文书残片

12×1.5，存 2、3 字，但不能识读。

图 缺。文 缺。参

3499　武周供社等用钱帐

27.8×7.5，前、后缺，存 3 行，2 行记"八贯二百三十六文为去年社等社利不足准例取供社等用讫"，3 行记"一贯七百五十文应分"。本件与大谷 3502 号有关。

图 集成贰图版 63。文 集成贰 113 页。参

3500　唐开元二十六年（738）七月西州柳谷馆馆贴本钱计利帐

27.6×10，后缺，存 3 行，1 行署"柳谷馆"，2 行记"湾林城百姓捉馆贴本钱叁拾叁阡陆佰肆拾壹文（每月当利壹阡陆佰捌拾贰文）"，3 行记"计壹周年利当贰拾阡壹佰捌拾肆文（数内从二十六年七月□给领得□□□□佰玖拾贰文）"。

图 集成贰图版 63。文 西域Ⅲ428-429 页。王永兴校注 855 页。集成贰 113 页。参 大谷目二 67-68 页。横山裕男 1958。嶋崎昌 1959。西村元佑 1960。孙晓林 1991。

3501　唐西州某寺入钱历

28×5，前、后缺，存 3 行，1 行"入钱历"下记十三日、十四日师、尼等施钱、物数，有巾、缫布、钵、大缩等。

图 西域Ⅲ图版 29。集成贰图版 63。文 大谷目二 68 页。西域Ⅲ257 页。集成贰 113 页。参 小笠原宣秀 1960B、1961A、1966A。小田义久 1962。

3502　唐公廨白直秋、冬季课钱帐

27.6×6.8，后缺，存 2 行，为"合公廨白直三十二人秋季冬季两季总当课钱一十九贯九百十六"。

图 西域Ⅲ图版 10。集成贰图版 63。文 西域Ⅲ137 页。王永兴校注 670 页。集成贰 113 页。参 小笠原宣秀、西村元佑 1960。大津透 1988。

3503　唐买菜等支付帐

21×7，前、后缺，存 3 行，3 行记"余玖文用买菜讫"。

图 集成贰图版 64。文 集成贰 114 页。参

3504　《驾幸温泉赋》残片

13.5×20，前、后缺，上部残，存 7 行，各行有朱点。与大谷 3170、3172、3174、3177、3227、3505、3506、4362、5789 诸号为同一写本。

图 集成贰图版 87。张娜丽 2004 图 7。文 集成贰 114 页。张娜丽 2002，32 页。张娜丽 2004，14 页。参 张娜丽 2002、2004。

3505　《驾幸温泉赋》残片

13×18，后缺，上部残，存 2 行，残存数字，2 行处有朱点。与大谷 3170、3172、3174、3177、3227、3504、3506、4362、5789 诸号为同一写本。

图 集成贰图版 85。张娜丽 2004 图 1。文 集成贰 114 页。张娜丽 2002，30 页。张娜丽 2004，12 页。参 张娜丽 2002、2004。

3506　《驾幸温泉赋》残片

13.5×10.8，前、后缺，下部残，存 3 行，有丝栏，各行有朱点，1-2 行为《驾幸

温泉赋》，3 行记"枵子赋一首"。与大谷 3170、3172、3174、3177、3227、3504、3505、4362、5789 诸号为同一写本。

图 集成贰图版 85。张娜丽 2004 图 7。文 集成贰 114 页。张娜丽 2002，32 页。张娜丽 2004，14 页。参 张娜丽 2002、2004。

3507 唐写《太公家教》残片

10.7×9，前、后缺，下部残，存 4 行，3 行记"只欲扬名于后"，4 行记"□薄不堪人师"。

图 集成贰图版 82。文 集成贰 114-115 页。张娜丽 2002，27 页。参 郑阿财 1993。张娜丽 2002。

3508 文书残片

11×8.8，前、后缺，上、下残，存 3 行。

图 集成贰图版 88。文 集成贰 115 页。参

3509 唐史赵方仙残牒尾

11×8，前、后缺，存 1 行，记"月日史赵方仙牒"。

图 缺。文 集成贰 115 页。参

3510 唐供车用文书残片

9×14，前、后缺，上部残，存 5 行，3 行有"供车用"，4 行有"役料"，似与役有关。

图 集成贰图版 64。文 集成贰 115 页。参

3511 眭庭晖残文书

11×13.2，前、后缺，上部残，存 4 行。

图 集成贰图版 87。文 集成贰 115 页。参

3512 唐供役文书残片

10.7×9.2，前、后、上、下残，存 5 行，2 行记张自昇等 2 人"供两日"，下记"镇西"，3 行记 7 人"供三日"，下记"河西行"，4 行记某等 2 人"供两日"，下记"焉者"。按安史乱后安西节度改为镇西节度，本件年代或在安史乱后。

图 集成贰图版 52。文 集成贰 115 页。参

3513 唐官文书残片

12.5×6.5，前、后、上、下残，存 3 行，2 行记"征贮纳便送"。

图 集成贰图版 35。文 集成贰 116 页。参

3514 敕永安僧典录索寺文书

10×7，前、后缺，下部残，存 3 行，1 行记"敕永安僧典录索寺"。

图 集成贰图版 35。文 集成贰 116 页。参

3515 唐领付马料文书残片

9.7×8，前、后缺，上部残，存 4 行，3 行为"并马料两硕玖斗"。

图 集成贰图版 64。文 集成贰 116 页。参

3516 文书残片

10×8，前、后缺，上部残，存 3 行。

图 集成贰图版 88。文 集成贰 116 页。参

3517 《俱舍论颂疏论本》卷第二十一残片

13.5×7.5，前、后、上、下残，存5行。

图 集成贰图版70。文 集成贰116页。参 刘安志、石墨林2003。

3518 牲口、什物残帐

13.5×5.4，后缺，存3行，六朝书体。1行记"一疋以上"，2、3行同记"二十枚　驴一头"。本件与李柏文书同出于楼兰故城。

图 考古图谱（下）史料8。集成贰图版64。文 集成贰116页。参

3519 唐西州堰头杨朝秃残牒

14.5×9，前缺上残，存2行，1行记"田地亩数如前，请处分"，2行记"年六月日　堰头杨朝秃牒"。

图 集成贰图版35。文 西域Ⅱ107页。周藤研究40页。籍帐研究321页。集成贰117页。参 周藤吉之1959。佐藤武敏1967。

3520 文书残片

4×4.5，由数纸粘贴，前、后缺，存1行3字，纸背也有2字。

图 缺。文 集成贰117页。参

3521 文书残片

3.6×4.5，前、后、上、下残，存2行，残存数字，由数纸粘贴。

图 缺。文 集成贰117页。参

3522 文书残片

6×3.5，前、后、上、下残，存3行，残存数字。

图 缺。文 集成贰117页。参

3523 文书残片

3.5×5.5，前、后、上、下残，存3行，有丝栏。

图 缺。文 集成贰117页。参

3524 文书残片

4×2.3，前、后缺，存1行，由数纸粘贴。

图 缺。文 集成贰117页。参

3525 文书残片

5×3.5，前、后缺，存1行，由数纸粘贴。

图 缺。文 集成贰118页。参

3526 药方书残片

6.5×3，前、后、上、下残，存2行，1行记"诃梨勒"，2行记"羖羊乳八升"。

图 集成贰图版67。文 集成贰118页。参 陈明2001。

3527 文书残片

3.2×8.5，由数纸粘贴，有一字无法识读。

图 缺。文 缺。参

3528 文书残片

5×8，由数纸粘贴，两面书写，正面前、后、上、下残，存5行，残存数字；背面前、后、上、下残，存4行数字。

图 缺。文 集成贰 118 页。参

3529 文书残片

5×9，前、后、上、下残，存 5 行，所记有正月、五月、八月、四月之事，与大谷 3614 号同类。

图 集成贰图版 88。文 集成贰 118 页。参

3530 文书残片

2×9，两面书写，正面前、后、上、下残，存 5 行，残存数字；背面前、后、上、下残，存 4 行数字。

图 缺。文 集成贰 118 页。参

3531 文书残片

5.3×12.3，由两纸粘贴，前、后、上、下残，存 4 行数字。

图 集成贰图版 88。文 集成贰 119 页。参

3532 药方书残片

9×10，由两纸粘贴，前、后、上、下残，存 8 行，1 行记有乾薑，6 行记有石蜜。

图 集成贰图版 67。文 集成贰 119 页。参

3533 药方书残片

6.5×14.5，前、后、上、下残，存 10 行，有丝栏，8 行记"香花灯油"，9 行记"诃勃多蜜连"。

图 集成贰图版 67。文 大谷目二 69 页。集成贰 119 页。参

3534 文书残片

11×9，两面书写，正面前、后、上、下残，存 4 行数字；背面前、后、上、下残，存 2 行数字。

图 集成贰图版 88。文 集成贰 119-120 页。参

3535 文书残片

10×7，两面书写，正面前、后、上、下残，存 3 行，1 行记"借麦二斗"；背面前、后、上、下残，存 2 行。

图 集成贰图版 88。文 集成贰 120 页。参

3536 文书残片

3.5×2.8，两面书写，正面存 1 行，背面存 2 行数字。

图 缺。文 集成贰 120 页。参

3537 文书残片

6×8.2，两面书写，正面前、后、上、下残，存 4 行，3 行记有"诃梨勒"，似为药方书；背面存 2 行 2 字。本件与上列诸件当为同类文书。

图 集成贰图版 88。文 集成贰 120 页。参

3538 五言诗残片

15.8×4.3，前、后、上、下残，存 2 行，每句 5 字，如 2 行记"顾悦蒲柳质"。

图 缺。文 集成贰 120 页。参

3539 药方书残片

8×20，前、后、上、下残，由数纸粘贴，存 11 行，5 行记"一两捣筛和乳"，7

行记"又方"，知为药方书。

图 集成贰图版 67。文 集成贰 121 页。参 陈明 2001。

3540　文书残片

15×5.5，前、后缺，存 1 行，有"中大"2 字，纸张粗劣。

图 集成贰图版 88。文 集成贰 121 页。参

3541　文书残片

9×10，纸张粗劣，文字无法识读。

图 集成贰图版 88。文 缺。参

3542　文书残片

7×9.5，长纤维纸，文字无法识读。

图 缺。文 缺。参

3543　文书残片

11×5.5，短纤维纸，前、后、上、下残，存 2 行。

图 集成贰图版 88。文 集成贰 121 页。参

3544　文书残片

10×2.5，短纤维纸，文字不明。

图 缺。文 缺。参

3545　唐都虞候文书残片

10×3，前、后缺，存 1 行"都虞候"3 字。

图 集成贰图版 88。文 集成贰 121 页。参 内藤乾吉 1960。

3546　文书残片

10×6.5，前、后、上、下残，存 4 行。

图 集成贰图版 88。文 集成贰 121-122 页。参

3547　文书残片

存两片，第一片 6.5×6，前、后、上、下残，存 2 行，记有"守捉"；第二片 9.5×3.5，存 2 行。

图 集成贰图版 59、88。文 大谷目二 69 页。西域Ⅲ 162 页。集成贰 122 页。参 小笠原宣秀、西村元佑 1960。

3548　文书残片

10×3，纸张粗劣，前、后、上、下残，存 2 行。

图 缺。文 集成贰 122 页。参

3549　文书残片

16.5×11，附有土，存有 2、3 字，但不能识读。

图 集成贰图版 89。文 缺。参

3550　《千字文》抄本残片

12×4.5，由数纸粘贴，前、后缺，下部残，存 3 行，记有"川流不息"、"言辞安定"等。

图 集成贰图版 81。文 集成贰 122 页。参 唐长孺 1995。

3551　药方书残片

6.7×21.5，由数纸粘贴，有丝栏，前、后、上、下残，存15行。

图 集成贰图版67。文 集成贰122-123页。参

3552　文书残片

5.5×4.5，由数纸粘贴，前、后缺，存1行，纸背有朱字，但不能识读。

图 缺。文 集成贰123页。参

3553　文书残片

4.5×4.3，由两纸粘贴，前、后缺，存1行"伏望哀矜"4字。

图 缺。文 集成贰123页。参

3554　文书残片

7×4，由数纸粘贴，前、后缺，存1行"悥相章"3字。

图 集成贰图版88。文 集成贰123页。参

3555　文书残片

5×5，由数纸粘贴，附有泥土，前、后、上、下残，存3行。

图 缺。文 集成贰123页。参

3556　文书残片

3.5×3.5，由数纸粘贴，附有泥土，存1行。

图 缺。文 集成贰123页。参

3557　文书残片

15×5.3，由数纸粘贴，附有泥土，前、后、上、下残，存2行，背面有"修"字。

图 集成贰图版89。文 集成贰124页。参

3558　文书残片

10.7×5.5，前、后、上、下残，存2行。

图 集成贰图版89。文 集成贰124页。参

3559　牒坊、牒作文书残片

9.8×12.2，前、后缺，存1行，有"牒坊、牒作充"诸字。

图 集成贰图版36。文 集成贰124页。参

3560　古籍写本残片

8.8×15.5，前、后缺，下部残，存5行。

图 缺。文 集成贰124页。参

3561　文书残片

4.5×7.5，存2行，存有3字，但不能识读。

图 缺。文 缺。参

3562　文书残片

3.5×7.5，存2行。

图 缺。文 集成贰124页。参

3563　文书残片

3.2×4.5，存2行。

图 缺。文 集成贰124页。参

3564　文书残片

3×2，存1行。

图 缺。文 集成贰124页。参

3565　文书残片

3.6×2，存1行，存有2字，但无法识读。

图 缺。文 缺。参

3566　文书残片

4.2×4.2，存2行。

图 缺。文 集成贰124页。参

3567　文书残片

4.5×5，存2行。

图 缺。文 集成贰124页。参

3568　文书残片

4×5.2，有丝栏，存2行。

图 缺。文 集成贰124页。参

3569　文书残片

8×4，存2行。

图 缺。文 集成贰124页。参

3570　文书残片

7×6，存1行。

图 缺。文 集成贰124页。参

3571　文书残片

4.5×7，存2行。

图 缺。文 集成贰124页。参

3572　文书残片

8×15.5，前、后、上、下残，存4行。

图 集成贰图版89。文 集成贰125页。参

3573　《千字文》抄本残片

6.5×7.3，前、后、上、下残，存4行，记"德建名立"、"祸因恶积"、"资父事君"、"临深履薄"等，与大谷3575号为同一书体。

图 集成贰图版81。文 集成贰125页。参

3574　文书残片

14×6，前、后、上、下残，存3行，与大谷3577、3582、3583号为同一书体。

图 缺。文 集成贰125页。参

3575　《千字文》抄本残片

11×10.5，前、后缺，下部残，存7行，记"诸姑伯叔"、"同气连枝"等，与大谷3573号为同一书体。

图 集成贰图版81。文 集成贰125页。参

3576　《千字文》抄本残片

7.5×12，前、后、上、下残，存7行，与大谷3578号为同一书体。

图 集成贰图版81。文 集成贰125-126页。参 唐长孺1995。

3577 文书残片

9×7.5，前、后、上、下残，存3行，与大谷3574、3582、3583号为同一书体。

图 缺。文 集成贰126页。参

3578 《千字文》抄本残片

6×7，前、后缺，上部残，存4行，与大谷3576号为同一书体。

图 集成贰图版81。文 集成贰126页。参 唐长孺1995。

3579 文书残片

9.5×6.8，前、后缺，下部残，存4行，3行有"命终之后得生"之语。

图 集成贰图版89。文 集成贰126页。参

3580 文书残片

7.3×10，前、后、上、下残，存4行。

图 集成贰图版89。文 集成贰126页。参

3581 《千字文》抄本残片

9×7，前、后缺，下部残，存4行，记"家给千兵"、"世禄侈富"等。

图 集成贰图版81。文 集成贰126-127页。参 唐长孺1995。

3582 文书残片

13×10，由数纸粘贴，前、后、上、下残，存4行，残存数字，与大谷3574、3577、3583号为同一书体。

图 缺。文 集成贰127页。参

3583 碓磑文书残片

11×8，前、后、上、下残，存3行，2行记"磑碓磨杵"，与大谷3574、3577、3582号为同一书体。

图 缺。文 集成贰127页。参

3584 文书残片

14.2×4.2，前、后缺，存1行，存"十八斗计五百"数字。

图 缺。文 集成贰127页。参

3585 文书残片

4.5×6，两面书写，正面前、后缺，下部残，存3行，1行记有"萨婆"2字；背面的字无法识读。

图 集成贰图版64。文 集成贰127页。参

3586 文书残片

3.7×2.5，由数纸粘贴，前、后缺，存2行，残存数字。

图 缺。文 集成贰127页。参

3587 习书残片

12.5×8.2，前、后、上、下残，存5行。

图 集成贰图版82。文 集成贰128页。参

3588 佛教文书残片

8.5×13.5，前、后缺，上部残，存 7 行，5 行记"天下莫不大明"，6 行记"圣人重于经典"。

图 集成贰图版 71。文 集成贰 128 页。参

3589　习字残片

17.3×22，上部残缺，存 4 行。

图 集成贰图版 82。文 集成贰 128 页。参

3590　《千字文》残片

6×26.2，上部残缺，存 5 行，3 行记"千字文敕"，4 行有"员外散"，5 行为"骑侍郎"。

图 集成贰图版 81。文 集成贰 128 页。参 唐长孺 1995。

3591　《千字文》习字残片

15×10，前、后缺，上部残，存 4 行，写有"潜"、"羽"、"翔" 3 字。

图 集成贰图版 82。文 集成贰 129 页。参 唐长孺 1995。

3592　习字残片

8×10，前、后缺，下部残，存 2 行。

图 集成贰图版 83。文 集成贰 129 页。参

3593　文书残片

12.5×6，后缺，存 1 行。

图 集成贰图版 89。文 集成贰 129 页。参

3594　文书残片

8×5，前、后、上、下残，存 3 行。

图 集成贰图版 89。文 集成贰 129 页。参

3595　文书残片

5×4，前、后缺，上部残，存 3 行数字，纸表附有泥土。

图 缺。文 集成贰 129 页。参

3596　文书残片

6×2，纸表全部附有泥土，存有 2 字，但无法识读。

图 缺。文 缺。参

3597　文书残片

10.4×8，前、后、上、下残，存 3 行，残存数字。

图 集成贰图版 89。文 集成贰 129-130 页。参

3598　佛教文书残片

7.7×8.6，前、后、上、下残，存 4 行。

图 集成贰图版 85。文 集成贰 130 页。参

3599　唐残名籍

11×5.5，前、后、上、下残，存 2 行，记宋法仲等人名。

图 缺。文 集成贰 130 页。参

3600　唐残名籍

10.8×6.5，前、后、上、下残，存 3 行，记阚曜子、韩安国、张阿奴等人名，张

阿奴又见于大谷2835号。

图 缺。文 集成贰130页。参

3601 《千字文》残片

10.3×4，两面书写，正面存1行，内容似为《千字文》。背面存2行，记有"波罗蜜"。

图 集成贰图版83。文 集成贰130页。张娜丽2002，35页。参 张娜丽2002。

3602 《千字文》习字残片

7×4，两面书写，正面存2行，写一"之"字；背面存1行，写一"无"字。

图 集成贰图版82。文 集成贰130页。参 唐长孺1995。

3603 文书残片

4×3，存1行2字。

图 缺。文 集成贰131页。参

3604 《千字文》习字残片

8.4×4.8，两面书写，正面前、后、上、下残，存2行，写"东"、"宫"2字；背面存2行，写一"所"字。

图 集成贰图版82。文 集成贰131页。参 唐长孺1995。

3605 唐宋欢相等名马帐

17×7，前、后缺，下部残，存4行，记录宋欢相、孙大亮等马匹的具体情况。

图 集成贰图版36、82。文 集成贰131页。参

3605v《千字文》习字残片

乃千字文习字，写有"宜"、"令"、"荣"、"业"等字。

图 集成贰图版82。文 集成贰131页。参 唐长孺1995。

3606 武周队正白智海残文书

16×6，两面书写，有武周新字，正面前、后、上、下残，存2行，1行记"队正白智海"，2行记"旅帅"；背面记有"尾"、"南"等字。

图 集成贰图版58。文 集成贰131页。参

3607 佛教文书残片

9×11，前、后、上、下残，存6行。

图 集成贰图版73。文 集成贰131页。参

3608 古籍写本残片

9×10.2，前、后缺，上部残，存4行。

图 缺。文 集成贰132页。参

3609 书信残片

7.2×9.5，前、后、上、下残，存5行。

图 集成贰图版83。文 集成贰132页。参

3610 《金刚般若波罗蜜经》残片

5.5×5.5，前、后、上、下残，存3行，全面附有泥土。

图 缺。文 集成贰132页。参 刘安志、石墨林2003。

3611 佛教文书残片

8.5×4.5，前、后、上、下残，存3行，全面附有泥土，3行记"比丘比丘尼"。

图缺。文集成贰132页。参

3612　佛教文书残片

8.5×2.8，前、后缺，存1行，有"不重于如来"数字。

图缺。文集成贰132页。参

3613　文书残片

9×6.8，前、后、上、下残，存2行，有丝栏，画有圆圈。

图缺。文集成贰133页。参

3613v　文书残片

存2行，有丝栏，画有圆圈。

图缺。文集成贰133页。参

3614　《推择日嫁娶法》残片

9×8.5，前、后、上、下残，存5行，2行记"行嫁大吉"。

图集成贰图版80。文集成贰133页。参

3615　高昌作人残文书

13.5×6，前、后、上、下残，存3行，纸表附有糨糊，2行记"张愿欢作人"。

图集成贰图版2。文集成贰133页。参关尾史郎等1991。王素1997，224页。

3616　高昌延昌十七年（577）二月比丘尼僧愿供养涅槃经题记

5.5×12.3，前、后缺，下部残，存6行，有丝栏，1行署"延昌十七年"，5行记
"写涅槃"。

图集成贰图版2。文集成贰133页。参小田义久1988。陈国灿1990A。

3617　佛教文书残片

10.7×6.3，前、后缺，上部残，存3行，2行记"其病人露躯木盆中坐"，3行记
"每须眼苏脚上刺血"。

图缺。文集成贰134页。参

3618　文书残片

3.5×3.5，由两纸粘贴，正面不能识读，背面存1行3字。

图缺。文集成贰134页。参

3619　文书残片

6×4.5，前、后、上、下残，存2行，残存数字。

图缺。文集成贰134页。参

3620　文书残片

7.5×7，前、后、上、下残，存3行。

图集成贰图版89。文集成贰134页。参

3621　文书残片

8.5×4.3，前、后、上、下残，存2行，2行记"十二月五日李国□"。

图集成贰图版89。文集成贰134页。参

3622　文书残片

6.2×4，由两纸粘贴，前、后缺，存1行3字。

图缺。文集成贰 134 页。参

3623　户役文书残片

6.5×11.5，由数纸粘贴，附有泥土，存 1 行 "户役" 2 字。

图缺。文集成贰 135 页。参

3624　唐残牒文

6.5×13.5，前、后缺，下部残，存 1 行 "给"、"牒" 2 字。

图缺。文集成贰 135 页。参

3625　唐仓曹文书残片

5.5×13.8，前、后、上、下残，存 3 行，残存数字，3 行存 "仓曹" 2 字。

图缺。文集成贰 135 页。参

3626　唐天宝二年（743）官文书残片

16×7，前、后、上、下残，存 2 行，1 行署 "天宝二" 3 字。

图缺。文集成贰 135 页。参

3627　文书残片

12.6×3.5，存一 "连" 字。

图缺。文集成贰 135 页。参

3628　武周残文书

7×7.4，前、后缺，有武周新字，存 1 行 "陆月三" 3 字。

图缺。文集成贰 135 页。参

3629　官文书残片

9.2×5，存 1 行 "录申" 2 字。

图缺。文集成贰 135 页。参

3630　文书残片

6.5×12，前、后缺，存 2 行。

图缺。文集成贰 136 页。参

3631　契约残片

5.5×9.5，前、后缺，存 3 行，3 行有 "保人" 2 字。

图缺。文集成贰 136 页。参

3632　数字习字残片

7×4，前、后、上、下残，存 2 行，书 "五十五" 3 字。

图缺。文集成贰 136 页。参

3633　文书残片

5.5×5.5，前、后缺，存 2 行。

图缺。文集成贰 136 页。参

3634　文书残片

6.5×4，前、后、上、下残，存 2 行，1 行书 "观十一年"，2 行书 "观十二年"；纸背书有 "佐" 字。

图缺。文集成贰 136 页。参

3635　文书残片

6×4，前、后缺，存1行。

图缺。文集成贰 136 页。参

3636　佛教文书残片

10.5×3.5，前、后、上、下残，存2行。

图缺。文集成贰 136 页。参

3637　佛教文书残片

5×4，前、后、上、下残，存3行。

图缺。文集成贰 137 页。参

3638　佛教文书残片

5×4，前、后、上、下残，存2行，1行有朱线。

图缺。文集成贰 137 页。参

3639　佛教文书残片

4.5×4，前、后缺，下部残，存3行。

图缺。文集成贰 137 页。参

3640　佛教文书残片

5×6，前、后、上、下残，存2行，1行记"黑江"。

图缺。文集成贰 137 页。参

3641　佛教文书残片

3×3.5，前、后、上、下残，存2行。

图缺。文集成贰 137 页。参

3642　文书残片

6.2×5.2，前、后、上、下残，存1行3字，朱书。

图缺。文集成贰 137 页。参

3643　文书残片

4.7×6.2，前、后、上、下残，存1行"三更到"3字。

图缺。文集成贰 137 页。参

3644　文书残片

4×5，前、后缺，存1行。

图缺。文集成贰 138 页。参

3645　文书残片

8×3，前、后缺，存1行。

图缺。文集成贰 138 页。参

3646　文书残片

8.5×3，前、后缺，存1行"田被微望请数"数字。

图缺。文集成贰 138 页。参

3647　文书残片

3×6，前、后、上、下残，存3行，残存数字。

图缺。文集成贰 138 页。参

3648　谷物计量文书残片

4×6，前、后缺，上部残，存4行，2行记"计壹硕"3字。

图缺。文集成贰 138 页。参

3649 青麦文书残片

8×3，由数纸粘贴，前、后缺，存2行，1行记有"青麦"2字。

图缺。文集成贰 138 页。参

3650 文书残片

5.2×8，纸表附有泥土，前、后、上、下残，存3行，残存数字。

图缺。文集成贰 138 页。参

3651 文书残片

5.5×3.5，前、后、上、下残，存3行，残存数字。

图缺。文集成贰 139 页。参

3652 文书残片

6×5.3，前、后、上、下残，存2行，残存数字。

图缺。文集成贰 139 页。参

3653 文书残片

6×6，前、后、上、下残，存3行，残存数字。

图缺。文集成贰 139 页。参

3654 文书残片

6×3，前、后缺，存1行，残存数字。

图缺。文集成贰 139 页。参

3655 佛教文书残片

6.5×3.5，前、后、上、下残，存2行，残存数字。

图缺。文集成贰 139 页。参

3656 文书残片

2.5×4.5，前、后、上、下残，存3行，残存数字。

图缺。文集成贰 139 页。参

3657 佛教文书残片

7×5，前、后、上、下残，存2行，残存数字。

图缺。文集成贰 139 页。参

3658 文书残片

5×7.5，前、后缺，存1行"程不忠"3字，纸背有画线。

图集成贰图版 89。文集成贰 140 页。参

3659 文书残片

5.5×5.7，前、后、上、下残，存2行，1行记"十七日小衣"。

图集成贰图版 89。文集成贰 140 页。参

3660 文书残片

4×4，存"日立"、"不食"等字。

图缺。文集成贰 140 页。参

3661 文书残片

3.2×6.1，存有数字，但不能识读。

图 缺。文 缺。参

3662　文书残片

3×2，存有 2 字，但不能识读。

图 缺。文 缺。参

3663　文书残片

6.7×2.2，存 4 字。

图 缺。文 集成贰 140 页。参

3664　文书残片

4×4，存数字。

图 缺。文 集成贰 140 页。参

3665　文书残片

4×3，存一"奉"字。

图 缺。文 集成贰 140 页。参

3666　文书残片

5.5×2.7，存数字。

图 缺。文 集成贰 140 页。参

3667　文书残片

4.5×4.7，存"访逃"等字。

图 缺。文 集成贰 140 页。参

3668　文书残片

4×2，存 4 字。

图 缺。文 集成贰 140 页。参

3669　文书残片

4×3，存数字。

图 缺。文 集成贰 140 页。参

3670　文书残片

4×2.5，存一"非"字。

图 缺。文 集成贰 140 页。参

3671　文书残片

5.7×3.7，存数字，但不能识读。

图 缺。文 缺。参

3672　文书残片

2.5×4.3，存 3 行，残存数字。

图 缺。文 集成贰 140 页。参

3673　文书残片

3.9×5，存 2 行，残存数字。

图 缺。文 集成贰 140 页。参

3674　文书残片

3.5×5.5，存数字，但不能识读。

图 缺。文 缺。参

3675　文书残片

3.5×4，存2行，残存数字。

图 缺。文 集成贰 140 页。参

3676　绢布残片

5.7×1.5，墨书，文字不能识读。

图 缺。文 缺。参

3677　文书残片

4.2×2.5，存3行，残存数字。

图 缺。文 集成贰 140 页。参

3678　文书残片

4×3.5，存1行"河东"2字。

图 缺。文 集成贰 140 页。参

3679　文书残片

6×2.7，存"示"字。

图 缺。文 集成贰 140 页。参

3680　文书残片

7.8×3.5，存2字，但不能识读。

图 缺。文 缺。参

3681　文书残片

2.8×2.3，正面存有"日下"2字，纸背有一"训"字。

图 缺。文 集成贰 140 页。参

3682　文书残片

4.2×1.5，存1行"大方"2字。

图 缺。文 集成贰 140 页。参

3683　文书残片

3.2×4.5，两面书写，存数字。

图 缺。文 集成贰 140 页。参

3684　文书残片

3.9×3.9，存1行"有一婆□"4字。

图 缺。文 集成贰 140 页。参

3685　文书残片

5.5×2.5，存2行，残存数字。

图 缺。文 集成贰 140 页。参

3686　文书残片

3.5×3，存2行，残存数字。

图 缺。文 集成贰 140 页。参

3687　文书残片

6×2，存1行，残存数字。

图缺。**文** 集成贰 140 页。**参**

3688　文书残片

3.5×3，存1行"诸菩萨入人"数字。

图缺。**文** 集成贰 141 页。**参**

3689　文书残片

5×2，存1行"心为禅鎧众"数字。

图缺。**文** 集成贰 141 页。**参**

3690　文书残片

9×2，纸表附有糨糊，存1行。

图缺。**文** 集成贰 141 页。**参**

3691　文书残片

2×4，存2行，残存数字。

图缺。**文** 集成贰 141 页。**参**

3692　文书残片

4.2×2.5，存2行，残存数字。

图缺。**文** 集成贰 141 页。**参**

3693　文书残片

4.2×1.9，存1行，残存数字。

图缺。**文** 集成贰 141 页。**参**

3694　文书残片

5.5×7.5，由两纸粘贴，存1行，残存数字。

图缺。**文** 集成贰 141 页。**参**

3695　文书残片

3.5×1.5，存1行，残存数字。

图缺。**文** 集成贰 141 页。**参**

3696　胡语文书残片

3×2，存2行胡语文字。

图缺。**文** 缺。**参**

3697　文书残片

3.5×3，存1行2字。

图缺。**文** 集成贰 141 页。**参**

3698　文书残片

4×2，由两纸粘贴，存1行2字。

图缺。**文** 集成贰 141 页。**参**

3699　文书残片

2.5×1.5，存1行"何一员"3字。

图缺。**文** 集成贰 141 页。**参**

3700　文书残片

1.2×5.8，有丝栏，存4行，残存数字，纸背有"臣"字。

图 缺。文 集成贰 141 页。参

3701 文书残片

4.5×3.7，存1行，残存数字。

图 缺。文 集成贰 141 页。参

3702 文书残片

2.5×3.1，存2行，残存数字。

图 缺。文 集成贰 141 页。参

3703 文书残片

1.5×3，存1字。

图 缺。文 缺。参

3704 文书残片

3.8×1.7，存1行，残存数字。

图 缺。文 集成贰 141 页。参

3705 文书残片

3.5×3，存1行。

图 缺。文 集成贰 141 页。参

3706 文书残片

4×1.5，存1行"木畺"2字。

图 缺。文 集成贰 141 页。参

3707 文书残片

1×4，存1字。

图 缺。文 缺。参

3708 文书残片

2.3×1.1，存1"所"字。

图 缺。文 集成贰 141 页。参

3709 文书残片

2×1.5，存1"枣"字。

图 缺。文 集成贰 141 页。参

3710 文书残片

3×1.5，存有2字，但无法识读。

图 缺。文 缺。参

3711 文书残片

9×4.7，前、后、上、下残，存2行，残存数字。

图 集成贰图版 89。文 集成贰 141 页。参

3712 文书残片

6×7，前、后、上、下残，存3行，残存数字。

图 集成贰图版 89。文 集成贰 141 页。参

3713 唐仪凤某年五月西州仓曹府史藏残牒文之一

9.5×5.6，存1行"牒检有事"4字，与大谷3162号缀合。

图 西域Ⅲ图版6。集成贰图版4。文 西域Ⅲ67-68页。集成贰141页。参 内藤乾吉1960。

3714　文书残片

6×8.5，前、后、上、下残，存3行，残存数字。

图 集成贰图版90。文 集成贰142页。参

3715　文书残片

4×8.5，存1"陈"字

图 缺。文 集成贰142页。参

3716　文书残片

4.5×4.5，两面书写，皆前、后、上、下残，存3行，残存数字。

图 集成贰图版82。文 集成贰142页。参

3717　文书残片

4.5×7，前、后、上、下残，存3行，残存数字。

图 缺。文 集成贰142页。参

3718　文书残片

5.5×3.5，存1行"七日中参"4字。

图 缺。文 集成贰142页。参

3719　楷书千字文残片

3.3×3.3，两面书写，正面前、后、上、下残，有丝栏，存2行，存"招"、"渠"、"委"等字；背面存2行数字。

图 集成贰图版82。文 集成贰142-143页。参 唐长孺1995。

3720　文书残片

7.5×4，前、后、上、下残，存2行，残存数字。

图 缺。文 集成贰143页。参

3721　文书残片

4.5×7，前、后、上、下残，存3行，残存数字。

图 缺。文 集成贰143页。参

3722　文书残片

6.5×6，前、后、上、下残，存2行，残存数字，与大谷3723号为同一书体。

图 集成贰图版90。文 集成贰143页。参

3723　文书残片

5.5×10.3，前、后、上、下残，存3行，残存数字，与大谷3722号为同一书体。

图 集成贰图版90。文 集成贰143页。参

3724　占卜文书残片

5.7×5，前、后、上、下残，存3行，1行记"生女大吉"，似为《择日法》或《禄命法》之类的文书。

图 集成贰图版80。文 集成贰143页。参

3725　文书残片

7.5×6.5，由数纸粘贴，前、后、上、下残，存 3 行，3 行记"壹佰捌合"。

图 集成贰图版 64。文 集成贰 144 页。参

3726　文书残片

5.4×3.5，前、后、上、下残，存 2 行，残存数字。

图 缺。文 集成贰 144 页。参

3727　文书残片

8.2×3.5，两面书写，正面存 1 行，记"氾崇二百五十文"；背面存 1 行"即市读"数字。

图 缺。文 集成贰 144 页。参

3728　文书残片

6.4×6，前、后、上、下残，存 3 行，残存数字。

图 缺。文 集成贰 144 页。参

3729　文书残片

11×5.5，两面书写，正面存 2 行，2 行署"九月五日"；背面存"司马翟"3 字。

图 集成贰图版 90。文 集成贰 144 页。参

3730　文书残片

5.5×5，存 1 行，残存数字。

图 缺。文 集成贰 144 页。参

3731　文书残片

6×4.4，前、后、上、下残，存 2 行，2 行记"呪用呪水洗"。

图 缺。文 集成贰 144 页。参

3732　文书残片

4.5×2.5，存 1 行 2 字。

图 缺。文 集成贰 145 页。参

3733　文书残片

9×7.5，前、后、上、下残，存 2 行，残存数字，有丝栏，与大谷 3734 号为同一书体。

图 集成贰图版 90。文 集成贰 145 页。参

3734　文书残片

10×6.5，前、后、上、下残，存 3 行，残存数字，与大谷 3733 号为同一书体。

图 集成贰图版 90。文 集成贰 145 页。参

3735　文书残片

8×4.3，前、后缺，上部残，存 2 行，1 行记有"妇女"。

图 集成贰图版 90。文 集成贰 145 页。参

3736　文书残片

4.5×5，前、后、上、下残，存 6 行十余字。

图 缺。文 集成贰 145 页。参

3737　文书残片

5.7×6.3，前、后、上、下残，存 3 行，残存数字。

图 集成贰图版 90。文 集成贰 145 页。参

3738　文书残片

5.3×7.8，前、后缺，下部残，存 6 行，1、2、3 行似记人名，2-6 行顶部画有圆圈。

图 集成贰图版 90。文 集成贰 146 页。参

3739　佛教文书残片

10.7×1.9，存 1 行 "灯大仏" 3 字

图 缺。文 集成贰 146 页。参

3740　文书残片

8×6.5，前、后、上、下残，存 4 行。

图 集成贰图版 90。文 集成贰 146 页。参

3741　道教文书残片

5.5×1.5，存 1 行 "察命司录" 数字。

图 集成贰图版 80。文 集成贰 146 页。参

3742　道教文书残片

4×2，存 1 行 "占往" 2 字。

图 集成贰图版 80。文 集成贰 146 页。参

3743　唐西州高昌县田亩四至文书残片

4.5×9.5，前、后、上、下残，存 3 行，3 行处钤有官印，纸背附有绿色颜料，1 行记 "南贰亩樊渠"，2 行记 "南壹里王渠"，3 行记 "北二十里新兴"。

图 集成贰图版 49。文 集成贰 146 页。参

3744　文书残片

3.5×3，前、后缺，下部残，存 3 行，有丝栏，1 行记 "十一月忌"，顶部画一圆圈。

图 集成贰图版 90。文 集成贰 147 页。参

3745　《佛说目连问戒律中五百轻重事》残片

6.5×8，前、后、上、下残，存 5 行，2 行记 "比丘市卖"，3 行记 "问比丘行道回"。本件与大谷 3754 号似可前后缀合。

图 集成贰图版 64。文 集成贰 147 页。参 刘安志、石墨林 2003。

3746　文书残片

6.5×3，存 1 行，残存数字。

图 缺。文 集成贰 147 页。参

3747　《易占书》（？）残片

5×9，前、后、上、下残，乃一残图，左右两面各写一 "坤"、"乾" 字，并画有八卦符号，中间存 3 行文字；"乾" 字左边亦书有文字。审其内容，或为《易占书》之类的文书。

图 集成贰图版 80。文 集成贰 147 页。参

3748　文书残片

10×2，前缺，存 1 行，残存数字。

图 缺。文 集成贰 147 页。参

3749 文书残片

5×5.7，两面书写，皆前、后、上、下残，正面存 4 行，背面存 3 行。

图 缺。文 集成贰 147-148 页。参

3750 差遣文书残片

10×4.3，由两纸粘贴，前、后、上、下残，存 2 行，2 行有"速差遣"3 字。

图 集成贰图版 36。文 集成贰 148 页。参

3751 文书残片

9×4，前、后、上、下残，存 2 行，1 行存"以油熟"3 字，2 行记"应半月一熏若在"，或为药方书残片。

图 集成贰图版 67。文 集成贰 148 页。参

3752 周天授二年（691）西州高昌县诸堰头等申青苗亩数佃人牒之一

14.5×3，后缺，存 1 行，记"杜渠冯寺奇堰"。

图 集成贰图版 46。文 西域 II 104 页。周藤研究 31 页。籍帐研究 325 页。集成贰 148 页。参 周藤吉之 1959。

3753 佛教文书残片

12.5×2.5，前、后缺，存 1 行"第五十四袟"数字。

图 缺。文 集成贰 148 页。参

3754 《佛说目连问戒律中五百轻重事》残片

8.2×4.5，前、后、上、下残，存 3 行，1 行存"得供养"。本件与大谷 3745 号似可前后缀合。

图 缺。文 集成贰 148 页。参 刘安志、石墨林 2003。

3755 文书残片

7×6.2，前、后、上、下残，存 4 行。

图 集成贰图版 90。文 集成贰 148 页。参

3756 《后汉书·杨震传》注疏（？）残片

6.5×12，前、后、上、下残，存 7 行，有双行小字注，2 行"延光之问"、3 行"怀王臣之节"、4 行"（积善）之家，必有（余庆）"，俱见于《后汉书》卷五十四《杨震传》范晔"论"；5 行有小字注"位置太尉"，据本传，杨震于延光二年代刘恺为太尉；6 行记有"富波侯相"，据本传，震长子牧，曾为"富波相"，因此，本件似为《后汉书·杨震传》的注疏。

图 集成贰图版 90。文 集成贰 139 页。参

3757 文书残片

6.2×10，前、后缺，下部残，存 4 行，残存数字，2 行记"尚书"。

图 集成贰图版 90。文 集成贰 149 页。参

3758 官文书残片

11.1×5.3，前、后、上、下残，存 2 行，1 行记"月二十一日史"。

图 集成贰图版 36。文 集成贰 149 页。参

3759 残契尾

9.6×9.3，前缺，上部残，存 3 行，1、2 行有画指。

图 集成贰图版 62。文 集成贰 149 页。参

3760 文书残片

24×4.2，前、后、上、下残，存 2 行，残存数字。

图 缺。文 集成贰 149 页。参

3761 武周圣历二年（699）沙州豆卢军为迎吐谷浑归朝案卷之

9.5×24.5，前、后、上、下残，存 8 行，两处钤有官印，3 行记"其张令端下"。

图 集成贰图版 36。大谷研究图版 11。文 西域Ⅲ151-152 页。集成贰 150 页。参 小
笠原宣秀、西村元佑 1960。陈国灿 1987。荒川正晴 1988。小田义久 1988。

3762 唐"检案砾白"残文书

17.4×8.5，前、后缺，存 2 行，1 行署"检案砾白"4 字。

图 集成贰图版 36。文 集成贰 150 页。参

3763 古籍写本残片

12×13，后缺，上部残，存 5 行。

图 集成贰图版 83。文 集成贰 150 页。参

3764 古籍写本残片

12.5×8.2，前、后缺，存 2 行，1 行记"平安如前"。

图 集成贰图版 83。文 集成贰 150 页。参

3765 残名籍

9.3×15.7，前、后、上、下残，存 3 行，1 行记"苏凤昇"，有"△"符号，年代
可能在唐代以后。

图 集成贰图版 36。文 集成贰 150 页。参

3766 文书残片

8.4×10，前、后、上、下残，存 3 行，残存数字。

图 集成贰图版 90。文 集成贰 151 页。参

3767 文书残片

13.5×13.1，前缺，下部残，存 2 行数字。

图 集成贰图版 90。文 集成贰 151 页。参

3768 明、清时代购物残文书

17.5×10，前、后缺，下部残，存 5 行，3 行记"买纸十合、方麻纸十刀共"，有
"△"符号。

图 缺。文 集成贰 151 页。参

3769 《禄命书》（?）残片

17×9.8，前、后缺，下部残，2 行记"乙未羊金命"，3 行记"甲申侯火命 贞观十
年"，4 行记"□□鸡火命 贞观十一年"；纸背有一"令"字。本件似与大谷
3272v 号有关。

图 集成贰图版 80。文 集成贰 151 页。参

3770 文书残片

11.2×3.7，前、后、上、下残，存 2 行，1 行记"一斗面三斗"。

图缺。文集成贰151页。参

3771 面、钱计会文书残片

8×10，前、后、上、下残，存5行，2行记"面壹硕伍斗钱壹阡……"，4行记"面数如后"。

图集成贰图版64。文集成贰151-152页。参

3772 唐开元九年（721）仓曹残牒文

17.6×12，前、后缺，下部残，存5行，2行记"牒至准状"，3行署"开元九年"，4行记"仓曹参军冲"，5行存一"史"字，当为仓曹文案。

图集成贰图版36。文集成贰152页。参

3773 文书残片

4.5×6.2，前、后、上、下残，存3行，残存数字。

图集成贰图版91。文集成贰152页。参

3774 文书残片

4.5×3.5，由两纸粘贴，乃绀色纸，存1行3字。

图缺。文集成贰152页。参

3775 文书残片

3.4×3.5，前、后、上、下残，存3行，残存数字。

图缺。文集成贰152页。参

3776 文书残片

8.5×2.2，前、后缺，存1行，残存数字。

图缺。文集成贰152页。参

3777 文书残片

2.8×8，前、后、上、下残，存2行2字，1行有一"酒"字。

图缺。文集成贰152页。参

3778 土地四至文书残片

5×3，前、后缺，存1行，记有"东□定和　西……"。

图集成贰图版49。文集成贰153页。参

3779 土地四至文书残片

5.4×3.2，前、后缺，存1行，记有"东渠　西□"。

图集成贰图版49。文集成贰153页。参

3780 文书残片

3×1.4，存1行，有"付兵"2字。

图缺。文集成贰153页。参

3781 文书残片

5.5×2.5，文字不能识读。

图缺。文缺。参

3782 文书残片

2.8×2，无文字。

图缺。文缺。参

3783　文书残片

5.3×5.1，两面书写，正面存2行，背面存1行，有"取栗"2字。

图 缺。文 集成贰153页。参

3784　唐开元年间西州高昌县城西枣树渠户别部田簿残片之一

7.5×2.5，前、后、上、下残，存1行，残记"里枣树渠　东道　西"数字。

图 集成贰图版48。文 籍帐研究389页。集成贰153页。参

3785　唐开元年间西州高昌县城西枣树渠户别部田簿残片之一

6.5×3.1，前、后、上、下残，存2行，2行残存"男小感"3字。

图 集成贰图版48。文 西域Ⅱ353页。西村研究416页。籍帐研究389页。集成贰153页。参 西村元佑1959、1968A。

3786（一）　唐开元十二年（724）前后西州用练市牛簿

16×43，上部残，存28行，簿中首行大字列"……贰丈市得牛肆拾叁头"，其后列有每头牛类别、毛色、齿色及用练定数，9行下存注文"已上壹拾壹头，上等，都督判：头别减壹疋取印"；18行也有类似注文。24行下存注文"已上壹拾壹头，下等，都督注：准前减取印"，由此知所市牛分上、中、下三等。本件缺纪年，但据其后连卷"西州官人差使录"中有"试西州刺史上柱国高"于开元十二年六月"准格充使"之记载，本件也应在开元十二年或前后。

图 大谷目二卷末图第一叶。集成贰图版37。文 大谷目二74页。籍帐研究352页。集成贰153-154页。参 仁井田陞1960。小田义久1985A。菊池英夫1979。池田温1998A。

3786（一）v　唐开元十五年（727）三月西州典马思忠牒

存12行，1-3行为牒文内容，记某人患病，且"家道贫迫，不办装束"，"请差"干某事。4行署"……五年三月　日典　马思忠牒"，据正面年代，本件书写或在开元十五年。5-12行为司兵、司仓、城局、营主等的签署。

图 大谷目二卷末图第一叶。集成贰图版38。文 大谷目二74页。籍帐研究352页。集成贰154页。参 仁井田陞1960。小田义久1985A。菊池英夫1979。池田温1998A。

3786（二）　唐开元十二年（724）后西州屯营田收谷计会

15×40，两面书写，正面前、后缺，上部残，存13行，1行列出"（前缺）十顷收率得干净麦粟禾总"数之后，具列青稞、小麦、粟、禾数，其后又分列天山屯、柳中屯的营田数及收谷数。背面存3行，记"伺监来之时，并……今屯收率有欠，即令均徵……纳了"。本件纪年判断同前件。

图 大谷目二卷末第一叶。集成贰图版37、38。文 西域Ⅱ157页。周藤研究90-91页。西村研究457-458页。籍帐研究351页。集成贰154-155页。参 周藤吉之1959。西村元佑1968A。姜伯勤1983。陈国灿1994，92-93页。

3786（三）　唐开元十二年（724）八月后西州官人差使录

15×16，前、后缺，上部残，存5行，1行记"试西州刺史上柱国高"于开元十二年六月"准格充使"，2行记"□守信"准格充副，还有充考典、充典等人，时间早者在开元十一年十一月，晚者在十二年八月十一日，本件当书于此后。

图 大谷目二卷末图第一叶。集成贰图版 37。**文** 西村研究 458 页。籍帐研究 351-352 页。集成贰 155 页。**参** 李方 1996。池田温 1998A。

3787　佛教文书残片

11×2.5，前、后缺，存 1 行，有"一南无宝集"数字。

图 缺。**文** 集成贰 155 页。**参**

3788　绘画残片

18×22.5，绘有一足。

图 集成贰图版 71。**文** 缺。**参**

3789　朱印谱残片

5.3×5，有衬里（吐鲁番）。

图 缺。**文** 缺。**参**

3790　唐绘画残片

11.5×3.3。

图 缺。**文** 缺。**参** 黄烈 1981。

3791　唐绘画残片

4.5×4.7。

图 缺。**文** 缺。**参**

3792　唐绘画残片

7.3×3.7。

图 缺。**文** 缺。**参**

3793　唐绘画残片

2.5×5.5。

图 缺。**文** 缺。**参**

3794　文书残片

8.3×4.5，无文字。

图 缺。**文** 缺。**参**

3795　文书残片

5.3×5.6，两面书写，正面存 1 行"杨生时"3 字；背面存有 3 字不能识读。

图 缺。**文** 集成贰 156 页。**参**

3796　文书残片

2.5×1.8，存一"男"字。

图 缺。**文** 集成贰 156 页。**参**

3797　文书残片

2.9×3.2，存 1 行"□多若"3 字。

图 缺。**文** 集成贰 156 页。**参**

3798　文书残片

3.3×3.6，两面书写，正面存 1 行"卤烛"2 字。

图 缺。**文** 集成贰 156 页。**参**

3799　文书残片

存两片，分别为 2.5×1.5，2×1.5，无文字。

图 缺。文 缺。参

3800　文书残片

6.5×4，无文字。

图 缺。文 缺。参

3801　文书残片

3.8×2.8，存 2 行，残存数字。

图 缺。文 集成贰 156 页。参

3802　文书残片

3×7.6，两面存有数字。

图 缺。文 集成贰 156 页。参

3803　文书残片

3.5×3.5，两面有线画。

图 缺。文 缺。参

3804　绘画残片

2.7×2.2，两面绘画。

图 缺。文 缺。参

3805　绘画残片

6×4，两面绘画。

图 缺。文 缺。参

3806　绘画残片

2.7×1.5，有佛画。

图 缺。文 缺。参

3807　绘画残片

2.5×2.1，有线画。

图 缺。文 缺。参

3808　绘画残片

3.3×2.5，有线画。

图 缺。文 缺。参

3809　文书残片

由若干小片组成，其中 7 片有线画，有 1 片存 2 行文字。

图 缺。文 集成贰 156 页。参

3810　书信残片

11.5×4，前、后缺，存 1 行，记"和尚　尊体动止"。

图 缺。文 集成贰 156 页。参

3811　佛教文书残片

4.2×4.5，前、后、上、下残，存 3 行，残存数字。

图 缺。文 集成贰 156 页。参

3812　《瑜伽师地论》卷第六十九残片

3×2.5，前、后、上、下残，存2行。

图 缺。**文** 集成贰156页。**参** 刘安志、石墨林2003。

3813 《讚僧功德经》残片

4.5×3.7，前、后、上、下残，存2行6字。

图 缺。**文** 集成贰157页。**参** 刘安志、石墨林2003。

3814 文书残片

3.7×6.4，前、后缺，存1行3字，有丝栏。

图 集成贰图版91。**文** 集成贰157页。**参**

3815 文书残片

6×4.5，前、后、上、下残，存3行，残存数字，有丝栏。

图 集成贰图版91。**文** 集成贰157页。**参**

3816 文书残片

6.5×5.5，前、后缺，上、下残，存2行，残存数字。

图 缺。**文** 集成贰157页。**参**

3817 官文书残片

8.3×6，存1行3字"摄尉杨"，钤有官印。

图 集成贰图版39。**文** 集成贰157页。**参**

3818 文书残片

5.4×5，前、后缺，下部残，存2行，残存数字。

图 缺。**文** 集成贰157页。**参**

3819 唐某人开元年间历官状残片

6.5×8，前、后缺，下部残，存3行，1行存"至开元二十年□□"数字，3行存"至开元二十三年"数字，文书格式与大谷1041号类同，或为考课之类文书。

图 集成贰图版39。**文** 集成贰157页。**参**

3820 药方书残片

8.2×4.5，前、后、上、下残，存3行，1行残"筛取酪浆二升半"，2行残"青石三两　槐子一升"。

图 集成贰图版64。**文** 集成贰158页。**参**

3821 唐天宝某载交河郡籍残片

5×4.2，前、后、上、下残，存2行，正面右下角有2字朱书，纸背有墨迹。1行记"壹顷伍拾陆亩"，2行残"亩永业"3字。

图 T. T. D. Ⅱ（B）135页。集成贰图版4。**文** 集录177页。籍帐研究261页。T. T. D. Ⅱ（A）94页。集成贰158页。**参** 土肥义和1969。T. T. D. Ⅱ（A）85-86页。

3822 唐天宝某载交河郡籍残片

6.5×4.5，前、后、上、下残，存2行，1行有"思泰"2字，2行残"男思顺载贰"，知为天宝年间文书。

图 T. T. D. Ⅱ（B）135页。集成贰图版4。**文** 集录177页。籍帐研究261页。T. T. D. Ⅱ（A）94页。集成贰158页。**参** 土肥义和1969。T. T. D. Ⅱ（A）85-86页。

3823　文书残片

5×3，存1行"年二月□"数字。

图缺。文集成贰158页。参

3824　文书残片

5×2.5，存1行"五石"2字。

图集成贰图版64。文集成贰158页。参

3825　唐天宝二年（743）交河郡市估案B种残片之一（物价文书）

19.5×15，前缺，上部残，存7行，两面钤有"交河郡都督府之印"，右下部与大谷3034号缀合。列有练、绝、紫、绯等一疋的上、中、下三种价格。

图集成贰图版17。文籍帐研究448页。集成贰158页。参池田温1968。

3826　唐天宝二年（743）交河郡市估案A种残片之一（物价文书）

11×2，存1行数字。

图集成贰图版19。文籍帐研究461页。集成贰159页。参池田温1968。

3827　唐天宝二年（743）交河郡市估案B种残片之一（物价文书）

9×7.5，前、后缺，上部残，存3行，纸背钤有"交河郡都督府之印"。

图集成贰图版16。文籍帐研究461页。集成贰159页。参池田温1968。

3828　佛教文书残片

7.8×10.6，前、后、上、下残，存6行，4行"分离"与"男"之间有一朱书"十"字。

图集成贰图版73。文集成贰159页。参

3829　《千字文》抄本残片

8.2×20.5，由两纸粘贴，前、后、上、下残，存10行，有"率宾归王"、"赖及万方"、"岂敢毁伤"、"德莫能忘"、"器欲难量"等语，乃抄梁周兴嗣撰《千字文》残片，集成贰定为《佛书残片》，误。

图集成贰图版73。文集成贰159页。张娜丽2002，34-35页。参张娜丽2002。

3829v　文书残片

前、后、上、下残，存4行。

图缺。文集成贰159-160页。参

3830　官文书残片

10.8×14.3，前、后缺，下部残，存6行，3行以后低两格，似为官文书残片。

图集成贰图版91。文集成贰160页。参

3831　佛教文书残片

6.5×7.5，前、后、上、下残，存2行。

图缺。文集成贰160页。参

3832　《苏悉地羯罗经》卷下残片

5.5×6，前、后、上、下残，存6行。

图集成贰图版91。文集成贰160页。参刘安志、石墨林2003。

3833　《妙法莲华经》卷第二残片

9×3.5，茶色纸，前、后缺，下部残，存2行。《添品妙法莲华经》卷第二同。

图缺。文集成贰160页。参刘安志、石墨林2003。

3833v　文书残片

木版印刷，前、后缺，上部残，存4行4字。

图缺。文集成贰160页。参

3834　佛教文书残片

3.2×5.5，前、后、上、下残，存3行。

图缺。文集成贰161页。参

3835　文书残片

5×2，存1行2字。

图缺。文集成贰161页。参

3836　文书残片

3.3×3.5，似为绘画之一部分。

图缺。文缺。参

3837　清代典当铺物签

11.6×5.6，前、后缺，存2行，皆残"拱三十九"数字。

图集成贰图版96。文集成贰161页。参

3838　清代典当铺物签

14×7，前、后缺，存3行。

图集成贰图版96。文集成贰161页。参

3839　清代典当铺物签

14.3×6.5，前、后缺，存2行，有"展十一"及"展十一号"等数字。

图集成贰图版96。文集成贰161页。参

3840　文书残片

4.5×6.5，系剪成葫芦形的残片，文字无法判读，以下两件形状与此同。

图缺。文缺。参

3841　文书残片

4.5×6.5，前、后、上、下残，存2行，1行残"年二十五"，2行残"二十五"，似为名籍之类的文书。

图缺。文集成贰161页。参

3842　文书残片

4.5×6.5，前、后、上、下残，存3行，纸背附有布片，2行残"四石五升"，3行残"五石三斗"，似为一残粮帐。

图集成贰图版64。文集成贰162页。参

3843　文书残片

13.5×7.3，由数纸粘贴，后缺，存5行。

图集成贰图版91。文集成贰162页。参

3844　文书残片

10×11，由两纸粘贴，前、后、上、下残，存4行。

图集成贰图版91。文集成贰162页。参

3845 唐贞观间西州籍残片

7.5×7，前、后、上、下残，存2行，1行"世子"下存"应受田叁"数字，"世子"与2行之"相道"系后书，"相道"书于"者时"之上。由"世子"判断文书当成于贞观年间。

图 集成贰图版3。文 集成贰162页。参

3846 《佛说七十佛神符经》（?）残片

9.3×6，前、后、上、下残，存3行。2行"千佛神符"仅见于《佛说七千佛神符经》，但1行内容不合，因无图版，无法比对，暂存疑。

图 缺。文 集成贰162页。参

3847 写经题记残片

8×7.5，前、后缺，上部残，存2行，有丝栏，1行残"□奴写"，2行残"□四张"。

图 集成贰图版71。文 集成贰163页。参

3848 文书残片

5×7，前、后、上、下残，存2行。

图 集成贰图版91。文 集成贰163页。参

3849 《佛说无常经》残片

9×7.5，由3纸粘贴，前、后、上、下残，存4行。

图 集成贰图版91。文 集成贰163页。参 刘安志、石墨林2003。

3850 文书残片

6.5×6.5，存2行，残存数字，有丝栏。

图 缺。文 集成贰163页。参

3851 唐官府文案残尾

28.5×5，前、后缺，存2行，1行残"录事眘"，2行残"勾讫"

图 集成贰图版39。文 集成贰163页。参

3852 明、清时代购物残文书

15×15，前、后、上、下残，存4行，与大谷3768号为同种文书。

图 缺。文 集成贰163页。参

3853 青麦等计量残文书

10×10，前、后、上、下残，存3行，3行残"斗柒勝青麦"。

图 集成贰图版64。文 集成贰164页。参

3854 文书残片

6×4.5，前、后、上、下残，存4行，残存数字。

图 集成贰图版91。文 集成贰164页。参

3855 文书残片

9.7×5.5，存1行，残存数字。

图 缺。文 集成贰164页。参

3856 古籍写本残片

4.5×4.5，前、后、上、下残，存2行，1行残"狩制"。

图 缺。文 集成贰 164 页。参

3857 《春秋左氏传·昭公二十五年》（杜预集解）残片

8.5×4.2，前、后、上、下残，存 2 行，有丝栏。2 行残存"□祈死戊辰卒"。

图 缺。文 集成贰 164 页。参

3858 古籍写本残片

7×3.1，存 1 行"家为"2 字，有丝栏。

图 缺。文 集成贰 164 页。参

3859 唐官文书残片

10×4，前、后、上、下残，存 2 行，2 行残"照验施行准此府可除巳移"。

图 集成贰图版 39。文 集成贰 164 页。参

3860 《金光明最胜王经》卷第六残片

7×7，前、后、上、下残，存 4 行。

图 缺。文 集成贰 165 页。参 刘安志、石墨林 2003。

3861 古籍写本残片

4.5×5，前、后、上、下残，存 3 行，残存数字。

图 缺。文 集成贰 165 页。参

3862 唐官文书小片

5×7，存 2 行，1 行残一"史"字。

图 缺。文 集成贰 165 页。参

3863 文书残片

8.5×7.5，前、后、上、下残，存 3 行，2 行残"我抬列十三"。

图 缺。文 集成贰 165 页。参

3864 文书残小片

8.5×4.5，有胡语 2 行。

图 缺。文 缺。参

3865 文书残小片

由两片重叠，第 1 片 2.3×8.7，存 2 行，残存数字；第 2 片 3.7×2.3，存 1 行。

图 集成贰图版 91。文 集成贰 165 页。参

3866 药方书残片

8.2×2.6，由数纸粘贴，前、后、上、下残，存 2 行，1 行残"□为丸和酸栖煎 □□"，2 行残"此云陪酢　石榴子"。

图 集成贰图版 67。文 集成贰 165 页。参

3867 土地段亩四至文书残小片

4.2×6，前、后、上、下残，存 2 行，1 行残"壹亩"，2 行残"南至李押□"。

图 集成贰图版 49。文 集成贰 166 页。参

3868 文书残片

5×5.5，前、后、上、下残，存 2 行，残存数字，有丝栏。

图 缺。文 集成贰 166 页。参

3869 文书残片

7.5×4，前、后、上、下残，存3行，残存数字，1行残"南游幸戊辰"。

图 缺。文 集成贰166页。参

3870   土地关系文书残小片

5×5.5，前、后、上、下残，存2行，残存数字，1行残"堰亩"。

图 集成贰图版49。文 集成贰166页。参

3871   文书残片

3×4.5，存2行，残存数字。

图 缺。文 集成贰166页。参

3872   唐西州籍残小片

4.5×2.5，存1行"壹里遂堆堰"数字。本件缺纪年，籍帐研究推测可能为8世纪前、中期。

图 T. T. D. Ⅱ（B）130页。集成贰图版3。文 集录172页。籍帐研究258页。T. T. D. Ⅱ（A）88页。集成贰166页。参 T. T. D. Ⅱ（A）76页。

3873v   文书残片

存1行"盖者谦"3字。

图 集成贰图版3。文 集成叁166页。参

3873   文书残片

8.2×5，有2、3字不能识读。

图 缺。文 缺。参

3874   文书残片

6×3，由3纸粘贴，存1行，残存数字。

图 缺。文 集成贰167页。参

3875   佛教文书残片

5×3.5，前、后、上、下残，存4行，有丝栏。

图 缺。文 集成贰167页。参

3876   佛教文书残片

5×3.2，前、后、上、下残，存2行，残存数字。

图 缺。文 集成贰167页。参

3877   佛教文书残片

3×3.2，前、后、上、下残，存2行，残存数字，有丝栏。

图 缺。文 集成贰167页。参

3878   文书残片

5×8.3，前、后、上、下残，存4行，残存数字，3行"妃"字右下部有朱点。

图 集成贰图版91。文 集成贰167页。参

3879   文书残片

12.2×1.2，见有"言"、"德"等字，有丝栏。

图 缺。文 集成贰167页。参

3880   文书残片

2×6，前、后、上、下残，存5行，残存数字，纸面附有布片。

图 集成贰图版 91。文 集成贰 168 页。参

3881　佛教文书残片

7.5×4，前、后、上、下残，存 2 行，残存数字。

图 缺。文 集成贰 168 页。参

3882　佛教文书残小片

8×2，存 1 行 2 字"后经"。

图 缺。文 集成贰 168 页。参

3883　佛教文书残小片？

3×2.5，存 1 行 2 字"品菩"。

图 缺。文 集成贰 168 页。参

3884　唐仪凤三年（678）度支支配四年诸州庸调及折造杂綵色数并处分事条残片之一

4.3×2.5，由两纸粘贴，正面存 1 行 2 字"宜准"，背面残 "支料" 2 字，有苇席迹，苇席文书之一。

图 缺。文 大津透、榎本淳一 1987，54、59 页。集成贰 168 页。参 大津透 1986。大津透、榎本淳一 1987。

3885　《辩中边论》卷上残片

3×5，前、后、上、下残，存 4 行，残存 10 字。

图 缺。文 集成贰 168 页。参 刘安志、石墨林 2003。

3886　文书残小片

6.5×3.2，存 1 行，残"四年"等字。

图 缺。文 集成贰 168 页。参

3887　文书残小片

4.5×3.5，前、后、上、下残，存 2 行。

图 缺。文 集成贰 168 页。参

3888　文书残片

10×1.5，文字无法判读。

图 缺。文 缺。参

3889　佛教文书残片

3.5×4，两面书写，正面存 2 行，有丝栏，2 行残"方相见一切"；背面存 2 行，残几字。

图 缺。文 集成贰 168 页。参

3890　文书残小片

4×2，存 1 行 2 字"不或"。

图 缺。文 集成贰 168 页。参

3891　《释禅波罗蜜次第法门》卷第二（？）残片

4.5×2，前、后、上、下残，存 2 行，1 行残"藐尸卧种种"，2 行残"体云何安可恨"，内容与《释禅波罗蜜次第法门》卷第二、《诸经要集》卷第十二、《法苑珠林》卷七十一等相近。

图 缺。文 集成贰 169 页。参 刘安志、石墨林 2003。

3892　文书残片

5.5×3，见有灰色2字"领等（？）"。

图 缺。文 集成贰 169 页。参

3893　文书残片

5.5×3，由3纸粘贴，有"十二"、"眼头贰"等文字。

图 缺。文 集成贰 169 页。参

3894　《讚僧功德经》残片

4.5×4.5，前、后、上、下残，存3行。

图 缺。文 集成贰 169 页。参 刘安志、石墨林 2003。

3894v　《讚僧功德经》残片

前、后、上、下残，存2行。据内容，本件似为正面。

图 缺。文 集成贰 169 页。参 刘安志、石墨林 2003。

3895　佛教文书残片

3×3.6，前、后、上、下残，存3行，残存数字。

图 缺。文 集成贰 169-170 页。参

3896　文书残小片

4.6×4.2，存2行，残"曾阿"、"无极晓"数字。

图 缺。文 集成贰 170 页。参

3897　文书残小片

2.8×3.7，存2行，残"于"、"平语"等字。

图 缺。文 集成贰 170 页。参

3898　文书残小片

3.3×3.3，存2行，残"现"、"成圣道"数字。

图 缺。文 集成贰 170 页。参

3899　文书残小片

4.4×1.7，存1行，残"昌旭"。

图 缺。文 集成贰 170 页。参

3900　文书残小片

1.7×6，残存数字，不能识读。

图 缺。文 缺。参

3901　文书残小片

5.5×4，无文字。

图 缺。文 缺。参

3902　文书残小片

8×1.5，存1行，残"三十二人□□□之中"。

图 缺。文 集成贰 170 页。参

3903　文书残小片

3.8×2，存1行，残"入士厥号"。

图 缺。文 集成贰 170 页。参

3904　文书残小片

3.5×4，正面存2行，残"正胸"、"颜天"等字；背面亦残有文字。

图 缺。文 集成贰170页。参

3905　文书残小片

5×2.2，存1行，残"□云"。

图 缺。文 集成贰170页。参

3906　文书残小片

5.2×2，存1行，残"□彼衣生□"。

图 缺。文 集成贰170页。参

3907　文书残小片

存6片，第1片2.7×1.3，存1行；第2片3×1.6，存1"岁"字；第3片2.4×1.7，存1行，有丝栏；第4片3.8×3，无文字；第5片2.4×2.2，存1行；第6片1.5×1.5，无文字。

图 缺。文 集成贰170页。参

3908　某人致阇梨书简残片一

10.5×18.5，由数纸粘贴，存6行，3-5行处由别纸粘贴，下部与大谷3909号缀合。1行称"季冬极寒"，2行提及某"阇梨"，6行记"自冬已来"，当为书简。

图 集成贰图版84。文 集成贰170页。参

3909　某人致阇梨书简残片之二

26.5×22.4，由数纸粘贴，后缺，存8行，与大谷3908号缀合。5行残记"□是何草木得阇梨□闻"，6行为"（自冬已来）披读一遍欲终皆有贤德"。

图 集成贰图版84。文 集成贰171页。参

3910　文书残片

5.5×4，前、后缺，下部残，存3行，有丝栏。

图 缺。文 集成贰171。参

3910v《千字文》李暹注残片

前、后、上、下残，存2行，1行残记"韵者梁武员外"，2行残记"次韵问曰"，乃李暹注《千字文》残片。

图 缺。文 集成贰171页。参 唐长孺1995。

3911　佛教文书残片

5×7.5，前、后、上、下残，存4行。

图 缺。文 集成贰171页。参

3912　文书残小片

8.5×8.5，由两纸粘贴，前、后缺，下部残，存2行。

图 集成贰图版91。文 集成贰171。参

3913　佛教文书残片

10.5×10，前、后、上、下残，存4行。经文内容颇似《首楞严义疏注经》卷第八（之二）与《唯识义卷》第五（本）（释真兴撰）。

图 集成贰图版73。文 集成贰171页。参

3914 佛教文书残片

27.2×3.8，存1行，残"此要华严经转彼于"数字。

图 集成贰图版73。文 集成贰171页。参

3915 文书残片

7×12，由数纸粘贴，纸面附有颜料，为绘画片；纸背为名籍，记有"王正赵"、"土止囗"、"魏忠赋"等人名。

图 集成贰图版91。文 集成贰172页。参

3916 古籍写本残小片

7.5×7，后缺，上、下残，存2行，1行残"小儿而住"，2行残"于相以此"。

图 缺。文 集成贰172页。参

3917 《妙法莲华经》卷第七（?）残片

8.5×4.5，前、后缺，存2行，2行残存"临当被害"，据1行残存笔画，似为《妙法莲华经》卷第七残片，《添品妙法莲华经》卷第七同。

图 集成贰图版73。文 集成贰172页。参 刘安志、石墨林2003。

3918 佛教文书残片

8.5×4.5，前、后缺，上部残，下部与大谷4016号缀合，似为密教关系文书。

图 集成贰图版73。文 集成贰172页。参

3919 文书残片

7×6.6，前、后、上、下残，存3行，残存数字。

图 集成贰图版91。文 集成贰172页。参

3920 古籍写本残小片

8×9.3，前、后、上、下残，存4行，残存数字。

图 缺。文 集成贰172页。参

3921 文书残小片

10×7.4，前、后、上、下残，存2行，残存数字。

图 缺。文 集成贰173页。参

3922 佛教文书残片

4×9.2，前、后、上、下残，存4行，4行残记"出家"2字。

图 缺。文 集成贰173页。参

3923 文书残片

8×5，前、后缺，下部残，存3行。

图 集成贰图版91。文 集成贰173页。参

3924 文书残片

7.5×7.5，文字多漫漶、潦草难识。

图 集成贰图版92。文 集成贰173页。参

3925 文书残片

6×6，前、后缺，下部残，存4行，残存数字。

图 缺。文 集成贰173页。参

3926 佛教文书残小片

8×3，前、后、上、下残，存 2 行，记有"轮王"。

图 缺。文 集成贰 173 页。参

3927　佛教文书残小片

4.5×3，由两纸粘贴，前、后、上、下残，存 2 行，残存数字。

图 缺。文 集成贰 174 页。参

3928　文书残小片

2×5，前、后缺，下部残，存 5 行，每行存 1 字。

图 集成贰图版 92。文 集成贰 174 页。参

3929　《佛说佛名经》卷第四残片

5.8×5.2，前、后、上、下残，存 3 行。

图 缺。文 集成贰 174 页。参 刘安志、石墨林 2003。

3930　《千字文》习字残片

4.5×8，前、后、上、下残，存 4 行，乃"治本于农"之习书。

图 集成贰图版 82。文 集成贰 174 页。参 唐长孺 1995。

3931　文书残小片

5×4.5，前、后、上、下残，存 2 行，残存数字。

图 缺。文 集成贰 174 页。参

3932　古籍写本残小片

5×6.7，前、后、上、下残，存 3 行，残存数字。

图 缺。文 集成贰 174 页。参

3933　古籍写本残小片

5.9×3.5，前、后、上、下残，存 2 行，残存数字。

图 缺。文 集成贰 175 页。参

3934　佛教文书残小片

3.5×3，存 1 行"共相空"3 字。

图 缺。文 集成贰 175 页。参

3935　文书残片

18.2×8.2，前、后缺，存 1 行"为吉债事"4 字。

图 集成贰图版 92。文 集成贰 175 页。参

3936　文书残小片

8×10，系厚纸，前、后缺，下部残，存 2 行 3 字。

图 缺。文 集成贰 175 页。参

3937　古籍写本残小片

6.5×5.5，前、后、上、下残，存 2 行，残十余字。

图 缺。文 集成贰 175 页。参

3938　文书残片

8×7，前、后、上、下残，存 4 行，残二十余字。

图 集成贰图版 92。文 集成贰 175 页。参

3939　文书残小片

6.3×9.3，前、后、上、下残，存3行，残存数字。

图 缺。文 集成贰175页。参

3940　文书残小片

5.7×10，由数纸粘贴，前、后、上、下残，存3行，残存数字。

图 集成贰图版92。文 集成贰176页。参

3941　文书残小片

3×6，前、后、上、下残，存3行，残存数字。

图 缺。文 集成贰176页。参

3942　唐残状

7×6.5，前、后、上、下残，有丝栏，存4行，1行残"主书"，3行残"□□忠孝不"，4行残"件状如前"。

图 集成贰图版92。文 集成贰176页。参

3943　文书残片

7.5×5.7，前、后、上、下残，存4行，残十余字。

图 缺。文 集成贰176页。参

3944　文书残小片

8.5×6，前缺，上部残，存2行2、3字。

图 缺。文 集成贰176页。参

3945　《俱舍论颂疏论本·序》注疏残片

10×6，前、后缺，上部残，存4行。本件书法同于大谷1045、8117、8119号，2行记"惟公者，称君尊也；特，谓殊（后缺）"，3行记"为精□□神灵精明也"，乃是对圆晖《俱舍论颂疏论本》序文中"有正议大夫、晋洲刺史贾曾，惟公特禀异气，别授精灵"之注疏。

图 集成贰图版92。文 集成贰176-177页。参

3946　文书残小片

5.5×4.5，前、后、上、下残，存2行，残存数字。

图 缺。文 集成贰177页。参

3947　物价文书残片

8×5.5，前、后缺，下部残，存2行，1行残记"锄头陆□"，2行为"钁□"，似为物价文书。

图 集成贰图版16。文 集成贰177页。参

3948　文书残小片

3.7×3，前、后、上、下残，存1行，残4字。

图 缺。文 集成贰177页。参

3949　文书残小片

5×4.5，由两纸粘贴，正面前、后、上、下残，存2行数字；背面见有"取官□"字样。

图 缺。文 集成贰177页。参

3950　文书残片

5×6.5，前、后、上、下残，存5行，2行残"□乃无边举心□"，3行残记"六
五　巽"，4行记"三　离"，似与八卦有关。

图 集成贰图版92。文 集成贰177页。参

3951　文书残小片

6.5×5.2，前、后、上、下残，存3行，残十余字。

图 集成贰图版92。文 集成贰177页。参

3952　文书残片

4.2×9.3，前、后、上、下残，存5行，残十余字。

图 集成贰图版92。文 集成贰178页。参

3953　官文书残小片

7×7.5，前、后、上、下残，存3行，3行残记"条如前"。

图 缺。文 集成贰178页。参

3954　《宝志和尚大乘讚》残片之一

5.5×4.3，后缺，存3行，前部与大谷3998号缀合。参见《景德传灯录》卷第二
十九。

图 缺。文 集成贰178页。参 刘安志、石墨林2003。

3955　文书残小片

5×4.8，前、后、上、下残，存2行，残存数字。

图 缺。文 集成贰178页。参

3956　官文书残小片

4×5.5，后缺，上下残，存1行，残"牒别头为"数字。

图 缺。文 集成贰178页。参

3957　文书残小片

4.5×5，由两纸粘贴，前、后缺，上部残，存3行，残存数字。

图 缺。文 集成贰178页。参

3958　文书残小片

5×7，前、后、上、下残，存2行，残存数字。

图 缺。文 集成贰179页。参

3959　文书残小片

4×5，前、后、上、下残，存2行，残存数字。

图 缺。文 集成贰179页。参

3960　文书残小片

4.5×4.5，前、后、上、下残，存2行，残存数字。

图 缺。文 集成贰179页。参

3961　文书残小片

8.3×7.5，由数纸粘贴，存1行3字。

图 缺。文 集成贰179页。参

3962　文书残小片

4.5×5.7，由两纸粘贴，前、后、上、下残，存3行，残存数字。

图 缺。文 集成贰 179 页。参

3963 文书残小片

7×3.5，前、后、上、下残，存 2 行，残存数字。

图 缺。文 集成贰 179 页。参

3964 文书残片

5×5.5，前、后、上、下残，存 4 行，残二十余字。

图 集成贰图版 92。文 集成贰 179 页。参

3965 佛教文书残片

6.5×7，前、后、上、下残，存 5 行，残十余字。

图 缺。文 集成贰 180 页。参

3966 佛教文书残小片

4.2×1.5，前、后、上、下残，存 1 行，残"合道场"3 字。

图 缺。文 集成贰 180 页。参

3967 佛教文书残小片

3×6，前、后、上、下残，存 4 行，残十余字，有丝栏。

图 缺。文 集成贰 180 页。参

3968 文书残小片

2.5×5，两面书写，正面前、后、上、下残，存 1 行；背面存 2 行，残存数字。

图 缺。文 集成贰 180 页。参

3969 文书残小片

5.7×2，前、后、上、下残，存 1 行，残存数字。

图 缺。文 集成贰 180 页。参

3970 官文书残小片

3×4.5，前、后、上、下残，存 1 行。

图 缺。文 集成贰 180 页。参

3971 文书残小片

10.5×3.5，前、后、上、下残，存 1 行，残存数字。

图 缺。文 集成贰 180 页。参

3972 佛教文书残小片

5.7×4.5，前、后、上、下残，存 3 行，残十余字，有丝栏。

图 缺。文 集成贰 181 页。参

3973 文书残小片

4×5.5，两面书写，正面前、后、上、下残，存 23 行，残存数字；背面前、后缺，上部残，存 3 行，残存数字。

图 缺。文 集成贰 181 页。参

3974 佛教文书残小片

6×2.5，两面书写，正面前、后、上、下残，存 1 行，残存数字；背面亦存 1 行。

图 缺。文 集成贰 181 页。参

3975 习书残片

5.2×3.5，由两纸粘贴，前、后、上、下残，存1行"法"字。

图集成贰图版83。文集成贰181页。参

3976 药方书残小片

5.5×4.5，由两纸粘贴，前、后、上、下残，存3行，残存数字。

图集成贰图版67。文集成贰181页。参

3977 药方书残小片

4.5×6，前、后、上、下残，存4行，1行残记"牛黄"，4行记"金香"。

图集成贰图版67。文集成贰182页。参

3978 文书残小片

4×3.5，前、后、上、下残，存2行。

图缺。文集成贰182页。参

3979 药方书残小片？

5×4，前、后缺，上部残，存3行。

图集成贰图版67。文集成贰182页。参

3980 文书残小片

5.5×4，前、后、上、下残，存2行，残存数字。

图缺。文集成贰182页。参

3981 《千字文》抄本残小片

6.5×1.8，前、后、上、下残，存2行，似残"东西二京"、"宫殿盘郁"等数字。

图缺。文集成贰179页。参唐长孺1995。

3982 文书残小片

3.5×3.5，前、后、上、下残，存4行，残十余字。

图缺。文集成贰182页。参

3983 文书残小片

3.8×2，有2字无法识读。

图缺。文缺。参

3984 文书残小片

3.5×3.6，残一"齐"字。

图缺。文集成贰182页。参

3985 文书残小片

3.7×2.1，存1行，残"恶入大"3字。

图缺。文集成贰183页。参

3986 文书残小片

4×1.8，存1行，残"处去"2字。

图缺。文集成贰183页。参

3987 文书残小片

2.2×2.4，存1行，残"涂头"2字，有丝栏。

图缺。文集成贰183页。参

3988 唐西州高昌县差役簿

14.1×20.5，前、后缺，下部残，存 8 行，钤有"高昌县之印"，1 行人名"氾海住"下注"前庭府"，2 行残记"六人白"，后缺当为"丁"字，以下则分记此 6 人的情况，但皆因下部残缺，具体内容并不清楚。本件缺纪年，籍帐研究推测可能在 8 世纪前半期。

图 集成贰图版 39。文 籍帐研究 381 页。王永兴校注 510-511、635 页。集成贰 183 页。参

3989　《大般涅槃经》卷第十七（北凉昙无谶译）残片

6.5×6.8，前、后、上、下残，存 5 行。文为："（以不著故菩萨於色不生）贪心。乃（至识中亦不生贪。以无贪故则不为色之所系缚。乃）至不为识之（所缚。以不缚故则得脱於生老病死忧悲）大苦一切烦（恼）。"南朝宋慧严等编《大般涅槃经》卷第十五同。

图 缺。文 集成贰 183 页。参 刘安志、石墨林 2003。

3990　佛教文书残片

6.7×3.8，前、后、上、下残，存 3 行，残存数字，有丝栏。

图 集成贰图版 73。文 集成贰 183 页。参

3991　佛教文书残片

7.5×5，前、后、上、下残，存 3 行，残存数字。

图 集成贰图版 73。文 集成贰 183 页。参

3992　《罗云忍辱经》等杂抄残片

7×9.5，前、后、上、下残，存 5 行，残十余字，4、5 行有双行小字注，1-4 行为《罗云忍辱经》，4 行"生"之下双行小字当为"出罗云忍辱经"，5 行略为"出昙……心经"。似为佛经杂抄。

图 集成贰图版 73。张娜丽 2003B 图 46。文 集成贰 184 页。张娜丽 2003B，100 页。参 张娜丽 2003B。

3993　空号

3994　佛教文书残片

6×8.5，前、后、上、下残，存 5 行，残十余字。

图 缺。文 集成贰 184 页。参

3995　《讚僧功德经》残片

6.5×5，前、后、上、下残，存 2 行，残十余字。本件似可与大谷 4189 号上下缀合。

图 缺。文 集成贰 184 页。参 刘安志、石墨林 2003。

3996　佛教文书残小片

4×4.2，前、后、上、下残，存 1 行，残"洗某僧"3 字。

图 缺。文 集成贰 184 页。参

3997　《瑜伽师地论》卷第四十七（？）残片

6×3.5，前、后、上、下残，存 2 行，残 10 字，有丝栏。"神通力动"、"成熟"俱见于《瑜伽师地论》卷第四十七，但 2 行"愿故而成熟"，今本作"为百类成熟"，因无图版，无法比对，姑且存疑。

图 缺。文 集成贰 184 页。参 刘安志、石墨林 2003。

3998 《宝志和尚大乘讚》残片之一

11.5×7.8，前、后、上、下残，存 4 行，与大谷 3954 号缀合。参见《景德传灯录》卷第二十九。

图 集成贰图版 73。文 集成贰 184-185 页。参 刘安志、石墨林 2003。

3999 佛教文书残片

2.7×8.4，前、后、上、下残，存 4 行，残存数字。

图 缺。文 集成贰 185 页。参

4000 《妙法莲华经》卷第七残片

5×6，前、后、上、下残，存 3 行。

图 缺。文 集成贰 185 页。参 刘安志、石墨林 2003。

4001 佛教文书残片

5.5×7，前、后、上、下残，存 3 行，残存数字。

图 缺。文 集成贰 185 页。参

4002 《易占书》残片

7×6.5，前、后、上、下残，存 3 行，2 行记有 "□吉占界埋君□" 数字。

图 集成贰图版 80。文 集成贰 185 页。参

4002v《易占书》残片

前、后、上、下残，上面画有卦图，图下有 5 行文字，图左边亦有 3 行文字。

图 集成贰图版 80。文 集成贰 185 页。参

4003 道教文书残片

8×5，前、后、上、下残，存 2 行，1 行残 "太皇后道□" 数字，2 行残 "□□□六官母仪"。

图 集成贰图版 80。文 集成贰 185-186 页。参

4004 道教文书残片

5×9，前、后、上、下残，存 4 行，2 行残记 "露神仙" 3 字，3 行记 "然后雨师"。

图 缺。文 集成贰 186 页。参

4005 文书残小片

6.5×2.5，前、后、上、下残，存 1 行，残存数字，有朱点。

图 缺。文 集成贰 186 页。参

4006 文书残片

6.5×7，前、后、上、下残，存 4 行，残十余字。

图 集贰图版 92。文 集成贰 186 页。参

4007 雇丁中文书残片

5×12.5，前、后、上、下残，存 5 行，2 行残记 "粟壹硕给□"，3 行记 "□雇丁中伍人"。

图 集成贰图版 39。文 集成贰 186 页。参

4008 粟麦文书残片

4.5×5，前、后、上、下残，存 4 行，2 行记"粟麦并□"，3、4 行记有"五十九"、"六十八"、"五十七"、"六十六"等数字，似指年龄。

图 集成贰图版 64。文 集成贰 186 页。参

4009　文书残片

8.7×6，前、后、上、下残，存 2 行，残存数字。

图 集成贰图版 92。文 集成贰 187 页。参

4010　文书残片

4.7×8.4，前、后、上、下残，存 3 行，1 行记"面肆"。

图 集成贰图版 65。文 集成贰 187 页。参

4011　唐纳课文书残片

6×8.5，前、后、上、下残，存 4 行，1、2 行似记人名，3 行残记"已上一十人等"，4 行有"日纳课其税色"。

图 集成贰图版 65。文 集成贰 187 页。参

4012　药方书残片

6×7.5，前、后、上、下残，存 5 行，有丝栏。

图 集成贰图版 67。文 集成贰 187 页。参

4013　文书残小片

5.5×6，前、后、上、下残，存 3 行，残十余字。

图 集成贰图版 92。文 集成贰 187 页。参

4014　唐西州残名籍、唐西州前庭县残文书

A、B 两片粘贴在一起，A 片 11.8×7，前、后缺，上部残，记有氾七祐、李知太、侯玄讬男太奴、王信寿、冯有荣、周八儿等人名；B 片 2.5×5，存 2 行，1 行记"前庭县"，2 行记"当县"。按西州高昌县在肃宗宝应元年（762）改为前庭县，知此件文书之年代在此之后。

图 集成贰图版 39。文 集成贰 188 页。参

4015　佛教文书残片

4.5×8.5，前、后、上、下残，存 4 行，1 行残"得罗"，2 行残"山泽帝"，3 行残"摩贺"，4 行残"薄贺"，似与密教有关。

图 集成贰图版 73。文 集成贰 188 页。参

4016　佛教文书残片

6×7，前、后缺，下部残，存 4 行，上部与大谷 3918 号缀合，内容与密教有关。

图 集成贰图版 73。文 集成贰 188 页。参

4017　佛教戒律文书残片

11×5，前、后、上、下残，存 3 行，1 行记"□心如地平等如秤唯飞□"，2 行"事名为忍辱"下注"出沙弥□律文"。

图 缺。文 集成贰 188 页。参

4018　唐仪凤三年（678）度支支配四年诸州庸调及折造杂綵色数并处分事条残片之一

9.5×6.9，由两纸粘贴，上部纸与大谷 1488、2602、4356 号缀合；下部纸存 2 行，残 5 字，为苇席文书之一。

图缺。文 大津透、榎本淳一 1987，54、58 页。集成贰 188 页。参 大津透 1986。
大津透、榎本淳一 1987。

4019 唐仪凤三年（678）度支支配四年诸州庸调及折造杂綵色数并处分事条残片之一
5.2×5.6，存 1 行 "除见在" 3 字，苇席文书之一。
图缺。文 集成贰 188 页。参 大津透 1986。

4020 唐仪凤三年（678）度支支配四年诸州庸调及折造杂綵色数并处分事条残片之一
4.5×2.3，无文字。
图缺。文 缺。参 大津透 1986。

4021 唐仪凤三年（678）度支支配四年诸州庸调及折造杂綵色数并处分事条残片之一
3.4×3.6，前、后、上、下残，存 2 行 2、3 字，苇席文书之一。
图缺。文 集成贰 189 页。参 大津透 1986。

4022 药方书残小片
存两片，第一片 13×7，前、后、上、下残，存 2 行，1 行 "大麻人三两" 下注
"去彼取人熬"，2 行 "二两（去心）捣筛□"，此为药方书无疑；第二片 4×3，存
1 行 "□耳油令□" 数字。
图缺。文 集成贰 189 页。参

4023 文书残片
16.5×7，前、后、上、下残，存 3 行，残 10 字。
图 集成贰图版 65。文 集成贰 189 页。参

4024 文书残片
16×6.2，前、后缺，下部残，存 2 行，1 行记 "五月二十三日净意"，6 行记 "六
月十日"。
图 集成贰图版 92。文 集成贰 189 页。参

4025 秒五车残文书
12×10，后缺，下部残，存 2 行，残存数字，纸背用墨涂抹。
图 集成贰图版 65。文 集成贰 189 页。参

4026 唐西州乡官、耆老名簿
15×8.5，前、后缺，存 4 行，1 行记 "老人康虔毛"，2 行记 "乡官前别将卫虔
兴"，3 行记 "乡官前别将卫吉讫"，3 行记 "乡官前别将张元德"。
图 集成贰图版 39。文 集成贰 189 页。参

4027 文书残片
13×5.5，前、后、上、下残，存 2 行，1 行记 "□五年五月十五日"。
图 集成贰图版 92。文 集成贰 190 页。参

4028 唐开元某年文书残小片
8×4.5，后缺，下残，存 1 行，记 "开元十□" 数字。
图缺。文 集成贰 190 页。参

4029 文书残小片
10.5×5，前、后、上、下残，存 2 行，残存数字。
图缺。文 集成贰 190 页。参

4030　残名籍

9×4.5，前、后、上、下残，存1行，残"杨光胡子"等人名。

图 缺。文 集成贰 190 页。参

4031　文书残小片

9×9.5，由3纸粘贴，前、后、上、下残，存1行，残"□直布伍拾□"数字。

图 集成贰图版 65。文 集成贰 190 页。参

4032　清代典当铺当票

10×7.5，前、后、上、下残，存3行，残存数字。

图 集成贰图版 96。文 集成贰 190 页。参

4033　高昌户曹参军残文书

8×6.5，前、后、上、下残，存4行，1行记"户曹参军"，2行记"户曹主簿"，3行残"户曹曹"3字。

图 缺。文 集成贰 190-191 页。参 关尾史郎等 1991。王素 1997，322-323 页。

4034　唐开元年代西州籍残片

7.3×7.5，由两纸粘贴，前、后、上、下残，存2行，2行记"年叁拾陆岁下下户卫士"，"叁"字上面有朱点。本件缺纪年，籍帐研究推测可能为开元年代。

图 T. T. D. Ⅱ（B）126 页。集成贰图版 3。文 西村研究 352 页。集录 169 页。籍帐研究 255 页。T. T. D. Ⅱ（A）83 页。王永兴校注 1048 页。集成贰 191 页。参 西村元佑 1959。土肥义和 1969。T. T. D. Ⅱ（A）71-72 页。船越泰次 1987。

4035　文书残片

9.5×4，前、后、上、下残，存4行，残十余字。

图 集成贰图版 93。文 集成贰 191 页。参

4036　唐主簿判尉残文书

7×4，后缺，上、下残，存2行，1行残记"摄主簿判尉阙"，有官印。

图 集成贰图版 39。文 集成贰 191 页。参

4037　文书残小片

7.3×7，存1行，文字无法判读。

图 缺。文 缺。参

4038　佛教文书残片

6×8，前、后、上、下残，存2行，残存数字，1行记"氾寺主娘□"。

图 缺。文 集成贰 191 页。参 关尾史郎等 1991。王素 1997，323 页。

4039　纸张计量文书残片

4.5×10，前、后缺，上部残，存6行，1行残"一千三十九纸"，2行残"四百三十七纸"。

图 集成贰图版 65。文 集成贰 191-192 页。参

4040　文书残小片

3×5，前、后、上、下残，存1行，残存数字。

图 缺。文 集成贰 192 页。参

4041　文书残小片

6×3，前、后、上、下残，存 2 行，残存数字，1 行残"□料二人"。

图 缺。文 集成贰 192 页。参

4042 唐开元二十九年（741）西州高昌县欠田簿残片之一

19.5×13，前、后、上、下残，存 5 行，分别记唐和和、赵什奴、陈英奴、高仁节、张元祚等所欠丁中田亩数。

图 集成贰图版 45。文 西村研究 322 页。籍帐研究 398 页。集成贰 192 页。参 西嶋定生 1959。西村元佑 1960。

4043 唐开元二十九年（741）西州高昌县欠田簿残片之一

8×25.5，前、后缺，上部残，存 8 行，记所欠丁中田亩数，但人名不详。

图 集成贰图版 45。文 西村研究 322-323 页。籍帐研究 398 页。集成贰 192 页。参 西嶋定生 1959。西村元佑 1960。

4044 武周天授二年（691）西州高昌县诸堰头等申青苗亩数佃人牒残片之一

15.3×8.2，前、后、上、下残，存 3 行，佃人旁记有"昌"、"顺"、"大"、"化"等字，其中佃人"康守相"又见于大谷 2374 号。

图 集成贰图版 46。文 西域Ⅱ97 页。周藤研究 13 页。籍帐研究 323 页。集成贰 193 页。参 周藤吉之 1959、1965。堀敏一 1960。池田温 1975。伊藤正彦 1980。小田义久 1981B。

4045 残名籍

13.5×6.5，前、后、上、下残，存 3 行，记有江相儿、张善忠、祝举子、张僧源等人名。

图 集成贰图版 39。文 集成贰 193 页。参

4046 唐西州籍残片

7.5×6，纸厚，前、后、上、下残，存 2 行，1 行残记"壹亩永业常田"，2 行记"三亩永业常田"。本件缺纪年，籍帐研究推测可能为 8 世纪前、中期。

图 T. T. D. Ⅱ（B）129 页。集成贰图版 3。文 西嶋研究 536-537 页。集录 171 页。籍帐研究 257 页。T. T. D. Ⅱ（A）87 页。集成贰 193 页。参 西嶋定生 1959。土肥义和 1969。

4047 残契券

14×8.5，前、后、上、下残，存 3 行，2 行记"如违限不还"，3 行记"□用充禾粟直"，似为一借贷契。

图 缺。文 集成贰 193 页。参

4048 文书残小片

3.7×6，前、后、上、下残，存 4 行，残十余字。

图 集成贰图版 93。文 集成贰 193 页。参

4049 佛教文书残片

9×3，前、后、上、下残，存 2 行，残十余字，有丝栏。

图 缺。文 集成贰 193 页。参

4050 《五分律》卷第十二残片

4×7，由两纸粘贴，前、后、上、下残，存 3 行，有朱点。

图缺。**文** 集成贰 194 页。**参** 刘安志、石墨林 2003。

4051 《天请问经》残片

9×6，前、后、上、下残，存 1 行。

图缺。**文** 集成贰 194 页。**参** 刘安志、石墨林 2003。

4052 《灌顶经》卷第十二残片

8.3×5.5，前、后缺，上部残，存 3 行，1 行残记"鬼神之所"，2 行记"为水火所"。

图 集成贰图版 80。**文** 集成贰 194 页。**参** 刘安志、石墨林 2003。

4053 文书残小片

4.3×2.5，前、后、上、下残，存 1 行，残存数字，有丝栏。

图缺。**文** 集成贰 194 页。**参**

4054 文书残小片

3.5×5，前、后、上、下残，存 3 行，残存数字，有丝栏。

图缺。**文** 集成贰 194 页。**参**

4055 道教文书残片

8×2.5，前、后、上、下残，画有星相，存 2 行文字，1 行为"壬午木□"，2 行为"癸未□"。

图 集成贰图版 80。**文** 集成贰 194 页。**参**

4056 佛教文书残片

6×5，前、后、上、下残，存 2 行，残十余字。

图缺。**文** 集成贰 194-195 页。**参**

4057 文书残片

9×6.5，纸薄，前、后、上、下残，存 4 行，残存数字，2 行有一"状"字，或为残状文。

图 集成贰图版 93。**文** 集成贰 195 页。**参**

4058 《千手千眼观世音菩萨广大圆满无碍大悲心陀罗尼经》残片

7.5×9.5，前、后、上、下残，存 6 行，4 行残记"为降伏一切"，5 行残记"魔神者当于"，6 行残"金刚杵"。本件似可与大谷 4064 号上下缀合。

图 集成贰图版 71。张娜丽 2003B 图 47。**文** 集成贰 195 页。张娜丽 2003B，101 页。**参** 张娜丽 2003B。刘安志、石墨林 2003。

4059 高昌城作人文书

23×13.5，前缺，下残，存 6 行，记高昌官员传城作人役作的人数、时间及地点，如 2、3 行记"十一日，麹延隆传城作人捌拾□□，（用高）昌城南坞中作。次八月三日……城作人拾捌人，用高昌城南坞中作"，4 行记"都合用城作人贰佰伍拾捌人"；6 行处倒书人名为另纸粘贴。本件缺纪年，籍帐研究系于 6 世纪后期或 7 世纪前期。

图 西域Ⅲ图版 10。集成贰图版 2。**文** 西域Ⅲ137 页。西村研究 578 页。籍帐研究 311 页。集成贰 195 页。王永兴校注 510、565 页。**参** 小笠原宣秀、西村元佑 1960。西村元佑 1968B。朱雷 1983A。冻国栋 1990。王素 1997，224 页。

4060　高昌某部条列出葡萄得甜酱数残奏

17.3×14.4，前、后、上、下残，存6行，乃高昌某部条列用葡萄得甜酱数的奏文。

图 集成贰图版65。文 集成贰195-196页。参 王素1997，224页。

4061　文书残小片

8.5×4.2，前、后、上、下残，存2行，残存数字。

图 缺。文 集成贰196页。参

4062　《大唐内典录》卷第八残片

10×6，前、后、上、下残，存5行，2行有"多耶致经"，3行存"本经"，4行存"含经"。两面附有泥土。

图 集成贰图版93。文 集成贰196页。参 刘安志、石墨林2003。

4063　佛教文书残小片

3.5×6，前、后、上、下残，存3行，残存数字。

图 缺。文 集成贰196页。参

4064　《千手千眼观世音菩萨广大圆满无碍大悲心陀罗尼经》残片

6×5，前、后、上、下残，存3行，残十余字。本件似可与大谷4058号上下缀合。

图 缺。文 集成贰196页。参 刘安志、石墨林2003。

4065　佛教文书残小片

5×5，前、后、上、下残，存1行，残存数字。

图 缺。文 集成贰196页。参

4066　《妙法莲华经玄讚》卷第一（末）残片

8×4.5，前、后、上、下残，存2行，残存数字，有朱点。

图 缺。文 集成贰196页。参 刘安志、石墨林2003。

4067　《天请问经》残片

5×5，前、后、上、下残，存3行，残十数字。

图 缺。文 集成贰197页。参 刘安志、石墨林2003。

4068　古籍写本残小片

4×4，前、后、上、下残，存3行，残存数字，以双行小字注，附有泥土。

图 缺。文 集成贰197页。参

4069　佛教文书残小片

5×3.5，前、后、上、下残，存行2字。

图 缺。文 集成贰197页。参

4070　《四分律》卷第五十残片

4.5×3.2，前、后、上、下残，存2行，1行记"□枕尔时世尊"，2行记"舍城有加兰陁竹□"。

图 缺。文 集成贰197页。参 刘安志、石墨林2003。

4071　佛教文书残片

6.5×4.5，前、后、上、下残，存3行，残十余字，有丝栏。

图 缺。文 集成贰197页。参

4072　佛教文书残小片

4.8×5，前、后、上、下残，存2行，2行残"释氏本因"4字。

图缺。文集成贰197页。参

4073　佛教文书残小片

5.5×4，前、后、上、下残，存3行，残存数字，有丝栏。

图缺。文集成贰197-198页。参

4074　佛教文书残小片

5×3.5，前、后、上、下残，存2行，残存数字。

图缺。文集成贰198页。参

4075　佛教文书残小片

4.5×5，前、后、上、下残，存1行"因缘"2字。

图缺。文集成贰198页。参

4076　佛教文书残小片

7.5×2，前、后缺，上部残，存1行，残存数字，有丝栏。

图缺。文集成贰198页。参

4077　佛教文书残小片

5×4，前、后、上、下残，存2行，残存数字。

图缺。文集成贰198页。参

4078　佛教文书残小片

4.5×2，前、后、上、下残，存2行，残存数字，有丝栏。

图缺。文集成贰198页。参

4079　佛教文书残小片

3×5.2，由两纸粘贴，前、后、上、下残，存2行，残存数字。

图缺。文集成贰198页。参

4080　佛教文书残片

11.4×1.7，前、后、上、下残，存1行，残存数字。

图缺。文集成贰198页。参

4081　佛教文书残小片

2.5×4，前、后、上、下残，存3行，残存数字，有丝栏。

图缺。文集成贰199页。参

4082　文书残小片

2.2×2.8，前、后、上、下残，存1行一"斗"字。

图缺。文集成贰199页。参

4083　佛教文书残小片

10×5.5，由两纸粘贴，正面前、后、上、下残，存2行，1行残"□破佛定见今修造"，2行残"弥陀修造又□"；背面存2行，残存数字。

图缺。文集成贰199页。参

4084　"白衣希利发高昌王"残文书

8×2.5，前、后缺，上部残，存1行，残"（白）衣希利发高昌王"数字。

图 集成贰图版2。文 集成贰199页。参 王素1997，224页。

4085　《太玄真一本际经》残片

9.5×18.5，后缺，下部残，存10行，有丝栏，楷书，所抄为《本际经》卷五"证实品"。

图 集成贰图版80。文 集成贰199页。参

4086　文书残片

12×10，前、后、上、下残，存3行，2行记"赞府五四郎待□"。

图 集成贰图版85。文 集成贰200页。参

4087　古籍杂抄残片

15×13.5，前、后缺，下部残，存8行，3行记"临池学书池尽黑好"，7行记"发自周徵造士汉"。据内容，1-3行所抄为王羲之的《自论书》，4-8行所抄为杜嗣先的《兔园策府》。

图 集成贰图版86。文 集成贰200页。张娜丽2002，37页。参 张娜丽2002。

4088　文书残小片

8.5×14.5，由两纸粘贴，背面前、后缺，下部残，存4行，残十余字。

图 集成贰图版93。文 集成贰200页。参

4089　清代典当铺物签残片

8.4×3.7，前、后缺，上部残，存1行"垂泊七三"4字。

图 集成贰图版96。文 集成贰200页。参

4090　文书残小片

8×5，前、后、上、下残，存2行，残存数字；背面贴有"二乐庄"的印刷纸。

图 集成贰图版93。文 集成贰200页。参

4091　文书残片

7×13，由两纸粘贴，下部纸前、后缺，上部残，存3行，残存数字。

图 缺。文 集成贰200-201页。参

4092　文书残片

4.5×20，由两纸粘贴，无文字。

图 缺。文 缺。参

4093　文书残小片

4.3×3.5，前、后、上、下残，存1行，残3字。

图 缺。文 集成贰201页。参

4094　文书残小片

4.5×6.3，前、后、上、下残，存3行，残存数字，文字为紫色。

图 缺。文 集成贰201页。参

4095　文书残小片

5.5×4.2，前、后、上、下残，存2行，残存数字。

图 缺。文 集成贰201页。参

4096　《四分律删繁补阙行事钞序》残片

4×3.2，前、后、上、下残，存3行，残十余字，有丝栏。

图 缺。文 集成贰 201 页。参 刘安志、石墨林 2003。

4097 文书残小片

4.5×6.3，前、后、上、下残，存 2 行，残存数字。

图 缺。文 集成贰 201 页。参

4098 清代典当铺物签

6×3.6，前、后、上、下残，存 1 行，残存数字。

图 集成贰图版 96。文 集成贰 201 页。参

4099 《成唯识论述记》卷第六（末）残片

5×2.5，前、后、上、下残，存 2 行，残存数字。

图 缺。文 集成贰 202 页。参 刘安志、石墨林 2003。

4100 《金刚般若波罗蜜经》残片

3.8×3.5，前、后、上、下残，存 2 行，残存数字。

图 缺。文 集成贰 202 页。参 刘安志、石墨林 2003。

4101 文书残小片

7.5×4，前、后、上、下残，存 2 行，残存数字。

图 缺。文 集成贰 202 页。参

4102 《根本说一切有部毗奈耶杂事》卷第三十一残片

5.8×2.9，前、后、上、下残，存 2 行，残存数字。

图 缺。文 集成贰 202 页。参 刘安志、石墨林 2003。

4103 文书残小片

5×3，两面书写，俱存 1 行 2 字。

图 缺。文 集成贰 202 页。参

4104 文书残小片

4.3×4.5，前、后、上、下残，存 1 行“总人”2 字。

图 缺。文 集成贰 202 页。参

4105 文书残小片

6×9，由 3 纸粘贴，无文字。

图 缺。文 缺。参

4106 文书残片

4×13.5，前、后缺，上部残，存 4 行，残存数字。

图 集成贰图版 93。文 集成贰 203 页。参

4107 文书残小片

6.7×6，前、后、上、下残，存 1 行“二月”2 字。

图 缺。文 集成贰 203 页。参

4108 文书残小片

6.6×4，残 1 行 1 字。

图 缺。文 集成贰 203 页。参

4109 文书残小片

7×5.5，前、后缺，上部残，存 3 行，残存数字，正面附有糨糊，背面附着颜料。

图 缺。文 集成贰 203 页。参

4110　文书残小片

4.7×8，前、后、上、下残，存 2 行，残存数字。

图 缺。文 集成贰 203 页。参

4111　文书残小片

3.5×5.5，由两纸粘贴，两面俱存 1 行，残存数字。

图 缺。文 集成贰 203 页。参

4112　文书残小片

6×3，前、后、上、下残，存 1 行，残"□行叠州□"数字。

图 缺。文 集成贰 203 页。参

4113　文书残小片

3.7×4.3，由两纸粘贴，前、后、上、下残，存 2 行，1 行残"近役"，2 行残"处兵健"，当为军事文书。

图 缺。文 集成贰 204 页。参

4114　文书残小片

5×3，前、后、上、下残，存 2 行，残存数字。

图 缺。文 集成贰 204 页。参

4115　习书残片

4×4.5，前、后缺，下部残，存 4 行，重复写"敬和"2 字。

图 缺。文 集成贰 204 页。参

4116　文书残小片

5.8×4.5，两面书写，正面前、后、上、下残，存 2 行，残存数字；背面文字无法判读。

图 缺。文 集成贰 204 页。参

4117　高昌传令文书残片

8×4.5，前、后、上、下残，存 2 行，残存数字。

图 集成贰图版 93。文 集成贰 204 页。参 关尾史郎等 1991。王素 1997，323 页。

4118　文书残小片

4×3，前、后、上、下残，存 2 行，残存数字，1 行有小字"欠第六□"。

图 缺。文 集成贰 204 页。参

4119　文书残小片

3.8×4，前、后缺，下部残，存 2 行，残存数字。

图 缺。文 集成贰 204-205 页。参

4120　《灌顶经》卷第十二残片

3.7×5，前、后、上、下残，存 3 行，残存数字，有丝栏。

图 缺。文 集成贰 205 页。参 刘安志、石墨林 2003。

4121　佛教文书残片

5×5，由数纸粘贴，前、后、上、下残，存 3 行，残存数字，1 行为另纸粘贴。

图 缺。文 集成贰 205 页。参

4122　《杂宝藏经》卷第八残片

3.6×4.5，前、后、上、下残，存3行，残存数字。

图缺。文集成贰205页。参刘安志、石墨林2003。

4123　佛教文书残片

3.5×4.5，前、后、上、下残，存2行，残存数字。

图缺。文集成贰205页。参

4124　佛教文书残片

3×5.5，前、后、上、下残，存6行，残十余字。

图缺。文集成贰205页。参

4125　文书残小片

6.5×2，前、后缺，下部残，存1行，残3字。

图缺。文集成贰206页。参

4126　《大唐内典录》卷第八（?）残片

6×4，前、后缺，下部残，存2行，残存数字，2行"上十论"仅见于《大唐内典录》卷第八。

图缺。文集成贰206页。参刘安志、石墨林2003。

4127　文书残小片

存两片，第1片2.5×2，存1行，残3字；第2片3×3.5，存1行，残3字。

图缺。文集成贰206页。参

4128　佛教文书残片

3×3.5，前、后、上、下残，存2行，残存数字。

图缺。文集成贰206页。参

4129　文书残小片

4×2，前、后、上、下残，存1行"一心"2字。

图缺。文集成贰206页。参

4130　文书残小片

3.5×4，前、后、上、下残，存2行，残存数字。

图缺。文集成贰206页。参

4131　佛教文书残片

2.7×5.5，前、后、上、下残，存4行，残存数字。

图缺。文集成贰206页。参

4132　文书残小片

4×3，由两纸粘贴，前、后缺，上部残，存2行2字。

图缺。文集成贰207页。参

4133　文书残小片

6×2.5，前、后、上、下残，存1行，残存数字。

图缺。文集成贰207页。参

4134　文书残小片

3.5×3.5，由两纸粘贴，背面前、后、上、下残，存2行2字，附有白色颜料。

图缺。文集成贰 207 页。参

4135　文书残小片

5×3，前、后缺，上部残，存1行3字。

图缺。文集成贰 207 页。参

4136　佛教文书残片

4.7×2.7，前、后、上、下残，存2行，残存数字。

图缺。文集成贰 207 页。参

4137　佛教文书残片

4.5×3.6，前、后、上、下残，存2行，残存数字。

图缺。文集成贰 207 页。参

4138　文书残小片

3.7×2.5，前、后、上、下残，存1行"大十"2字。

图缺。文集成贰 207 页。参

4139　佛教文书残片

3.5×2.5，前、后、上、下残，存2行，残存数字。

图缺。文集成贰 207-208 页。参

4140　文书残小片

4.5×2，存2行，残存数字。

图缺。文集成贰 208 页。参

4141　文书残小片

4×2.5，存1行"献□立"3字。

图缺。文集成贰 208 页。参

4142　文书残小片

3×2，存1行"为天后"3字。

图缺。文集成贰 208 页。参

4143　文书残小片

6.3×1.5，存1行"中八万八千及"数字。

图缺。文集成贰 208 页。参

4144　文书残小片

4.5×3，存2行，残存数字。

图缺。文集成贰 208 页。参

4145　文书残小片

4×2，存2行，残存数字。

图缺。文集成贰 208 页。参

4146　文书残小片

5×2，存2行，残存数字。

图缺。文集成贰 208 页。参

4147　文书残小片

3×2.5，存1行，残存数字。

图 缺。文 集成贰 208 页。参

4148　文书残小片

4.5×2，存 2 行，残存数字。

图 缺。文 集成贰 208 页。参

4149　文书残小片

2.2×4.5，存 2 行，残存数字。

图 缺。文 集成贰 208 页。参

4150　文书残小片

5×1.5，存 1 行 1 字。

图 缺。文 集成贰 208 页。参

4151　文书残小片

存 10 片，其中 4 小片有文字，残存 2、3 字不等。

图 缺。文 集成贰 208 页。参

4152　唐西州某乡户等簿残片

10.4×13，前、后、上、下残，存 5 行，所记人名有崔望住、康石恚、安阿知浑、秦海相、竹恚相、何羌潘等，户等有下上、下中、中下、下上、下中、下下等。有衬里。

图 集成贰图版 49。文 西域Ⅱ137 页。西村研究 351 页。王永兴校注 1048 页。集成贰 208 页。参 西村元佑 1959。船越泰次 1987。

4153　僧大宝残文书

7.5×9.5，前、后、上、下残，存 4 行，2 行残"僧大宝"，3 行残"同屯副使边"。有衬里。

图 集成贰图版 93。文 集成贰 208 页。参

4154　唐残书信

18.5×11，前、后缺，下部残，存 6 行，2 行记"后有好信去"，知此当为写与某人之信，又 4 行记"阇梨在伊州"，知文书年代在唐代，与大谷 3908 号恐为同件。有衬里。

图 集成贰图版 86。文 集成贰 209 页。参

4155　唐天宝二年（743）八月交河郡高昌县坊正刘阿逸多等残牒

19.5×10，前、后缺，上部残，存 4 行，3 行署"天宝二年八月　日坊正刘阿逸多牒"，4 行同署者有匡孝通、白虔子、康晋子等，匡孝通、刘阿逸多又见于大谷 2377 号，为高昌县坊正。

图 集成贰图版 40。文 集成贰 209 页。刘安志 1997A，121 页。参 刘安志 1997A。

4156　高昌张康等田亩簿残片

13×10，前、后缺，上部残，存 4 行，记张康等田亩数，2 行记有"始昌"一名。有衬里。

图 集成贰图版 49。文 集成贰 209 页。参 关尾史郎等 1991。王素 1997，323 页。

4157　文书残片

15×3.5，前、后缺，存 1 行，残"术荣宗婢花女"6 字。有衬里。

图 集成贰图版93。**文** 集成贰209页。**参**

4158 唐天宝九载（750）交河郡籍残片

9×7.5，前、后缺，上部残，存1行，残"老寡天宝八载帐后死空"数字，押捺朱印。有衬里。

图 T. T. D. Ⅱ（B）133页。集成贰图版4。**文** 集录174页。籍帐研究259页。T. T. D. Ⅱ（A）92页。集成贰209页。**参** 土肥义和1969。T. T. D. Ⅱ（A）82-83页。

4159 佛典注疏残片

前、后、上、下残，存6行，有正文，有注疏，如4行"畜空"下注"次见"，6行下部附有另纸，书"说有"。有衬里。

图 集成贰图版74。**文** 集成贰210页。**参**

4160 文书残小片

5×5.5，前、后、上、下残，存3行，残存数字。有衬里。

图 集成贰图版93。**文** 集成贰210页。**参**

4161 唐西州柳中县残文书

6×3，前、后、上、下残，存1行，残存"□柳中□县"数字。有衬里。

图 缺。**文** 集成贰210页。**参**

4162 唐西州柳中县酒泉里残文书

5×3.8，前、后、上、下残，存1行，残"酒泉里"3字，钤有官印。按高昌城东20里有酒泉城，"酒泉里"当在此地，属柳中县。有衬里。

图 集成贰图版40。**文** 集成贰210页。**参**

4163 文书残小片

4.3×2.6，前、后、上、下残，存2行，残存数字。有衬里。

图 缺。**文** 集成贰210页。**参**

4164 香壹两残文书

5.5×2.5，前、后、上、下残，存1行，残"香壹两供"4字。有衬里。

图 集成贰图版65。**文** 集成贰210页。**参**

4165 武周西州用银钱购油麻、籴小麦帐

28×26，后缺，存9行，记用银钱十五文购油麻，五十文籴小麦，7行"日"字为武周新字，知文书年代在武周时期。有衬里。

图 集成贰图版66。**文** 池田温1973B，103页。集成贰211页。**参** 池田温1973B。吴震1982。

4166 婆罗迷文文书残片

15×5.5，两面书写，正面存4行，有2行汉字；背面存3行。

图 缺。**文** 集成贰211页。**参**

4167 婆罗迷文文书残小片

13.5×6.5，存2行。

图 缺。**文** 集成贰179页。**参**

4168 婆罗迷文文书残小片

　　8.8×5.5，正、背面各存2行。

　　图 缺。文 集成贰 179 页。参

4169　婆罗迷文文书残小片

　　18.3×6，存3行。

　　图 缺。文 集成贰 179 页。参

4170　婆罗迷文文书残小片

　　7.5×6.5，存2行。

　　图 缺。文 集成贰 179 页。参

4171　佛教文书残小片

　　7×6.5，前、后、上、下残，存2行，残存数字。

　　图 缺。文 集成贰 211 页。参

4172　佛教文书残小片

　　5.3×4，前、后、上、下残，存2行，残存数字，有丝栏。

　　图 缺。文 集成贰 211 页。参

4173　佛教文书残小片

　　6×3.2，前、后缺，下部残，存2行，残存数字，有丝栏。

　　图 缺。文 集成贰 211 页。参

4174　佛教文书残小片

　　1.3×4.5，前、后、上、下残，存2行2字。有衬里。

　　图 缺。文 集成贰 212 页。参

4175　佛教文书残小片

　　3×5.2，两面书写，正面前、后、上、下残，存3行，残存数字，有丝栏；背面
前、后、上、下残，存4行，残存数字。

　　图 缺。文 集成贰 212 页。参

4176　佛教文书残小片

　　2.7×4，前、后、上、下残，存2行，残存数字，有丝栏。

　　图 缺。文 集成贰 212 页。参

4177　佛教文书残小片

　　5.6×4，由两纸粘贴，前、后、上、下残，存2行，残存数字。

　　图 缺。文 集成贰 212 页。参

4178　佛教文书残小片

　　7.6×6.7，前、后、上、下残，存3行，残存数字。

　　图 缺。文 集成贰 212 页。参

4179　佛教文书残小片

　　4.2×4，前、后、上、下残，存2行，残存数字。

　　图 集成贰图版 74。文 集成贰 212 页。参

4180　佛教文书残小片

　　3.2×6.5，前、后、上、下残，存4行，残存数字，有丝栏。

　　图 集成贰图版 74。文 集成贰 212-213 页。参

4181　佛教文书残小片

5.3×3.7，前、后、上、下残，存3行，残存数字。

图 缺。文 集成贰213页。参

4182　佛教文书残小片

2.4×2.8，前、后、上、下残，存2行，残存数字，有丝栏。

图 缺。文 集成贰213页。参

4183　佛教文书残小片

4.2×4.7，前、后、上、下残，存3行，残存数字，有丝栏。

图 缺。文 集成贰213页。参

4184　佛教文书残小片

3.2×4.2，两面书写，有丝栏，正面前、后、上、下残，存3行，残存数字；背面亦存3行，残存数字。

图 缺。文 集成贰213页。参

4185　佛教文书残小片

3×3，两面书写，正面前、后、上、下残，存2行，残存数字，有丝栏；背面亦存2行，残存数字。

图 缺。文 集成贰213页。参

4186　佛教文书残小片

3×1.5，正面前、后、上、下残，存2行，残存数字，有丝栏；背面无文字，有丝栏线。

图 缺。文 集成贰214页。参

4187　观世音菩萨经残片

8.5×8.7，前、后、上、下残，存1行，残存"观世音菩萨经"6字。

图 集成贰图版74。文 集成贰214页。参

4188　佛教文书残片

6×5.2，前、后缺，上部残，存5行。

图 集成贰图版74。文 集成贰214页。参

4189　《讚僧功德经》残片

8.5×5，前、后、上、下残，存2行，残存十余字。本件似与大谷3995号上下缀合。

图 集成贰图版74。文 集成贰214页。参 刘安志、石墨林2003。

4190　佛教文书残小片

3.5×5.5，前、后、上、下残，存2行，残存数字。

图 缺。文 集成贰214页。参

4191　佛教文书残小片

存两片，第1片6×5，前、后、上、下残，存3行，残存数字；第2片1.5×3，残存2行。

图 缺。文 集成贰214页。参

4192　佛教文书残片

9.5×4.5，前、后、上、下残，存2行，残10字。

图 缺。文 集成贰 214-215 页。参

4193　《一切经音义》（慧琳撰）卷第十二残片

7×4，前、后、上、下残，存2行，残10字，有丝栏。文书乃是对西晋竺法护所译《大宝积经》卷第三十五中"六处"的解释。

图 集成贰图版 74。文 集成贰 215 页。参 刘安志、石墨林 2003。

4194　佛教文书残小片

6×5，前、后、上、下残，存2行，残存数字，有丝栏。

图 缺。文 集成贰 215 页。参

4195　佛教文书残小片

6.6×6.7，前、后缺，上部残，存2行，残存数字。

图 缺。文 集成贰 215 页。参

4196　《梁朝傅大士颂金刚经》残片

7.5×5.3，前、后、上、下残，存3行，有丝栏。

图 集成贰图版 74。张娜丽 2003B 图 48。文 集成贰 215 页。张娜丽 2003B，101 页。
参 张娜丽 2003B。刘安志、石墨林 2003。

4197　佛教文书残小片

5.4×7.7，前缺，上下残，存2行，残存数字。

图 集成贰图版 74。文 集成贰 215 页。参

4198　《妙法莲华经》卷第六残片

7.6×3.6，前、后缺，下部残，存3行，残存数字，有丝栏。

图 缺。文 集成贰 215 页。参 刘安志、石墨林 2003。

4199　佛教文书残小片

2.6×7.2，前、后、上、下残，存4行，残存数字，有丝栏。

图 缺。文 集成贰 216 页。参 刘安志、石墨林 2003。

4200　《佛说佛名经》卷第五残片

5.5×3，前、后、上、下残，存2行，残存数字，有丝栏。

图 缺。文 集成贰 216 页。参 刘安志、石墨林 2003。

4201　《瑜伽论记》卷第一（之上）残片

5.5×5，前、后、上、下残，存3行，残存数字，有丝栏。

图 缺。文 集成贰 216 页。参 刘安志、石墨林 2003。

4202　《妙法莲华经》卷第一残片

4.2×3.7，前、后、上、下残，存2行，残存数字。

图 缺。文 集成贰 216 页。参 刘安志、石墨林 2003。

4203　文书残小片

4.7×4，前、后、上、下残，存2行，残存数字。

图 集成贰图版 65。文 集成贰 216 页。参

4204　佛教文书残小片

6.2×2.7，前、后、上、下残，存1行，残"佛并善"3字。

图缺。文集成贰216页。参

4205 《七佛八菩萨所说大陀罗尼神咒经》卷第一残片

4.5×6.5，前、后、上、下残，存3行，有丝栏。

图集成贰图版74。文集成贰217页。参刘安志、石墨林2003。

4206 佛教文书残小片

7.7×3.7，由两纸粘贴，前、后缺，上部残，存3行，残存数字，有丝栏。

图缺。文集成贰217页。参

4207 《大般涅槃经》卷第二十七（北凉昙无谶译）残片

6.1×5.4，前、后、上、下残，存2行，残存数字，有丝栏。

图缺。文集成贰217页。参刘安志、石墨林2003。

4208 佛教文书残小片

5.3×6.2，前、后缺，上部残，存2行，残存数字，有丝栏。

图缺。文集成贰217页。参

4209 《太子须大拏经》残片

10×3.7，前、后、上、下残，存3行。

图集成贰图版74。文集成贰217页。参刘安志、石墨林2003。

4210 佛教文书残小片

4.4×5.9，前、后、上、下残，存2行，残存数字，有丝栏。

图缺。文集成贰217页。参

4211 佛教文书残小片

6×3.5，前、后、上、下残，存2行，残存数字。

图缺。文集成贰218页。参

4212 《大般涅槃经》卷第五残片

4.4×2.5，前、后、上、下残，存1行，残存数字，有丝栏。"转者即真"仅见于《大般涅槃经》卷第五。

图缺。文集成贰218页。参

4213 文书残小片

5.7×2.5，前、后、上、下残，存1行，残存数字。

图缺。文集成贰218页。参

4214 文书残小片

3.3×6.7，前、后缺，上部残，存2行2字。

图缺。文集成贰218页。参

4215 佛教文书残小片

5.4×2.6，前、后缺，存1行"华经□□"4字。

图缺。文集成贰218页。参

4216 佛教文书残小片

4.7×3.5，前、后、上、下残，存2行，残存数字，有丝栏。

图缺。文集成贰218页。参

4217 《妙法莲华经》卷第七残片

4.5×3，前、后、上、下残，存 2 行，有丝栏，1 行记"优婆夷"，2 行记"罗门妇"，此数字虽多见于佛经，但据经文抄写格式及间距，似应为《妙法莲华经》卷第七，《添品妙法莲华经》卷第七同。

图 集成贰图版 74。文 集成贰 218 页。参 刘安志、石墨林 2003。

4218　佛教文书残小片

4×7.3，前、后、上、下残，存 3 行，残存数字，有丝栏。

图 集成贰图版 74。文 集成贰 218-219 页。参

4219　佛教文书残小片

5×2.2，前、后缺，存 1 行。

图 缺。文 集成贰 219 页。参

4220　《四分比丘尼戒本》残片

5.2×2.7，前、后、上、下残，存 2 行，残存数字，有丝栏。

图 缺。文 集成贰 219 页。参 刘安志、石墨林 2003。

4221　佛教文书残小片

6.2×3.5，前、后、上、下残，存 3 行，残存数字，有丝栏。

图 缺。文 集成贰 219 页。参

4222　文书残小片

3×4，前、后、上、下残，存 2 行，残存数字。

图 缺。文 集成贰 216 页。参

4223　《妙法莲华经》卷第五残片

3.3×5，由两纸粘贴，前、后缺，下部残，存 3 行，残存数字。

图 缺。文 集成贰 219 页。参 刘安志、石墨林 2003。

4224　《增壹阿含经》卷第五十一残片

10×4，前、后、上、下残，存 3 行。

图 集成贰图版 74。文 集成贰 219 页。参 刘安志、石墨林 2003。

4225　佛教文书残小片

4×4，由数纸粘贴，前、后、上、下残，存 2 行，残存数字，纸背附有赤布片。

图 缺。文 集成贰 220 页。参

4226　佛教文书残小片

4.8×3.5，前、后缺，下部残，存 2 行，残存数字，有丝栏，与大谷 4235 号同笔。

图 缺。文 集成贰 220 页。参

4227　《摩诃僧祇比丘尼戒本》残片

5.5×4.8，由两纸粘贴，前、后、上、下残，存 3 行，残十余字。

图 集成贰图版 74。文 集成贰 220 页。参 刘安志、石墨林 2003。

4228　文书残小片

4.5×3.5，前、后、上、下残，存 2 行，残存数字。

图 缺。文 集成贰 220 页。参

4229　《妙法莲华经》卷第一残片

5.4×5.6，前、后、上、下残，存 3 行，有丝栏。《添品妙法莲华经》卷第一同。

图 集成贰图版74。文 集成贰220页。参 刘安志、石墨林2003。

4230 佛教文书残小片

6.2×6，前、后、上、下残，存5行，残存十余字，有丝栏。

图 集成贰图版74。文 集成贰220页。参

4231 《大方广佛华严经》卷第二十四残片

5.7×5.5，前、后缺，上部残，存3行，残存十余字，有丝栏。

图 缺。文 集成贰221页。参 刘安志、石墨林2003。

4232 佛教文书残小片

4.8×5，由两纸粘贴，前、后缺，上部残，存2行，残存数字。

图 集成贰图版74。文 集成贰221页。参

4233 佛教文书残小片

存两片，第1片2.2×3，前、后、上、下残，存2行，残存数字；第2片4.5×3.5，亦存2行，残存数字。

图 缺。文 集成贰221页。参

4234 《妙法莲华经》卷第三残片

4×2.7，前、后、上、下残，存2行，有丝栏，残存数字。

图 缺。文 集成贰221页。参 刘安志、石墨林2003。

4234v 佛典残片

前、后、上、下残，存2行，有丝栏。

图 缺。文 集成贰221页。参

4235 佛教文书残小片

5×3.5，前、后缺，下部残，存2行，残存数字，有丝栏，与大谷4226号同笔。

图 缺。文 集成贰221页。参

4236 文书残小片

4.8×2.2，前、后缺，存1行，文字无法判读，有丝栏。

图 缺。文 集成贰221页。参

4237 文书残小片

6.2×4.2，前、后、上、下残，存2行，残存数字。

图 缺。文 集成贰222页。参

4238 佛教文书残小片

3.8×4，前、后、上、下残，存3行，残存数字。

图 集成贰图版74。文 集成贰222页。参

4239 佛教文书残小片

3×4，前、后、上、下残，存2行，残存数字，有丝栏。

图 缺。文 集成贰222页。参

4240 《妙法莲华经》卷第二残片

4.4×3.5，前、后、上、下残，存3行，残十数字。

图 缺。文 集成贰222页。参 刘安志、石墨林2003。

4241 佛教文书残小片

5.5×4，前、后、上、下残，存 2 行，残存数字。

图 缺。文 集成贰 222 页。参

4242　《添品妙法莲华经》卷第六残片

4.5×6，前、后、上、下残，存 3 行，有丝栏。

图 集成贰图版 75。文 集成贰 222 页。参 刘安志、石墨林 2003。

4243　佛教文书残小片

4.6×4.2，前、后、上、下残，存 3 行，残存数字，2 行记有"诸佛"。

图 缺。文 集成贰 223 页。参

4244　《大乘入道次第》残片

4.6×3，前、后、上、下残，存 2 行，残存数字。

图 缺。文 集成贰 223 页。参 刘安志、石墨林 2003。

4245　佛教文书残小片

7×2.5，前、后、上、下残，存 1 行，残"称观世音"4 字。

图 缺。文 集成贰 223 页。参

4246　佛教文书残小片

4.2×2.6，两面书写，正面前、后、上、下残，存 1 行，残存数字；背面存 2 行，1 行记有"道士"。

图 缺。文 集成贰 223 页。参

4247　佛教文书残小片

5.5×6，前、后、上、下残，存 4 行，残存十余字，3 行"四王"右边书有"第三"2 字。

图 集成贰图版 75。文 集成贰 223 页。参

4248　佛教文书残小片

5.2×3.5，由两纸粘贴，存 1 行 2 字。

图 缺。文 集成贰 223 页。参

4249　佛典残尾

8.8×6.6，后缺，存 1 行"缘经"2 字。

图 集成贰图版 75。文 集成贰 223 页。参

4250　《妙法莲华经》卷第三残片

6×3.6，前、后缺，下部残，存 2 行，残存数字，有丝栏，附有土块。

图 缺。文 集成贰 223 页。参 刘安志、石墨林 2003。

4251　佛教文书残小片

5.2×3.5，前、后、上、下残，存 3 行，残存十余字，有丝栏。

图 缺。文 集成贰 224 页。参

4252　文书残小片

5.5×3，正面为绀色，背面无文字。

图 缺。文 缺。参

4253　文书残小片

4.7×2.5，正面为绀色，背面无文字。

图 缺。文 缺。参

4254 佛教文书残小片

4×4，由两纸粘贴，前、后、上、下残，存3行，残存数字，有丝栏。2行"动智光"、3行"弥勒仙"，当指"不动智光佛"和"弥勒仙光佛"，俱见于《观虚空藏菩萨经》、《三劫三千佛缘起》、《慈悲道场忏法》卷第二、《现在十方五百佛名并杂佛同号》等经。

图 缺。文 集成贰 224 页。参

4255 《大乘入道次第》残片

7.5×3.1，前、后、上、下残，存2行，残十余字。

图 缺。文 集成贰 224 页。参 刘安志、石墨林 2003。

4256 《灌顶经》卷第十二残片

5×5.3，前、后、上、下残，存3行，残存数字，有丝栏。1行所记"佛国"，与今本有些差异。

图 缺。文 集成贰 224 页。参 刘安志、石墨林 2003。

4257 佛教文书残小片

4.4×4，前、后、上、下残，存2行，残存数字，有丝栏。

图 缺。文 集成贰 224 页。参

4258 佛教文书残小片

3.7×2.5，前、后、上、下残，存1行，残存数字，附有糨糊。

图 缺。文 集成贰 225 页。参

4259 佛教文书残小片

5×5.2，前、后、上、下残，存3行，残存数字，2行记"菩提者修道"，"者"字右下有朱点。

图 缺。文 集成贰 225 页。参

4260 《大般涅槃经义记》第三残片

4.5×2.6，前、后、上、下残，存2行，2行文为"建（逮）正法心思不"，仅见于《大般涅槃经义记》第三。

图 缺。文 集成贰 225 页。参 刘安志、石墨林 2003。

4261 佛教文书残小片

5.5×2.5，前、后、上、下残，存1行3字。

图 缺。文 集成贰 225 页。参

4262 佛教文书残小片

3.5×2，前、后缺，下部残，存2行，残存数字，有丝栏。

图 缺。文 集成贰 225 页。参

4263 佛教文书残小片

3.7×2.5，前、后、上、下残，存2行，残存数字，有丝栏。

图 缺。文 集成贰 225 页。参

4264 佛教文书残小片

3.6×2.7，前、后、上、下残，存2行，残存数字。

图 缺。文 集成贰 225 页。参

4265　佛教文书残小片

3.6×3.5，前、后缺，下部残，存 1 行 2 字。

图 缺。文 集成贰 226 页。参

4266　经典题名残片

5×3.2，前、后、上、下残，存 1 行，残"经卷第□"4 字。

图 缺。文 集成贰 226 页。参

4267　佛教文书残小片

4.5×3，前、后、上、下残，存 2 行，残存数字，有丝栏。

图 缺。文 集成贰 226 页。参

4268　文书残小片

6.4×2.2，前、后缺，下部残，存 1 行"百千亿□"4 字。

图 缺。文 集成贰 226 页。参

4269　佛教文书残小片

3×2.5，存一"经"字。

图 缺。文 集成贰 226 页。参

4270　佛教文书残小片

4×2，由两纸粘贴，存 1 行，残存数字。

图 缺。文 集成贰 226 页。参

4271　佛教文书残小片

2×2.6，存 1 行"信其"2 字。

图 缺。文 集成贰 226 页。参

4272　佛教文书残小片

3.3×2.5，存一"法"字。

图 缺。文 集成贰 226 页。参

4273　佛教文书残小片

4×4，存 1 行"大欢喜疑□皆"数字。

图 缺。文 集成贰 226 页。参

4274　佛教文书残小片

3.5×3.5，正面存"南"字，背面存胡语 2 字。

图 缺。文 集成贰 226 页。参

4275　佛教文书残小片

4×4，前、后、上、下残，存 2 行，残存数字。

图 缺。文 集成贰 226 页。参

4276　佛教文书残小片

3.2×4，前、后缺，下部残，存 3 行，残存数字，有丝栏。

图 缺。文 集成贰 226 页。参

4277　文书残小片

存两片，第 1 片 4.5×2.5，前、后、上、下残，存 1 行，残存数字；第 2 片 4×4，前、后、上、下残，存 2 行，残存数字。

图 缺。文 集成贰 227 页。参

4278 佛教文书残小片

4.3×1.5，前、后、上、下残，存 2 行，残存 10 字。

图 缺。文 集成贰 227 页。参

4279 文书残小片

5×3.7，前、后、上、下残，存 3 行，残存数字。

图 缺。文 集成贰 227 页。参

4280 佛教文书残小片

2.5×5.3，前、后、上、下残，存 3 行，残存数字。

图 缺。文 集成贰 227 页。参

4281 佛教文书残小片

2×4，前、后、上、下残，存 2 行，残存数字，有丝栏，1 行"薄"字下有朱点。

图 缺。文 集成贰 227 页。参

4282 佛教文书残小片

2.5×3，存 1 行一"罪"字。

图 缺。文 集成贰 227 页。参

4283 佛教文书残小片

3×4，两面书写，正面前、后、上、下残，存 2 行，残存数字；背面存 1 行"神节卫士"4 字。

图 缺。文 集成贰 227 页。参

4284 佛教文书残小片

3×3，前、后、上、下残，存 2 行，残存数字。

图 缺。文 集成贰 228 页。参

4285 佛教文书残小片

2.5×2.7，两面书写，有丝栏，正面前、后、上、下残，存 2 行，残存数字；背面亦存 2 行，残存数字。

图 缺。文 集成贰 228 页。参

4286 佛教文书残小片

4.2×3，前、后、上、下残，存 1 行 3 字。

图 缺。文 集成贰 228 页。参

4287 文书残小片

5.8×3，由两纸粘贴，文字无法判读。

图 缺。文 缺。参

4288 佛教文书残小片

3.3×3，前、后、上、下残，存 2 行，残存数字，有丝栏。

图 缺。文 集成贰 228 页。参

4289 佛教文书残小片

4.5×2，前、后、上、下残，存 1 行，有丝栏，纸背面附有泥土。

图 缺。文 集成贰 228 页。参

4290　佛教文书残小片

4×3.2，前、后、上、下残，存 2 行，残存数字。

图 缺。文 集成贰 228 页。参

4291　佛教文书残小片

3×3.2，前、后、上、下残，存 3 行，残存数字，有丝栏。

图 缺。文 集成贰 229 页。参

4292　佛教文书残小片

4.1×2.6，由数纸粘贴，前、后、上、下残，存 2 行，残存数字，有丝栏。

图 缺。文 集成贰 229 页。参

4293　佛教文书残小片

2×4，前、后、上、下残，存 1 行一"量"字。

图 缺。文 集成贰 229 页。参

4294　佛教文书残小片

存 2 片，第 1 片 1.9×4.2，前、后、上、下残，存 2 行，残存数字；第 2 片 1.6×
2.4，存 1 行"开门"2 字。

图 缺。文 集成贰 229 页。参

4295　佛教文书残小片

3×2.5，前、后缺，上部残，存 2 行，残存数字，有丝栏。

图 缺。文 集成贰 229 页。参

4296　佛教文书残小片

3.4×2.6，前、后、上、下残，存 1 行，残"波罗蜜"3 字。

图 缺。文 集成贰 229 页。参

4297　佛教文书残小片

4.8×2，前、后缺，上部残，存 1 行，残"过得佛"3 字，有丝栏；背面画有十字
线。

图 缺。文 集成贰 229 页。参

4298　文书残小片

6.5×1.8，前、后、上、下残，存 1 行，残"□城邑普□"数字。

图 缺。文 集成贰 230 页。参

4299　《妙法莲华经》卷第六残片

3.6×4，前、后、上、下残，存 3 行，残十余字，有丝栏。

图 缺。文 集成贰 230 页。参 刘安志、石墨林 2003。

4300　《放光般若经》卷第七残片

6.2×5，前、后缺，上部残，存 3 行，残存数字。

图 缺。文 集成贰 230 页。参 刘安志、石墨林 2003。

4301　佛教文书残小片

4×2，前、后、上、下残，存 2 行，残存数字，有丝栏。

图 缺。文 集成贰 230 页。参

4302 佛教文书残小片

3.2×3.2，存1行一"如"字。

图 缺。文 集成贰 230 页。参

4303 佛教文书残小片

2.5×4，前、后、上、下残，存2行4字。

图 缺。文 集成贰 230 页。参

4304 佛教文书残小片

2.2×2，两面书写，存1行"弥陁"2字；背面前、后、上、下残，存2行，残存数字，有丝栏。

图 缺。文 集成贰 230-231 页。参

4305 《放光般若经》卷第一残片

3.7×7，前、后、上、下残，存5行，残存十余字，有丝栏，书体属于南北朝时期。

图 集成贰图版 71。文 集成贰 231 页。参 刘安志、石墨林 2003。

4306 《大般涅槃经》卷第二十五（北凉昙无谶译）残片

3.5×7，前、后、上、下残，存3行，残存数字，有丝栏。

图 缺。文 集成贰 231 页。参 刘安志、石墨林 2003。

4307 佛典残片

4.7×3，前、后缺，上部残，存1行，残"奉诏译"3字，有丝栏。

图 缺。文 集成贰 231 页。参

4308 佛教文书残小片

3.5×5.5，前、后、上、下残，存3行，残存数字。

图 缺。文 集成贰 231 页。参

4309 佛教文书残小片

3×3.5，前、后、上、下残，存2行，残存数字，有丝栏。

图 缺。文 集成贰 231 页。参

4310 佛经目录残片

6.2×7.1，前、后、上、下残，存3行，残十数字，1行"坐禅"当指"坐禅三昧经"，2行记"鬼问目连经"，当是佛经目录杂抄。

图 集成贰图版 75。文 集成贰 232 页。参

4311 佛经目录残片

7.5×6，前、后、上、下残，存2行，残存数字，2行记"大智度论一百卷"。

图 缺。文 集成贰 232 页。参

4312 《妙法莲华经》卷第七残片

3.9×9.2，前、后、上、下残，存5行。《添品妙法莲华经》卷第七同。

图 集成贰图版 75。文 集成贰 232 页。参 刘安志、石墨林 2003。

4313 佛教文书残小片

7.4×8.9，前、后、上、下残，存1行，残存数字。

图 缺。文 集成贰 232 页。参

4314　佛教文书残小片

4.5×2.5，前、后、上、下残，存2行4字。

图 缺。文 集成贰232页。参

4314v《杂阿毗昙心论》卷第二残片

前、后、上、下残，存3行。

图 缺。文 集成贰232页。参 刘安志、石墨林2003。

4315　佛教文书残小片

4.2×3.5，前、后、上、下残，存2行，残存数字。

图 缺。文 集成贰232页。参

4316　佛教文书残小片

8.5×4.5，前、后缺，上部残，存1行，残存数字。

图 缺。文 集成贰232页。参

4317　佛教文书残小片

3.5×2.6，前、后、上、下残，存2行，残存数字，有丝栏。

图 缺。文 集成贰233页。参

4318　佛教文书残小片

存47片，有10片稍大，存有文字。（一）3×3.5，存2行，残"在佛"、"布佛"等字；（二）3.5×3.9，存2行，残"恶业"、"主师"等字；（三）3×1.5，存1行；（四）4×2.6，存1行；（五）4×3，存2行，残"慧□"、"去此"等字；（六）1.5×1.5，存一"及"字；（七）3.5×2.5，存1行，残"人果死生"，有丝栏；（八）4×3.5，存2行，残"闻音"、"相义□"等字；（九）5×5，存2行；（十）1.5×2，存1行。

图 缺。文 集成贰233页。参

4319　唐西州高昌县残判尾

17.3×10.5，前缺，上部残，存3行，1、3行书"二十七日"，2行记"（依）判元宪示"。按"元宪"乃开元末、天宝初高昌县县令，本件为高昌县官府文书，年代亦与此相当。

图 西域Ⅲ图版9。西嶋研究图版40。集成贰图版40。文 西域Ⅲ102页。集成贰233页。参 内藤乾吉1960。西嶋定生1960。

4320　清代典当铺当票

11.5×10.2，前、后缺，上部残，存4行，2行"五"字为清代数码。

图 西域Ⅲ图版21。集成贰图版96。文 集成贰233页。参 仁井田陞1960。

4321　唐官文书残片

12.2×9.9，前、后缺，上部残，存2行，1行残"检案连倩白"，2行署"十四日"，缝背署"倩"字。

图 集成贰图版40。文 集成贰233页。参

4322　"支取面一斗"残文书

10.2×4.5，前、后缺，存1行，残"□此支取面一斗"数字。

图 缺。文 集成贰234页。参

4323 唐官文书残片

21×3.3，前、后缺，存1行，残"付兵□□付判"数字。

图 缺。文 集成贰 234 页。参

4324 文书残片

24.2×4.1，前、后、上、下残，存2行，据残存文字分析，文书似为一借贷契。

图 缺。文 集成贰 234 页。参

4325 高昌曹陁鸣等田亩簿残片

10.5×5.6，前、后、上、下残，存2行，1行记"曹陁鸣陆亩"，2行记"安浮知延肆亩"，另有朱笔勾画。本件书法、内容与大谷4156号相似，亦当为高昌土地关系文书。

图 集成贰图版 49。文 集成贰 234 页。参

4326 残名籍

9×3.1，由3纸粘贴，前、后、上、下残，存1行，某人名下注"在县城"。

图 缺。文 集成贰 234 页。参

4327 文书残片

7.5×3，前、后、上、下残，存1行，残存数字。

图 缺。文 集成贰 234 页。参

4328 文书残片

7×5，前、后、上、下残，存2行，残存数字。

图 缺。文 集成贰 234 页。参

4329 文书残片

7×3.7，前、后缺，下部残，存2行，残存数字。

图 缺。文 集成贰 235 页。参

4330 唐仪凤三年（678）度支支配四年诸州庸调及折造杂綵色数并处分事条残片之一

6×3，背面残"敕令"2字，苇席文书之一。

图 缺。文 大津透、榎本淳一 1987，54、59 页。集成贰 235 页。参 大津透 1986。大津透、榎本淳一 1987。

4331 清代典当铺当票残片

9.7×4，由两纸粘贴，前、后、上、下残，存2行，残存数字。

图 缺。文 集成贰 235 页。参

4332 文书残小片

7×6，由两纸粘贴，残一"来"字。

图 缺。文 集成贰 235 页。参

4333 文书残小片

10×3，全部用墨涂抹，存1行3字。

图 缺。文 集成贰 235 页。参

4334 佛教文书残小片

5.5×4，前、后缺，上部残，存2行，残存数字，有丝栏。

图 缺。文 集成贰 235 页。参

4335　官文书残片

18.8×3.3，存1行，残存"谨□□□申言"数字。

图 缺。文 集成贰235页。参

4336　文书残片

12.2×3.5，两面书写，正面前、后、上、下残，存2行，残存数字；背面存1行3字。

图 集成贰图版93。文 集成贰236页。参

4337　文书残片

9×5.5，前、后缺，下部残，存2行，残2字。

图 缺。文 集成贰236页。参

4338　文书残片

5×5，前、后、上、下残，存2行，残4字。

图 缺。文 集成贰236页。参

4339　文书残片

11.5×9.7，由3纸粘贴，附有泥土。正面存1行，残"□经□第四"数字；背面前、后、上、下残，存3行，2行残"余玖硕玖斗"数字。

图 缺。文 集成贰236页。参

4340　文书残片

4.7×3.5，前、后、上、下残，存2行，残存数字，1行残"□五月一日已后□"。

图 集成贰图版93。文 集成贰236页。参

4341　文书残片

6×3.5，两面书写，正面前、后、上、下残，存2行，残存数字；背面存1行。

图 缺。文 集成贰236页。参

4342　官文书残片

7×3.5，两面书写，俱存1行，正面钤有官印。

图 缺。文 集成贰237页。参

4343　文书残片

5.8×3.7，存1行2字。

图 缺。文 集成贰237页。参

4344　文书残片

3.3×5，前、后、上、下残，存2行，残存3字。

图 缺。文 集成贰237页。参

4345　白纸（6.3×2.2）

4346　文书残片

5.4×2.3，存1行3字。

图 缺。文 集成贰237页。参

4347　佛教文书残片

6.2×4.2，前、后、上、下残，存3行，残存数字。

图 缺。文 集成贰237页。参

4348 文书残片

6.5×4.2，两面书写，正面存 1 行 1 字；背面存 1 行"□酒一斗" 4 字。

图 集成贰图版 65。文 集成贰 237 页。参

4349 唐天宝二年（743）交河郡市估案 B 种残片之一（物价文书）

5×6，前、后、上、下残，存 3 行，残存数字。

图 集成贰图版 16。文 籍帐研究 459 页。集成贰 237 页。参

4350 唐天宝二年（743）交河郡市估案 B 种残片之一

6×6，前、后、上、下残，存 2 行，残存数字，钤有官印。

图 集成贰图版 16。文 籍帐研究 461 页。集成贰 237-238 页。参

4351 官文书残小片

11.6×5，正面存一"连"字，背面画有横线。

图 缺。文 集成贰 238 页。参

4352 唐仪凤三年（678）度支支配四年诸州庸调及折造杂綵色数并处分事条残片之一

12.5×6.8，由两纸粘贴，一纸存 3 行，与大谷 1262 号缀合，一纸存 2 行，苇席文书之一。

图 缺。文 大津透、榎本淳一 1987，56、61、62 页。集成贰 238 页。参 大津透 1986。大津透、榎本淳一 1987。

4353 唐仪凤三年（678）度支支配四年诸州庸调及折造杂綵色数并处分事条残片之一

8.3×8，正面存 3 行，与大谷 1242、1273、1286、2397 诸号缀合；背面存 3 行。苇席文书之一。

图 缺。文 大津透、榎本淳一 1987，52 页。集成贰 238 页。参 大津透 1986。大津透、榎本淳一 1987。

4354 文书残片

5.6×8.2，存 1 行"法直□" 3 字。

图 缺。文 集成贰 238 页。参

4355 唐仪凤三年（678）度支支配四年诸州庸调及折造杂綵色数并处分事条残片之一

10.9×6.7，正面存 1 行，与大谷 1271、1276、1425、1430、1444、2398 诸号缀合；背面存 3 行。苇席文书之一。

图 缺。文 大津透、榎本淳一 1987，55、59 页。集成贰 238-239 页。参 大津透 1986。大津透、榎本淳一 1987。

4356 唐仪凤三年（678）度支支配四年诸州庸调及折造杂綵色数并处分事条残片之一

7.5×3.5，正、背面俱存 1 行，与大谷 2602、4018 号缀合。苇席文书之一。

图 缺。文 大津透、榎本淳一 1987，54、58 页。集成贰 239 页。参 大津透 1986。大津透、榎本淳一 1987。

4357 唐仪凤三年（678）度支支配四年诸州庸调及折造杂綵色数并处分事条残片之一

5×3.2，正、背面俱残 1 字。苇席文书之一。

图 缺。文 集成贰 239 页。参 大津透 1986。

4358 唐仪凤三年（678）度支支配四年诸州庸调及折造杂綵色数并处分事条残片之一

3×2.4，无文字。苇席文书之一。

图 缺。文 大津透、榎本淳一 1987，54 页。参 大津透 1986。大津透、榎本淳一 1987。

4359 佛教文书残小片

8.5×8，前、后缺，上部残，存 2 行，残存数字，有丝栏，文字间有朱点。

图 缺。文 集成贰 239 页。参

4360 《净名经集解关中疏》卷上残片

10.5×5.7，前、后、上、下残，存 3 行，有丝栏，有朱点。

图 缺。文 集成贰 239 页。参 刘安志、石墨林 2003。

4361 佛教文书残片

11×5，后缺，上下残，存 3 行，残存数字，有丝栏，有朱点。

图 缺。文 集成贰 239-240 页。参

4362 《驾幸温泉赋》残片

7×6.6，前、后、上、下残，存 3 行，残存数字，有丝栏，有朱点。与大谷 3170、3172、3174、3177、3227、3504、3505、3506、5789 诸号为同一写本。

图 集成贰图版 93。张娜丽 2004 图 3。文 集成贰 240 页。张娜丽 2002，31 页。张娜丽 2004，13 页。参 张娜丽 2004。

4363 药方书残片

11×6.5，由两纸粘贴，前、后、上、下残，存 5 行，有丝栏，1 行记有"痛方"。

图 集成贰图版 67。文 集成贰 240 页。参

4364 文书残片

6×7.4，前、后、上、下残，存 3 行，残存数字。

图 集成贰图版 93。文 集成贰 240 页。参

4365 《楞伽阿跋多罗宝经》卷第四残片

12×6，前、后、上、下残，存 4 行，有丝栏。

图 集成贰图版 75。张娜丽 2003B 图 49。文 集成贰 240 页。张娜丽 2003B，102 页。参 张娜丽 2003B。刘安志、石墨林 2003。

4366 佛教文书残小片

3.1×3.5，前、后、上、下残，存 3 行，残存数字。

图 缺。文 集成贰 240 页。参

4367 佛教文书残片

5×9.5，前、后、上、下残，存 4 行，残存十余字。

图 缺。文 集成贰 241 页。参

4368 《俱舍论颂疏论本》卷第二十一残片

8.6×8，前、后、上、下残，存 6 行。

图 集成贰图版 75。文 集成贰 241 页。参 刘安志、石墨林 2003。

4369 佛教文书残小片

4×6.5，前、后、上、下残，存 2 行，残存数字，附有土。

图 缺。文 集成贰 241 页。参

4370 《梵网经》残片

6.5×3.2，前、后、上、下残，存3行，残十余字。

图缺。文集成贰241页。参刘安志、石墨林2003。

4371　唐写《太公家教》残片

4.3×5，前、后、上、下残，存2行4字，1行记"厄之"，2行记"太公"。

图缺。文集成贰241页。张娜丽2002，28页。参张娜丽2002。

4372　文书残片

6.6×3，前、后缺，下部残，存2行，残存数字，有丝栏，1行"面"字下有朱点。

图集成贰图版93。文集成贰242页。参

4373　文书残片

9.7×4.6，前、后缺，下部残，存2行，残存数字，有丝栏，1行"力衰弱行在"数字下有朱点。

图集成贰图版93。文集成贰242页。参

4374　唐开元二十九年（741）西州高昌县给田簿残片之一

12.5×5，后缺，下部残，存2行，1行记"一段壹亩部田"。

图集成贰图版42。文西域Ⅱ169页。西嶋研究482页。籍帐研究428页。集成贰242页。参西嶋定生1959。

4375　田亩残文书

5×9.5，由两纸粘贴，前、后、上、下残，存2行，残存数字，记有"二亩"字样，背面亦有"一亩"之记载。

图集成贰图版49。文西域Ⅱ169页。西嶋研究482-483页。集成贰242页。参西嶋定生1959。

4376　唐开元二十九年（741）西州高昌县退田簿残片之一

15×5，前、后、上、下残，存2行，1行记某段土地的四至方位。

图集成贰图版41。文西域Ⅱ186页。西嶋研究537页。籍帐研究415页。集成贰242页。参西嶋定生1959。

4377　唐开元二十九年（741）西州高昌县退田簿残片之一

7×11.5，前、后缺，下部残，存4行，1行记"氾童子母死退一段"，3行记"大女辛那戒死退一段"，中间有"同云"之签署。

图集成贰图版41。文西域Ⅱ186页。西嶋研究537页。籍帐研究405页。集成贰242页。参西嶋定生1959。

4378　唐开元二十九年（741）西州高昌县欠田簿残片之一

8×18，前、后、上、下残，存3行，表面附有糨糊，2行记"丁欠常田一亩　左思"。

图集成贰图版45。文西村研究323页。籍帐研究398页。集成贰243页。参西嶋定生1959。西村元佑1959。

4379　唐开元二十九年（741）西州高昌县退田簿残片之一

7.5×8.3，前、后、上、下残，存2行，残存数字。

图集成贰图版41。文西域Ⅱ186页。西嶋研究537-538页。籍帐研究410页。集成贰243页。参 西嶋定生1959。

4380 唐残牒

4.2×6.8，前、后缺，下部残，存2行，2行残"牒件"2字。

图 集成贰图版40。文 集成贰243页。参

4381 田亩文书残片

8.4×5.9，前、后、上、下残，存2行，残"二亩"、"一亩"等字。

图 缺。文 集成贰243页。参

4382 唐开元二十九年（741）西州高昌县退田簿残片之一

27×23.5，后缺，下部残，存6行，缝背朱署"云"字，1行记"归化里王义质剩退"，2、3、4行为其土地段亩数及四至方位；5行记"吕申住剩退"。其间有"同云晏"之签署。

图 西域Ⅱ图版33。西嶋研究图版33。集成贰图版41。文 西域Ⅱ186页。西嶋研究538页。籍帐研究401页。集成贰243页。参 西嶋定生1959。

4383 佛教文书残片

7×8.2，前、后、上、下残，存4行，残存数字，有丝栏。

图 缺。文 集成贰244页。参

4384 佛教文书残小片

8.5×5，前、后、上、下残，存2行，残存数字。

图 缺。文 集成贰244页。参

4385 《四分律删繁补阙行事钞》卷上（四）残片

9×8.7，前、后缺，上部残，存4行。《四分律删补随机羯磨》卷下同。

图 集成贰图版75。张娜丽2003B 图50。文 集成贰244页。张娜丽2003B，102页。参 张娜丽2003B。刘安志、石墨林2003。

4386 《灌顶经》卷第十二残片

10×9.7，前、后、上、下残，存5行，有丝栏。

图 集成贰图版75。张娜丽2003B 图51。文 集成贰244页。张娜丽2003B，103页。参 张娜丽2003B。刘安志、石墨林2003。

4387 庄皇后祭文（?）残片

6.8×16.6，前、后、上、下残，存8行，1行记"庄皇后忌"。

图 集成贰图版85。文 集成贰244-245页。参

4388 《妙法莲华经》卷第六残片

6×3.5，前、后缺，上部残，存2行，残存10字，有丝栏。

图 缺。文 集成贰245页。参 刘安志、石墨林2003。

4389 《春秋左氏传·成公十六年》（杜预集解）残片

6.2×8，前、后、上、下残，存5行，有丝栏，附有土块。

图 集成贰图版75。文 集成贰245页。参

4390 佛教文书残小片

4.5×7，前、后、上、下残，存2行，残存数字，有丝栏。

图 缺。文 集成贰245页。参

4391 文书残片

6×5.2，前、后、上、下残，存5行，有丝栏，1、5行为朱书。

图 集成贰图版93。文 集成贰245页。参

4392 《肇论》残片

7.4×9.3，前、后缺，上部残，存5行，有丝栏。为后秦僧肇所作《肇论》抄本残片。

图 集成贰图版75。张娜丽2003B图52。文 集成贰246页。张娜丽2003B，103页。参 张娜丽2003B。刘安志、石墨林2003。

4392v 佛教文书残片

前、后缺，下部残，存6行10字左右，有丝栏。

图 缺。文 集成贰246页。参

4393 《四分律》卷第四十八残片

7×10，前、后、上、下残，存4行。《尼羯磨》卷上略同。

图 集成贰图版75。张娜丽2003B图53。文 集成贰246页。张娜丽2003B，104页。参 张娜丽2003B。刘安志、石墨林2003。

4394 唐写《太公家教》残片

10.5×10.5，前、后、上、下残，存6行。2行记"□是无价之宝"，3行记"海藏学是明"，4行记"书良田三顷不如"，5行记"重赏之下必"，"赏"字右边书有"心则"2字，文书内容与敦煌所出《太公家教》极为相似。

图 集成贰图版75。文 集成贰246页。张娜丽2002，28页。参 张娜丽2002。

4395 《太上洞玄灵宝昇玄内教经》残片

12.2×8，前、后缺，下部残，存3行，有丝栏，楷书，2行记"是吾人太上上太上"。

图 集成贰图版80。文 集成贰246页。参

4396 《四分律》卷第四十残片

9.8×7，前、后缺，下部残，存4行，3行记"血食之二十九"。

图 集成贰图版80。文 集成贰246页。参 刘安志、石墨林2003。

4397 《佛说七千佛神符经》残片

8.5×8.5，前、后缺，下部残，存4行，有丝栏，2行记"急如律令"，3行记"将军在"，4行记"佛神府"。

图 集成贰图版80。张娜丽2003B图54。文 集成贰247页。张娜丽2003B，104页。参 张娜丽2003B。刘安志、石墨林2003。

4398 古籍写本残片

10.7×6.5，前、后、上、下残，存3行，3行记"以为无为之所滞寻也"。

图 集成贰图版81。文 集成贰247页。参

4399 《洞玄灵宝天尊说十戒经》残片

5.2×7.2，前、后缺，下部残，存4行，有丝栏，所记为"与人臣（言则忠于上）"、"与人子言（则孝于亲）"、"与人友（言则信于交）"、"与人夫言（则和于室）"。

图 集成贰图版 81。张娜丽 2003B 图 55。**文** 集成贰 247 页。张娜丽 2003B，105 页。
参 张娜丽 2003B。

4400　道教文书残片

9.5×6，前、后、上、下残，存 3 行，残存数字。
图 集成贰图版 81。**文** 集成贰 247 页。**参**

4401　文书残片

8.7×13.3，前、后、上、下残，存 6 行。
图 集成贰图版 94。**文** 集成贰 247 页。**参**

4402　《千字文》抄本残片

8.8×8.5，前、后缺，上部残，存 5 行，记有"岩岫杳冥"、"务兹（资）稼穑"、
"我艺黍稷"等句。
图 集成贰图版 94。**文** 集成贰 248 页。张娜丽 2002，35 页。**参** 张娜丽 2002。

4403　《论语·子罕第九》（何晏集解）残片

8×6.5，前、后、上、下残，存 3 行，2 行有双行小字注，下有一纸粘贴。
图 集成贰图版 94。张娜丽 2003A 图 2。**文** 集成贰 248 页。张娜丽 2003A，17 页。
参 张娜丽 2003A。

4404　文书残片

6.2×5.4，前、后、上、下残，存 3 行，残存数字。
图 缺。**文** 集成贰 248 页。**参**

4405　佛教文书残小片

5.8×7，前、后缺，下部残，存 4 行，残存十余字，附有沙土。
图 集成贰图版 75。**文** 集成贰 248 页。**参**

4406　佛教文书残小片

4.5×5.8，前、后、上、下残，存 3 行，残存数字，有丝栏。
图 缺。**文** 集成贰 248 页。**参**

4407　佛教文书残片

6×17.5，前缺，上部残，存 8 行。
图 集成贰图版 75。**文** 集成贰 249 页。**参**

4408　《妙法莲华经》卷第二残片

8.6×11，前、后缺，上部残，存 6 行，有丝栏。《添品妙法莲华经》卷第二同。
图 集成贰图版 76。张娜丽 2003B 图 56。**文** 集成贰 249 页。张娜丽 2003B，105 页。
参 张娜丽 2003B。刘安志、石墨林 2003。

4409　《妙法莲华经》卷第二残片

9×4，前、后缺，上部残，存 3 行，有丝栏。
图 缺。**文** 集成贰 249 页。**参** 刘安志、石墨林 2003。

4410　道教文书残片

10.7×4，前、后、上、下残，存 3 行，残存十余字，有丝栏，2 行记"诸仙皆敛
手答言"。
图 集成贰图版 81。**文** 集成贰 249 页。**参**

4411 《俱舍论颂疏论本》卷第二残片

7.5×6，前、后、上、下残，存4行，有丝栏。

图 集成贰图版76。**文** 集成贰249-250页。**参** 刘安志、石墨林2003。

4412 《佛说安宅神咒经》残片

9×6，前、后、上、下残，存3行，有丝栏。3行"有一切大悲"，今本作"有一切大慈大悲"，多"大悲"2字。

图 集成贰图版76。**文** 集成贰250页。**参** 刘安志、石墨林2003。

4413 《金光明经》卷第四残片

6.2×6，前、后、上、下残，存3行。

图 缺。**文** 集成贰250页。**参** 刘安志、石墨林2003。

4414 《四分律删繁补阙行事钞》卷中（之三）残片

8.5×7.5，前、后、上、下残，存5行，有丝栏。

图 集成贰图版76。**文** 集成贰250页。**参** 刘安志、石墨林2003。

4415 文书残片

6.4×3.8，前、后、上、下残，存3行，残存数字。

图 集成贰图版94。**文** 集成贰250页。**参**

4416 文书残片

8×3，前、后、上、下残，存2行，残存数字。

图 缺。**文** 集成贰250页。**参**

4417 文书残片

4×2.7，由两纸粘贴，存1行，残存数字。

图 缺。**文** 集成贰251页。**参**

4418 佛教文书残片

8×7，前、后、上、下残，存4行，残存18字，有丝栏。

图 集成贰图版76。**文** 集成贰251页。**参**

4419 佛教文书残片

8.5×10，前、后缺，上部残，存6行，有丝栏。

图 集成贰图版76。**文** 集成贰251页。**参**

4420 文书残片

8.5×9，前缺，上部残，存4行，残存十余字。

图 集成贰图版94。**文** 集成贰251页。**参**

4421 《佛说护诸童子陀罗尼经》残片

10.5×6，前、后、上、下残，存3行，残存十余字。《法苑珠林》卷第六十、《陀罗尼杂集》卷第四同。

图 集成贰图版71。张娜丽2003B 图57。**文** 集成贰251页。张娜丽2003B，106页。**参** 张娜丽2003B。刘安志、石墨林2003。

4422 佛教文书残片

9.5×7.5，前、后、上、下残，存5行，残存十余字，有丝栏。

图 集成贰图版76。**文** 集成贰251-252页。**参**

4423　佛教文书残片

7×6.5，前、后、上、下残，存4行，残存十余字，有丝栏。

图集成贰图版76。文集成贰252页。参

4424　佛教文书残片

4×15，前、后缺，下部残，存14行。

图集成贰图版76。文集成贰252页。参

4425　文书残片

10×4.5，两面书写，正面前、后、上、下残，存3行；背面前、后、上、下残，存2行。

图集成贰图版49、94。文集成贰252-253页。参

4426　佛教文书残小片

5.5×5.5，前、后缺，上部残，存3行，残存12字。

图缺。文集成贰253页。参

4427　文书残片

5×6，前、后、上、下残，存3行，残存数字。

图集成贰图版94。文集成贰253页。参

4428　文书残片

5×7.7，前、后、上、下残，存5行，残存十余字。

图集成贰图版94。文集成贰253页。参

4429　文书残片

4×7.3，前、后、上、下残，存4行，残存十余字。

图缺。文集成贰253页。参

4430　佛教文书残小片

6×8.3，前、后、上、下残，存3行，残存数字。

图集成贰图版76。文集成贰253页。参

4431　文书残片

6.8×5，前、后、上、下残，存3行，残存数字。

图缺。文集成贰254页。参

4432　《佛说佛名经》卷第四残片

6.2×3.8，前、后、上、下残，存2行，残存数字。

图缺。文集成贰254页。参刘安志、石墨林2003。

4433　佛教文书残小片

4.5×4，前、后、上、下残，存2行，残存数字。

图缺。文集成贰254页。参

4434　文书残片

6.5×4.3，前、后、上、下残，存2行，残存数字。

图缺。文集成贰254页。参

4435　文书残小片

6×4.8，前、后、上、下残，存4行，残存十余字。

图 缺。文 集成贰 254 页。参

4436 文书残小片

7×5，前、后、上、下残，存 2 行，残存数字。

图 缺。文 集成贰 254 页。参

4437 文书残片

6×3，有 3 小片，第一片存 1 行，残存数字，其余两片无法识读。

图 缺。文 集成贰 255 页。参

4438 弟子僧法□文书残片

16×8.5，前、后、上、下残，存 3 行，1 行记"弟子僧法□"，2 行记"遂客居单贫万无□"，3 行记"凭四背乞求以济唯命今"，观其内容，似为辞状之类文书。

图 集成贰图版 71。文 集成贰 255 页。参

4439 佛教文书残片

9×10.5，后缺，上部残，存 5 行。

图 集成贰图版 76。文 集成贰 255 页。参

4440 佛教文书残小片

5.7×4，前、后、上、下残，存 3 行，残存十余字，有丝栏。

图 缺。文 集成贰 255 页。参

4441 《阿毗达磨藏显宗论》卷第十四残片

8.3×5.5，前、后、上、下残，存 4 行，残存十余字。《阿毗达磨顺正理论》卷第二十五同。

图 集成贰图版 76。张娜丽 2003B 图 58。文 集成贰 255 页。张娜丽 2003B，106 页。
参 张娜丽 2003B。刘安志、石墨林 2003。

4442 《千眼千臂观世音菩萨陀罗尼神咒经》卷下残片

6×5.8，前、后缺，下部残，存 4 行，残存数字，有丝栏。

图 集成贰图版 76。张娜丽 2003B 图 59。文 集成贰 255 页。张娜丽 2003B，106-107 页。参 张娜丽 2003B。刘安志、石墨林 2003。

4443 文书残片

4.5×5.5，两面书写，正面前、后、上、下残，存 3 行，残存十余字；背面存 1 行 3 字。

图 缺。文 集成贰 256 页。参

4444 《佛顶尊胜陀罗尼经》残片

9.5×4.5，前、后、上、下残，存 3 行，残存十余字，1 行残"此陁罗尼"，有丝栏。《佛顶尊胜陀罗尼经教迹义记》卷上、《行林》第八同。

图 集成贰图版 76。张娜丽 2003B 图 60。文 集成贰 256 页。张娜丽 2003B，107 页。
参 张娜丽 2003B。刘安志、石墨林 2003。

4445 佛教文书残小片

5.5×5.7，前、后、上、下残，存 3 行，残存十余字。

图 缺。文 集成贰 256 页。参

4446 佛教文书残小片

8.4×2.2，前、后、上、下残，存2行，残存数字。

图 缺。文 集成贰 256 页。参

4447　佛教文书残小片

存2片，第1片3.8×3，存1行"一切天神"4字；第2片1.5×2.6，有一字无法判读。

图 缺。文 集成贰 256 页。参

4448　《金光明经》卷第二残片

6.5×7，由两纸粘贴，各存2行，残存数字。一纸记有"增益身"、"至心"，见于《金光明经》卷第二，《合部金光明经》卷第五同。

图 缺。文 集成贰 256 页。参 刘安志、石墨林 2003。

4449　《增壹阿含经》卷第三十九残片

7×6，前、后缺，下部残，存4行，有丝栏。

图 缺。文 集成贰 257 页。参 刘安志、石墨林 2003。

4449v　佛教文书残片

前、后缺，上部残，存2行，有丝栏。

图 缺。文 集成贰 257 页。参

4450　佛教文书残小片

7×8.5，前、后、上、下残，存3行，残存数字，纸背有朱书8字。

图 缺。文 集成贰 257 页。参

4451　文书残片

6.5×6.5，两面书写，正面前、后、上、下残，存3行，残存数字；背面前、后、上、下残，存4行，残存十余字，有丝栏。

图 缺。文 集成贰 257 页。参

4452　唐律"诈伪律"残片之一

4.5×4.5，两面书写，正面前、后、上、下残，存2行，与大谷4491号缀合，内容为唐律"诈伪"篇之"伪造御宝"条和"伪写官文书印"条的部分，刘俊文氏认为此乃永徽律抄本残片；背面存2行，残存数字，性质似为佛经。

图 T.T.D.Ⅰ（B）14 页。文 T.T.D.Ⅰ（A）7 页。法制文书考释96 页。集成贰 257 页。参 池田温、冈野诚 1978。刘俊文 1982。法制文书考释96-98 页。

4453　文书残片

3.5×6.5，有二三字无法识读。

图 缺。文 缺。参

4454　唐西州籍残片

4×3，两面书写，正面存1行"一段"2字，为唐西州籍残片，附有沙土；背面前、后、上、下残，存2行，残存数字。

图 T.T.D.Ⅱ（B）105 页。集成贰图版3。文 T.T.D.Ⅱ（A）69 页。籍帐研究240 页。集成贰 257 页。参 T.T.D.Ⅱ（A）54 页。

4454v　佛教文书残片

前、后、上、下残，存2行7字。

图 缺。文 集成贰 257 页。参

4455 文书残片

3.2×3，两面书写，俱存 2 行，残存数字，背面有丝栏。

图 缺。文 集成贰 258 页。参

4456 《道行般若经》卷第四残片

7.8×3，前、后、上、下残，存 2 行，有"观色无"、"识无过"6 字。

图 缺。文 集成贰 258 页。参 刘安志、石墨林 2003。

4456v 佛教文书残片

前、后、上、下残，存 2 行，有丝栏，1 行存"光明"2 字。

图 缺。文 集成贰 258 页。参

4457 文书残片

4×3.5，两面书写，正面存 1 行，背面存 3 行，俱残存数字。

图 缺。文 集成贰 258 页。参

4458 佛教文书残片

2×5，前、后、上、下残，存 3 行 8 字。

图 缺。文 集成贰 258 页。参

4458v 《四分比丘尼羯磨法》残片

前、后、上、下残，存 3 行 6 字。

图 缺。文 集成贰 258 页。参 刘安志、石墨林 2003。

4459 佛教文书残片

4×2.5，两面书写，正面存 1 行，有丝栏，残"言我是一切知"数字；背面亦存 1 行，残"神通净法"4 字。

图 缺。文 集成贰 258 页。参

4460 文书残片

2.2×3.6，两面书写，俱存 3 行，残存数字。

图 缺。文 集成贰 258 页。参

4461 佛教文书残片

5.5×4.5，两面书写，正面前、后、上、下残，存 3 行，残存数字；背面前、后、上、下残，存 3 行，有丝栏，1 行残"能具□物二是佛"数字。

图 缺。文 集成贰 258 页。参

4462 文书残片

2×4，两面书写，正面残"受"、"不生"等字，背面有一字无法判读。

图 缺。文 集成贰 258 页。参

4463 文书残片

2×3.3，两面书写，正面存 2 行，残存数字，背面有一"谓"字。

图 缺。文 集成贰 259 页。参

4464 文书残片

5.5×4，两面书写，正面存 2 行，残存数字，背面有两字无法识读。

图 缺。文 集成贰 259 页。参

4465　佛教文书残片

5×3，两面书写，正面存 2 行，残存数字，背面存 1 行，残 "具若僧时到僧" 数字。

图 缺。文 集成贰 259 页。参

4466　文书残片

3.5×3.5，两面书写，正面存 2 行，残存数字，背面存 1 行 2 字。

图 缺。文 集成贰 259 页。参

4467　文书残片

2.5×2.5，两面书写，俱存 2 行，残存数字。

图 缺。文 集成贰 259 页。参

4468　文书残片

4×4，两面书写，正面存 "一切" 2 字，背面残 "出于" 2 字。

图 缺。文 集成贰 259 页。参

4469　文书残片

2.5×2.5，两面书写，俱存二三字，无法识读。

图 缺。文 缺。参

4470　文书残片

5.5×5，两面书写，俱存 2 行，残存数字，另有小片（2×3.8）粘贴上面，存 "未"、"妨" 等字。

图 缺。文 集成贰 259 页。参

4471　文书残片

8×5.1，由数纸粘贴，正面有一 "儿" 字。

图 缺。文 集成贰 260 页。参

4472　文书残片

4.7×7，两面书写，俱存 2 行，残存数字。

图 缺。文 集成贰 260 页。参

4473　文书残片

7×4，两面书写，俱存 2 行，残存数字，背面 "同" 为朱字。

图 缺。文 集成贰 260 页。参

4474　文书残片

4.4×5.5，两面书写，俱存 3 行，残存数字。

图 缺。文 集成贰 260 页。参

4475　文书残片

4.7×5，由两纸粘贴，正面前、后、上、下残，存 2 行，残存数字；背面前、后、上、下残，存 3 行，残存数字。

图 缺。文 集成贰 260 页。参

4476　文书残片

10.8×4.5，由数纸粘贴，残 "依象"、"耶"、"留" 等数字。

图 缺。文 集成贰 260 页。参

4477 文书残片

4.3×5.5，两面书写，俱存2行，残存数字，背面似为"撰"、"题"2字的习书。

图 缺。文 集成贰 260 页。参

4478 文书残片

4×5.3，两面书写，俱存2行，残存数字。

图 缺。文 集成贰 260 页。参

4479 文书残片

6.5×5，两面书写，俱存2行，残存数字。

图 缺。文 集成贰 261 页。参

4480 文书残片

2.2×5，两面书写，正面前、后缺，下部残，存3行，残存数字；背面存1行。

图 缺。文 集成贰 261 页。参

4481 文书残片

3×4，两面书写，正面存2行，残存数字，背面前、后、上、下残，存3行，残存数字，2行残存"直钱七十"，3行残存"日食"2字。

图 缺。文 集成贰 261 页。参

4482 佛教文书残片

5.2×4，两面书写，俱存2行，残存数字，正面1行残存"佛性无故"，背面2行残存"佛见佛□"数字。

图 缺。文 集成贰 261 页。参

4483 文书残片

5.4×3.2，正面残存2行3字，背面无文字。

图 缺。文 集成贰 261 页。参

4484 文书残片

5×3，两面书写，俱存2行，残存数字。

图 缺。文 集成贰 261 页。参

4485 文书残片

8.6×2，由两纸粘贴，两面书写，正面存1行，残"愈莫命疹者知又一方"，似为药方书残片；背面存1行，残"□俗语"3字。

图 缺。文 集成贰 261 页。参

4486 文书残片

4×3.2，两面书写，正面存2行，残存数字，1行残存"十六年殡"；背面存1行，残存"段更残□"数字。

图 缺。文 集成贰 262 页。参

4487 佛教文书残片

8×3，两面书写，正面前、后、上、下残，存2行，残存十余字，2行残存"罗比丘"；背面存1行，残存"难是诸子等父母"等字。

图 缺。文 集成贰 262 页。参

4488 佛教文书残片

5×2.7，两面书写，正面存 2 行，残存数字；背面存 1 行，残存"可萨众"3 字。
图缺。文集成贰 262 页。参

4489　文书残片

6.5×2.5，两面书写，俱存 2 行，残存数字。
图缺。文集成贰 262 页。参

4490　文书残片

2.5×2.5，两面书写，俱存 2 行，残存数字。
图缺。文集成贰 262 页。参

4491　唐律"诈伪律"残片之二

6.5×4.5，两面书写，正面存 2 行，有丝栏，与大谷 4452 号缀合，为唐律"诈伪律"抄本残卷之一，1 行残"造皇帝八玺"，2 行残"绞太子"；背面存 2 行，1 行残"不勋师"3 字。
图 T. T. D. Ⅰ（B）14 页。文 T. T. D. Ⅰ（A）7 页。法制文书考释 96 页。集成贰 262 页。参池田温、冈野诚 1978。刘俊文 1982。法制文书考释 96-98 页。

4492　文书残片

3×2.5，正面存 1 行，残"神力"2 字，背面有一字无法判读。
图缺。文集成贰 262 页。参

4493　文书残片

2.1×5.6，两面书写，正面前、后、上、下残，存 3 行，残存数字；背面残存 4 行。
图缺。文集成贰 262 页。参

4494　文书残片

3×4，两面书写，俱存 3 行，残存数字。
图缺。文集成贰 263 页。参

4495　文书残片

2.5×4.2，两面书写，俱存 3 行，残存数字。
图缺。文集成贰 263 页。参

4496　文书残片

3.2×5.5，两面书写，俱存 2 行，残存数字。
图缺。文集成贰 263 页。参

4497　文书残片

5.5×2.2，两面书写，俱存 1 行，残存数字。
图缺。文集成贰 263 页。参

4498　文书残片

4.3×1.9，两面书写，正面存 2 行，残存数字，背面存 1 行，残存"温汉南"3 字。
图缺。文集成贰 263 页。参

4499　文书残片

3.2×3，两面书写，俱存 2 行，残存数字。
图缺。文集成贰 263 页。参

4500 文书残片

3.2×1.6，两面书写，正面有二三字无法判明，背面存 1 行，残存"苦下大"3 字。

图 缺。文 集成贰 263 页。参

4501 佛教文书残片

3.8×2.0，两面书写，俱存 1 行 3 字。

图 缺。文 集成叁 1 页。参

4502 佛教文书残片

3.6×3.4，两面书写，俱存 2 行数字。

图 缺。文 集成叁 1 页。参

4503 佛教文书残片

3.4×2.3，两面书写，俱存 2 行数字。

图 缺。文 集成叁 1 页。参

4504 佛教文书残片

3.2×3.2，两面书写，俱存 2 行数字。

图 缺。文 集成叁 1 页。参

4505 佛教文书残片

4.4×3.0，两面书写，正面存 3 行，背面存 2 行，俱残存数字不等。

图 缺。文 集成叁 1 页。参

4506 "禾豆五谷"文书残片

4.0×2.0，存 2 行，残存"禾豆五谷"数字。

图 缺。文 集成叁 1 页。参

4506v 佛教文书残片

存 2 行，残存"光明者"3 字。

图 缺。文 集成叁 1 页。参

4507 文书残片

存 3 片，第 1 片 2.0×2.2，第 2 片 1.5×2.3，第 3 片 1.7×1.0，俱两面书写，存数字不等。

图 缺。文 集成叁 1-2 页。参

4508 文书残片

3.0×4.2，两面书写，俱存 3 行数字，另有一残片（2.5×2.0）附着上面，文字无法识读。

图 缺。文 集成叁 2 页。参

4509 文书残片

5.7×4.0，存 1 行"五斗小斗上种"数字。

图 缺。文 集成叁 2 页。参

4509v 佛教文书残片

存"释迦提恒因"数字。

图 缺。文 集成叁 2 页。参

4510　佛教文书残片

2.7×3.2，两面书写，俱存 2 行数字，背面有丝栏。

图 缺。文 集成叁 2 页。参

4511　佛教文书残片

3.0×5.0，两面书写，俱存 3 行数字。

图 缺。文 集成叁 2 页。参

4512　佛教文书残片

2.6×2.2，两面书写，正面存 1 行，背面存 2 行，俱残存数字。

图 缺。文 集成叁 2-3 页。参

4513　佛教文书残片

5.0×3.0，两面书写，正面存 4 行数字，有丝栏；背面存 3 行数字。

图 缺。文 集成叁 3 页。参

4514　习字（？）文书残片

9.5×6.0，存 3 行，似为习书。

图 缺。文 集成叁 3 页。参

4514v 礼忏文残片

前、后、上、下残，存 2 行，有"依法当愿众弟"、"大众一切无碍"数字，见于
《长讲仁王般若经会式》、《持斋念佛忏悔礼文》、《炽盛光道场念诵仪》、《礼忏文一
本》等，但 1 行"弟"字，今本多作"生"。

图 缺。文 集成叁 3 页。参

4515　文书残片

6.3×7.1，存 2 行数字。

图 缺。文 集成叁 3 页。参

4516　佛教文书残片

6.5×3.1，存 1 行，有"□大宝"3 字。

图 缺。文 集成叁 3 页。参

4516v《金刚般若波罗蜜经》残片

前、后、上、下残，有丝栏，存 2 行。

图 缺。文 集成叁 3 页。参 刘安志、石墨林 2003。

4517　唐西州籍残片

7.5×3.0，前、后、上、下残，存有朱印痕迹，残存文字 1 行，有"西参军 南州
公廨"数字。本件缺纪年，籍帐研究推测为 8 世纪前半期。

图 T.T.D.Ⅱ（B）127 页。集成叁图版 2。文 集录 172 页。籍帐研究 255 页。
T.T.D.Ⅱ（A）84 页。集成叁 3 页。参 土肥义和 1969。T.T.D.Ⅱ（A）72-73 页。

4517v 佛教文书残片

前、后缺，上部残，存 1 行"知所属之所问"数字。

图 缺。文 集成叁 3 页。参

4518　佛教文书残片

5.6×2.5，两面书写，俱存 1 行数字，正面有丝栏。

图缺。文集成叁4页。参

4519　佛教文书残片

2.7×2.3，两面书写，正面存1行3字，背面存2行数字，有丝栏。

图缺。文集成叁4页。参

4520　佛教文书残片

5.0×4.0，两面书写，正面存1行4字，背面存2行数字。

图缺。文集成叁4页。参

4521　佛教文书残片

5.5×3.5，两面书写，正面存1行3字，背面存2行，有丝栏，存"思惟在法皋城中"、"是众生"数字。

图缺。文集成叁4页。参

4522　佛教文书残片

5.8×3.3，两面书写，俱存2行数字。

图缺。文集成叁4页。参

4523　佛教文书残片

3.5×3.0，两面书写，正面存"一百"2字，背面存一"寺"字。

图缺。文集成叁4页。参

4524　佛教文书残片

3.5×4.0，两面书写，俱存2行数字。

图缺。文集成叁4页。参

4525　佛教文书残片

2.7×2.5，两面书写，俱存数字。

图缺。文集成叁4-5页。参

4526　佛教文书残片

3.8×3.9，两面书写，正面存2行，有丝栏，残存"诸因缘"、"纬经纬"数字；背面存2行数字。

图缺。文集成叁5页。参

4527　佛教文书残片

2.5×4.6，两面书写，有丝栏，正面存3行数字，背面存4行数字。

图缺。文集成叁5页。参

4528　佛教文书残片

4.8×2.8，两面书写，有丝栏，俱存2行数字。

图缺。文集成叁5页。参

4529　佛教文书残片

9.0×11.0，两面书写，俱前、后、上、下缺，存6行。

图缺。文集成叁5页。参

4530　佛教文书残片

4.4×2.5，两面书写，俱存1行数字，背面有丝栏。

图缺。文集成叁5页。参

4531 佛教文书残片

2.4×2.4，两面书写，有丝栏，背面记有"灭相"。

图 缺。文 集成叁6页。参

4532 佛教文书残片

3.5×3.7，两面书写，有丝栏，正面存3行数字，背面存2行数字。

图 缺。文 集成叁6页。参

4533 佛教文书残片

4.5×4.2，两面书写，正面存2行，记有"不灭"等字，背面存3行。

图 缺。文 集成叁6页。参

4534 佛教文书残片

2.5×4.5，两面书写，正面存3行4字，有丝栏；背面存1行4字。

图 缺。文 集成叁6页。参

4535 佛教文书残片

3.4×2.5，两面书写，正面存2行，有丝栏；背面存1行。

图 缺。文 集成叁6页。参

4536 《大般涅槃经》卷第十七（北凉昙无谶译）残片

6.5×5.0，前、后、上、下缺，存3行数字。

图 缺。文 集成叁6-7页。参 刘安志、石墨林2003。

4536v 回鹘文文书残片

存3行，草书。

图 缺。文 缺。参 羽田明、山田信夫1961。

4537 《金光明经》卷第一残片

6.6×4.2，前、后缺，下部残，存2行。

图 缺。文 集成叁7页。参 刘安志、石墨林2003。

4537v 回鹘文文书残片

存5行，草书。

图 缺。文 缺。参 羽田明、山田信夫1961。

4538 佛典残片

7.0×3.6，存1行"离别散灭"4字，有丝栏。

图 缺。文 集成叁7页。参

4538v 回鹘文文书残片

存3行，草书。

图 缺。文 缺。参 羽田明、山田信夫1961。

4539 佛典残片

5.2×3.4，前、后、上、下残，存3行数字。

图 缺。文 集成叁7页。参

4539v 回鹘文文书残片

存3行，草书。

图 缺。文 缺。参 羽田明、山田信夫1961。

4540 《大般若波罗蜜多经》卷第三十六残片

7.3×5.6，前、后、上、下残，存4行，有丝栏。

图 集成叁图版51。**文** 小田义久2002，9页。集成叁7页。**参** 小田义久2002。

4540v 胡语文书残片

存胡语2字。

图 缺。**文** 缺。**参** 羽田明、山田信夫1961。

4541 佛典残片

4.8×1.8，存1行4字。

图 イラン语断片集成图版23。**文** 集成叁7页。**参** イラン语断片集成15页。

4541v 粟特文残片

存2行。

图 イラン语断片集成图版23。**文** イラン语断片集成88页。**参** 羽田明、山田信夫1961。イラン语断片集成88页。

4542 《妙法莲华经》卷第三残片

4.5×3.2，前、后缺，下部残，存2行8字，有丝栏。

图 集成叁图版51。**文** 小田义久2002，13页。集成叁8页。**参** 小田义久2002。

4542v 回鹘文文书残片

存3行，草书。

图 缺。**文** 缺。**参** 羽田明、山田信夫1961。

4543 佛典残片

4.0×3.0，存1行"悔当知是"4字，有丝栏。

图 缺。**文** 集成叁8页。**参**

4543v 回鹘文文书残片

存1行，草书。

图 缺。**文** 缺。**参** 羽田明、山田信夫1961。

4544 《妙法莲华经》卷第五残片

5.8×3.1，前、后缺，下部残，存2行数字，有丝栏。与大谷7044号同卷。

图 イラン语断片集成图版23。**文** イラン语断片集成27页。集成叁8页。**参** イラン语断片集成15页。

4544v 粟特文残片

存2行。

图 イラン语断片集成图版23。**文** イラン语断片集成88页。**参** 羽田明、山田信夫1961。イラン语断片集成88页。

4545 《大般涅槃经》卷第九残片

3.5×4.5，前、后缺，上部残，存2行数字，有丝栏。

图 集成叁图版51。**文** 小田义久2002，17页。集成叁8页。**参** 小田义久2002。

4545v 回鹘文文书残片

存2行，草书。

图 缺。**文** 缺。**参** 羽田明、山田信夫1961。

4546　佛典残片

4.0×6.0，前、后、上、下残，存 2 行 4 字。

图 缺。**文** 集成叁 8 页。**参**

4546v　胡语文书残片

存胡语 1 行 2 字。

图 缺。**文** 缺。**参** 羽田明、山田信夫 1961。

4547　佛典残片

2×7.5，前、后、上、下残，存 4 行 8 字，有丝栏。

图 イラン语断片集成图版 23。**文** 集成叁 8-9 页。**参** イラン语断片集成 15 页。

4547v　粟特文残片

存 4 行。

图 イラン语断片集成图版 23。**文** イラン语断片集成 88 页。**参** イラン语断片集成 88 页。

4548　佛典残片

3.2×2.2，由两纸粘贴，前、后、上、下残，存 2 行 7 字；另一纸记有"佛言"等字。

图 缺。**文** 集成叁 9 页。**参**

4548v　回鹘文文书残片

存 2 行。

图 缺。**文** 缺。**参** 羽田明、山田信夫 1961。

4549　佛典残片

3.4×3.3，残存 2 行 2 字，有丝栏。

图 缺。**文** 集成叁 9 页。**参**

4549v　回鹘文文书残片

存 2 行。

图 缺。**文** 缺。**参** 羽田明、山田信夫 1961。

4550　佛典残片

4.1×3.8，存 2 行数字，有丝栏。

图 イラン语断片集成图版 23。**文** 集成叁 9 页。**参** イラン语断片集成 15 页。

4550v　粟特文残片

存 2 行。

图 イラン语断片集成图版 23。**文** イラン语断片集成 88 页。**参** イラン语断片集成 88 页。

4551　佛典残片

4.4×4.2，前、后缺，下部残，存 2 行，有"波罗蜜□"、"得阿耨"数字。

图 缺。**文** 集成叁 9 页。**参**

4551v　回鹘文文书残片

存 3 行。

图 缺。**文** 缺。**参** 羽田明、山田信夫 1961。

4552 佛典残片

4.7×2.0，存1行，有"闻即时"数字。

图缺。文集成叁9页。参

4552v 回鹘文文书残片

存1行。

图缺。文缺。参羽田明、山田信夫1961。

4553 《大般若波罗蜜多经》残片

6.3×3.4，前、后、上、下残，存2行，有"净菩萨十地清静"、"切智智清净"数字，《大般若波罗蜜多经》卷二百八十一、二百八十三、二百八十四等均有类似文字。

图缺。文集成叁9页。参

4553v 回鹘文文书残片

存1行。

图缺。文缺。参羽田明、山田信夫1961。

4554 《法华经》残片

3.4×2.0，存1行"不肯信受"4字，有丝栏。

图イラン语断片集成图版23。文集成叁10页。参イラン语断片集成15页。

4554v 粟特文残片

存1行。

图イラン语断片集成图版23。文イラン语断片集成89页。参イラン语断片集成89页。

4555 《大方广佛华严经》卷第六残片

2.5×2.3，前、后、上、下残，存2行，记有"若入水时"、"澡浴身体"等字。

图小田义久2002，12页。集成叁图版51。文小田义久2002，12页。集成叁10页。参小田义久2002。

4555v 回鹘文文书残片

存1行1字。

图缺。文缺。参羽田明、山田信夫1961。

4556 文书残片

3.5×3.5，前、后缺，上部残，存2行3字。

图缺。文集成叁10页。参

4556v 回鹘文文书残片

存3行。

图缺。文缺。参羽田明、山田信夫1961。

4557 《妙法莲华经》卷第六残片

4.0×5.0，前、后、上、下残，存3行9字。《添品妙法莲华经》卷第六同。

图イラン语断片集成图版23。文集成叁10页。参イラン语断片集成15页。

4557v 粟特文残片

存3行。

图 イラン语断片集成图版23。文 イラン语断片集成89页。参 イラン语断片集成
89页。

4558　佛教文书残片

3.5×4.0，前、后、上、下残，存2行数字，有丝栏。

图 缺。文 集成叁10页。参

4558v　回鹘文文书残片

存3行。

图 缺。文 缺。参 羽田明、山田信夫1961。

4559　佛典残片

4.2×4.0，存1行"时无"2字，有丝栏。

图 イラン语断片集成图版23。文 集成叁10页。参 イラン语断片集成15页。

4559v　粟特文残片

存2行。

图 イラン语断片集成图版23。文 イラン语断片集成89页。参 イラン语断片集成
89页。

4560　佛教文书残片

5.0×4.5，前、后、上、下缺，存3行8字，有丝栏。

图 缺。文 集成叁11页。参

4560v　回鹘文文书残片

存3行。

图 缺。文 缺。参 羽田明、山田信夫1961。

4561　佛教文书残片

5.0×1.6，前、后、上、下残，存2行数字，有丝栏。

图 缺。文 集成叁11页。参

4561v　回鹘文文书残片

存2行。

图 缺。文 缺。参 羽田明、山田信夫1961。

4562　佛教文书残片

4.6×2.0，存1行3字，有丝栏。

图 缺。文 集成叁11页。参

4562v　回鹘文文书残片

存2行。

图 缺。文 缺。参 羽田明、山田信夫1961。

4563　《胜天王般若波罗蜜经》卷第二残片

3.3×3.0，前、后、上、下残，存2行7字。

图 イラン语断片集成图版23。文 集成叁11页。参 イラン语断片集成15页。

4563v　粟特文残片

存1行。

图 イラン语断片集成图版23。文 イラン语断片集成89页。参 イラン语断片集成

89 页。

4564 佛教文书残片

2.3×3.2，前、后、上、下残，存 2 行 6 字，有丝栏。

图 缺。文 集成叁 11 页。参

4564v 西域胡语文书残片

存 2 行。

图 缺。文 缺。参 羽田明、山田信夫 1961。

4565 佛教文书残片

5.5×2.7，存"孤独园"3 字，有丝栏。

图 缺。文 集成叁 11 页。参

4565v 回鹘文文书残片

存 3 行。

图 缺。文 缺。参 羽田明、山田信夫 1961。

4566 佛教文书残片

3.5×4.0，前、后、上、下残，存 3 行，有"善男子"等字。

图 缺。文 集成叁 12 页。参

4566v 回鹘文文书残片

存 3 行。

图 缺。文 缺。参 羽田明、山田信夫 1961。

4567 佛典残片

5.7×4.5，前、后、上、下残，存 2 行，有"不受不"、"阿罗汉所"等字，有丝栏。

图 缺。文 集成叁 12 页。参

4567v 回鹘文文书残片

存 2 行。

图 缺。文 缺。参 羽田明、山田信夫 1961。

4568 佛教文书残片

3.0×2.4，存 2 行数字，有丝栏。

图 缺。文 集成叁 12 页。参

4568v 婆罗迷文文书残片

存 2 行。

图 缺。文 缺。参 羽田明、山田信夫 1961。

4569 佛典残片

3.7×3（集成叁为 3.1×2.0），存 2 行（集成叁为 1 行 2 字），有丝栏。

图 イラン语断片集成图版 24。文 集成叁 12 页。参 イラン语断片集成 15 页。

4569v 粟特文摩尼教文献残片

存 1 行。

图 イラン语断片集成图版 24。文 イラン语断片集成 89 页。参 イラン语断片集成 89 页。

4570-4602　回鹘文文书残片（其中 4572、4576、4585 诸号另列）

　　小片、极小片，草书，存 1-4 行不等，其中 4581 号为活字、细书。原注："チキト
ム出土。"

　　图 缺。文 缺。参 羽田明、山田信夫 1961。

4572　粟特文残片

　　6.7×6.2，存 3 行。封筒题"チキトム出土"。

　　图 イラン语断片集成图版 24。文 イラン语断片集成 89-90 页。参 羽田明、山田信
夫 1961。イラン语断片集成 89-90 页。

4576　粟特文残片

　　2.9×6.8，存 3 行。封筒题"チキトム出土"。

　　图 イラン语断片集成图版 24。文 イラン语断片集成 90 页。参 羽田明、山田信夫
1961。イラン语断片集成 90 页。

4585　粟特文残片

　　5.2×2.7，存 2 行。封筒题"チキトム出土"。

　　图 イラン语断片集成图版 24。文 イラン语断片集成 90 页。参 羽田明、山田信夫
1961。イラン语断片集成 90 页。

4603-4606　回鹘文文书残片

　　小片，两面俱为活字，存 1-5 行不等。原注："吐峪沟　摩诃般若经。"

　　图 缺。文 缺。参 羽田明、山田信夫 1961。

4607-4624　回鹘文文书残片（其中 4616、4617 号另列）

　　极小片，其中 4624 号为碎片群，4607、4609、4612、4613b、4614 诸号为草书，
余均为活字，俱两面刻写，又 4619a 号有朱字。原注："吐峪沟 大般若经。"

　　图 缺。文 缺。参 羽田明、山田信夫 1961。

4616　摩尼文中古波斯语文献残片

　　2.8×5.7，正背面分别存 7 行、6 行残字。文字与大谷 6258 号酷似。封筒题"吐
峪沟"。

　　图 イラン语断片集成图版 93。文 イラン语断片集成 171 页。参 イラン语断片集成
170-171 页。

4617　摩尼文帕提亚语赞美诗集（Huyadagmān）残片

　　5×6.8，正背面分别存 5 行、4 行，与大谷 6206 号同卷。

　　图 イラン语断片集成图版 94。文 イラン语断片集成 172 页。参 イラン语断片集成
172 页。

4625　回鹘文《天地八阳神咒经》残片

　　9×2.9，正面存回鹘文 2 行，楷书。背面存草书婆罗迷文 6 行。

　　图 小田寿典 1983，180 页。文 小田寿典 1983，168 页。参 羽田明、山田信夫
1961。小田寿典 1983。

4626　文书残片

　　4.0×5.0，前、后、上、下残，存 3 行数字。

　　图 缺。文 集成叁 13 页。参

4626v 回鹘文文书残片

存楷书3行，插入有朱字。

图 缺。文 缺。参 羽田明、山田信夫1961。

4627-4665 回鹘文文书残片（其中4652、4653号另列）

极小片（4665号为碎片群），两面书写，4637、4644、4645、4651b、4652、4653诸号为草书，余为楷书，存1-3行不等；4634a、4640、4647、4663诸号中有朱字，4650a号有婆罗迷文字。

图 缺。文 缺。参 羽田明、山田信夫1961。

4652 粟特文残片

3.5×3，存2行。

图 イラン语断片集成图版24。文 イラン语断片集成90页。参 羽田明、山田信夫1961。イラン语断片集成90页。

4653 粟特文残片

3.3×3.8，正背各2行。

图 イラン语断片集成图版24。文 イラン语断片集成90页。参 羽田明、山田信夫1961。イラン语断片集成90页。

4666 空号?

4667 佛教文书残片

5.5×4.1，前、后、上、下残，存2行，行间有婆罗迷文字。

图 缺。文 集成叁13页。参

4667v 婆罗迷文文书残片

图 缺。文 缺。参 羽田明、山田信夫1961。

4668 木版经文片

4.3×7.4，存1行一"操"字，下部有横丝栏。

图 缺。文 集成叁13页。参

4669 木版经文片?

5.3×5.0，存2行3字，下部有横丝栏。

图 缺。文 集成叁13页。参

4670 木版经文片

2.6×3.0，存"耳鼻"2字。

图 缺。文 集成叁13页。参

4671 木版经文片?

6.0×2.4，前、后、上、下残，存2行"奉行"、"卫国祇树"等字。

图 缺。文 集成叁14页。参

4672 木版经文片?

5.5×2.0，存"日智"2字，下部有横丝栏。

图 缺。文 集成叁14页。参

4673 木版经文片?

6.1×4.0，前、后缺，上部残，存2行5字，下部有横丝栏。

图 缺。文 集成叁 14 页。参

4674　木版经文片？

5.0×2.5，存 2 字，下部有横丝栏。

图 缺。文 集成叁 14 页。参

4675　文书残片

2.3×5.0，存 2 字，其中一字为"牒"。

图 缺。文 集成叁 14 页。参

4676　木版经文片

3.4×1.6，存"唵哑牛"3 字。

图 缺。文 集成叁 14 页。参

4677　佛典残片

2.5×2.5，存"性空"2 字。除此片外，还附有 10 件断片文书。

图 缺。文 集成叁 14 页。参

4678　木版经文片

6.5×3.0，存 2 行，有"常若"2 字，版本，上部有横丝栏。原注："No. 8。"

图 缺。文 集成叁 15 页。参

4678v　回鹘文文书残片

存 3 行。

图 缺。文 缺。参 羽田明、山田信夫 1961。

4679　文书残片

5.5×5.0，存 3 行，有"立言证"3 字，版本，上部有横丝栏。

图 缺。文 集成叁 15 页。参

4679v　回鹘文文书残片

存 5 行。

图 缺。文 缺。参 羽田明、山田信夫 1961。

4680　文书残片

6.5×2.5，前、后、上、下残，存 3 行数字。

图 缺。文 集成叁 15 页。参

4681　文书残片

9.5×5.6，存 2 行数字，版本，下部有横丝栏。

图 缺。文 集成叁 15 页。参

4682　文书残片

5.3×3.4，存 1 行 2 字，版本。

图 缺。文 集成叁 15 页。参

4683　《妙法莲华经》卷第二残片

7.9×4.3，前、后、上、下残，存 2 行数字，上部有胡语 2 字。

图 集成叁图版 51。文 小田义久 2002，13 页。集成叁 15 页。参 小田义久 2002。

4683v　回鹘文文书残片

存 3 行。

图 缺。文 缺。参 羽田明、山田信夫 1961。

4684　佛教文书残片

7.5×4.7，前、后、上、下残，存2行10字。

图 缺。文 集成叁16页。参

4684v　回鹘文文书残片

存3行。

图 缺。文 缺。参 羽田明、山田信夫 1961。

4685　佛教文书残片

3.6×3.6，存1行2字，有丝栏。

图 缺。文 集成叁16页。参

4685v　回鹘文文书残片

存2行。

图 缺。文 缺。参 羽田明、山田信夫 1961。

4686　佛教文书残片

4.3×3.7，存2行，有"菩萨"、"六神通"等字，有丝栏。

图 缺。文 集成叁16页。参

4686v　回鹘文文书残片

存1行。

图 缺。文 缺。参 羽田明、山田信夫 1961。

4687　佛教文书残片

3.0×7.8，前、后、上、下残，存5行十余字，有"不空"、"三世"等字，有丝栏。

图 缺。文 集成叁16页。参

4687v　回鹘文文书残片

存8行。

图 缺。文 缺。参 羽田明、山田信夫 1961。

4688　佛教文书残片

2.6×5.8，前、后、上、下残，存3行数字，有丝栏。

图 缺。文 集成叁16页。参

4688v　回鹘文文书残片

存5行。

图 缺。文 缺。参 羽田明、山田信夫 1961。

4689　《妙法莲华经》卷第六残片

5.0×4.5，前、后、上、下残，存3行数字。原注："第16。"《添品妙法莲华经》卷第六同。

图 集成叁图版51。文 小田义久 2002，15页。集成叁16-17页。参 小田义久 2002。

4689v　回鹘文文书残片

存3行。

图 缺。文 缺。参 羽田明、山田信夫 1961。

4690　《妙法莲华经》卷第二残片

4.4×6.9，前、后缺，下部残，存4行数字，有丝栏。《添品妙法莲华经》卷第二同。

图 集成叁图版54。**文** 小田义久2002，13页。集成叁17页。**参** 小田义久2002。

4690v　回鹘文文书残片

存2行。

图 缺。**文** 缺。**参** 羽田明、山田信夫1961。

4691　佛典残片

4.7×3.7，前、后、上、下残，存2行，有"得功德"数字，有丝栏。

图 缺。**文** 集成叁17页。**参**

4691v　回鹘文文书残片

存2行。

图 缺。**文** 缺。**参** 羽田明、山田信夫1961。

4692　佛典残片

4.7×5.2，前、后、上、下残，存3行，1行有"若波罗蜜"等字，有丝栏。

图 イラン语断片集成图版24。**文** 集成叁17页。**参** イラン语断片集成15页。

4692v　粟特文残片

存3行。

图 イラン语断片集成图版24。**文** イラン语断片集成91页。**参** 羽田明、山田信夫1961。イラン语断片集成91页。

4693　佛典残片

5.4×4.7，前、后缺，下部残，存3行，有"伽陁"数字，有丝栏。

图 イラン语断片集成图版24。**文** 集成叁17页。**参** イラン语断片集成15页。

4693v　粟特文残片

存3行。

图 イラン语断片集成图版24。**文** イラン语断片集成91页。**参** 羽田明、山田信夫1961。イラン语断片集成91页。

4694　《放光般若经》卷第三残片

4.0×6.1，前、后、上、下残，存4行数字，有丝栏。

图 イラン语断片集成图版24。**文** 集成叁17-18页。**参** イラン语断片集成15页。

4694v　粟特文残片

存5行。

图 イラン语断片集成图版24。**文** イラン语断片集成91页。**参** 羽田明、山田信夫1961。イラン语断片集成91页。

4695　文书残片

3.5×4.5，前、后、上、下残，存"定坊"等3行数字。

图 缺。**文** 集成叁18页。**参**

4695v　回鹘文文书残片

存2行。

图 缺。文 缺。参 羽田明、山田信夫 1961。

4696　佛典残片

3.0×3.6，前、后、上、下残，存 2 行 5 字。

图 イラン语断片集成图版 25。文 集成叁 18 页。参 イラン语断片集成 15 页。

4696v　粟特文残片

存 2 行。

图 イラン语断片集成图版 25。文 イラン语断片集成 91 页。参 羽田明、山田信夫 1961。イラン语断片集成 91 页。

4697　《大方等大集经》卷第五十四残片

6.5×6.2，前、后、上、下残，存 4 行，有丝栏。

图 缺。文 集成叁 18 页。参 刘安志、石墨林 2003。

4697v　回鹘文文书残片

存 2 行。

图 缺。文 缺。参 羽田明、山田信夫 1961。

4698　佛教文书残片

5.0×3.8，存 2 行数字，有丝栏。

图 缺。文 集成叁 18 页。参

4698v　回鹘文文书残片

存 1 行，原注："第 16。"

图 缺。文 缺。参 羽田明、山田信夫 1961。

4699　佛教文书残片

3.6×2.7，存 2 行数字，有丝栏。

图 イラン语断片集成图版 25。文 集成叁 18 页。参 イラン语断片集成 15 页。

4699v　粟特文残片

存 3 行。

图 イラン语断片集成图版 25。文 イラン语断片集成 91-92 页。参 羽田明、山田信夫 1961。イラン语断片集成 91-92 页。

4700　《妙法莲华经》卷第五残片

5.2×2.6，前、后、上、下残，存 2 行数字，1-2 行间有后人所书别笔"奥记"。

图 缺。文 集成叁 19 页。参 刘安志、石墨林 2003。

4700v　回鹘文文书残片

存 1 行。

图 缺。文 缺。参 羽田明、山田信夫 1961。

4701　《金光明最胜王经》卷第一残片

5.4×8.0，前、后、上、下残，存 5 行，1 行有"三藏法师（义净奉制译）"，有丝栏。

图 集成叁图版 48。文 小田义久 2002，20 页。集成叁 19 页。参 小田义久 2002。

4702＋7328　《妙法莲华经》卷第四残片

12×3，缀合后存 2 行。与大谷 7530 号同卷。

图 イラン语断片集成图版 25。文 イラン语断片集成 28 页。集成叁 19 页。参 イラン语断片集成 15 页。

4702 + 7328v　粟特文残片

存 2 行，与 7530 同卷。

图 イラン语断片集成图版 25。文 イラン语断片集成 92 页。参 羽田明、山田信夫 1961。イラン语断片集成 92 页。

4703　文书残片

4.5 × 3.2，存 2 行 4 字，有丝栏。

图 缺。文 集成叁 19 页。参

4703v　回鹘文文书残片

存 2 行。

图 缺。文 缺。参 羽田明、山田信夫 1961。

4704　佛典残片

6.5 × 2.5，存 2 行 3 字，有丝栏。

图 缺。文 集成叁 19 页。参

4704v　回鹘文文书残片

存 2 行。

图 缺。文 缺。参 羽田明、山田信夫 1961。

4705　《妙法莲华经》卷第五残片

4 × 3.7，存 2 行。本残片与其他残片的缀合及同卷情况为：4705 + 4707、4711、7004、7005、7006、7124、7126、7244、7256 + 7461、7265B + 7493、7348A、7348B、7352、7353、7393、7470、7508、7518、7532、7545、9032A、10017、10023。

图 イラン语断片集成图版 38。集成叁图版 48。文 イラン语断片集成 29-30 页。小田义久 2002，15 页。集成叁 20 页。参 イラン语断片集成 15 页。小田义久 2002。

4705v　粟特语摩尼教经典残片

存 2 行，背面粟特文残片与其他残片的缀合及同卷情况相同：4705 + 4707、4711、7004、7005、7006、7124、7126、7244、7256 + 7461、7265B + 7493、7348A、7348B、7352、7353、7393、7470、7508、7518、7532、7545、9032A、10017、10023。

图 イラン语断片集成图版 38。文 イラン语断片集成 111-114 页。参 羽田明、山田信夫 1961。イラン语断片集成 111-114 页。

4706　《妙法莲华经》残片

2.9 × 3.8，存 2 行 4 字，有"法□"、"闻如"等，有丝栏。

图 イラン语断片集成图版 25。文 集成叁 20 页。参 イラン语断片集成 15 页。

4706v　粟特文残片

存 3 行。

图 イラン语断片集成图版 25。文 イラン语断片集成 92 页。参 羽田明、山田信夫 1961。イラン语断片集成 92 页。

4707　《妙法莲华经》卷第五残片

5.0×3.2，存1行"心安住不"4字。本残片与其他残片的缀合及同卷情况见4705号。

图 イラン语断片集成图版38。集成叁图版48。文 イラン语断片集成29-30页。小田义久2002，15页。集成叁20页。参 イラン语断片集成15页。小田义久2002。

4707v　粟特语摩尼教经典残片

存2行，本残片与其他残片的缀合及同卷情况见4705v号。

图 イラン语断片集成图版38。文 イラン语断片集成111-114页。参 羽田明、山田信夫1961。イラン语断片集成111-114页。

4708　佛典残片

3.6×4.1，前、后、上、下残，存2行，有"读诵此经"数字。

图 缺。文 集成叁20页。参

4708v　回鹘文文书残片

存3行。

图 缺。文 缺。参 羽田明、山田信夫1961。

4709　佛典残片

3.7×3.3，存2行数字。

图 缺。文 集成叁20页。参

4709v　回鹘文文书残片

存2行。

图 缺。文 缺。参 羽田明、山田信夫1961。

4710　佛典残片

4.4×2.4，存1行"自在目"3字。

图 イラン语断片集成图版25。文 集成叁20页。参 イラン语断片集成15页。

4710v　粟特文残片

存1行。

图 イラン语断片集成图版25。文 イラン语断片集成92页。参 羽田明、山田信夫1961。イラン语断片集成92页。

4711　《妙法莲华经》卷第五残片

5.8×3.5，前、后、上、下残，存2行，有"恶世护"、"诃萨于后"数字，有丝栏。原注"37。"本残片与其他残片的缀合及同卷情况见4705号。

图 イラン语断片集成图版36。文 イラン语断片集成29-30页。小田义久2002，15页。集成叁21页。参 イラン语断片集成15页。小田义久2002。

4711v　粟特语摩尼教经典残片

存2行，本残片与其他残片的缀合及同卷情况见4705v号。

图 イラン语断片集成图版36。文 イラン语断片集成111-114页。参 羽田明、山田信夫1961。イラン语断片集成111-114页。

4712　佛典残片

6.4×3.8，存2行数字。

图 缺。文 集成叁 21 页。参

4712v 回鹘文文书残片

存 1 行。

图 缺。文 缺。参 羽田明、山田信夫 1961。

4713 《陀罗尼杂集》卷第三残片

6.0×5.0，前、后、上、下残，存 2 行，有"舍己乐施"、"菩萨"等字。

图 缺。文 集成叁 21 页。参 刘安志、石墨林 2003。

4713v 回鹘文文书残片

存 2 行。

图 缺。文 缺。参 羽田明、山田信夫 1961。

4714 《添品妙法莲华经》卷第六残片

3.5×3.8，前、后、上、下残，存 2 行，有"持法华之"、"为众生说"等字，有丝栏。

图 小田义久 2002，16 页。集成叁图版 52。文 小田义久 2002，16 页。集成叁 21 页。参 小田义久 2002。

4714v 回鹘文文书残片

存 5 行。

图 缺。文 缺。参 羽田明、山田信夫 1961。

4715 文书残片

4.3×2.5，存"离诸□"数字。

图 缺。文 集成叁 21 页。参

4715v 回鹘文文书残片

存 2 行。

图 缺。文 缺。参 羽田明、山田信夫 1961。

4716 文书残片

3.9×3.5，存 2 行数字。

图 缺。文 集成叁 21 页。参

4716v 回鹘文文书残片

存 2 行。

图 缺。文 缺。参 羽田明、山田信夫 1961。

4717 佛典残片

8.0×1.8，残存 1 行"□诸三昧"数字。

图 缺。文 集成叁 22 页。参

4717v 回鹘文文书残片

存 3 行，有一汉字"月"。

图 缺。文 缺。参 羽田明、山田信夫 1961。

4718 文书残片

3.0×3.0，残存 1 行"所说□"3 字，有丝栏。

图 缺。文 集成叁 22 页。参

4718v　回鹘文文书残片

存1行。

图 缺。文 缺。参 羽田明、山田信夫1961。

4719　文书残片

6.5×2.8，存2行数字，草书，有丝栏。

图 缺。文 集成叁22页。参

4719v　回鹘文文书残片

存2行。

图 缺。文 缺。参 羽田明、山田信夫1961。

4720　佛典残片

3.0×3.2，前、后、上、下残，存2行，有"佛十力"、"问佛"等字。

图 イラン语断片集成图版25。文 集成叁22页。参 イラン语断片集成15页。

4720v　粟特文残片

存2行。

图 イラン语断片集成图版25。文 イラン语断片集成93页。参 羽田明、山田信夫1961。イラン语断片集成93页。

4721　文书残片

2.0×9.0，前、后、上、下残，存4行十余字。

图 缺。文 集成叁22页。参

4721v　回鹘文文书残片

存3行。

图 缺。文 缺。参 羽田明、山田信夫1961。

4722　佛典残片

3.0×2.0，残存1行"是诸众"3字。

图 缺。文 集成叁22页。参

4722v　回鹘文文书残片

存2行。

图 缺。文 缺。参 羽田明、山田信夫1961。

4723　文书残片

3.0×3.2，前、后、上、下残，存2行5字。

图 缺。文 集成叁22-23页。参

4723v　回鹘文文书残片

存3行。

图 缺。文 缺。参 羽田明、山田信夫1961。

4724　佛典残片

3.5×2.0，残存"菩提"2字。

图 缺。文 集成叁23页。参

4724v　回鹘文文书残片

存1行。

图 缺。文 缺。参 羽田明、山田信夫 1961。

4725　无字纸片

3.5×3.9，无文字。

图 缺。文 缺。参

4725v　回鹘文文书残片

存3行。

图 缺。文 缺。参 羽田明、山田信夫 1961。

4726　文书残片

3.2×2.1，残存"为我"2字。

图 缺。文 集成叁23页。参

4726v　回鹘文文书残片

存1行。

图 缺。文 缺。参 羽田明、山田信夫 1961。

4727　佛典残片

2.5×2.5，前、后、上、下残，存2行，有"世来"等字，有丝栏。

图 缺。文 集成叁23页。参

4727v　回鹘文文书残片

存3行。

图 缺。文 缺。参 羽田明、山田信夫 1961。

4728　文书残片

4.0×1.8，残存1行"□等物"3字，有丝栏。

图 缺。文 集成叁23页。参

4728v　回鹘文（?）文书残片

存2行。

图 缺。文 缺。参 羽田明、山田信夫 1961。

4729　《中阿含经》卷第二十二残片

4.1×2.2，残存1行"法者汝等"4字。

图 イラン语断片集成图版25。文 集成叁23页。参 イラン语断片集成15页。

4729v　粟特文残片

存2行。

图 イラン语断片集成图版25。文 イラン语断片集成93页。参 羽田明、山田信夫 1961。イラン语断片集成93页。

4730　佛典残片

3.3×2.5，前、后、上、下残，存2行数字，有丝栏。

图 イラン语断片集成图版25。文 集成叁23-24页。参 イラン语断片集成15页。

4730v　粟特文残片

存1行。

图 イラン语断片集成图版25。文 イラン语断片集成93页。参 羽田明、山田信夫 1961。イラン语断片集成93页。

4731　佛典残片

3.0×2.2，残存"因缘"2字。

图缺。文集成叁24页。参

4731v　吐蕃文文书残片

存1行，有3字。

图缺。文缺。参羽田明、山田信夫1961。チベット语文献研究（2）28页。

4732　文书残片

2.5×2.7，存2行数字。

图缺。文集成叁24页。参

4732v　吐蕃文文书残片

存2行。

图缺。文缺。参羽田明、山田信夫1961。

4733　文书残片

5.0×1.2，存1行"若一切"3字，有丝栏。

图缺。文集成叁24页。参

4733v　回鹘文文书残片

存1行。

图缺。文缺。参羽田明、山田信夫1961。

4734　胡语文书残片

2.5×2.0，两面书写，存胡语三至四字。

图缺。文缺。参羽田明、山田信夫1961。

4735　《辩中边论》卷上残片之一

15.5×9.5，上部及后部残缺，存7行，草体古文，有衬里，有丝栏，前部可与大谷4774号缀合。

图小田义久2002，28页。集成叁图版51。文小田义久2002，27-28页。集成叁24页。参小田义久2002。

4736　佛典残片

9.0×10.5，前、后缺，下部残，存8行，有丝栏。

图缺。文集成叁24-25页。参

4737　佛典注疏（?）残片

11.0×23.5，前、后缺，上部残，存16行，11行"一切行住所作中"，仅见于《金刚般若波罗蜜经》。

图缺。文集成叁25页。参

4738　佛典残片

7.0×9.5，前、后缺，上部残，存7行，有丝栏。

图缺。文集成叁25页。参

4739　《辩中边论》卷上（?）残片

14.7×8.8，前、后缺，上部残，存7行，4行以后内容见于《辩中边论》卷上，未见图版，无法比照，暂定此名。

图 缺。文 集成叁 26 页。参 刘安志、石墨林 2003。

4740 《金光明最胜王经玄枢》卷第五（？）残片

9.0×4.5，前、后、上、下残，存 3 行。经核查，本件经文内容与日本愿晓等集《金光明最胜王经玄枢》卷 5 极为相近。据此推测，本件所抄原经文有可能在唐朝传入日本，其内容被愿晓等吸收写入《金光明最胜王经玄枢》，而在唐以后的中国，则逐渐佚失了。

图 缺。文 集成叁 26 页。参 刘安志、石墨林 2003。

4741 佛典残片

12.8×9.5，前、后、上、下残，存 6 行。

图 缺。文 集成叁 26 页。参

4742 唐某人写经题记

11.5×9.2，前、后、上、下残，存 6 行，1 行残记"□唯愿亡考妣第"，4 行记"……于阎浮之境，暮闻法于兜率……"，5 行记"……域十王郎□……"。

图 集成叁图版 56。文 集成叁 26 页。参

4743 佛典残片

9.0×5.0，前、后、上、下残，存 3 行，有衬里。

图 缺。文 集成叁 26-27 页。参

4744 佛典残片

10.0×9.5，前、后缺，下部残，存 6 行，有丝栏。

图 缺。文 集成叁 27 页。参

4745 佛典残片

9.0×8.0，前、后、上、下残，存 6 行，有丝栏。

图 缺。文 集成叁 27 页。参

4746 佛典残片

8.2×6.0，前、后、上、下残，存 4 行。

图 缺。文 集成叁 27 页。参

4747 佛典残片

13.0×7.0，前、后、上、下残，存 7 行，2 行"三师释经此□师释也"，仅见于《俱舍论颂疏论本》卷第三。

图 缺。文 集成叁 27-28 页。参

4748 佛典残片

5.0×5.6，前、后缺，上部残，存 4 行，有丝栏，有里衬。

图 缺。文 集成叁 28 页。参

4749 佛典残片

8.2×6.6，前、后、上、下残，存 5 行，有丝栏。

图 缺。文 集成叁 28 页。参

4750 佛典残片

6.5×6.7，前、后、上、下残，存 4 行。

图 缺。文 集成叁 28 页。参

4751 佛典残片

7.5×7.5，前、后缺，上部残，存4行。

图 缺。文 集成叁 28 页。参

4752 佛典残片

9.0×7.5，前、后、上、下残，存5行。

图 缺。文 集成叁 28-29 页。参

4753 佛典残片

7.5×6.0，前、后、上、下残，存5行。

图 缺。文 集成叁 29 页。参

4754 佛典残片

8.5×8.5，前、后、上、下残，存6行，4行"辟（譬、喻）之如鹿"、5行"羊形小辟（譬）小乘"仅见于《法华义疏》卷第五、《名教抄》卷第六。

图 缺。文 集成叁 29 页。参

4755 佛典残片

7.0×6.5，前、后、上、下残，存4行。

图 缺。文 集成叁 29 页。参

4756 佛典残片

7.5×5.5，前、后缺，下部残，存3行，有丝栏。

图 缺。文 集成叁 29 页。参

4757 《御注金刚般若波罗蜜经宣演》卷下残片

8.0×4.0，前、后、上、下残，存2行，有丝栏。

图 缺。文 集成叁 30 页。参 刘安志、石墨林 2003。

4758 佛典残片

5.0×7.0，前、后、上、下残，存5行。

图 缺。文 集成叁 30 页。参

4759 佛典残片

5.0×5.0，前、后、上、下残，存4行。

图 缺。文 集成叁 30 页。参

4760 《梵网经》残片

5.0×6.0，前、后、上、下残，存3行。

图 缺。文 集成叁 30 页。参 刘安志、石墨林 2003。

4761 佛典残片

3.5×5.0，前、后、上、下残，存2行。

图 缺。文 集成叁 30 页。参

4762 文书残片

4.0×5.5，前、后、上、下残，存3行十余字。

图 缺。文 集成叁 30 页。参

4763 佛典残片

3.5×6.0，前、后、上、下残，存4行数字。

图 缺。文 集成叁 31 页。参

4764 佛典残片

4.0×4.0，存 3 行 4 字。

图 缺。文 集成叁 31 页。参

4765 佛典残片

7.8×3.0，存 2 行数字。

图 缺。文 集成叁 31 页。参

4766 佛典残片

5.0×3.2，存 2 行数字。

图 缺。文 集成叁 31 页。参

4767 佛典残片

6.2×3.5，存 2 行数字。

图 缺。文 集成叁 31 页。参

4768 佛典残片

5.7×4.3，存 2 行数字。

图 缺。文 集成叁 31 页。参

4769 佛典残片

5.0×5.0，前、后、上、下残，存 4 行十数字，有丝栏。

图 缺。文 集成叁 32 页。参

4770 《金刚般若论会释》卷第一残片

11.0×3.5，前、后、上、下残，存 2 行。

图 缺。文 集成叁 32 页。参 刘安志、石墨林 2003。

4771 佛典残小片

3.0×2.5，前、后缺，上部残，存 2 行数字。

图 缺。文 集成叁 32 页。参

4772 佛典残小片

3.8×3.8，前、后、上、下残，存 3 行数字。

图 缺。文 集成叁 32 页。参

4773 《四分律删繁补阙行事钞》卷下（之四）残片

10.0×6.5，前、后、上、下残，存 4 行，文字与现行本有些差异。

图 集成叁图版 50。文 小田义久 2002，32 页。集成叁 32 页。参 小田义久 2002。

4774 《辩中边论》卷上残片之一

9.5×10.0，前缺、上残，存 7 行，有丝栏，后部可与大谷 4735 号缀合。

图 小田义久 2002，28 页。集成叁图版 51。文 小田义久 2002，27 页。集成叁 32-33 页。参 小田义久 2002。

4775 《毗尼心》残片

9.0×8.5，前、后、上、下残，存 5 行，有衬里。

图 集成叁图版 52。文 小田义久 2002，38 页。集成叁 33 页。参 小田义久 2002。

4776 佛典残片

7.2×5.0，前、后、上、下残，存3行。

图缺。文集成叁33页。参

4777　佛典残片

6.5×5.5，前、后、上、下残，存3行。

图缺。文集成叁33页。参

4778　佛教戒律文书残片（?）

9.5×11.0，前、后、上、下残，存6行。

图缺。文集成叁33页。参

4779　佛典残片

9.2×7.2，前、后缺，下部残，存7行。

图缺。文集成叁34页。参

4780　佛典残片

6.2×6.7，前、后、上、下残，存3行。

图缺。文集成叁34页。参

4781　佛典残片

7.5×7.2，前、后、上、下残，存5行十余字，有丝栏。

图缺。文集成叁34页。参

4782　佛典残片

4.5×5.7，前、后、上、下残，存4行十余字。

图缺。文集成叁34页。参

4783　《维摩义记》卷第八残片

4.0×5.0，前、后缺，下部残，存4行，有丝栏。

图小田义久2002，30页。集成叁图版52。文小田义久2002，30页。集成叁34-35
页。参小田义久2002。

4784　《佛说摩利支天陀罗尼咒经》残片

4.0×6.0，前、后、上、下残，存3行。

图缺。文集成叁35页。参刘安志、石墨林2003。

4785　佛典残片

3.5×5.0，前、后、上、下残，存3行。

图缺。文集成叁35页。参

4786　佛典残片

6.0×4.0，前、后、上、下残，存3行，有丝栏。

图缺。文集成叁35页。参

4787　佛典残片

5.0×5.5，前、后、上、下残，存4行。

图缺。文集成叁35页。参

4788　佛典残片

3.0×4.5，前、后、上、下残，存4行8字。

图缺。文集成叁35页。参

4789 佛典残片

3.3×2.0，前、后、上、下残，存2行数字。

图缺。文集成叁36页。参

4790 佛典残片

3.5×3.2，前、后、上、下残，存2行数字。

图缺。文集成叁36页。参

4791 佛典残片

9.0×12.7，前、后、上、下残，存3行。

图缺。文集成叁36页。参

4792 佛典残片

11.5×12.0，前、后、上、下残，存8行。

图缺。文集成叁36页。参

4793 唐天宝二年（743）交河郡市估案A种残片之一（物价文书）

14×4.0，存1行，上部可与大谷4794号缀合。

图集成叁图版22。文籍帐研究458页。集成叁36页。参池田温1968。

4794 唐天宝二年（743）交河郡市估案A种残片之一（物价文书）

14.5×4，前、后缺，存2行，下部与大谷4793号缀合，前部与大谷3076号缀合。记有"柞木梳壹□"、"巾子壹枚"等的上、次、下三种价格。

图集成叁图版22。文籍帐研究458页。集成叁36-37页。参池田温1968。

4795 佛典残片

13.0×6.7，前、后、上、下残，存4行。

图缺。文集成叁37页。参

4796 佛典残片

10.0×6.0，前、后缺，上部残，存4行。

图缺。文集成叁37页。参

4797 古籍写本残片

13.2×3.0，前、后缺，下部残，存2行。

图集成叁图版47。文集成叁37页。参

4798 《历日》残片

13.2×3.0，前、后缺，下部残，存4行，1行存"戊戌木"3字，2行记"十六日己亥木开"，3行记"十七日庚子土"。

图集成叁图版42。文集成叁37页。参

4799 古籍写本残片

9.0×8.5，前、后、上、下残，存4行。

图集成叁图版47。文集成叁37页。参

4800 佛教文书残片

8.0×7.7，前、后、上、下残，存8行，有衬里。

图缺。文集成叁38页。参

4801 佛典残片

11.0×8.0，前、后缺，上部残，存7行，有丝栏。

图 缺。文 集成叁38页。参

4802　佛典残片

6.0×7.0，前、后、上、下残，存4行。

图 缺。文 集成叁38页。参

4803　佛典残片

6.0×9.0，前、后、上、下残，存6行。

图 缺。文 集成叁38页。参

4804　佛典残片

7.5×6.2，前、后、上、下残，存4行。

图 缺。文 集成叁39页。参

4805　佛典残片

4.5×7.0，前、后缺，上部残，存4行数字。

图 缺。文 集成叁39页。参

4806　文书残片

5.0×4.5，存2行数字。

图 缺。文 集成叁39页。参

4807　佛典残片

8.0×4.0，前、后、上、下残，存3行十余字。

图 缺。文 集成叁39页。参

4808　《大般若波罗蜜多经》卷第四百七十一残片

5.5×5.5，前、后、上、下残，存3行十余字。

图 缺。文 集成叁39页。参 刘安志、石墨林2003。

4809　入藏经目录残片

5.5×4.0，前、后、上、下残，存3行。

图 集成叁图版57。文 集成叁39页。参

4810　《妙法莲华经》卷第七残片

14.5×6.7，前、后缺，下部残，存2行。《添品妙法莲华经》卷第七同。

图 集成叁图版49。文 小田义久2002，15页。集成叁40页。参 小田义久2002。

4811　佛典残片

13.5×7.5，前、后缺，下部残，存6行，有丝栏，2行线外有一"僧"字。

图 缺。文 集成叁40页。参

4812　《大宝积经》卷第九十残片

5.0×8.5，前、后、上、下残，存3行数字。

图 缺。文 集成叁40页。参 刘安志、石墨林2003。

4813　《摩诃僧祇律》卷第二十四"明杂诵跋渠法之二"残片

8.2×7.0，前、后缺，上部残，存4行，有丝栏。

图 缺。文 集成叁40页。参 刘安志、石墨林2003。

4814　佛典残片

8.0×4.5，前、后、上、下残，存 2 行，有丝栏。

图 缺。文 集成叁 40 页。参

4815 佛典残片

5.5×6.5，前、后缺，上部残，存 5 行。

图 缺。文 集成叁 41 页。参

4816 佛典残片

6.5×15.0，前、后缺，上部残，存 9 行，有丝栏。

图 缺。文 集成叁 41 页。参

4817 唐残事目历

10.5×5.5，前、后缺，上部残，存 3 行，据 2 行所记"……等马料准式事 四日史娄"，此当为官府事目历。

图 集成叁图版 30。文 集成叁 41 页。参

4818 《大陀罗尼末法中一字心咒经》残片

5.8×8.5，前、后、上、下残，存 5 行。

图 集成叁图版 49。文 小田义久 2002，21 页。集成叁 41 页。参 小田义久 2002。

4819 佛典残片

3.5×7.5，前、后、上、下残，存 6 行十余字，有丝栏。

图 缺。文 集成叁 42 页。参

4820 文书残片

4.9×3.8，前、后、上、下残，存 2 行十余字。

图 缺。文 集成叁 42 页。参

4821 佛教文书残片

8.7×7.3，前、后、上、下残，存 4 行十余字。

图 缺。文 集成叁 42 页。参

4822 佛教文书残片

5.5×5.8，前、后、上、下残，存 3 行 6 字。

图 缺。文 集成叁 42 页。参

4823 佛教文书残片

6.1×4.3，前、后缺，下部残，存 3 行十余字。

图 缺。文 集成叁 42 页。参

4824（1） 文书残片

4.2×6.0，前、后、上、下残，存 2 行数字。

图 集成叁图版 2。文 集成叁 43 页。参

4824（2） 武周西州籍残片

6.0×3.5，前、后缺，下部残，两面书写，正面存 1 行"弟智刚年" 4 字，"年"为武周新字；背面存 2 行文字，1 行"人年二十八"下有双行小字注"行年……西南……"，2 行为"衣卧宜头向……"，似为占卜书之类。

图 T. T. D. Ⅱ（B）105 页。集成叁图版 2。文 集录 151 页。籍帐研究 240 页。T. T. D. Ⅱ（A）68 页。集成叁 43 页。参 T. T. D. Ⅱ（A）53 页。

4825 文书残片

6.0×3.0，存1行"十五日十三"数字。

图缺。文集成叁43页。参

4826 文书残片

3.0×2.0，存1行3字。

图缺。文集成叁43页。参

4827 文书残片

7.4×3.6，前、后、上、下残，存2行数字。

图缺。文集成叁43页。参

4828 衣裳刀箭文书

19.2×8.5，前、后缺，上部残，存5行，所记涉及刀、弓箭、衣裳、褌袴等。チキトム（七克台）出土。

图缺。文集成叁43-44页。参

4829 《摩诃僧祇律》卷第十九残片

5.1×5.1，前、后、上、下残，存4行。チキトム（七克台）出土。

图缺。文集成叁44页。参刘安志、石墨林2003。

4830 文书残小片

9.4×3.9，由两纸粘贴，第一纸存"伍自"2字，第二纸存"狂袓"等字。チキト
ム（七克台）出土。

图缺。文集成叁44页。参

4831 写经题跋残片

5.9×5.5，存1行"用帋十一张"5字。チキトム（七克台）出土。

图集成叁图版56。文集成叁44页。参

4832 《净名经集解关中疏》卷上残片

6.5×4.7，前、后、上、下残，存4行。チキトム（七克台）出土。

图集成叁图版52。文小田义久2002，37页。集成叁44页。参小田义久2002。

4833 大夫孳生马文书

7.8×4.7，前、后缺，下部残，存4行，1行记"大夫孳生马……"，2行记"樊
琅下瘦马一十匹"，3行存"麸肆"2字；背面见有"壹蚪贰"等字。チキトム
（七克台）出土。

图集成叁图版30。文集成叁44-45页。参

4834 佛典残片

8.4×5.5，前、后、上、下残，存2行。チキトム（七克台）出土。

图缺。文集成叁45页。参

4835 佛典残片

4.6×5.2，前、后、上、下残，存3行数字。チキトム（七克台）出土。

图缺。文集成叁45页。参

4836 《摩诃般若波罗蜜经》卷第十九残片

4.9×5.2，前、后缺，下部残，存3行数字。チキトム（七克台）出土。

图 集成叁图版 49。**文** 小田义久 2002，11 页。集成叁 45 页。**参** 小田义久 2002。

4837　《大般涅槃经》卷第十残片

5.0×5.2，前、后缺，下部残，存 3 行，有丝栏。チキトム（七克台）出土。

图 集成叁图版 49。**文** 小田义久 2002，17 页。集成叁 45 页。**参** 小田义久 2002。

4838　文书残片

4.5×6.8，前、后、上、卜残，存 5 行十数字，1 行有双行小字注："力一易囗四明。"チキトム（七克台）出土。

图 缺。**文** 集成叁 45-46 页。**参**

4839　佛典残片

8.0×4.6，前、后、上、下残，存 2 行。チキトム（七克台）出土。

图 缺。**文** 集成叁 46 页。**参**

4840　写经计纸残文书

7.1×4.5，前、后缺，下部残，存 3 行。チキトム（七克台）出土。本件可与大谷 5465（2）号缀合。

图 集成叁图版 57。**文** 集成叁 46 页。**参**

4840v《大方等陀罗尼经》护戒分卷第四残片

前、后缺，下部残，存 2 行 4 字，有丝栏。本件可与大谷 5465（2）v 号缀合。

图 缺。**文** 集成叁 46 页。**参** 刘安志、石墨林 2003。

4841　佛典残小片

3.6×4.2，残存 2 字。チキトム（七克台）出土。

图 缺。**文** 集成叁 46 页。**参**

4842　写经题记残片

4.1×4.7，存 1 行"敬写供养"4 字。チキトム（七克台）出土。

图 集成叁图版 56。**文** 集成叁 46 页。**参**

4843　佛典残片

6.1×3.2，前、后缺，下部残，存 2 行，·有丝栏。チキトム（七克台）出土。

图 缺。**文** 集成叁 46-47 页。**参**

4844　佛典残片

4.8×5.9，前、后、上、下残，存 2 行数字。チキトム（七克台）出土。

图 缺。**文** 集成叁 47 页。**参**

4845　佛典残小片

4.4×5.0，残存 1 行"不可得"3 字。チキトム（七克台）出土。

图 缺。**文** 集成叁 47 页。**参**

4846　佛典残片

两纸上下粘贴，第一纸 1.5×3.5，残存 3 行数字；第二纸 7.0×6.0，存 3 行十余字，2 行"始名法行"，仅见于《佛本行集经》卷第二十一；3 行"长成一切"，仅见于《大方广佛华严经》。チキトム（七克台）出土。

图 缺。**文** 集成叁 47 页。**参**

4847　文书残片

5.3×3.6，残存 3 行数字。チキトム（七克台）出土。

图 缺。文 集成叁 47 页。参

4848 《毛诗》（郑笺）残片

4.6×3.5，存 2 行数字，1 行存一"郑"字，2 行有"谷风"等字，似为郑笺毛诗残片。チキトム（七克台）出土。

图 缺。文 集成叁 47 页。参

4849 《礼记·曲礼上》（郑玄注）残片

5.1×4.5，前、后、上、下残，存 2 行，1 行有双行小字注"亲之将……□也"，2 行亦有"……□性君子"，经查，实为郑玄注《礼记·曲礼上》。チキトム（七克台）出土。

图 缺。文 集成叁 48 页。参

4850 《金光明经》卷第四残片

4.1×4.7，前、后、上、下残，存 3 行，有丝栏。《合部金光明经》卷第八同。チキトム（七克台）出土。

图 缺。文 小田义久 2002，20 页。集成叁 48 页。参 小田义久 2002。

4851 佛典残小片

4.3×3.6，残存 2 行数字，有丝栏。チキトム（七克台）出土。

图 缺。文 集成叁 48 页。参

4852 佛典残小片

3.9×3.0，残存 2 行 2 字。チキトム（七克台）出土。

图 缺。文 集成叁 48 页。参

4853 《妙法莲华经》卷第七残片

10.1×2.4，前、后、上、下残，存 1 行。チキトム（七克台）出土。

图 小田义久 2002，16 页。集成叁图版 48。文 小田义久 2002，16 页。集成叁 48 页。参 小田义久 2002。

4854 佛典残片

7.1×2.5，前、后、上、下残，存 1 行 6 字，有丝栏。チキトム（七克台）出土。

图 缺。文 集成叁 48 页。参

4855 左仙敏残文书

6.3×2.7，残存 1 行，有"左仙敏"数字。チキトム（七克台）出土。

图 缺。文 集成叁 49 页。参

4856 文书残片

3.2×4.5，残存 2 行数字。チキトム（七克台）出土。

图 缺。文 集成叁 49 页。参

4857 《阿毗昙心论经》卷第四残片

5.5×3.2，前、后缺，下部残，存 2 行；纸背存 2 行 7 字："即义"、"相即第二从"。チキトム（七克台）出土。

图 小田义久 2002，27 页。集成叁图版 51。文 小田义久 2002，27 页。集成叁 49 页。参 小田义久 2002。

4858 佛典残片

4.1×4.8，前、后、上、下残，存 3 行，有丝栏。チキトム（七克台）出土。

图 缺。文 集成叁 49 页。参

4859 佛典残小片

6.8×2.1，存 1 行 "左手右手并□" 数字；纸背存 1 行 6 字："首作礼上白天。" チキトム（七克台）出土。

图 缺。文 集成叁 49 页。参

4860 文书残小片

5.1×3.7，存 1 行一 "壹" 字。チキトム（七克台）出土。

图 缺。文 集成叁 49 页。参

4861 佛典残片

3.4×3.6，残存 2 行数字，有丝栏。纸背存 2 行 8 字："□宿日入"、"佰日得男"。 チキトム（七克台）出土。

图 缺。文 集成叁 50 页。参

4862 佛典残片

5.9×3.8，残存 2 行数字；纸背有 2 行十余字，有丝栏。チキトム（七克台）出土。

图 缺。文 集成叁 50 页。参

4863 木版经文片

4.9×4.7，存 2 行数字。チキトム（七克台）出土。

图 缺。文 集成叁 50 页。参

4863v 回鹘文文书残片

存 4 行。

图 缺。文 缺。参

4864 佛典残片

3.8×4.4，前、后缺，下部残，存 3 行 9 字，有丝栏。3 行 "散药钵"，仅见于《不空胃索神变真言经》卷第二十七。チキトム（七克台）出土。

图 缺。文 集成叁 50 页。参

4865 《摩诃僧祇律》卷第四残片

4.1×3.6，前、后、上、下残，存 3 行数字，有丝栏。チキトム（七克台）出土。

图 缺。文 集成叁 50 页。参 刘安志、石墨林 2003。

4866 佛典残小片

4.6×3.4，存 1 行，有双行小字注 "有挽哥皆□依"，有丝栏。チキトム（七克台）出土。

图 缺。文 集成叁 50-51 页。参

4867 文书残片

4.5×2.8，残存 2 字。チキトム（七克台）出土。

图 缺。文 集成叁 51 页。参

4868 佛教文书残片

4.6×2.4，前、后、上、下残，存 2 行十余字，有丝栏。チキトム（七克台）出土。

图 缺。文 集成叁 51 页。参

4869　佛典残小片

4.8×2.3，残存 2 行 4 字，有丝栏。チキトム（七克台）出土。

图缺。文集成叁 51 页。参

4870　佛典残片

2.6×3.0，残存 2 行 4 字。チキトム（七克台）出土。

图缺。文集成叁 51 页。参

4871　佛典残小片

3.2×2.8，存 1 行 3 字。チキトム（七克台）出土。

图缺。文集成叁 51 页。参

4872　《妙法莲华经》卷第七残片

7.7×2.4，前、后、上、下残，存 1 行 6 字。チキトム（七克台）出土。

图小田义久 2002，16 页。集成叁图版 48。文小田义久 2002，16 页。集成叁 51 页。参小田义久 2002。

4873　文书残片

2.5×1.9，存 2 行 3 字。チキトム（七克台）出土。

图缺。文集成叁 52 页。参

4874　空号

4875　唐开元二十七年（739）五月西州都督府文案尾

31.3×22.0，前、后缺，存 7 行，5、6 行处钤有"西州都督府之印"，1 行有一"牒"字，3 行有"付司，沛生示"，6 行记"兵曹摄录事参军□付"。原注："Turfan（G）。"

图集成叁图版 12。文西域Ⅲ165 页。集成叁 52 页。参小笠原宣秀、西村元佑 1960。李方 1996。

4876　唐开元二十五年（737）四月杜允璋牒文尾

26.8×13.7，前、后缺，下部残，存 4 行，1 行为"牒件状（如前谨）牒"，2 行署"开元二十五年四月　日杜允璋（牒）"，3-4 行为长官判语："付高举即□……□□……"，有衬里，原注："Turfan（G）。"

图集成叁图版 12。文集成叁 52 页。参

4877　唐开元二十七年（739）某月柳中县令吴庭诲牒及西州官府残判文

28.6×23.2，前、后缺，存 6 行，1 行残"省取" 2 字，2 行记"开元二十七年□月　日文林郎守柳中县丞　敕摄令吴庭诲□"，3-5 行为某长官判语："诸如此色，其例甚多，格式须……未可为徵……仍付司□。"据文意，1 行以前残缺部分当为柳中县丞摄令吴庭诲的牒文，其后则为西州官员的判示。有衬里，原注："吐鲁番 G。"

图集成叁图版 12。文西域Ⅲ106 页。集成叁 52-53 页。参内藤乾吉 1960。杨联陞 1962。

4878　武周天授二年（691）腊月十四日某县佐蕐文义牒文尾

28.0×11.0，前、后缺，存 4 行，有武周新字，1 行为"牒件状如前谨牒"，2 行署"天授二年腊月十四日佐蕐文义牒"，3 行同署者为"朝议郎行丞张元茂"，4 行为"付司受示"。本件有钤印，印文为武周新字。有衬里，原注："Turfan（G）1-4。"

图集成叁图版 7。文集成叁 53 页。参

4879　唐开元二十九年（741）冬西州高昌县给田关系牒之一

30.0×37.5，前、后缺，上下微残，存7行，1行记"开元二十九年十月　日上……"，其后为县司对牒文的处理。钤有"高昌县之印"。本件被剪成龙足。
图 西域Ⅲ图版40。西嶋研究图版41。大谷资料选76页。集成叁图版13。文 西域Ⅲ92、475页。西嶋研究581页。籍帐研究433页。集成叁53页。参 西嶋定生1959、1960。内藤乾吉1960。大津透等2003。

4880　唐开元二十九年（741）冬西州高昌县给田关系牒之一

27.6×35.5，前、后、上、下残缺，存9行，6、7行处钤有"高昌县之印"。1-3行为"□□琳男休如"请求给地的辞，其后为县司在十二月二十六日对牒文的处理意见，县令"元宪"两次作了批示。本件被剪成青龙的后足。
图 西域Ⅲ图版7。西嶋研究图版40。集成叁图版17。文：西域Ⅲ93-94、475页。西嶋研究581-582页。籍帐研究434页。集成叁53-54页。参 西嶋定生1959、1960。内藤乾吉1960。大津透等2003。

4881　唐□竹果残牒文尾

7.5×30.2，前、后缺，上部残，存8行，1行有一"牒"字，2行残存"□竹果牒"，3行存"思简"2字，其后为九日长官的判示及有关人员的受、付程式。
图 集成叁图版16。文 集成叁54页。参

4882　唐开元十六年（728）七月四日西州兵曹请纸牒残片

29.5×14.0，前、后缺，存2行，缝背署"沙"字，当是开元十六年前后任西州都督府录事参军的"沙安"，2行署"开元十六年七月四日"。有衬里，原注："Turfan（G）。"
图 集成叁图版8。文 大谷目二84页。西域Ⅲ49页。集成叁54页。参 内藤乾吉1960。

4883　唐西州残判为捉州中馆帖料钱、油麻等下县速为推逐处分等事

29.5×16.6，前、后缺，存5行，据末行"谘，道"，知为西州通判官"道"的判语，内容涉及"捉州中馆帖料钱、油麻等"及氾义所欠中馆正料回残等事。有衬里，原注："Turfan（G）。"
图 集成叁图版17。文 集成叁54页。参

4884　高昌延寿九年（632）闰八月吴君范随葬衣物疏

17.5×42.5，前缺上残，右上部缺损严重，存14行，1-8行记死者随葬衣物，9-14行为："（延）寿九年壬辰岁闰八月二十二日，大德比丘……大神，仏弟子清信士吴君范持仏……遐龄，永保难老，昊天不弔，何期一……道，幸勿呵留，任意听过。倩书张……海东头，若欲觅海西壁。不……律令，不得住。"本件有衬里。
图 西域Ⅲ图版30。大谷研究图版9。集成叁图1。文 大谷目二84-85页。西域Ⅲ254页。大谷研究168-169页。集成叁54-55页。参 小笠原宣秀1960B。小田义久1961、1962、1976、1988。池田温1961。黄烈1986。

4885　唐西州小麦收割计量文书残片之一

30.0×13.5，前部残缺，存5行，所记为小麦的收割量，如"城北三亩"，小麦收割量为七车；"城南十一亩"，小麦收割量为二十车；"城东张渠六亩"，小麦收割

量为十九车；"城北十亩"，其收割量为二十七车，等等。本件后部与大谷4911号缀合，有衬里，原注："Turfan（G）。"

图集成叁图版26。文大谷目二85页。池田温1973B，66页（部分）。集成叁55页。参池田温1973B。

4886　高昌延昌三十（?）三年（593）某人从王思仁边举钱契

25×32.5，存8行，破损严重，2-4行记"□□护"、"从王思仁边举 银 钱拾贰文，要其钱九月内……□贰拾四文。若身无，仰妻儿上。若……还，听扺家得钱直"，8行有"□□郭天护。倩书杨众僧"。1行"延昌三十（?）三年"，有"延昌二十二年"、"延昌二十三年"等几种释读法，此处从池田温氏释读。本件有衬里。

图T.T.D.Ⅲ（B）4页。大谷研究图版5。集成叁图版1。文大谷目二85页。法制史研究Ⅲ635-636页。池田温1975，84页。T.T.D.Ⅲ（A）16-17页。大谷研究133-134页。集成叁55页。参仁井田陞1963。池田温1975。西村元佑1980。石田勇作1990。

4887　唐某年七月十八日西州判官高隐帖为借马张副使乘事

28.6×16.4，前缺，上部微残，存4行，内容为："语周温，其马帖至分付柳中知园所由康孝忠，吾借马张副使乘。七月十八日，判官高隐帖。"本件缺纪年，内藤乾吉氏推测此处之"周温"，即见于其他大谷文书中的周思温，果如是，则本件年代当在8世纪。有衬里，原注："Turfan（G）。"

图西域Ⅲ插图3，29页。集成叁图版45。文大谷目二86页。西域Ⅲ28-29页。集成叁55-56页。参内藤乾吉1960。

4888　唐宝应元年（762）九月二十日西州高昌县周义敏纳布抄

29.7×28.5，前缺下残，存2行，1行记"周义敏纳宝应元……"，2行为"布壹段，九月二十日张……"。有衬里，原注："Turfan（G）。"

图集成叁图版38。文集成叁56页。参

4889　唐西州高昌县（前庭县）诸渠田亩帐、唐广德四年（766）正月周思温还田凭

29×33，29×9.2，本件上下逆行书写，记有两部分内容：一为记录高昌县南渠、屯高渠、满水渠等处的田亩数，存11行，下部有"临"、"业"、"底"、"得"、"新兴"、"叠"等字的逆行习书；另一为周思温在广德四年正月的还田凭，存3行，1行有"□发者仪北渠□分部田一段贰亩"，2、3行记"右件地比年长是周思温佃种，今年无人力，不辨营种，今还本主收领，恐临时失计。广德四年正月 日领田人秃"。有衬里。

图集成叁图版23。文西域Ⅲ234页。周藤研究542页。池田温1973B，45页。籍帐研究445-446页。集成叁56页。参周藤吉之1960。池田温1973B。

4890　唐开元年间（740年前后）西州纳大税、计帐钱抄

20.0×68.6，由两纸粘贴，均上缺，第一片存7行，所纳有某年"税钱"、"计帐钱"等，出抄人均为"尉悉"，该名又见于大谷5817、5820号。第二片存7行，所纳有"大税钱"等，出抄人为"堰头曾礼"或"刺头曾思礼"。有衬里，原注："Turfan（G）。"

图周藤研究图版9。西域文书图，3页。集成叁图版27。文西域Ⅲ230-231页。周

藤研究 532、537-538、539 页。籍帐研究 438 页。王永兴校注 523-524、526 页。集
成叁 56-57 页。**参** 周藤吉之 1960。池田温 1979，64、76 页。冻国栋 1986。西域文
书 41-52 页。陈国灿 1999。

4891　唐天宝元年（742）四月牒文尾

13.5×11.5，前、后缺，上部残，存 2 行，2 行残存"天宝元年四月　日行"数
字。本件被剪成莲花形状，有衬里，原注："Turfan（G）4-1。"

图 集成叁图版 14。**文** 大谷目二 86 页。集成叁 57 页。**参**

4892　唐西州某县牒文尾

27.0×15.5，前、后缺，上部残，存 2 行，1 行存"主簿　勾讫"4 字，2 行存
"牒别案为王慈顺□□官事"，按"王慈顺"一名又见于大谷 3378、3380 号，俱涉
及其改官事，本件当与此有关。本件被剪成天盖样形状。

图 集成叁图版 17。**文** 大谷目二 87 页。集成叁 57 页。**参**

4893　唐天宝二年（743）八月三日交河郡市司史康登子牒

30×9.5，前、后缺，右下部残，存 4 行，1 行为"不同，行人各请求……"，2 行
记"减。具状牒上郡仓曹司听裁者。谨依牒上□……"，3 行署"天宝二年八月三
日史康登子牒"，其后为"丞上柱国氾惟表"。本件钤有官印二，池田温氏认为亦
属"市估案"。有衬里，原注："Turfan（G）。"

图 集成叁图版 14。**文** 大谷目二 87 页。籍帐研究 463 页。集成叁 57 页。**参** 池田温
1973B。小田义久 1985A。

**4894　唐天宝二年（743）七月二十一日交河郡市司状为七月中旬时估事残片之一（市估
案）**

30×12，前、后缺，存 3 行，后部与大谷 1011、1012 号缀合。1、2 行记"天宝二
年七月二十一日府张仙"，3 行署"仓曹参军珎"。有衬里，原注："Turfan（G）
5-2。"

图 集成叁图版 14。**文** 大谷目二 87 页。籍帐研究 462 页。集成叁 58 页。**参** 池田温
1973B。小田义久 1985A。

4895　唐仪凤二年（677）十二月二十三日西州都督府仓曹牒文尾（北馆文书之一）

29.0×35.4，前、后缺，存 8 行，1-3 行为"……如前，牒至准状，谨牒。仪凤二
年十二月二十三日。府史藏"，4 行署"参军判仓曹业"，6-8 行为"十二月十八日
受，二十三日行判。录事氾文才检无稽失。录事参军素勾讫"。从所记年月日看，
本件应与大谷 1032 号、中村文书 F、G 三件相关联。有衬里，原注："Turfan
（G）。"

图 集成叁图版 4。**文** 大谷目二 87-88 页。西域Ⅲ66 页。集成叁 58 页。**参** 内藤乾吉
1960。大津透 1990、1993。

**4896　唐仪凤三年（678）五月西州仓曹府史藏牒为勘正月、二月三旬次估事（北馆文书
之一）**

28.3×41.0，前、后缺，存 13 行，前部可与书道博物馆所藏中村文书 H 缀合，1-3
行为参军判仓曹"津业"的判白："菹等具估主，牒别头酬直。诸，津业白，九
日。"其后为"义"与"怀旦"同日的判示，9 行署"仪凤三年五月九日"。有衬

里，原注："Turfan（G）。"

图 西域Ⅲ图版6。集成叁图版5。**文** 西域Ⅲ69-70页。集成叁58页。**参** 内藤乾吉1960。大津透1990、1993。

4897　唐天宝四载（745）十一月交河郡府张惟谦牒为蒲昌县典李小仙纳天宝三载税钱事（休胤文书）

17.5×14.5，前、后缺，存4行，下部与大谷3010号缀合，1行记"蒲昌县典李小仙纳天宝三载税钱叁阡陆佰贰拾柒文"，2行记"右件钱会历先纳讫。休胤"。

图 西域Ⅱ图版47。西域Ⅲ图版26。集成贰图版26。**文** 大谷目二88页。西域Ⅲ237页。中田笃郎1985，162页。土永兴校注528页。西北军事研究330页。集成叁59页。**参** 周藤吉之1960。中田笃郎1985。西北军事研究327-339页。大津透等2003。

4898＋4899　唐天宝某载十月交河郡某人状为于诸色送州钱数内通融分付来使伍佰文济用事

本件由二片上下缀合（21.6×19.0，21.5×11.5），前、后缺，存6行，前部缝背署"休"，1、2行记"切要钱伍佰文，第□为于诸色送州钱数内通融分付来使伍佰文济用，幸……"，3行记"十月十六……状"，4行存"谨空"2字，6行有"天宝"字样。本件年代当在天宝四载前后。4899号被剪成青龙的背形状。

图 集成叁图版27。**文** 大谷目二88-89页。中田笃郎1985，180页。集成叁59页。**参** 中田笃郎1985。

4900　唐开元二十九年（741）冬西州高昌县给田关系牒之一

16.4×19.5，前缺上残，有骑缝线，缝背署"元"字，存5行，1行存"检当乡并无籍，后……"数字，4行署"开元二十九年十二月　日里正王义质牒"，"王义质"又见于大谷4382号，后部与大谷1227号缀合。本件被剪成青龙的背形状。

图 集成叁图版23。**文** 大谷目二89页。西域Ⅱ201页。西嶋研究587页。籍帐研究435页。集成叁59页。**参** 西嶋定生1959。孔祥星1979。大津透等2003。

4901　唐开元二十九年（741）西州高昌县退田簿残片之一

12.5×24.5，前部缺，上下残，存6行，4行残记"身死□地合"，6行记"开元二十九年十二月……"，有衬里，原注："Turfan（G）6-5。"本件被剪成灵芝云形状。

图 西嶋研究图版42。集成叁图版23。**文** 西域Ⅱ186页。西嶋研究538-539页。西村研究385-386页。籍帐研究415页。集成叁60页。**参** 西嶋定生1959、1968A。

4902　唐永泰三年（767）七月某人辩为所付麦钱事

29.0×29.7，前缺下残，存8行，2行残记"□识所付麦钱当……"，4行为"家内见钱二千三百□……"，6-7行为"改变迴换，言语自由，请勒道……依实，谨牒"，8行署"永泰三年七月　日直□……"，有衬里，原注："Turfan（G）。"

图 集成叁图版16。**文** 大谷目二89页。集成叁60页。**参**

4903　唐天宝四载（745）十月交河郡府史张惟谦牒文尾

28.2×14.0，前、后缺，存2行，2行记为"天宝四载十月　日府史张惟谦牒"。本件与大谷4909号同笔。有衬里。

图 集成叁图版14。**文** 西域Ⅲ164、238页。中田笃郎1985，177页。集成叁60页。

参 小笠原宣秀、西村元佑 1960。周藤吉之 1960。中田笃郎 1985。

4904 唐天宝四载（745）十一月交河郡府张惟谦牒为□□仙纳三载税钱送到事（休胤文书）

29.5×23.5，前部缺，存 4 行，1 行为"……仙纳三载税钱参阡柒佰文　休胤"，2 行记"右件钱十一月三日到"，4 行为"天宝四载十一月　日府张惟谦牒"。有衬里。

图 集成叁图版 15。文 大谷目二 90 页。西域Ⅲ164、237-238 页。中田笃郎 1985，164-165 页。王永兴校注 528 页。西北军事研究 329-330 页。集成叁 61-62 页。参 小笠原宣秀、西村元佑 1960。周藤吉之 1960。中田笃郎 1985。西北军事研究 327-339 页。

4905 唐仪凤二年（677）十一月西州北馆厨典高信达牒（北馆文书之一）

24.8×19.1，前缺，上部微残，存 5 行，后部与大谷 4921 号缀合，2 行存"……柴等从今月八日至十二日供北馆客……"，4 行署"仪凤二年十一月十三日典高信达牒"。有衬里，原注："二堡 6-9。"

图 西域Ⅱ图版 44。大谷研究图版 16。集成叁图版 22。文 大谷目二 90 页。西域Ⅱ376 页。西域Ⅲ61-62 页。大谷研究 247 页。集成叁 61 页。参 大庭脩 1959。内藤乾吉 1960。小田义久 1985A。大津透 1990、1993。

4906 唐天宝四载（745）交河郡高昌县纳税抄

21.8×37.9，前缺上残，为四起抄条之连贴件，共存 11 行，一为"天宝四载勾徵税钱"，出抄人为"典张大"，"尉道环"同署；一为"天宝四载第二限税钱"，出抄人同上；一为"天宝四载户收草夫价钱并粮"，出抄人为"团头刘逸"；一为"天宝四载税柴贰拾束"，出抄人为"典曹必"。前二起尾署尉名上钤有"高昌县之印"。有衬里，原注："Turfan（G）。"

图 西域Ⅲ图版 24。集成叁图版 28。文 大谷目二 90-91 页。西域Ⅲ230、235 页。周藤研究 531、544-545 页。籍帐研究 440-441 页。王永兴校注 523 页。集成叁 61 页。参 周藤吉之 1960。内藤乾吉 1960。冻国栋 1986。陈国灿 1999。

4907 周天授二年（691）前后西州王元振等辩辞

28.5×15.0，前、后缺，有武周新字，存 5 行，1-3 行为胡行保、王元振等的名年及画指，4、5 行记"元振等被问，款称先在疏勒放还，知日买……访当买，知日既……"。本件缺纪年，籍帐研究订于天授二年（691）前后，从之。有衬里，原注："Turfan（G）6-1。"

图 集成叁图版 21。文 大谷目二 91 页。籍帐研究 322 页。集成叁 61-62 页。参

4908 周天授二年（691）四月西州高昌县人康才智辩牒

28.5×17.5，前、后缺，存 5 行，有武周新字，内容为高昌县人康才智被官府推问"去秋种田"的情况，他回答说："去秋种田，是壹熟田，唯得种床粟。"本件同为西州都督府勘检天山主簿高元祯职田案卷之一。有衬里，原注："27 函 No.6. Turfan（G）。"

图 集成叁图版 8。文 大谷目二 91-92 页。籍帐研究 322 页。陈国灿 1983C，468-469 页。集成叁 62 页。参 陈国灿 1983C。

4909 唐天宝四载（745）十月交河郡府史张惟谦残牒

29.0×29.7，前、后缺，存2行，1行为"如前谨牒"，2行为"天宝四载十月 日府史张惟谦牒"。本件与大谷4903号同笔。有衬里，原注："Turfan（G）6-13。"

图 集成叁图版15。文 大谷目二92页。西域Ⅲ164页。中田笃郎1985，177页。西北军事研究328页。集成叁62页。参 小笠原宣秀、西村元佑1960。仁井田陞1960。中田笃郎1985。西北军事研究327-339页。

4910（1） 唐开元二十九年（741）冬西州高昌县给田关系牒之一

26.5×9.5，前、后缺，下部残，存1行，有"开元二十九年十月 日里"数字。

图 集成叁图版13。文 籍帐研究435页。集成叁62页。参

4910（2） 唐开元二十九年（741）冬西州高昌县给田关系牒之一

30×24，前、后缺，右上部残，存7行，内容为某乡里正阚孝迁等回答官府有关该乡"所通欠地丁"情况的牒文，6行记"开元二十九年十二月 日里正阚孝迁□"，其后同署有"里正王义□"，"阚孝迁"一名又见于大谷1227号。有衬里，原注："Turfan（G）6-14。"

图 西域Ⅱ图版38。西嶋研究图版35。西村研究图版7。集成叁图版13。文 大谷目二92页。西域Ⅱ199页、324页。西域Ⅵ261页。西嶋研究571页。西村研究381页。籍帐研究435页。集成叁62-63页。参 西嶋定生1959、1960。西村元佑1959、1968A。杨联陞1962。松本善海1963。赵吕甫1989。大津透等2003。

4911 唐西州小麦收割计量文书残片之一

30.0×17.5，前部与大谷4885号缀合，本件存2行，1行为"四亩段内割得小麦十八车"，2行为"城东七亩段内割得小麦 车"。有衬里，原注："Turfan（G）。"

图 集成叁图版26。文 大谷目二92页。集成叁63页。参 池田温1973B。

4912 武周西州张某残辞

21.5×12.0，前、后、上、下残，存4行，有武周新字，3行记"……□子麦一石、粟两石私将入腹"，4行为"……不与阿张，意洛身今见在，请追……"有衬里，原注："哈喇和卓七一 一。"

图 集成叁图版21。文 大谷目二93页。集成叁63页。参

4913 唐天宝四载（745）十一月交河郡某人牒为贴料钱请处分事（休胤文书）

29.0×25.4，前缺，前半部上下残，存7行，文后有骑缝线，署"休"字，1行残有"处分□□付赵"数字，2行记"……贴料钱数讫，请处分"，3行为"休胤"签署，4行残存"天宝四载十一月 日故□□□"数字，5-7行为："依检：于和忠母阿王处领得男所缺废馆钱壹阡柒佰文，给阿王帖讫。典赵柒奴检。休胤。拾五日。休胤。"有衬里，原注："Turfan（G）。"

图 集成叁图版15。文 大谷目二93页。中田笃郎1985，165页。集成叁63页。参 中田笃郎1985。李方考论，203页。

4914 唐天宝某载某人租田契残片

29×9，前、后缺，存4行，1、2行记："如到下子之日，不得田佃者，其钱壹罚贰入。田上户徭，一仰田主。所有税子，一看大例。两主言和，立契为记。"本件缺纪年，池田温氏拟为8世纪，4行存"载"字，似为天宝年间文书。有衬里，原

注：“Turfan（G）。”

🖼 池田温 1975，图版 Ⅳ。T. T. D. Ⅲ（B）29 页。集成叁图版 25。📄 池田温 1973B，26 页。T. T. D. Ⅲ（A）62 页。集成叁 63 页。📎 池田温 1973B。

4915 唐天宝元年（742）七月交河郡浑孝仙等纳屯田地子及贷种子等抄

30×13.5，左上部微残，存 4 行，分记浑孝仙纳屯田地子“青麦贰硕”及“贷种子”若十，又记其代吕才艺纳屯出地子“青麦壹硕贰斗”，代浑定仙纳“贷种子青麦壹硕贰斗”，末行署“（天宝）元年七月十三日仓史王虔”。其中“吕才艺”、“浑定仙”二名又见于书道博物馆所藏《唐天宝五载（746）闰十月某人从吕才艺边租田契》。籍帐研究订本件为“唐天宝元年（742）七月交河郡纳青麦状”。有衬里，原注：“Turfan（G）。”

🖼 西域 Ⅱ图版 10。集成叁图版 28。📄 大谷目二 93-94 页。西域 Ⅱ111 页、342 页。周藤研究 48-49 页。西村研究 456-457 页。籍帐研究 446 页。集成叁 64 页。📎 周藤吉之 1959、1965。西村元佑 1959、1968A。堀敏一 1960。船越泰次 1981。姜伯勤 1983。陈国灿 1994，105-109 页。

4916 唐支用钱帐

30×15，前、后缺，存 4 行，1-2 行记：“牛始是送钱贰佰伍拾文到横截。行迥死牛直两头价合请钱叁佰柒拾文，周都留壹佰柒，总领得贰佰文。”3 行记：“得……疋，右就中缘手实用叁佰柒拾捌文。”4 行提及“脚直”及“买草”事。有衬里，原注：“Turfan（G）。”

🖼 集成叁图版 29。📄 大谷目二 94 页。集成叁 64 页。📎

4917 高昌重光三年（622）十二月缺名随葬衣物疏

28×22.6，前缺，上部微残，存 11 行，1-5 行记死者随葬衣物品名，其中 5 行上记“攀天丝万万九千丈”，下署“重光三年壬午岁十二月二日”，后为大德比丘果愿“敬移”五道大神之文，有“倩书张坚固，时见李定度”，并称“若欲求海东头，若欲觅海西壁，不得奄留亭，急急如律令”。有衬里，原注：“喀喇和卓（G）7-6。”

🖼 西域 Ⅲ图版 30。大谷研究图版 8。集成叁图版 1。📄 大谷目二 94 页。西域 Ⅲ254 页。大谷研究 167 页。集成叁 64 页。📎 小笠原宣秀 1960B。小田义久 1961、1962、1976、1988。池田温 1961。黄烈 1986。

4918 唐开元十六年（728）前后西州请纸文书残片

本件存两片，第 1 片（11.5×15.6）存 2 行，1 行残存“开元”2 字，2 行残存“录事参军沙”；第 2 片（14.2×15）存 2 行，缝背署“沙”字，2 行残存“等请纸准给事”数字。本件当与大谷 5839、5840 号同为西州都督府请纸文书案卷。有衬里，原注：“Turfan（G）。”

🖼 集成叁图版 11。📄 西域 Ⅲ49 页。集成叁 65 页。📎 周藤吉之 1959。内藤乾吉 1960。

4919 唐开元十六年（728）前后西州都督府文案尾

29.5×14，前、后缺，存 5 行，缝背署“沙”字，1、2 行处钤有官印，2 行为“录事参军沙安付”。有衬里，原注：“Turfan（G）。”

图 集成叁图版 11。文 西域Ⅲ49 页。集成叁 65 页。参 内藤乾吉 1960。

4920 **唐垂拱三年（687）四月四日西州高昌县录申州户曹状为车牛肆乘发遣请裁事**

27.5×23.7，前、后缺，存 9 行，1 行署"车牛肆乘"，2-3 行为："右今月四日被其月三日符，令差上件车牛取枪□。县已准符差下乡发遣，便取法曹进止讫。"5 行署"丞议郎行令方　给事郎行丞元泰"，7 行为"都督府户曹：件状如前，谨依录申，请裁。案主□□□谨上"，8 行署"垂拱三年四月四日尉……"。本件钤有"高昌县之印"，有衬里，原注："チキトム3。"

图 集成叁图版 6。文 大谷目二 95 页。集成叁 65 页。参

4921 **唐仪凤二年（677）十一月西州北馆厨典高信达牒及市司史朱文行牒为报当月上中旬莉柴估直事（北馆文书之一）**

29.1×52，后缺，上部微缺，前部与大谷 4905 号缀合，存 15 行，1-7 行为州府官员对高信达牒的处理程式，8-13 行为市司史朱文行牒，11 行为"莉柴壹车，准次估直银钱壹文伍分"，13 行记"牒：被责今月上中二旬柴估，依检案内，件检如前，谨牒"。牒文同署者有"丞翚义恭，令史建济"，最后为"并检，恒让白。二十三日"。7 行纸背有"一百五十三车半"的文字记录。本件有衬里，原注："Turfan（G）。"

图 西域Ⅱ图版 44。大谷研究图版 16。集成叁图版 22。文 大谷目二 95-96 页。西域Ⅱ377 页。西域Ⅲ61-62 页。内藤考证 285 页。大谷研究 248 页。集成叁 66 页。参 大庭脩 1959。内藤乾吉 1960。小田义久 1962、1985A。大津透 1990、1993。

4922 **《大唐开元礼》卷第六十五残片**

6.5×6.5，前、后缺，下部残，存 3 行，1 行存"大唐开元"4 字，2 行有一"时"字。本件有衬里，书法与大谷 8113 号相近，当为同卷。

图 集成叁图版 45。文 大谷目二 96 页。集成叁 66 页。参

4923 **高昌延昌三十七年（597）高昌王供养《守护国界主陀罗尼经》残题记**

7.0×6.0，前、后、上、下残，存 3 行，1 行存"界陁罗"3 字，2 行存"延昌三十七年"数字，3 行存"郡开国公□"数字。本件有衬里，吐峪沟出土。

图 考古图谱（下）佛典附录 1-3。佛典研究图版 85。集成叁图版 1。文 大谷目二 96 页。西域Ⅲ253 页。佛典研究 128 页。识语集录 151 页。集成叁 66 页。参 小笠原宣秀 1960B、1961B。

4924 **唐仪凤二年（677）十月残文书（北馆文书之一）**

10.5×7，前缺，存 2 行，1 行为"仪凤二年十月"，2 行残一"义"字，后部与大谷 1003 号缀合。有衬里。

图 集成叁图版 21。文 大津透 1990，98 页。集成叁 67 页。参 大津透 1990、1993。

4925 **唐开元二十九年（741）西州高昌县给田簿残片之一**

5.5×4.5，前、后、上、下残，存 2 行，2 行残存"白他满死退"数字。有衬里，原注："Turfan（G）。"

图 集成叁图版 23。文 西域Ⅱ169 页。西嶋研究 483 页。籍帐研究 428 页。集成叁 67 页。参 西嶋定生 1959。

4926 **唐开元二十九年（741）西州高昌县退田簿残片之一**

13.5×10.5，前、后、上、下残，存 3 行，1 行存"上件废"3 字，2 行存"……毗畔不委，望乞商……"，3 行记"开元二十九年十二月……"。有衬里，原注："Turfan（G）。"

图 集成叁图版 24。文 西域Ⅱ195 页。西嶋研究 560-561 页。籍帐研究 416 页。集成叁 67 页。参 西嶋定生 1959。

4927　唐开元二十九年（741）西州高昌县退田簿残片之一

16.5×12，前部残缺，存 2 行，1 行存"如前"，2 行为"开元二十九年四□　日里正张……"，为一残牒尾。有衬里，原注："Turfan（G）。"

图 集成叁图版 23。文 西域Ⅱ195 页。西嶋研究 561 页。籍帐研究 415 页。集成叁 67 页。参 西嶋定生 1959。

4928　《宗四分比丘随门要略行仪》残片

14.2×15.6，前、后缺，下部残，存 6 行，有衬里。集成叁定名为《羯磨一卷断片》，按经文前 5 行内容见于《羯磨》与《宗四分比丘随门要略行仪》，但最后 1 行字体比前 5 行小，且"明文先须差具"数字仅见于《宗四分比丘随门要略行仪》。

图 集成叁图版 50。文 大谷目二 97 页。小田义久 2002，22-23 页。集成叁 67-68 页。参 小田义久 2002。张娜丽 2003B。刘安志、石墨林 2003。

4929　唐西州某县官府残判文

20.6×11.5，前、后缺，右下部残，存 4 行，2 行存"望商量处分谨"数字，3-4 行似为某县县令的判语："付主簿勘当，便处分。百示。十九日。"有衬里。

图 集成叁图版 17。文 集成叁 68 页。参

4930（1）　唐仪凤二年（677）十月西州北馆厨典周建智牒为在厨用物请酬物主价直事

12.8×12.3，前、后缺，下部残，存 2 行，1 行存"牒：在厨于……"等字，2 行存"客讫，其主具如……"数字。后部与大谷 1421 号缀合。有衬里，原注："Turfan（G）。"

图 集成叁图版 21。文 西域Ⅱ186、376 页。西域Ⅲ70 页。大津透 1990，98 页。集成叁 68 页。参 大庭脩 1959。内藤乾吉 1960。大津透 1990。

4930（2）　唐开元二十九年（741）西州高昌县退田簿残片之一

3.5×13，前、后缺，下部残，存 4 行，1 行存"安西乡"3 字，2、4 行各存一"安"字。

图 集成叁图版 21。文 西域Ⅱ186 页。西嶋研究 539 页。籍帐研究 415 页。集成叁 68 页。参 西嶋定生 1959。

4931　唐大中十年（856）写经残尾题

16.0×19.2，前缺，上下残，存 2 行，1 行存"大中十年"4 字，2 行存"常 乐 "2 字。有衬里，黄纸、朱书，有 11 行丝栏线。本件极有可能从敦煌传入。

图 集成叁图版 56。文 大谷目二 97 页。集成叁 68 页。参

4932　唐天宝某载交河郡禄直钱残牒

2.5×38.0，前缺，上下残，存 5 行，1 行存"禄直"2 字，3 行存"晋阳"2 字，当即天宝四载（745）交河郡兵曹参军赵晋阳，4 行存"天宝"2 字。本件年代当

在天宝四载前后。有衬里，原注："Turfan（G）。"

🖼 集成叁图版 28。📄 中田笃郎 1985，179 页。集成叁 69 页。📎 中田笃郎 1985。

4933（1）　唐天宝二年（743）交河郡市估案 B 种残片之一（物价文书）

27.0×23.5，前、后缺，上下微残，存 10 行，分记楼灰、草解、鬼臼、鬼煎、松子等"壹小两"的上、次、下三种价格。本件与下件被剪成天盖样形状，与大谷 3092、3098 号同形。有衬里。

🖼 集成叁图版 22。📄 大谷目二 98 页。籍帐研究 457 页。集成叁 69 页。📎 池田温 1968。

4933（2）　唐天宝二年（743）交河郡市估案 B 种残片之一（物价文书）

16.5×24，上部残，后缺，存 6 行，前部可与大谷 3089 号缀合。

🖼 集成叁图版 22。📄 籍帐研究 456-457 页。集成叁 69 页。📎 池田温 1968。

4934　唐王都督等冬季分得钱文书

27.5×9.0，前、后缺，存 3 行，纸背有押缝，1 行记"九贯九百八十六文 冬季"，2 行记"王都督分得二千九百八十二文"，3 行为"判司五人各分得八百五十二文"。

🖼 集成叁图版 29。📄 大谷目二 98 页。集成叁 69 页。📎

4935＋4936　唐天宝某载交河郡某寺三月破用历

27.7×27.9，两件前后缀合，前、后缺，存 8 行，1 行记"钱三百五十文充郡公廨地子"，2 行记"钱三十五文沽酒，更五文卖（买）酱，二百卖（买）草"，3 行记"三月十五日钱十五文雇董玄运、阚大方"，右旁注"两日"；5 行"忠子"2 字被涂抹；6-8 行记："钱壹佰付泥匠王道礼。钱壹佰叁拾文付常住买褌直。更取钱贰拾肆文与麴让。二十九日用钱叁拾文雇董玄运、阚孝方。"本件缺纪年，1 行记有"郡"字，知为唐天宝年间文书，所记为某载三月十五日、二十一日、二十三日、二十四日、二十九日等数日的支用钱帐历，据"常住"一词，知为某寺的破用历。"阚大方"一名，又见于斯坦因所获《唐开元二十九年（741）西州刺头纳钱抄》及《唐天宝年契尾》（陈国灿《斯坦因所获吐鲁番文书研究》405、406 页）。

🖼 集成叁图版 29。📄 大谷目二 99 页。西域Ⅱ110 页（部分）。西域Ⅲ201 页（部分）。王永兴校注 681 页。集成叁 70 页。📎 西嶋定生 1959。周藤吉之 1959。仁井田陞 1960。

4937＋4940　周天授二年（691）一月西州知田人郭文智辩辞

29×40.5，后部残缺，有骑缝线，存 15 行，前部可与 72TAM230：68 号缀合，内容为知田人郭文智回答西州都督府勘问天山县主簿高元祯职田事的辩辞，后有"连感白。十三日"，之后又有"知田人郭文智年册"及三笔画指，当是郭文智又一次回答官府的辩辞，并最后与前件粘贴。据陈国灿氏研究，本件与 4940 号同出自吐鲁番阿斯塔那 230 号墓（张礼臣墓）。

🖼 大谷研究图版 10。集成叁图版 7。📄 大谷目二 99、100 页。籍帐研究 322 页。陈国灿 1983C，467-468、471 页。大谷研究 40 页。集成叁 70 页。📎 池田温 1975。宋家钰 1983。陈国灿 1983C。

4938　唐开元十三年（725）西州等兵赐状

本件存 2 片，第一片 20×11，前、后缺，下部残，存 5 行，1 行存"西州"2 字，2、3 行记"京库□北庭瀚海军开十三年六……六万八千屯疋，军兵赐八……"，4 行为"伊州状　敕持节……"；第二片 29.5×12.5，存 1 行，为"开元十三年六月二十……"。有衬里，原注："Stin（G）。"

图 集成叁图版 8。**文** 大谷目二 100 页。西域Ⅲ162 页。籍帐研究 353 页。集成叁 71 页。**参** 小笠原宣秀、西村元佑 1960。西北军事研究 405-406 页。李锦绣 1995，1249-1250 页。

4939　唐西州蒲昌县申进马状残片

29.5×9.5，前、后缺，下部残，存 4 行，1 行记"县申进马贰拾伍疋，夫合用□……"，2 行为"准旧例人牵两疋。蒲昌小县□……"，3 行为"入牒□雇夫壹拾叁人，牵至……"，4 行为"□酬脚钱陆佰伍拾……"，有衬里，原注："Stin(G)。"

图 集成叁图版 18。**文** 大谷目二 100 页。集成叁 71 页。**参**

4940　见前 4937 号

4941　佛典残片

11.4×5.5，两面书写，俱前、后、上、下残，皆存 2 行。

图 缺。**文** 集成叁 71 页。**参**

4942　唐西州籍残片

6×10，前、后、上、下残，存 4 行，内容记田土的四至方位。西嶋定生氏认为是退田文书，池田温氏则认为是西州籍，此处从池田说。本件缺纪年，籍帐研究推测可能为 8 世纪前、中期。

图 T.T.D.Ⅱ（B）130 页。集成叁图版 2。**文** 西域Ⅱ186 页。西嶋研究 539-540 页。籍帐研究 258 页。T.T.D.Ⅱ（A）88 页。集成叁 72 页。**参** 西嶋定生 1959。T.T.D.Ⅱ（A）76 页。

4942v　佛典残片

前、后、上、下残，存 6 行。

图 缺。**文** 集成叁 72 页。**参**

4943　佛典残片

7.6×5.0，两面书写，正面前、后、上、下残，存 3 行；背面存 2 行。

图 缺。**文** 集成叁 72 页。**参**

4944　佛典残片

4.0×2.0，两面书写，正面前、后、上、下残，存 3 行；背面存 2 行。

图 缺。**文** 集成叁 72 页。**参**

4945　《尼羯磨》卷下残片

8.0×6.0，两面书写，俱有丝栏，正面前、后缺，上部残，存 4 行；背面存 3 行。《僧羯磨》卷下亦同。

图 集成叁图版 52。**文** 小田义久 2002，31 页。集成叁 73 页。**参** 小田义久 2002。

4946　《大智度论》卷第四十五残片

10.8×5.3，有丝栏，前、后缺，上部残，存 3 行。

图 小田义久 2002，25 页。集成叁图版 52。文 小田义久 2002，25 页。集成叁 73 页。参 小田义久 2002。

4946v 佛典残片

前、后缺，下部残，存 4 行，有丝栏。

图 缺。文 集成叁 73 页。参

4947 《大般涅槃经义记》卷第九残片

7.0×6.0，前、后、上、下残，存 4 行，有丝栏。

图 缺。文 集成叁 73 页。参 刘安志、石墨林 2003。

4947v 佛典残片

前、后、上、下残，存 3 行。

图 缺。文 集成叁 74 页。参

4948 佛典残小片

3.7×2.0，正面无文字，背面存"之"、"充"等字。

图 缺。文 集成叁 74 页。参

4949 《维摩诘所说经》卷下残片

4.6×5.0，前、后、上、下残，存 2 行 6 字，有丝栏。

图 缺。文 集成叁 74 页。参 刘安志、石墨林 2003。

4950 佛典残小片

3.2×4.6，存 3 行数字。

图 缺。文 集成叁 74 页。参

4951 佛典残小片

1.6×3.0，存 2 行 3 字，有丝栏。

图 缺。文 集成叁 74 页。参

4952 佛典残小片

5.0×2.0，存 1 行 5 字。

图 缺。文 集成叁 74 页。参

4953 佛典残小片

3.5×1.5，存 1 行 3 字"令正法"。

图 缺。文 集成叁 74 页。参

4954 佛典残小片

4.0×3.0，存 1 行 4 字，有丝栏。

图 缺。文 集成叁 75 页。参

4955 佛典残小片

3.5×3.0，存 1 行 2 字。

图 缺。文 集成叁 75 页。参

4956 文书残小片

5.2×4.6，文字无法识读。

图 缺。文 缺。参

4957 文书残小片

存 11 片，第 1 片 2.5×3.0，有丝栏，存"为体"字样；第 2 片 2.3×3.0，有丝栏，存"谏"、"众"等字；第 3 片 2.2×2.2，有丝栏，存"乐"字；第 4 片 3.6×2.2，文字无法识读；第 5 片 3.0×3.0，有丝栏，存"诀"字；第 6 片 4.0×2.0，有丝栏，存"是"字；第 7 片 2.5×1.0，存"何"字；第 8 片 0.9×1.0，存 1 字，无法识读；第 9 片 4.0×2.5，存"亦"字；第 10 片 3.3×1.5，文字无法识读；第 11 片 3.0×2.2，有丝栏，存"不可"字样。

图 缺。文 集成叁 75 页。参

4958　佛典残片（习书?）

20.0×6.0，两面书写，正面前、后缺，下部残，存 2 行，1 行为"佛者者者第"；背面前、后缺，上部残，存 2 行，2 行"有"字下有双行小字："同上并误。"似为佛典杂抄。

图 缺。文 集成叁 75 页。参

4959　《金光明最胜王经》卷第二残片

7.0×8.7，前、后缺，下部残，有丝栏，存 5 行，为写经形式。

图 集成叁图版 49。文 集成叁 76 页。参

4959v《增壹阿含经》卷第一残片

后缺上残，存 4 行，有丝栏，前部与大谷 4971 号缀合。

图 集成叁图版 49。文 小田义久 2002，6 页。集成叁 76 页。参 小田义久 2002。

4960　《讚僧功德经》残片

9.3×7.0，两面接书，前、后缺，下部残，俱存 4 行。

图 小田义久 2002，41 页。集成叁图版 52。文 小田义久 2002，41 页。集成叁 76 页。参 小田义久 2002。

4961　佛典残片

7.5×6.7，两面书写，正面前、后、上、下残，存 3 行数字；背面存 4 行数字。

图 缺。文 集成叁 76-77 页。参

4962　佛典残片

10.0×5.0，两面书写，正面前、后、上、下残，存 2 行；背面存"县成宝仓廪"、"合诵"等 2 行数字。

图 缺。文 集成叁 77 页。参

4963　佛典残片

7.6×24.0，两面书写，俱前、后、上、下残，各存 12 行。

图 缺。文 集成叁 77-78 页。参

4964　佛典残片

12.5×13.0，两面书写，正面前、后、上、下残，存 6 行；背面存 7 行。

图 缺。文 集成叁 78 页。参

4965　佛典残片

10.7×12.8，两面书写，正面前、后、上、下残，存 7 行；背面前、后缺，下部残，存 8 行。

图 缺。文 集成叁 78-79 页。参

4966 《御注金刚般若波罗蜜经宣演》卷下残片

12.7×8.6，两面书写，为同一笔迹，正面前、后、上、下残，存5行；背面前、后、上、下残，存5行。

图 集成叁图版53。文 小田义久2002，37-38页。集成叁79页。参 小田义久2002。

4967 佛典残片

9.0×9.0，两面书写，前部可与大谷4984号缀合，俱上下残，皆存6行。

图 缺。文 集成叁79-80页。参

4968 佛典残片

8.0×12.8，前、后、上、下残，存7行，有丝栏。

图 缺。文 集成叁80页。参

4968v 《维摩义记》卷第三（末）残片

前、后、上、下残，存6行。

图 缺。文 集成叁80页。参 刘安志、石墨林2003。

4969 《大般涅槃经》卷第三十四残片

10.8×4.3，前、后缺，上部残，存3行，有丝栏。

图 小田义久2002，19页。集成叁图版53。文 小田义久2002，19页。集成叁80页。参 小田义久2002。

4969v 佛典残片

前、后、上、下残，存2行。

图 缺。文 集成叁81页。参

4970 佛典残片

4.2×17.0，两面书写，俱前、后、上、下残，正面存11行，背面存13行。

图 缺。文 集成叁81页。参

4971 《灌顶经》卷第十二残片

10.5×7.0，前、后缺，下部残，存4行，有丝栏。文字与今本有些差异。

图 缺。文 集成叁82页。参

4971v 《增壹阿含经》卷第一残片

前缺上残，存4行，有丝栏，后部与大谷4959号缀合。

图 集成叁图版49。文 小田义久2002，6页。集成叁82页。参 小田义久2002。

4972 《增壹阿含经》卷第二十一残片

8.5×7.2，前、后、上、下残，存4行。

图 小田义久2002，7页。集成叁图版49。文 小田义久2002，6-7页。集成叁82页。参 小田义久2002。

4972v 佛典残片

前、后、上、下残，存5行，有丝栏，有贴纸。

图 缺。文 集成叁82页。参

4973 佛典残片

7.2×8.8，两面书写，俱前、后、上、下残，正面存4行，背面存5行。

图 缺。文 集成叁82-83页。参

4974　佛典残片

7.0×5.5，两面书写，正面前、后缺，下部残，存3行，有丝栏；背面存3行。

图 缺。文 集成叁83页。参

4975　佛典残片

5.5×7.5，两面书写，俱前、后、上、下残，正面存4行，背面存5行。

图 缺。文 集成叁83页。参

4976　《大乘入道次第》残片

9.2×3.5，前、后、上、下残，存2行。

图 缺。文 集成叁84页。参 刘安志、石墨林2003。

4976v　佛典残片

前、后、上、下残，存2行。

图 缺。文 集成叁84页。参

4977　佛典残片

5.0×7.0，两面书写，正面有丝栏，由两纸粘贴，前、后缺，下部残，存4行；背面前、后、上、下残，存5行。

图 缺。文 集成叁84页。参

4978　佛典残片

8.8×3.5，两面书写，俱前、后、上、下残，正面存3行，背面存2行。

图 缺。文 集成叁84页。参

4979　《大乘百法明门论开宗义决》残片

6.0×6.1，前、后上、下残，存4行，有丝栏。

图 集成叁图版52。文 小田义久2002，37页。集成叁85页。参 小田义久2002。

4979v　佛典残片

前、后、上、下残，存4行。

图 缺。文 集成叁85页。参

4980　佛典残片

5.8×6.5，两面书写，俱前、后、上、下残，正面有丝栏，存5行，背面存4行。

图 缺。文 集成叁85页。参

4980v　《羯磨》残片

前、后、上、下残，存4行。

图 缺。文 集成叁85页。参 刘安志、石墨林2003。

4981　佛典残片

6.5×7.0，两面书写，俱前、后、上、下残，正面存5行，背面存5行。

图 缺。文 集成叁85-86页。参

4982　《摩尼教下部讚》卷第一残片

7.2×5.0，前、后缺，下部残，存3行。

图 小田义久2002，36页。集成叁图版53。文 小田义久2002，36页。集成叁86页。参 小田义久2002。

4982v　佛教文书残片

前、后缺，下部残，存 3 行 8 字。

图 缺。文 集成叁 86 页。参

4983　佛典残片

7.3×4.5，前、后、上、下残，有丝栏，存 3 行，3 行 "知涅槃是常住法非本无"，见于《大般涅槃经》卷第十九、二十一。

图 缺。文 集成叁 86 页。参

4983v《四分律删繁补阙行事钞》卷上（之三）残片

前、后、上、下残，存 3 行，1-2 行文为。本件似可与大谷 5114v 号缀合。

图 缺：文 集成叁 86 页。参 刘安志、石墨林 2003。

4984　佛典残片

8.1×5.0，两面书写，后部与大谷 4967 号缀合，俱存 3 行。

图 缺。文 集成叁 87 页。参

4985《四分僧戒本》残片

7.5×5.5，前、后上、下残，存 2 行。

图 缺。文 集成叁 87 页。参 刘安志、石墨林 2003。

4985v 佛教经律残片

前、后、上、下残，存 4 行，3 行提及 "比丘戒"，4 行又记 "四分律云"。

图 缺。文 集成叁 87 页。参

4986《大辩邪正经》残片

6.3×4.7，两面书写，俱前、后缺，下部残，皆存 5 行。

图 集成叁图版 53。文 小田义久 2002，40 页。集成叁 87 页。参 小田义久 2002。

4987　佛典残片

7.4×9.2，两面书写，正面前、后缺，上部残，有丝栏，存 6 行，1 行 "入道"、6 行 "第二法胜第三心胜"，仅见于《维摩经疏》卷第六；背面前、后、上、下残，存 6 行。

图 缺。文 集成叁 88 页。参

4988　佛典残片

10.5×6.0，两面书写，俱前、后、上、下残，皆存 3 行。

图 缺。文 集成叁 88 页。参

4989《大宝积经》卷第十残片

8.7×8.5，前、后、上、下残，存 5 行。

图 缺。文 集成叁 88 页。参 刘安志、石墨林 2003。

4989v《大宝积经》卷第一残片

前、后、上、下残，存 7 行。

图 缺。文 集成叁 89 页。参 刘安志、石墨林 2003。

4990　佛典残片

10.8×8.0，前、后、上、下残，存 5 行。

图 缺。文 集成叁 89 页。参

4990v《四分律删补随机羯磨》卷上残片

前、后、上、下残，存6行，经文内容亦同于《僧羯磨》卷上。

图 集成叁图版53。**文** 小田义久2002，31页。集成叁89页。**参** 小田义久2002。

4991　佛典残片

4.7×8.5，两面书写，俱前、后、上、下残，皆存5行。

图 缺。**文** 集成叁89-90页。**参**

4992　《道行般若经》卷第四残片

5.4×3.7，前、后、上、下残，存3行，有丝栏。

图 集成叁图版53。**文** 小田义久2002，10页。集成叁90页。**参** 小田义久2002。

4992v　佛典残片

前、后、上、下残，存2行，有丝栏。

图 缺。**文** 集成叁90页。**参**

4993　佛典残片

4.4×6.4，两面书写，正面有丝栏，存4行，背面存4行。

图 缺。**文** 集成叁90页。**参**

4994　《大乘入楞伽经》卷第一残片

6.3×6.5，两面书写，前、后、上、下残，俱存5行。

图 集成叁图版53。**文** 小田义久2002，21页。集成叁91页。**参** 小田义久2002。

4995　《宝志和尚大乘讚》残片（载《景德传灯录》卷第二十九）

5.0×6.0，前、后、上、下残，存4行。

图 缺。**文** 集成叁91页。**参** 刘安志、石墨林2003。

4995v　佛教文书残片

前、后、上、下残，存2行。

图 缺。**文** 集成叁91页。**参**

4996　《四分律删繁补阙行事钞》卷上（之三）残片

7.0×6.0，前、后、上、下残，存4行。

图 集成叁图版54。**文** 小田义久2002，32页。集成叁91页。**参** 小田义久2002。

4996v　佛典残片

前、后、上、下残，存4行。

图 缺。**文** 集成叁91-92页。**参**

4997　佛典残片

5.0×5.2，两面书写，前、后、上、下残，正面有丝栏，存4行，背面存3行。

图 缺。**文** 集成叁92页。**参**

4998　佛典残片

6.0×6.0，前、后、上、下残，正面存4行，背面存3行。

图 缺。**文** 集成叁92页。**参**

4999　佛典残片

6.0×6.0，前、后、上、下残，俱存4行，正面有丝栏。

图 缺。**文** 集成叁92-93页。**参**

5000　佛典残片

6.7×4.0，两面书写，前、后、上、下残，正面存3行，背面存2行。

图缺。文集成叁93页。参

5001　佛典残片

7.4×4.0，两面书写，前、后、上、下残，有丝栏，正面存4行，3行"八方滑泽"仅见于《大楼炭经》卷第一，2行"月神珠宝"，今本作"明月珠宝"；背面存3行。

图缺。文集成叁93页。参

5002　佛典残片

5.8×3.9，两面书写，两面前、后缺，上部残，存2行，有补甲；背面前、后、上、下残，存3行。

图缺。文集成叁93-94页。参

5003　佛典残片

4.0×9.5，两面书写，前、后、上、下残，正面有丝栏，存6行，背面存5行。

图缺。文集成叁94页。参

5004　佛典残片

5.2×4.8，两面书写，前、后、上、下残，正面存2行，背面存3行。

图缺。文集成叁94页。参

5005　文书残片

5.5×4.5，两面书写，前、后、上、下残，俱存2行数字。

图缺。文集成叁94-95页。参

5006　佛典残片

4.3×6.8，两面书写，前、后、上、下残，俱存4行。背面3行"放道日近"，仅见于《菩萨戒本疏》卷下。

图缺。文集成叁95页。参

5007　佛典残片

3.0×4.6，两面书写，前、后、上、下残，正面存1行2字，背面存2行。

图缺。文集成叁95页。参

5008　佛典残片

4.5×2.2，两面书写，前、后、上、下残，俱存2行。

图缺。文集成叁95页。参

5009　《集诸经礼忏仪》卷上残片

5.0×3.6，前、后缺，下部残，存3行。

图缺。文集成叁96页。参刘安志、石墨林2003。

5009v《炽盛光道场念诵仪》（？）残片

前、后缺，下部残，存2行。

图缺。文集成叁96页。参刘安志、石墨林2003。

5010　佛典残片

2.6×7.5，两面书写，正面前、后、上、下残，存4行，背面有"体"、"佛道"字样。

　　图 缺。文 集成叁 96 页。参

5011　《大般涅槃经疏》卷第十二（？）残片

5.5×3.0，存 1 行 7 字："本有者本有烦恼。"仅见于《大般涅槃经疏》卷第十二和《三论玄义检幽集》第七。

　　图 缺。文 集成叁 96 页。参

5011v《僧羯磨》卷第一残片

前、后、上、下残，存 2 行，经文又同于《四分律》卷第三十五。

　　图 集成叁图版 54。文 小田义久 2002，30 页。集成叁 96 页。参 小田义久 2002。

5012　佛典残片

3.2×4.5，两面书写，前、后、上、下残，正面有丝栏，存 2 行 4 字，背面存 3 行 6 字。

　　图 缺。文 集成叁 96-97 页。参

5013　佛典残片

3.2×4.0，两面书写，前、后、上、下残，正面存 2 行，背面存 3 行。

　　图 缺。文 集成叁 97 页。参

5014　佛典残片

4.1×4.1，两面书写，前、后、上、下残，正面存 3 行，背面存 2 行。

　　图 缺。文 集成叁 97 页。参

5015　佛典残片

4.8×3.4，两面书写，前、后、上、下残，正面存 3 行，背面存 2 行。

　　图 缺。文 集成叁 97-98 页。参

5016　文书残片

2.5×4.8，前、后、上、下残，存 2 行四五字，有"鬼道"字样。

　　图 缺。文 集成叁 98 页。参

5017　佛典残片

5.9×2.0，两面书写，俱存 1 行数字。

　　图 缺。文 集成叁 98 页。参

5018　《贤愚经》卷第十三残片

3.2×4.6，前、后、上、下残，有丝栏，存 4 行。本件当与大谷 5035、5107 号为同一写本。

　　图 缺。文 集成叁 98 页。参 刘安志、石墨林 2003。

5018v《贤愚经》卷第十三残片

前、后、上、下残，有丝栏，存 3 行。

　　图 缺：文 集成叁 98 页。参 刘安志、石墨林 2003。

5019　佛典残片

3.6×6.8，两面书写，前、后、上、下残，正面存 5 行，背面存 3 行。

　　图 缺。文 集成叁 98-99 页。参

5020　佛典残片

5.6×7.4，前、后、上、下残，有丝栏，存 3 行。

图 缺。文 集成叁 99 页。参

5020v 突厥文文书残片

存 3 行。

图 缺。文 缺。参

5021 佛典残片

5.7×3.0，两面书写，前、后、上、下残，正面存 1 行，背面存 2 行。

图 缺。文 集成叁 99 页。参

5022 佛典残片

3.2×3.2，两面书写，正面有丝栏，存 2 行数字；背面存 2 行 6 字。

图 缺。文 集成叁 99 页。参

5023 文书残片

3.5×2.8，两面书写，前、后、上、下残，正面存 3 行，背面存 4 行。

图 缺。文 集成叁 100 页。参

5024 佛典残片

8.0×3.7，前、后、上、下残，存 2 行，2 行"今有佛性"一语，仅见于《一切经音义》卷第二十六。

图 缺。文 集成叁 100 页。参

5024v《僧羯磨》卷第一残片

前、后、上、下残，存 2 行，经文又同于《四分律》卷第三十五。

图 集成叁图版 54。文 小田义久 2002，31 页。集成叁 100 页。参 小田义久 2002。

5025 佛典残片

5.3×5.2，两面书写，前、后、上、下残，俱存 3 行。

图 缺。文 集成叁 100 页。参

5026 佛典残片

2.8×3.3，两面书写，前、后、上、下残，正面有丝栏，存 3 行，背面存 2 行。

图 缺。文 集成叁 101 页。参

5027 佛典残片

5.8×3.5，两面书写，前、后、上、下残，正面有丝栏，存 3 行，2 行"此道是灭"仅见于《阿毗昙毗婆沙论》卷第四十一；背面存 2 行，1 行"一斗米饭"仅见于《杂譬喻经》卷下和《经律异相》卷第三十五。

图 缺。文 集成叁 101 页。参

5028 佛典残片

5.3×2.5，两面书写，正面有丝栏，存 2 行，背面存 1 行。

图 缺。文 集成叁 101 页。参

5029 《维摩义记》卷第四（本）残片

5.5×5.2，前、后、上、下残，存 4 行。本件与大谷 5094 号似为同一写本。

图 缺。文 集成叁 101 页。参 刘安志、石墨林 2003。

5029v 佛典残片

前、后、上、下残，存 3 行。

图 缺。文 集成叁 102 页。参

5030　佛典小残片

2.7×2.8，两面书写，正面有丝栏，存 1 行 3 字，背面存 1 行 2 字。

图 缺。文 集成叁 102 页。参

5031　文书残片

5.0×2.4，两面书写，正面存 2 行数字，背面存 1 行 2 字。

图 缺。文 集成叁 102 页。参

5032　佛典残片

2.7×3.3，两面书写，前、后、上、下残，俱存 2 行数字。

图 缺。文 集成叁 102 页。参

5033　《三聚净戒》残片

2.6×3.1，前、后、上、下残，存 2 行 5 字。

图 西域Ⅵ图版 12。集成叁图版 50。文 西域Ⅵ143 页。集成叁 102 页。参 土桥秀高
1963。

5033v　佛典残片

前、后、上、下残，存 3 行。

图 缺。文 集成叁 103 页。参

5034　佛典小残片

4.7×2.0，两面书写，俱存 1 行数字。

图 缺。文 集成叁 103 页。参

5035　《贤愚经》卷第十三残片

3.3×3.0，两面书写，前、后、上、下残，俱存 2 行，有丝栏。本件当与大谷
5018、5107 号为同一写本。

图 小田义久 2002，8 页。集成叁图版 54。文 小田义久 2002，8 页。集成叁 103 页。
参 小田义久 2002。

5036　佛典小残片

4.6×3.4，两面书写，前、后、上、下残，俱存 2 行，有丝栏。

图 缺。文 集成叁 103 页。参

5037　佛典小残片

6.7×2.5，两面书写，俱存 1 行数字。

图 缺。文 集成叁 104 页。参

5038　佛典小残片

2.4×3.5，两面书写，前、后、上、下残，有丝栏，俱存 3 行数字。

图 缺。文 集成叁 104 页。参

5039　《妙法莲华经》卷第三残片

5.5×3.3，前、后缺，上部残，存 2 行，有丝栏。

图 集成叁图版 48。文 小田义久 2002，14 页。集成叁 104 页。参 小田义久 2002。

5039v　佛典残片

存 2 行数字，有丝栏。

图 缺。文 集成叁 104 页。参

5040　佛典小残片

3.2×3.0，两面书写，正面有丝栏，存 2 行数字，背面存 1 行"叁佰" 2 字。

图 缺。文 集成叁 104-105 页。参

5041　文书残片

3.4×3.0，两面书写，正面有丝栏，存 2 行数字，背面存 1 行"八卦□" 3 字。

图 缺。文 集成叁 105 页。参

5042　佛典残片

5.1×3.0，前、后、上、下残，存 2 行 5 字。

图 缺。文 集成叁 105 页。参

5043　佛教文书残片

1.2×1.5，两面书写，俱存 3 行数字。

图 缺。文 集成叁 105 页。参

5044　佛典小残片

2.5×2.5，两面书写，俱存 1 行 2 字，背面有丝栏。

图 缺。文 集成叁 105-106 页。参

5045　佛典小残片

3.0×3.0，两面书写，正面存 3 行，背面存 2 行数字。

图 缺。文 集成叁 106 页。参

5046　文书残片

2.2×3.7，两面书写，前、后、上、下残，俱存 3 行数字。

图 缺。文 集成叁 106 页。参

5047　文书残片群（14 片，含佛典残片）

5048　藏经全、欠目录残片

16.5×12.0，前、后缺，下部残，存 4 行，有衬里。1 行题"涅槃经"，2 行存"全欠第二帙"，3 行为"四帙全具足"。

图 集成叁图版 57。文 集成叁 106 页。参

5049　佛典残片

12.3×7.3，两面书写，前、后、上、下残，正面存 5 行，3 行"是名功德胜"一语，仅见于《究竟一乘宝性论》卷第二，4 行"此三恶道中"仅见于《达摩多罗禅论》与《增壹阿含经》；背面存 2 行。

图 缺。文 集成叁 107 页。参

5050　佛典残片

7.4×9.5，两面书写，前、后、上、下残，正面有丝栏，存 4 行，背面存 5 行。

图 缺。文 集成叁 107 页。参

5051　《妙法莲华经》卷第二残片

8.5×8.0，前、后、上、下残，存 5 行，有丝栏。经文又同于《添品妙法莲华经》卷第二。

图 集成叁图版 48。文 小田义久 2002，12 页。集成叁 107 页。参 小田义久 2002。

5051v 文书残片

前、后、上、下残，存 2 行 9 字。

图 缺。文 集成叁 108 页。参

5052 《咒魅经》残片

8.0×7.0，上、下残，后缺，前部与大谷 5069 号缀合，有丝栏。

图 集成叁图版 55。文 小田义久 2002，40 页。集成叁 108 页。参 小田义久 2002。

5052v 文书残片

前、后、上、下残，存 2 行数字，似为习书。

图 缺。文 集成叁 108 页。参

5053 古籍写本残片

8.2×5.0，前、后、上、下残，存 5 行。

图 缺。文 集成叁 108 页。参

5053v 道教符书残片

前、后缺，下部残，存 3 行，1 行画有符，2 行存"子甲子"3 字，3 行有"玄急急令一"数字。

图 集成叁图版 57。文 集成叁 108 页。参

5054 《四分律删繁补阙行事钞》卷上残片

22.5×4.0，前、后缺，存 3 行。

图 小田义久 2002，33 页。集成叁图版 54。文 小田义久 2002，33 页。集成叁 109 页。参 小田义久 2002。

5054v 《法苑珠林》卷第八十七残片

前、后缺，存 3 行。

图 小田义久 2002，33 页。集成叁图版 54。文 小田义久 2002，33 页。集成叁 109 页。参 小田义久 2002。

5055 《妙法莲华经》卷第三残片

11.2×10.0，前、后缺，下部残，存 5 行，有丝栏。

图 集成叁图版 48。文 小田义久 2002，14 页。集成叁 109 页。参 小田义久 2002。

5055v 文书残片

存 1 行，被涂抹，可识读一"彼"字。

图 缺。文 缺。参

5056 《大乘入道次第》残片

9.0×9.0，前、后、上、下残，存 6 行。

图 集成叁图版 54。文 小田义久 2002，34 页。集成叁 109-110 页。参 小田义久 2002。

5056v 佛典残片

前、后、上、下残，存 4 行。

图 缺。文 集成叁 110 页。参

5057 佛典残片

9.2×12.0，前、后、上、下残，存 8 行，有丝栏。

图 缺。文 集成叁 110 页。参

5057v 佛教文书（？）残片

前、后、上、下残，存 6 行。

图 缺。文 集成叁 110 页。参

5058 佛典残片

11.5×10.0，前、后、上、下残，存 5 行，3 行所记"（说）法者无法可说者是名说（法）"，仅见于《金刚般若波罗蜜经》。

图 缺。文 集成叁 110 页。参

5058v《小室六门》残片

前、后、上、下残，存 5 行。

图 缺。文 集成叁 111 页。参 刘安志、石墨林 2003。

5059 武周大足元年（701）西州籍残片

6×10.5，前、后、上、下残，存 3 行，有武周新字，1 行存"老男 圣历"4 字，2 行存"括附田宅并"数字，3 行存"丁寡圣历二年帐"数字，籍帐研究据此推测为大足元年籍。

图 TTD.Ⅱ（B）104 页。集成叁图版 2。文 集录 150 页。籍帐研究 239 页。TTD.Ⅱ（A）67 页。集成叁 111 页。参 土肥义和 1969。T.T.D.Ⅱ（A）52 页。朱雷 1990。

5059v《佛说佛名经》卷第四残片

前、后缺，下部残，存 4 行。

图 缺。文 集成叁 111 页。参 刘安志、石墨林 2003。

5060《大方广华严十恶品经》残片

6.0×13.2，前、后、上、下残，存 7 行。

图 缺。文 集成叁 111 页。参 刘安志、石墨林 2003。

5060v 文书残片

有衬里，存四五字。

图 缺：文 缺。参

5061 佛典残片

7.0×5.2，两面书写，正面前、后、上、下残，存 3 行；背面贴有两纸，存 4 行，见有"在"、"善"、"为"等文字。

图 缺。文 集成叁 112 页。参

5062《大方便佛报恩经》卷第六残片

11.2×4.6，前、后缺，下部残，存 2 行。

图 小田义久 2002，8 页。集成叁图版 49。文 小田义久 2002，8 页。集成叁 112 页。参 小田义久 2002。

5062v 佛典残片

前、后、上、下残，存 2 行数字。

图 缺。文 集成叁 112 页。参

5063 佛典残片

8.6×6.0，两面书写，前、后、上、下残，正面存 4 行，背面存 3 行。

图缺。文集成叁 112 页。参

5064 《佛母经》残片

11.0×7.8，本件由两纸上下粘贴，上纸存 1 字，无法识读；下纸前、后缺，下部残，存 4 行，2 行"德"字被涂抹后改为"种"，3 行"大火来"右边另写有"五月降霜四者"数字，据今本《佛母经》，当是最初漏抄，后来补加的。集成叁定为"占书断片"，似误。

图集成叁图版 42。文集成叁 112 页。参 刘安志、石墨林 2003。

5064v 佛典残片

前、后、上、下残，存 2 行。

图缺。文集成叁 113 页。参

5065 佛典残片

6.4×9.5，两面书写，前、后、上、下残，俱存 5 行。正面内容颇似《金刚经疏》和《金刚般若经挟注》。

图缺。文集成叁 113 页。参

5066 佛典残片

6.0×23.0，两面书写，正面前、后缺，下部残，存 13 行，有丝栏；背面有"分流"文字。

图缺。文集成叁 113-114 页。参

5067 佛典残片

6.8×26.7，两面书写，正面由两纸粘贴，一纸存 11 行，7 行"莫作是念者遮"、10 行"先说不住无为后说（不住）有为"，见于《金刚经疏》；另一纸存 3 行，1 行"满恒沙七（宝）"，仅见于《金刚般若经疏》。背面亦各存 11 行、3 行。

图缺。文集成叁 114 页。参

5068 佛典残片

7.0×5.0，两面书写，前、后、上、下残，俱存 3 行，

图缺。文集成叁 115 页。参

5069 《咒魅经》残片

5.0×5.6，前缺，上下残，存 3 行，后部与大谷 5052 号缀合。

图集成叁图版 55。文小田义久 2002，40 页。集成叁 115 页。参 小田义久 2002。

5069v 文书残片

存有"看批"字样。

图缺。文集成叁 115 页。参

5070 佛典残片

6.0×4.5，前、后、上、下残，存 3 行。

图缺。文集成叁 115 页。参

5070v 《优婆塞戒经》卷第四残片

前、后、上、下残，存 3 行。

图集成叁图版 55。文小田义久 2002，23 页。集成叁 115 页。参 小田义久 2002。

5071　佛典残片

4.0×13.8，两面书写，正面前、后、上、下残，存12行，内容颇似《四分律删繁补阙行事钞》卷上（之二）；背面存数字，无法识读。

图 缺。文 集成叁 115-116 页。参

5072　佛典残片

4.0×7.5，两面书写，正面前、后、上、下残，存9行；背面存6字，无法识读。

图 缺。文 集成叁 116 页。参

5073　佛典残片

7.0×8.0，两面书写，前、后、上、下残，正面存5行，背面存4行。

图 缺。文 集成叁 116-117 页。参

5074　《大宝积经》卷第一百十二残片

4.7×4.8，前、后、上、下残，存2行。

图 缺。文 集成叁 117 页。参 刘安志、石墨林 2003。

5074v　佛典残片

前、后、上、下残，存3行。

图 缺。文 集成叁 117 页。参

5075　佛典残片

7.0×5.2，两面书写，前、后、上、下残，正面存3行，背面存4行。

图 缺。文 集成叁 117 页。参

5076　佛典残片

3.5×9.7，两面书写，前、后、上、下残，正面存7行（7行处存胡语1行），内容颇似《大乘义章》卷第十二；背面存5行。

图 缺。文 集成叁 117-118 页。参

5077　《佛说阎罗王授记劝修生七斋功德经》残片

5.0×10.5，两面书写，前、后、上、下残，俱存6行。

图 集成叁图版50。文 小田义久 2002，39-40 页。集成叁 118 页。参 秃氏祐祥、小川贯弌 1962，260-261 页。小田义久 2002。

5078　佛典残片

7.0×6.5，两面书写，正面前、后缺，下部残，存4行，有丝栏，4行"恶信善"仅见于《法句譬喻经》卷第二；背面前、后缺，上部残，存4行。

图 缺。文 集成叁 118-119 页。参

5079　佛典残片

6.5×5.0，两面书写，正面存2行5字，背面前、后缺，下部残，存3行。

图 缺。文 集成叁 119 页。参

5080　佛典残片

5.3×4.5，两面书写，正面存2行6字，有丝栏；背面存3行。

图 缺。文 集成叁 119 页。参

5081　佛典残片

5.5×4.0，两面书写，正面前缺，上下残，存3行；背面后缺，上下残，存3行。

图 缺。文 集成叁 119 页。参

5082 佛典残片

4.2×5.3，两面书写，前、后、上、下残，正面存 4 行，1 行"自照不足"仅见于《说无垢称经疏》卷第三（末）；背面存 2 行。

图 缺。文 集成叁 120 页。参

5083 佛典残片

7.9×3.7，两面书写，正面前、后、上、下残，有丝栏，存 3 行；背面存一"夫"字。

图 西域Ⅵ图版 12。文 西域Ⅵ142 页。集成叁 120 页。参 土桥秀高 1963。

5084 佛典残片

9.4×7.7，两面书写，前、后、上、下残，俱存 4 行。正面 1 行"知法无我者"仅见于《金刚经疏》。

图 缺。文 集成叁 120 页。参

5085 佛典残片

6.5×11.5，两面书写，前、后、上、下残，正面存 6 行，背面存 7 行，有丝栏。

图 缺。文 集成叁 121 页。参

5086 佛典残片

6.8×6.8，前、后、上、下残，有丝栏，存 4 行。

图 缺。文 集成叁 121 页。参

5086v《维摩诘所说经》卷上残片

前、后、上、下残，存 2 行。

图 缺。文 集成叁 121 页。参 刘安志、石墨林 2003。

5087 佛典残片

5.0×5.3，两面书写，前、后、上、下残，正面存 4 行，背面存 4 行。

图 缺。文 集成叁 121-122 页。参

5088 佛典残片

6.0×6.0，两面书写，正面前、后缺，下部残，存 4 行，背面前、后、上、下残，存 4 行。

图 缺。文 集成叁 122 页。参

5089 佛典残片

7.5×5.0，前、后、上、下残，存 3 行，有丝栏。

图 缺。文 集成叁 122 页。参

5089v《法华游意》残片

前、后、上、下残，存 3 行。

图 缺。文 集成叁 122 页。参 刘安志、石墨林 2003。

5090《思益梵天所问经》卷第三残片

4.5×5.5，两面书写，前、后、上、下残，俱存 3 行。

图 集成叁图版 50。文 小田义久 2002，20 页。集成叁 122-123 页。参 小田义久 2002。

5091 佛典残片

5.3×8.0，两面书写，前、后缺，下部残，正面有丝栏，存4行，背面存3行。

图 缺。文 集成叁 123 页。参

5092 佛典残片

3.0×8.8，两面书写，前、后、上、下残，正面存5行，背面存4行。

图 缺。文 集成叁 123 页。参

5093 《萨婆多毗尼毗婆沙》卷第四残片

4.5×8.5，前、后、上、下残，有丝栏，存6行。本件与大谷5782号似能缀合。

图 缺。文 集成叁 124 页。参 刘安志、石墨林 2003。

5093v 佛典残片

前、后、上、下残，存5行。

图 缺。文 集成叁 124 页。参

5094 《维摩义记》卷第四残片

5.0×5.3，前、后、上、下残，存4行。本件与大谷5029号似为同一写本。

图 缺。文 集成叁 124 页。参 刘安志、石墨林 2003。

5094v 佛典残片

前、后、上、下残，存3行。

图 缺。文 集成叁 124 页。参

5095 佛典残片

6.3×5.6，两面书写，前、后、上、下残，俱存3行。背面内容颇似《法华义疏》卷第一。

图 缺。文 集成叁 124 页。参

5096 佛典残片

9.5×4.3，两面书写，前、后、上、下残，正面有丝栏，存3行，1行"法戒言舍三世法是名舍戒"见于《律戒本疏》卷一；背面存3行。

图 缺。文 集成叁 125 页。参

5096v 《十诵律》卷第十一残片

前、后、上、下残，存3行。

图 缺。文 集成叁 125 页。参 刘安志、石墨林 2003。

5097 《成实论》卷第八残片

7.0×9.0，两面书写，前、后、上、下残，正面有丝栏，存4行；背面存5行。

图 小田义久 2002，29 页。集成叁图版55。文 小田义久 2002，28 页。集成叁 125 页。参 小田义久 2002。

5098＋8099 唐律"贼盗律"残片

7.0×4.7，9.2×7.7，前、后、上、下残，有丝栏，存2行，下部与大谷8099号缀合，但中有断缺，所记为唐律贼盗律条，刘俊文氏认为是永徽贼盗律。吐峪沟出土。

图 考古图谱（下）经籍5-4。T.T.D.Ⅰ（B）13 页。集成叁图版21。文 T.T.D.Ⅰ（A）6 页。池田温、冈野诚 1978，203 页。法制文书考释94 页。集成叁 125、237

页。**参** 泷川政次郎 1934。内藤乾吉 1958。池田温、冈野诚 1978。刘俊文 1982。法制文书考释 94-95 页。

5098v＋8099v　佛典残片

前、后、上、下残，存 4 行。

图 缺。**文** 集成叁 126、237 页。**参**

5099　《人乘入道次第》残片

2.8×6.0，前、后、上、下残，存 4 行。

图 缺。**文** 集成叁 126 页。**参** 刘安志、石墨林 2003。

5099v　佛典残片

前、后、上、下残，存 4 行。

图 缺。**文** 集成叁 126 页。**参**

5100　佛典残片

7.2×6.3，两面书写，前、后、上、下残，俱存 5 行，内容颇似《阿毗昙八揵度论》卷第十六。

图 缺。**文** 集成叁 126 页。**参**

5101　佛典残片

3.7×6.5，两面书写，前、后、上、下残，俱存 4 行。

图 缺。**文** 集成叁 126-127 页。**参**

5102　佛典残片

4.5×4.2，两面书写，前、后、上、下残，正面存 3 行，背面存 1 行。

图 缺。**文** 集成叁 127 页。**参**

5103　佛典残片

4.0×5.5，两面书写，前、后、上、下残，俱存 4 行，正面有丝栏。

图 缺。**文** 集成叁 127 页。**参**

5104　《道行般若经》卷第六残片

5.0×7.5，前、后、上、下残，存 4 行，有丝栏，并附有其他小片。

图 集成叁图版 55。**文** 小田义久 2002，10 页。集成叁 128 页。**参** 小田义久 2002。

5104v　佛典残片

前、后、上、下残，存 4 行，1 行"道四使名"仅见于《天台法华宗义集》一卷。

图 缺。**文** 集成叁 128 页。**参**

5105　佛典残片

5.2×4.5，有丝栏，存 2 行 6 字："朕及观"、"有治众"。

图 缺。**文** 集成叁 128 页。**参**

5105v　《杂阿毗昙心论》杂抄（？）残片

前、后缺，下部残，有丝栏，存 3 行。

图 缺。**文** 集成叁 128 页。**参** 刘安志、石墨林 2003。

5106　佛典残片

6.3×4.0，前、后、上、下残，存 2 行，有丝栏。

图 缺。**文** 集成叁 128 页。**参**

5106v《肇论》残片

前、后、上、下残，存2行。

图缺。文集成叁128页。参刘安志、石墨林2003。

5107《贤愚经》卷第十三残片

3.5×6.3，前、后缺，上部残，有丝栏，存4行。本件当与大谷5018、5035号为同一写本。

图缺。文集成叁129页。参刘安志、石墨林2003。

5107v《贤愚经》卷第十三残片

前、后缺，上部残，有丝栏，存4行。

图缺。文集成叁129页。参刘安志、石墨林2003。

5108佛典残片

5.0×3.6，两面书写，笔迹不一，正面有丝栏，存3行，背面存1行。

图缺。文集成叁129页。参

5109《中阿含经》卷第二十八残片

5.0×6.5，前、后、上、下残，存3行。

图集成叁图版55。文小田义久2002，6页。集成叁129页。参小田义久2002。

5109v习书残片

前、后、上、下残，存3行，写"是"、"提"、"捨"等字。

图缺。文集成叁129页。参

5110佛典残片

10.7×4.0，两面书写，前、后、上、下残，正面有丝栏，存2行，背面存3行。

图缺。文集成叁130页。参

5111佛典残片

3.5×4.3，两面书写，前、后、上、下残，俱存3行。

图缺。文集成叁130页。参

5112佛典残片

4.0×3.0，两面书写，正面存2行数字，背面存1行数字。

图缺。文集成叁130页。参

5113佛典残小片

4.0×4.0，两面书写，正面存1行"太子"2字，背面有丝栏，存2行2字。

图缺。文集成叁130-131页。参

5114佛典残片

5.5×2.6，前、后、上、下残，存1行。

图缺。文集成叁131页。参

5114v《四分律删繁补阙行事钞》卷上（之三）残片

前、后、上、下残，存2行。本件似可与4983v号缀合。

图缺。文集成叁131页。参刘安志、石墨林2003。

5115《遗教经论》残片

6.7×5.0，两面书写，有丝栏，正面存3行，背面存2行。

图 小田义久 2002，25 页。集成叁图版 50。**文** 小田义久 2002，25 页。集成叁 131 页。**参** 小田义久 2002。

5116　佛典残片

7.0×2.6，两面书写，前、后缺，上部残，俱存 2 行，正面有丝栏。

图 缺。**文** 集成叁 131 页。**参**

5117　佛典残片

8.2×4.7，两面书写，前、后、上、下残，正面存 4 行，有丝栏；背面存 3 行。

图 缺。**文** 集成叁 132 页。**参**

5118　佛典残片

15.7×3.0，两面书写，正面存 1 行"沙门释道安撰善"数字，大谷 5379 号也有同样的文字；背面存 2 行数字。

图 缺。**文** 集成叁 132 页。**参**

5119　佛典残片

6.0×6.0，两面书写，前、后、上、下残，正面存 3 行，背面存 2 行。

图 缺。**文** 集成叁 132 页。**参**

5120　《成实论》卷第十四残片

6.1×3.5，前、后缺，下部残，存 2 行，有丝栏。

图 小田义久 2002，29 页。集成叁图版 51。**文** 小田义久 2002，29 页。集成叁 133 页。**参** 小田义久 2002。

5120v　佛典残片

前、后、上、下残，存 2 行，2 行存"护国者般若功德"。

图 小田义久 2002，29 页。**文** 集成叁 133 页。**参** 小田义久 2002。

5121　佛典残片

8.0×3.0，前、后、上、下残，存 2 行。

图 缺。**文** 集成叁 133 页。**参**

5121v　《四分律》卷第三十五残片

前、后、上、下残，存 3 行。

图 集成叁图版 55。**文** 小田义久 2002，23 页。集成叁 133 页。**参** 小田义久 2002。

5122　佛典残片

6.0×7.5，两面书写，正面前、后、上、下残，存 5 行；背面存"慧"、"顺"等字。

图 缺。**文** 集成叁 133 页。**参**

5123　佛典残片

7.0×6.3，两面书写，前、后、上、下残，俱存 4 行。

图 缺。**文** 集成叁 133-134 页。**参**

5124　佛典残片

8.6×5.0，两面书写，正面存 1 行 3 字，有丝栏；背面存 2 行数字。

图 缺。**文** 集成叁 134 页。**参**

5125　《阿毗达磨大毗婆沙论》卷第一残片

5.5×5.0，前、后、上、下残，有丝栏，存2行，附有别纸小片1行。

图 集成叁图版55。文 小田义久2002，26页。集成叁134页。参 小田义久2002。

5125v 佛典残片

前、后、上、下残，存4行，1行"生"为武周新字，或为武周时期写经。

图 缺。文 集成叁134页。参

5126 佛典残片

4.0×6.5，两面书写，前、后、上、下残，正面存4行，背面存3行。

图 缺。文 集成叁135页。参

5127 佛典残片

3.7×3.5，两面书写，俱有丝栏，正面存3行数字，背面存2行数字。

图 缺。文 集成叁135页。参

5128 佛典残片

6.5×3.0，两面书写，前、后、上、下残，俱存2行。

图 缺。文 集成叁135页。参

5129 佛典残片

4.0×4.0，两面书写，正面存2行6字，背面存1行2字。

图 缺。文 集成叁135-136页。参

5130 佛典残片

4.5×3.5，前、后缺，下部残，存2行，有丝栏。

图 缺。文 集成叁136页。参

5130v《杂阿毗昙心论》卷第一残片

前、后、上、下残，存2行。

图 集成叁图版55。文 小田义久2002，26页。集成叁136页。参 小田义久2002。

5131 文书残片

4.5×4.5，两面书写，前、后、上、下残，正面存3行，背面存1行，有丝栏。

图 缺。文 集成叁136页。参

5132 佛典残片

4.2×3.5，两面书写，正面前、后缺，上部残，存2行数字；背面前、后缺，下部残，存2行。

图 缺。文 集成叁136页。参

5133 佛典残片

5.5×2.5，两面书写，俱存2行数字，正面有丝栏。

图 缺。文 集成叁137页。参

5134 佛典残片

8.5×5.5，前、后、上、下残，存2行。

图 缺。文 集成叁137页。参

5134v《四分僧戒本》卷第一残片

前、后、上、下残，存3行。

图 集成叁图版55。文 小田义久2002，23页。集成叁137页。参 小田义久2002。

5135　佛典残片

3.0×3.5，两面书写，俱存 2 行数字，正面有丝栏。

图 缺。文 集成叁 137 页。参

5136　文书残片

4.7×7.0，前、后、上、下残，存 3 行数字。

图 缺。文 集成叁 138 页。参

5136v　佛典残片

前、后、上、下残，存 4 行。

图 缺。文 集成叁 138 页。参

5137　《阿毗昙八犍度论》卷第八残片

4.5×5.5，两面书写，前、后、上、下残，俱存 4 行。

图 集成叁图版 55。文 小田义久 2002，26 页。集成叁 138 页。参 小田义久 2002。

5138　佛典残片

4.5×2.5，两面书写，俱存 2 行数字。

图 缺。文 集成叁 138 页。参

5139　唐西州籍残片

9.0×7.0，前、后、上、下残，存 3 行数字。本件缺纪年，籍帐研究推测可能为 8 世纪前、中期。

图 T. T. D. Ⅱ（B）129 页。集成叁图版 2。文 集录 171 页。籍帐研究 257 页。T. T. D. Ⅱ（A）87 页。集成叁 139 页。参 土肥义和 1969。T. T. D. Ⅱ（A）75 页。

5139v　佛典残片

前、后、上、下残，存 6 行。

图 缺。文 集成叁 139 页。参

5140　佛典残片

4.5×4.5，两面书写，前、后、上、下残，正面存 3 行，背面存 1 行。

图 缺。文 集成叁 139 页。参

5141　佛典残片

5.5×4.5，两面书写，俱存 3 行数字。

图 缺。文 集成叁 139 页。参

5142　佛典残片

3.2×4.7，两面书写，正面存 3 行数字，背面存 2 行数字。

图 缺。文 集成叁 139-140 页。参

5143　唐西州高昌县籍残片

4.0×3.5，前、后、上、下残，有朱印“高昌县之印”的部分痕迹，存 1 行，有“……业常田　城西十里武……”数字。

图 T. T. D. Ⅱ（B）105 页。集成叁图版 3。文 集录 152 页。籍帐研究 240 页。T. T. D. Ⅱ（A）68 页。集成叁 140 页。参 T. T. D. Ⅱ（A）54 页。

5143v　佛典残片

前、后、上、下残，存 2 行六七字。

图 缺。文 集成叁 140 页。参

5144　文书残片

4.5×4.0，两面书写，前、后、上、下残，正面存 4 行数字，背面存 2 行数字。

图 缺。文 集成叁 140 页。参

5145　佛典残片

5.2×5.0，两面书写，前、后、上、下残，正面存 3 行，有丝栏；背面存 2 行数字。

图 缺。文 集成叁 140-141 页。参

5146　佛典残片

3.2×3.0，两面书写，正面有丝栏，存 2 行数字，与大谷 5166 号相同。背面文字无法识读。

图 缺。文 集成叁 141 页。参

5147(1)文书残片

2.5×1.5，两面书写，俱存 1 行 2 字。

图 缺。文 集成叁 141 页。参

5147(2)佛典残片

3.8×2.2，两面书写，正面存 2 行 4 字，背面存 1 行 4 字："□说正法。"

图 缺。文 集成叁 141 页。参

5148　佛典残片

2.5×4.3，两面书写，正面存 3 行数字，背面存 1 行 2 字。

图 缺。文 集成叁 141-142 页。参

5149　佛典残片

4.5×3.0，两面书写，正面存 3 行，背面存 2 行数字。

图 缺。文 集成叁 142 页。参

5150　佛典残片

3.5×3.0，两面书写，俱存 2 行数字。

图 缺。文 集成叁 142 页。参

5151(1)佛典残片

6.7×6.8，两面书写，正面有丝栏，前、后缺，下部残，存 4 行；背面前、后缺，下部残，存 3 行。

图 缺。文 集成叁 142 页。参

5151(2)佛典残片

6.5×2.5，两面书写，正面存 1 行 4 字，背面存 2 行 10 字。

图 缺。文 集成叁 143 页。参

5152　文书残片

9.6×2.5，两面书写，俱有丝栏，正面存 2 行，"人"为武周新字；背面存 1 行 3 字。

图 缺。文 集成叁 143 页。参

5153　佛典残片

6.0×1.5，两面书写，俱存1行数字。

图缺。文集成叁143页。参

5154　佛典残片

3.7×4.4，两面书写，正面有丝栏，存3行数字，背面有3字，无法识读。

图缺。文集成叁143页。参

5155　文书残片

3.6×5.0，两面书写，前、后、上、下残，正面存3行，背面存2行。

图缺。文集成叁144页。参

5156　佛典残片

5.0×5.0，两面书写，前、后、上、下残，正面存3行，背面存2行数字。

图缺。文集成叁144页。参

5157　佛典残片

3.2×3.5，两面书写，前、后、上、下残，正面存3行；背面存4行，有丝栏，栏间记有小字。

图缺。文集成叁144页。参

5158　佛典残片

3.1×5.6，两面书写，前、后、上、下残，正面存2行数字，背面存5行。

图缺。文集成叁144-145页。参

5159　佛典残片

9.0×2.5，前、后缺，下部残，存2行。

图缺。文集成叁145页。参

5159v　买牛驴文书

前、后、上、下残，存2行，1行记"买牛驴兴生"。

图缺。文集成叁145页。参

5160　佛典残片

6.0×2.0，两面书写，俱存1行数字，正面为"自身作男"，见于《大般涅槃经》卷第三十、三十九。

图缺。文集成叁145页。参

5161　佛典残片

6.0×2.0，两面书写，正面存"度群品夏"4字，背面存"中有诸居士"5字，此见于《贤愚经》卷第二、《四分律》卷一与卷七及《根本说一切有部毗奈耶破僧事》卷第十七。

图缺。文集成叁145页。参

5162　唐西州籍残片

4.4×3.1，前、后、上、下残，存2行，有一"壹"字。

图 T. T. D. Ⅱ（B）127页。文集录173页。籍帐研究256页。T. T. D. Ⅱ（A）85页。集成叁146页。参 T. T. D. Ⅱ（A）73页。

5162v　佛典残片

前、后、上、下残，存2行。

图 缺。文 集成叁 146 页。参

5163　文书残片

6.0×2.0，有三四字无法识读。

图 缺。文 缺。参

5164　佛典残片

2.0×3.2，两面书写，前、后、上、下残，正面存 2 行 6 字，背面存 3 行 6 字。

图 缺。文 集成叁 146 页。参

5165　佛典残片

6.0×5.0，两面书写，前、后、上、下残，俱存 3 行数字，正曲有丝栏。

图 缺。文 集成叁 146 页。参

5166　佛典残片

3.5×2.5，两面书写，正面存 2 行，有丝栏；背面存 1 行 3 字。与大谷 5146 号为同一文书。

图 缺。文 集成叁 147 页。参

5167　佛典残片

3.5×2.2，两面书写，正面存 1 行 3 字，背面存 2 行 4 字。

图 缺。文 集成叁 147 页。参

5168　佛典残片

3.2×2.0，两面书写，正面存 2 行数字，背面存 1 行 4 字。

图 缺。文 集成叁 147 页。参

5169　佛典残片

2.5×2.5，两面书写，正面存 2 行 3 字，有丝栏；背面存 3 行数字。

图 缺。文 集成叁 147 页。参

5170　佛典残片

3.0×3.0，两面书写，俱存 2 行数字。

图 缺。文 集成叁 148 页。参

5171　文书残片

3.7×2.0，两面书写，俱存 1 行数字。

图 缺。文 集成叁 148 页。参

5172　《摩诃僧祇律》卷第二残片

5.8×1.5，存 1 行 "共利捨经论捨" 6 字。

图 集成叁图版 50。文 小田义久 2002，22 页。集成叁 148 页。参 小田义久 2002。

5172v　文书残片

存 1 行 3 字，不能识读。

图 缺。文 缺。参

5173　佛典残片

3.5×4.5，两面书写，正面存 3 行数字，背面存 2 行 4 字。

图 缺。文 集成叁 148 页。参

5174　佛典残片

5.0×3.0，两面书写，正面有丝栏，存1行"何盖天人"4字，背面存2行文字。

图缺。文集成叁149页。参

5175　佛典残片

3.0×3.0，两面书写，俱存2行数字，背面有丝栏。

图缺。文集成叁149页。参

5176　佛典残片

2.5×1.5，两面书写，俱存1行2字。

图缺。文集成叁149页。参

5177　唐西州高昌县宁昌乡差科簿

14.5×23.2，前、后缺，下部残，存6行，1行署"宁昌乡"，2行记"合当乡据籍杂色……"，3、4行为统计数字，一为"九十九……"，另一为"六十……"，5行记"侯进感弟□素三十八……"，6行记"氾逸之廿二五品子□我□……"。本件缺纪年，籍帐研究订为8世纪前半期。

图西域Ⅲ图版38。西村研究图版15。集成叁图版18。文西域Ⅱ315页。西域Ⅲ454页。西村研究345页。籍帐研究381页。王永兴校注633页。集成叁149页。参西村元佑1959、1960、1968B。

5177v　唐代西州地亩帐

前、后缺，下部残，存8行，1行记"卌八亩 麦□"，2行记"四亩半县"，等等。

图集成叁图版24。文集成叁150页。参

5178　唐仪凤三年（678）四月西州高昌县主簿牒文尾

20.0×9.0，前、后缺，下部残，存2行，1行署"仪凤三年四月十二日主簿判尉……"，2行记"录事唐知□"。本件钤有"高昌县之印"，有衬里，原注："二堡（G）。"

图集成叁图版6。文集成叁150页。参

5179　唐垂拱二年（686）二月某人残辩辞

28.5×8.2，前、后缺，下部残，存4行，1行存"去年"2字，2行存"实，谨辩"，3行记"垂拱二年二月日……"。本件有衬里。

图集成叁图版6。文集成叁150页。参

5180　无字残片

6.1×4，形式与5181号以下粟特文残片相同。

图イラン语断片集成图版26。参羽田明、山田信夫1961。イラン语断片集成93页。

5181　粟特文佛典残片

2.1×2.5，存1行。

图イラン语断片集成图版26。文イラン语断片集成93页。参羽田明、山田信夫1961。イラン语断片集成93页。

5182　粟特文佛典残片

9.3×3，存2行。

图イラン语断片集成图版26。文イラン语断片集成93页。参羽田明、山田信夫

1961。イラン语断片集成 93 页。

5183 粟特文佛典残片

7.2×2.5，存 2 行。

图 イラン语断片集成图版 26。文 イラン语断片集成 93-94 页。参 羽田明、山田信夫 1961。イラン语断片集成 93-94 页。

5184 粟特文佛典残片

7.3×2.5，存 1 行。

图 イラン语断片集成图版 26。文 イラン语断片集成 94 页。参 羽田明、山田信夫 1961。イラン语断片集成 94 页。

5185 粟特文佛典残片

6.9×3.5，存 2 行。

图 イラン语断片集成图版 26。文 イラン语断片集成 94 页。参 羽田明、山田信夫 1961。イラン语断片集成 94 页。

5186 粟特文佛典残片

3.3×3.4，存 2 行。

图 イラン语断片集成图版 26。文 イラン语断片集成 94 页。参 羽田明、山田信夫 1961。イラン语断片集成 94 页。

5187 粟特文佛典残片

3.6×3.2，存 2 行。

图 イラン语断片集成图版 26。文 イラン语断片集成 94 页。参 羽田明、山田信夫 1961。イラン语断片集成 94 页。

5188 粟特文佛典残片

3×2.5，存 2 行。

图 イラン语断片集成图版 26。文 イラン语断片集成 94 页。参 羽田明、山田信夫 1961。イラン语断片集成 94 页。

5189 粟特文佛典残片

4×3，存 2 行。

图 イラン语断片集成图版 26。文 イラン语断片集成 94 页。参 羽田明、山田信夫 1961。イラン语断片集成 94 页。

5190 粟特文佛典残片

10.3×2.5，存 2 行之残笔画。

图 イラン语断片集成图版 26。文 缺。参 羽田明、山田信夫 1961。イラン语断片集成 95 页。

5191 粟特文佛典残片

3.8×2.3，存 2 行。

图 イラン语断片集成图版 26。文 イラン语断片集成 95 页。参 羽田明、山田信夫 1961。イラン语断片集成 95 页。

5192 粟特文佛典残片

3.2×3.5，存 2 行。

图 イラン语断片集成图版 26。文 イラン语断片集成 95 页。参 羽田明、山田信夫 1961。イラン语断片集成 95 页。

5193 粟特文佛典残片

3.1×2.7，存 1 行。

图 イラン语断片集成图版 26。文 イラン语断片集成 95 页。参 羽田明、山田信夫 1961。イラン语断片集成 95 页。

5194 粟特文佛典残片

4.2×3.3，存 2 行。

图 イラン语断片集成图版 26。文 イラン语断片集成 95 页。参 羽田明、山田信夫 1961。イラン语断片集成 95 页。

5195 粟特文佛典残片

3.5×7.8，存 2 行。

图 イラン语断片集成图版 26。文 イラン语断片集成 95 页。参 羽田明、山田信夫 1961。イラン语断片集成 95 页。

5196 粟特文佛典残片

1.8×3.1，无字。

图 イラン语断片集成图版 26。参 羽田明、山田信夫 1961。イラン语断片集成 95 页。

5197A 粟特文佛典残片

4.2×1.7，存 1 行。

图 イラン语断片集成图版 26。文 イラン语断片集成 95 页。参 羽田明、山田信夫 1961。イラン语断片集成 95 页。

5197B 粟特文佛典残片

4.2×1.2，存 1 行。

图 イラン语断片集成图版 26。文 イラン语断片集成 95 页。参 羽田明、山田信夫 1961。イラン语断片集成 95 页。

5198A 粟特文佛典残片

8×2.3，存 2 行。

图 イラン语断片集成图版 27。文 イラン语断片集成 96 页。参 羽田明、山田信夫 1961。イラン语断片集成 96 页。

5198B 粟特文佛典残片

3×2.4，存 1 行。

图 イラン语断片集成图版 27。文 イラン语断片集成 96 页。参 羽田明、山田信夫 1961。イラン语断片集成 96 页。

5199 粟特文佛典残片

5.3×3.5，存 2 行。

图 イラン语断片集成图版 27。文 イラン语断片集成 96 页。参 羽田明、山田信夫 1961。イラン语断片集成 96 页。

5200 粟特文佛典残片

7.5×3.3，存2行。

图 イラン语断片集成图版27。文 イラン语断片集成96页。参 羽田明、山田信夫
1961。イラン语断片集成96页。

5201 粟特文佛典残片

7.2×4.2，存2行。

图 イラン语断片集成图版27。文 イラン语断片集成96页。参 羽田明、山田信夫
1961。イラン语断片集成96页。

5202 粟特文佛典残片

7.4×4，存2行。

图 イラン语断片集成图版27。文 イラン语断片集成96页。参 羽田明、山田信夫
1961。イラン语断片集成96页。

5203 粟特文佛典残片

1×0.8，存1个残字。

图 イラン语断片集成图版27。文 イラン语断片集成96页。参 羽田明、山田信夫
1961。イラン语断片集成96页。

5204 粟特文佛典残片

2×1.5，存1个残字。

图 イラン语断片集成图版27。文 缺。参 羽田明、山田信夫1961。イラン语断片
集成96页。

5205 粟特文佛典残片

6.8×4.6，存3行。

图 イラン语断片集成图版27。文 イラン语断片集成97页。参 羽田明、山田信夫
1961。イラン语断片集成96-97页。

5206 粟特文佛典残片

3.1×2.7，存1行。

图 イラン语断片集成图版27。文 イラン语断片集成97页。参 羽田明、山田信夫
1961。イラン语断片集成97页。

5207A 粟特文佛典残片

2.9×2.1，存1行。

图 イラン语断片集成图版27。文 イラン语断片集成97页。参 羽田明、山田信夫
1961。イラン语断片集成97页。

5207B 粟特文佛典残片

4.5×2.3，存1行。

图 イラン语断片集成图版27。文 イラン语断片集成97页。参 羽田明、山田信夫
1961。イラン语断片集成97页。

5208 粟特文佛典残片

2.2×1.2，存1行。

图 イラン语断片集成图版27。文 イラン语断片集成97页。参 羽田明、山田信夫
1961。イラン语断片集成97页。

5209　粟特文佛典残片

6.5×3.8，存 3 行。

图 イラン语断片集成图版 27。文 イラン语断片集成 97 页。参 羽田明、山田信夫 1961。イラン语断片集成 97 页。

5210-5215　回鹘文文书残片

极小片（碎片群），草书，存 1-3 行不等。

图 缺。文 缺。参 羽田明、山田信夫 1961。

5216-5221　回鹘文文书残片

小片、极小片，草书，存 2-13 行不等，为同类文书。

图 缺。文 缺。参 羽田明、山田信夫 1961。

5222-5227　回鹘文文书残片（其中 5223 号另列）

极小片，楷书，存 1-6 行不等。

图 缺：文 缺。参 羽田明、山田信夫 1961。

5223　粟特文残片

4.2×5.2，存 4 行。

图 イラン语断片集成图版 28。文 イラン语断片集成 98 页。参 羽田明、山田信夫 1961。イラン语断片集成 98 页。

5228　粟特文残片

3.5×8.1，存 7 行。

图 イラン语断片集成图版 28。文 イラン语断片集成 98 页。参 羽田明、山田信夫 1961。イラン语断片集成 98 页。

5229　粟特文佛典残片

5.7×3.5，存 2 行。

图 イラン语断片集成图版 27。文 イラン语断片集成 97 页。参 羽田明、山田信夫 1961。イラン语断片集成 97 页。

5230　粟特文佛典残片

3×3.2，存 3 行。

图 イラン语断片集成图版 27。文 イラン语断片集成 97-98 页。参 羽田明、山田信夫 1961。イラン语断片集成 97-98 页。

5231　粟特文残片

5.1×4，存 3 行。与大谷 5244 号同卷。

图 イラン语断片集成图版 28。文 イラン语断片集成 98 页。参 羽田明、山田信夫 1961。イラン语断片集成 98-99 页。

5232-5247　回鹘文、粟特文文书残片（其中 5235、5237、5239、5242、5243、5244、5245 诸号另列）

极小片（其中 5239 号为 10×3），草、楷两种书体，存 1-9 行不等；5242、5245 号为粟特文，5242 号与上揭 5180 等号为同类文书。5241 号有朱字插入。

图 缺。文 缺。参 羽田明、山田信夫 1961。

5235　粟特文佛典残片

4×4.3，存3行。

图 イラン语断片集成图版28。文 イラン语断片集成99页。参 羽田明、山田信夫1961。イラン语断片集成99页。

5237 粟特文残片

3.2×1.6，存1行。

图 イラン语断片集成图版28。文 イラン语断片集成99页。参 羽田明、山田信夫1961。イラン语断片集成99页。

5239 粟特文《金刚般若经》（?）残片

3.3×11.3，存9行。

图 イラン语断片集成图版28。文 イラン语断片集成99页。参 羽田明、山田信夫1961。イラン语断片集成99页。

5242 粟特文佛典残片

5.8×3.5，存2行。

图 イラン语断片集成图版27。文 イラン语断片集成98页。参 羽田明、山田信夫1961。イラン语断片集成98页。

5243 粟特文残片

3.6×4，存3行。

图 イラン语断片集成图版28。文 イラン语断片集成100页。参 羽田明、山田信夫1961。イラン语断片集成99-100页。

5244 粟特文残片

7.4×5.4，存3行。与5231号同卷。

图 イラン语断片集成图版28。文 イラン语断片集成98页。参 羽田明、山田信夫1961。イラン语断片集成98-99页。

5245 佛典残片

6×6.5，存4行。

图 イラン语断片集成图版28。文 イラン语断片集成100页。参 羽田明、山田信夫1961。イラン语断片集成100页。

5248 回鹘文文书残片

13×13，草书，存5行。

图 缺。文 缺。参 羽田明、山田信夫1961。

5249-5265 回鹘文文书残片

极小片，草、楷两种字体，存1-4行不等，其中5259、5265号为双面书写，5250号有朱角印。

图 缺。文 缺。参 羽田明、山田信夫1961。

5266 回鹘文《天地八阳神咒经》残片

16×15，活字，版本，存6行，行头有二重丝栏。

图 西域Ⅳ图版24。Juten Oda 1980-1986，图2。小田寿典1987，图2。文 Juten Oda1980-1986，329页。小田寿典1987，31页。参 羽田明、山田信夫1961。Juten Oda 1980-1986。小田寿典1987。

5267　回鹘文佛典残片

10×8，活字，存5行。

圖 缺。文 缺。參 羽田明、山田信夫1961。

5268-5271　回鹘文佛典残片

极小片，活字，存2-6行不等，5268号有句读点，行末有丝栏；5270号为版本，有丝栏。

圖 缺。文 缺。參 羽田明、山田信夫1961。

5272　回鹘文佛典残片

15×10，活字，存5行，版本，行末、行头有二重丝栏。

圖 西域Ⅳ图版24。文 缺。參 羽田明、山田信夫1961。

5273　回鹘文文书残片

25×15，活字，存7行，版本，行头、行末有丝栏。

圖 缺。文 缺。參 羽田明、山田信夫1961。

5274　回鹘文《天地八阳神咒经》残片

20×7，活字，存5行，行末有丝栏。

圖 Juten Oda1980-1986，图3。小田寿典1987，图3。文 Juten Oda1980-1986，335页。小田寿典1987，31页。參 羽田明、山田信夫1961。Juten Oda1980-1986。小田寿典1987。

5275-5278　回鹘文文书残片

小片，活字，存4-7行不等，版本，其中5275、5277号有丝栏。

圖 缺。文 缺。參 羽田明、山田信夫1961。

5279　回鹘文文书残片

极小片，活字，存2行。

圖 缺。文 缺。參 羽田明、山田信夫1961。

5280-5289　回鹘文文书残片

小片、极小片，活字，存1-7行不等，版本，5280、5281-5284、5286诸号为同类文书，5287号有句读点，行末有丝栏。原注："蒙古语—（5281）。Turfan（G）—（5284）。"

圖 缺。文 缺。參 羽田明、山田信夫1961。

5290　回鹘文文书残片

极小片，有丝栏，无文字。

圖 缺。文 缺。參 羽田明、山田信夫1961。

5291　回鹘文文书残片

极小片，有丝栏，无文字。

圖 缺。文 缺。參 羽田明、山田信夫1961。

5292　回鹘文文书残片

13×8，草书，存5行。原注："吐鲁番。"

圖 缺。文 缺。參 羽田明、山田信夫1961。

5293-5294　回鹘文文书残片

极小片，草书，存 2 行。原注："吐鲁番—5294。"

图 缺。文 缺。参 羽田明、山田信夫 1961。

5295　回鹘文佛典残片

15×8，草书，存 11 行，有句读点，与大谷 5296 号为同类文书。

图 西域Ⅳ图版 24。文 缺。参 羽田明、山田信夫 1961。

5296　回鹘文佛典残片

15×8，草书，存 12 行。

图 西域Ⅳ图版 24。文 缺。参 羽田明、山田信夫 1961。

5297　回鹘文《天地八阳神咒经》残片

10×13，活字，存 5 行，行头有二重丝栏。

图 Juten Oda1980-1986，图 1。小田寿典 1987，图 1。文 Juten Oda1980-1986，329
页。小田寿典 1987，31 页。参 羽田明、山田信夫 1961。Juten Oda1980-1986。小
田寿典 1987。

5298　回鹘文文书残片

13×6，草书，存 3 行。

图 缺。文 缺。参 羽田明、山田信夫 1961。

5299　回鹘文文书残片

小片，活字，存 1 行，版本，有朱丝栏。

图 缺。文 缺。参 羽田明、山田信夫 1961。

5300　回鹘文文书残片

小片，两面书写，草书，存 2 行。

图 缺。文 缺。参 羽田明、山田信夫 1961。

5301　摩尼文粟特语文献残片

8.5×7.5，草书，存 4 行。

图 イラン语断片集成图版 94。文 イラン语断片集成 172 页。参 羽田明、山田信夫
1961。イラン语断片集成 172 页。

5302　回鹘文《天地八阳神咒经》残片

6.5×5.5，存 4 行，内容与 2077 号可拼接。

图 小田寿典 1983，183 页。文 小田寿典 1983，171 页。参 小田寿典 1983。

5303-5326　回鹘文文书残片（其中 5307、5314 号另列）

极小片，5304 号为两面书写，余为单面，5310、5322 号为楷书，5306 号为活字，
余为草书，存 1-4 行不等。5314 号有丝栏。

图 缺：文 缺。参 羽田明、山田信夫 1961。

5307　粟特文残片

4×3.2，存 1 行。

图 イラン语断片集成图版 28。文 イラン语断片集成 100 页。参 羽田明、山田信夫
1961。イラン语断片集成 100 页。

5314　与 2521 可缀合，见 2521 号。

5327　粟特文书信残片

15×8.5，存5行。

图 イラン语断片集成图版29。**文** イラン语断片集成100页。**参** 羽田明、山田信夫
1961。イラン语断片集成100页。

5328　回鹘文文书残片

12×20，草书，存7行。

图 缺。**文** 缺。**参** 羽田明、山田信夫1961。

5329　回鹘文文书残片

21×4，草书，存8行。

图 缺。**文** 缺。**参** 羽田明、山田信夫1961。

5330　回鹘文文书残片

28×8，草书，存4行。

图 缺。**文** 缺。**参** 羽田明、山田信夫1961。

5331　回鹘文社会经济文书残片

20×10，有纸贴合，草书，存4行。

图 缺。**文** 缺。**参** 羽田明、山田信夫1961。

5332　回鹘文文书残片

15×6，草书，存10行。

图 缺。**文** 缺。**参** 羽田明、山田信夫1961。

5333　回鹘文文书残片

15×5，草书，存2行。

图 缺。**文** 缺。**参** 羽田明、山田信夫1961。

5334　回鹘文文书残片

7×12，草书，存3行。

图 缺。**文** 缺。**参** 羽田明、山田信夫1961。

5335　回鹘文契约（？）文书残片

7×15，草书，存4行，有指印。

图 西域Ⅳ图版32。**文** 缺。**参** 羽田明、山田信夫1961。

5336　回鹘文文书残片

25×3，草书，存3行。

图 缺。**文** 缺。**参** 羽田明、山田信夫1961。

5337　回鹘文文书残片

小片，草书，存2行。

图 缺。**文** 缺。**参** 羽田明、山田信夫1961。

5338-5345　回鹘文文书残片（其中5344号另列）

小片、极小片，草书，存1-6行不等。

图 缺。**文** 缺。**文** 羽田明、山田信夫1961。

5344　粟特文佛典（？）残片

4.8×6.5，存4行。与圣彼得堡藏L109可能同卷。

图 イラン语断片集成图版29。**文** イラン语断片集成101页。**参** イラン语断片集成

101 页。

5346　文书残片

6.7×2.5，存汉字残画。

图 イラン语断片集成图版 29。**文** 缺。**参** イラン语断片集成 15 页。

5346v　粟特文残片

存 4 行，应当是利用汉文佛典背面所写。

图 イラン语断片集成图版 29。**文** イラン语断片集成 101 页。**参** イラン语断片集成 101 页。

5347-5349　回鹘义义书残片

小片，活字，存 2-3 行不等，5348、5349 号行末有二重丝栏。原注："ヤルホー（5348）。哈喇和卓—5349。"

图 缺。**文** 缺。**参** 羽田明、山田信夫 1961。

5350　粟特文残片

3.5×3.5，存 2 行。原注"哈喇和卓"，封筒题"哈喇和卓出所"。

图 イラン语断片集成图版 29。**文** イラン语断片集成 101 页。**参** 羽田明、山田信夫 1961。イラン语断片集成 101 页。

5351-5354　回鹘文文书残片

极小片，草书、活字，存 1-2 行不等。原注："哈喇和卓—（5350）、（5351）。吐鲁番—5352。"

图 缺：**文** 缺。**参** 羽田明、山田信夫 1961。

5355　回鹘文文书残片

10×12，草书，存 5 行。

图 缺。**文** 缺。**参** 羽田明、山田信夫 1961。

5356　回鹘文文书残片

11×9，草书，存 7 行。

图 缺。**文** 缺。**参** 羽田明、山田信夫 1961。

5357-5366　回鹘文文书残片

小片、极小片，5360、5362、5364 诸号为活字，5363 号有汉字，余为草书，存 2-5 行不等。原注："哈喇和卓。"

图 缺。**文** 缺。**参** 羽田明、山田信夫 1961。

5366　唐赁牛文书残片

10.0×13.0，前、后、上、下残，存 3 行，1 行记"……□百醜处赁……"，2 行记"……贰鈄参……"，3 行存"牛两头"3 字。カラホージヤ出土。

图 集成叁图版 29。**文** 大谷目二 101 页。集成叁 151 页。**参**

5367　残契尾

7.2×13.5，前、后、上、下残，存 2 行数字，2 行处有两笔画指。カラホージヤ出土。

图 集成叁图版 25。**文** 集成叁 151 页。**参**

5368　唐年支斛斗残牒文

10.7×5.0，前、后、上、下残，存2行，1行记"年支斛斗壹拾"，2行为"斗玖胜各牒下"。

圐 集成叁图版28。文 大谷目二102页。集成叁151页。参

5369　唐下前庭县残符文

8.3×5.0，前、后、上、下残，存3行，1行"当县□□"，2行存"前庭县主者"。按宝应元年（762）改高昌县为前庭县，本件当在此之后。カラホージャ出土。

圐 集成叁图版18。文 大谷目二102页。集成叁151页。参

5370　武周西州某县勘当范来香口分薄田一亩残文书

29.0×20.0，前、后缺，上下微残，存7行，1行署"勘当"2字，2行顶格记"薄田一亩在于谌城"，其后数行均低两格写，记上件地原是分给范来香的口分田，但被"知屯人浑弥"所种，自己"租子无知得处"，照规定"即合别处得替之"，又未得到。下文残缺不知。本件缺纪年，但"年"为武周新字，知为武周时期文书。有衬里，原注："哈喇和卓。"

圐 集成叁图版24。文 大谷目二102页。池田温1975，71页。集成叁151-152页。参 嶋崎昌1959。池田温1975。船越泰次1981。

5371　唐糜食破用文书

13.0×16.8，前、后缺，上部残，存7行，2行存"其麦陪徵"，3行记"见破用其糜食取"，4行为"加减其糜为日不"，5行"思德"下有双行小字："所设似不如科附如前。"有衬里，カラホージャ出土。

圐 集成叁图版28。文 大谷目二102页。集成叁152页。参

5372　唐开元某年官文书残片

13.6×15.6，存1行"开元"2字，有骑缝线。有衬里。

圐 集成叁图版11。文 大谷目二103页。西域Ⅲ50页。集成叁152页。参 内藤乾吉1960。

5373　唐周某纳税抄?

9.3×15.0，前、后缺，下部残，存3行，1行记"周□"2字，2行为"正领"，3行为"日史"。有衬里，原注："Turfan（G）。"

圐 集成叁图版40。文 大谷目二103页。集成叁152页。参

5374　唐官府残牒文

13.8×22.5，前、后、上、下残，1行记"如前谨牒"，2行存"一月　日府"，4行有"下县"2字，似为州府文书。有衬里。

圐 集成叁图版20。文 集成叁152页。参

5375　唐官文书残片

17.4×16.7，前、后、上、下残，存2行，1行存"史"字，2行存"□日受即"数字。与大谷5376号有同样的衬里，原注："Turfan（G）。"

圐 集成叁图版11。文 西域Ⅲ50页。集成叁153页。参 内藤乾吉1960。

5376　唐西州差夫残文书

7.8×6.5，前、后、上、下残，存3行，2行存"差夫不可长"数字，3行存"一日从州"4字。与大谷5375号有同样的衬里，原注："Turfan（G）。"

图 集成叁图版 11。**文** 西域Ⅲ138 页。王永兴校注 566 页。集成叁 153 页。**参** 小笠原宣秀、西村元佑 1960。

5377 《千字文》习字残片

13.7×36.0，两面书写，前、后、上、下残，正面存"藏"、"闻"、"余"、"成"、"岁"、"律"、"吕"、"调"等字的习书，背面存"罗"、"将"、"相"、"路"、"侠"、"槐"、"卿"、"户"等字的习书。交河城出土。

图 集成叁图版 43。**文** 集成叁 153 页。**参**

5378 《千字文》习字残片

13.2×6.5，两面书写，前、后、上、下残，正面存"有"、"东"、"西"等字的习书，背面存"神"、"疲"等字的习书。交河城出土。

图 集成叁图版 42。**文** 集成叁 153 页。**参**

5379 佛典残片

28.5×4.0，两面书写，前、后、上、下残，正面存 3 行，背面存 2 行。交河城出土，以下至 5468 号俱出自交河城。

图 缺。**文** 集成叁 153-154 页。**参**

5380 佛典残片

12.3×3.0，两面书写，前、后、上、下残，俱存 2 行数字。

图 缺。**文** 集成叁 154 页。**参**

5381 《诸经要集》卷第十五残片之一

15.5×7.5，两面书写，正面存 5 行，背面存 4 行，与大谷 5382 号缀合。

图 集成叁图版 50。**文** 小田义久 2002，35 页。集成叁 154 页。**参** 小田义久 2002。

5382 《诸经要集》卷第十五残片之一

15.0×11.7，两面书写，正面存 7 行，背面存 6 行，与大谷 5381 号缀合。

图 集成叁图版 50。**文** 小田义久 2002，35-36 页。集成叁 154-155 页。**参** 小田义久 2002。

5383 佛教文书残片

9.5×8.5，两面书写，前、后、上、下残，正面有丝栏，存 6 行，3 行记"大勋魔王保举上仙"，4 行记"入金门"；背面存 3 行。

图 缺。**文** 集成叁 155 页。**参**

5384 佛教文书残片

10.5×10.0，前、后缺，上部残，存 6 行，1 行记"□书□变以为下音"，2 行记"天皆遣飞天神"，其中"飞天神"仅见于《老子化胡经》。

图 缺。**文** 集成叁 155-156 页。**参**

5384v 唐寺院出纳簿（破用历）

前、后、上、下残，存 4 行，3 行记"僧小麦二升"，4 行记"客小麦一升 衫"。

图 集成叁图版 29。**文** 集成叁 156 页。**参**

5385 佛典残片

24.2×9.2，两面书写，正面前、后缺，上部残，存 3 行；背面前、后、上、下残，存 12 行。

图 缺。文 集成叁 156 页。参

5386　佛典残片

13.0×8.0，两面书写，前、后、上、下残，俱存 4 行。

图 缺。文 集成叁 156-157 页。参

5387　佛典残片

10.0×4.6，正面前、后、上、下残，存 4 行，背面无文字。

图 缺。文 集成叁 157 页。参

5388　佛典残片

5.0×5.5，正面前、后、上、下残，存 3 行，背面无文字。

图 缺。文 集成叁 157 页。参

5389　佛典残片

4.7×7.0，前、后、上、下残，存 5 行。

图 缺。文 集成叁 157 页。参

5389v　文书残片

前、后、上、下残，存 4 行，1 行记"惶羊来"，2 行记"爱放羊 失"，似为杂写。

图 集成叁图版 29。文 集成叁 157 页。参

5390　佛典残片

3.5×6.7，前、后、上、下残，存 5 行。

图 缺。文 集成叁 158 页。参

5390v　习书残片

前、后缺，上部残，存 3 行，俱写"开裹"2 字。

图 缺。文 集成叁 158 页。参

5391　佛典残片

8.0×8.0，前、后、上、下残，存 4 行。

图 缺。文 集成叁 158 页。参

5391v　文书残片

前、后、上、下残，存 4 行，1 行存"举青"2 字，2 行记"熟依数分"，似为一举贷契。

图 集成叁图版 29。文 集成叁 158 页。参

5392　佛典残片

4.5×4.2，两面书写，俱存 2 行数字，背面有丝栏。

图 缺。文 集成叁 158-159 页。参

5393　唐官文书残片

6.0×8.7，存"状下州宜"4 字。

图 集成叁图版 20。文 集成叁 159 页。参

5393v　唐广十等领粮物帐

前、后、上、下残，存 5 行，1 行记"日广十领砲□"，2 行存"种粟时"，4 行记"广十领青 麦 "。

图 集成叁图版29。文 集成叁159页。参

5394　佛典残片

5.0×6.0，前、后、上、下残，存5行。

图 缺。文 集成叁159页。参

5394v　注解残片

前、后、上、下残，有丝栏，存3行，1行存双行小字："恚愚癡行智慧。"2行存："属意何以属□何以故。"

图 集成叁图版43。文 集成叁159页。参

5395　《切韵》残片

4.1×5.0，两面书写，前、后、下残，俱存3行，正面3行"废"下注"病"；背面2行"冠"下有双行小字："又古桓及。"

图 集成叁图版43。张娜丽2004图9。文 集成叁159-160页。张娜丽2004，21页。参 张娜丽2004。

5396　文书残片

6.2×5.6，前、后、上、下残，存3行数字。

图 缺。文 集成叁160页。参

5396v　注解残片

前、后、上、下残，存3行，1行"龙四见"下有双行小字注："□□□东观汉记。"

图 集成叁图版43。文 集成叁160页。参

5397　《切韵》残片

4.0×3.4，两面书写，俱存2行。

图 集成叁图版43。张娜丽2004图7。文 集成叁160页。张娜丽2004，21页。参 张娜丽2004。

5398　佛典残片

7.0×7.0，两面书写，有丝栏，前、后、上、下残，正面存6行，6行"男女婚姻"仅见于《大楼炭经》卷第四；背面存5行。

图 缺。文 集成叁160-161页。参

5399　古籍写本残片

6.5×2.5，两面书写，有丝栏，前、后、上、下残，正面存2行数字，背面存3行。

图 缺。文 集成叁161页。参

5400　注解残片

8.5×6.0，有丝栏，前、后、上、下残，存3行，3行"向证"下有双行小字注："向者所说为以得决证也。"

图 集成叁图版43。文 集成叁161页。参

5400v　古籍写本残片

前、后、上、下残，存3行。

图 集成叁图版43。文 集成叁161页。参

5401（1） 注解残片

3.0×2.0，两面书写，有丝栏，俱存 1 行数字。

圖 缺。文 集成叁 161 页。参

5401（2） 注解残片

1.5×2.0，两面书写，有丝栏，俱存 1 行数字。

圖 缺。文 集成叁 162 页。参

5401（3） 注解残片

0.7×1.0，文字无法识读。

圖 缺。文 缺。参

5402 佛典残片

3.4×5.4，两面书写，前、后、上、下残，正面存 4 行，背面存 3 行，2 行为别笔。

圖 缺。文 集成叁 162 页。参

5403 空号

5404 唐孙敬古等六月一日番上名籍

10.0×8.0，两面书写，正面前、后缺，下残，存 4 行，1 行"六月一日"右边有一"番"字，下记"孙敬古"、"王忠□"等人名，2、3 行同时记有"田仲敏"一名。背面前、后缺，上部残，存 3 行，有王鼠奴、田智安等人名。

圖 集成叁图版 18。文 集成叁 162 页。参

5405 佛典残片

6.2×11.2，前、后、上、下残，存 5 行。

圖 缺。文 集成叁 163 页。参

5405v 药方书残片

前、后、上、下残，存 7 行，3 行记"生薑五"，4 行记"以水一升□"。

圖 集成叁图版 41。文 集成叁 163 页。参

5406 《三聚净戒》残片

5.0×6.2，前、后、上、下残，存 4 行。

圖 西域Ⅵ图版 12。集成叁图版 50。文 西域Ⅵ143 页。集成叁 163 页。参 土桥秀高 1963。

5406v 文书残片

前、后、上、下残，存 4 行。

圖 缺。文 集成叁 163 页。参

5407 唐供夜料文书

9.3×12.0，前、后、上、下残，存 5 行，1 行记"达干夜料"，3 行记"随□□供夜料"。

圖 集成叁图版 29。文 集成叁 163 页。参

5407v 唐烽子残文书

前、后、上、下残，存 5 行，5 行记"十二月二十二日烽子"。

圖 集成叁图版 18。文 集成叁 164 页。参

5408 白义珪等残名籍

12.0×6.0，前、后、上、下残，存3行，2行"奴罗刹"下有一"中"字，当是中男或中女。

图 缺。文 集成叁164页。参

5408v《维摩诘所说经》卷上残片

前、后、上、下残，存3行。

图 集成叁图版49。文 小田义久2002，19页。集成叁164页。参 小田义久2002。

5409 古籍写本残片

8.5×6.5，两面书写，前、后、上、下残，俱存4行。

图 集成叁图版43。文 集成叁164页。参

5410 佛典残片

6.0×6.5，两面书写，正面有丝栏，存3行，背面存1行。

图 缺。文 集成叁165页。参

5411 文书残片

8.5×6.0，两面书写，前、后、上、下残，俱存2行。

图 缺。文 集成叁165页。参

5412 唐杨日进、安智幹等田亩簿

11.0×8.0，两面书写，前、后、上、下残，正面存4行，3行记"杨日进二亩"，"杨日进"3字乃涂抹数字后另加的，4行记"□□□壹亩 安智幹一亩"；背面存3行。

图 集成叁图版24。文 集成叁165页。参

5413 佛典残片

6.0×7.5，两面书写，前、后、上、下残，正面存4行，背面存3行。

图 缺。文 集成叁165-166页。参

5414 佛典残片

3.7×10.0，两面书写，前、后、上、下残，正面存5行，背面存1行。

图 缺。文 集成叁166页。参

5415 古籍写本残片

6.0×7.0，两面书写，前、后、上、下残，正面存4行，背面存2行。

图 集成叁图版43。文 集成叁166页。参

5416《大方便佛报恩经》卷第四残片

6.0×9.0，前、后、上、下残，存5行。

图 小田义久2002，7页。集成叁图版55。文 小田义久2002，7页。集成叁166页。参 小田义久2002。

5416v 佛典残片

前、后、上、下残，存2行数字。

图 缺。文 集成叁167页。参

5417《孝经注》残片

7.3×6.0，前、后、上、下残，存2行，1行"而日见之"下有双行小字"言……

之"。

图 集成叁图版 43。张娜丽 2004 图 8。**文** 集成叁 167 页。张娜丽 2004，20 页。**参**
张娜丽 2004。

5417v 文书残片

前、后、上、下残，存 2 行数字，2 行有 "南至□" 3 字。
图 缺。**文** 集成叁 167 页。**参**

5418 《千字文》习字残片

8.0×9.8，两面书写，前、后、上、下残，正面存 3 行，为 "赤"、"地" 的习书；
背面存 5 行，为 "疲"、"守"、"真" 等字的习书。
图 集成叁图版 42。**文** 集成叁 167 页。**参**

5419 习字稿残片

5.0×10.0，两面书写，正面存 3 行，1 行存 "大夫"，2、3 行为一倒书 "为" 字。
背面存 4 行，1-3 行为 "次" 字，4 行存横书 "漆次" 2 字。
图 缺。**文** 集成叁 167-168 页。**参**

5420 文书残片

10.0×7.0，存 1 行 "亦与此人" 4 字。
图 缺。**文** 集成叁 168 页。**参**

5420v 佛典残片

前、后、上、下残，存 5 行。
图 缺。**文** 集成叁 168 页。**参**

5421 文书残片

5.0×6.0，两面书写，前、后、上、下残，俱存 3 行数字。
图 缺。**文** 集成叁 168 页。**参**

5422 佛典残片

6.0×7.5，两面书写，前、后、上、下残，正面存 5 行，背面存 4 行。
图 缺。**文** 集成叁 168-169 页。**参**

5423 古籍写本残片

6.5×5.0，两面书写，前、后、上、下残，俱存 3 行。
图 缺。**文** 集成叁 169 页。**参**

5424 佛典残片

10.0×5.3，两面书写，前、后、上、下残，正面存 3 行，背面存 2 行。
图 缺。**文** 集成叁 169 页。**参**

5425 《大宝积经论》卷第二残片

6.3×4.5，前、后、上、下残，有丝栏，存 2 行。
图 缺。**文** 集成叁 169 页。**参** 刘安志、石墨林 2003。

5425v 佛典残片

前、后、上、下残，存 2 行。
图 缺。**文** 集成叁 169 页。**参**

5426 佛典残片

5.0×4.5，有丝栏，有白纸粘贴，存2行数字。

图 缺。文 集成叁 170 页。参

5426v 文书残片

存1行"□语断胡"数字。

图 缺。文 集成叁 170 页。参

5427 佛典残片

4.5×5.5，前、后、上、下残，存3行。

图 缺。文 集成叁 170 页。参

5427v 古籍写本残片

前、后、上、下残，存4行。

图 缺。文 集成叁 170 页。参

5428 文书残片

5.0×7.0，两面书写，正面存3行数字，背面存1行"合同前年"4字。

图 缺。文 集成叁 170 页。参

5429 文书残片

5.0×3.0，两面书写，正面有白纸粘贴，存1行"妇人"2字，背面存2行6字。

图 缺。文 集成叁 171 页。参

5430 文书残片

7.0×3.7，两面书写，前、后、上、下残，正面存3行，背面存2行数字。

图 缺。文 集成叁 171 页。参

5431 文书残片

5.4×4.0，两面书写，正面存2行数字，背面存1行3字。

图 缺。文 集成叁 171 页。参

5432 文书残片

3.8×4.0，两面书写，各存一二字。

图 缺。文 集成叁 171 页。参

5433 文书残片

2.7×5.7，两面书写，俱存2行数字。

图 缺。文 集成叁 171-172 页。参

5434 文书残片群

存5片，第1片2.1×3.0，两面书写，俱存2行数字；第2片2.6×1.7，正面存1行3字，背面文字无法识读；第3片1.5×3.5，正面存2行2字，背面无文字；第4片3.0×3.2，正面存1行4字，背面文字无法识读；第5片4.0×3.3，两面书写，俱存1行2字。

图 缺。文 集成叁 172 页。参

5435 文书残片

4.5×2.6，两面书写，前、后、上、下残，俱存2行，正面2行记"陈辞状上官"，似为一残状文。

图 缺。文 集成叁 172-173 页。参

5436　文书残片

3.5×2.6，有衬里，正面有一字。

图 缺。文 集成叁 173 页。参

5437　佛教文书残片

11.6×7.5，前、后缺，下部残，存 5 行。

图 缺。文 集成叁 173 页。参

5437v　回鹘文文书残片

草书，存 6 行。原注："No. 3。"

图 缺。文 缺。参 羽田明、山田信夫 1961。

5438　文书残片

5.5×5.0，前、后、上、下残，存 2 行 8 字。

图 缺。文 集成叁 173 页。参

5439　高昌麹斌残文书

2.5×4.0，存 2 行，1 行存"麹斌"2 字。

图 集成叁图版 1。文 集成叁 173 页。参

5440　文书残片

4.0×3.0，存一"柒"字。

图 缺。文 集成叁 173 页。参

5441　文书残小片

存 6 片，有二三字，无法识读。

图 缺。文 缺。参

5442　佛典残片

8.5×13.5，前、后、上、下残，存 7 行。

图 缺。文 集成叁 174 页。参

5442v　占卜书残片

前缺，上下残，存 4 行。1 行记有"白虎来"，2 行记有"鲁班充匠"，3 行有"卜
宅东方"之语。

图 集成叁图版 42。文 集成叁 174 页。参

5443　贺寿文（书仪?）

17.0×7.0，两面书写，前、后、上、下残，正面存 3 行，2 行记"……竹万载而
恒翠恒青……"，3 行记"□奉状陈"；背面存 5 行，2 行记"……金玉□□而无变
无坏，寿等松竹万而……"，3 行记"……大海水 赐紫沙门都统感惠 叩贺"，4 行
存"奉状牒"3 字。两面所记内容相似，似为贺寿书仪之类的文书。

图 集成叁图版 20（正面）。文 集成叁 174 页。参

5444　唐某人雇白苏大及兄白□□残契

18.5×10.8，前、后缺，下部残，存 5 行，1 行为"不在，仰保人……"，2 行为
"休悔，如先悔者，罚钱……"，3 行记"故立私契，两共平章，画指……"，最后
2 行为"受雇人白苏大……同受雇兄白……"。本件缺纪年，但从契文用语看，应
为唐代文书。

图 T. T. D. Ⅲ（B）35 页。集成叁图版 25。文 西域Ⅲ200 页。法制史研究Ⅰ788-789 页。王永兴校注 691 页。T. T. D. Ⅲ（A）76 页。集成叁 174-175 页。参 仁井田陞 1960。

5444v 白姓名籍

前、后缺，上部残，存 5 行，所记俱为白姓人。

图 缺。文 集成叁 175 页。参

5445 阴阳书（？）残片

10.2×10.2，前、后缺，上部残，1 行记"……不…… 光 明者，兵大起"，3 行记"……□光明者，布帛贵"，5 行记"……光明者，六畜贱"。

图 缺。文 集成叁 175 页。参

5445v 命书（？）残片

前、后缺，上部残，存 6 行，1 行记"□五谷日收毕"，2 行记"□日食三升"，4 行记"□寅卯其月贵"，5 行记"二月一日以候先得乙卯□"，6 行记"得癸卯□□□贵"。似为推命书。

图 集成叁图版 29。文 集成叁 175 页。参

5446 佛典残片

11.2×11.0，两面书写，前、后、上、下残，俱存 6 行。

图 缺。文 集成叁 175-176 页。参

5447 佛教文书残片

5.0×17.5，前、后、上、下残，存 16 行。背面有"三辰"、"坤"等字。

图 缺。文 集成叁 176 页。参

5448 武周西州安明海籍残片

9×8，前、后缺，上部残，有武周新字，正面存 3 行，2 行记"□主安明海年捌拾陆岁　老男"，2、3 行间有后人习书"师"字。

图 T. T. D. Ⅱ（B）105 页。集成叁图版 2。文 集录 151 页。籍帐研究 239 页。T. T. D. Ⅱ（A）68 页。集成叁 176-177 页。参 T. T. D. Ⅱ（A）53 页。

5448v《羯磨》残片

前、后、上、下残，存 4 行。经文又同于《四分比丘尼羯磨法》、《尼羯磨》卷上、《四分律删补随机羯磨》卷上等。

图 集成叁图版 56。文 小田义久 2002，32 页。集成叁 177 页。参 小田义久 2002。

5449《大乘无生方便门》残片

9.0×7.5，前、后、上、下残，存 5 行。纸背贴有白纸 5 片，存"供命"、"是以不敢"等字，有丝栏。

图 集成叁图版 56。文 小田义久 2002，38 页。集成叁 177 页。参 小田义久 2002。

5450 唐残牒

7.0×8.0，前、后、上、下残，存 2 行数字，2 行有"□牒留守"4 字。

图 集成叁图版 20。文 集成叁 177 页。参

5450v 佛教文书残片

前、后、上、下残，存 4 行，1 行"骨如毗富罗山"仅见于《大乘理趣六波罗蜜多

经》卷第八与《四谛论》卷第四。

图缺。文集成叁 177 页。参

5451　《四分僧戒本》残片

4.5×8.8，两面书写，前、后、上、下残，俱存 6 行。

图集成叁 55。文小田义久 2002，24 页。集成叁 177-178 页。参小田义久 2002。

5452　唐开元初年西州高昌县顺义乡籍

6.5×10，前、后、上、下残，存 1 行，有"□康得□　东至荒"数字，缝背署"顺义乡"。

图 T. T. D. Ⅱ（B）117 页。集成叁图版 3。文集录 152 页。籍帐研究 248 页。T. T. D. Ⅱ（A）76。集成叁 178 页。参 T. T. D. Ⅱ（A）62 页。

5452v　佛典残片

前、后缺，下部残，存 4 行。

图缺。文集成叁 178 页。参

5453　占书残片

7.3×6.5，前、后、上、下残，存 6 行，审其内容，似为《择日法》或《占婚嫁法》。背面亦有文字，无法识读。

图集成叁图版 42。文集成叁 178 页。参

5454　《大唐大慈恩三藏法师传》卷第六残片

6.5×4.0，前、后、上、下残，存 2 行，背面存 2 字。《续高僧传》卷第四、《广弘明集》卷第二十二同。

图集成叁图版 56。文小田义久 2002，34 页。集成叁 179 页。参小田义久 2002。

5455　佛典残片

5.0×6.0，两面书写，前、后、上、下残，正面存 4 行，背面存 3 行。

图缺。文集成叁 179 页。参

5456　文书残片

4.7×5.2，两面书写，前、后、上、下残，正面存 2 行数字，背面存 3 行数字。

图缺。文集成叁 179 页。参

5457　文书残片

3.8×7.7，正面前、后、上、下残，存 4 行数字，背面由另纸粘贴。

图缺。文集成叁 179-180 页。参

5458　古籍写本残片？

7.0×7.2，两面书写，前、后、上、下残，俱存 3 行。

图缺。文集成叁 180 页。参

5459　古籍写本残片

7.0×6.7，前、后、上、下残，存 4 行；背面由两纸粘贴，有"存"、"报"等字。

图缺。文集成叁 180 页。参

5460　古籍写本残片

5.8×6.5，两面书写，前、后、上、下残，正面存 6 行，背面存 2 行。

图缺。文集成叁 180-181 页。参

5461　佛典残片

7.7×4.1，两面书写，前、后、上、下残，俱存 3 行，正面有丝栏。

图 缺。文 集成叁 181 页。参

5462　《一切经音义》卷第二十三（玄应撰）残片

11.8×6.5，前、后缺，下部残，存 3 行，所记乃玄应对佛经《广百论》卷第六的注释。

图 集成叁图版 43。张娜丽 2004 图 11。文 集成叁 181 页。张娜丽 2004，23 页。参
张娜丽 2004。

5162v 文书残片

存 2 行数字。

图 缺。文 集成叁 181 页。参

5463（1）　古籍写本残片

13.5×5.2，两面书写，有丝栏，前、后、上、下残，正面存 2 行，背面存 1 行 5
字。

图 集成叁图版 43。文 集成叁 181 页。参

5463（2）　文书残片

8.4×4.0，两面书写，俱存 1 行数字。

图 缺。文 集成叁 182 页。参

5464（1）　占书残片

11.3×4.0，两面书写，正面存 2 行，1 行记 "□午生女宜用"，2 行记 "一切普
诵。六日十二日行"，右边有 "妇吉" 2 字；背面存 "一切普诵" 4 字。

图 集成叁图版 42。文 集成叁 182 页。参

5464（2）　文书残片

5.5×5.5，两面俱存 1 字。

图 缺。文 集成叁 182 页。参

5465（1）　古籍写本残片

7.6×8.2，正面前、后、上、下残，存 3 行数字，2 行 "詙" 下有小字 "辩辞"；
背面有 "观"、"谷"、"古" 等字。

图 集成叁图版 44。文 集成叁 182 页。参

5465（2）　写经计纸残文书

5.0×4.0，前、后、上、下残，存 3 行，1 行记 "右计纸二百"，2 行记 "就中第
五卷"，下有双行小字："十九　十七。"本件可与大谷 4840 号缀合。

图 小田义久 2002，22 页。文 小田义久 2002，22 页。集成叁 183 页。参 小田义久
2002。

5465（2）v《大方等陀罗尼经》护戒分卷第四残片

前、后、上、下残，存 2 行。本件可与大谷 4840v 号缀合。

图 小田义久 2002，22 页。集成叁图版 56。文 小田义久 2002，22 页。集成叁 183
页。参 小田义久 2002。

5466（1）　土地田亩四至文书

11.3×9.5，前、后、上、下残，存4行，2行记"……亩　东渠　西易索　南……"。背面由白纸5片粘贴，存一"息"字。

图 集成叁图版24。文 集成叁183页。参

5466(2)　高昌残文书

4.0×3.5，两面书写，前、后、上、下残，俱存2行4字，背面存有"高昌"2字。

图 集成叁图片1。文 集成叁183页。参

5467(1)　医药文书残片

5.0×8.5，两面书写，前、后、上、下残，正面存2行，背面存5行。

图 集成叁图版41。文 集成叁183-184页。参

5467(2)　文书残片

4.0×3.8，两面书写，前、后、上、下残，正面存4行，背面存2行。

图 缺。文 集成叁184页。参

5468(1)　文书残片

6.5×5.0，前、后缺，下部残，存3行。背面由3纸粘贴，见有"说"字。

图 缺。文 集成叁184页。参

5468(2)　文书残片群（33片）

1. 文书残片

5.0×3.5，存有"二月不宜"等文字。

图 缺。文 集成叁184页。参

2. 计钱文书残片

4.5×4.0，正面存"计贰拾肆文"，背面存"所作"2字。

图 缺。文 集成叁184页。参

3. 文书残片

5.4×4.5，有丝栏，存"掌手把"等字。

图 缺。文 集成叁184页。参

4. 占卜文书残片

5.2×2.8，正面存"□女吉占失□"，背面存"正难得占"。

图 缺。文 集成叁184页。参

5. 文书残片（2.3×4.5，文字无法识读）

6. 占卜文书残片

6.0×2.5，正面存"自还占大吉"，背面存"居"、"讼得"等字，有丝栏。

图 缺。文 集成叁184页。参

7. 佛教文书残片

2.7×4.4，存"大道"、"僧答"等字。

图 缺。文 集成叁184页。参

8. 文书残片

5.0×3.0，两面俱存数字。

9. 文书残片（3.0×1.6，文字无法识读）

10. 文书残片

2.0×2.0，存"种为"等字。

11. 唐西州籍残片

4×3.6，存"西石住"3字。背面存2行数字。

图 T.T.D.Ⅱ（B）127 页。文 集录 173 页。籍帐研究 256 页。T.T.D.Ⅱ（A）84 页。集成叁 185 页。参 T.T.D.Ⅱ（A）73 页。

12. 文书残片（3.5×3.5）

13. 文书残片（3.5×3.1，两面俱存数字）

14. 文书残片（3.2×1.5，两面俱存数字）

15. 文书残片（3.0×2.0，两面俱存数字）

16. 文书残片（4.0×3.0，两面俱存数字）

17. 文书残片（5.0×5.0，两面俱存数字）

18. 文书残片（2.0×3.0，正面存一字）

19. 文书残片（2.5×2.0，两面俱存一字）

20. 唐西州籍残片

6.3×2，前、后缺，上部残，有骑缝线，存1行"未受"2字。背面有"司徒家伯"等字。

图 T.T.D.Ⅱ（B）127 页。文 集录 173 页。籍帐研究 256 页。T.T.D.Ⅱ（A）84 页。集成叁 185 页。参 T.T.D.Ⅱ（A）73 页。

21. 文书残片（3.5×2.5，两面俱存数字，背面有丝栏）

22. 佛典残片（3.5×3.0，两面俱存数字）

23. 文书残片（5.5×2.5，两面俱存数字）

24. 无文字残片（2.0×3.6）

25. 古籍写本残片

3.0×3.5，正面存"帝治天"、"赋日土"，背面存"相所"。

图 缺。文 集成叁 185 页。参

26. 文书残片（2.5×2.0，两面俱存数字）

27. 佛典残片

5.0×3.3，正面存2行，有"有相诸善资"、"复论空"等字；背面存"在僧伽蓝"。

图 缺。文 集成叁 185 页。参

28. 古籍写本残片（8.5×2.5，两面俱存数字，正面有丝栏）

29. 无文字残片（2.7×2.7）

30. 文书残片（6.3×3.0，两面俱存数字）

31. 文书残片（2.0×2.5）

32. 文书残片（3.2×3.0，两面俱存数字）

33. 文书残片（7.0×2.0，两面俱存数字）

5469（1）　唐行官文书残片

5.5×4.0，前、后、上、下残，存2行，2行存"行官"2字。

图 集成叁图版 20。文 集成叁 185 页。参

5469(1) v　佛教文书残片

前、后、上、下残，存 2 行数字。

图 缺。文 集成叁 185 页。参

5469(2)　佛典残片

13.5×5.5，前、后、上、下残，存 4 行，有另纸粘贴（6.8×7.0）。

图 缺。文 集成叁 186 页。参

5469(2) v　回鹘文文书残片

存 1 行。

图 缺。文 缺。参 羽田明、山田信夫 1961。

5470(1)　佛典残片

7.5×4.5，两面书写，前、后、上、下残，俱存 2 行。

图 缺。文 集成叁 186 页。参

5470(2)　残名籍

10.8×10.7，前、后、上、下残，存 3 行 3 人名。

图 缺。文 集成叁 186 页。参

5470(2) v　行水文书残片

前、后、上、下残，存 5 行，2 行记"七日平明入王渠，至十日□……"，4 行记
"□入辛渠，至十二日……"。

图 集成叁图版 24。文 集成叁 186 页。参

5471(1)　道教文书残片

6.0×5.0，前、后、上、下残，存 3 行。

图 集成叁图版 57。文 集成叁 187 页。参

5471(1) v　占书残片

前、后、上、下残，存 2 行。

图 集成叁图版 42。文 集成叁 187 页。参

5471(2)　《金刚般若波罗蜜经》残片

4.4×4.8，与大谷 9077 号可以缀合（《流沙残阙》所收）。与 7496 号同卷。原注：
"No. 6。"

图 イラン语断片集成图版 30。文 イラン语断片集成 28 页。集成叁 187 页。参 イ
ラン语断片集成 15 页。

5471(2) v　粟特文摩尼教文献残片

与 9077 号缀合后，共存 15 行。

图 イラン语断片集成图版 30。文 イラン语断片集成 101 页。参 イラン语断片集成
101-102 页。

5472(1)　文书残片

5.0×5.0，两面书写，前、后、上、下残，俱存 2 行数字。

图 缺。文 集成叁 187 页。参

5472(2)　《摩诃般若波罗蜜经》卷第二十四残片

7.1×3.9，前、后缺，上部与大谷 8123 号缀合，有丝栏，原注："No. 6。"
图 集成叁图版 49。**文** 集成叁 187 页。**参**

5472(2)v　回鹘文《功德讚》残片

草书，存 31 行，有烧焦的痕迹，与 8123 号缀合。吐峪沟出土。
图 西域Ⅳ图版 28。**文** P. Zieme1991，199 页。**参** 羽田明、山田信夫 1961。P. Zieme1991。

5473　佛典残片

5.1×4.0，前、后、上、下残，存 3 行，有丝栏。
图 缺。**文** 集成叁 188 页。**参**

5473v　回鹘文文书残片

存 4 行，草书。原注："No. 6。"
图 西域Ⅳ图版 28：**文** 缺。**参** 羽田明、山田信夫 1961。

5474　佛典残片

3.0×2.3，前、后、上、下残，存 2 行 5 字。
图 缺。**文** 集成叁 188 页。**参**

5474v　回鹘文文书残片

存 1 行，草书。原注："No. 54。"
图 西域Ⅳ图版 28：**文** 缺。**参** 羽田明、山田信夫 1961。

5475-5477　回鹘文文书残片

极小片，5475、5477 号为单面楷书书写，5475、5476 号为同一文书，但没有词语。
原注："葡萄沟发掘（5475、5477）。"
图 西域Ⅳ图版 28。**文** 缺。**参** 羽田明、山田信夫 1961。

5478　回鹘文佛典残片

10×13，双面活字，存 6 行。原注："No. 17 治格台发掘。"
图 缺。**文** 缺。**参** 羽田明、山田信夫 1961。

5479-5611　回鹘文佛典残片（5537、5554、5563 诸号另列）

小片、极小片，5502、5566 号为单面书写，余为双面书写，存活字、楷书 1-5 行不
等。5480、5521、5535、5539、5540、5541、5551、5596、5595 诸号有丝栏，
5509、5510、5522、5524、5531、5541、5551、5572、5574、5575 诸号有朱栏，
5546 号有黑色二重丝栏，5529、5540 为贝叶形，5481、5484、5538、5541、5544、
5490、5551、5564、5559、5572、5574、5596、5607 诸号中有朱字，5535 号有婆
罗迷文字，原注："治格台发掘（5478）～（5611）吐 No. 4—（5583）No. 31—
（1 通）No. 36—（4 通）No. 37—（2 通）No. 59（1 通）二十二号—（4 通）
10.17.26。"
图 缺。**文** 缺。**参** 羽田明、山田信夫 1961。

5537　粟特文摩尼教文献残片

4.2×4，正背各存 2 行。与大谷 6403 号同卷。封筒题"治格台发掘"。
图 イラン语断片集成图版 31。**文** イラン语断片集成 102 页。**参** イラン语断片集成
102 页。

5554　**粟特文佛典残片**

4.8×5，存4行。

图 イラン语断片集成图版31。**文** イラン语断片集成103页。**参** イラン语断片集成102-103页。

5554v　**回鹘文残片**

图 イラン语断片集成图版31。**文** イラン语断片集成38页。**参** 羽田明、山田信夫1961。

5563　**粟特文残片**

4×5.3，正背面各2行。封筒题"治格台发掘"。

图 イラン语断片集成图版31。**文** イラン语断片集成103页。**参** イラン语断片集成103页。

5612-5616　**回鹘文文书残片**

小片、极小片，楷书，存1-9行不等。原注："チキトム出土。"

图 缺。**文** 缺。**参** 羽田明、山田信夫1961。

5617　**回鹘文文书残片**

极小片，楷书（？），有丝栏。原注："チキトム出土。"

图 缺。**文** 缺。**参** 羽田明、山田信夫1961。

5618　**回鹘文文书残片**

极小片，草书，存3行，有指印。原注："胜金口。"

图 西域Ⅳ图版32。**文** 缺。**参** 羽田明、山田信夫1961。

5619-5627　**回鹘文文书残片**（其中**5621**号另列）

极小片，5627号为碎片群，5619号为草书，余为楷书，存1-2行不等。原注："胜金口。"

图 缺。**文** 缺。**参** 羽田明、山田信夫1961。

5621　**粟特文佛典残片**

2.5×5.4，存5行。封筒题"胜金口"。

图 イラン语断片集成图版31。**文** イラン语断片集成102页。**参** イラン语断片集成102页。

5628　**回鹘文买卖契约文书残片**

11×12，草书，存10行。原注："チキトム出土。"

图 缺。**文** 缺。**参** 羽田明、山田信夫1961。

5629　**回鹘文文书残片**

9×15，草书，存2行。原注："チキトム出土。"

图 缺。**文** 缺。**参** 羽田明、山田信夫1961。

5630　**回鹘文文书残片**

19×7，草书，存15行。原注："チキトム出土。"

图 缺。**文** 缺。**参** 羽田明、山田信夫1961。

5631　**回鹘文文书残片**

10×6，草书，存10行。原注："チキトム出土。"

图缺。文缺。参羽田明、山田信夫 1961。

5632-5644　回鹘文文书残片

小片、极小片，5640 号为单面书写，余为双面书写，草、楷两种字体，存 1-5 行不等，5637 号有朱字。原注："チキトム出土。"

图缺。文缺。参羽田明、山田信夫 1961。

5645-5721　回鹘文文书残片

极小片，两面书写，5721 号为碎片群，5706 号为草书，正面为汉文，余为楷书，存 1-4 行不等。原注："チキトム出土。"

图缺。文缺。参羽田明、山田信夫 1961。

5722　粟特文残片

4×14，正面存 10 行，背面存 3 行。与大谷 6410 号同卷。

图イラン语断片集成图版 31。文イラン语断片集成 103-104 页。参イラン语断片集成 103-104 页。

5723-5730　回鹘文文书残片

小片、极小片，两面书写，5725-5727 号为楷书，余为草书，5722 号存 10 行，余存 1-3 行不等。原注："No. 49—（5723）No. 54—（5724）、36—（5726）。"

图缺。文缺。参羽田明、山田信夫 1961。

5731　回鹘文文书残片

20×15，两面书写，正面存草书 9 行，背面存 5 行。

图缺。文缺。参羽田明、山田信夫 1961。

5732　回鹘文文书残片

小片，存草书 3 行。

图缺。文缺。参羽田明、山田信夫 1961。

5733-5763　回鹘文文书残片（其中 5735、5746、5747、5756、5757、5758、5762、5763 诸号另列）

极小片，有些为两面书写，草、楷两种字体（5733 号为活字），存 1-7 行不等。5734v 号有婆罗迷文字，5735、5746、5747 号为粟特文。原注："37—（5733）松明（5733）、（5737）。"

图缺。文缺。参羽田明、山田信夫 1961。

5735　粟特文佛典残片

6.5×4，存 4 行，与大谷 1123、1129、2135A、2803A、5746、5747、5758 诸号同卷。

图イラン语断片集成图版 2。文イラン语断片集成 52 页。参イラン语断片集成 51-53 页。

5735v　粟特文音译汉文佛典

存 3 行。

图イラン语断片集成图版 2。文イラン语断片集成 52 页。参イラン语断片集成 51-53 页。

5746　粟特文佛典残片

3.8×2，存1行。与大谷1123、1129、2135A、2803A、5735、5747、5758诸号同卷。

图 イラン语断片集成图版2。文 イラン语断片集成52页。参 イラン语断片集成51-53页。

5746v 粟特文音译汉文佛典

存1行。

图 イラン语断片集成图版2。文 イラン语断片集成52页。参 イラン语断片集成51-53页。

5747 粟特文佛典残片

2.7×4，存3行。与大谷1123、1129、2135A、2803A、5735、5746、5758诸号同卷。

图 イラン语断片集成图版2。文 イラン语断片集成52-53页。参 イラン语断片集成51-53页。

5747v 粟特文音译汉文佛典

存3行。

图 イラン语断片集成图版2。文 イラン语断片集成53页。参 イラン语断片集成53页。

5756 粟特文转写的西伊朗语残片

5.1×2.4，正背各存2行。

图 イラン语断片集成图版32。文 イラン语断片集成105页。参 イラン语断片集成105页。

5757 摩尼文帕提亚语文献残片

2.5×3.5，正、背面各存2行。

图 イラン语断片集成图版95。文 イラン语断片集成173页。参 イラン语断片集成173页。

5758 粟特文佛典残片

3×3.2，存2行。与大谷1123、1129、2135A、2803A、5735、5746、5747诸号同卷。

图 イラン语断片集成图版2。文 イラン语断片集成53页。参 イラン语断片集成51-53页。

5758v 粟特文音译汉文佛典

存3行。

图 イラン语断片集成图版2。文 イラン语断片集成53页。参 イラン语断片集成51-53页。

5762 佛典残片

5.5×4.3，存1行，写在汉文佛典上面栏外。

图 イラン语断片集成图版32。文 イラン语断片集成105页。参 イラン语断片集成16、105页。

5762v 回鹘文残片

图 イラン语断片集成图版 32。文 イラン语断片集成 38 页。参 イラン语断片集成 105 页。

5763 回鹘文文书残片

图 缺：文 缺。参 羽田明、山田信夫 1961。

5764 佛典小残片

3.5×4.0，存 1 行 3 字。

图 缺。文 集成叁 189 页。参

5764v 回鹘文文书残片

存 2 字。

图 缺。文 缺。参 羽田明、山田信夫 1961。

5765 佛典小残片

5.0×6.2，前、后、上、下残，存 2 行数字。

图 缺。文 集成叁 189 页。参

5765v 回鹘文文书残片

存 2 行。

图 缺。文 缺。参 羽田明、山田信夫 1961。

5766《妙法莲华经》卷第三残片

3.5×3.5，前、后、上、下残，存 2 行。

图 集成叁图版 48。文 小田义久 2002，14 页。集成叁 189 页。参 小田义久 2002。

5766v 回鹘文文书残片

存 1 行。

图 缺。文 缺。参 羽田明、山田信夫 1961。

5767 佛典残片

3.5×2.0，存 2 行。封筒题 "吐鲁番发掘"。集成叁记为存 1 行。

图 イラン语断片集成图版 32。文 集成叁 189 页。参 イラン语断片集成 16 页。

5767v 粟特文残片

存 2 行。集成叁记为 "胡语一行"。

图 イラン语断片集成图版 32。文 イラン语断片集成 105 页。参 イラン语断片集成 105 页。

5768 佛典残片

11.5×8.0，前、后、上、下残，存 6 行。

图 缺。文 集成叁 190 页。参

5769《光讚经》卷第一残片

前缺下残，有丝栏，存 4 行，后部与大谷 5778 号缀合。

图 小田义久 2002，11 页。集成叁图版 49。文 小田义久 2002，10-11 页。集成叁 190 页。参 小田义久 2002。

5770《大般若波罗蜜多经》卷第二百九十三残片

8.5×10.5，前、后缺，上部残，存 7 行。本件似可与大谷 5775 号上下相接。

图 集成叁图版 56。文 小田义久 2002，9-10 页。集成叁 190 页。参 小田义久 2002。

5771　古籍写本残片

10.5×11.0，前、后缺，下部残，存4行，2行"正"为武周新字。

图 集成叁图版43。文 集成叁190页。参

5772　佛典残片

10.2×5.0，前、后、上、下残，存2行，有丝栏。

图 缺。文 集成叁191页。参

5773　《大般涅槃经》卷第一残片

5.8×13.0，前、后、上、下残，存8行。

图 集成叁图版56。文 小田义久2002，17页。集成叁191页。参 小田义久2002。

5774　佛典残片

4.5×7.2，前、后缺，下部残，存4行，有丝栏。

图 缺。文 集成叁191页。参

5775　《大般若波罗蜜多经》卷第二百九十三残片

6.0×7.2，前、后、上、下残，有丝栏，存4行。本件似可与大谷5770号上下相接。

图 缺。文 集成叁191页。参 刘安志、石墨林2003。

5776　佛典残片

9.5×10.0，前、后、上、下残，存6行。

图 缺。文 集成叁191-192页。参

5777　《大般若波罗蜜多经》卷第六十六残片

11.0×10.0，前、后缺，上部残，存6行，有丝栏。

图 集成叁图版49。文 小田义久2002，9页。集成叁192页。参 小田义久2002。

5778　《光讚经》卷第二残片

12.5×13.5，前、后缺，下部残，存8行，有丝栏，与大谷5769号缀合。

图 小田义久2002，11页。集成叁图版49。文 小田义久2002，11页。集成叁192页。参 小田义久2002。

5779　《受菩萨戒仪》残片

24.3×11.7，前、后、上、下残，存15行。

图 西域Ⅵ图版12。集成叁图版50。文 西域Ⅵ143页。集成叁192-193页。参 土桥秀高1963。

5779v　古籍写本残片

前、后、上、下残，存10行。

图 缺。文 集成叁193页。参

5780　佛典残片

11.0×8.0，前、后缺，下部残，存5行，有丝栏，与大谷5786号同卷。

图 缺。文 集成叁193页。参

5781　《大般涅槃经》卷第十四残片

5.5×9.5，前、后、上、下残，存6行。

图 集成叁图版54页。文 小田义久2002，18页。集成叁193-194页。参 小田义久

2002。

5782　《萨婆多毗尼毗婆沙》卷第四残片

前、后缺，上部残，存4行，有丝栏。本件与大谷5093号似能缀合。

图 集成叁图版56。文 小田义久2002，24页。集成叁194页。参 小田义久2002。

5782v　佛教文书残片

前、后、上、下残，存4行。

图 缺。文 集成叁194页。参

5783　《大般涅槃经》卷第二十二残片

7.0×8.5，前、后、上、下残，存5行。

图 集成叁图版49。文 小田义久2002，18-19页。集成叁194页。参 小田义久2002。

5784　《佛说决罪福经》卷上残片

6.8×5.0，前、后、上、下残，有丝栏，存2行。

图 缺。文 集成叁194页。参 刘安志、石墨林2003。

5785　《放光般若经》卷第十六残片

12.5×13.5，前、后缺，下部残，有丝栏，存8行，1行处有另纸粘贴，存一"康"字。

图 缺。文 集成叁195页。参 刘安志、石墨林2003。

5785v　回鹘文文书残片

存草书6行，4行处插入汉字"又"。

图 缺。文 缺。参 羽田明、山田信夫1961。

5786　《五千五百佛名经》卷第三残片

6.0×7.6，前、后、上、下残，存4行，有骑缝线，与大谷5780号同卷。

图 缺。文 集成叁195页。参 刘安志、石墨林2003。

5787　佛教文书残片

10.0×4.3，两面书写，正面前、后、上、下残，存3行，背面存1行。

图 集成叁图版44。文 集成叁195页。参

5788　唐写本何晏注《论语·子路第十三》残片

17.5×9.3，前、后、上、下残，存4行，始"日居处恭"，末"敢问其次"。与大谷8088号同笔。

图 集成叁图版47。文 大谷目二104页。集成叁195页。参 张娜丽2004。

5789　《贺幸温泉赋》残片

12.5×12.5，后缺下残，存6行，1行记"贺幸温泉赋一本"，2行记"天宝之元年十月后"，3行记"具道驾幸于温泉"。前部由另纸粘贴（11.2×11.8）。与大谷3170、3172、3174、3177、3227、3504、3505、3506、4362诸号为同一写本。

图 集成叁图版43。张娜丽2004图1。文 大谷目二104页。集成叁196页。张娜丽2004，12页。参 小笠原宣秀1965。张娜丽2004。

5790　《太上洞玄灵宝真文度人本行妙经》残片

11.0×11.5，前、后、上、下残，存6行，有丝栏。经文内容见于《云笈七签》

卷一百二《纪传部·纪三》所引之《洞玄本行经》，据上揭大谷3289号条考证，《洞玄本行经》的全名实即《太上洞玄灵宝真文度人本行妙经》，故作如上定名。二者当为同一抄本。

图西域Ⅲ图版32。集成叁图版57。张娜丽2004图12。文西域Ⅲ259页。集成叁196页。张娜丽2004，24页。参小笠原宣秀1960B。张娜丽2004。

5790v《道教镇宅禳解符咒》（?）残片

前、后缺，下部残，存4行文字，记有"枣神姓冯宁"、"马昇大王□"、"□光神□"等。本件与3289v号当为同一抄本。

图西域Ⅲ图版32。集成叁图版57。文集成叁196页。参小笠原宣秀1960B。

5791　《恨娘娘由未知变文》残片

16.8×12.0，前、后、上、下残，存7行。

图集成叁图版57。文集成叁196页。参

5791v　唐人戏画（有朱笔）

5792（1）　唐上元二年（761）十月西州高昌县周祝子纳元年预放緤布抄

29.5×15.0，存3行，内容为："周祝子纳元年预放緤布壹段，上元二年十月十日典刘让抄。"本抄与大谷5793、5794、5795诸号连在一起。

图西域Ⅲ图版25。集成叁图版34。文大谷目二105页。周藤研究554页。籍帐研究443页。王永兴校注529页。集成叁197页。参周藤吉之1960，王仲荦1976。

5792（2）　唐上元二年（761）八月西州高昌县周思温纳钱抄

29.0×15.5，存2行，内容为："周思温付上元二年科户緤价钱壹阡壹佰文，其年八月二十六日緤头宋知眘抄。""宋知眘"名旁边有三笔画指。

图西域Ⅲ图版25。集成叁图版34。文大谷目二105页。西域Ⅲ237页。周藤研究554页。籍帐研究443页。集成叁197页。参周藤吉之1960。王仲荦1976。

5793　唐周祝子等户等文书

29.3×2.8，存1行，内容为："周祝子　魏感保 已上第八 侯孝养第九 共壹段。"

图西域Ⅲ图版25。集成叁图版34。文西域Ⅲ237页。周藤研究554页。籍帐研究443页。王永兴校注856页。集成叁197页。参周藤吉之1960。王仲荦1976。

5794　唐上元二年（761）十月西州高昌县周祝子纳緤布抄

29.4×13.0，存3行，内容为："周祝子纳长行预放緤布壹段，上元二年十月七日典僚（?）宅静父（?）。官焦彦。"

图西域Ⅲ图版25。集成叁图版34。文大谷目二105页。西域Ⅲ237页。周藤研究548页。籍帐研究443页。集成叁197页。参周藤吉之1960。王仲荦1976。

5795　唐上元元年（760）、二年（761）西州高昌县周祝子纳长行预放緤布抄

29.4×76.0，存3行，内容为："周祝子纳长行预放緤布伍段，上元二年九月十一日典僚静父付也。官焦彦。"其后有倒书5行，内容为："周祝子纳上元元年长行预放緤布两段，其年十月三十日城局阚处忠抄。又十一月八日纳两段，城局阚处忠抄。又纳壹段，正月二十八日阚处忠抄。又纳壹段，三月五日城局阚处忠。"

图西域Ⅲ图版25。集成叁图版34。文大谷目二105-106页。西域Ⅲ239页。周藤研究555页。籍帐研究443页。王永兴校注856页。集成叁198页。参周藤吉之

1960。王仲荦 1976。

5796　唐上元二年（761）六月周祝子纳布抄

30×12.7，存 3 行，内容为："周祝子纳长行预放緤布壹段，上元二年六月八日城局阚忠男僧智监抄。"有衬里。

图 集成叁图版 32。文 大谷目二 106 页。籍帐研究 442 页。集成叁 198 页。参

5797　唐乾元三年（760）八月一日周祝子纳赊放緤布两段抄

29.7×17.6，存 2 行，内容为："周祝子纳赊放緤布两段，乾元三年八月一日典刘让。"有衬里。

图 集成叁图版 32。文 大谷目二 106 页。籍帐研究 441-442 页。集成叁 198 页。参

5798　唐乾元三年（760）八月西州高昌县周祝子纳赊放緤布抄

29.3×18.0，存 2 行，记为"周祝子纳赊放緤布两段，乾元三年八月十二日魏感抄"。有衬里。

图 集成叁图版 32。文 大谷目二 106 页。西域Ⅲ239 页。周藤研究 555-556 页。籍帐研究 442 页。王永兴校注 857 页。集成叁 196 页。参 周藤吉之 1960。王仲荦 1976。

5799　唐上元二年（761）四月西州高昌县周祝子纳布抄

29.3×17.3，存 3 行，内容为"周祝子纳上元元年长行预放緤布壹段，上元二年四月城局阚忠男僧智监抄"。有衬里。

图 集成叁图版 32。文 大谷目二 107 页。籍帐研究 442 页。集成叁 198-199 页。参 齐陈骏 1986。

5800　唐上元元年（760）十月西州高昌县周思温等纳钱抄

29.7×20.3，存 4 行，记为"周思温、曾大忠、阴善保等付细緤直钱贰阡肆佰五拾文。上元元年十月六日李泰抄。先有壹阡六百钱抄，不在用限。泰"。有衬里。

图 集成叁图版 38。文 大谷目二 107 页。周藤研究 556 页。籍帐研究 442 页。集成叁 199 页。参 周藤吉之 1960。王仲荦 1976。

5801　唐上元元年（760）十月西州高昌县周思温等参户纳布抄

29.7×19.4，存 3 行，记为"周思温等叁户共纳瀚海军赊放緤布（次细。让）壹疋。上元元年十月六日典刘让抄"。有衬里，全文朱笔。

图 集成叁图版 41。文 大谷目二 107 页。西域Ⅲ162、239-240 页。周藤研究 556 页。籍帐研究 442 页。王永兴校注 857 页。集成叁 199 页。参 小笠原宣秀、西村元佑 1960。周藤吉之 1960。王仲荦 1976。

5802　唐乾元三年（760）四月西州高昌县周义敏纳和市緤布贴钱抄

29.7×17.0，存 2 行，记为"周义敏纳和市緤布贴钱叁佰文，乾元三年四月十一日王质抄"。有衬里。

图 西域Ⅲ图版 26。集成叁图版 35。文 大谷目二 107 页。西域Ⅲ240 页。周藤研究 557 页。籍帐研究 441 页。集成叁 199 页。参 周藤吉之 1960。王仲荦 1976。

5803　唐上元二年（761）？西州高昌县周义敏纳布抄

29.7×15.7，存 4 行，中间有缺，记为"周义敏纳和市緤布壹段陆尺，典刘让抄。一道付魏宝感，领于县曹□合……二年三月十四日，城局魏感抄"。本件"二年"

上有缺，籍帐研究推测可能为上元二年。有衬里。

图 集成叁图版39。**文** 大谷目二108页。西域Ⅲ240页。周藤研究556页。籍帐研究442页。集成叁199页。**参** 周藤吉之1960。王仲荦1976。

5804、5805、5806、5807、5808、5809、5810 唐开元二十七—二十九年（739-741）西州高昌县周祝子、周通生纳税等抄

本件由9片连贴而成，分别为24×15、24×17.5、22×21、22×44、23×3.5、23×10、24×9.5、22.5×18、23.6×21.5，共存20行文字，是周祝子、周通生纳开元二十七至二十九年各种科征、别驾职田地子等的抄文。有衬里，原注："Turfan（G）12。""Turfan2。"

图 集成叁图版36、37。**文** 大谷目二108-109页。周藤研究541-543页。籍帐研究437-438页。集成叁200-201页。**参** 周藤吉之1960。

5811 唐至德二载（757）十二月交河郡高昌县周祝子纳至德三载第一限税钱抄

29.8×29.5，存3行，记为"戎　周祝子纳至德三载第壹限税钱壹佰伍拾壹文，贰载十二月二十七日 典张为抄"，"张为抄"为朱书。本件背面倒书"苗四"等4人钱数。有衬里，原注："Turfan（G）。"

图 西域Ⅲ图版25。集成叁图版31。**文** 大谷目二109页。西域Ⅲ235页。周藤研究545页。籍帐研究441页。王永兴校注527-528页。集成叁201页。**参** 周藤吉之1960。冻国栋1986。陈国灿1999。

5812 唐天宝元年（742）六月周氏一族纳税文书

13×15.5，前缺下残，存2行，2行存"天宝元年六月"。本件至5815号4件同为一枚台纸的衬里。原注："Turfan（G）4。"

图 集成叁图版35。**文** 大谷目二110页。籍帐研究439页。集成叁201页。**参**

5813 唐西州土地关系文书残片

8.5×8，前、后、上、下残，有骑缝线，存4行，1、3行分记"……渠陆拾步入"、"……渠叁拾步入"，2行提及"李寺"，4行记有"魏保感"人名。籍帐研究把本件与大谷5837号连在一起，并订题为"唐年次未详（八世纪中叶）西州高昌县周氏税抄关连文书（？）"。4件衬里之一。

图 集成叁图版24。**文** 大谷目二110页。籍帐研究446页。集成叁201页。**参** 鲍晓娜1987。

5814 唐周思温纳天宝某载大课钱文书

13.0×22，前缺下残，存3行，1行记"周思温纳天"，2行记"载大课钱"。4件衬里之一。

图 集成叁图版35。**文** 大谷目二110页。籍帐研究440页。集成叁202页。**参** 赵和平1982。王珠文1983。

5815 唐周通生纳税文书

13.5×17.0，前、后缺，下部残，存5行，1行记"周通生□□"，其后记其纳税时间为某年的正月二十九日、三月二十五日、六月十四日、七月□四日等。4件衬里之一。

图 集成叁图版35。**文** 大谷目二110页。籍帐研究440页。集成叁202页。**参**

5816　唐周祝子纳钱文书

11.5×9.5，前缺下残，存 2 行，1 行记"宁戎乡周祝子纳□"，2 行记"壹拾壹文其"。本件至 5821 号 6 件同为一枚台纸的衬里。

图 集成叁图版 33。文 大谷目二 110 页。籍帐研究 439 页。集成叁 202 页。参 西嶋定生 1959。

5817　纳税抄残片

12.5×5.0，存 1 行"尉悉抄，又纳后"数字。6 件衬里之一。

图 集成叁图版 35。文 大谷目二 110 页。西域Ⅲ238 页。籍帐研究 439 页。集成叁 202 页。参 周藤吉之 1960。

5818　唐开元二十九年（741）十一月周通生纳次年税抄

12×11.5，前后缺，下部残，存 4 行，1 行记"周通生纳三十年"，2 行记"开二十九年十一月"，3 行"又纳壹佰壹"数字为朱笔，4 行"又纳贰拾"为别笔。6 件衬里之一。

图 集成叁图版 35。文 大谷目二 110 页。西域Ⅲ235-236 页。籍帐研究 439 页。集成叁 202 页。参 周藤吉之 1960。

5819　唐天宝三载（744）周祝子纳税文书

13.5×12.0，前后缺，下部残，存 3 行，1 行记"周祝子纳"，2 行记"天宝三载"。6 件衬里之一。

图 集成叁图版 31。文 大谷目二 111 页。籍帐研究 439 页。集成叁 203 页。参 西嶋定生 1959。

5820　纳税钱抄残片

19.0×18.0，前缺上残，存 2 行，1 行记"税钱壹佰文，其年"，2 行记"尉悉抄"。6 件衬里之一。

图 集成叁图版 33。文 大谷目二 111 页。籍帐研究 439 页。集成叁 203 页。参 西嶋定生 1959。周藤吉之 1960。

5821　唐天宝元年周祝子纳税抄

12.5×10.0，前缺下残，存 2 行，1 行记"周祝子纳天"，2 行记"二文，天宝元年"。6 件衬里之一。

图 集成叁图版 33。文 大谷目二 111 页。籍帐研究 439 页。集成叁 203 页。参 周藤吉之 1960。

5822　唐天宝四载（745）十一月交河郡高昌县周祝子纳钱抄

29×8.5，存 2 行，内容为"周祝子纳天宝三载勾徵麸价钱壹佰文，四载十一月三日里正张钦"。本件与大谷 5823 号为同一台纸的衬里。原注："Turfan（G）6。"

图 集成叁图版 31。文 大谷目二 111 页。西域Ⅲ239 页。周藤研究 554 页。籍帐研究 440 页。王永兴校注 529 页。集成叁 203 页。参 周藤吉之 1960。

5823　唐天宝三载（744）七月交河郡高昌县周通生纳税抄

29.7×13.3，存 2 行，内容为"周通生纳天宝三载后限税钱壹佰壹拾陆文，其载七月二日典魏立抄"。2 件衬里之一。

图 西域Ⅲ图版 25。集成叁图版 35。文 大谷目二 111 页。西域Ⅲ82、235 页。周藤

研究 544 页。籍帐研究 440 页。王永兴校注 527 页。集成叁 203 页。**参** 周藤吉之
1960。冻国栋 1986。

5824 唐宝应元年（762）十一月西州高昌县（前庭县）周义敏纳布抄

29.7×13.6，存 3 行，内容为"周义敏纳十一月番课缥布壹段，宝应元年十一月十
四日队头安明国抄。见人张奉宾"。有衬里，原注："Turfan（G）7。"

图 集成叁图版 38。**文** 大谷目二 111-112 页。西域Ⅲ 240 页。周藤研究 **557** 页。籍
帐研究 443 页。王永兴校注 669 页。集成叁 204 页。**参** 周藤吉之 1960。王仲荦
1976。唐耕耦 1980。

5825、5826、5827 唐宝应二年（763）西州前庭县周义敏纳布抄

本件由 3 片连贴而成，分别为 29.7×15.1、29.7×13.6、29.7×10，后缺下残，总
存 10 行，一片为周义敏在宝应二年三月二十三日纳番课缥布壹段的抄文，出抄者
为"队头范忠敏"，该片背上左端还书有"范忠敏"3 字；第二片似为有关周义敏
纳六月番课缥布的帖文；第三片为周义敏在宝应二年六月二十六日纳番课缥布的抄
文。原注："Turfan（G）8。"

图 籍帐研究插图 63，444 页。集成叁图版 39。**文** 大谷目二 112 页。西域Ⅲ 240 页。
周藤研究 557 页。籍帐研究 444 页。王永兴校注 669 页。集成叁 204 页。**参** 周藤吉
之 1960。王仲荦 1976。唐耕耦 1980。

5828 唐广德某年西州前庭县周思温身当第二番住作文书

19.7×10.6，后缺下残，与大谷 5825、5826、5827 号粘连在一起，存 3 行，1 行记
"周思温身当第二番住作……"，3 行记有"广德"年号。籍帐研究订本件为"唐
广德年间（763-764）西州高昌县周思温税抄（？）"。

图 籍帐研究插图 63，444 页。集成叁图版 39。**文** 大谷目二 113 页。籍帐研究 444
页。集成叁 205 页。**参**

5829 唐天宝三载（744）正月交河郡高昌县周通生纳当年户税莉柴抄

30×30，存 3 行，内容为："周通生纳天宝三年户税莉柴贰拾束，其年正月五日里
正李德抄。"背面存 7 行人名，每行 6 人，计 42 人。有衬里，原注："Turfan（G）
9。"

图 西域Ⅲ图版 26。周藤研究图版 10a。西域文书图，3 页。集成叁图版 33。**文** 大
谷目二 113 页。西域Ⅲ 82、230、231、234 页。周藤研究 530、542-543 页。籍帐研
究 440 页。王永兴校注 522-523 页。西域文书 1 页。集成叁 205 页。**参** 周藤吉之
1960。内藤乾吉 1960。殷晴 1987。关尾史郎 1998，1-7、41-52 页。

5830、5831 唐天宝某年交河郡高昌县周思温、周祝子纳柴、地子抄

本件由两片粘连而成，分别为 29.7×19.7、29.7×43.9，右上部及下部残缺，总存
8 行，一为周思温纳柴的抄文，领柴人为某人妻"裴阿□"，并有保人某某作证；
另一为周祝子纳给史伏奴地子小麦五斛五斗的抄文，领麦人为史伏奴父。本件缺纪
年，中存一"天"字，知为唐天宝某年文书，籍帐研究订为 8 世纪中叶，并订题为
"唐天宝时代（8 世纪中叶）交河郡高昌县周氏关系领物凭"。

图 西域Ⅱ图版 9。周藤研究图版 8b。集成叁图版 40。**文** 大谷目二 113-114 页。西
域Ⅱ 108 页。周藤研究 43-44 页。籍帐研究 441 页。集成叁 205 页。**参** 周藤吉之

1959、1960。堀敏一1960。

5832、5833　唐宝应元年（762）八月西州高昌县（前庭县）周思恩、周祝子纳布抄

本件由两片粘贴而成，分别为29.3×7.3、29.3×17.3，总存5行，一为"周思恩纳宝应元年瀚海等军预放缫布壹段，其年八月十四日里正苏孝臣抄"，另一为"周祝子纳瀚海军预放缫布壹段，宝应元年八月二十九……抄"。原注："Turfan（G）11。"

图 集成叁图版33。文 大谷目二114页。西域Ⅲ163、239页。周藤研究555页。籍帐研究443页。王永兴校注857页。集成叁206页。参 周藤吉之1960。小笠原宣秀、西村元佑1960。王仲荦1976。

5834、5835、5836　唐开元二十九—天宝元年（741-742）西州高昌县周祝子纳草抄

本件由3片连贴而成，分别为25×12.5、25×17、25×5.5，后缺下残，总存5行，为周祝子纳开元二十九年至天宝元年别驾职田地子及草的抄文。原注："Turfan（G）12。"

图 西域Ⅱ图版9。周藤研究图版8a。集成叁图版30。文 大谷目二114-115页。西域Ⅱ108、109页。周藤研究43页。籍帐研究439页。集成叁206页。参 周藤吉之1959、1960。

5837　唐残抄

10.5×4.5，前、后缺，上部残，存1行，有"……年五月十三日范孝第定（?）抄"数字。籍帐研究把本件与大谷5813号连在一起，并订题为"唐年未详（八世纪中叶）西州高昌县周氏税抄关连文书（?）"。原注："Turfan（G）13。"

图 集成叁图版40。文 大谷目二115页。籍帐研究446页。集成叁207页。参

5838　唐周祝子纳税抄

前缺下残，存2行，1行记"周祝子纳□"，2行记"文，其载七月"。与大谷5838号同为衬里之一。

图 集成叁图版31。文 大谷目二115页。籍帐研究439页。集成叁207页。参

5839　唐开元十六年（728）五、六月西州都督府案卷为请纸事

29.8×197，前、后缺，存51行，纸背有5处押缝，署"沙"字，由6纸粘贴而成，其中3、4行及32、33行处钤有"西州都督府之印"。1-23行为开元十六年五月二十七日西州都督府对兵曹、法曹二司请纸的批复，同意给纸，故23行记案目为"案为兵曹、法曹等司请黄纸准数分付事"。24-51行则为西州都督府对河西市马使米真陁请纸墨的批复。都督张楚珪于五月二十九日作出"付司。检令式，河西节度买马，不是别敕令市，计不合请纸笔，处分过"的判示，其后有关主管官员也作出了类似的批示，认为以前河西或朔方前来买马，"前后只见自供，州县不曾官给"，最终处理结果因后面残缺不得而知。本件与大谷5840号及上海博物馆藏《健儿杜奉及录事司请纸牒》、中国历史博物馆藏《西州虞候司及法曹司请料纸牒》俱为同类案卷。原注："Turfan（G）。"

图 西域Ⅲ卷首图版2。大谷资料选80页（部分）。集成叁图版9。文 大谷目二115-117页。西域Ⅲ35-38页、158-159页。集成叁207-209页。参 内藤乾吉1960。小笠原宣秀、西村元佑1960。卢向前1986。小田义久1988。

5840　唐开元十六年（728）八月西州都督府案卷为请纸事

29.4×182.3，前、后缺，存48行，纸背有4处押缝，署"沙"字，由5纸粘贴而成，其中5、6行与37、38行处钤有"西州都督府之印"。1-28行为开元十六年八月十九日西州都督府对朱耶部落请纸的批复。其中2行记"首领阙俟斤朱耶波德"，11-13行为"沙安"的判白："朱耶部落所请次案共壹佰张状来，检到不虚，记谘。"28行为案目"案为朱耶部落检领纸到事"。29-48行为八月二十日都督府对兵曹为警固事请纸的批复，其中29-34行为兵曹府杜成所上有关请纸原因及数目的牒文，43-44行为"沙安"的判白："兵曹司缘警固请纸，准数分付取领，谘。"原注："U. Turfan（G）4。"

图 西域Ⅱ图版48（部分）。西域Ⅲ卷首图版2。大谷资料选80页（部分）。集成叁图版10。文 大谷目二118-120页。西域Ⅲ45-47页、159-160页。集成叁209-210页。参 内藤乾吉1960。小笠原宣秀、西村元佑1960。室永芳三1974。卢向前1986。小田义久1988。

6001　吐蕃文书信残片

19×4，前、后缺，存3行文字。

图 チベット语文献研究（1）图版1。文 チベット语文献研究（1）40页。参 チベット语文献研究（1）37-41页。

6002　吐蕃文书信残片

6.5×27.3，前、后缺，存1行文字。

图 チベット语文献研究（1）图版2。大谷资料选48页。文 チベット语文献研究（1）41页。大谷资料选48页。参 チベット语文献研究（1）41-42页。大谷资料选48页。

6003（1）　吐蕃文书信残片

14×5.5，前、后缺，存3行文字。

图 チベット语文献研究（1）图版3。文 チベット语文献研究（1）42页。参 チベット语文献研究（1）42页。

6003（2）　吐蕃文书信残片

19×4，前、后缺，存2行文字。

图 チベット语文献研究（1）图版3。文 チベット语文献研究（1）43页。参 チベット语文献研究（1）43页。

6004　吐蕃文占卜文书（?）残片

图 缺。文 缺。参 チベット语文献研究（1）37页。

6005　吐蕃文残片

图 缺。文 缺。参 チベット语文献研究（1）37页。

6006　吐蕃文书信（?）残片

图 缺。文 缺。参 チベット语文献研究（1）37页。

6007　吐蕃文残片

图 缺。文 缺。参 チベット语文献研究（1）37页。

6008　吐蕃文残片

图缺。文缺。参チベット语文献研究（1）37页。

6008v 汉文残片

图缺。文缺。参チベット语文献研究（1）37页。

6009 吐蕃文书信（?）残片

图缺。文缺。参チベット语文献研究（1）37页。

6009v 汉文残片

图缺。文缺。参チベット语文献研究（1）37页。

6010 吐蕃文残片

图缺。文缺。参チベット语文献研究（1）37页。

6010v 汉文残片

图缺。文缺。参チベット语文献研究（1）37页。

6011 吐蕃文残片

图缺。文缺。参チベット语文献研究（1）37页。

6011v 汉文残片

图缺。文缺。参チベット语文献研究（1）37页。

6012 吐蕃文契约文书残片

12.5×19.5，前缺，上、中部残，存8行左右，文书末尾有画指，并有证人名。图チベット语文献研究（1）图版4。大谷资料选50页。文チベット语文献研究（1）44-45页。参チベット语文献研究（1）44-45页。大谷资料选50页。

6013 吐蕃文书信（?）残片

图缺。文缺。参チベット语文献研究（1）37页。

6014 吐蕃文书信（?）残片

图缺。文缺。参チベット语文献研究（1）37页。

6015 吐蕃文佛教文献残片

5.3×3.4，贝叶形，前、后、上、下残，存5行，行间有细字注。图チベット语文献研究（2）图版1。文チベット语文献研究（2）20页。参チベット语文献研究（2）20-21页。

6015v 吐蕃文佛教文献残片

前、后、上、下残，存5行。图チベット语文献研究（2）图版1。文チベット语文献研究（2）21页。参チベット语文献研究（2）20-21页。

6016 吐蕃文佛教文献残片

5.2×2.7，贝叶形，前、后、上、下残，存6行，有朱字，与大谷6015号为同一写本。图チベット语文献研究（2）图版1。文チベット语文献研究（2）21页。参チベット语文献研究（2）20-21页。

6016v 吐蕃文佛教文献残片

前、后、上、下残，存5行，有朱字。图チベット语文献研究（2）图版1。文チベット语文献研究（2）21页。参チベット语文献研究（2）20-21 页。

6017　吐蕃文佛教文献残片

6.2×6.5，贝叶形，前、后、上、下残，存 6 行，有朱字，与大谷 6015 号为同一写本。

图 チベット语文献研究（2）图版 1。文 チベット语文献研究（2）21 页。参 チベット语文献研究（2）20-22 页。

6017v　吐蕃文佛教文献残片

前、后、上、下残，存 7 行，行间有细字注。

图 チベット语文献研究（2）图版 1。文 チベット语文献研究（2）22 页。参 チベット语文献研究（2）20-22 页。

6018　吐蕃文佛教文献残片

4.6×1.5，贝叶形，前、后、上、下残，存 5 行，行间有细字注，并有朱字，与大谷 6015 号为同一写本。

图 チベット语文献研究（2）图版 1。文 チベット语文献研究（2）22 页。参 チベット语文献研究（2）20-22 页。

6018v　吐蕃文佛教文献残片

前、后、上、下残，存 4 行数字。

图 チベット语文献研究（2）图版 1。文 チベット语文献研究（2）22 页。参 チベット语文献研究（2）20-22 页。

6019　吐蕃文佛教文献残片

6.3×4.7，贝叶形，前、后、上、下残，存 7 行，有朱、黑两种书体，朱书为引文，黑字为释文。与大谷 6015 号为同一写本。

图 チベット语文献研究（2）图版 1。大谷资料选 48 页。文 チベット语文献研究（2）22 页。参 チベット语文献研究（2）20-23 页。大谷资料选 48 页。

6019v　吐蕃文佛教文献残片

前、后、上、下残，存 6 行，行间有细字注。

图 チベット语文献研究（2）图版 1。大谷资料选 48 页。文 チベット语文献研究（2）22 页。参 チベット语文献研究（2）20-23 页。大谷资料选 48 页。

6020　吐蕃文佛教文献残片

2.5×3.3，贝叶形，前、后、上、下残，存 2 行，与大谷 6015 号为同一写本。

图 チベット语文献研究（2）图版 1。文 チベット语文献研究（2）23 页。参 チベット语文献研究（2）20-23 页。

6020v　吐蕃文佛教文献残片

前、后、上、下残，存 3 行，有朱字。

图 チベット语文献研究（2）图版 1。文 チベット语文献研究（2）23 页。参 チベット语文献研究（2）20-23 页。

6021　吐蕃文佛教文献残片

5.5×3.4，贝叶形，前、后、上、下残，存 6 行，有朱字，与大谷 6015 号为同一写本。

图 チベット语文献研究（2）图版1。文 チベット语文献研究（2）23页。参 チベット语文献研究（2）20-23页。

6021v 吐蕃文佛教文献残片

前、后、上、下残，存5行，有朱字。

图 チベット语文献研究（2）图版1。文 チベット语文献研究（2）23页。参 チベット语文献研究（2）20-23页。

6022 吐蕃文佛教文献残片

7.5×8.2，贝叶形，上下缺，存7行，行间有细字注，与大谷6015号为同一写本。

图 チベット语文献研究（2）图版1。大谷资料选48页。文 チベット语文献研究（2）24页。参 チベット语文献研究（2）20-24页。大谷资料选48页。

6022v 吐蕃文佛教文献残片

前、后、上、下残，存7行，行间有细字注，并有朱字。

图 チベット语文献研究（2）图版1。大谷资料选48页。文 チベット语文献研究（2）24页。参 チベット语文献研究（2）20-24页。大谷资料选48页。

6023 吐蕃文佛教文献残片

6.1×3.3，贝叶形，前、后、上、下残，存6行。

图 チベット语文献研究（2）图版2。文 チベット语文献研究（2）24-25页。参 チベット语文献研究（2）20-25页。

6023v 吐蕃文佛教文献残片

前、后、上、下残，存6行。

图 チベット语文献研究（2）图版2。文 チベット语文献研究（2）25页。参 チベット语文献研究（2）20-25页。

6024 吐蕃文佛教文献残片

8.5×5.1，贝叶形，前、后、上、下残，存5行，行间有细字注。

图 チベット语文献研究（2）图版3。文 チベット语文献研究（2）25页。参 チベット语文献研究（2）20-25页。

6024v 吐蕃文佛教文献残片

前、后、上、下残，存5行。

图 チベット语文献研究（2）图版3。文 チベット语文献研究（2）25页。参 チベット语文献研究（2）20-25页。

6025 八思巴文残片

8.9×7.3，前、后、上、下残，存3行。

图 チベット语文献研究（1）图版5。大谷资料选50页。文 チベット语文献研究（1）46页。大谷资料选50页。参 羽田明、山田信夫1961。チベット语文献研究（1）46-47页。大谷资料选50页。

6025v 蒙古文佛典残片

前、后、上、下残，存4行，草书。

图 チベット语文献研究（1）图版5。大谷资料选50页。文 チベット语文献研究（1）46页。大谷资料选50页。参 羽田明、山田信夫1961。チベット语文献研究

（1）46-47 页。大谷资料选 50 页。

6026　八思巴文残片

10.5×7.5，前、后、上、下残，存 3 行。

图 チベット语文献研究（1）图版 5。大谷资料选 50 页。文 チベット语文献研究（1）46 页。大谷资料选 50 页。参 羽田明、山田信夫 1961。チベット语文献研究（1）46-47 页。大谷资料选 50 页。

6026v 蒙古文佛典残片

前、后、上、下残，存 4 行，草书。

图 チベット语文献研究（1）图版 5。大谷资料选 50 页。文 チベット语文献研究（1）46 页。大谷资料选 50 页。参 羽田明、山田信夫 1961。チベット语文献研究（1）46- 47 页。大谷资料选 50 页。

6027-6070　吐蕃字梵文《法身舍利偈》印本

存 44 片，其中有 2 片残破。木版印，印面为 9×7，外面为 8.2×10.0，存 7 行，汉译为："诸法因缘生，是法说因缘，是法因缘尽，大师如是言。"吐峪沟出土。

图 チベット语文献研究（2）图版 4。大谷资料选 49 页。文 チベット语文献研究（2）25-26 页。大谷资料选 49 页。参 チベット语文献研究（2）20-27 页。大谷资料选 49 页。

6114　摩尼文帕提亚语（？）文献残片

5.7×5，正面存 3 行，背面存 1 行。与大谷 6115、6118 号同卷。

图 イラン语断片集成图版 95。文 イラン语断片集成 173 页。参 イラン语断片集成 173 页。

6115　摩尼文帕提亚语（？）文献残片

3.3×6.6，正、背面各存 3 行。与大谷 6114、6118 号同卷。

图 イラン语断片集成图版 95。文 イラン语断片集成 173 页。参 イラン语断片集成 173 页。

6117　粟特文书信残片

5×11，存 14 残行。文字古朴，与粟特文古信札及斯坦因楼兰发现的粟特文文书相似，或许是大谷探险队得自楼兰遗址。

图 イラン语断片集成图版 32。文 イラン语断片集成 106 页。参 吉田丰 1998。イラン语断片集成 105-106 页。

6118　摩尼文帕提亚语（？）文献残片

4×7.8，正面存 3 行，背面存 1 行。与大谷 6114、6115 号同卷。

图 イラン语断片集成图版 95。文 イラン语断片集成 173 页。参 イラン语断片集成 173 页。

6123　摩尼文西伊朗语文献残片

2.6×4.1，存 2 行。

图 イラン语断片集成图版 96。文 イラン语断片集成 174 页。参 イラン语断片集成 174 页。

6141　回鹘文文书残片

极小片，存草书1行，另有别笔1行。

图 缺。**文** 缺。**参** 羽田明、山田信夫1961。

6142 佛典残片

23.5×2.8，存2行。原件被剪成长方形。

图 イラン语断片集成图版96。**文** 缺。**参** イラン语断片集成16页。

6142v 摩尼文西伊朗语文献残片

存残字。

图 イラン语断片集成图版96。**文** イラン语断片集成174页。**参** イラン语断片集成174页。

6143 《摩诃般若波罗蜜经》残片

9.5×5.5，存3行。与大谷6144、11057A、11057B诸号可以缀合。

图 缺。**文** イラン语断片集成36页。**参** イラン语断片集成16页。

6143v 摩尼文帕提亚语赞美诗残片

与6144v、11057Av、11057Bv可以缀合，缀合后共存7行。

图 イラン语断片集成图版98。**文** イラン语断片集成174页。**参** イラン语断片集成174-175页。

6144 《摩诃般若波罗蜜经》残片

10.2×8，存4行。与大谷6143、11057A、11057B诸号缀合。

图 缺。**文** イラン语断片集成36页。**参** イラン语断片集成16页。

6144v 摩尼文帕提亚语赞美诗残片

与6143v、11057Av、11057Bv缀合。见6143v。

图 イラン语断片集成图版98。**文** イラン语断片集成174页。**参** イラン语断片集成174-175页。

6145 《妙法莲华经》残片

6×4.2，存2行。与大谷6148号同卷。

图 イラン语断片集成图版100。**文** 缺。**参** イラン语断片集成16页。

6145v 摩尼文帕提亚语文献残片

存2行。

图 イラン语断片集成图版100。**文** イラン语断片集成175页。**参** イラン语断片集成175页。

6148 佛典残片

6.2×3.8，存2行残字。与大谷6145号同卷。

图 イラン语断片集成图版100。**文** 缺。**参** イラン语断片集成16页。

6148v 摩尼文帕提亚语文献残片

存2行。

图 イラン语断片集成图版100。**文** イラン语断片集成175页。**参** イラン语断片集成175页。

6151 摩尼文中古波斯语文献残片

6.2×5.3，存6行。封筒题"发掘地ドモコ"，即和田东北达玛沟（Domoko），实际可能出自吐鲁番。

图 イラン语断片集成图版 100。文 イラン语断片集成 175 页。参 イラン语断片集成 175 页。

6152　摩尼文中古波斯语文献残片

3.5×10.2，正面存 11 行，背面存 13 行。封筒题"发掘地ドモコ"，即和田东北达玛沟（Domoko），实际可能出自吐鲁番。

图 イラン语断片集成图版 100。文 イラン语断片集成 176 页。参 イラン语断片集成 175-176 页。

6153+6177　摩尼文粟特语文献残片

8×5.5，与 6177 号可以缀合，正、背面各存 5 行。封筒题"发掘地ドモコ"，即和田东北达玛沟（Domoko），实际可能出自吐鲁番。

图 イラン语断片集成图版 100。文 イラン语断片集成 177 页。参 イラン语断片集成 176-177 页。

6154　摩尼文中古波斯语文献残片

5.8×5，正、背面各存 6 行。封筒题"发掘地ドモコ"，即和田东北达玛沟（Domoko），实际可能出自吐鲁番。

图 イラン语断片集成图版 101。文 イラン语断片集成 177 页。参 イラン语断片集成 177-178 页。

6155　摩尼文帕提亚语赞美诗集残片

7×3.6，正、背面各存 5 行。封筒题"发掘地ドモコ"，即和田东北达玛沟（Domoko），实际可能出自吐鲁番。

图 イラン语断片集成图版 101。文 イラン语断片集成 178 页。参 イラン语断片集成 178 页。

6156　摩尼文中古波斯语文献残片

7.2×5.9，与 6157、6216 号可以缀合，共存 11 行。封筒题"发掘地ドモコ"，即和田东北达玛沟（Domoko），实际可能出自吐鲁番。

图 イラン语断片集成图版 101。文 イラン语断片集成 179 页。参 イラン语断片集成 178-179 页。

6157　摩尼文中古波斯语文献残片

7.1×5，与 6156、6216 号可以缀合，共存 11 行。封筒题"发掘地ドモコ"，即和田东北达玛沟（Domoko），实际可能出自吐鲁番。

图 イラン语断片集成图版 101。文 イラン语断片集成 179 页。参 イラン语断片集成 178-179 页。

6157A　摩尼文帕提亚语赞歌集残片

8×8.2，正、背面各存 5 行。

图 イラン语断片集成图版 106。文 イラン语断片集成 189 页。参 イラン语断片集成 189 页。

6159　摩尼文帕提亚语文献残片

3.5×6.4，正、背面各存 6 行。原注"ムキ"。

图 イラン语断片集成图版 101。文 イラン语断片集成 179-180 页。参 イラン语断片集成 179-180 页。

6160　摩尼文帕提亚语文献残片

3.8×5.7，正、背面各存 8 行。

图 イラン语断片集成图版 102。文 イラン语断片集成 180 页。参 イラン语断片集成 180 页。

6161　摩尼文中古波斯语文献残片

6.5×8，正面存 6 行，背面存 5 行。

图 イラン语断片集成图版 102。文 イラン语断片集成 180-181 页。参 イラン语断片集成 180-181 页。

6162　摩尼文西伊朗语文献残片

4×7.5，正、背面各存 8 行。

图 イラン语断片集成图版 102。文 イラン语断片集成 181 页。参 イラン语断片集成 181 页。

6163　摩尼文粟特语文献残片

7.2×6.3，正、背面各存 10 行。

图 イラン语断片集成图版 102。文 イラン语断片集成 181 页。参 イラン语断片集成 181 页。

6164　摩尼文帕提亚语赞美诗残片

5.2×3.8，正、背面各存 3 行。与 6165、6183、6238 诸号同卷。

图 イラン语断片集成图版 103。文 イラン语断片集成 182-183 页。参 イラン语断片集成 182-184 页。

6165　摩尼文帕提亚语赞美诗残片

3.8×4.8，正、背面各存 7 行。与 6164、6183、6238 诸号同卷。

图 イラン语断片集成图版 103。文 イラン语断片集成 183 页。参 イラン语断片集成 182-184 页。

6166　摩尼文帕提亚语文献残片

5.5×6，正面存 4 行，背面存 5 行。与 6217 号同卷。

图 イラン语断片集成图版 104。文 イラン语断片集成 184 页。参 イラン语断片集成 184-185 页。

6167A　摩尼文中古波斯语文献残片

8×7.5，正面存 4 行，背面存 3 行。与 6205 号在纸质、书写上相似。

图 イラン语断片集成图版 104。文 イラン语断片集成 185 页。参 イラン语断片集成 185 页。

6167B　摩尼文中古波斯语文献残片

极小片。

图 イラン语断片集成图版 104。文 イラン语断片集成 185 页。参 イラン语断片集成 185-186 页。

6168　摩尼文中古波斯语赞美诗残片

5.3×4.8，正面存5行，背面存4行。很可能是 Gōwišn ī grīw zīndag 的断片。

图 イラン语断片集成图版104。**文** イラン语断片集成186页。**参** イラン语断片集成186页。

6170　摩尼文中古波斯语文献残片

3.5×3，正、背面各存3行。

图 イラン语断片集成图版105。**文** イラン语断片集成186-187页。**参** イラン语断片集成186-187页。

6171　摩尼文帕提亚语文献残片

5×2.5，正、背面各存3行。

图 イラン语断片集成图版105。**文** イラン语断片集成187页。**参** イラン语断片集成187页。

6172　摩尼文帕提亚语文献残片

12.1×4.7，正、背面各存5行。与大谷6211号体裁相似。

图 イラン语断片集成图版105。**文** イラン语断片集成187页。**参** イラン语断片集成187-188页。

6174　摩尼文帕提亚语文献残片

4.7×9.3，正、背面各存4行。与大谷6220号同卷。

图 イラン语断片集成图版106。**文** イラン语断片集成188页。**参** イラン语断片集成188页。

6176　摩尼文西伊朗语文献残片

5×8.5，纸上原有2页，第1页正、背面各存5行，第2页有残字痕。

图 イラン语断片集成图版107。**文** イラン语断片集成189-190页。**参** イラン语断片集成189-190页。

6177　见6153号。

6178　摩尼文中古波斯语文献残片

3.9×3.5，正、背面各存4行。与大谷6194、6225号同卷。

图 イラン语断片集成图版107。**文** イラン语断片集成190页。**参** イラン语断片集成190-191页。

6179　摩尼文粟特语文献残片

2.8×3.3，正、背面各存3行。与大谷6180A、6180B、6196、6210诸号同卷。

图 イラン语断片集成图版108。**文** イラン语断片集成192页。**参** イラン语断片集成192-193页。

6180A　摩尼文粟特语文献残片

4.3×4.5，存5行。背面是回鹘文。与6179、6180B、6196、6210诸号同卷。

图 イラン语断片集成图版108。**文** イラン语断片集成192页。**参** イラン语断片集成192-193页。

6180B　摩尼文粟特语文献残片

2×1.8，存1行。背面是回鹘文。与6179、6180A、6196、6210诸号同卷。

图 イラン语断片集成图版108。**文** イラン语断片集成192页。**参** イラン语断片集成 192-193 页。

6181　摩尼文帕提亚语文献残片

2.7×3.7，正面存 3 行，背面存 4 行。

图 イラン语断片集成图版 108。文 イラン语断片集成 193 页。参 イラン语断片集成 193 页。

6182　摩尼文西伊朗语或西伊朗语与粟特语文献残片

4.4×3.9，两栏书写，第 1 栏正、背面各存 4 行，第 2 栏正背面分别存 3 行、4 行。

图 イラン语断片集成图版 108。文 イラン语断片集成 194 页。参 イラン语断片集成 194 页。

6183　摩尼文帕提亚语赞美诗残片

4×3，正面存 4 行，背面存 5 行。与大谷 6164、6165、6238 诸号同卷。

图 イラン语断片集成图版 103。文 イラン语断片集成 183-184 页。参 イラン语断片集成 182-184 页。

6185　摩尼文帕提亚语赞美诗集残片

3×2.3，正、背面各存 2 行。

图 イラン语断片集成图版 109。文 イラン语断片集成 194-195 页。参 イラン语断片集成 194-195 页。

6186　摩尼文粟特语文献残片

2×6.5，正、背面各存 8 行。

图 イラン语断片集成图版 109。文 イラン语断片集成 195 页。参 イラン语断片集成 195 页。

6187　摩尼文帕提亚语赞美诗集（Huyadagmān）残片

4×4，正、背面各存 2 行。背面尚不能确定。

图 イラン语断片集成图版 109。文 イラン语断片集成 195-196 页。参 イラン语断片集成 195-196 页。

6188　摩尼文粟特语文献残片

2.5×7.7，正面存 7 行，背面存 4 行。

图 イラン语断片集成图版 109。文 イラン语断片集成 196 页。参 イラン语断片集成 196 页。

6189　摩尼文中古波斯语文献残片

5.4×3，正、背面各存 2 行。

图 イラン语断片集成图版 109。文 イラン语断片集成 196-197 页。参 イラン语断片集成 196-197 页。

6190　摩尼文残片

2.6×2.5，正、背面各存 3 行。

图 イラン语断片集成图版 109。文 イラン语断片集成 197 页。参 イラン语断片集成 197 页。

6191　摩尼文粟特语历书残片

8.5×12，正、背面各存 11 行。

图 イラン语断片集成图版 110。文 イラン语断片集成 197-198 页。参 吉田丰
1989A，174 页注 7。イラン语断片集成 197-198 页。

6192　摩尼文帕提亚语教会史残片

7×9，共 2 栏，第 1 栏正、背面各存 8 行，第 2 栏只存残字。

图 イラン语断片集成图版 110。文 イラン语断片集成 199 页。参 イラン语断片集
成 199 页。

6193　摩尼文帕提亚语摩尼教宇宙生成论残片

8×8，正、背面各存 9 行。

图 大谷资料选 62 页。イラン语断片集成图版 111。文 イラン语断片集成 199-200
页。参 大谷资料选 62 页。イラン语断片集成 199-200 页。

6194　摩尼文中古波斯语文献残片

5×4.7，正、背面各存 5 行。与大谷 6178、6225 号同卷。

图 イラン语断片集成图版 107。文 イラン语断片集成 190-191 页。参 イラン语断
片集成 190-191 页。

6195　摩尼文中古波斯语赞美诗集残片

4.1×7.2，正面存 9 行，背面存 11 行。与大谷 6231 号同卷。

图 イラン语断片集成图版 111。文 イラン语断片集成 201 页。参 イラン语断片集
成 201-202 页。

6196　摩尼文粟特语文献残片

3×4.5，正、背面各存 7 行。与 6179、6180A、6180B、6210 诸号同卷。

图 イラン语断片集成图版 108。文 イラン语断片集成 192-193 页。参 イラン语断
片集成 192-193 页。

6197　摩尼文中古波斯语文献残片

5.6×3.6，正面存 4 行，背面存 5 行。

图 イラン语断片集成图版 112。文 イラン语断片集成 202 页。参 イラン语断片集
成 202 页。

6198　摩尼文帕提亚语摩尼教教会史文献残片

3.3×3.5，正面存 6 行，背面存 4 行。

图 イラン语断片集成图版 112。文 イラン语断片集成 203 页。参 イラン语断片集
成 203 页。

6199　摩尼文中古波斯语文献残片

3.3×4.5，正、背面各存 5 行。与柏林藏 M 5692 号同卷。

图 イラン语断片集成图版 112。文 イラン语断片集成 203-204 页。参 イラン语断
片集成 203-204 页。

6200　摩尼文帕提亚语文献残片

4×6.8，正、背面各存 10 行。

图 イラン语断片集成图版 112。文 イラン语断片集成 204 页。参 イラン语断片集
成 204-205 页。

6201　摩尼文中古波斯语文献残片

3.5×4.1，正、背面各存3行。

图 イラン语断片集成图版112。文 イラン语断片集成205页。参 イラン语断片集成205页。

6202　摩尼文帕提亚语赞美诗残片

4.7×6，正、背面各存8行。

图 イラン语断片集成图版113。文 イラン语断片集成205页。参 イラン语断片集成205页。

6203　摩尼文中古波斯语回鹘可汗祈愿文残片

5×5.6，正、背面各存5行。回鹘叶汗称号作 kün tangrıda qutbulmıš ardamın ıl tutmıš alp qutluγ uluγ bilgä tängri uyγur xanmız，根据敦煌吐鲁番出土回鹘语文书，其在位年代为1007～1019年或1007～1024年。

图 イラン语断片集成图版113。文 イラン语断片集成206页。参 イラン语断片集成206-207页。

6204　摩尼文中古波斯语文献残片

6.5×3.3，共2栏，每栏正、背面各存2行。

图 イラン语断片集成图版113。文 イラン语断片集成207页。参 イラン语断片集成207页。

6205　摩尼文帕提亚语《Giyān Wifrās》残片

4.2×8.6，正、背面各存6行。与6167号似为同卷，与6212号体裁相同。

图 イラン语断片集成图版114。文 イラン语断片集成207-208页。参 イラン语断片集成207-208页。

6206　摩尼文帕提亚语赞美诗集（Huyadagmān）残片

5×5.5，正面存3行，背面存2行。与4617号同卷。

图 イラン语断片集成图版94。文 イラン语断片集成172页。参 イラン语断片集成172页。

6207　摩尼文中古波斯语文献残片

4.5×5.2，正、背面各存7行。与大谷6246号同卷。

图 イラン语断片集成图版114。文 イラン语断片集成208页。参 イラン语断片集成208-209页。

6208　摩尼文帕提亚语摩尼教宇宙生成论残片

3.7×3，正、背面各存3行。与大谷6209、6232、6247诸号同卷。

图 イラン语断片集成图版115。文 イラン语断片集成209-210页。参 イラン语断片集成209-211页。

6209　摩尼文帕提亚语摩尼教宇宙生成论残片

3.3×4.3，正、背面各存4行。与6208、6232、6247诸号同卷。

图 イラン语断片集成图版115。文 イラン语断片集成209-210页。参 イラン语断片集成209-211页。

6210　摩尼文粟特语文献残片

2.6×4.2，正、背面各存 4 行。与大谷 6179、6180A、6180B、6196 诸号同卷。

图 イラン语断片集成图版 108。文 イラン语断片集成 193 页。参 イラン语断片集成 192-193 页。

6211　摩尼文帕提亚语文献残片

3.2×3.5，正、背面各存 3 行。与大谷 6172 号似为同卷。

图 イラン语断片集成图版 116。文 イラン语断片集成 211 页。参 イラン语断片集成 211 页。

6212　摩尼文帕提亚语（？）文献残片

2.8×4.6，正、背面各存 4 行。与 6205 号体裁相似。

图 イラン语断片集成图版 116。文 イラン语断片集成 211 页。参 イラン语断片集成 211 页。

6213　摩尼文中古波斯语文献残片

4.2×2.5，正面存 3 行，背面存 4 行。

图 イラン语断片集成图版 116。文 イラン语断片集成 212 页。参 イラン语断片集成 212 页。

6214　摩尼文帕提亚语赞美诗残片

3.2×2.2，共 2 栏，第 1 栏正、背面各存 6 行，第 2 栏正面存 4 行，背面存 6 行。与 11076 号同卷。

图 イラン语断片集成图版 116。文 イラン语断片集成 212-213 页。参 イラン语断片集成 212-214 页。

6215　文书残片

1.1×1.7，极小断片，文字判读不明，似与大谷 5722、6410 号同卷。

图 缺。文 缺。参 イラン语断片集成 104 页。

6216　摩尼文中古波斯语文献残片

11.2×8.7，与大谷 6156、6157 号可以缀合，共存 11 行。

图 イラン语断片集成图版 101。文 イラン语断片集成 179 页。参 イラン语断片集成 178-179 页。

6217　摩尼文帕提亚语文献残片

6.3×7.2，正面存 6 行，背面存 7 行。与大谷 6166 号同卷。原注"ムキ"。

图 イラン语断片集成图版 104。文 イラン语断片集成 184 页。参 イラン语断片集成 184-185 页。

6218　摩尼文西伊朗语文献残片

6.2×7.7，正、背面各存 11 行。

图 イラン语断片集成图版 117。文 イラン语断片集成 214-215 页。参 イラン语断片集成 214-215 页。

6219　摩尼文帕提亚语教会史文献残片

4.7×5，正面存 4 行，背面存 3 行。

图 イラン语断片集成图版 117。文 イラン语断片集成 215 页。参 イラン语断片集成 215 页。

6220 摩尼文帕提亚语文献残片

5.7×4.5，正、背面各存3行。与大谷6174号同卷。原注"ムキ"。

图 イラン语断片集成图版106。文 イラン语断片集成188页。参 イラン语断片集成188页。

6221 叙利亚文字母表残片

5.5×4.5，前、后、上、下残，存5行。

图 大谷资料选65页。文 缺。参 吉田丰1985。大谷资料选65页。

6222 摩尼文西伊朗语文献残片

3.5×6.7，正曲存4行，背面存2行。

图 イラン语断片集成图版117。文 イラン语断片集成215页。参 イラン语断片集成215页。

6223 摩尼文帕提亚语文献残片

6×3.5，正、背面各存2行。原注"ムキ"。

图 イラン语断片集成图版118。文 イラン语断片集成216页。参 イラン语断片集成216页。

6224 摩尼文粟特语文献残片

6.2×3，存2行。

图 イラン语断片集成图版118。文 イラン语断片集成216页。参 イラン语断片集成216页。

6225 摩尼文中古波斯语文献残片

6.3×5.3，纸上有2页，第1页背面残字5行，第2页正面残字2行，背面4行。与6178、6194号同卷。

图 イラン语断片集成图版107。文 イラン语断片集成191页。参 イラン语断片集成190-191页。

6226 摩尼文帕提亚语文献残片

3.7×4.3，正、背面各存2行。

图 イラン语断片集成图版118。文 イラン语断片集成216页。参 イラン语断片集成216页。

6227 摩尼文中古波斯语文献残片

3.9×5.2，正、背面各存5行。

图 イラン语断片集成图版118。文 イラン语断片集成217页。参 イラン语断片集成217页。

6228 摩尼文粟特语文献残片

3.6×3.8，正、背面各存7行。与大谷11078号同卷，与圣彼得堡藏L 119号可能同卷。

图 イラン语断片集成图版118。文 イラン语断片集成217-218页。参 イラン语断片集成217-218页。

6229 摩尼文帕提亚语摩尼教赞美诗残片

2.5×3.9，正、背面各存6行。与6230号同卷。

图 吉田丰、Sundermann 1992，134 页。イラン语断片集成图版 119。**文** 吉田丰、Sundermann 1992，128-129 页。イラン语断片集成 218-219 页。**参** 吉田丰、Sundermann 1992，121、128-129 页。イラン语断片集成 218-219 页。

6230　摩尼文帕提亚语摩尼教赞美诗残片

2.5×3.9，正、背面各存 7 行。与大谷 6229 号同卷。

图 イラン语断片集成图版 119。**文** イラン语断片集成 219 页。**参** イラン语断片集成 218-219 页。

6231　摩尼文帕提亚语赞美诗集残片

2.3×2.8，正、背面各存 3 行。与大谷 6195 号同卷。

图 イラン语断片集成图版 111。**文** イラン语断片集成 202 页。**参** イラン语断片集成 201-202 页。

6232　摩尼文帕提亚语摩尼教宇宙生成论残片

3.8×2.5，正、背面各存 2 行。与大谷 6208、6209、6247 诸号同卷。

图 イラン语断片集成图版 115。**文** イラン语断片集成 209-210 页。**参** イラン语断片集成 209-211 页。

6233　摩尼文粟特语文献残片

3.9×4.6，正、背面各存 4 行。

图 イラン语断片集成图版 119。**文** イラン语断片集成 220 页。**参** イラン语断片集成 220 页。

6234　摩尼文帕提亚语文献残片

3.1×2.8，正、背面各存 4 行。

图 イラン语断片集成图版 119。**文** イラン语断片集成 220 页。**参** イラン语断片集成 220 页。

6235　摩尼文帕提亚语文献残片

3.1×4.2，正面存 4 行，背面存 3 行。原注"ムキ"。

图 イラン语断片集成图版 119。**文** イラン语断片集成 220-221 页。**参** イラン语断片集成 220-221 页。

6236　摩尼文帕提亚语文献残片

5.3×5.7，正面存 3 行，背面存 2 行。

图 イラン语断片集成图版 119。**文** イラン语断片集成 221 页。**参** イラン语断片集成 221 页。

6237　摩尼文粟帕提亚语摩尼教文献残片

2.2×4，正、背面各存 5 行。背面可以确定是《光明智慧布道书》（Sermon of the Light-Nous），正面可能是同书残片，但未确定。

图 イラン语断片集成图版 120。**文** イラン语断片集成 221-222 页。**参** イラン语断片集成 221-222 页。

6238　摩尼文帕提亚语赞美诗残片

3×3.7，正、背面各存 3 行。与大谷 6164、6165、6183 诸号同卷。原注"ムキ"。

图 イラン语断片集成图版 103。**文** イラン语断片集成 184 页。**参** イラン语断片集成 182-184 页。

6239　摩尼文帕提亚语文献残片

3.5×5.4，正面存 3 行，背面存 2 行。

图 イラン语断片集成图版 120。文 イラン语断片集成 222 页。参 イラン语断片集成 222 页。

6240　摩尼文西伊朗语赞美诗集残片

4×4.2，正、背面各残存 3 行。

图 イラン语断片集成图版 120。文 イラン语断片集成 222-223 页。参 イラン语断片集成 222-223 页。

6241　摩尼文西伊朗语诗残片

4×3.4，正面存 3 行，背面存 2 行。

图 イラン语断片集成图版 120。文 イラン语断片集成 223 页。参 イラン语断片集成 223 页。

6242　摩尼文帕提亚语文献残片

3.2×4，正、背面各存 5 行。

图 イラン语断片集成图版 120。文 イラン语断片集成 223-224 页。参 イラン语断片集成 223-224 页。

6243　摩尼文西伊朗语与粟特语对译词汇表残片

2.3×3.8，正、背面各存 4 行。

图 イラン语断片集成图版 120。文 イラン语断片集成 224 页。参 イラン语断片集成 224 页。

6244　摩尼文中古波斯语文献残片

3.5×3.5，正、背面各存 1 行。

图 イラン语断片集成图版 121。文 イラン语断片集成 224 页。参 イラン语断片集成 224 页。

6246　摩尼文中古波斯语文献残片

2.8×3.2，正、背面各存 4 行。与大谷 6207 号同卷。

图 イラン语断片集成图版 114。文 イラン语断片集成 208-209 页。参 イラン语断片集成 208-209 页。

6247　摩尼文帕提亚语摩尼教宇宙生成论残片

2.3×2.8，正、背面各存 3 行。与大谷 6208、6209、6232 诸号同卷。

图 イラン语断片集成图版 115。文 イラン语断片集成 209-210 页。参 イラン语断片集成 209-211 页。

6248　摩尼文西伊朗语赞美诗残片

2.5×2.8，正、背面各存 4 行。

图 イラン语断片集成图版 121。文 イラン语断片集成 225 页。参 イラン语断片集成 225 页。

6249　摩尼文帕提亚语文献残片

2.7×1.8，正、背面各存 2 行。与大谷 6237 号书写酷似，但纸质不同。

图 イラン语断片集成图版121。文 イラン语断片集成225页。参 イラン语断片集成225页。

6250　摩尼文语言不明文献残片

2×2，正、背面各存2行。

图 イラン语断片集成图版121。文 イラン语断片集成225-226页。参 イラン语断片集成225-226页。

6251　摩尼文帕提亚语残片

2.3×2.5，正、背面各存2行。

图 イラン语断片集成图版121。文 イラン语断片集成226页。参 イラン语断片集成226页。

6252　摩尼文粟特语文献残片

2.4×3，正面存4行，背面存3行。

图 イラン语断片集成图版121。文 イラン语断片集成226页。参 イラン语断片集成226页。

6253　摩尼文摩尼教文献残片

3.4×6，只残存摩尼文的标点。与大谷6257号同卷。

图 イラン语断片集成图版121。文 缺。参 イラン语断片集成226-227页。

6255　摩尼文中古波斯语与粟特语对译词汇残片

9.2×4.6，存1行。

图 イラン语断片集成图版121。文 イラン语断片集成227页。参 イラン语断片集成227页。

6256　摩尼文粟特语（？）文献残片

5×4，存3行。

图 イラン语断片集成图版122。文 イラン语断片集成227页。参 イラン语断片集成227页。

6257　摩尼文摩尼教文献残片

3.4×3.1，只残存摩尼文的标点。与大谷6253号同卷。原注："哈喇和卓。"

图 イラン语断片集成图版121。文 缺。参 イラン语断片集成226-227页。

6258　摩尼文西伊朗语文献残片

5×6，正、背面各存5行。与大谷4616号书写酷似。

图 イラン语断片集成图版122。文 イラン语断片集成227-228页。参 イラン语断片集成227-228页。

6273-6282　回鹘文佛典残片（6273、6276号另列）

小片，活字，存3-6行不等，行头、行末有丝栏，6274号行头有二重丝栏，正文左面有婆罗迷文字。原注："无量寿宗要纪 各々a～kノ注记アリ。"

图 缺。文 缺。参 羽田明、山田信夫1961。

6273　回鹘文《大乘无量寿经》残片

活字，存3行。

图 西域Ⅳ图版30。文 缺。参 羽田明、山田信夫1961。

6276 回鹘文《大乘无量寿经》断片

27.7×14.5，活字，存5行。

图 西域Ⅳ图版31。大谷资料选57页。**文** 西域Ⅳ205页。大谷资料选57页。**参** 羽田明、山田信夫1961。大谷资料选54页。

6284 回鹘文文书残片

27×23，活字，两面书写，正面存12行，背面存15行，行头有二重丝栏，行末有丝栏。原注："二堡出土。"

图 缺。**文** 缺。**参** 羽田明、山田信夫1961。

6285-6293 回鹘文文书残片

小片（6285号为二片），活字，存2-6行不等，6291号有二重丝栏，6286号行头有丝栏。原注："二堡出土。"

图 缺。**文** 缺。**参** 羽田明、山田信夫1961。

6294 回鹘文文书残片

26×12，活字，存6行，行末有二重丝栏。原注："二堡出土。"

图 西域Ⅳ图版30。**文** 缺。**参** 羽田明、山田信夫1961。

6295 回鹘文《天地八阳神咒经》残片

26×12，活字，存5行，行头、行末有二重丝栏。原注："二堡出土。"

图 西域Ⅳ图版30。Juten Oda1980-1986，图版5。小田寿典1987，图版5。**文** 西域Ⅳ205页。Juten Oda1980-1986，336页。小田寿典1987，31-32页。**参** 羽田明、山田信夫1961。Juten Oda1980-1986。小田寿典1987。

6296-6300 回鹘文文书残片（其中6297、6298号另列）

小片，活字，存3-6行不等。6296号行头有二重丝栏，6298、6300号有丝栏。

图 缺。**文** 缺。**参** 羽田明、山田信夫1961。

6297 回鹘文《天地八阳神咒经》残片

12×4.5，活字，存3行。交河故城出土

图 Juten Oda1980-1986，图版4。小田寿典1987，图版4。**文** Juten Oda1980-1986，335页。小田寿典1987，31页。**参** 羽田明、山田信夫1961。Juten Oda1980-1986。小田寿典1987。

6298 回鹘文文书残片

存6行，有丝栏。

图 西域Ⅳ图版24。**文** 缺。**参** 羽田明、山田信夫1961。

6301-6337 回鹘文文书残片（其中6316号另列）

小片、极小片（6301号为13×8），草书、活字（6313号为草书、细字），存1-6行不等。6307号有朱印，6308号有丝栏，6301号有二重丝栏，6324号有句读点。原注："哈喇和卓—（6305）库车西方200里ダシド古洞—（6329）~（6331）胜金口~（6332）~6337）。"

图 缺。**文** 缺。**参** 羽田明、山田信夫1961。

6316 粟特文残片

4×3，存2行。

图 イラン语断片集成图版32。文 イラン语断片集成106页。参 イラン语断片集成106页。

6338　回鹘文文书残片

20×8，活字，存5行，行头、行末有二重丝栏。

图 缺。文 缺。参 羽田明、山田信夫1961。

6339-6371　回鹘文文书残片（其中6341号另列）

小片、极小片，草书（6339、6340号为楷书），存2-6行不等。原注："胜金口—（6341）~（6370）。"

图 缺。文 缺。参 羽田明、山田信夫1961。

6341　粟特文书信残片

26×8，正面存4行，背面存2行。系Vaγīvandak（婆何畔陀）致Kānak Tarqan（迦那达干）的书信，正面为信文，背面为信封。封筒题"胜金口"。

图 大谷资料选65页。イラン语断片集成图版33。文 吉田丰1989B，96页。Yoshida 1991，341页。イラン语断片集成106-107页。参 羽田明、山田信夫1961。吉田丰1989B。Yoshida 1991。イラン语断片集成106-107页。

6372　回鹘文文书残片

12×10，两面书写，正面存草书6行，背面存草书5行。

图 缺。文 缺。参 羽田明、山田信夫1961。

6373　回鹘文文书残片

6×17，两面书写，俱存草书4行。

图 缺。文 缺。参 羽田明、山田信夫1961。

6374　回鹘文文书残片

17×5，两面书写，草书，正面存4行，背面存2行。

图 缺。文 缺。参 羽田明、山田信夫1961。

6375　回鹘文文书残片

25×5，两面书写，草书，正面存3行，背面存2行。

图 缺。文 缺。参 羽田明、山田信夫1961。

6376　回鹘文文书残片

小片，两面书写，草书，正面存7行，背面存5行。

图 缺。文 缺。参 羽田明、山田信夫1961。

6377　回鹘文文书残片

15×8，两面书写，草书。

图 缺。文 缺。参 羽田明、山田信夫1961。

6378-6382　回鹘文文书残片（其中6380号另列）

小片、极小片，两面书写，存草书2-3行不等，6380号有丝栏。

图 缺。文 缺。参 羽田明、山田信夫1961。

6380　粟特文残片

7×4.5，正背各2行。背面是"100"的习书。

图 イラン语断片集成图版34。文 イラン语断片集成107页。参 羽田明、山田信夫

1961。イラン语断片集成 107 页。

6383　回鹘文文书残片

15×6，两面书写，草书，正面存 16 行，背面存 6 行。原注："库木土喇。"

图 缺。文 缺。参 羽田明、山田信夫 1961。

6384-6408　回鹘文文书残片（其中 6385、6386、6387、6400、6403、6406 诸号另列）

小片、极小片，两面书写，草书，存 2-7 行不等。原注："ゥシヤール（6400）。"

图 缺。文 缺。参 羽田明、山田信夫 1961。

6385A 粟特文佛典残片

4.7×5.5，存 5 行。

图 イラン语断片集成图版 34。文 イラン语断片集成 107-108 页。参 羽田明、山田信夫 1961。イラン语断片集成 107-108 页。

6385v 回鹘文残片

图 イラン语断片集成图版 34。文 イラン语断片集成 38 页。参 羽田明、山田信夫 1961。

6386　帕提亚语摩尼教《Huyadagmān》粟特文转写残片

5.8×5.5，正背各存 8 行。正面相当于第 1 章第 60-62 节，背面相当于第 66a-68 节。原注"ムキ"。

图 Sundermann 1990，图版 67e, f。イラン语断片集成图版 34。文 Sundermann 1990，22 页。イラン语断片集成 108-109 页。参 羽田明、山田信夫 1961。Sundermann 1990。イラン语断片集成 108-109 页。

6387　粟特文佛典残片

3.3×4.7，贝叶本。正面存 4 行，背面存 5 行。

图 イラン语断片集成图版 34。文 イラン语断片集成 109 页。参 羽田明、山田信夫 1961。イラン语断片集成 109 页。

6400　粟特文佛典残片

4×3.8，正、背面各存 3 行。原注"ワシヤール"。

图 イラン语断片集成图版 34。文 イラン语断片集成 109 页。参 羽田明、山田信夫 1961。イラン语断片集成 109 页。

6403　粟特文摩尼教文献残片

3.8×2.8，正面存 4 行，背面存 2 行。原注"ムキ"。

图 イラン语断片集成图版 34。文 イラン语断片集成 110 页。参 羽田明、山田信夫 1961。イラン语断片集成 110 页。

6406　粟特文摩尼教文献残片

1.3×1.4，正、背面各存 2 行。

图 イラン语断片集成图版 34。文 イラン语断片集成 110 页。参 羽田明、山田信夫 1961。イラン语断片集成 110 页。

6409　回鹘文文书残片

15×3，两面书写，草书，正面存 3 行，背面存 2 行。原注"29"。

图 缺。文 缺。参 羽田明、山田信夫 1961。

6410　粟特文残片

3.5×4，正、背面各存3行。与5722同卷。

图 イラン语断片集成图版31。**文** イラン语断片集成104页。**参** 羽田明、山田信夫1961。イラン语断片集成103-104页。

6411-6418　回鹘文文书残片

极小片，两面书写，草、楷书，存1-2行不等。

图 缺。**文** 缺。**参** 羽田明、山田信夫1961。

6431　摩尼文中古波斯语文献残片

3×3.1，存3行。

图 イラン语断片集成图版122。**文** イラン语断片集成228页。**参** イラン语断片集成228页。

7001　胡汉两语文书残片

10×6，正面为汉文，背面存回鹘文草书4行。原注"Tochara"。

图 缺。**文** 缺。**参** 羽田明、山田信夫1961。

7002　胡汉两语文书残片

5×10，正面为汉文，背面存回鹘文草书3行，有丝栏。原注："19. 交河城。"

图 缺。**文** 缺。**参** 羽田明、山田信夫1961。

7003　《妙法莲华经》残片

12.8×10.7，前、后、上、下残，存6行，封筒题"クムトラ（库木吐拉）a 出土"，实不可信。

图 大谷资料选68页。イラン语断片集成图版35。**文** 缺。**参** イラン语断片集成16页。

7003v　粟特文音译中古波斯语赞美诗残片

前、后、上、下残，存8行。

图 大谷资料选68页。イラン语断片集成图版35。**文** イラン语断片集成110-111页。**参** 羽田明、山田信夫1961。大谷资料选68页。Yoshida 1990。イラン语断片集成110-111页。

7004　《妙法莲华经》残片

9.5×25.3，前、后缺，下部残，有丝栏，存14行。封筒题"クムトラ（库木吐拉）出土b"，实不可信。本残片与其他残片的缀合及同卷情况见大谷4705号。

图 大谷资料选67页。イラン语断片集成图版40。**文** イラン语断片集成29-30页。**参** イラン语断片集成16页。

7004v　粟特语摩尼教经典残片

存15行。本残片与其他残片的缀合及同卷情况见大谷4705v号。

图 西域Ⅳ图片25。大谷资料选67页。イラン语断片集成图版40。**文** イラン语断片集成111-114页。**参** 羽田明、山田信夫1961。吉田丰1989B。大谷资料选67页。イラン语断片集成111-114页。

7005　《妙法莲华经》残片

9.6×4.7，封筒题"クムトラ（库木吐拉）d 出土"，实不可信。本残片与其他残

片的缀合及同卷情况见大谷 4705 号。

图 イラン语断片集成图版 39。文 イラン语断片集成 29-30 页。参 イラン语断片集成 16 页。

7005v 粟特语摩尼教经典残片

存草书三行。

图 イラン语断片集成图版 39。文 イラン语断片集成 111-114 页。参 羽田明、山田信夫 1961。イラン语断片集成 111-114 页。

7006 《妙法莲华经》残片

7.2×6，存 3 行。制简题 "クムトラ（库木吐拉）e 出土"，实不可信。本残片与其他残片的缀合及同卷情况见大谷 4705 号。

图 イラン语断片集成图版 41。文 イラン语断片集成 29-30 页。参 イラン语断片集成 16 页。

7006v 粟特语摩尼教经典残片

存 4 行。本残片与其他残片的缀合及同卷情况见 4705v 号。

图 イラン语断片集成图版 41。文 イラン语断片集成 111-114 页。参 羽田明、山田信夫 1961。イラン语断片集成 111-114 页。

7007 胡汉两语文书残片

12×10，两面书写，正面为汉文，背面存回鹘文草书 4 行，有句读点。原注："クムトラ c。"

图 缺。文 缺。参 羽田明、山田信夫 1961。

7008 胡汉两语文书残片

20×10，两面书写，正面为汉文，背面存回鹘文草书 4 行。原注："No. 15T. 。"

图 缺。文 缺。参 羽田明、山田信夫 1961。

7009 胡汉两语文书残片

小片，两面书写，正面为汉文，背面存回鹘文草书 4 行。

图 缺。文 缺。参 羽田明、山田信夫 1961。

7010-7015 胡汉两语文书残片（其中 7014 号另列）

极小片，两面书写，正面为汉文，背面存回鹘文草书 1-2 行不等。

图 缺。文 缺。参 羽田明、山田信夫 1961。

7014 《妙法莲华经》残片

4.7×5.3，存 3 行。

图 イラン语断片集成图版 42。文 缺。参 イラン语断片集成 16 页。

7014v 粟特文摩尼教文献残片

存 4 行。

图 イラン语断片集成图版 42。文 イラン语断片集成 114 页。参 イラン语断片集成 114 页。

7016 《妙法莲华经》残片

11×9，存 5 行。

图 イラン语断片集成图版 42。文 缺。参 イラン语断片集成 16 页。

7016v　粟特文残片

存6行。

图 イラン语断片集成图版42。**文** イラン语断片集成115页。**参** 羽田明、山田信夫
1961。イラン语断片集成114-115页。

7017　胡汉两语文书残片

25×10，两面书写，正面为汉文，背面存回鹘文草书6行。

图 缺。**文** 缺。**参** 羽田明、山田信夫1961。

7018　胡汉两语文书残片

15×6，两面书写，正面为汉文，背面存回鹘文草书4行。

图 缺。**文** 缺。**参** 羽田明、山田信夫1961。

7019　胡汉两语文书残片

15×13，两面书写，正面为汉文，背面存回鹘文草书3行。

图 缺。**文** 缺。**参** 羽田明、山田信夫1961。

7020　胡汉两语文书残片

16×10，两面书写，正面为汉文，背面存回鹘文草书4行，与大谷7021号为同类
文书。

图 缺。**文** 缺。**参** 羽田明、山田信夫1961。

7021　胡汉两语文书残片

15×12，两面书写，正面为汉文，背面存回鹘文草书4行。

图 缺。**文** 缺。**参** 羽田明、山田信夫1961。

7022　胡汉两语文书残片

10×12，两面书写，正面为汉文，有回鹘文文字，背面存回鹘文草书4行。原注：
"吐鲁番·哈喇和卓。"

图 缺。**文** 缺。**参** 羽田明、山田信夫1961。

7023　胡汉两语文书残片

10×10，两面书写，正面为汉文，背面存回鹘文草书2行。原注："吐鲁番·哈喇
和卓。"

图 缺。**文** 缺。**参** 羽田明、山田信夫1961。

7024　胡汉两语文书残片

小片，两面书写，正面为汉文，背面存回鹘文草书4行。原注："吐鲁番·哈喇和
卓。"

图 缺。**文** 缺。**参** 羽田明、山田信夫1961。

7025　胡汉两语文书残片

17×15，两面书写，正面为汉文，有回鹘文文字，背面存回鹘文草书11行。原注：
"库车。"

图 缺。**文** 缺。**参** 羽田明、山田信夫1961。

7026　胡汉两语文书残片

23×12，两面书写，正面为汉文，背面存回鹘文草书8行。原注："吐鲁番·哈喇
和卓。"

图 缺。文 缺。参 羽田明、山田信夫 1961。

7027　胡汉两语文书残片

15×12，两面书写，正面为汉文，背面存回鹘文草书 8 行。原注："吐鲁番·哈喇和卓。"

图 缺。文 缺。参 羽田明、山田信夫 1961。

7028　胡汉两语文书残片

10×11，两面书写，正面为汉文，背面存回鹘文草书 4 行。

图 缺。文 缺。参 羽田明、山田信夫 1961。

7029　胡汉两语文书残片

10×10，两面书写，正面为汉文，背面存回鹘文草书 4 行。

图 缺。文 缺。参 羽田明、山田信夫 1961。

7030　胡汉两语文书残片

13×12，两面书写，正面为汉文，背面存回鹘文草书 6 行。原注："吐鲁番·哈喇和卓。"

图 缺。文 缺。参 羽田明、山田信夫 1961。

7031-7073　胡汉两语文书残片（其中 7035、7036 + 7246、7044、7052、7060、7064、7068、7070 诸号另列）

小片、极小片，两面书写，正面为汉文，背面存回鹘文草书 1-8 行不等（7036 号为粟特文?）。7031、7045 号有句读点。原注："No. 34 –（7049）No. 54（7050）No. 6（7055）。"

图 缺。文 缺。参 羽田明、山田信夫 1961。

7035　《妙法莲华经》残片

6.7×5，存 4 行。

图 イラン语断片集成图版 43。文 缺。参 イラン语断片集成 16 页。

7035v　粟特文残片

存 4 行。

图 イラン语断片集成图版 43。文 イラン语断片集成 115 页。参 羽田明、山田信夫 1961。イラン语断片集成 115 页。

7036 +7246　《四分律比丘戒本》残片

7.5×7.8，缀合后共 5 行。

图 イラン语断片集成图版 43。文 缺。参 イラン语断片集成 16 页。

7036 +7246v　粟特文残片

缀合后共 5 行。

图 イラン语断片集成图版 43。文 イラン语断片集成 115 页。参 羽田明、山田信夫 1961。イラン语断片集成 115 页。

7044　《妙法莲华经》残片

5.2×2，存 2 行。与大谷 4544 号同卷。

图 イラン语断片集成图版 23。文 イラン语断片集成 27 页。参 イラン语断片集成 16 页。

7044v 粟特文残片

图 イラン语断片集成图版 23。文 イラン语断片集成 88 页。参 羽田明、山田信夫 1961。イラン语断片集成 88 页。

7052　佛典残片

3.3×2.3，存 2 行。

图 イフン语断片集成图版 43。文 缺。参 イフン语断片集成 16 页。

7052v 粟特文摩尼教文献残片

存 2 行。

图 イラン语断片集成图版 43。文 イラン语断片集成 116 页。参 羽田明、山田信夫 1961。イラン语断片集成 116 页。

7060　《大般涅槃经》残片

7.5×6.1，存 3 行。与大谷 7482 号缀合。

图 イラン语断片集成图版 44。文 缺。参 イラン语断片集成 16 页。

7060v 粟特文摩尼教忏悔文献残片

存 3 行，与 7482v 号缀合。

图 イラン语断片集成图版 44。文 イラン语断片集成 116 页。参 羽田明、山田信夫 1961。イラン语断片集成 116 页。

7064　佛典残片

5.1×3.3，存 2 行。

图 イラン语断片集成图版 45。文 缺。参 イラン语断片集成 16 页。

7964v 粟特文残片

存 2 行。

图 イラン语断片集成图版 45。文 イラン语断片集成 116 页。参 羽田明、山田信夫 1961。イラン语断片集成 116 页。

7068　《妙法莲华经》残片

3×5.5，存 3 行。

图 イラン语断片集成图版 45。文 缺。参 イラン语断片集成 16 页。

7068v 粟特文残片

存 3 行。

图 イラン语断片集成图版 45。文 イラン语断片集成 116-117 页。参 羽田明、山田信夫 1961。イラン语断片集成 116-117 页。

7070　佛典残片

2.5×2.5，存 2 行。

图 イラン语断片集成图版 45。文 缺。参 イラン语断片集成 16 页。

7070v 粟特文残片

存 2 行。

图 イラン语断片集成图版 45。文 イラン语断片集成 117 页。参 羽田明、山田信夫 1961。イラン语断片集成 117 页。

7074　胡汉两语文书残片

10×10，两面书写，正面为汉文，背面存回鹘文草书7行。

图 缺。**文** 缺。**参** 羽田明、山田信夫1961。

7075　胡汉两语文书残片

11×5，两面书写，正面为汉文，背面存回鹘文草书7行。

图 缺。**文** 缺。**参** 羽田明、山田信夫1961。

7076-7089　胡汉两语文书残片（其中7078、7079号另列）

小片、极小片，两面书写，正面为汉文，背面存回鹘文草书1-10行不等。

图 缺。**文** 缺。**参** 羽田明、山田信夫1961。

7078　佛典残片

4.2×6.1，存3行。

图 イラン语断片集成图版45。**文** 缺。**参** イラン语断片集成16页。

7078v　粟特文残片

存7行。

图 イラン语断片集成图版45。**文** イラン语断片集成117页。**参** 羽田明、山田信夫1961。イラン语断片集成117页。

7079　《妙法莲华经》残片

6×5.4，存3行。

图 イラン语断片集成图版45。**文** 缺。**参** イラン语断片集成16页。

7079v　粟特文摩尼教文献残片

存5行。

图 イラン语断片集成图版45。**文** イラン语断片集成117页。**参** 羽田明、山田信夫1961。イラン语断片集成117页。

7090　胡汉两语文书残片

12×12，两面书写，正面为汉文，背面存回鹘文草书12行。

图 缺。**文** 缺。**参** 羽田明、山田信夫1961。

7091　胡汉两语文书残片

14×14，两面书写，正面为汉文，背面存回鹘文草书6行。

图 缺。**文** 缺。**参** 羽田明、山田信夫1961。

7092-7096　胡汉两语文书残片

小片，两面书写，正面为汉文，背面存回鹘文草书6-8行不等（7095号存1行）。

原注："No. 36 –（7093）。"

图 缺。**文** 缺。**参** 羽田明、山田信夫1961。

7097　胡汉两语文书残片

10×10，两面书写，正面为汉文，背面存回鹘文草书11行。

图 缺。**文** 缺。**参** 羽田明、山田信夫1961。

7098-7105　胡汉两语文书残片

小片，两面书写，正面为汉文，背面存回鹘文草书2-6行不等。

图 缺。**文** 缺。**参** 羽田明、山田信夫1961。

7106＋8125　《妙法莲华经》卷第五残片

6.7×7.8，29.0×41.0，存 24 行，有丝栏。吐鲁番出土。

图 考古图谱（下）佛典 58。佛典研究图版 67。大谷资料选 58 页。**文** 佛典研究 101-102 页。**参**

7106+8125v　回鹘文《阿毗达磨俱舍论》残片

存回鹘文 26 行，行中多有汉字，反映了汉文化对回鹘佛教的影响。

图 考古图谱（下）西域语文书 7-2。西域Ⅳ图版 27。大谷资料选 58 页。**文** 缺。**参** 羽田明、山田信夫 1961。百济康义 1978。大谷资料选 58 页。

7107-7113　胡汉两语文书残片

极小片，两面书写，正面为汉文，背面存回鹘文草书 1-3 行不等。

图 缺。**文** 缺。**参** 羽田明、山田信夫 1961。

7114　佛典残片

3.8×4.5，存 2 字。

图 イラン语断片集成图版 46。**文** 缺。**参** イラン语断片集成 16 页。

7114v　粟特文残片

存 2 行。

图 イラン语断片集成图版 46。**文** イラン语断片集成 118 页。**参** 羽田明、山田信夫 1961。イラン语断片集成 118 页。

7115　佛典残片

2.7×3.5，存 2 行。

图 イラン语断片集成图版 46。**文** 缺。**参** イラン语断片集成 16 页。

7115v　粟特文残片

存 2 行。

图 イラン语断片集成图版 46。**文** イラン语断片集成 118 页。**参** 羽田明、山田信夫 1961。イラン语断片集成 118 页。

7116　胡汉两语文书残片

12×10，两面书写，正面为汉文，背面存回鹘文草书 10 行，有丝栏。

图 缺。**文** 缺。**参** 羽田明、山田信夫 1961。

7117+7522　《妙法莲华经》残片

由 2 片缀合，7117 号为 6.5×13.5，7522 号为 3×4.5，前、后缺，下部残，有丝栏，缀合后共存 5 行。

图 大谷资料选 63 页。イラン语断片集成图版 46。**文** 缺。**参** イラン语断片集成 16 页。

7117+7522v　粟特文转写帕提亚语摩尼教《初声讚文》残片

13.5×9.2，共存 5 行。

图 吉田丰 1985，65 页（7117）。大谷资料选 63 页。イラン语断片集成图版 46。**文** 吉田丰 1985，55 页。イラン语断片集成 118 页。**参** 吉田丰 1985，54-57 页（7522 误作 7524）。大谷资料选 63 页。イラン语断片集成 118 页。

7118　胡汉两语文书残片

小片，两面书写，正面为汉文，背面存回鹘文草书 9 行。原注："No. 34。"

图 缺。文 缺。参 羽田明、山田信夫 1961。

7119　胡汉两语文书残片

13×20，两面书写，正面为汉文，背面存回鹘文草书 3 行。原注："チキトン。"

图 缺。文 缺。参 羽田明、山田信夫 1961。

7120　《妙法莲华经》残片

12×13，存 7 行。封筒题"チキトン"。

图 イラン语断片集成图版 47。文 缺。参 イラン语断片集成 16 页。

7120v　粟特文摩尼教赞美诗残片

存 7 行。

图 イラン语断片集成图版 47。文 イラン语断片集成 118-119 页。参 羽田明、山田信夫 1961。イラン语断片集成 118-119 页。

7121　《妙法莲华经》残片

5.7×13，存 8 行残字。封筒题"チキトン"。

图 イラン语断片集成图版 47。文 缺。参 イラン语断片集成 16 页。

7121v　粟特文残片

存 8 行。

图 イラン语断片集成图版 47。文 イラン语断片集成 119 页。参 羽田明、山田信夫 1961。イラン语断片集成 119 页。

7122　《妙法莲华经》残片

6.5×6，存 3 行。封筒题"チキトン"。与柏林藏 Ch/U 6294、圣彼得堡藏 L 30 残片可以缀合。又，Ch/U 6224、Ch/U 6370、Ch/U 6388、Ch/U 6506、Ch/U 7131、Ch/So 20232 均属于同卷。

图 イラン语断片集成图版 49。文 イラン语断片集成 26 页。参 イラン语断片集成 16、119-121 页。

7122v　粟特文残片

存 3 行。与柏林藏 Ch/U 6294、圣彼得堡藏 L 30 残片可以缀合，相当于缀合后的 5-7 行。又，Ch/U 6224、Ch/U 6370、Ch/U 6388、Ch/U 6506、Ch/U 7131、Ch/So 20232 背面均属于同卷。

图 イラン语断片集成图版 48。文 イラン语断片集成 119-120 页。参 羽田明、山田信夫 1961。イラン语断片集成 119-121 页。

7123　胡汉两语文书残片

7×12，两面书写，正面为汉文，背面存回鹘文草书 6 行。原注："66チキトン。"

图 缺。文 缺。参 羽田明、山田信夫 1961。

7124　《妙法莲华经》残片

11.5×7.8，存 3 行。封筒题"チキトン"。本残片与其他残片的缀合及同卷情况见 4705 号。

图 イラン语断片集成图版 41。文 イラン语断片集成 29-30 页。参 イラン语断片集成 17 页。

7124v　粟特文摩尼教经典残片

存 4 行。本残片与其他残片的缀合及同卷情况见 4705v 号。

图 イラン语断片集成图版 41。文 イラン语断片集成 111-114 页。参 羽田明、山田信夫 1961。イラン语断片集成 111-114 页。

7125　佛典残片

6.8×6.1，存 3 行。封筒题"チキトン"。

图 イラン语断片集成图版 50。文 缺。参 イラン语断片集成 17 页。

7125v 粟特文残片

存 3 行。

图 イラン语断片集成图版 50。文 イラン语断片集成 121 页。参 イラン语断片集成 121 页。

7126　《妙法莲华经》残片

9.5×5，存 2 行。本残片与其他残片的缀合及同卷情况见大谷 4705 号。封筒题"チキトン"。

图 イラン语断片集成图版 38。文 イラン语断片集成 29-30 页。参 イラン语断片集成 17 页。

7126v 粟特语摩尼教经典残片

存 2 行。本残片与其他残片的缀合及同卷情况见 4705v 号。

图 イラン语断片集成图版 38。文 イラン语断片集成 111-114 页。参 イラン语断片集成 111-114 页。

7127　《妙法莲华经》残片

6.9×6.8，与柏林藏 Ch/So 14731 可以缀合，缀合后共 4 行。与 7210 号同卷。封筒题"チキトン"，据柏林藏卷，实为吐峪沟出土。

图 イラン语断片集成图版 50。文 缺。参 吉田丰 1998，103 页。イラン语断片集成 17、45 页。

7127v 粟特文摩尼教文献残片

与柏林藏 Ch/So 14731v 可以缀合，缀合后共 4 行。与大谷 7210v 号同卷。

图 イラン语断片集成图版 50。文 イラン语断片集成 121 页。参 イラン语断片集成 45、121-122 页。

7128　佛典残片

4×9.5，存 6 行。封筒题"チキトン"。

图 イラン语断片集成图版 50。文 缺。参 イラン语断片集成 17 页。

7128v 粟特文残片

存 3 行。

图 イラン语断片集成图版 50。文 イラン语断片集成 122 页。参 イラン语断片集成 122 页。

7129　佛典残片

6×3.8，存 2 行。封筒题"チキトン"。

图 イラン语断片集成图版 51。文 缺。参 イラン语断片集成 17 页。

7129v 粟特文残片

存 2 行。

图 イラン语断片集成图版 51。文 イラン语断片集成 122 页。参 イラン语断片集成 122 页。

7130　《妙法莲华经》残片

7.2×6.3，存 4 行。与 7500、7509、7538 号同卷。封筒题 "チキトン"。

图 イラン语断片集成图版 51。文 イラン语断片集成 31 页。参 イラン语断片集成 17 页。

7130v　粟特文残片

存 4 行，与大谷 7500v、7509v、7538v 诸号同卷。

图 イラン语断片集成图版 51。文 イラン语断片集成 123 页。参 イラン语断片集成 123 页。

7131　佛典残片

6.2×3，存 2 行。封筒题 "チキトン"。

图 イラン语断片集成图版 52。文 缺。参 イラン语断片集成 17 页。

7131v　粟特文残片

存 2 行。

图 イラン语断片集成图版 52。文 イラン语断片集成 123 页。参 イラン语断片集成 123-124 页。

7132-7146　胡汉两语文书残片（其中 7133、7135、7137、7144、7145 诸号另列）

小片、极小片，正面为汉文，背面存回鹘文草书 2-7 行不等。封筒题："チキトン 19 –（2 通）No.34 –（2 通）No.47 –（1 通）No.66（1 通）No.77 –（7 通）。"

图 缺。文 缺。参 羽田明、山田信大 1961。

7133　佛典残片

4.9×3，存 2 行。封筒题 "チキトン"。

图 イラン语断片集成图版 52。文 缺。参 イラン语断片集成 17 页。

7133v　粟特文残片

存 2 行。

图 イラン语断片集成图版 52。文 イラン语断片集成 124 页。参 イラン语断片集成 124 页。

7135　《金光明经》残片

4×7，存 4 行。封筒题 "チキトン"。

图 イラン语断片集成图版 52。文 缺。参 イラン语断片集成 17 页。

7135v　粟特文残片

存 3 行。

图 イラン语断片集成图版 52。文 イラン语断片集成 124 页。参 イラン语断片集成 124 页。

7137　《妙法莲华经》残片

5×3.5，存 1 行。封筒题 "チキトン"。

图 イラン语断片集成图版 52。文 缺。参 イラン语断片集成 17 页。

7137v　粟特文残片

存 3 行。

图 イラン语断片集成图版 52。**文** イラン语断片集成 124 页。**参** イラン语断片集成 124 页。

7144　佛典残片

5×6，存 2 行。封简题"チキトン"。

图 イラン语断片集成图版 52。**文** 缺。**参** イラン语断片集成 17 页。

7144v　粟特文摩尼教徒使用的 r 字母起首词汇表残片

存 5 行。

图 イラン语断片集成图版 52。**文** イラン语断片集成 124 页。**参** イラン语断片集成 124-125 页。

7145　佛典残片

4.5×6.5，存半个残字。封简题"チキトン"。

图 イラン语断片集成图版 52。**文** 缺。**参** イラン语断片集成 17 页。

7145v　粟特文残片

存 3 行。

图 イラン语断片集成图版 52。**文** イラン语断片集成 125 页。**参** イラン语断片集成 125 页。

7147　胡汉两语文书残片

12×10，两面书写，正面为汉文，背面存回鹘文草书 4 行。原注："チキトン。"

图 缺。**文** 缺。**参** 羽田明、山田信夫 1961。

7148-7164　胡汉两语文书残片

小片、极小片，两面书写，正面为汉文，背面存回鹘文草书 2-6 行不等。原注："チキトン 66 –（7149）No. 34 –（7158）6867 –（7159）。"

图 缺。**文** 缺。**参** 羽田明、山田信夫 1961。

7165　胡汉两语文书残片

18×6，两面书写，正面为汉文，背面存回鹘文草书 2 行。原注："チキトン。"

图 缺。**文** 缺。**参** 羽田明、山田信夫 1961。

7166　胡汉两语文书残片

10×10，两面书写，正面为汉文，背面存回鹘文社会经济文书草书 8 行。原注："チキトン。"

图 缺。**文** 缺。**参** 羽田明、山田信夫 1961。

7167　胡汉两语文书残片

10×8，两面书写，正面为汉文，背面存回鹘文草书 7 行。原注："チキトン。"

图 缺。**文** 缺。**参** 羽田明、山田信夫 1961。

7168　胡汉两语文书残片

极小片，两面书写，正面为汉文，背面为回鹘文。原注："チキトン。"

图 缺。**文** 缺。**参** 羽田明、山田信夫 1961。

7169　胡汉两语文书残片

10×10，两面书写，正面为汉文，背面存回鹘文草书4行。原注："チキトン。"

图 缺。文 缺。参 羽田明、山田信夫1961。

7170 胡汉两语文书残片

15×6，两面书写，正面为汉文，背面存回鹘文草书4行。原注："チキトン。"

图 缺。文 缺。参 羽田明、山田信夫1961。

7171-7179 胡汉两语文书残片

小片、极小片，两面书写，正面为汉文，背面存回鹘文草书1-4行不等。原注："チキトン。"

图 缺。文 缺。参 羽田明、山田信夫1961。

7180-7195 胡汉两语文书残片

极小片，两面书写，正面为汉文，背面存回鹘文草书1-3行不等。原注："チキトン。"

图 缺。文 缺。参 羽田明、山田信夫1961。

7196 胡汉两语文书残片

15×25，两面书写，正面为汉文，背面为回鹘文。原注："胜金口。"

图 缺。文 缺。参 羽田明、山田信夫1961。

7197-7207 胡汉两语文书残片

极小片，两面书写，正面为汉文，背面存回鹘文草书1-3行不等。原注："胜金口。"

图 缺。文 缺。参 羽田明、山田信夫1961。

7208 胡汉两语文书残片

8×38，两面书写，正面为汉文，背面存回鹘文草书4行。原注："チキトン。"

图 缺。文 缺。参 羽田明、山田信夫1961。

7209 胡汉两语文书残片

极小片，两面书写，正面为汉文，背面存回鹘文草书1行。原注："NO.34チキトン。"

图 缺。文 缺。参 羽田明、山田信夫1961。

7210 《妙法莲华经》残片

5.5×7，存4行。与7127、Ch/So 14731同卷。封筒题"チキトン"，据柏林藏卷，实为吐峪沟出土。

图 イラン语断片集成图版50。文 缺。参 吉田丰1998，103页。イラン语断片集成17、45页。

7210v 粟特文残片

存4行，与7127v、Ch/So 14731v同卷。

图 イラン语断片集成图版50。文 イラン语断片集成122页。参 イラン语断片集成45、121-122页。

7211 胡汉两语文书残片

10×8，两面书写，正面为汉文，背面存回鹘文佛典草书4行。原注："19 交河城。"

图 缺。文 缺。参 羽田明、山田信夫1961。

7212　佛典残片

16.5×13，存8行。封筒题"交河城"。

图 イラン语断片集成图版53。**文** 缺。**参** イラン语断片集成17页。

7212v　粟特文摩尼教文献残片

存8行。

图 イラン语断片集成图版53。**文** イラン语断片集成125页。**参** 羽田明、山田信夫1961。イラン语断片集成125页。

7213-7225　胡汉两语文书残片（其中7215、7222、7223＋9049、7224、7225诸号另列）

小片、极小片，两面书写，正面为汉文，背面存回鹘文草书1-5行不等。原注："19－（7215）（7219）（7221）（7225）交河城。"

图 缺：**文** 缺。**参** 羽田明、山田信夫1961。

7215　《妙法莲华经》断片

6×8，存5行。封筒题"交河城"。

图 イラン语断片集成图版53。**文** 缺。**参** イラン语断片集成17页。

7215v　粟特文残片

存5行。

图 イラン语断片集成图版53。**文** イラン语断片集成125页。**参** イラン语断片集成125页。

7222　佛典残片

6×5，存2行。封筒题"交河城"。

图 イラン语断片集成图版54。**文** 缺。**参** イラン语断片集成17页。

7222v　粟特文残片

存3行。

图 イラン语断片集成图版54。**文** イラン语断片集成126页。**参** イラン语断片集成126页。

7223＋9049　《妙法莲华经》断片

9×4.5，存3行。封筒题"交河城"。与柏林藏Ch/So 11603同卷。

图 イラン语断片集成图版54。**文** 缺。**参** イラン语断片集成17页。

7223＋9049v　粟特文残片

存2行，与柏林藏Ch/So 11603v同卷。

图 イラン语断片集成图版54。**文** イラン语断片集成126页。**参** イラン语断片集成126页。

7224　《摩诃般若波罗蜜经》残片

7.2×7.5，存2行。封筒题"交河城"。

图 イラン语断片集成图版54。**文** 缺。**参** イラン语断片集成17页。

7224v　粟特文残片

存5行。

图 イラン语断片集成图版54。**文** イラン语断片集成126页。**参** イラン语断片集成126页。

7225　佛典残片

8.2×4.5，存3行。封筒题"交河城"。

图 イラン语断片集成图版54。文 缺。参 イラン语断片集成17页。

7225v　粟特文残片

存3行。

图 イラン语断片集成图版54。文 イラン语断片集成126页。参 イラン语断片集成126页。

7226　文书残片

10×13，行数不明，原注："哈喇和卓。"

图 缺。文 缺。参

7226v　回鹘文《普贤行愿讚》

草书，存6行。

图 羽田论文集（下）图版44。文 羽田论文集（下）183-205页。参 羽田亨1915A。羽田明、山田信夫1961。

7227-7281　胡汉两语文书残片（其中7227、7234、7237、7238、7244、7246、7251 + 7481、7252、7253、7256、7257、7263、7265A、7265B、7266、7281诸号另列）

小片、极小片，两面书写，正面为汉文，背面存回鹘文草书1-8行不等，其中7232、7276、7264号有汉字，7229、7230、7231号为同一文书。原注："No.8（7227）、（7230）95－（7229）No.17－（7235）23－（7242）No.38－（7273）No.46－（7277）哈喇和卓。"

图 缺：文 缺。参 羽田明、山田信夫1961。

7227　《正法念处经》残片

8×9.5，存5行。封筒题"哈喇和卓"。

图 イラン语断片集成图版55。文 缺。参 イラン语断片集成17页。

7227v　粟特文残片

存5行。

图 イラン语断片集成图版55。文 イラン语断片集成127页。参 イラン语断片集成126-127页。

7234　《妙法莲华经》残片

4.2×5.2，存2行。封筒题"哈喇和卓"。

图 イラン语断片集成图版55。文 缺。参 イラン语断片集成17页。

7234v　粟特文残片

存2行。

图 イラン语断片集成图版55。文 イラン语断片集成127页。参 イラン语断片集成127页。

7237　《合部金光明经》残片

7×11.5，存7行。封筒题"哈喇和卓"。

图 イラン语断片集成图版55。文 缺。参 イラン语断片集成17页。

7237v　粟特文摩尼教文献残片

存 6 行。

图 イラン语断片集成图版 55。文 イラン语断片集成 127 页。参 イラン语断片集成 127 页。

7238 《妙法莲华经》断片

6×8.5，存 5 行。封筒题"哈喇和卓"。

图 イラン语断片集成图版 55。文 缺。参 イラン语断片集成 17 页。

7238v 粟特文残片

存 5 行。

图 イラン语断片集成图版 55。文 イラン语断片集成 127 页。参 イラン语断片集成 127 页。

7244 《妙法莲华经》断片

7×5，存 2 行。本残片与其他残片的缀合及同卷情况见 4705 号。封筒题"哈喇和卓"。

图 イラン语断片集成图版 38。文 イラン语断片集成 29-30 页。参 イラン语断片集成 17 页。

7244v 粟特文摩尼教经典残片

存 3 行。本残片与其他残片的缀合及同卷情况见 4705v 号。

图 イラン语断片集成图版 38。文 イラン语断片集成 111-114 页。参 イラン语断片集成 111-114 页。

7246 《四分律比丘戒本》残片

与大谷 7036 号可以缀合，见 7036 号。封筒题"哈喇和卓"。

7251+7481　《阿毗昙心论经》残片

6.3×8.5，与柏林藏 K 16（Ch/So 20216）缀合，缀合后共存 9 行。7251 号封筒题"哈喇和卓"；7481 号题"吐鲁番发掘"。

图 イラン语断片集成图版 57。文 缺。参 イラン语断片集成 17 页。

7251+7481v　粟特文摩尼教教会史文献残片

与柏林藏 K 16（Ch/So 20216）缀合，缀合后共 11 行。

图 イラン语断片集成图版 56。Yoshida 2000，78-79 页。文 イラン语断片集成 128 页。Yoshida 2000，81 页。参 イラン语断片集成 128 页。Yoshida 2000，71-83 页。

7252 《妙法莲华经》残片

4.6×4，与大谷 9076、10005 号可以缀合，与 7462、7465、7513、Ch/U 6046、Ch/So 20231、Ch/So 20233 诸号同卷。其中 10005+9076+7252 共存 6 行。7252 号封筒题"哈喇和卓"。

图 イラン语断片集成图版 58。文 イラン语断片集成 32 页。参 イラン语断片集成 17 页。

7252v 粟特文残片

与 9076v、10005v 可以缀合，与 7462v、7465v、7513v、Ch/U 6046v、Ch/So 20231v、Ch/So 20233v 同卷。其中 10005v+9076v+7252v 共存 5 行。

图 イラン语断片集成图版 58。文 イラン语断片集成 128-129 页。参 イラン语断片

集成 128-129 页。

7253　佛典断片

3.8×3.2，存 2 行。封筒题 "哈喇和卓"。

图 イラン语断片集成图版 59。文 缺。参 イラン语断片集成 17 页。

7253v　粟特文摩尼教文献残片

存 2 行。

图 イラン语断片集成图版 59。文 イラン语断片集成 129 页。参 イラン语断片集成 129 页。

7256　《妙法莲华经》断片

9×5，存 3 行。本残片与其他残片的缀合及同卷情况见大谷 4705 号。封筒题 "哈喇和卓"。

图 イラン语断片集成图版 36。文 イラン语断片集成 29-30 页。参 イラン语断片集成 18 页。

7256v　粟特文摩尼教经典残片

存 3 行。本残片与其他残片的缀合及同卷情况见大谷 4705v 号。

图 イラン语断片集成图版 36。文 イラン语断片集成 111-114 页。参 イラン语断片集成 111-114 页。

7257　佛典残片

4×3.2，存 2 行。封筒题 "哈喇和卓"。

图 イラン语断片集成图版 59。文 缺。参 イラン语断片集成 18 页。

7257v　粟特文残片

存 3 行。

图 イラン语断片集成图版 59。文 イラン语断片集成 130 页。参 イラン语断片集成 130 页。

7263　《金刚般若波罗蜜经》残片

6×5.7，存 5 行。与大谷 7358＋圣彼得堡藏 L 105 同卷。封筒题 "哈喇和卓"。

图 イラン语断片集成图版 59。文 イラン语断片集成 32 页。参 イラン语断片集成 18 页。

7263v　粟特文摩尼教文献残片

存 2 行。

图 イラン语断片集成图版 59。文 イラン语断片集成 130 页。参 イラン语断片集成 130-131 页。

7265A《妙法莲华经》断片

9.5×7.5，存 5 行。与大谷 7536 号同卷。封筒题 "哈喇和卓"。

图 イラン语断片集成图版 60。文 イラン语断片集成 33 页。参 イラン语断片集成 18 页。

7265Av　粟特文音译帕提亚语赞美诗残片

存 3 行。

图 イラン语断片集成图版 60。文 イラン语断片集成 131 页。参 イラン语断片集成 131 页。

7265B《妙法莲华经》断片

2.6×1.5，存 1 行。本残片与其他残片的缀合及同卷情况见大谷 4705 号。封筒题"哈喇和卓"。

图 イラン语断片集成图版 37。文 イラン语断片集成 29-30 页。参 イラン语断片集成 18 页。

7265Bv 粟特文摩尼教经典残片

存 1 行。本残片与其他残片的缀合及同卷情况见大谷 4705v 号。

图 イラン语断片集成图版 37。文 イラン语断片集成 111-114 页。参 イラン语断片集成 111-114 页。

7266 佛典残片

5.7×9.5，存 4 行天头第一字。与大谷 7484 号同卷。封筒题"哈喇和卓"。

图 イラン语断片集成图版 61。文 缺。参 イラン语断片集成 18 页。

7266v 粟特文摩尼教文献残片

存 5 行。

图 イラン语断片集成图版 61。文 イラン语断片集成 132 页。参 イラン语断片集成 131-132 页。

7281《大般涅槃经》残片

8×5，存 3 行。与大谷 10001 号同卷。封筒题"哈喇和卓"。

图 イラン语断片集成图版 62。文 イラン语断片集成 33 页。参 イラン语断片集成 18 页。

7281v 粟特文书信习字残片

存 3 行。

图 イラン语断片集成图版 62。文 イラン语断片集成 132-133 页。参 イラン语断片集成 132-133 页。

7282-7286 胡汉两语文书残片

小片、极小片，两面书写，正面为汉文，背面存回鹘文草书 1-6 行不等。原注："59 -（7285A）第 15 -（7285B）No.8 -（7296B）哈喇和卓。"

图 缺。文 缺。参 羽田明、山田信夫 1961。

7287-7302 胡汉两语文书残片（其中 7301 号另列）

极小片，两面书写，正面为汉文，背面存回鹘文草书 1-5 行不等。原注："哈喇和卓。"

图 缺：文 缺。参 羽田明、山田信夫 1961。

7301《妙法莲华经》断片

6×4，存 2 行。封筒题"哈喇和卓"。

图 イラン语断片集成图版 63。文 缺。参 イラン语断片集成 18 页。

7301v 粟特文残片

存 3 行。

图 イラン语断片集成图版 63。文 イラン语断片集成 133 页。参 イラン语断片集成

133 页。

7303-7318　胡汉两语文书残片（其中 7313 号另列）

小片、极小片，两面书写，正面为汉文，背面存回鹘文经典草书细字 3-7 行不等。7304、7305、7311、7313、7314、7316 诸号为同一文书，7309 号有句读点，7312 号有婆罗迷文字。原注："18 –（7304）、（7305）、（7313）、（7314）、（7316）哈喇和卓。"

图 缺。文 缺。参 羽田明、山田信夫 1961。

7313　《妙法莲华经》断片

6.3×3.2，存 3 行。衬简题"哈喇和卓"。

图 イラン语断片集成图版 63。文 缺。参 イラン语断片集成 18 页。

7313v　粟特文残片

存 3 行。

图 イラン语断片集成图版 63。文 イラン语断片集成 133 页。参 イラン语断片集成 133 页。

7319-7334　胡汉两语文书残片（其中 7323、7328、7334 号另列）

小片、极小片（7334 号为 15×15），两面书写，正面为汉文，背面存回鹘文草书 1-6 行不等。原注："第 16 –（7321）。"

图 缺。文 缺。参 羽田明、山田信夫 1961。

7323　佛典残片

4.8×4，存 2 行。

图 イラン语断片集成图版 63。文 缺。参 イラン语断片集成 18 页。

7323v　粟特文残片

存 2 行。

图 イラン语断片集成图版 63。文 イラン语断片集成 133 页。参 イラン语断片集成 133 页。

7328　《妙法莲华经》残片

与大谷 4702 号可以缀合，与 7530 号同卷。见 4702 号。

图 イラン语断片集成图版 25。文 イラン语断片集成 28 页。参 イラン语断片集成 18 页。

7328v　粟特文残片

图 イラン语断片集成图版 25。文 イラン语断片集成 92 页。参 イラン语断片集成 92 页。

7334　《大般涅槃经》残片

4×7，存 4 行。

图 イラン语断片集成图版 63。文 缺。参 イラン语断片集成 18 页。

7334v　粟特文音译西伊朗语赞美诗残片

存 5 行。

图 イラン语断片集成图版 63。文 イラン语断片集成 134 页。参 イラン语断片集成 134 页。

7335-7337　胡汉两语文书残片

同一文书断片，总 5×15，两面书写，正面为汉文，背面存回鹘文草书 2 行。

图 缺。**文** 缺。**参** 羽田明、山田信夫 1961。

7338-7360　胡汉两语文书残片（其中 7339、7341、7343、7348A、7348B、7349、7352、7353、7357、7358、7359 诸号另列）

极小片，两面书写，正面为汉文，背面存回鹘文卓书 1-5 行不等。

图 缺。**文** 缺。**参** 羽田明、山田信夫 1961。

7339　佛典残片

3×2，存 2 行。

图 イラン语断片集成图版 63。**文** 缺。**参** イラン语断片集成 18 页。

7339v　粟特文残片

存 2 行。

图 イラン语断片集成图版 63。**文** イラン语断片集成 134 页。**参** イラン语断片集成 134 页。

7341　佛典残片

5×3.5，存 2 行。

图 イラン语断片集成图版 63。**文** 缺。**参** イラン语断片集成 18 页。

7341v　粟特文残片

存 4 行。

图 イラン语断片集成图版 63。**文** イラン语断片集成 134 页。**参** イラン语断片集成 134 页。

7343　佛典残片

3.3×4.2，存 3 行。

图 イラン语断片集成图版 64。**文** 缺。**参** イラン语断片集成 18 页。

7343v　粟特文摩尼教忏悔文（或书信）残片

存 3 行。

图 イラン语断片集成图版 64。**文** イラン语断片集成 134 页。**参** イラン语断片集成 134 页。

7348A　《妙法莲华经》断片

4.7×2，存 1 行。本残片与其他残片的缀合及同卷情况见大谷 4705 号。

图 イラン语断片集成图版 36。**文** イラン语断片集成 29-30 页。**参** イラン语断片集成 18 页。

7348Av　粟特文摩尼教经典残片

存 1 行。本残片与其他残片的缀合及同卷情况见大谷 4705v 号。

图 イラン语断片集成图版 36。**文** イラン语断片集成 111-114 页。**参** イラン语断片集成 111-114 页。

7348B　《妙法莲华经》断片

3.6×1.5，存 1 行。本残片与其他残片的缀合及同卷情况见大谷 4705 号。

图 イラン语断片集成图版 36。**文** イラン语断片集成 29-30 页。**参** イラン语断片集成 18 页。

7348Bv 粟特文经典残片

存 1 行。本残片与其他残片的缀合及同卷情况见大谷 4705v 号。

图 イラン语断片集成图版 36。文 イラン语断片集成 111-114 页。参 イラン语断片集成 111-114 页。

7349 《大般涅槃经》残片

4.7×4，存 2 行。

图 イラン语断片集成图版 64。文 缺。参 イラン语断片集成 18 页。

7349v 粟特文摩尼教残片

存 3 行。

图 イラン语断片集成图版 64。文 イラン语断片集成 135 页。参 イラン语断片集成 135 页。

7352 《妙法莲华经》残片

4×2.8，存 2 行。本残片与其他残片的缀合及同卷情况见大谷 4705 号。

图 イラン语断片集成图版 37。文 イラン语断片集成 29-30 页。参 イラン语断片集成 18 页。

7352v 粟特文摩尼教经典残片

存 2 行。本残片与其他残片的缀合及同卷情况见大谷 4705v 号。

图 イラン语断片集成图版 37。文 イラン语断片集成 111-114 页。参 イラン语断片集成 111-114 页。

7353 《妙法莲华经》残片

5×2.2，存 2 行。本残片与其他残片的缀合及同卷情况见大谷 4705 号。

图 イラン语断片集成图版 37。文 イラン语断片集成 29-30 页。参 イラン语断片集成 18 页。

7353v 粟特文摩尼教经典残片

存 2 行。本残片与其他残片的缀合及同卷情况见大谷 4705v 号。

图 イラン语断片集成图版 37。文 イラン语断片集成 111-114 页。参 イラン语断片集成 111-114 页。

7357 《妙法莲华经》残片

3.5×4，存 2 行。

图 缺。文 缺。参 イラン语断片集成 18 页。

7357v 粟特文残片

存 2 行。

图 イラン语断片集成图版 64。文 イラン语断片集成 135 页。参 イラン语断片集成 135 页。

7358 《金刚般若波罗蜜经》残片

5.5×4，存 3 行。与圣彼得堡藏 L 105 缀合。与大谷 7263 号同卷。

图 イラン语断片集成图版 59。文 イラン语断片集成 32 页。参 イラン语断片集成 18 页。

7358v　粟特文摩尼教文献残片

与圣彼得堡藏 L 105 缀合，共 5 行。与大谷 7263 号同卷。

图 イラン语断片集成图版 59。**文** イラン语断片集成 130 页。**参** イラン语断片集成 130-131 页。

7359　《大般涅槃经》残片

3.5×6.9，与人谷 7552 号、柏林藏 T II T 2037（Ch/U 6346）可以缀合，7359 + 7552 共 7 行。

图 イラン语断片集成图版 64。**文** 缺。**参** イラン语断片集成 18 页。

7359v　粟特文残片

与大谷 7552v 号、柏林藏 T II T 2037v（Ch/U 6346v）可以缀合，7359v + 7552v + T II T 2037v 共 15 行。

图 イラン语断片集成图版 64。**文** イラン语断片集成 135-136 页。**参** イラン语断片集成 135-136 页。

7361　佛典残片

5.5×6.5，存 3 行。与大谷 7362 号同卷。

图 イラン语断片集成图版 65。**文** 缺。**参** イラン语断片集成 18 页。

7361v　粟特文习字残片

存 3 行。另有一字写在正面汉文行间。

图 イラン语断片集成图版 65。**文** イラン语断片集成 136 页。**参** 羽田明、山田信夫 1961。イラン 语断片集成 136 页。

7362-7370　胡汉两语文书残片（其中 7362、7367、7368 诸号另列）

小片、极小片，两面书写，正面为汉文，背面存回鹘文草书 1-5 行不等。原注："25 -（7363）No. 34 -（7394）无记 -（7365）。"

图 缺。**文** 缺。**参** 羽田明、山田信夫 1961。

7362　佛典残片

5.5×6，存 3 行。与 7361 同卷。

图 イラン语断片集成图版 65。**文** 缺。**参** イラン语断片集成 18 页。

7362v　粟特文习字残片

存 4 行。

图 イラン语断片集成图版 65。**文** イラン语断片集成 136 页。**参** 羽田明、山田信夫 1961。イラン 语断片集成 136 页。

7367　佛典残片

3.5×5.6，存 3 行。行间有半楷体回鹘文 4 行。

图 イラン语断片集成图版 65。**文** イラン语断片集成 38（回鹘）页。**参** イラン语断片集成 19 页。

7367v　粟特文音译西伊朗语（?）文献残片

存 6 行。

图 イラン语断片集成图版 65。**文** イラン语断片集成 137 页。**参** イラン 语断片集成 137 页。

7368 《大般涅槃经》残片

8.2×8，存4行。

图 イラン语断片集成图版65。文 缺。参 イラン语断片集成19页。

7368v 粟特文题记残片

存4行。另外2行习字写在汉文一面的行间。

图 イラン语断片集成图版65。文 イラン语断片集成137页。参 イラン 语断片集成137页。

7371 胡汉两语文书残片

20×8，两面书写，正面为汉文，背面存回鹘文草书3行。

图 缺。文 缺。参 羽田明、山田信夫1961。

7372 胡汉两语文书残片

20×8，两面书写，正面为汉文，背面存回鹘文草书4行。原注："No. 2。"

图 缺。文 缺。参 羽田明、山田信夫1961。

7373-7446 胡汉两语文书残片（其中7375、7391、7393、7415、7422、7423、7433、7436、7446诸号另列）

小片、极小片，两面书写，正面为汉文，背面存回鹘文草书1-8行不等。原注："10－（7374）。"

图 缺。文 缺。参 羽田明、山田信夫1961。

7375 《妙法莲华经》残片

5.5×6.5，存4行。

图 吉田丰、Sundermann 1992，134页。イラン语断片集成图版66。文 缺。参 イラン语断片集成19页。

7375v 粟特文音译帕提亚语摩尼教赞美诗残片

存5行。

图 吉田丰、Sundermann 1992，134页。イラン语断片集成图版66。文 吉田丰、Sundermann 1992，123-124页。イラン语断片集成137页。参 吉田丰、Sundermann 1992，119-134页。イラン 语断片集成137-138页。

7391 与大谷7538号同卷。

7393 《妙法莲华经》残片

3×2，残字。本残片与其他残片的缀合及同卷情况见大谷4705号。

图 イラン语断片集成图版37。文 イラン语断片集成29-30页。参 イラン语断片集成19页。

7393v 粟特文摩尼教经典残片

存1行。本残片与其他残片的缀合及同卷情况见大谷4705v号。

图 イラン语断片集成图版37。文 イラン语断片集成111-114页。参 イラン语断片集成111-114页。

7415 佛典残片

4.5×1.3，存2残行。

图 イラン语断片集成图版66。文 缺。参 イラン语断片集成19页。

7415v 粟特文或粟特文音译西伊朗语残片

存 1 行。

图 イラン语断片集成图版 66。**文** イラン语断片集成 138 页。**参** イラン 语断片集成 138 页。

7422　佛典残片

4.5×4，存 1 字。

图 イラン语断片集成图版 66。**文** 缺。**参** イラン语断片集成 19 页。

7422v 粟特文残片

存 4 行。

图 イラン语断片集成图版 66。**文** イラン语断片集成 138 页。**参** イラン 语断片集成 138 页。

7423　佛典残片

5×3.5，存 2 行。

图 イラン语断片集成图版 66。**文** 缺。**参** イラン语断片集成 19 页。

7423v 粟特文残片

存 3 行。本片正面，即汉文一面也有粟特文习字。

图 イラン语断片集成图版 66。**文** イラン语断片集成 138 页。**参** イラン 语断片集成 138 页。

7433　《妙法莲华经》残片

4.5×2.6，存 2 行。

图 イラン语断片集成图版 66。**文** 缺。**参** イラン语断片集成 19 页。

7433v 粟特文残片

存 2 行。

图 イラン语断片集成图版 66。**文** イラン语断片集成 139 页。**参** イラン 语断片集成 138-139 页。

7436　佛典残片

3.5×3.5，存 2 行。

图 イラン语断片集成图版 66。**文** 缺。**参** イラン语断片集成 19 页。

7436v 粟特文残片

存 1 行。

图 イラン语断片集成图版 66。**文** イラン语断片集成 139 页。**参** イラン 语断片集成 139 页。

7446　佛典残片

5.2×8.9，存 5 行。

图 イラン语断片集成图版 66。**文** 缺。**参** イラン语断片集成 19 页。

7446v 粟特文残片

存 5 行。

图 イラン语断片集成图版 66。**文** イラン语断片集成 139 页。**参** イラン 语断片集成 139 页。

7447-7550 胡汉两语文书残片（其中 7447、7449、7450＋7537、7451-7453、7455、7457、7459、7461-7462、7465-7467-7470、7472-7474、7476-7477、7479-7482、7484-7485、7487-7488、7493-7500 诸号另列）

小片、极小片，两面书写，正面为汉文，背面存回鹘文草书 1-8 行不等。原注："吐鲁番发掘。"

图 缺。文 缺。参 羽田明、山田信夫 1961。

7447 《大般涅槃经》残片

9.5×7，存 4 行，与大谷 7468 号同卷。封筒题"吐鲁番发掘"。

图 イラン语断片集成图版 67。文 イラン语断片集成 34 页。参 イラン语断片集成 19 页。

7447v 粟特文《巨人之书》残片

存 4 行。

图 イラン语断片集成图版 67。文 イラン语断片集成 139 页。参 イラン 语断片集成 139 页。

7449 佛典残片

7.5×10.3，存 5 行。封筒题"吐鲁番发掘"。

图 イラン语断片集成图版 68。文 缺。参 イラン语断片集成 19 页。

7449v 粟特文书信练习残片

存 5 行。正面汉文行间亦有 1 行。

图 イラン语断片集成图版 68。文 イラン语断片集成 140 页。参 イラン 语断片集成 140 页。

7450＋7537《大般涅槃经》残片

5.2×8.1，缀合后共 7 行。封筒题"吐鲁番发掘"。

图 イラン语断片集成图版 68。文 缺。参 イラン语断片集成 19 页。

7450v＋7537v 粟特文残片

缀合后共 9 行。

图 イラン语断片集成图版 68。文 イラン语断片集成 140 页。参 イラン 语断片集成 140 页。

7451 《妙法莲华经》残片

8×6，存 3 行。封筒题"吐鲁番发掘"。

图 イラン语断片集成图版 69。文 缺。参 イラン语断片集成 19 页。

7451v 粟特文音译帕提亚语赞美诗残片

存 3 行。

图 イラン语断片集成图版 69。文 イラン语断片集成 140-141 页。参 イラン 语断片集成 140-141 页。

7452 《大般涅槃经》残片

7.1×8.2，存 4 行。封筒题"吐鲁番发掘"。

图 イラン语断片集成图版 69。文 缺。参 イラン语断片集成 19 页。

7452v 粟特文残片

存 5 行。

图 イラン语断片集成图版 69。文 イラン语断片集成 141 页。参 イラン 语断片集成 141 页。

7453 《妙法莲华经》残片

10.1×5.5，存 2 行。封筒题"吐鲁番发掘"。

图 イラン语断片集成图版 69。文 缺。参 イラン语断片集成 19 页。

7453v 粟特文摩尼教文献残片

存 4 行。

图 イラン语断片集成图版 69。文 イラン语断片集成 141 页。参 イラン 语断片集成 141 页。

7455 《妙法莲华经》残片

7.5×7.1，存 3 行。封筒题"吐鲁番发掘"。

图 イラン语断片集成图版 70。文 缺。参 イラン语断片集成 19 页。

7455v 粟特文残片

存 5 行。

图 イラン语断片集成图版 70。文 イラン语断片集成 141-142 页。参 イラン 语断片集成 141-142 页。

7457 《金刚般若波罗蜜经》残片

7×8.7，存 3 行。封筒题"吐鲁番发掘"。

图 イラン语断片集成图版 70。文 缺。参 イラン语断片集成 19 页。

7457v 粟特文残片

存 6 行。

图 イラン语断片集成图版 70。文 イラン语断片集成 142 页。参 イラン 语断片集成 142 页。

7459 《妙法莲华经》残片

6.5×6，存 2 行。封筒题"吐鲁番发掘"。

图 イラン语断片集成图版 71。文 缺。参 イラン语断片集成 19 页。

7459v 粟特文残片

存 4 行。

图 イラン语断片集成图版 71。文 イラン语断片集成 142 页。参 イラン 语断片集成 142 页。

7461 《妙法莲华经》残片

6.7×3.5，存 3 行。本残片与其他残片的缀合及同卷情况见大谷 4705 号。封筒题"吐鲁番发掘"。

图 イラン语断片集成图版 36。文 イラン语断片集成 29-30 页。参 イラン语断片集成 19 页。

7461v 粟特文摩尼教经典残片

存 2 行。本残片与其他残片的缀合及同卷情况见大谷 4705v 号。

图 イラン语断片集成图版 36。文 イラン语断片集成 111-114 页。参 イラン语断片

集成 111-114 页。

7462　《妙法莲华经》残片

7×6，存 3 行。本残片与其他残片的缀合及同卷情况见大谷 7252 号。封简题"吐鲁番发掘"。

图 イラン语断片集成图版 58。文 イラン语断片集成 32 页。参 イラン语断片集成 19 页。

7462v　粟特文残片

存 4 行。本残片与其他残片的缀合及同卷情况见大谷 7252v 号。

图 イラン语断片集成图版 58。文 イラン语断片集成 129 页。参 イラン 语断片集成 128-129 页。

7465　《妙法莲华经》残片

5.7×5.8，存 4 行。本残片与其他残片的缀合及同卷情况见大谷 7252 号。封简题"吐鲁番发掘"。

图 イラン语断片集成图版 58。文 イラン语断片集成 32 页。参 イラン语断片集成 19 页。

7465v　粟特文残片

存 4 行。本残片与其他残片的缀合及同卷情况见大谷 7252v 号。

图 イラン语断片集成图版 58。文 イラン语断片集成 129 页。参 イラン 语断片集成 128-129 页。

7466　佛典残片

7.2×6.1，存 4 行。封简题"吐鲁番发掘"。

图 吉田丰 1985，64 页。大谷资料选 62 页。イラン语断片集成图版 70。文 缺。参 イラン语断片集成 20 页。

7466v　粟特文摩尼教徒使用的国名表残片

分栏书写，第 1 栏 6 行，第 2 栏 5 行。

图 吉田丰 1985，64 页。大谷资料选 62 页。イラン语断片集成图版 70。文 吉田丰 1985，58 页。イラン语断片集成 143 页。参 吉田丰 1985，57-58 页。大谷资料选 62 页。イラン 语断片集成 143 页。

7467　《大般涅槃经》残片

5.5×6.8，存 3 行。封简题"吐鲁番发掘"。

图 イラン语断片集成图版 71。文 缺。参 イラン语断片集成 20 页。

7467v　粟特文残片

存 4 行。

图 イラン语断片集成图版 70。文 イラン语断片集成 143 页。参 イラン 语断片集成 143 页。

7468　《大般涅槃经》残片

10.4×4.1，存 3 行。与大谷 7447 号同卷。封简题"吐鲁番发掘"。

图 イラン语断片集成图版 67。文 イラン语断片集成 34 页。参 イラン语断片集成 20 页。

7468v 粟特文《巨人之书》残片

存 2 行。

图 イラン语断片集成图版 67。文 イラン语断片集成 139 页。参 イラン 语断片集成 139 页。

7469 《妙法莲华经》残片

4.5×5.5，存 3 行。封筒题"吐鲁番发掘"。

图 イラン语断片集成图版 71。文 缺。参 イラン语断片集成 20 页。

7469v 粟特文残片

存 4 行。

图 イラン语断片集成图版 71。文 イラン语断片集成 144 页。参 イラン 语断片集成 144 页。

7470 《妙法莲华经》残片

7×5，存 2 行。本残片与其他残片的缀合及同卷情况见大谷 4705 号。封筒题"吐鲁番发掘"。

图 イラン语断片集成图版 37。文 イラン语断片集成 29-30 页。参 イラン语断片集成 20 页。

7470v 粟特文摩尼教经典残片

存 3 行。本残片与其他残片的缀合及同卷情况见大谷 4705v 号。

图 イラン语断片集成图版 37。文 イラン语断片集成 111-114 页。参 イラン语断片集成 111-114 页。

7472 佛典残片

5.2×6.5，存 4 行。封筒题"吐鲁番发掘"。

图 イラン语断片集成图版 71。文 缺。参 イラン语断片集成 20 页。

7472v 粟特文残片

存 4 行。

图 イラン语断片集成图版 71。文 イラン语断片集成 144 页。参 イラン 语断片集成 144 页。

7473 《添品妙法莲华经》残片

7.6×4.3，存 2 行。封筒题"吐鲁番发掘"。

图 イラン语断片集成图版 71。文 缺。参 イラン语断片集成 20 页。

7473v 粟特文残片

存 3 行。

图 イラン语断片集成图版 71。文 イラン语断片集成 144 页。参 イラン 语断片集成 144 页。

7474 佛典残片

5×5.7，存 4 行。封筒题"吐鲁番发掘"。

图 イラン语断片集成图版 72。文 缺。参 イラン语断片集成 20 页。

7474v 粟特文残片

存 4 行。

图 イラン语断片集成图版 72。文 イラン语断片集成 144 页。参 イラン 语断片集成 144-145 页。

7476　佛典残片

4.5×4，存 3 行残字。封筒题"吐鲁番发掘"。

图 イラン语断片集成图版 72。文 缺。参 イラン语断片集成 20 页。

7476v 粟特文残片

存 3 行。

图 イラン语断片集成图版 72。文 イラン语断片集成 145 页。参 イラン 语断片集成 145 页。

7477　佛典残片

4×2.8，存 1 行。封筒题"吐鲁番发掘"。

图 イラン语断片集成图版 71。文 缺。参 イラン语断片集成 20 页。

7477v 粟特文残片

存 1 行。

图 イラン语断片集成图版 71。文 イラン语断片集成 145 页。参 イラン 语断片集成 145 页。

7479　《大般涅槃经》残片

7.3×5，存 3 行。封筒题"吐鲁番发掘"。

图 イラン语断片集成图版 72。文 缺。参 イラン语断片集成 20 页。

7479v 粟特文残片

存 3 行。

图 イラン语断片集成图版 72。文 イラン语断片集成 145 页。参 イラン 语断片集成 145 页。

7480　《妙法莲华经》残片

6×6.1，存 3 行。封筒题"吐鲁番发掘"。

图 イラン语断片集成图版 72。文 缺。参 イラン语断片集成 20 页。

7480v 粟特文残片

存 5 行。

图 イラン语断片集成图版 72。文 イラン语断片集成 145 页。参 イラン 语断片集成 145 页。

7481　佛典残片

与大谷 7251 号可以缀合，见 7251 号。

参 イラン语断片集成 20 页。

7482　《大般涅槃经》残片

6.2×6.6，与大谷 7060 号可以缀合，见 7060 号。封筒题"吐鲁番发掘"。

参 イラン语断片集成 20 页。

7482v 粟特文摩尼教忏悔文献残片

图 イラン语断片集成图版 44。文 イラン语断片集成 116 页。参 イラン语断片集成 116 页。

7484　佛典残片

4.5×1，存4行天头残字。与大谷7266号同卷。封筒题"吐鲁番发掘"。

图 イラン语断片集成图版61。文 缺。参 イラン语断片集成20页。

7484v　粟特文摩尼教残片

存5行。

图 イラン语断片集成图版61。文 イラン语断片集成132页。参 イラン语断片集成131-132页。

7485　《妙法莲华经》残片

6.3×4.2，存3行。封筒题"吐鲁番发掘"。

图 イラン语断片集成图版73。文 缺。参 イラン语断片集成20页。

7485v　粟特文残片

存2行。

图 イラン语断片集成图版73。文 イラン语断片集成146页。参 イラン语断片集成146页。

7487　《大般涅槃经》残片

5.5×5.3，存3行。封筒题"吐鲁番发掘"。

图 イラン语断片集成图版73。文 缺。参 イラン语断片集成20页。

7487v　粟特文残片

存3行。

图 イラン语断片集成图版73。文 イラン语断片集成146页。参 イラン语断片集成146页。

7488　佛典残片

3.7×6.6，存3行。封筒题"吐鲁番发掘"。

图 イラン语断片集成图版73。文 缺。参 イラン语断片集成20页。

7488v　粟特文残片

存3行。

图 イラン语断片集成图版73。文 イラン语断片集成146页。参 イラン语断片集成146页。

7493　《妙法莲华经》残片

6.6×4，存2行。本残片与其他残片的缀合及同卷情况见大谷4705号。封筒题"吐鲁番发掘"。

图 イラン语断片集成图版37。文 イラン语断片集成29-30页。参 イラン语断片集成20页。

7493v　粟特文摩尼教经典残片

存2行。本残片与其他残片的缀合及同卷情况见大谷4705v号。

图 イラン语断片集成图版37。文 イラン语断片集成111-114页。参 イラン语断片集成111-114页。

7494　《妙法莲华经》残片

4.3×3.2，存1行。封筒题"吐鲁番发掘"。

图イラン语断片集成图版 73。文缺。参イラン语断片集成 20 页。

7494v 粟特文残片

存 2 行。

图イラン语断片集成图版 73。文イラン语断片集成 146 页。参イラン语断片集成 146-147 页。

7495　佛典残片

4.3×3.2，存 2 行。封筒题"吐鲁番发掘"。

图イラン语断片集成图版 73。文缺。参イラン语断片集成 20 页。

7495v 粟特文残片

存 2 行。

图イラン语断片集成图版 73。文イラン语断片集成 147 页。参イラン语断片集成 147 页。

7496　《金刚般若波罗蜜经》残片

5.3×6.7，存 4 行。与大谷 5471、9077 号同卷。封筒题"吐鲁番发掘"。

图イラン语断片集成图版 30。文イラン语断片集成 28 页。参イラン语断片集成 20 页。

7496v 粟特文摩尼教文献残片

存 4 行。与大谷 5471v、9077v 号同卷。

图イラン语断片集成图版 30。文イラン语断片集成 101 页。参イラン语断片集成 101-102 页。

7497　《妙法莲华经》（?）残片

4×3.6，存 2 行。封筒题"吐鲁番发掘"。

图イラン语断片集成图版 73。文缺。参イラン语断片集成 20 页。

7497v 粟特文或粟特文音译西伊朗语文献残片

存 1 行。

图イラン语断片集成图版 73。文イラン语断片集成 147 页。参イラン语断片集成 147 页。

7498　《妙法莲华经》残片

5.2×4，存 2 行。封筒题"吐鲁番发掘"。

图イラン语断片集成图版 74。文缺。参イラン语断片集成 20 页。

7498v 粟特文残片

存 3 行。

图イラン语断片集成图版 74。文イラン语断片集成 147 页。参イラン语断片集成 147 页。

7499　《妙法莲华经》残片

2.5×3.9，存 2 行。封筒题"吐鲁番发掘"。

图イラン语断片集成图版 74。文缺。参イラン语断片集成 20 页。

7499v 粟特文残片

存 2 行。

图 イラン语断片集成图版 74。文 イラン语断片集成 147 页。参 イラン语断片集成 147 页。

7500　《妙法莲华经》残片

3.5×3.5，存 2 行。与大谷 7130、7509、7538 诸号同卷。封筒题"吐鲁番发掘"。

图 イラン语断片集成图版 51。文 イラン语断片集成 31 页。参 イラン语断片集成 21 页。

7500v　粟特文残片

存 2 行。与大谷 7500v、7509v、7538v 诸号同卷。

图 イラン语断片集成图版 51。文 イラン语断片集成 123 页。参 イラン语断片集成 123 页。

7501+7517　佛典残片

8×9.3，缀合后共存 9 行。封筒题"吐鲁番发掘"。

图 イラン语断片集成图版 74。文 缺。参 イラン语断片集成 21 页。

7501+7517v　粟特文书信残片

缀合后共存 6 行。

图 イラン语断片集成图版 74。文 イラン语断片集成 148 页。参 イラン语断片集成 148 页。

7504　佛典残片

3.5×4.5，存 3 行。封筒题"吐鲁番发掘"。

图 イラン语断片集成图版 74。文 缺。参 イラン语断片集成 21 页。

7504v　粟特文残片

存 4 行。

图 イラン语断片集成图版 74。文 イラン语断片集成 148 页。参 イラン语断片集成 148 页。

7508　《妙法莲华经》残片

5×2.5，存 2 行。本残片与其他残片的缀合及同卷情况见大谷 4705 号。封筒题"吐鲁番发掘"。

图 イラン语断片集成图版 38。文 イラン语断片集成 29-30 页。参 イラン语断片集成 21 页。

7508v　粟特文摩尼教经典残片

存 1 行。本残片与其他残片的缀合及同卷情况见大谷 4705v 号。

图 イラン语断片集成图版 38。文 イラン语断片集成 111-114 页。参 イラン语断片集成 111-114 页。

7509　《妙法莲华经》残片

2.5×9.5，存 6 行。与大谷 7130、7500、7538 诸号同卷。封筒题"吐鲁番发掘"。

图 イラン语断片集成图版 51。文 イラン语断片集成 31 页。参 イラン语断片集成 21 页。

7509v　粟特文残片

存 7 行。与大谷 7500v、7509v、7538v 诸号同卷。

图 イラン语断片集成图版 51。文 イラン语断片集成 123 页。参 イラン语断片集成 123 页。

7511　《妙法莲华经》残片

5.5×2.6，存 2 行。封筒题"吐鲁番发掘"。

图 イラン语断片集成图版 74。文 缺。参 イラン语断片集成 21 页。

7511v　粟特文残片

存 2 行。

图 イラン语断片集成图版 74。文 イラン语断片集成 149 页。参 イラン语断片集成 149 页。

7513　《妙法莲华经》残片

7.2×4，存 3 行。本残片与其他残片的缀合及同卷情况见大谷 7252 号。封筒题"吐鲁番发掘"。

图 イラン语断片集成图版 58。文 イラン语断片集成 32 页。参 イラン语断片集成 21 页。

7513v　粟特文残片

存 3 行。本残片与其他残片的缀合及同卷情况见大谷 7252 号。

图 イラン语断片集成图版 58。文 イラン语断片集成 129 页。参 イラン 语断片集成 129 页。

7515　佛典残片

3.5×5.1，存 3 行。封筒题"吐鲁番发掘"。

图 イラン语断片集成图版 75。文 缺。参 イラン语断片集成 21 页。

7515v　粟特文残片

存 4 行。

图 イラン语断片集成图版 75。文 イラン语断片集成 149 页。参 イラン语断片集成 149 页。

7517　佛典残片

与大谷 7501 号可以缀合，见 7501 号。封筒题"吐鲁番发掘"。

图 イラン语断片集成图版 74。文 缺。参 イラン语断片集成 21 页。

7517v　粟特文书信残片

存 5 行。

图 イラン语断片集成图版 74。文 イラン语断片集成 148 页。参 イラン语断片集成 148 页。

7518　《妙法莲华经》残片

5.3×3.3，存 2 行。本残片与其他残片的缀合及同卷情况见大谷 4705 号。封筒题"吐鲁番发掘"。

图 イラン语断片集成图版 38。文 イラン语断片集成 29-30 页。参 イラン语断片集成 21 页。

7518v　粟特文摩尼教经典残片

存 2 行。本残片与其他残片的缀合及同卷情况见大谷 4705v 号。

图 イラン语断片集成图版 38。文 イラン语断片集成 111-114 页。参 イラン语断片集成 111-114 页。

7519 佛典残片

7.1×5，存 3 行。封筒题"吐鲁番发掘"。

图 イラン语断片集成图版 75。文 缺。参 イラン语断片集成 21 页。

7519v 粟特文残片

存 3 行。

图 イラン语断片集成图版 75。文 イラン语断片集成 149 页。参 イラン语断片集成 149 页。

7520 佛典残片

5×14.5，存 5 行残字。封筒题"吐鲁番发掘"。

图 イラン语断片集成图版 75。文 缺。参 イラン语断片集成 21 页。

7520v 粟特文摩尼教文献残片

存 7 行。

图 イラン语断片集成图版 75。文 イラン语断片集成 150 页。参 イラン语断片集成 149-150 页。

7522 《妙法莲华经》残片

与大谷 7117 号可以缀合，见 7117 号。封筒题"吐鲁番发掘"。

参 イラン语断片集成 21 页。

7523 佛典残片

4×5.5，存 3 行。封筒题"吐鲁番发掘"。

图 イラン语断片集成图版 75。文 缺。参 イラン语断片集成 21 页。

7523v 粟特文残片

存 3 行。

图 イラン语断片集成图版 75。文 イラン语断片集成 150 页。参 イラン语断片集成 150 页。

7526 佛典残片

2.6×2.5，存 1 行。封筒题"吐鲁番发掘"。

图 イラン语断片集成图版 75。文 缺。参 イラン语断片集成 21 页。

7526v 粟特文残片

存 2 行。

图 イラン语断片集成图版 75。文 イラン语断片集成 150 页。参 イラン语断片集成 150 页。

7530 《妙法莲华经》残片

4.1×4.3，与大谷 4702、7328 号同卷。封筒题"吐鲁番发掘"。

图 缺。文 イラン语断片集成 28 页。参 イラン语断片集成 21 页。

7530v 粟特文残片

存 2 行。

图 イラン语断片集成图版 25。文 イラン语断片集成 92 页。参 イラン语断片集成

92 页。

7532　《妙法莲华经》残片

3×2，残字。本残片与其他残片的缀合及同卷情况见大谷 4705 号。封筒题"吐鲁番发掘"。

图 イラン语断片集成图版 37。文 イラン语断片集成 29-30 页。参 イラン语断片集成 21 页。

7532v　粟特文摩尼教经典残片

存 1 行。本残片与其他残片的缀合及同卷情况见大谷 4705v 号。

图 イラン语断片集成图版 37。文 イラン语断片集成 111-114 页。参 イラン语断片集成 111-114 页。

7535+7540　《妙法莲华经》残片

6.5×8.3，缀合后共存 5 行。封筒题"吐鲁番发掘"。

图 イラン语断片集成图版 76。文 缺。参 イラン语断片集成 21 页。

7535+7540v　粟特文残片

缀合后共存 5 行。

图 イラン语断片集成图版 76。文 イラン语断片集成 151 页。参 イラン语断片集成 150-151 页。

7536　《妙法莲华经》残片

4×2.2，存 2 行。与大谷 7265A 号同卷。

图 イラン语断片集成图版 60。文 イラン语断片集成 33 页。参 イラン语断片集成 21 页。

7536v　粟特文音译帕提亚语赞美诗残片

存 1 行。

图 イラン语断片集成图版 60。文 イラン语断片集成 131 页。参 イラン语断片集成 131 页。

7537　《大般涅槃经》残片

3.5×5.2，与大谷 7450 号缀合。封筒题"吐鲁番发掘"。

图 イラン语断片集成图版 68。文 缺。参 イラン语断片集成 21 页。

7537v　粟特文残片

与大谷 7450v 号缀合。

图 イラン语断片集成图版 68。文 イラン语断片集成 140 页。参 イラン语断片集成 140 页。

7538　《妙法莲华经》残片

3.3×3.2，存 2 行。与大谷 7130、7500、7509 诸号同卷。封筒题"吐鲁番发掘"。

图 イラン语断片集成图版 51。文 イラン语断片集成 31 页。参 イラン语断片集成 21 页。

7538v　粟特文残片

存 3 行，与大谷 7500v、7509v、7538v 诸号同卷。封筒题"吐鲁番发掘"。

图 イラン语断片集成图版 51。文 イラン语断片集成 123 页。参 イラン语断片集成

123 页。

7540　《妙法莲华经》残片

与大谷 7535 号可以缀合，见 7535 号。封筒题"吐鲁番发掘"。

图 イラン语断片集成图版 76。文 缺。参 イラン语断片集成 21 页。

7540v　粟特文残片

图 イラン语断片集成图版 76。文 イラン语断片集成 150-151 页。参 イラン语断片集成 150-151 页。

7541　佛典残片

5×4，存 2 行。封筒题"吐鲁番发掘"。

图 イラン语断片集成图版 76。文 缺。参 イラン语断片集成 21 页。

7541v　粟特文残片

存 3 行。

图 イラン语断片集成图版 76。文 イラン语断片集成 151 页。参 イラン语断片集成 151 页。

7542　佛典残片

3.2×4，存 3 行。封筒题"吐鲁番发掘"。

图 イラン语断片集成图版 76。文 缺。参 イラン语断片集成 21 页。

7542v　粟特文摩尼教文献残片

存 3 行。

图 イラン语断片集成图版 76。文 イラン语断片集成 151 页。参 イラン语断片集成 151-152 页。

7543　《大方广佛华严经》残片

5×4.3，存 3 行。与柏林藏 Ch/So 20123（T II T 1603）、Ch/So 20503 同卷。封筒题"吐鲁番发掘"，然据柏林藏卷原编号，系吐峪沟出土。

图 イラン语断片集成图版 76。文 缺。参 吉田丰 1998，103 页。イラン语断片集成 21 页。

7543v　粟特文摩尼教故事（Āzand Nāmag）残片

存 3 行。与柏林藏 Ch/So 20123v（T II T 1603v）、Ch/So 20503v 同卷。

图 イラン语断片集成图版 76。文 イラン语断片集成 152 页。参 イラン语断片集成 152 页。

7544　《妙法莲华经》（?）残片

4×2.6，存 1 行。封筒题"吐鲁番发掘"。

图 イラン语断片集成图版 76。文 缺。参 イラン语断片集成 21 页。

7544v　粟特文残片

存 2 行。

图 イラン语断片集成图版 76。文 イラン语断片集成 152 页。参 イラン语断片集成 152 页。

7545　《妙法莲华经》残片

4.5×2.8，存 2 行。本残片与其他残片的缀合及同卷情况见大谷 4705 号。封筒题

"吐鲁番发掘"。

图 イラン语断片集成图版37。**文** イラン语断片集成29-30页。**参** イラン语断片集成21页。

7545v 粟特文摩尼教经典残片

存2行。本残片与其他残片的缀合及同卷情况见大谷4705v号。

图 イラン语断片集成图版37。**文** イラン语断片集成111-114页。**参** イラン语断片集成111-114页。

7548 《妙法莲华经》残片

6.2×2.1，存2行。封筒题"吐鲁番发掘"。

图 イラン语断片集成图版76。**文** 缺。**参** イラン语断片集成21页。

7548v 粟特文音译西伊朗语文献残片

存1行。

图 イラン语断片集成图版76。**文** イラン语断片集成152页。**参** イラン语断片集成152-153页。

7551 佛典残片

6.7×6.3，存4行。行间有回鹘语。封筒题"吐鲁番发掘"。

图 イラン语断片集成图版77。**文** 缺。**参** イラン语断片集成22页。

7551v 粟特文（?）残片

存5行。因文字磨损，是否粟特文不能确定。

图 イラン语断片集成图版77。**文** イラン语断片集成153页。**参** イラン语断片集成153页。

7552 《大般涅槃经》残片

4.8×5.9，与大谷7359号、柏林藏T II T 2037可以缀合，见7359号。封筒题"吐鲁番发掘"。

图 イラン语断片集成图版64。**文** 缺。**参** イラン语断片集成22页。

7552v 粟特文残片

见7359v号。

图 イラン语断片集成图版64。**文** イラン语断片集成135-136页。**参** イラン语断片集成135-136页。

8001 李柏文书残片之一

15.0×32.0，前、后、上、下残，存10行。有衬里。

图 考古图谱（下）史料4。西域V图版15。集成叁图版59。**文** 集成叁211页。**参** 楼兰新史235-237页。余太山1995。

8002 李柏文书残片之一

6.0×10.0，前、后、上、下残，存3行数字。有衬里。

图 考古图谱（下）史料4。西域V图版15。集成叁图版59。**文** 集成叁211页。**参**

8003 李柏文书残片之一

6.5×6.4，前、后、上、下残，存2行数字。有衬里。

图 考古图谱（下）史料4。西域V图版15。集成叁图版59。**文** 集成叁211页。**参**

8004 李柏文书残片之一

8.0×7.2，前、后、上、下残，存4行数字。有衬里。

图 考古图谱（下）史料4。西域Ⅴ图版15。集成叁图版59。**文** 集成叁211-212页。**参**

8005 李柏文书残片之一

10.7×9.0，前、后、上、下残，存3行数字。有衬里。

图 考古图谱（下）史料4。西域Ⅴ图版15。集成叁图版59。**文** 集成叁212页。**参**

8006 李柏文书残片之一

4.8×4.8，前、后、上、下残，存1行2字。有衬里。

图 考古图谱（下）史料4。西域Ⅴ图版15。集成叁图版59。**文** 集成叁212页。**参**

8007 李柏文书残片之一

9.0×9.2，前、后、上、下残，存4行数字。有衬里。

图 考古图谱（下）史料4。西域Ⅴ图版15。集成叁图版59。**文** 集成叁212页。**参**

8008 李柏文书残片之一

10.5×6.3，前、后、上、下残，存3行数字。有衬里。

图 西域Ⅴ图版16。集成叁图版60。**文** 集成叁212页。**参**

8009 李柏文书残片之一

15.3×8.3，前、后、上、下残，存2行数字。有衬里。

图 西域Ⅴ图版16。集成叁图版60。**文** 集成叁212页。**参**

8010 李柏文书残片之一

7.6×1.6，前、后、上、下残，存1行数字。有衬里。

图 考古图谱（下）史料5。西域Ⅴ图版16。集成叁图版60。**文** 集成叁213页。**参**

8011 李柏文书残片之一

8.0×4.2，前、后、上、下残，存2行数字。有衬里。

图 考古图谱（下）史料5-B。西域Ⅴ图版16。集成叁图版60。**文** 集成叁213页。**参**

8012 李柏文书残片之一

10.7×4.8，前、后、上、下残，存2行数字。有衬里。

图 考古图谱（下）史料5-C。西域Ⅴ图版16。集成叁图版60。**文** 集成叁213页。**参**

8013 李柏文书残片之一

存2片，第1片4.5×2.6，存1行2字；第2片8.0×4.4，存1行2字。有衬里。

图 考古图谱（下）史料5-A。西域Ⅴ图版16。集成叁图版60。**文** 集成叁213页。**参**

8014 李柏文书残片之一

23×3.0，前、后、上、下残，存1行数字。有衬里。

图 考古图谱（下）史料7。西域Ⅴ图版17。集成叁图版60。**文** 集成叁213页。**参**

8015 李柏文书残片之一

20.3×9.8，前、后、上、下残，存3行。有衬里。

图 考古图谱（下）史料7。西域Ⅴ图版17。集成叁图版61。**文** 集成叁214页。**参**

8016 李柏文书残片之一

8.1×6.6，前、后、上、下残，存2行。有衬里。

图 考古图谱（下）史料7。西域Ⅴ图版16。集成叁图版61。文 集成叁214页。参

8017 李柏文书残片之一

10.3×8.0，前、后、上、下残，存3行。有衬里。

图 考古图谱（下）史料7。西域Ⅴ图版16。集成叁图版61。文 集成叁214页。参

8018 李柏文书残片之一

23.7×7.0，前后缺，下部残，存2行，内容为"五月七日西域长史关内侯李柏五月七"。与大谷8019号为同一纸的衬里。

图 考古图谱（下）史料2。西域Ⅴ图版17。集成叁图版61。文 集成叁214页。参
羽田亨1911。余太山1995。

8019 李柏文书残片之一

8.8×2.5，前、后、上、下残，存1行3字。

图 考古图谱（下）史料2。西域Ⅴ图版17。集成叁图版61。文 集成叁214页。参
余太山1995。

8020 李柏文书残片之一

25.0×2.7，前、后、上、下残，存1行。与大谷8021号为同一纸的衬里。

图 考古图谱（下）史料6。西域Ⅴ图版17。集成叁图版61。文 集成叁215页。参
楼兰新史261-262页。

8021 李柏文书残片之一

25.0×3.7，前、后、上、下残，存3行。

图 考古图谱（下）史料6。西域Ⅴ图版17。集成叁图版61。文 集成叁215页。参

8022 李柏文书残片之一

15.0×8.0，前、后、上、下残，存4行。

图 考古图谱（下）史料6。西域Ⅴ图版18。集成叁图版62。文 集成叁215页。参

8023 李柏文书残片之一

25.0×3.7，前、后、上、下残，存4行。

图 考古图谱（下）史料6。西域Ⅴ图版18。集成叁图版62。文 集成叁215页。参

8024 李柏文书残片之一

6.3×2.6，前、后、上、下残，存1行。有衬里。

图 考古图谱（下）史料6。西域Ⅴ图版18。集成叁图版62。文 集成叁215页。参

8025 李柏文书残片之一

12.7×5.6，前、后缺，下部残，存3行。有衬里。

图 考古图谱（下）史料6。西域Ⅴ图版18。集成叁图版62。文 集成叁215-216页。参

8026 李柏文书残片之一

11.3×5.6，前、后、上、下残，存3行。有衬里。

图 考古图谱（下）史料6。西域Ⅴ图版18。集成叁图版62。文 集成叁216页。参

8027 李柏文书残片之一

3.5×6.5，前、后、上、下残，存3行数字。有衬里。

图 西域Ⅴ图版18。集成叁图版62。**文** 集成叁216页。**参**

8028 **李柏文书残片之一**

7.5×11.4，前、后、上、下残，存8行。有衬里。

图 考古图谱（下）史料5-C。西域Ⅴ图版18。集成叁图版62。**文** 集成叁216页。
参

8029 **李柏文书残片之一**

5.0×7.5，前、后、上、下残，存5行。有衬里。

图 考古图谱（下）史料5-C。西域Ⅴ图版18。集成叁图版62。**文** 集成叁216页。
参

8030 **李柏文书残片之一**

3.8×2.5，前、后、上、下残，存2行。有衬里。

图 考古图谱（下）史料5-C。西域Ⅴ图版18。集成叁图版62。**文** 集成叁217页。
参

8031 **李柏文书残片之一**

4.2×8.3，前、后、上、下残，存5行。有衬里。

图 考古图谱（下）史料7。西域Ⅴ图版19。集成叁图版62。**文** 集成叁217页。**参**

8032 **李柏文书残片之一**

3.0×10.0，前、后、上、下残，存5行。有衬里。

图 考古图谱（下）史料7。西域Ⅴ图版19。集成叁图版62。**文** 集成叁217页。**参**

8033 **李柏文书残片之一**

10.2×7.0，前、后、上、下残，存3行。有衬里。

图 考古图谱（下）史料5-B。西域Ⅴ图版19。集成叁图版62。**文** 集成叁217页。
参 楼兰新史235-237页。

8034 **李柏文书残片之一**

3.8×2.5，前、后、上、下残，存2行。有衬里。

图 考古图谱（下）史料7。西域Ⅴ图版19。集成叁图版63。**文** 集成叁217页。**参**

8035 **李柏文书残片之一**

9.0×5.0，前、后、上、下残，存2行。有衬里。

图 考古图谱（下）史料5-B。西域Ⅴ图版19。集成叁图版63。**文** 集成叁218页。
参 楼兰新史235-237页。

8036 **李柏文书残片之一**

9.0×5.0，前、后、上、下残，存4行。有衬里。

图 考古图谱（下）史料5-A。西域Ⅴ图版19。集成叁图版63。**文** 集成叁218页。
参 羽田亨1911。楼兰新史235-237页。

8037 **李柏文书残片之一**

8.0×3.6，前、后、上、下残，存2行。有衬里。

图 考古图谱（下）史料7。西域Ⅴ图版19。集成叁图版63。**文** 集成叁218页。**参**

8038 **李柏文书残片之一**

9.5×2.7，前、后、上、下残，存1行。有衬里。

图 考古图谱（下）史料7。西域Ⅴ图版19。集成叁图版63。**文** 集成叁218页。**参**

8039　李柏文书残片之一

12.5×2.5，前、后、上、下残，存1行。有衬里。

图 考古图谱（下）史料7。西域Ⅴ图版19。集成叁图版63。**文** 集成叁218页。**参**

8040　唐天宝五载（746）二月典曹英俊牒

28.2×8.7，前、后、上、下残，存3行，1-2行记"右被责令通上件所在单数如前。牒件状如前，谨牒"，3行记"天宝五载二月 日典曹英俊牒"。库车出土。

图 考古图谱（下）史料9-1。新西域记卷下附图。大谷研究图版2。集成叁图版16。**文** 大谷研究83页。集成叁218-219页。**参** 桑原隲藏1911。小笠原宣秀1959。小田义久1993。

8041　唐某所状为四馆所要尿钵伏望支给请处分事

25.0×12.0，前、后缺，上部残，存4行，1行记"……所　状上"，2行记"……四馆要木柚尿钵四牧"，3行记"……右件等馆各要上件尿钵，伏望支给，请处分"。库车出土。

图 考古图谱（下）史料9-2。新西域记卷下附图。大谷研究图版2。集成叁图版20。**文** 大谷研究82-83页。集成叁219页。**参** 小田义久1993。刘安志1997B。

8042　唐乾封二年（667）行像等用物文书

10.3×10.3，前、后缺，上部残，有丝栏，存6行，2行记"……物付行道所每"，3行"……（行）像等用"下有双行小字注"乾封二年三月三日"，4行存"……各七日行道若还……"。本件字体与8043号相近。有衬里，吐峪沟出土。

图 考古图谱（下）史料9-3。集成叁图版46。**文** 王永兴校注95-96页。集成叁219页。**参**

8043　唐麟德元年（663）残文书

8.5×3.0，前、后缺，上部残，有丝栏，存2行，"药"字下有"麟德元年□月二十日"，后残"元年"2字。有衬里，吐峪沟出土。

图 考古图谱（下）史料9-3。集成叁图版45。**文** 集成叁219页。**参**

8044　唐大历九年（774）二月目胡子牒为掏拓两丁交不支济事

28.1×23.0，前部残缺，存5行，牒文称："胡子薄福，不幸慈母身亡，家贫，殡葬尚犹未办。南界双渠村种少薄田，今着掏拓两丁冬分，交不支济，伏望矜量小人，已后但有驱驰，不敢违命。请乞商量处分。谨牒。"库车出土。

图 考古图谱（下）史料10-1。新西域记卷下附图。大谷研究图版3。集成叁图版45。**文** 王永兴校注567页。大谷研究81页。集成叁219-220页。**参** 小笠原宣秀1959。小田义久1993。冻国栋1996。

8045　武周配流人关系文书残片

12×9.2，本件出自哈拉和卓，前、后缺，上部残，有武周新字，存3行，1行记某人"逃走。贯太州下邽县。次形，赤黑色，无髭，笼长面。配流儋州"，2行记"……儋州 和合雇仇泰人杨度"。

图 考古图谱（下）史料10-2。集成叁图版19。**文** 目录初稿Ⅰ23页。籍帐研究341

页。王永兴校注 681 页。集成叁 220 页。**参**

8046 **空号**

8047 **唐大历十六年（781）三月杨三娘举钱契**

28.0×28.5，后部残缺，存 9 行，记杨三娘于大历十六年三月二十日于药方邑"举钱壹阡文，每月纳贰佰文，计六个月，本利并纳足"，8-9 行有杨三娘及保人僧幽通的名年及画指。有衬里，库木吐拉出土。

图 考古图谱（下）史料 11。新西域记卷下附图。西域Ⅲ图版 19。大谷研究图版 3。集成叁图版 25。**文** 西域Ⅲ191-192 页。王永兴校注 910 页。大谷研究 83-84 页。集成叁 220 页。**参** 内藤虎次郎 1910。仁井田陞 1931、1960。玉井是博 1936。小田义久 1993。

8048 **唐大历十六年（781）七月某人举钱契**

15.7×8.5，前、后缺，下部残，存 3 行。与大谷 8056 号有关联。有衬里，库木吐拉出土。

图 考古图谱（下）史料 12-1。大谷研究图版 4。集成叁图版 25。**文** 王永兴校注 911 页。大谷研究 86 页。集成叁 220 页。**参** 仁井田陞 1931、1960。玉井是博 1936。小田义久 1993。

8049 **唐代某人举钱契残片**

14.0×14.4，前、后、上、下残，存 6 行。与大谷 8051 号有关联。有衬里，库木吐拉出土。

图 考古图谱（下）史料 12-1。集成叁图版 25。**文** 大谷研究 87 页。集成叁 221 页。**参** 仁井田陞 1931、1960。玉井是博 1936。小田义久 1993。

8050 **文书残片**

11.5×8.5，前、后、上、下残，存 3 行，2 行记有"保人"，似为一残契。有衬里。

图 考古图谱（下）史料 12-1。**文** 集成叁 221 页。**参** 仁井田陞 1931、1960。玉井是博 1936。

8051 **唐代某人举钱契**

7.7×12.2，前、后缺，上部残，存 5 行。有衬里，库木吐拉出土。

图 考古图谱（下）史料 12-1。集成叁图版 26。**文** 大谷研究 87 页。集成叁 221 页。**参** 仁井田陞 1931、1960。玉井是博 1936。小田义久 1993。

8052 **文书残片**

存 2 片，第一片 3.0×3.0，存 2 行 3 字；第二片 1.5×1.5，存 1 行一字。2 片为一纸的衬里。

图 考古图谱（下）史料 12-1。**文** 集成叁 221 页。**参** 仁井田陞 1931、1960。玉井是博 1936。

8053 **文书残片**

4.0×1.5，存 1 行 3 字。有衬里。

图 考古图谱（下）史料 12-1。**文** 集成叁 221 页。**参**

8054 **白纸小片**

4.3×1.0，无文字，有衬里。

　图 考古图谱（下）史料 12-1。文 缺。参

8055　唐代某人举钱残契尾

21.0×23.0，前、后缺，下部残，存 5 行。有衬里，库木吐喇出土。

　图 考古图谱（下）史料 12-2。大谷研究图版 4。集成叁图版 26。文 大谷研究 86-87 页。集成叁 222 页。参 小田义久 1993。

8056　唐大历十六年（781）六月米十四举钱契

25.6×19.5，前、后缺，左上部微残，存 6 行，记米十四于药文邑举"月抽钱壹阡文"，"每月纳贰佰文，限六个月"。有衬里，库木吐喇出土。

　图 考古图谱（下）史料 13-1。大谷研究图版 4。集成叁图版 25。文 王永兴校注 910-911 页。大谷研究 85 页。集成叁 222 页。参 仁井田陞 1931、1960。小田义久 1993。

8057　空号

8058　空号

8059　唐西州都督府官文书残片

26.7×24.5，本件出自哈拉和卓，前、后缺，下部、中部残缺，存 10 行，有骑缝线，1 行记"牒所由检判，敬白"，3 行署"都督府"3 字，内容涉及"行客"及某人逃走之事。有衬里，有两处钤印。

　图 考古图谱（下）史料 15-1。集成叁图版 19。文 姜伯勤 1989A，282 页。集成叁 223 页。参 池田温 1980。姜伯勤 1989A。

8060　唐残契文

7.0×9.8，本件出自吐峪沟，前、后、上、下残，存 5 行，1 行为"□于北庭□"，2 行为"□判本利"，3 行记"恐人无 信"，4、5 行为"年五十"、"□年二十五"。

　图 考古图谱（下）史料 15-2。T.T.D.Ⅲ（B）29 页。集成叁图版 26。文 仁井田陞 1936，88 页。法律文书研究 255 页。敦资一 462 页。王永兴校注 909 页。T.T.D.Ⅲ（A）35-36 页。集成叁 223 页。参 仁井田陞 1936。池田温 1975。

8061　唐粟麦文书残片

13.5×4.5，本件出自吐峪沟，前、后缺，下部残，存 2 行，内容为"……件粟麦仰依数……"，"……六月十八日已后粮□……"。

　图 考古图谱（下）史料 15-3。集成叁图版 30。文 集成叁 223 页。参

8062　唐检校陶拓使牒

28.8×10.4，前、后缺，存 3 行，1 行记"检校陶拓使 牒东西王子村税丁"，2 行记"东王子村苏大地宁"，3 行存"右奉开府状上请等"。库车出土。

　图 考古图谱（下）史料 16-1。大谷研究图版 2。集成叁图版 19。文 王永兴校注 566 页。大谷研究 81 页。集成叁 223 页。参 小田义久 1993。冻国栋 1996。

8063＋8068　唐天宝某载交河郡籍残片

28×10，本件出自吐峪沟，前、后缺，左下部微缺，两片上下正好缀合，钤有朱印，存 3 行，1 行记"弟知非载叁拾肆岁 勋官上柱国本郡天山军镇开元贰拾捌载伍月贰拾玖日授甲头马玄忠"，2 行记"知男惠义载拾伍岁 小男空"，3 行记"知

男惠感载捌岁 小男天宝……"。

图考古图谱（下）史料 16-2、17-3。籍帐研究插图 26，260 页。T. T. D. Ⅱ（B）
134 页。集成叁图版 3。文法律文书研究 735 页。敦资一 209 页。集录 175 页。籍
帐研究 260 页。T. T. D. Ⅱ（A）92 页。集成叁 224、226 页。参仁井田陞 1937A。
土肥义和 1969、1979。

8063v+8068v　唐天宝某载交河郡田亩佃人簿

28×10，本件出自吐峪沟，由 2 片缀合，前、后缺，存 5 行，3 行中间有 3 字被涂
抹，内容为"一段十九亩，主张□幹，东渠，西大宝寺，南 术招"，其后记"赵
小义二"、"张阿麴二"、"张洪迁二"等，这些人可能即租佃张□幹土地的佃人，
"二"当代表两亩。大谷 8068 号的正面为交河郡籍，本件年代也当在天宝年间。

图集成叁图版 24。文敦资一 140 页。籍帐研究 491 页。集成叁 226 页。参仁井
田陞 1937A。土肥义和 1969。小田义久 1981A。

8064v+8065　唐开元年代西州柳中县高宁乡籍

15×10，本件出自吐峪沟，2 片可缀合，前、后、上、下残，有骑缝线，缝上署
"柳中县 高宁□"，并钤有"柳中县之印"，存 6 行，分记土地四至情况，1 行记
有"崇宝寺"。本件缺纪年，籍帐研究订为开元年代，从之。

图考古图谱（下）史料 16-4。籍帐研究插图 24，254 页。T. T. D. Ⅱ（B）125
页。集成叁图版 3。文法律文书研究 735 页。集录 167-168 页。籍帐研究 254 页。
T. T. D. Ⅱ（A）82 页。集成叁 224 页。参仁井田陞 1937A。嶋崎昌 1959。土肥义
和 1969。小田义久 1981A。T. T. D. Ⅱ（A）70 页。荣新江 1995。

8064+8065v　《七阶佛名经·叹佛功德文》残片

前、后缺，存 6 行。

图籍帐研究插图 24，254 页。T. T. D. Ⅱ（B）125 页。集成叁图版 50。文小田义
久 2002，39 页。集成叁 224 页。参荣新江 1995。小田义久 2002。

8066　唐掏拓所文书

27.0×19.0，存 7 行。正面、背面又有别笔 5 行、4 行。库车出土。

图考古图谱（下）史料 17-1。大谷研究图版 1。集成叁图版 20。文王永兴校注
566-567 页。大谷研究 79 页。集成叁 225 页。参池田温 1988。小田义久 1993。冻
国栋 1996。

8067　唐天宝十四载（755）八月后逃兵存物估价文书

28.0×16.7，本件出自吐峪沟，前、后缺，左下部残，存 6 行，3 行记有"阳曲县
何舍仁，天十四八月六日逃"，4、5 行均低两格记有"袄子叁"、"袴奴肆"，1、2
行亦均低两格，分记某人"幞头肆、次，各估拾贰文。鞋叁、下，各估壹拾文"、
"鞋肆、下，各估壹拾文。被袋壹、下，估壹……"。黄正建氏认为本文书属兵士
的春冬衣点检历。

图考古图谱（下）史料 17-2。集成叁图版 16。文黄正建 2000，242 页。集成叁
225 页。参黄正建 2000。

8069　唐开元年代西州高昌县籍残片

8.5×10，前、后、上、下残，有朱印痕迹，存 3 行，第 3 行存"永业常田　城南

贰里索渠" 数字。本件缺纪年，籍帐研究推测为开元年代，从之。

图 考古图谱（下）史料 18-1。**T. T. D.** Ⅱ（B）123 页。文 法律文书研究 735 页。
集录 166 页。籍帐研究 252 页。**T. T. D.** Ⅱ（A）80 页。参 仁井田陞 1937**A**。土肥
义和 1969、1979。

8069v 唐代文书残片

前、后、上、下残，存 5 行，2 行记 "与过所发遣登"，3 行记 "领大唐西胡戌"。

图 缺。文 集成叁 226 页。参

8070 唐开元年代西州柳中县籍残片

22.5×5，前、后缺，下部残，有骑缝线，缝上署 "柳中县 □□□"，并钤有 "柳
中县之印"（？），正面存 1 行，存 "壹段壹亩永业常田 城……" 数字。吐峪沟出
土。

图 考古图谱（下）史料 18-1。T. T. D. Ⅱ（B）125 页。集成叁图版 3。文 法律文
书研究 735 页。集录 168 页。籍帐研究 255 页。T. T. D. Ⅱ（A）82 页。集成叁 226
页。参 仁井田陞 1937A。土肥义和 1969。T. T. D. Ⅱ（A）71 页。

8070v 古籍写本残片

由两纸粘贴，前、后缺，下部残，存 3 行。

图 集成叁图版 44。文 集成叁 227 页。参

8071 唐某年二月烽子阎敬元状为雇人代役请乞商量听裁事

16.0×25.5，前、后、上、下残，存 8 行。库车出土。

图 考古图谱（下）史料 18-2。集成叁图版 19。文 刘安志 1997B，90 页。集成叁
227 页。参 刘安志 1997B。

8072 元代军事文书残片

10.0×10.5，本件出自哈拉和卓，后缺，上下残，存 5 行，内容记有 "路管军总把
所"、"管军千户所" 等，当为元代军事文书。

图 考古图谱（下）史料 18-3。集成叁图版 19。文 集成叁 227 页。参

8073 武周西州籍残片

12×15，前、后缺，下部残，存 2 行，有武周新字，并存有朱痕。吐峪沟出土。

图 考古图谱（下）史料 18-4。T. T. D. Ⅱ（B）104 页。集成叁图版 2。文 法律文
书研究 735 页。T. T. D. Ⅱ（A）67 页。集录 150-151 页。籍帐研究 239 页。集成叁
227 页。参 土肥义和 1969。T. T. D. Ⅱ（A）52-53 页。

8073v 佛典残片

前、后缺，下部残，存 7 行。

图 缺。文 集成叁 227-228 页。参

8074 唐安西差科簿

20.0×28.0，前、后缺，存 11 行，2 行记 "六人锄苜蓿"，4 行记 "三人花林园
役"，6 行记 "二十人单贫老小不济"，11 行存 "百七十□人……"，其下有汉名、
胡名。库车出土。

图 考古图谱（下）史料 18-5。T. T. D. Ⅱ（B）212 页。集成叁图版 18。文 籍帐研
究 383 页。T. T. D. Ⅱ（A）135 页。王永兴校注 635-636 页。集成叁 228 页。参 仁

井田陞 1937A。西村元佑 1968B。池田温 1962。

8075　唐官文书残片

16.0×16.2，本件出自哈拉和卓，前、后缺，下部残，存7行，草书。

图 考古图谱（下）史料 18-6。文 集成叁 228 页。参

8075v　唐老女、侍人名籍

前、后缺，下部残，存4行，1行存"四人"，2行记"白庆非母周 侍人□……"，3行记"麹奉逸母宋 侍人……"，3行存"李光顿母……"。

图 集成叁图版 19。文 集成叁 228-229 页。参

8076　唐崔仙望、阚玄敬等领付钱帐

28.5×10.0，本件出自吐峪沟，前、后缺，存4行，1行记"崔仙望壹佰伍拾文，付妻年年领"，下有三笔画指；2行为"阚玄敬壹佰伍拾文，付男仁方领"，其下亦有画指；3行为"康乘利壹佰伍拾文，七月十八日付身领"。

图 考古图谱（下）史料 19-1。西域Ⅵ图版 21。集成叁图版 30。文 法律文书研究 37-38 页。西域Ⅵ259 页。集成叁 229 页。参 仁井田陞 1937D。松本善海 1963。

8077　武周久视元年（700）八月西州执衣曹伏生纳课钱抄

26.8×10.2，存3行，有武周新字，内容记"执衣曹伏生纳久视元年闰七月课钱肆拾贰文，其年八月二十八日，典氾成抄"。哈拉和卓出土。

图 考古图谱（下）史料 19-2。集成叁图版 28。文 籍帐研究 340 页。集成叁 229 页。参 唐耕耦 1980。李春润 1983。大津透 1988。

8078　回鹘天可敦下西州湾林界园子种田簿

25×8，后缺，左上部微残，存3行，1行列"天可敦下西州湾林界园子曹庭望青麦叁亩，糜肆亩，小麦伍亩"，2、3行存5人名下的糜、麦、床、粟亩数。本件缺纪年，但记有"天可敦"，当是回鹘进入西州稳定统治以后的9世纪，籍帐研究订为"八世纪末以降"。雅尔湖出土。

图 考古图谱（下）史料 20-1。集成叁图版 24。文 均田制研究 352 页。籍帐研究 565 页。集成叁 229 页。参 嶋崎昌 1959。均田制研究 352 页。

8079　唐书信残片

28.0×11.5，本件出自库车，前、后缺，下部残，存4行，2行记"十三□子再拜十姊参拜……"，3行存"就附参"，4行有"谨宣"2字。

图 考古图谱（下）史料 20-2。集成叁图版 44。文 集成叁 229 页。参

8080　唐西州残书简

8.5×10.8，本件出自吐峪沟，前、后缺，下部残，存5行，首行记"仲冬严寒"，2行记"西州胜光都统□□……"。

图 考古图谱（下）史料 21-1。集成叁图版 44。文 集成叁 230 页。参

8081　唐残书仪

6.5×8.7，本件出自吐峪沟，前、后、上、下残，存10行，1行记"将信物起居幸□……"，2行记"特进中丞尊体□……"，6行有"□倍增欣慰某乙边……"，似为书仪类文书。有丝栏。

图 考古图谱（下）史料 21-2。集成叁图版 44。文 书仪辑校 459 页。集成叁 230

页。**参** 书仪辑校 460 页。

8082 唐残书简

14.5×2.8，前、后、上、下残，存 7 行。吐峪沟出土。

图 考古图谱（下）史料 21-3。集成叁图版 44。**文** 集成叁 230 页。**参**

8083 唐书简稿

28.0×40.5，存 2 行，1 行"张明府"又见于伯希和库车所获汉文文书。库车出土。

图 考古图谱（下）史料 22-1。集成叁图版 44。**文** 集成叁 230-231 页。**参**

8084 壬申年某月畀福 道 残状

19.0×8.2，本件出自吐峪沟，前缺，上下微残，存 4 行，2、3 行记"□五乘妙旨总能晓，三藏微言尽应知。□□千年永作僧中主，讽海徒男细律仪"，4 行记"壬申年今月日畀福 道 状上"。

图 考古图谱（下）史料 22-2。集成叁图版 44。**文** 集成叁 231 页。**参** 陈国灿 2002。

8085 唐残书稿

19.0×8.2，后缺，上下残，存 3 行，文为"以五月五日年中时节，穀稼穑穗，万物维新，当大唐（?）都统阿郎学高□□，天德□□……"。吐峪沟出土。

图 考古图谱（下）史料 22-3。集成叁图版 44。**文** 集成叁 231 页。**参** 陈国灿 2002。

8086 《俱舍论颂疏论本》卷第二十残片

24.3×18.1，本件出自吐峪沟，前、后缺，下部残，草书，有丝栏，存大小两种字体，大字 10 行，小字 14 行。本件与上揭 3224、3228、3238、3239 诸号书法相近，似为同一抄本。

图 考古图谱（下）史料 23-4。集成叁图版 46。张娜丽 2003A 图 7。**文** 集成叁 231-232 页。张娜丽 2003A，27-28 页。**参** 张娜丽 2003A。刘安志、石墨林 2003。

8087 《金刚般若波罗蜜经》残片

14.5×8.6，本件出自哈拉和卓，前、后缺，下部残，有丝栏，存 5 行。写经内容为后秦鸠摩罗什译《金刚般若波罗蜜经》。

图 考古图谱（下）史料 23-2。集成叁图版 46。**文** 集成叁 232 页。**参** 刘安志、石墨林 2003。

8088 唐开元十六年（728）西州籍残片之一

22×18，本件出自吐峪沟，后缺，有骑缝线，缝上署"西州都督府"，存 6 行，分记"部曲白善虫"等的年名，其下多记"丁部曲男空"，3、4 行间有后书粗笔"大般涅槃经第一袟"数字；背面为《论语》郑注子路、宪问篇残文，池田温氏据此将之与大谷 8110 及藏于英国国家图书馆的 OR8212-632（M378）残片拼合为一件。

图 考古图谱（下）经籍 1-2。法律文书研究图版 23。籍帐研究插图 22，251 页。TTD．Ⅱ（B）121 页。集成叁图版 2。**文** 法律文书研究 740-742 页。法制史研究Ⅰ 741 页。敦资一 212 页。集录 165 页。籍帐研究 251 页。T．T．D．Ⅱ（A）79 页。集成叁 232 页。**参** 仁井田陞 1937A。滨口重国 1966，63-64 页。土肥义和 1969。山根清志 1982。唐长孺 1982。

8088v　唐抄《论语》郑注子路、宪问篇残片

本件前、后缺，存 11 行，1-9 行为《论语》郑注子路篇部分内容，10 行记"论语宪问第十四　孔口"。本件正面为开元十六年西州籍。

图 考古图谱（下）经籍 1-1。论语集成图，372、374 页。T. T. D. Ⅱ（B）122 页。王素研究图版 56。张娜丽 2004 图 14。文 论语集成 373、375 页。工素研究 143、145 页。参 罗振玉 1920。金谷治 1978。王素研究 244-258 页。张娜丽 2004。

8089　《古文尚书正义》卷第八"商书太甲上第五"残片

27.0×4.0，前、后缺，存 3 行，有丝栏，和阗出土。

图 考古图谱（下）经籍 2-1。集成叁图版 47。文 集成叁 233 页。参 张娜丽 2004。

8090　《春秋左氏传·成公十七年》（杜预集解）残片

前、后缺，下部残，存 7 行，1 行记："传十七年春王正月。"

图 考古图谱（下）经籍 2-2。集成叁图版 47。文 集成叁 233 页。参 张娜丽 2004。

8090v　唐八世纪初期西州籍残片

13×14，前、后缺，下部残，存 4 行，4 行残存"应受田柒拾陆亩"，缝背存朱印痕。本件缺纪年，籍帐研究拟为 8 世纪初期。

图 考古图谱（下）经籍 2-3。籍帐研究插图 19。T. T. D. Ⅱ（B）117 页。集成叁图版 2。文 集录 161 页。池田温 1973B，73 页。籍帐研究 248 页。T. T. D. Ⅱ（A）75-76 页。集成叁 233 页。参 池田温 1973B。土肥义和 1979。T. T. D. Ⅱ（A）60-61 页。

8091　文书残小片

2.0×2.0，正面存一"男"字，背面存胡语一字。

图 缺。文 缺。参

8092　唐写《开元占经》略出本残片

10.7×15.0，本件出自吐峪沟，前、后、上、下残，有丝栏，存 11 行。

图 考古图谱（下）经籍 2-4。集成叁图版 42。文 集成叁 234 页。参

8093　六朝写本《孙子·谋攻第三、军形第四》残片

33.6×12.9，本件出自吐峪沟，前、后缺，上部残，有丝栏，存 16 行，1-13 行内容为《孙子·谋攻第三》，其中夹有双行小注；16 行存"口先为不可胜以待"数字，为《孙子·军形第四》残文。本件书法古拙，当为唐以前写本。

图 考古图谱（下）经籍 3-1。古本研究图版 3。集成叁图版 48。文 古本研究 21-22 页。集成叁 234 页。参 古本研究 21 页。

8093v　六朝写《菩萨忏悔文》残片

前、后缺，下部残，存 17 行，末行记"菩萨忏悔文"。本件年代，大谷资料选 39 页订为 6 世纪。

图 考古图谱（下）佛典 31。西域Ⅵ插图 58。大谷资料选 39 页。佛典研究图版 37。集成叁图版 51。文 西域Ⅲ 253 页。西域Ⅵ 142 页。佛典研究 56-57 页。集成叁 234-235 页。参 小笠原宣秀 1960B。土桥秀高 1963。大谷资料选 39 页。

8094　《春秋左氏传·昭公二十年》（杜预集解）残片

11.5×22.2，本件出自吐峪沟，前、后、上、下残，存10行，每行下多有双行小字注，有丝栏。

图 考古图谱（下）经籍3-2。集成叁图版48。张娜丽2004图15。文 集成叁235页。参 张娜丽2004。

8095 《尔雅》注疏残片

9.2×5.5，本件出自吐峪沟，前、后缺，上部残，有丝栏，存6行，记有"……书云帝曰……曰僚某氏曰……官曰僚李巡……"。本件缺纪年，以书法判断，当在唐代。有丝栏。前部可与大谷3351号缀合。

图 考古图谱（下）经籍4-1。集成叁图版47。张娜丽2003A图1。文 集成叁235页。张娜丽2003A，14-15页。参 张娜丽2003A。

8096 唐写《铖经》残片

8.2×11.5，本件出自吐峪沟，前、后、上、下残，存6行。

图 考古图谱（下）经籍4-2。集成叁图版47。文 三木荣1964，011页。集成叁236页。参 三木荣1964。

8097 唐写《神农本草》残片

27.2×15.6，本件出自吐峪沟，前、后缺，下部残，存8行。

图 考古图谱（下）经籍4-3。集成叁图版41。文 三木荣1964，012页。集成叁236页。参 三木荣1964。

8098 唐律"擅兴律"残片

20.0×15.0，本件出自吐峪沟，前、后缺，下部残，存8行，6-8行间有"西州都督府之印"，所记为唐律擅兴律条。刘俊文氏认为是永徽擅兴律。有丝栏。

图 考古图谱（下）经籍5-3。T.T.D.Ⅰ（B）15页。集成叁图版21。文 T.T.D.Ⅰ（A）7页。法制文书考释86-87页。集成叁236页。参 泷川政次郎1928。牧野巽、仁井田陞1931。内藤乾吉1958。池田温、冈野诚1978。刘俊文1982。法制文书考释86-87页。

8099 见5098号

8100 唐写诗文残片

23.3×11.5，本件出自吐峪沟，前、后缺，下部微残，存5行，1行存"照乘本无磷韬□……"，2-3行记"按人北走初辞魏西归欲向秦寄言□……以卞和珨"，4行为"江闻有美实弃置古狱傍奈何九……"。考古图谱（下）订为"隋唐人诗断片"。

图 考古图谱（下）经籍6-1。集成叁图版45。文 集成叁237页。参

8101 唐人书元始符

5.5×5.2，吐峪沟出土。

图 考古图谱（下）经籍6-2。集成叁图版42。文 集成叁237页。参

8102 《千字文》抄本残片

11.4×4.6，本件出自吐峪沟，前、后缺，下部残，存3行，1、2行有"起剪颇牧用军最精宣威沙漠驰誉丹……"等字，以书法判断，为唐写千字文残片。与大谷3308号同文。

图 考古图谱（下）经籍6-3。文 集成叁237页。参

8103　佚名氏《道德经注》残片

11.3×16.0，本件出自吐峪沟，前、后缺，下部残，有丝栏，存 7 行，乃《道德经》第 57 章之注疏，但注者不详。经注文连书，中间空格以示区别。

圖 考古图谱（下）经籍 7a。集成叁图版 58。文 集成叁 238 页。参

8104　唐写《洞渊神咒经》卷第六断片

15.6×20.0，本件出自吐峪沟，前、后、上、下残，有丝栏，存 12 行。

圖 考古图谱（下）经籍 7b。集成叁图版 58。文 集成叁 238 页。参 道经目录 273 页。荣新江 1999。

8105　唐写《太上洞玄灵宝自然九天生神章经》残片

11.6×13.5，本件出自吐峪沟，前、后缺，上部残，有丝栏，存 7 行。1-4 行为"波罗尼密不骄乐天生神章第五"，5-7 行为"洞元化应声天生神章第六"。

圖 考古图谱（下）经籍 7c。集成叁图版 58。张娜丽 2004 图 13。文 集成叁 238-239 页。张娜丽 2004，25 页。参 张娜丽 2004。

8106　唐写医书残片

10.4×5.2，本件出自吐峪沟，前、后、上、下残，存 4 行，1 行记"坤老母　年二　九十七　二十三　三十三　四十九　五……"，2 行记"坤为土主老母心肠病忌……"，3 行存"□死问病"。集成叁定名为《唐人占书断片》，按隋代巢元方《巢氏诸病源候总论》卷第二"恶风鬒眉坠落候"条有"西南方坤为老母"之语，本件所记多与疾病有关，当是唐人所抄医书。

圖 考古图谱（下）经籍 8-1。集成叁图版 42。文 集成叁 239 页。参

8106v　文书残片

前、后、上、下残，存 2 行。

圖 考古图谱（下）经籍 8-1。集成叁图版 42。文 集成叁 239 页。参

8107　唐写《切韵》残片

12.7×7.0，本件出自吐峪沟，前、后、上、下残，两面书写，正面存 9 行，背面存 9 行。王国维氏认为是陆法言《切韵》的长孙讷言笺注本，周祖谟氏认为是陆法言原书传本之一。

圖 考古图谱（下）经籍 8-2、3。韵书集成 70 页。集成叁图版 45。文 观堂集林 1132-1133 页。韵书集成 70 页。集成叁 239 页。参 观堂集林 1132-1136 页。韵书集成 824-825 页。张娜丽 2004。

8108　唐写《初学记》卷二十一《讲论第四》残片

5.0×3.0，本件出自吐峪沟，前、后、上、下残，存 4 行文字。

圖 考古图谱（下）经籍 8-4。集成叁图版 47。文 集成叁 240 页。参

8108v　文书残片

前、后、上、下残，存 1 行"角界"2 字。

圖 缺。文 集成叁 240 页。参

8109　唐写郑注《诗·周颂·酌》残片

6.4×5.0，本件出自吐峪沟，前、后、上、下残，存 1 行大字，4 行小字。"允师"下双行小字注为"公事也……王之事……"。背面存 3 字。

图 考古图谱（下）经籍 8-5。集成叁图版 47。文 集成叁 240 页。参 张娜丽 2004。

8109v　文书残片

前、后、上、下残，存 1 行"□三官"数字。

图 缺。文 集成叁 240 页。参

8110　唐开元十六年（728）西州籍残片

5.0×3.5，前、后、上、下残，存 2 行，1 行有"拾岁　中部曲"数字。吐峪沟出土。

图 T.T.D.Ⅱ（B）121 页。籍帐研究插图 22，251 页。集成叁图版 2。文 集录 165 页。籍帐研究 251 页。T.T.D.Ⅱ（A）79 页。集成叁 240 页。参 土肥义和 1969。山根清志 1982。唐长孺 1982。

8110v　唐开元十六年（728）后西州写《论语》郑注子路篇残片

前、后、上、下残，存大字 1 行，小字 4 行，为《论语》郑注子路篇残文。

图 考古图谱（下）经籍 8-6。T.T.D.Ⅱ（B）122 页。王素研究图版 55。文 王素研究 142 页。参 张娜丽 2004。

8111　唐写《道德经序诀》残片

10.0×8.2，本件出自吐峪沟，前、后缺，下部残，有丝栏，存 5 行，2-4 行为"诵之有所不解……郎说河上公诵……问之公曰道□……"。

图 考古图谱（下）经籍 8-7。集成叁图版 47。文 集成叁 241 页。参 石滨纯太郎 1930。道经目录 248 页。荣新江 1999。

8112　计量文书残片

6.5×6.4，前、后、上、下残，存 3 行，1 行存"伍硕捌"，2 行存"玖硕贰斗伍"。吐峪沟出土。

图 集成叁图版 30。文 集成叁 241 页。参

8112v　唐写《诗·小雅·采芑》残片

前、后、上、下残，存 3 行，所记为《诗·小雅·采芑》片断。

图 考古图谱（下）经籍 8-8。集成叁图版 47。文 集成叁 241 页。参

8113　《大唐开元礼》卷第六十五残片

9.5×6.7，前、后、上、下残，存 4 行，1 行存"时旱祈于"，2 行记"将祈有司卜曰"，3 行存"日守宫设"，4 行为"除内外"。本件与大谷 4922 号当为同卷。

图 考古图谱（下）经籍 8-9。集成叁图版 45。文 集成叁 241。参

8114　古籍写本残片

8.3×7.5，两面书写，正面前、后缺，下部残，存 5 行；背面存 2 行。吐峪沟出土。

图 考古图谱（下）经籍 8-10。集成叁图版 45。文 集成叁 241 页。参

8114v　佛教文书残片

前、后、上、下残，存 2 行，1 行存"受戒者是"，2 行存"一切"。

图 缺。文 集成叁 242 页。参

8115　古籍写本残片

7.6×13.0，本件出自吐峪沟，前、后、上、下残，存 8 行。

图 考古图谱（下）经籍9。集成叁图版45。**文** 集成叁242页。**参**

8116　古籍写本残片

12.5×4.0，本件出自吐峪沟，前、后、上、下残，存2行，1行有"□少阴之气化生太阴五气"数字。

图 考古图谱（下）经籍9。集成叁图版46。**文** 集成叁242页。**参**

8117　《俱舍论颂疏论本·序》注疏残片

12.0×11.0，出自吐峪沟，前、后缺，下部残，存7行，1行"披"为大字粗笔，3行"其犹执鸾"亦为大字粗笔，4、5行为小字，记"□犹者相似也执者把也"，5行记"龙泉者剑之名也"，乃是对圆晖《俱舍论颂疏论本》序之注疏。本件书法与大谷1045、3945、8119号同，四者俱为同一抄本。

图 考古图谱（下）经籍9。张娜丽2003A图6。集成叁图版46。**文** 集成叁242页。张娜丽2003A，23页。**参** 张娜丽2003A。

8118　古籍写本残片

10.0×9.0，本件出自吐峪沟，前、后、上、下残，存9行，1行记"□非先王之法服……"，4行记"□衣裳而天下理盖……"，6行有"应劭曰"之语，所记与舆服有关。

图 考古图谱（下）经籍9。集成叁图版46。**文** 集成叁243页。**参** 小岛宪之1983。

8119　《俱舍论颂疏论本·序》注疏残片

13.5×11.9，出自吐峪沟，前缺下残，存5行，2行"士详"为大字粗笔，5行记"岁丁大荒洛月□……"。书法与大谷1045、3945、8117号相同，乃是对圆晖《俱舍论颂疏论本》序之注疏。本件缺纪年，识语集录认为大约在8世纪。

图 考古图谱（下）经籍9。集成叁图版46。张娜丽2003A图6。**文** 识语集录327页。集成叁243页。张娜丽2003A，23页。**参** 张娜丽2003A。

8120　唐写《老子》河上公本谦德第六十一章残片

12.8×11.4，本件出自吐峪沟，前、后缺，上部及右下部残，存6行，下有双行小字注，所记为大国与小国之间的关系。

图 考古图谱（下）经籍10a。集成叁图版48。**文** 集成叁243页。**参** 张娜丽2004。

8121　古籍写本残片

11.0×11.0，本件出自吐峪沟，前、后缺，上部残，存7行，4、5行记"……吴蜀曰君臣并载……□避地东南达"。

图 考古图谱（下）经籍10c。集成叁图版46。**文** 集成叁243-244页。**参**

8121v《金刚般若波罗蜜经》注疏残片

前、后、上、下残，存7行，有大小两种字体，1、6行为大字，2-5行为小字，2、5行有涂抹。1行存"如来有佛"，6行存"意云何恒"，据此，本件当为后秦鸠摩罗什译《金刚般波罗蜜经》的注疏。

图 缺。**文** 集成叁244页。**参**

8122　《维摩诘所说经》卷上残片

25.7×29.1，前、后缺，右上部、左下部稍有残缺，存17行，有丝栏。库车出土。

图 考古图谱（下）佛典66。佛典研究图版75。**文** 佛典研究111-112页。**参**

8122v 婆罗迷文、回鹘文文书残片

图 缺。文 缺。文

8123 《摩诃般若波罗蜜经》卷第二十四残片

27.2×34.6，前、后缺，上下微残，存20行。与大谷5472号缀合。库车出土。

图 考古图谱（下）佛典13。佛典研究图版17。文 佛典研究30-31页。参

8123v 回鹘文《功德赞》残片

前、后、上、下残，存31行，草书，可补充大谷5472号。

图 考古图谱（下）西域语文书4。西域Ⅳ图版28。文 P. Zieme1991，198页。参
羽田明、山田信大1961。P. Zieme1991。

8124 《妙法莲华经》卷第六残片

26.7×19.8，本件出自吐峪沟，后缺，存9行，为《妙法莲华经》卷第六断片。

图 考古图谱（下）佛典60。佛典研究图版69。大谷资料选41页。文 佛典研究
104-105页。参 大谷资料选41页。

8124v 回鹘文佛典残片

前缺，存回鹘文佛典草书16行。

图 考古图谱（下）西域语文书5。西域Ⅳ图版26。文 缺。参 羽田明、山田信夫
1961。

8125 见前7106号

8126 《大般泥洹经》卷第四残片

26.8×27.6，本件出自吐峪沟，前、后缺，存15行，为《大般泥洹经》卷第四断
片。

图 考古图谱（下）佛典64。佛典研究图版73。大谷资料选40页。文 佛典研究
108-109页。参 大谷资料选40页。

8126v 回鹘文佛典残片

前缺，存回鹘文佛典14行，蒙古文佛典3行，下书汉字"常"字。

图 考古图谱（下）西域语文书6-3。西域Ⅳ图版29。文 西域Ⅳ205-206页。参 羽
田明、山田信夫1961。

8127 回鹘文劳役摊派文书残片

14×13，本件出自哈拉和卓，前、后缺，下部残，有角印二、圆印二，存回鹘文草
书7行。

图 考古图谱（下）西域语文书10-1。西域Ⅳ图版33（部分）。松井太1998B，图
7。文 松井太1998A，420页。松井太1998B，37-39页。参 羽田明、山田信夫
1961，松井太1998A、1998B。

8128 回鹘文《大乘无量寿经》残片

22×12，本件出自哈拉和卓，前、后缺，活字，存5行，3、4行间存有3个汉字。

图 考古图谱（下）印本2-1。西域Ⅳ图版31。文 缺。参 羽田明、山田信夫1961。

8129 《大般涅槃经》卷第十五残片

10.0×17.0，前、后缺，下部残，存7行。吐峪沟出土。

图 集成叁图版49。文 小田义久2002，18页。集成叁245页。参 小田义久2002。

8129v 突厥文文书残片

存鲁尼突厥文楷书3行。

图 考古图谱（下）西域语文书10-2。西域Ⅳ图版29。森安孝夫1997，图版 V-Ⅵ。**文** 缺。**参** 羽田明、山田信夫1961。森安孝夫1997，59-61页。

8130　突厥文文书残片

8×17，存突厥文楷书2行。库木吐拉出土。

图 考古图谱（下）西域语文书10-3。**文** 缺。**参** 羽田明、山田信夫1961。

8131　回鹘文社会经济文书残片

35×13，本件出自雅尔湖，前、后缺，存回鹘文草书5行，有角印二。

图 考古图谱（下）西域语文书9。西域Ⅳ图版20。**文** 缺。**参** 羽田明、山田信夫1961。

8132　唐断碑拓本之一

15.0×11.2，前、后、上、下残，存5行，3行存“花傍谙迦叶大”。吉木萨尔出土。以下至8147号等16片俱出自该地。

图 新西域记卷下附图。**文** 集成叁245-246页。**参** 新西域记卷下，491页。

8133　唐断碑拓本之一

8.4×8.8，前、后、上、下残，存4行，有丝栏，2行存“四部众”。有衬里。

图 考古图谱（下）史料24。**文** 集成叁246页。**参**

8134　唐断碑拓本之一

9.5×8.0，前、后、上、下残，存4行，有丝栏，2行存“主法律 阿”，4行存“众药王等”。有衬里。

图 考古图谱（下）史料24。**文** 集成叁246页。**参**

8135　唐断碑拓本之一

10.5×7.2，前、后、上、下残，存3行，3行处有丝栏，存“授□官都维那者”。有衬里。

图 考古图谱（下）史料24。**文** 集成叁246页。**参**

8136　唐断碑拓本之一

12.0×9.0，前、后、上、下残，存4行，有丝栏，2行存有“仙鹤楼”一名，3行存“如来龙兴寺”。有衬里。

图 考古图谱（下）史料25。**文** 集成叁246页。**参**

8137　唐断碑拓本之一

5.9×5.0，前、后、上、下残，存2行，有丝栏，2行存“四方清”。有衬里。

图 考古图谱（下）史料25。**文** 集成叁247页。**参**

8138　唐断碑拓本之一

5.0×6.7，前、后、上、下残，存2行5字，有丝栏，有衬里。

图 考古图谱（下）史料25。**文** 集成叁247页。**参**

8139　唐断碑拓本之一

9.0×6.0，前、后、上、下残，存3行数字。有丝栏，有衬里。

图 考古图谱（下）史料25。**文** 集成叁247页。**参**

8140 唐断碑拓本之一

8.2×5.7，前、后、上、下残，存2行，有丝栏，1行存"伊州僧□"。有衬里。

图考古图谱（下）史料25。文集成叁247页。参

8141 唐断碑拓本之一

5.2×4.6，前、后、上、下残，存2行，有丝栏，2行存"白鹤观主"。有衬里。

图考古图谱（下）史料25。文集成叁247页。参

8142 唐断碑拓本之一

6.3×4.6，前、后、上、下残，存2行，有丝栏，有衬里。

图考古图谱（下）史料25。文集成叁247页。参

8143 唐断碑拓本之一

7.0×3.0，前、后、上、下残，存2行，有丝栏，1行存"□迷品达□"。有衬里。

图考古图谱（下）史料25。文集成叁248页。参

8144 唐断碑拓本之一

6.3×6.0，前、后、上、下残，存3行，有丝栏，有衬里。

图考古图谱（下）史料25。文集成叁248页。参

8145 唐断碑拓本之一

6.3×4.0，前、后、上、下残，存2行，存"禅德威"、"官别吏"等字。有丝栏，有衬里。

图考古图谱（下）史料25。文集成叁248页。参

8146 唐断碑拓本之一

8.2×8.0，前、后、上、下残，存4行，3行存"十六大国"。有丝栏，有衬里。

图考古图谱（下）史料25。文集成叁248页。参

8147 唐断碑拓本之一

5.0×4.6，前、后、上、下残，存2行，1行存"□幡"，2行存"十大弟子"。有丝栏，有衬里。

图考古图谱（下）史料25。文集成叁248页。参

9005《妙法莲华经》残片

7.7×9，存5行。

图イラン语断片集成图版77。文缺。参イラン语断片集成22页。

9005v 粟特文音译汉文文献残片

存7行。

图イラン语断片集成图版77。文吉田丰1989B，98-99页。Yoshida 1991，243页。イラン语断片集成153页。参吉田丰1989B，98-99页。Yoshida 1991，243页。イラン语断片集成153页。

9020《大般涅槃经》残片

4.7×5.7，存3行。

图イラン语断片集成图版77。文缺。参イラン语断片集成22页。

9020v 粟特文残片

存3行。

图 イラン语断片集成图版 77。文 イラン语断片集成 154 页。参 イラン语断片集成 153-154 页。

9022 《大般涅槃经》残片

9.5×4.5，存 3 行。与大谷 9031 号同卷。

图 イラン语断片集成图版 78。文 イラン语断片集成 35 页。参 イラン语断片集成 22 页。

9022v 粟特文残片

存 1 行。

图 イラン语断片集成图版 78。文 イラン语断片集成 154 页。参 イラン语断片集成 154 页。

9027 佛典残片

1.7×3.8，存 2 行。

图 イラン语断片集成图版 79。文 缺。参 イラン语断片集成 22 页。

9027v 粟特文残片

存 3 行。

图 イラン语断片集成图版 79。文 イラン语断片集成 154 页。参 イラン语断片集成 154 页。

9031 《大般涅槃经》残片

8.3×4.6，存 3 行。与大谷 9022 号同卷。

图 イラン语断片集成图版 78。文 イラン语断片集成 35 页。参 イラン语断片集成 22 页。

9031v 粟特文残片

存 1 行。

图 イラン语断片集成图版 78。文 イラン语断片集成 154 页。参 イラン语断片集成 154 页。

9032A 《妙法莲华经》残片

9.2×8.5，存 5 行。本残片与其他残片的缀合及同卷情况见大谷 4705 号。

图 イラン语断片集成图版 39。文 イラン语断片集成 29-30 页。参 イラン语断片集成 22 页。

9032Av 粟特文摩尼教经典残片

存 5 行。本残片与其他残片的缀合及同卷情况见大谷 4705v 号。

图 イラン语断片集成图版 39。文 イラン语断片集成 111-114 页。参 イラン语断片集成 111-114 页。

9037 《妙法莲华经》残片

3.4×6.5，存 3 行。

图 イラン语断片集成图版 79。文 缺。参 イラン语断片集成 22 页。

9037v 粟特文残片

存 5 行。

图 イラン语断片集成图版 78。文 イラン语断片集成 154-155 页。参 イラン语断片

集成 154-155 页。

9041　《妙法莲华经》残片

　　10.2×4.8，存 2 行。

　　图 イラン语断片集成图版 79。**文** 缺。**参** イラン语断片集成 22 页。

9041v　粟特文残片

　　存 2 行。

　　图 イラン语断片集成图版 79。**文** イラン语断片集成 155 页。**参** イラン语断片集成 155 页。

9043　佛典残片

　　2×4.7，存 3 行。

　　图 イラン语断片集成图版 79。**文** 缺。**参** イラン语断片集成 22 页。

9043v　粟特文残片

　　存 2 行。

　　图 イラン语断片集成图版 79。**文** イラン语断片集成 155 页。**参** イラン语断片集成 155 页。

9046　佛典残片

　　5.6×3.7，存 2 行。

　　图 イラン语断片集成图版 80。**文** 缺。**参** イラン语断片集成 22 页。

9046v　粟特文残片

　　存 2 行。

　　图 イラン语断片集成图版 80。**文** イラン语断片集成 155 页。**参** イラン语断片集成 155 页。

9049　《妙法莲华经》残片

　　与大谷 7223 号可以缀合。原注"ムキ"。

　　参 イラン语断片集成 22 页。

9049v　粟特文残片

　　图 イラン语断片集成图版 54。**文** イラン语断片集成 126 页。**参** イラン语断片集成 126 页。

9050　佛典残片

　　11.3×4.5，存 2 行。

　　图 イラン语断片集成图版 80。**文** 缺。**参** イラン语断片集成 22 页。

9050v　粟特文残片

　　存 3 行。

　　图 イラン语断片集成图版 80。**文** イラン语断片集成 155 页。**参** イラン语断片集成 155-156 页。

9051　《大般涅槃经》残片

　　8×8.4，存 4 行。

　　图 イラン语断片集成图版 80。**文** 缺。**参** イラン语断片集成 22 页。

9051v　粟特文残片

存 3 行。

图 イラン语断片集成图版 80。文 イラン语断片集成 156 页。参 イラン语断片集成 156 页。

9068　《大通方广忏悔灭罪庄严成佛经》残片

4×3.7，存 4 行。与柏林藏 Ch/U 7019（T II T 1062）同卷。

图 イラン语断片集成图版 80。文 缺。参 イラン语断片集成 22 页。

9068v　粟特文残片

存 4 行。与柏林藏 Ch/U 7019 v（T II T 1062 v）同卷。

图 イラン语断片集成图版 80。文 イラン语断片集成 156 页。参 イラン语断片集成 156 页。

9076　《妙法莲华经》残片

10.5×4.7，与大谷 7252、10005 号可以缀合，与 7465、7513 诸号同卷。

文 イラン语断片集成 32 页。参 イラン语断片集成 22 页。

9076v　粟特文残片

图 イラン语断片集成图版 58。文 イラン语断片集成 128-129 页。参 イラン语断片集成 128-129 页。

9077　《金刚般若波罗蜜经》残片

4.5×22.5，与大谷 5471 号缀合，与 7496 号同卷，见 5471 号。

图 イラン语断片集成图版 30。参 イラン语断片集成 22 页。

9077v　粟特文摩尼教文献残片

与 5471 缀合，与 7496 号同卷，见 5471 号。

图 イラン语断片集成图版 30。文 イラン语断片集成 102 页。参 イラン语断片集成 101-102 页。

9078　《妙法莲华经》残片

13.2×4，存 2 行。

图 イラン语断片集成图版 81。文 缺。参 イラン语断片集成 22 页。

9078v　粟特文摩尼教故事残片

存 2 行。

图 イラン语断片集成图版 81。文 イラン语断片集成 157 页。参 イラン语断片集成 157 页。

9082　佛典残片

4.7×5.8，存 3 行。

图 イラン语断片集成图版 81。文 缺。参 イラン语断片集成 22 页。

9082v　粟特文摩尼教教徒使用的词汇表残片

两栏。第一栏存 1 行，无字。第二栏存 2 行。

图 イラン语断片集成图版 81。文 イラン语断片集成 157 页。参 イラン语断片集成 157 页。

9084　《妙法莲华经》残片

3.5×4.2，存 2 行。

图イラン语断片集成图版81。文缺。参イラン语断片集成22页。

9084v 粟特文残片

存1行。

图イラン语断片集成图版81。文イラン语断片集成157页。参イラン语断片集成157页。

9085 佛典残片

5×6，存3行残字。

图イラン语断片集成图版81。文缺。参イラン语断片集成22页。

9085v 粟特文摩尼教徒书信残片

存2行。

图イラン语断片集成图版81。文イラン语断片集成157页。参イラン语断片集成157-158页。

9094 佛典残片

5.3×5.7，存3行。

图イラン语断片集成图版82。文缺。参イラン语断片集成22页。

9094v 粟特文残片

存3行。

图イラン语断片集成图版82。文イラン语断片集成158页。参イラン语断片集成158页。

9095 佛典残片

5.6×7，存4行。

图イラン语断片集成图版82。文缺。参イラン语断片集成22页。

9095v 粟特文残片

存4行。

图イラン语断片集成图版82。文イラン语断片集成158页。参イラン语断片集成158页。

9096 《金刚般若波罗蜜经》残片

4.5×6.3，存4行。

图イラン语断片集成图版82。文缺。参イラン语断片集成23页。

9096v 粟特文残片

存3行。

图イラン语断片集成图版82。文イラン语断片集成158页。参イラン语断片集成158页。

9097 《妙法莲华经》残片

6.5×6.3，存5行。

图イラン语断片集成图版82。文缺。参イラン语断片集成23页。

9097v 粟特文残片

存5行。

图イラン语断片集成图版82。文イラン语断片集成158-159页。参イラン语断片集成 158-159 页。

9098　佛典残片

3.8×3.8，存 3 行。

图 イラン语断片集成图版 82。文 缺。参 イラン语断片集成 23 页。

9098v 粟特文残片

存 1 行。

图 イラン语断片集成图版 82。文 イラン语断片集成 159 页。参 イラン语断片集成 159 页。

9122 +10028《法华经注》残片

8.5×10，与大谷 10028 号可以缀合，缀合后共 7 行。

图 イラン语断片集成图版 83。文 イラン语断片集成 36 页。参 イラン语断片集成 23 页。

9122v 粟特文摩尼教故事残片

与 10028v 可以缀合，缀合后共 7 行。

图 イラン语断片集成图版 83。文 イラン语断片集成 159 页。参 イラン语断片集成 159 页。

9133　《佛顶尊胜陀罗尼经》残片

15.2×12.6，存 8 行。与柏林藏 Ch/So 14842 同卷。

图 イラン语断片集成图版 84。文 缺。参 イラン语断片集成 23 页。

9133v 粟特文咒语文献残片

存 10 行。与柏林藏 Ch/So 14842v 同卷。

图 イラン语断片集成图版 84。文 イラン语断片集成 159-160 页。参 イラン语断片集成 159-160 页。

10001《大般涅槃经》残片

8×8，存 5 行。与大谷 7281 号同卷。

图 イラン语断片集成图版 62。文 イラン语断片集成 33 页。参 イラン语断片集成 23 页。

10001v 粟特文书信习字残片

存 6 行。

图 イラン语断片集成图版 62。文 イラン语断片集成 132 页。参 イラン语断片集成 132-133 页。

10004《大般涅槃经》残片

5.6×5.5，存 3 行。

图 イラン语断片集成图版 85。文 缺。参 イラン语断片集成 23 页。

10004v 粟特文残片

存 4 行。

图 イラン语断片集成图版 85。文 イラン语断片集成 160 页。参 イラン语断片集成 160 页。

10005《妙法莲华经》残片

4.1×3.5，与大谷7252、9076号可以缀合，与7465、7513诸号同卷。

文イラン语断片集成32页。**参**イラン语断片集成23页。

10005v 粟特文残片

图イラン语断片集成图版58。**文**イラン语断片集成128-129页。**参**イラン语断片集成128-129页。

10006《妙法莲华经》残片

4.6×5，存3行。

图イラン语断片集成图版85。**文**缺。**参**イラン语断片集成23页。

10006v 粟特文残片

存2行。

图イラン语断片集成图版85。**文**イラン语断片集成160页。**参**イラン语断片集成160页。

10010 佛典残片

2.5×3，存1行。

图イラン语断片集成图版85。**文**缺。**参**イラン语断片集成23页。

10010v 粟特文残片

存1行。

图イラン语断片集成图版85。**文**イラン语断片集成160页。**参**イラン语断片集成160-161页。

10011 佛典残片

3.3×5.5，存3行。

图イラン语断片集成图版85。**文**缺。**参**イラン语断片集成23页。

10011v 粟特文残片

存3行。正面汉文行间也有3行残字。

图イラン语断片集成图版85。**文**イラン语断片集成161页。**参**イラン语断片集成161页。

10012 佛典残片

2.3×2，存1行。

图イラン语断片集成图版85。**文**缺。**参**イラン语断片集成23页。

10012v 粟特文残片

存2行。

图イラン语断片集成图版85。**文**イラン语断片集成161页。**参**イラン语断片集成161页。

10013 佛典残片

3.8×3.5，存2行。

图イラン语断片集成图版85。**文**缺。**参**イラン语断片集成23页。

10013v 粟特文残片

存3行。

图イラン语断片集成图版85。**文**イラン语断片集成161页。**参**イラン语断片集成

161 页。

10015 佛典残片

2 × 7.5，存 1 行。

图 イラン语断片集成图版 85。文 缺。参 イラン语断片集成 23 页。

10015v 粟特文残片

存 2 行。

图 イラン语断片集成图版 85。文 イラン语断片集成 161 页。参 イラン语断片集成 161 页。

10017《妙法莲华经》残片

4.3 × 2.6，存 2 行。本残片与其他残片的缀合及同卷情况见大谷 4705 号。

图 イラン语断片集成图版 38。文 イラン语断片集成 29-30 页。参 イラン语断片集成 23 页。

10017v 粟特文摩尼教经典残片

存 1 行。本残片与其他残片的缀合及同卷情况见 4705v 号。

图 イラン语断片集成图版 38。文 イラン语断片集成 111-114 页。参 イラン语断片集成 111-114 页。

10018 佛典残片

2.8 × 3.8，存 2 行。

图 イラン语断片集成图版 85。文 缺。参 イラン语断片集成 23 页。

10018v 粟特文摩尼教文献残片

存 3 行。

图 イラン语断片集成图版 85。文 イラン语断片集成 162 页。参 イラン语断片集成 162 页。

10019 佛典残片

6 × 1.8，文字不清。

参 イラン语断片集成 23、163 页。

10019v 粟特文残片

存 1 行。

图 イラン语断片集成图版 85。文 イラン语断片集成 162 页。参 イラン语断片集成 162 页。

10022 佛典残片

2.4 × 2，存 1 残字。

图 イラン语断片集成图版 85。文 缺。参 イラン语断片集成 23 页。

10022v 粟特文书信？残片

存 1 行。

图 イラン语断片集成图版 85。文 イラン语断片集成 162 页。参 イラン语断片集成 162 页。

10023《妙法莲华经》残片

4.2 × 3.4，存 2 行。本残片与其他残片的缀合及同卷情况见大谷 4705 号。

图 イラン语断片集成图版 36。文 イラン语断片集成 29-30 页。参 イラン语断片集成 23 页。

10023v 粟特文摩尼教经典残片

存 2 行。本残片与其他残片的缀合及同卷情况见 4705v 号。

图 イラン语断片集成图版 36。文 イラン语断片集成 111-114 页。参 イラン语断片集成 111-114 页。

10024《妙法莲华经》残片

5.2×3.5，存 2 行。

图 イラン语断片集成图版 86。文 缺。参 イラン语断片集成 23 页。

10024v 粟特文残片

存 2 行。

图 イラン语断片集成图版 86。文 イラン语断片集成 162 页。参 イラン语断片集成 162 页。

10028《法华经注》残片

5.2×3.5，与大谷 9122 号缀合。

图 イラン语断片集成图版 83。文 イラン语断片集成 36 页。参 イラン语断片集成 23 页。

10028v 粟特文摩尼教故事残片

图 イラン语断片集成图版 83。文 イラン语断片集成 159 页。参 イラン语断片集成 159 页。

10031 佛典残片

4.8×4.5，存 1 残字。

图 イラン语断片集成图版 86。文 缺。参 イラン语断片集成 23 页。

10031v 粟特文摩尼教文献残片

存 3 行。

图 イラン语断片集成图版 86。文 イラン语断片集成 163 页。参 イラン语断片集成 163 页。

10032 佛典残片

4.1×3.3，存 2 行。

图 イラン语断片集成图版 86。文 缺。参 イラン语断片集成 23 页。

10032v 粟特文残片

存 1 行。

图 イラン语断片集成图版 86。文 イラン语断片集成 163 页。参 イラン语断片集成 163 页。

10043 佛典残片

6.3×6.3，存 4 行。

图 イラン语断片集成图版 86。文 缺。参 イラン语断片集成 23 页。

10043v 粟特文残片

存 3 行。

图 イラン语断片集成图版86。文 イラン语断片集成163页。参 イラン语断片集成163页。

10045 佛典残片

5×7.3，存5行。

图 イラン语断片集成图版86。文 缺。参 イラン语断片集成23页。

10045v 粟特文残片

存4行。

图 イラン语断片集成图版86。文 イラン语断片集成163页。参 イラン语断片集成163页。

10049 佛典残片

4.2×4.6，存3行。

图 イラン语断片集成图版86。文 缺。参 イラン语断片集成23页。

10049v 粟特文残片

存3行。

图 イラン语断片集成图版86。文 イラン语断片集成163-164页。参 イラン语断片集成163-164页。

10051 佛典残片

3.2×3.2，存1行。

图 イラン语断片集成图版87。文 缺。参 イラン语断片集成23页。

10051v 粟特文残片

存1行。

图 イラン语断片集成图版87。文 イラン语断片集成164页。参 イラン语断片集成164页。

10052《妙法莲华经》残片

6.5×5.5，存4行。

图 イラン语断片集成图版87。文 缺。参 イラン语断片集成24页。

10052v 粟特文残片

存3行。

图 イラン语断片集成图版87。文 イラン语断片集成164页。参 イラン语断片集成164页。

10066 佛典残片

4.3×5.1，存3行残字。

图 イラン语断片集成图版87。文 缺。参 イラン语断片集成24页。

10066v 粟特文残片

存3行。

图 イラン语断片集成图版87。文 イラン语断片集成164页。参 イラン语断片集成164页。

10070 残片

2.3×3.2，无字。

图 イラン语断片集成图版 87。**文** 缺。**参** イラン语断片集成 24 页。

10070v 粟特文残片

存 2 行。

图 イラン语断片集成图版 87。**文** イラン语断片集成 164 页。**参** イラン语断片集成 164 页。

10088 残片

5×1.6，无字。

参 イラン语断片集成 24 页。

10088v 粟特文摩尼教文献残片

存 1 行。写于汉文佛典行间。

图 イラン语断片集成图版 87。**文** イラン语断片集成 164 页。**参** イラン语断片集成 164-165 页。

10099 摩尼文不明语言残片

3×3.9，存 1 残字。

图 イラン语断片集成图版 122。**文** イラン语断片集成 228 页。**参** イラン语断片集成 38、228 页。

10104 粟特文佛典残片

A 片 2.5×5，存 3 行。B 片极小，存残字。

图 イラン语断片集成图版 87。**文** イラン语断片集成 165 页。**参** イラン语断片集成 165 页。

10123 粟特文佛典残片

3.1×2.2，存 3 行。与大谷 10137、10177 号同卷。

图 イラン语断片集成图版 87。**文** イラン语断片集成 165 页。**参** イラン语断片集成 165 页。

10126 粟特文摩尼教文献残片

3×1.8，正、背面各存 3 行。与大谷 11088 号同卷。

图 イラン语断片集成图版 88。**文** イラン语断片集成 165-166 页。**参** イラン语断片集成 165-166 页。

10135 粟特文残片

极小断片，存 1 行。

图 イラン语断片集成图版 88。**文** イラン语断片集成 166 页。**参** イラン语断片集成 166 页。

10137 粟特文佛典残片

4.3×4.5，存 4 行。与大谷 10123、10177 号同卷。

图 イラン语断片集成图版 88。**文** イラン语断片集成 166 页。**参** イラン语断片集成 166 页。

10139 粟特文残片

3×3，存 3 行。

图 イラン语断片集成图版 88。**文** イラン语断片集成 166 页。**参** イラン语断 片集成

166 页。

10155 摩尼文不明语言残片

3×4.2，存若干残字。

图 イラン语断片集成图版 122。文 イラン语断片集成 228 页。参 イラン语断片集成 228 页。

10162 粟特文书信残片

4×6.3，正面存 5 行，背面存 1 行。

图 イラン语断片集成图版 88。文 イラン语断片集成 166-167 页。参 イラン语断片集成 166-167 页。

10170 摩尼文帕提亚语文献残片

6.3×2.7，正、背面各存 3 行。与中古波斯语书写的大谷 6154 号书写、纸质酷似。

图 イラン语断片集成图版 122。文 イラン语断片集成 229 页。参 イラン语断片集成 228-229 页。

10173 粟特文残片

6×2，存 1 行。

图 イラン语断片集成图版 88。文 イラン语断片集成 167 页。参 イラン语断片集成 167 页。

10177 粟特文佛典残片

5×4.5，存 3 行。与大谷 10123、10137 号同卷。

图 イラン语断片集成图版 88。文 イラン语断片集成 167 页。参 イラン语断片集成 167 页。

11057A《摩诃般若波罗蜜经》残片

11.3×6.5，存 3 行。与大谷 6143、6144、11057B 诸号缀合。

图 イラン语断片集成图版 98。文 イラン语断片集成 36 页。参 イラン语断片集成 24 页。

11057Av 摩尼文帕提亚语赞美诗残片

与 6143v、6144v、11057Bv 缀合。见 6143v 号。

图 イラン语断片集成图版 98。文 イラン语断片集成 174 页。参 イラン语断片集成 174-175 页。

11057B《摩诃般若波罗蜜经》残片

12×?，存 3 行。与大谷 6143、6144、11057A 诸号缀合。

文 イラン语断片集成 36 页。参 イラン语断片集成 24 页。

11057Bv 摩尼文帕提亚语赞美诗残片

与 6143v、6144v、11057Av 缀合。见 6143v 号。

图 イラン语断片集成图版 98-99。文 イラン语断片集成 174 页。参 イラン语断片集成 174-175 页。

11075 摩尼文中古波斯语与帕提亚语摩尼教赞美诗残片

6×5.8，分 2 栏书写，正面第 1 栏 7 行，第 2 栏存 8 行；背面第 1 栏存 10 行，第 2 栏存 8 行。属于柏林藏 M 1 同类文献。

图 イラン语断片集成图版123。文 イラン语断片集成229-230页。参 イラン语断片集成 229-231 页。

11076 摩尼文帕提亚语赞美诗残片

1.8×1.6，正、背面各存5行。与大谷6214号同卷。

图 イラン语断片集成图版117。文 イラン语断片集成213页。参 イラン语断片集成 212-214 页。

11077 摩尼文粟特语（?）残片

2.3×7，残字。

图 イラン语断片集成图版124。文 イラン语断片集成231页。参 イラン语断片集成 231 页。

11078 摩尼文粟特语残片

2×3.6，正面存7行，背面存6行。与大谷6228号同卷，与圣彼得堡藏L119可能同卷。

图 イラン语断片集成图版118。文 イラン语断片集成218页。参 イラン语断片集成 217-218 页。

11079 摩尼文帕提亚语摩尼教文献残片

2.9×2.2，贝叶本，正、背面各存6行。与M 4523似为同卷。

图 イラン语断片集成图版124。文 イラン语断片集成232页。参 イラン语断片集成 231-232 页。

11080 摩尼文西伊朗语残片

2.4×2.2，正面存2行，背面存1行。

图 イラン语断片集成图版124。文 イラン语断片集成233页。参 イラン语断片集成 233 页。

11081 摩尼文西伊朗语残片

2.6×2.3，正面存3行，背面存2行。

图 イラン语断片集成图版124。文 イラン语断片集成233页。参 イラン语断片集成 233 页。

11082 摩尼文西伊朗语残片

2×2.8，正、背面各存3行。

图 イラン语断片集成图版124。文 イラン语断片集成233页。参 イラン语断片集成 233 页。

11088 粟特文摩尼教文献残片

3.1×2，正、背面各存2行。与大谷10126号同卷。

图 イラン语断片集成图版87。文 イラン语断片集成166页。参 イラン语断片集成 165-166 页。

京都龙谷大学藏橘瑞超文书

001　前秦建元二十二年（386）正月刘弘妃随葬衣物疏（熊谷1）

24×35，全10行，1-6行记死者刘氏生前所用之衣物品名，7-10行为："建元二十二年正月癸卯朔二十二日甲子，大女刘弘妃随身衣裳杂物，人不得名。时见：左青龙，右白虎。书手券疏，纪季时知。"

图 西域Ⅲ图版31。熊谷宣夫1960，图 Va。大谷研究图版6。文 熊谷宣夫1960，169页。西域Ⅲ255页。大谷研究150页。参 小笠原宣秀1960B。熊谷宣夫1960。池田温1961。小田义久1961、1976。马雍1973。侯灿1988。

002　高昌延昌四十年（600）佛弟子某随葬衣物疏（熊谷2）

前、后缺，存11行，1-4行记录各色衣物，5-8行为："延昌卌年庚申岁闰月十九日，大德比丘果愿敬移五道大神：佛弟子持佛五戒，专修十善，宜享遐龄，永保难老。而昊天不弔，以此闰月十四日奄丧盛年，经涉五道，幸勿呵留……"本件缺死者名，小田义久氏认为是麹孝嵩妻张氏衣物疏。

图 西域Ⅲ图版31。熊谷宣夫1960，图 Vb。大谷研究图版7。文 熊谷宣夫1960，172-173页。西域Ⅲ254页。大谷研究161页。参 小笠原宣秀1960B。熊谷宣夫1960。小田义久1976、1988B。黄烈1986。侯灿1988。

003　唐武德五年（622）后某人状自书（熊谷3）

15×10.5，前、后、上、下缺，存4行，1行记"……年任德州别驾"，2行为"□□九年板授荔州刺史"，3行存"武德五年大使李靖补拟□"，4行残存"□单复如前□□□"。

图 熊谷宣夫1960，插图4。文 熊谷宣夫1960，28-29页。参 熊谷宣夫1960。大庭脩1964。

004　唐仪凤二年（677）十月十六日西州北馆厨典周建智牒为在坊市得莉柴、酱等请酬价直事（熊谷4）

28.5×79.5，本件前、后缺，由两纸粘贴，存18行，有两处骑缝线，缝背署"让"字，1-6行为州府所受另件牒文尾，7-13行为北馆厨典周建智的牒文，在列莉柴、酱主及数目之后，牒称："在厨今月十六日料，须上件柴供客□。于诸坊市得供讫，其主具如脚注，请酬价直。"牒上时间为"仪凤二年十月十六日"。14行以后为西州各级长官在十七日的批示。

图 西域Ⅲ插图6，74页。熊谷宣夫1960，插图5。大谷研究图版14。文 西域Ⅲ54页。熊谷宣夫1960，29页。大谷研究244页。参 内藤乾吉1960。熊谷宣夫1960。小田义久1985A。大津透1990、1993。

005　周天授二年（691）一月西州知田人郭文智辩辞之一（橘文书8a、熊谷5a）

29×16，本件前、后缺，存 5 行，1 行存 "者。谨审，但文智……" 之语，知为知田人郭文智之辩辞。从内容及书法看，本件与大谷 4937 号的后 2 行有关联，二者或为一件。本件亦为西州都督府勘检天山县主簿高元祯职田案卷之一。

图 熊谷宣夫 1960，插图 6 a。大谷研究图版 10。文 熊谷宣夫 1960，30 页。籍帐研究 322 页。陈国灿 1983C，467 页。参 熊谷宣夫 1960。池田温 1973。宋家钰 1983。陈国灿 1983C。

006　周天授二年（691）一月西州天山县主簿高元祯牒（橘文书 8b、熊谷 5b）

28×16.5，本件前、后缺，存 6 行，3、4 行间有骑缝线，1、2 行残存数字，3、4 行为 "伏乞详验，即知皂白区分，实不种逃死户田，亦不回换粟麦。被问依实，谨牒。感"。6 行为长官判语："依……责行敏追……" 本件亦为西州都督府勘检天山主簿高元祯职田案卷之一。

图 熊谷宣夫 1960，插图 6b。文 熊谷宣夫 1960，30-31 页。籍帐研究 321 页。陈国灿 1983C，466 页。参 池田温 1973。陈国灿 1983C。

007　唐开元二十三年（735）西州都督府勾徵文书（熊谷 6）

25×36，前、后缺，下部残，存 5 行，1 行存 "勾徵使（？）"，3 行记 "柳中、蒲昌县主者，件状……"，4 行署 "开元二十三年　十……"，5 行有 "府□□"，当是西州都督府某曹为勾徵事宜下达给柳中、蒲昌等县的牒文。

图 缺。文 熊谷宣夫 1960，177 页。参 上野アキ1964。

008　唐天宝四载（745）交河郡某牒为孟言送天宝三载税钱事（熊谷 7　休胤文书）

26×19.5，本件前、后缺，存 3 行，1 行记 "孟言送天三载税钱肆阡玖佰文　休胤"，2 行记 "右件钱依数领足"，3 行为 "牒件状如前，谨牒"。本件年代不明，但有 "休胤" 签署，并提及 "送天宝三载税钱" 事，与大谷 3011、4904、3010＋4897 诸号相似，年代当在天宝四载（745）。

图 熊谷宣夫 1960，插图 7。文 西域Ⅲ238 页。熊谷宣夫 1960，32 页。中田笃郎 1985，166 页。王永兴校注 529 页。参 周藤吉之 1960。熊谷宣夫 1960。中田笃郎 1985。大津透等 2003。

009　唐天宝五载（746）四月交河郡籍库典麴福牒为勘检民户周祝子城北新兴常田贰亩四至与籍载不合事（熊谷 8）

22.8×43.5，本件左下部残，中间有小洞，存 13 行，前部有骑缝线，缝上署 "全" 字。1 行署 "籍库"，2-7 行为天宝五载四月某日典麴福所上牒文，文称，经勘检周祝子 "天宝三载籍下（日）分常田"，其与 "魏立并地"，"有一至同，三至不同"，且渠名与籍也不同。9-13 行为某官员的判示："四至与渠名各殊，据地不合，一□付……审括上……"

图 熊谷宣夫 1960，插图 8。籍帐研究插图 66，467 页。文 西域Ⅲ158、234 页。熊谷宣夫 1960，32-33 页。周藤研究 540-541 页。籍帐研究 467 页。参 小笠原宣秀、西村元佑 1960。熊谷宣夫 1960。周藤吉之 1960。池田温 1979，64 页。朱雷 1983B。

010　唐广德三年（765）十一月至四年（766）正月西州前庭县百姓周思温牒为官捉莉柴廻充户税事（付判、抄）（熊谷 9）

29.5×130，本件由 3 件粘贴，全 22 行，缝上署"信"字，1-5 行为广德三年十一月周思温所上牒文，称其"荊柴叁拾柒束"被太典张元晖捉供"使院"用，但未给价直，故上牒"请处分"。有关官员"罗"在九日的判白为："柴即官捉，目下未有价直，待三、五日计会。"但官府一直未给其价直，故周思温于次年正月又上牒文，请求以去年被捉荊柴廻充"河西军将厨户科"，长官"信"十七田日的判示为"付所由，准状折纳"。最后 2 行为周思温十八日的纳税抄。

图 西域Ⅲ插图 8（83 页局部）。熊谷宣夫 1960，插图 9。文 西域Ⅲ83-84 页。内藤考证 310-311 页。周藤研究 543-544 页。籍帐研究 445 页。熊谷宣夫 1960，33 页。王永兴校注 526-527 页。参 内藤乾吉 1960。周藤吉之 1960。熊谷宣夫 1960。王小甫 1992，202 页。陈国灿 1996。

011　　文书残片（熊谷 10）

19×22，前、后、上、下残，存 8 行，3 行为"八月一日休寿（?）"。

图 缺。文 熊谷宣夫 1960，34 页。参 熊谷宣夫 1960。

012　　唐开元十五年（727）后西州高昌县武城乡人田门孔辞为被里正索两户大税钱事（熊谷 11）

22×28.5，本件上缺后残，存 12 行，记田门孔辞称：开元十五年娶□无那为妻，"昨蒙并合一户"，但被里正"撮两户税钱切急"，故有此陈。本件纪年残缺，但辞文提及"开十五年"，可能为开元十六年文书。

图 熊谷宣夫 1960，插图 10。籍帐研究插图 47，356 页。文 西域Ⅲ232 页。熊谷宣夫 1960，35-36 页。周藤研究 536-537 页。籍帐研究 356 页。王永兴校注 521 页。参 周藤吉之 1960。熊谷宣夫 1960。船越泰次 1984、1987。大津透 1988。李锦绣 1995，497 页。

013　　唐写墓志铭偈语（熊谷附录 1）

30×12，前、后缺，存 4 行，1 行有"化生轮回总第更，一从相教食"之语，2 行有"煞命还归煞，烹他还自烹"，4 行有"侥翰七尺寿，终瘗九原瓮"，疑为僧侣墓铭偈语之类。

图 熊谷宣夫 1960，插图 11。文 熊谷宣夫 1960，36 页。参 熊谷宣夫 1960。

014　　古籍写本残片（熊谷附录 2）

28×23.5，本件出自吐峪沟，前、后、上、下残，存 11 行，1 行记"□为郑思齐死，不作来俊臣生。何者？不仁而贵，梁冀为大将……"，按郑思齐、来俊臣俱为武周朝人，本文当是唐人所写，后传至西州者。

图 考古图谱（下）经籍 10b。熊谷宣夫 1960，插图 12。文 熊谷宣夫 1960，36 页。参 熊谷宣夫 1960。

015　　唐入破历（熊谷附录 3）

本件由 2 片组成，第一片 29.5×12，存 4 行，1 行记"青麦肆硕玖斗，斗别叁拾伍价，计钱壹阡柒佰壹拾伍文"，2 行记"半直小练两疋出卖，共得钱陆佰壹拾伍文"，3 行低一格记"右件物粜卖总计共得钱贰阡叁佰叁拾文。壹佰文还粮"，4 行记"就中十四日用捌佰陆拾伍文买缲伍疋，夜头用陆佰……"；第二片 28×16，存 4 行，内容记十五日又买缲及其他杂物若干。两件字体相同，入破数前后吻合，二者应前后衔接。

图 熊谷宣夫 1960，插图 13a、13b。文 熊谷宣夫 1960，37 页。参 熊谷宣夫 1960。

016　六朝写《观无量寿经》残片

本件前、后缺，下部残，有丝栏，存 11 行，为《观无量寿经》写本残片。

图 西域Ⅲ图版 27。文 西域Ⅲ256-257 页。参 小笠原宣秀 1960B。

017　摩尼教文献残片

存 2 残片，一片存 2 行文字，另一片存 10 行文字。

图 西域Ⅲ插图 17。文 缺。参

018　唐写《菩萨梦经》上卷残片

本件后缺下残，有丝栏，存 2 行，1 行记"菩萨梦经上卷"。以书法判断，本件年代当在唐代。

图 西域Ⅲ图版 27。文 缺。参

019　唐写《金光明经》卷第三残片

本件后缺，存 1 行，记"金光明经卷第三"。以书法判断，本件年代当在唐代。

图 西域Ⅲ图版 27。文 缺。参

020　唐写《妙法莲华经》序品第一残片

本件后缺上残，有丝栏，存 2 行，1 行书"□□莲华经序品第一"。以书法判断，本件年代当在唐代。

图 西域Ⅲ图版 27。文 缺。参

021　唐写《佛说佛名经》卷第四残片

本件存 1 行，书"佛说佛名经卷第四"。以书法判断，本件年代当在唐代。

图 西域Ⅲ图版 27。文 缺。参

022　唐写《大般若经》卷第□残片

本件存 1 行，书"□大般若经卷第"数字。以书法判断，本件年代当在唐代。

图 西域Ⅲ图版 27。文 缺。参

023　唐天宝二年（743）交河郡市估案 A 种残片之一（物价文书、橘文书Ⅱc）

16.5×26.5，前、后、上、下残，存 3 行数字。

图 缺。文 上野アキ1964，32 页。籍帐研究 456 页。参 上野アキ1964。池田温 1968。

024　唐天宝二年（743）交河郡市估案 A 种残片之一（物价文书、橘文书Ⅱb）

30×24.5，前、后缺，存 9 行，记"槲桐"、"尭壹□叁石"、"献壹□两石"、"椀壹枚"等的上、次、下三种价格，3 行署"凡器行"。

图 缺。文 上野アキ1964，32 页。籍帐研究 451 页。参 上野アキ1964。池田温 1968。

025（1）　梵文《白伞盖陀罗尼经》印本残片之一

9.6×20.3，前、后缺，上部残，存 5 行。大谷资料选 47 页标为"西域文化资料·橘 39"。下件同。

图 大谷资料选 47 页。文 大谷资料选 47 页。参 大谷资料选 47 页。

025（2）　梵文《白伞盖陀罗尼经》印本残片之二

19.2×22，前、后缺，存 10 行。

图 大谷资料选 47 页。文 大谷资料选 47 页。参 大谷资料选 47 页。

026（1）　摩尼教经典残片

7.6×5.6，后缺，存 2 行。大谷资料选 66 页标为"西域文化资料·橘　47"。

图 大谷资料选 66 页。文 大谷资料选 66 页。参 大谷资料选 66 页。

026（2）　摩尼教经典残片

5.8×6.4，后缺，存 2 行。

图 大谷资料选 66 页。文 缺。参 大谷资料选 66 页。

027　西夏文《六祖坛经》

24×29.5，两面书写，俱存 11 行。本件出土地不明，大谷资料选 52 页标为"西域文化资料·橘　40"，姑附于此。

图 西域Ⅳ图版 41。大谷资料选 52 页。文 西域Ⅳ457-458 页。参 西田龙雄 1961。大谷资料选 52 页。

《流沙残阙》所收吐鲁番文书

001 唐写《阿弥陁经》残片

本件前、后缺，存4行，记有36字。

图 西域Ⅲ图版27。文 缺。参

002 回鹘文《须达拏本生话》图文断片

38.5×12，册子本，由2片缀合，前、后、上、下残，上部为回鹘人生活图，下部存25行回鹘文。大谷资料选56页标为"流沙残阙 166＋167"。

图 大谷资料选56页。文 缺。参 大谷资料选56页。

003 《妙法莲华经》残片

8×9，前、后、上、下残，有丝栏，存5行。大谷资料选68页标为"西域文化资料 流沙残阙 5"。

图 大谷资料选68页。文 缺。参 大谷资料选68页。

003v 粟特文音写汉文佛典残片

前、后、上、下残，存7行。

图 大谷资料选68页。文 缺。参 吉田丰1989B。大谷资料选68页。

004 吐蕃文佛教文献残片（《流沙残阙》136）

贝叶形，存6行。

图 チベット语文献研究（2）图版5。文 チベット语文献研究（2）26页。参 チベット语文献研究（2）20-26页。

004v 吐蕃文佛教文献残片

前、后、上、下残，存4行。

图 チベット语文献研究（2）图版5。文 チベット语文献研究（2）26页。参 チベット语文献研究（2）20-26页。

005 吐蕃字梵文《法身舍利偈》印本（《流沙残阙》137）

与大谷6027-6070号为同一印本。

图 缺。文 缺。参 チベット语文献研究（2）26-28页。

《西域考古图谱》所刊、未入大谷藏吐鲁番文书

001 **《道行般若经》卷第九残片**

本件出自吐峪沟，前、后缺，上部残，存93行，有丝栏，末行存"随品千一百六字"，为今本《大藏经》所缺。六朝书法。

图 考古图谱（下）佛典2、3-1。佛典研究图版2、3。文 佛典研究3-8页。参

002 **《鞞婆沙论》卷第七注疏残片**

本件出自哈拉和卓，前、后、上、下残，存8行，有丝栏。六朝书法，存大小两种字体，大字似为《鞞婆沙论》卷第七，文为："（重说者。谓）大障（碍者即是能舍。……问曰。何人）障碍何人。（有一说者。五人障碍内中身人。外色香味细滑）。余人不可触。（更有说者）。"小字为注疏。

图 考古图谱（下）佛典3-2。佛典研究图版4。文 佛典研究9页。参

003 **《维摩诘经》卷下注疏残片**

本件出自哈拉和卓，前、后、上、下残，存6行，有丝栏。六朝书法，存大小两种字体，大字为《维摩诘经》卷下之颂文，文为："（七宝货之大）求者兼与法（得报利弘多　随布分斯）道　守（如禅解教）无患清静（道）以是依诸佛（常勇志不授）是食（甘露者以解味为浆）。"小字为颂文之注疏。

图 考古图谱（下）佛典3-3。佛典研究图版4。文 佛典研究10页。参

004 **六朝写《正法华经·善权品》残片**

本件出自哈拉和卓，前、后、上、下残，存9行，有丝栏。

图 考古图谱（下）佛典10-1。佛典研究图版10。文 佛典研究17页。参

005 **六朝写《正法华经·善权品》残片**

本件出自哈拉和卓，前、后、上、下残，存9行，有丝栏。

图 考古图谱（下）佛典10-1。佛典研究图版10。文 佛典研究18页。参

006 **六朝写《正法华经·授五百弟子决品》残片**

本件出自哈拉和卓，前、后缺，中、下部残，存27行，有丝栏。

图 考古图谱（下）佛典10-2。佛典研究图版11。文 佛典研究19-20页。参

007 **六朝写《正法华经》卷第五、六残片**

本件出自哈拉和卓，前、后、上、下残，存27行，有丝栏，14行存"药王如来品第十"。

图 考古图谱（下）佛典10-3。佛典研究图版12。文 佛典研究21-22页。参

008 **六朝写《正法华经·药王如来品》残片**

本件出自哈拉和卓，前、后缺，下部残，存26行，有丝栏。

图 考古图谱（下）佛典10-4。佛典研究图版13。文 佛典研究23-24页。参

009 六朝写《正法华经》卷第五"药王如来品"残片

本件出自哈拉和卓，前、后缺，中、下部残，存 14 行，有丝栏。末行"正法华第五"下有双行小字："授五百弟子决八。授阿难罗云决九。药王如来十。"

图 考古图谱（下）佛典 9。佛典研究图版 14。文 佛典研究 25-26 页。参

010 六朝写《道行般若经》卷第九残片

本件出自吐峪沟，前、后缺，上部残，存 17 行，有丝栏。

图 考古图谱（下）佛典 11。佛典研究图版 15。文 佛典研究 26-27 页。参

011 六朝写《佛说咒神经》残片

本件出自吐峪沟，前、后缺，下部残，存 13 行，有丝栏。

图 考古图谱（下）佛典 19。佛典研究图版 24。文 佛典研究 39 页。参

012 六朝写《大智度论》卷第三十一残片

本件出自哈拉和卓，前、后缺，存 18 行，有丝栏。

图 考古图谱（下）佛典 29。佛典研究图版 35。文 佛典研究 54-55 页。参

013 六朝写《四分律》卷第四十残片

本件出自吐峪沟，前、后缺，存 15 行，有丝栏。考古图谱（下）佛典 32 订为"六朝写涅槃经"，似误。

图 考古图谱（下）佛典 32。佛典研究图版 38。文 佛典研究 58-59 页。参

014 六朝写《悲华经》卷第六残片

本件出自吐峪沟，前、后、上、下残，存 17 行，有丝栏。

图 考古图谱（下）佛典 37。佛典研究图版 43。文 佛典研究 65-66 页。参

015 六朝写《大乘方便经》残片

本件出自吐峪沟，前、后缺，存 14 行，有丝栏。

图 考古图谱（下）佛典 43。佛典研究图版 50。文 佛典研究 74-75 页。参 小田义久 1975。

016 六朝写《大般涅槃经·师子吼菩萨品》残片

本件出自吐峪沟，前、后缺，存 22 行，有丝栏。

图 考古图谱（下）佛典 45。佛典研究图版 52。文 佛典研究 76-77 页。参

017 唐写《太上业报因缘经·救苦品第十五》残片

本件出自吐峪沟，前、后缺，上下部微残，中有缺，存 7 行。

图 考古图谱（上）佛典 48。佛典研究图版 55。文 佛典研究 82 页。参 道经目录 94 页。荣新江 1999。

018 《阿毗达磨大毗婆沙论》卷第一百二十残片

本件出自吐峪沟，前、后缺，上下微残，存 6 行，有丝栏。内容与今本略有差异。

图 考古图谱（下）佛典 48。佛典研究图版 56。文 佛典研究 83 页。参

019 唐写《百喻经》卷第二残片

本件出自吐峪沟，前、后缺，下部残，存 6 行，有丝栏。

图 考古图谱（下）佛典 50-2。佛典研究图版 58。文 佛典研究 87 页。参

020 羯磨文抄本残片

存 2 片，前、后缺，左上部残，存 44 行，有丝栏。按：此二片，《西域考古图谱》

下卷标记为"佛典（52）"、"佛典（53）"，《西域出土佛典の研究》认为此二片可上下缀合，但"佛典（52）"乃出土于库车的《法华义记》（"佛典（51）"）的背面文字，其如何能与出自吐峪沟的"佛典（53）"缀合呢？暂存疑待考。

图 考古图谱（下）佛典 52、53。佛典研究图版 60、61。文 佛典研究 89-92 页。参

021　《法苑珠林》卷第九十四残片

本件出自吐峪沟，见叶本，两面书写，前部残，存 14 行。佛典研究定为"律义抄本"，似误。

图 考古图谱（下）佛典 54。佛典研究图版 62。文 佛典研究 92-93 页。参

022　唐写《大般涅槃经·迦叶菩萨品》残片

本件出自吐峪沟，前、后缺，存 22 行，有丝栏。

图 考古图谱（下）佛典 55-1。佛典研究图版 63。文 佛典研究 94-95 页。参

023　唐比丘善导写《阿弥陁经》断片（大谷光照藏）

16.4×65.5，本件出自吐峪沟，裂为二片，前缺，上下中部残，存 29 行，24 行题"阿弥陁经"，其后数行为比丘善导的祈愿文。大谷资料选 42 页订本件年代为 7 世纪，识语集录订为大约 7 世纪中期。

图 考古图谱（下）佛典 56。二乐丛书（一）彩色图版。新西域记卷上附图，171 页。佛典研究图版 65。大谷资料选 42 页。文 佛典研究 97-98 页。大谷资料选 42 页（题记）。识语集录 195 页（题记）。参 小笠原宣秀 1958B。西域佛教史 103-104 页。大谷资料选 42 页。

024　唐写《妙法莲华经》卷第五残片

本件出自吐峪沟，前、后缺，存 17 行，有丝栏。

图 考古图谱（下）佛典 63。佛典研究图版 72。文 佛典研究 107-108 页。参

025　唐写《合部金光明经》卷第二残片

本件出自吐峪沟，前、后缺，下部残，存 17 行，有丝栏。

图 考古图谱（下）佛典 65。佛典研究图版 74。文 佛典研究 109-110 页。参

026　唐写《往生礼讚偈（异本）》残卷

本件出自吐峪沟，前、后、上、下残，中有缺，存 7 行，有丝栏。

图 考古图谱（下）佛典 67。佛典研究图版 76。文 佛典研究 112 页。参

027　唐写《注维摩诘经》卷第三残片之一

本件出自哈拉和卓，前、后、上、下残，有丝栏，存大小两种字体，大字 3 行，小字 8 行。

图 考古图谱（下）佛典 68-2。佛典研究图版 77。文 佛典研究 113 页。参

028　唐写《注维摩诘经》卷第三残片之一

本件出自哈拉和卓，前、后、上、下残，有丝栏，存大字 8 行，小字 20 行。

图 考古图谱（下）佛典 68-2。佛典研究图版 77。文 佛典研究 114-115 页。参

029　《菩萨地持经》卷第五残片

本件出自哈拉和卓，贝叶形，前、后缺，下部残，两面书写，各存 7 行，多处有印。

图 考古图谱（下）佛典附录 7-1。佛典研究图版 80。文 佛典研究 118-119 页。参

土桥秀高 1963。

030　偈颂残片

本件出自哈拉和卓，贝叶形，两面书写，前、后、上、下残，有丝栏，各存 5 行。

图 考古图谱（下）佛典附录 7-2。佛典研究图版 81。**文** 佛典研究 121 页。**参**

031　《妙法莲华经》卷第五残片

本件出自吐峪沟，帛书，前、后缺，下部残，存 3 行，有丝栏。

图 考古图谱（下）佛典附录 8。佛典研究图版 82。**文** 佛典研究 122 页。**参**

032　《妙法莲华经》卷第五残片

本件出自吐峪沟，帛书，前、后缺，下部残，存 1 行，有丝栏。

图 考古图谱（下）佛典附录 8。佛典研究图版 82。**文** 佛典研究 123 页。**参**

033　《妙法莲华经》卷第七残片

本件出自吐峪沟，帛书，前、后、上、下残，存 2 行，有丝栏。

图 考古图谱（下）佛典附录 8。佛典研究图版 82。**文** 佛典研究 123 页。**参**

034　《正法华经》卷第二残片

本件出自吐峪沟，帛书，前、后、上、下残，存 4 行，有丝栏。

图 考古图谱（下）佛典附录 8。佛典研究图版 82。**文** 佛典研究 124 页。**参**

035　《修行道地经》卷第五残片

本件出自吐峪沟，帛书，前、后缺，下部残，存 4 行，有丝栏。

图 考古图谱（下）佛典附录 8。佛典研究图版 82。**文** 佛典研究 124 页。**参**

036　佛典残片

本件出自吐峪沟，帛书，存 1 行 2 字。

图 考古图谱（下）佛典附录 8。佛典研究图版 82。**文** 佛典研究 125 页。**参**

037　《佛说伅真陀罗所问如来三昧经》卷中残片

本件出自吐峪沟，帛书，前、后、上、下残，存 2 行，有丝栏。

图 考古图谱（下）佛典附录 8。佛典研究图版 83。**文** 佛典研究 125 页。**参**

038　武周写《胜天王般若波罗蜜经》题记

本件出自吐峪沟，帛书，存 1 行"胜天王般"4 字，"天"字为武周新字。

图 考古图谱（下）佛典附录 8。佛典研究图版 83。**文** 佛典研究 125 页。**参**

039　《大智度论》题记

本件出自吐峪沟，帛书，存 1 行"大智"2 字。

图 考古图谱（下）佛典附录 8。佛典研究图版 83。**文** 佛典研究 126 页。**参**

040　论书题笺

本件出自吐峪沟，帛书，存 1 行"论第四袟　十卷"数字。

图 考古图谱（下）佛典附录 8。佛典研究图版 83。**文** 佛典研究 126 页。**参**

041　《大智度论》题记

本件出自吐峪沟，存 1 行"大智"2 字。

图 考古图谱（下）佛典附录 4-2。佛典研究图版 88。**文** 佛典研究 132 页。**参**

042　写经残题

本件出自吐峪沟，存 1 行"□五十六　三尊经"数字。

图 考古图谱（下）佛典附录 5-2。佛典研究图版 89。文 佛典研究 133 页。参

043　"康家一切经"残题

本件出自吐峪沟，存 1 行"康家一切经"5 字。

图 考古图谱（下）佛典附录 5-3。佛典研究图版 89。文 佛典研究 134 页。参

044　读《大般涅槃经》题记

本件出自哈拉和卓，前、后缺，存 6 行，1 行记"读大般涅槃经两遍讫。从十一月十六日至二十八日，更读一遍合"，6 行记"从正月二十九日至二月七日，又读一遍合九遍。从二月八□"。

图 考古图谱（下）佛典附录 6。佛典研究图版 90。文 佛典研究 134 页。参

045　西晋元康六年（296）三月写《诸佛要集经》卷下残片

前缺，上下部微缺，有丝栏，存 23 行，1-18 为经文，19-21 行记："（元）康二年正月二十二日，月氏菩萨法护手执胡（本，□）授聂承远，和上弟子沙门竺法首笔（授，□）令此经，布流十方，载佩弘化，速成正（果）。"22-23 行为"元康六年三月十八日写已。凡三万十二章，合一万九千五百九十六字"。此经最初由竺法护于元康二年在长安或洛阳译出，到元康六年又由竺法首在酒泉整理，后则西传至高昌。吐峪沟出土。本件旧藏二乐庄。

图 考古图谱（下）佛典 1。新西域记卷下附图。西域 V 图版 21。西域佛教史首页图。南北朝写经图 3。书法篆刻二图 35。佛典研究图版 1。识语集录图 1。文 写经尾题 14 页。佛典研究 1-2。书法篆刻二附说明 23-24 页。识语集录 74 页。参 羽田亨 1916B。新西域记卷下 599-631 页。小笠原宣秀 1957、1961B、1961C。神田喜一郎 1962。西域佛教史 88 页。陈国灿 1983D。

046　西凉建初七年（411）七月比丘兴达供养《妙法莲华经》残片

本件长 2.30 尺，幅 0.80 尺，全 45 行，1-37 行为经文，38 行署"比丘弘僧强写"，40 行存"第一"2 字，41 行称"建初七年庚辛亥七月二十一日，比丘弘施、慧度、兴达共劝助校一遍"，43-44 行为"时劝课磨墨贤者张佛生，经名妙法莲华，兴达供养"。本件出土地，有库车、吐鲁番二说，姑存此。旧藏二乐庄。

图 考古图谱（下）佛典 5。西域 V 图版 22。南北朝写经图 7。佛典研究图版 5、6。识语集录图 7。文 写经尾题 4 页。佛典研究 11-13 页。识语集录 81 页。参 小笠原宣秀 1961B、1961C。

047　高昌建昌二年（556）写《维摩义记》卷第四残片

本件出自吐峪沟，前、后缺，下部残，有丝栏，存 5 行，4 行记"维摩义记卷第四"，5 行存"建昌二年丙子"数字。旧藏二乐庄。

图 考古图谱（下）佛典附录 3-1。佛典研究图版 86。文 佛典研究 129 页。识语集录 129 页。参 内藤虎次郎 1915。罗振玉 1933，6-7 页。小笠原宣秀 1961B、1966B。

048　高昌延昌二十七年（587）某人写《胜鬘义记》卷中残片

本件出自吐峪沟，前、后缺，下部残，存 12 行，有丝栏，1-10 行为经文，11 行记"胜鬘义记卷中"，12 行存"延昌二十七年"数字。旧藏二乐庄。

图 考古图谱（下）佛典附录 1-5。神田喜一郎 1962，253 页附图。佛典研究图版 79。文 佛典研究 117-118 页。识语集录 141 页。参 小笠原宣秀 1961B、1966B。神

田喜一郎 1962。

049 高昌延昌二十七年（587）杜主簿供养《佛名经》（?）残片

本件吐峪沟出土，前、后缺，下部残，存 4 行，2 行存"延昌二十七年丁"数字，3 行存"名一卷，读诵"，3 行存"杜主簿"。旧藏二乐庄。

图 考古图谱（下）佛典附录 1-1，佛典研究图版 85。文 西域Ⅲ253 页，佛典研究 127 页，识语集录 141 页。参 小笠原宣秀 1960B、1961B。

050 高昌延昌三十三年（593）八月高昌王麴乾固供养《仁王经》卷上残片

本件吐峪沟出土，前、下、中残，存 10 行，1-2 行为经文，3 行记"仁王经卷上"，4 行署"延昌三十三年癸丑岁八月十五日，白衣弟子高昌王麴乾……"，6 行记"国处边荒，势迫间摄，疫病致流，有增无损"。旧藏二乐庄。

图 考古图谱（下）佛典附录 1-2，神田喜一郎 1962，253 页附图。佛典研究图版 84。识语集录图 64。文 西域Ⅲ254 页。佛典研究 126-127 页。识语集录 146 页。参 内藤虎次郎 1915。大谷胜真 1936A。小笠原宣秀 1960B、1961B、1966B。神田喜一郎 1962。西域佛教史 98-99 页。

051 高昌王府司马麴廉妻阚氏等敬写、供养《现在十方千五百佛名并杂佛同号》残片

本件前缺上残，存 18 行，1-13 行列诸佛名，14-16 行记"清信士王府司马麴廉妻阚氏等普为一切众生，敬写礼拜供养"。本件缺纪年，识语集录认为大约在 6 世纪后期。旧藏二乐庄。

图 考古图谱（下）佛典附录 2。神田喜一郎 1962，242 页附图（题记）。佛典研究图版 78。识语集录图 68（题记）。文 西域Ⅲ253 页。佛典研究 115-116 页。识语集录 163 页（题记）。参 小笠原宣秀 1960B、1961B。神田喜一郎 1962。嶋崎昌 1963。侯灿 1984。王素 1989。

052 高昌延昌四十年（600）六月高昌王供养《大品般若波罗蜜经》题记

本件出吐峪沟，前、后缺，下部残，存 8 行，1 行存"大品般若"4 字，2-3 行记"延昌卌年庚申岁六月九日，使持节……跋弥砲伊离地都卢悌陁豆……利发……"，此后为祈愿文。旧藏二乐庄。

图 考古图谱（下）佛典附录 1-4。神田喜一郎 1962，244 页附图。佛典研究图版 85。识语集录图 66。文 佛典研究 128-129 页。识语集录 153 页。参 内藤虎次郎 1915。大谷胜真 1936A。小笠原宣秀 1961B。神田喜一郎 1962。西域佛教史 99-100 页。

053 高昌延寿二年（625）八月陵江将军某供养某经题记

本件前、后、上、下残，存 8 行，1 行署"延寿二年乙酉岁八月八日"，2 行有"卖身于大市，剥皮为帋"之语，3 行残记"弟子命过，陵江将军中坊"数字，6 行记有"平莫将军"一称。旧藏二乐庄。

图 考古图谱（下）佛典附录 3-2。佛典研究图版 87。识语集录图 75。文 佛典研究 130-131 页。识语集录 180 页。参 小笠原宣秀 1961B。

054 高昌延寿十四年（637）五月清信女供养《维摩诘经》卷下题记

本件前、后缺，存 2 行，1 行残存"维摩诘经卷"数字，2 行署"延寿十四年岁次丁酉五月三日清信"，据 S.2838 号，"卷"后当缺"下"，"信"后缺"女"字。旧藏二乐庄。

图 考古图谱（下）佛典附录 3-3。佛典研究图版 86。文 佛典研究 130 页。识语集录 183 页。参 小笠原宣秀 1961B。王素 1992。

055　《师子庄严王菩萨请问经序》残片

本件出自吐峪沟，前、后缺，上部残，存 7 行，2 行存"𪩘朔三年冬十月"，3 行有"来游天府"之语，末行残记"机缘之净业"。乃唐道宣所撰《师子庄严王菩萨请问经序》抄本残片。旧藏二乐庄。

图 考古图谱（下）佛典附录 4-1。佛典研究图版 88。文 佛典研究 131 页。识语集录 208 页。参

056　唐西州司马魏某写《大智度论》卷第二十一残记

本件出自吐峪沟，前、后缺，下部残，存 2 行，1 行署"大智度论卷第二十一"，2 行存"西州司马魏"数字。本件缺纪年，识语集录认为大约在 7 世纪。旧藏二乐庄。

图 考古图谱（下）佛典附录 4-2。佛典研究图版 88。文 佛典研究 132 页。识语集录 255 页。参 小笠原宣秀 1960B。西域佛教史 105 页。李方 1997B。

057　唐尚士达敬造某经题记

本件出自吐峪沟，前、后缺，下残，存 2 行，存"尚士达敬造愿报□……国王恩读者发"数字。本件缺纪年，识语集录认为大约在 7 世纪。旧藏二乐庄。

图 考古图谱（下）佛典附录 3-4。佛典研究图版 87。文 佛典研究 130 页。识语集录 256 页。参

058　唐某人写某道经记

本件出自吐峪沟，前、后缺，下残，存 5 行，2 行记"共露玄泽"，3-4 行存"奉为太穆神皇后"，5 行记有"盖闻重玄"。本件缺纪年，识语集录认为大约在 7 世纪。按"太穆神皇后"，当指唐高祖李渊妻窦氏，唐高宗上元元年（674）追尊为"太穆神皇后"，本件应在此年之后。旧藏二乐庄。

图 考古图谱（下）佛典附录 5-1。佛典研究图版 89。文 佛典研究 133 页。识语集录 257 页。参

059　回鹘文《天地八阳神咒经》残片

本件出自雅尔湖，纸质，内容完整，全 21 行，所记为回鹘文天地八阳神咒经。

图 考古图谱（下）西域语文书 1。羽田亨 1915B，407 页。小田寿典 1984，101 页附图。文 羽田亨 1915B，401-407 页。羽田论文集（下）139-140 页。参 羽田亨 1915B。小田寿典 1984。

060　回鹘文《天地八阳神咒经》残片

本件出自哈拉和卓，前、后缺，左下部残，存 85 行，所记为回鹘文天地八阳神咒经。

图 考古图谱（下）西域语文书 2。文 缺。参 Bang-Gabain 1934。

061　回鹘文佛典残片

本件出自吐峪沟，两面书写，前、后缺，下部残，正面存 14 行，背面存 15 行。

🖼 考古图谱（下）西域语文书 3-1、2。📄 缺。📎

062　蒙古文佛典断片

本件右下部和后部残缺，存蒙古文 31 行左右。

🖼 考古图谱（下）西域语文书 11。📄 缺。📎

063　西夏文不明论典

23×35.4，出自吐峪沟，册了本，较完整，中有 2 孔，存西夏文 20 行。大谷资料选 51 页标为"西域文化资料·橘"。

🖼 考古图谱（下）西域语文书 14。西域Ⅳ图版 38。大谷资料选 51 页。📄 西域Ⅳ452-453 页。📎 西田龙雄 1961。大谷资料选 51 页。

064　西夏文不明论典

23×35，出自吐峪沟，册子本，较完整，存西夏文 20 行。

🖼 考古图谱（下）西域语文书 15。西域Ⅳ图版 39。📄 西域Ⅳ454-455 页。📎 西田龙雄 1961。

065　西夏文不明论典

23×35，出自吐峪沟，册子本，较完整，存西夏文 20 行。

🖼 考古图谱（下）西域语文书 16。西域Ⅳ图版 40。📄 西域Ⅳ455-456 页。📎 西田龙雄 1961。

066　梵文、回鹘文双语对照文书残片

本件出自吐峪沟，后部、下部残缺，存梵文、回鹘文各 5 行。

🖼 考古图谱（下）西域语文书 23-1。📄 缺。📎 真田有美 1961。

067　梵文、回鹘文双语对照文书残片

本件出自吐峪沟，后缺，上下残，存梵文、回鹘文各 4 行。

🖼 考古图谱（下）西域语文书 23-2。📄 缺。📎 真田有美 1961。

068　草体西藏文文书残片

本件出自吐峪沟，上部残，有方格，存西藏文字 2 行。

🖼 考古图谱（下）西域语文书 23-3。📄 缺。📎

069　印本《大般若波罗蜜多经》残片

印本，由十余片组成，出自吐峪沟和哈拉和卓二处。大片存 10 行左右，版心存"般若二百六十"、"十"等字；小片存 3-6 行不等。

🖼 考古图谱（下）印本 1-1、2。📄 缺。📎 党宝海 1999。

070　印本《大般若波罗蜜多经》残片

本件出自吐峪沟，前、后缺，上部残，存 7 行经文。

🖼 考古图谱（下）印本 2-1。📄 缺。📎 党宝海 1999。

071　印本回鹘文残片

本件出自哈拉和卓，前、后缺，存 5 行。

🖼 考古图谱（下）印本 2-3。📄 缺。📎

072　印本回鹘文残片

本件出自哈拉和卓，上缺，存 7 行回鹘文字，后绘有佛像。

🖼 考古图谱（下）印本 2-3。📄 缺。📎

073　印本回鹘文佛典残片

本件出自哈拉和卓，前缺，存7行回鹘文。

图 考古图谱（下）印本3。文 缺。参

074　唐残牒

本件出自吐峪沟，前、后、上、下残，存5行，1行有"得牒称于乌耆"，2行又提及"市券者，又问得婢金化"，当是与女婢市券有关的牒义。

图 考古图谱（下）史料10-3。文 王永兴校注51、96页。参

075　文书残片

本件出自吐峪沟，前缺上残，存4行，文字漫漶难识。

图 考古图谱（下）史料13-2。文 缺。参

076　唐田亩残片

本件出自吐峪沟，前、上缺，存2行，1行有"索渠"、"西大宝寺"等，2行列各户亩数。

图 考古图谱（下）史料16-3。文 缺。参

077　文书残片

本件出自吐峪沟，前、后缺，下部残，有丝栏，存4行，字迹似刻本，性质不明。

图 考古图谱（下）史料23-1。文 缺。参

078　文书残片

本件出自哈拉和卓，前、后、上、下残，存4行数字。

图 考古图谱（下）史料23-3。文 缺。参

079　梵文佛典残片

14.8×8，本件出自吐峪沟，正面存4行，背面存5行。

图 考古图谱（下）西域语文书20-3、4。文 西域Ⅳ73页。参 真田有美1961。

080　回鹘文书籍残片

本件出自吐鲁番，前部、上部残缺，存31行。

图 考古图谱（下）西域语文书7-1。文 缺。参

京都国立博物馆藏吐鲁番文书

001　**北凉承阳三年（427）四月世子大且渠兴国供养《优婆塞戒经》卷第七题记**

本件出自吐峪沟，前、后缺，存 14 行，有丝栏，1-8 行为经文，9 行署 "优婆塞戒卷第七"，10-14 行为题记："岁在丁卯夏四月二十三日，河西王世子抚军将军录尚书事大且渠兴国与诸优婆塞等五百余人，共于都城之内，请天竺法师昙摩谶译此在家菩萨戒，至秋七月二十三日都讫。奏（秦）沙门道养笔受。愿此功德，令国祚无穷，将来之世，值遇弥勒。初……" 据《新西域记》卷下第 534 页，原写本存 27 行，长 1.8 尺，幅 0.90 尺；又据《书道名品图录》"解说" 第 63 页，原写本为 "松本正子氏藏"。

图 考古图谱（下）佛典 18。佛典研究图版 23。识语集录图 8（题记部分）。**文** 写经尾题 21 页。佛典研究 37-38 页。识语集录 83 页。**参** 小笠原宣秀 1961B。梅应运 1970。小田义久 1974。藤枝晃 1987B。

002　**高昌延昌六年（566）八月某人传写《法华经疏》题记**

全 1 行。本件出土地不详，识语集录认为属高昌，但又有怀疑。文中仅记 "延昌二年"，未接写 "丙戌岁"，与高昌纪年体例不合，暂存疑待考。

图 缺。**文** 识语集录 135 页。**参** 王素 1997，171 页。

京都大学文学部藏吐鲁番文书

001　回鹘文摩尼教徒祈愿文断片

存 2 片，一片 16.2×9，存 19 行；另一片 15.5×7.9，存 19 行。两片中间有缺损，有朱、黑两种笔体，并画有朱线栏。

图 羽田论文集（下）图版第 8 图。京大博物馆 64 页图 4。森安研究图版 PL. XVⅢ。**文** 羽田论文集（下）327-330 页。森安研究 187-191 页。**参** 羽田亨 1931。森安研究 186-199 页。

京都大学文学部羽田纪念馆藏吐鲁番文书照片

001　**唐天宝二年（743）交河郡市估案残片之一**
羽田亨旧藏照片，原物不知收藏于何处，下同。前、后缺，下部残，**存2行**，1行前可见官印的左上角。
图 缺。文 池田论集 183 页。参 池田温 1998C。

002　**唐天宝二年（743）交河郡市估案残片之一**
前、后缺，存6行，记青麦面、麁谷面、麸、籹、玉屑等壹斗的上、次、下三种价格。5、6行处钤有"交河郡都督府之印"。
图 缺。文 池田论集 183 页。参 池田温 1998C。

003　**唐天宝二年（743）交河郡市估案残片之一**
前、后缺，存2行，2行记油麻壹斗的上、次、下三种价格。
图 缺。文 池田论集 184 页。参 池田温 1998C。

004　**唐天宝二年（743）交河郡市估案残片之一**
前、后缺，存4行，记大绸、花绸、没地谷子壹尺的上、次、下三种价格。
图 缺。文 池田论集 184 页。参 池田温 1998C。

005　**唐天宝二年（743）交河郡市估案残片之一**
前、后缺，存2行，记细鞋、次鞋壹量的上、次、下三种价格。
图 缺。文 池田论集 184 页。参 池田温 1998C。

006　**唐天宝二年（743）交河郡市估案残片之一**
前、后缺，上部残，存3行，物品名缺，仅存价格。
图 缺。文 池田论集 184 页。参 池田温 1998C。

007　**唐天宝二年（743）交河郡市估案残片之一**
前、后缺，存3行，存缦皂全裁头巾、缦皂次裁头巾等壹枚的上、次、下三种价格。
图 缺。文 池田论集 184-185 页。参 池田温 1998C。

008　**唐天宝二年（743）交河郡市估案残片之一**
前、后缺，上部残，仅存某物的上、次、下三种价格。
图 缺。文 池田论集 185 页。参 池田温 1998C。

009　**唐天宝二年（743）交河郡市估案残片之一**
前、后缺，上部残，仅存某两种物品的次、下直。
图 缺。文 池田论集 185 页。参 池田温 1998C。

010　**唐天宝二年（743）交河郡市估案残片之一**
前、后缺，上部残，仅存某两种物品的上、次、下三种价格。

📖 缺。📄 池田论集 185 页。📎 池田温 1998C。

011　唐天宝二年（743）交河郡市估案残片之一

前、后缺，下部残，存 9 行，记镜、黄矾、柒梳箱、籐梳箱、没石子、高良薑、胡薑等物品的物上、次、下三种价格。

📖 缺。📄 池田论集 185-186 页。📎 池田温 1998C。

012　唐大宝二年（743）交河郡市估案残片之一

前、后缺，存 4 行，记青木香、甘松香、□丁壹两的上、次、下三种价格。

📖 缺。📄 池田论集 186 页。📎 池田温 1998C。

013　唐天宝二年（743）交河郡市估案残片之一

前、后、上、下残，存 1 行，有官印痕迹。

📖 缺。📄 池田论集 186 页。📎 池田温 1998C。

京都大学文学部藏题"中村不折氏旧藏"回鹘文文书照片

编者按：据庄垣内正弘氏1979文及荣新江氏《海外敦煌吐鲁番文献知见录》181-182页介绍，下列文书照片乃早年羽田亨教授从中村不折氏处得到的，但原物今已不知藏于何处，姑存目于次。

001　回鹘文《佛说天地八阳神咒经》残片

前、后缺，下部残，存38行。

图 庄垣内正弘1979图Ⅰ。文 庄垣内正弘1979，07-010页。参 庄垣内正弘1979。

002　回鹘文《父母恩重经》残片

前、后缺，下部微残，存35行，茨默比定为《父母恩重经》。

图 庄垣内正弘1979图Ⅱ。文 庄垣内正弘1979，011-014页。参 庄垣内正弘1979。P. Zieme1983。

003　回鹘文忏悔类佛经残片

前、后缺，存35行。

图 庄垣内正弘1979图Ⅲ。文 庄垣内正弘1979，016-018页。参 庄垣内正弘1979。

004　回鹘文《白伞盖陀罗尼经》残片

印本，存5行，上、下有丝栏，梵字音注。

图 庄垣内正弘1979图Ⅳa。文 庄垣内正弘1979，020-021页。参 庄垣内正弘1979。

005　回鹘文《白伞盖陀罗尼经》残片

印本，后、中缺，存5行，上部有丝栏，梵字音注。左边有王树枏氏题跋："右刻本畏兀儿残字，旁以梵字音注，其种人皆读佛书者也。庚戌二月朔日晋卿。"下钤有"陶庐"之印。

图 庄垣内正弘1979图Ⅳb。文 庄垣内正弘1979，021页。参 庄垣内正弘1979。

006　回鹘文《慈悲道场忏法》残片

存32行，前23行为行书大字，后9行为草书小字。

图 庄垣内正弘1981图Ⅰ。文 庄垣内正弘1981，164-165页。参 庄垣内正弘1981。

京都桥本关雪纪念馆藏吐鲁番文书

001 唐开元二年（714）闰二月三日蒲昌府范阿祚牒为州兵曹司差令李思绾入探贼事（桥本1号）

26×32.5，上、下部微缺，前、后缺，存13行。1-2行为前文判尾，存"检玉示，三日"。3-7行为范阿祚牒文，8-13行为蒲昌府官员对兵丁调度配置的判示。

图 日比野丈夫1963，282页。**文** 日比野丈夫1963，282页。目录初稿Ⅰ315页。菊池英夫1970，65-66页。**参** 日比野丈夫1963。菊池英夫1969-1970。陈国灿2001。

002 唐开元二年（714）闰二月五日蒲昌府典索才牒（桥本2号）

24.7×32.5，上、下、前、后缺，存15行。牒文内容已缺，尾署三人："开元二年闰二月　日典索才□。临川城押官、镇副康。检官折冲王温玉。"本件与宁乐藏007号文书相关联。该件判文中有"温玉自往就城"之语，写于闰二月四日，而本件写于五日，是蒲昌府折冲都尉王温玉至临川城后，令典索才所拟牒文，故同署者有临川城的押官。11-15行为蒲昌府官员对兵丁调配的判示。

图 日比野丈夫1963，首页图。**文** 日比野丈夫1963，283页。目录初稿Ⅰ316页。**参** 日比野丈夫1963。菊池英夫1969-1970。陈国灿2001。

003 唐开元二年（714）四月四日西州都督府牒蒲昌府为倍须严备、防贼入界事（桥本3号）

29×30.5，前、后缺，存13行。牒文要求"诸府县界，各须严备"，"如其预觉贼入，免被抄掠"者，"即具姓名录奏，酬其官赏"；若"疏慢纵贼入界，必依军法科决"。牒文还专门指示"司马判差处月沙陀、都满等两人往东界游奕"。本件钤有"西州都督府之印"三方。

图 日比野丈夫1963，292页。**文** 日比野丈夫1963，292页。目录初稿Ⅰ318-319页。菊池英夫1970，72-73页。**参** 日比野丈夫1963。菊池英夫1969-1970。陈国灿2001。

京都大学日比野丈夫新获见藏吐鲁番文书

001　唐西州都督府牒蒲昌府为胡麻泉烽白仁轨终服速发遣上烽事（日比野新获 1 号）

22.8×15.6，上、前、后缺，存6行。本件内容与宁乐015号文书相呼应，内容相续，则此件在该件之前，但仍在开元二年三月。有"西州都督府之印"二方。

🖼 日比野丈夫 1973，364 页。📄 日比野丈夫 1973，363-364 页。📎 日比野丈夫 1973。

002　唐西州都督府牒为□家子弟车顺成等十一人胡麻泉安置事（日比野新获 2 号）

21×11.6，上、后缺，存4行。文中"□家子弟"，日比野氏推测有可能为"良家子弟"，有"西州都督府之印"二方。

🖼 日比野丈夫 1973，365 页。📄 日比野丈夫 1973，365 页。📎 日比野丈夫 1973。

003　唐西州都督府阴达帖蒲昌府为赴州番上人不到事（日比野新获 3 号）

20×14.5，上、前、后缺，存7行。帖文同署有"兵曹参军王宝"，蒲昌府受文则是"五月三日申时录事鞠"。有"西州都督府之印"三方。

🖼 缺。📄 日比野丈夫 1973，365 页。📎 日比野丈夫 1973。

004　唐西州都督府牒蒲昌府为取实状报贼情事（日比野新获 4 号）

13×14.6，上、前、后缺，存6行。有"贼来处谷下，驰马逐便"，"有人无人，一一取实状报"等语，有"西州都督府之印"一方。

🖼 缺。📄 日比野丈夫 1973，366 页。📎 日比野丈夫 1973。陈国灿 2000。

005　唐开元二年（714）六月十四日西州都督府牒尾（日比野新获 5 号）

27.8×12.6，上、前、后缺，存5行。第2行存"开元二年六月十四日"，第3行下有"府"字，第4行上有"录事参军判户曹思"，第5行下有"宋史芝"，牒文缺。有"西州都督府之印"一方。

🖼 缺。📄 日比野丈夫 1973，366 页。📎 日比野丈夫 1973。

006　唐西州都督府牒为蒲昌府兵配上诸烽事（日比野新获 6 号）

17.7×12.8，前、后、下缺，存5行。本件无年月，第1行"白仁轨终服帖上讫"事，同见于宁乐015号（日比野编19号），即开元二年三月二十日赤亭镇牒，又见于宁乐023号。第2行"郭才感两脚五指落"、第3行"虞候苏才感"配上萨捍烽，同见于宁乐023号（日比野编27号），即开元二年五月索才牒。知本件在开元二年三月至五月间。有"西州都督府之印"二方。

🖼 缺。📄 日比野丈夫 1973，367 页。📎 日比野丈夫 1973。

007　唐开元二年（714）八月七日西州都督府史安进下蒲昌府帖为勘会定番及身死、没落、遭忧事（日比野新获 7 号）

20.5×14.5，上、下、后缺，存6行。第4行为"……立待勘会。八月七日，史安进帖"，第5行尾署"录事参军……"，知是都督府所下帖。第6行有印痕，文不清。

图 缺。文 日比野丈夫 1973，367 页。参

008 唐开元二年（714）蒲昌府牒某县为某人"肃州建安镇将告身"已到事（日比野新获 8 号）

16.6×14.8，前、后、下缺，存6行。第3、4行上有"右玉钤卫蒲昌府之印"，第6行残存"开元二年"的右半部分。

图 日比野丈夫 1973，368 页。文 日比野丈夫 1973，368 页。参 日比野丈夫 1973。

009 唐蒲昌府牒为孙玄通等人勋官支配事（日比野新获 9 号）

20.5×12.7，前、后、上缺，存4行。右上端残存"右玉钤卫蒲昌府之印"。

图 日比野丈夫 1973，368 页。文 日比野丈夫 1973，368-369 页。参 日比野丈夫 1973。陈国灿 2001。

010 唐开元二年（714）蒲昌府牒为三卫苏才应配上萨捍烽长探事（日比野新获 10 号）

18.4×11，前、后、下缺，存4行。第1行前骑缝押"玉"字，知为蒲昌府文案，第1行事由为"上萨捍烽长探三卫苏才应"，同见于宁乐 023 号（日比野编 27号）。日比野氏断本件为开元二年二月。

图 缺。文 日比野丈夫 1973，369-370 页。参 日比野丈夫 1973。

011 唐开元二年（714）二月蒲昌府为处分春种时节番役事（日比野新获 11 号）

17.9×15.8，前、下缺，存7行。第3行存"开元二年二月日检校……"，4-6行为判文，尾有"玉示三□"，知为蒲昌府文案。日比野氏认为本件与上揭 10 号牒文有关联。

图 缺。文 日比野丈夫 1973，370 页。参 日比野丈夫 1973。

012 唐蒲昌府牒尾判为兵梁成德身死事（日比野新获 12 号）

14×14，前、后、上缺，存4行。第2行存"……日府索才牒"，索才为蒲昌府之府吏。梁成德身死事，同见于宁乐 023 号（日比野编 27 号）开元二年五月牒，本件当在该件之前。

图 缺。文 日比野丈夫 1973，371 页。参 日比野丈夫 1973。陈国灿 2001。

013 唐蒲昌府李思绾判为速报待替人名事（日比野新获 13 号）

24.7×12.4，前、后缺，存3行，仅为判文。第2行"思绾示"，即蒲昌府兵曹司李思绾所示。

图 缺。文 日比野丈夫 1973，371 页。参 日比野丈夫 1973。

014 唐蒲昌府受州牒为处置来月应上番兵检领事（日比野新获 14 号）

27.6×13.3，前、后缺，存5行。第1行记"六月 日府范祚牒"。范为蒲昌府之府吏，见于桥本 1 号文书。此乃府受州牒后，由范所草请示折冲之牒文。2-4行当是蒲昌府折冲王温玉的处置判示。3、4行间骑缝上部有"玉"字。

图 日比野丈夫 1973，372 页。文 日比野丈夫 1973，372 页。参 日比野丈夫 1973。

015 唐蒲昌府索才牒尾及残判为修塞、游奕事（日比野新获 15 号）

20.5×14.3，前、后、上、下缺，存5行。第1行"检案方示"，方即蒲昌府果毅都尉贺方，第2行有"连如前、谨牒、十四日"，第3行有"七月 日府索才"，

知为七月十四日蒲昌府牒。

图 缺。文 日比野丈夫 1973，372 页。参 日比野丈夫 1973。

016　唐蒲昌府为卫士身死上州兵曹牒（日比野新获 16 号）

20.4×14.5，前、后、上、下缺，存 3 行。

图 缺。文 日比野丈夫 1973，373 页。参 日比野丈夫 1973。

017　唐开元二年（714）蒲昌府康宝团状为逃走卫士归团后未经支配事（日比野新获 17 号）

26.3×12.8，上、后缺，存 4 行。第 2 行"王君生、罗和达　闰二月逃回"，知为开元二年闰二月或后不久状。第 1 行前有"玉"字押缝。

图 缺。文 日比野丈夫 1973，373 页。参 日比野丈夫 1973。

018　唐开元二年（714）三月蒲昌府悬泉烽长探郭才感辞为两脚受伤事（日比野新获 18 号）

23.3×12.3，上、后缺，存 5 行。郭才感两脚五指落，又见于宁乐 017 号（日比野编 26 号）、023 号（日比野编 25 号）。第 1 行"……三月　日郭才感辞"，所缺应为开元二年。

图 日比野丈夫 1973，373 页。文 日比野丈夫 1973，373 页。参 日比野丈夫 1973。

019　唐蒲昌府诸烽戍未上番人残名籍（日比野新获 19 号）

11.2×12.8，前、后、下缺，存 5 行。第 1 行为"下萨捍王洛海没落"，第 3 行有"州番康赤子终服"，第 4 行有"宋仏相身死"，第 5 行为"维磨戍长探品子"等。

图 缺。文 日比野丈夫 1973，374 页。参 日比野丈夫 1973。

020　唐蒲昌府诸烽戍番上、替人名籍（日比野新获 20 号）

20.2×14.3，前、后、上、下缺，存 6 行。

图 缺。文 日比野丈夫 1973，375 页。参 日比野丈夫 1973。

021　唐蒲昌府承帐、随番、逃走卫士名籍（日比野新获 21 号）

21.5×12.7，前、后、上缺，存 4 行。

图 缺。文 日比野丈夫 1973，375 页。参 日比野丈夫 1973。

东京国立博物馆藏吐鲁番文书

001　唐开元四年（716）西州柳中县高宁乡籍（部分）

本件由两片组成，原贴于吐鲁番出土树下人物图背面，第一片存 41 行（29 ×
140），记江义宣、王孝顺、索住洛等户人口田亩状况；第二片存 29 行（29 ×
140），后部可与书道博物馆所藏同一文书断片缀合，前 3 行记某户丁奴、老奴的名
年，其后为居住园宅、土地段亩数及四至方位情况，有数处提及常田和葡萄园属
"买附"。缝背署"柳中县　高宁乡　开元四年籍"，并钤有"柳中县之印"。

圕 籍帐研究插图 18，243-246 页。T. T. D. Ⅱ（B）108-114 页。文 籍帐研究 243-
246 页。西域Ⅱ 330 页（部分）。T. T. D. Ⅱ（A）71-74 页。参 日野开三郎 1954。
西村元佑 1959。土肥义和 1969。池田温 1976。池田温 1979，77 页。

002　唐开元年间西州交河县名山乡差科簿之一

本件裂为 24 片，原贴于吐鲁番出土树下人物图背面，揭出后，除第一片、第三片
入藏书博外，余皆入东博。所记"户王通达"等名年下有老、镇兵、土镇兵、里
正、佐史、白直、队正、品子、输丁、任安西流外等名目。

圕 T. T. D. Ⅱ（B）209-211 页。籍帐研究插图 30，287-290 页。文 法律文书研究
651-652 页。敦资一 210-211 页。西村研究 676-679 页。集录 181-182 页。T. T. D. Ⅱ
（A）134-135 页。籍帐研究 287-290 页。王永兴校注 630-633 页。参 仁井田陞
1937A。铃木俊 1957。上野アキ 1964。中村治兵卫 1966。西村元佑 1968B。池田温
1979，111-112 页。大津透 1988。张广达 1988。唐长孺 1990。

东京书道博物馆藏吐鲁番文书

编者按： 关于书道博物馆所藏吐鲁番文书，陈国灿氏《东访吐鲁番文书纪要（三）》（《魏晋南北朝隋唐史资料》第十四辑，武汉大学出版社，1996年，153-166页）、荣新江氏《海外敦煌吐鲁番文献知见录》（江西人民出版社，1996年，174-183页）都有过简明扼要的介绍，请参考。本目的编写，除已正式刊布的文书外，主要依据了西域文化研究会复制的《书道博物馆所藏经卷文书目录附解说》（以下简称《文书目录》）。

001　唐垂拱二年（686）后西州差兵试判题

本件全8行，草书，1-2行称，"奉刺：西州管内差兵一千二百人，准勅唯取白丁、杂任，不言当州卫"，后记"今奉金牙军牒：其三卫一色，在勅虽复无文，军中异常要籍，若其不去，定阙挠事"。究竟差不差三卫？"二塗得失，若为折衷？仰子鸿笔，决此狐疑"，知是试判命题。唐长孺氏考订金牙军差兵在垂拱二年左右，则本试题当成于此后。

图遗珍图1。中村研究图版9，43页。文遗珍1页。菊池英夫1962，50-51页。唐长孺1983A，439页。中村研究162页。参遗珍1-2页。菊池英夫1961、1961-1962、1969-1970。唐长孺1983A。

002　唐开元二十九年（741）六月真容寺於于谌城买牛契

本件全10行，草书，契云："交用大练捌疋买兴胡安忽娑乌柏特牛一头，肆岁……"第7-10行列"练主"、"牛主"、"保人"、"见人"等名及年龄。

图法律文书研究图版3下。遗珍图2。T.T.D.Ⅱ（B）27页。文仁井田陞1936，85页。法律文书研究155页。遗珍3页。敦资一456页。T.T.D.Ⅲ（A）14-15页。参仁井田陞1936、1937A。遗珍3-5页。羽田亨1940。嶋崎昌1959。

003　唐开元九年（721）六月典邓承嗣牒为给使马马料事

幅9寸3分，长9寸，前、后缺，存9行，行草书，第1-5行为牒文尾部，记"右件使马，前蒙支给二十石，见食尽，请乞□给。谨录状上"，"开元九年六月　日典邓承嗣"，与邓同署者，还有"押官曹都督"。6-9行为长官"悉鸾"及录事、摄录事参军"有孚"的受、付、判。第8-9行有朱印，文不清。

图遗珍图3。文书法源流考140页。遗珍6页。参遗珍5页。藤枝晃1956。孔祥星1981。李锦绣1995，116页。

004　唐仪凤二年（677）十月西州北馆厨典周建智牒为在坊市得莿柴、酱等请酬价直事（中村文书C）

幅9寸4分，长2尺5寸5分，行草杂写，全20行，首行署"北馆厨"，其下列"莿柴壹拾叁车肆拾捌分"之后，分列车数、柴主姓名；又列酱数及酱主名。牒称："在厨于诸坊市得前件柴等，供今月二十六日、二十七日客料讫，其主具件如前，请酬价直。谨牒。"第10行署"仪凤二年十月　日典周建智牒"，17-20行记"牒问估未到间，更事至，谨牒。十一月十三日府史藏牒。连恒让白。十三日"。

图 遗珍图4-1、2。西域Ⅲ插图7，78-79页。**文** 遗珍6-7页。书法源流考135-136页。西域Ⅱ 375页。西域Ⅲ 58-59页。**参** 遗珍7-8页。大庭脩1959。内藤乾吉1960。西村元佑1960、1968B。荒川正晴1990。大津透1990、1993。

005　唐仪凤二年（677）十一月西州仓曹司以状下市司及柳中县牒（中村文书E）

幅9寸4分，长1尺4寸，草书，全11行，1行记有"市司：件状如前，牒至准状，故牒"。2行记"柳中县主者，件状如前，符到奉行"，下署仪凤二年十一月二十三日，并有"府史藏"及其上司"参军判仓曹让"的签署。8-9行为录事及录事参军的勾检。10-11行为"牒市司为勘酱估报事"、"下柳中县为供客柴用门夫采供事"，即文案处理完毕后的案目。本件原为王树枏氏旧藏，有王氏识语。

图 书法源流考图95。遗珍图4-3、4。西域Ⅲ插图9，84-85页。**文** 遗珍7页。书法源流考136页。西域Ⅲ 64页。**参** 访古录卷二，11-12页。遗珍7-8页。大庭脩1959。内藤乾吉1960。大津透1990、1993。

006　唐仪凤二年（677）十月西州北馆厨典周建智牒为坊市供柴价直事（中村文书B）

本件上部残缺，存9行，3行残记"典周建智牒"，4-5行为"（付司）义示。二十五日"，其后2行为录事"张文裕"与录事参军某的受、付，末2行为"连恒让白。二十八日"。本件可与大谷1699号缀合。

图 遗珍图6。**文** 遗珍10页。西域Ⅲ 57-58页。**参** 内藤乾吉1960。大津透1990、1993。

007　唐仪凤二年（677）十一月西州仓曹府史藏牒为十月、十一月市间柴估事（中村文书A）

本件前缺，下部残缺，存7行，3-4行残记"牒：帖市问柴估，未到间……谨牒"，5-7行记"十一月二十八日府史藏牒。连，恒让白。二十八日"。本件可与大谷1003、1259、4924号缀合。

图 遗珍图7。西域Ⅲ图版5。**文** 遗珍11页。西域Ⅲ 57页。**参** 大庭脩1959。内藤乾吉1960。大津透1990、1993。

008　唐天宝某载交河郡蒲昌、柳中等两县帖料小麦文书

本件上、下、中、后部残缺，存7行，1-3行残记"蒲昌、柳中等两县帖料小麦肆……在县见有壹拾硕余叁……□徵□"，4-6行残记"十二月二十三……状……主簿……十二月十五……"，最后1行存"□载十一月　日高昌县典□……"，金祖同氏释为"四载"。

图 遗珍图8。**文** 遗珍11页。**参**

009　唐仪凤三年（678）五月西州仓曹府史藏牒为勘正月、二月三旬次估事（中村文书H）

本件前、后缺，存6行，1-4行记"……价直。县已牒市勘估，使上州讫。又得市司牒报件勘正月、二月三旬次估如前。□□检如前，谨牒"，5行为"五月九日府史藏牒"。本件可与大谷4896号缀合，其年代即依此判断。

图 遗珍图 9。西域Ⅲ图版 6。文 遗珍 12 页。西域Ⅲ 69-70 页。参 内藤乾吉 1960。大津透 1990、1993。

010　唐西州酬炭车脚价钱文书

本件前、中部残缺，存 5 行，1 行前有三笔画押，2 行为"右酬炭壹车脚价付主张孝德"，其后亦有三笔画指。3 行残存 2 字，似为"谨牒"，4 行为"卫士李隆德方亭上"，5 行存"宋丑胡"一名。按方亭戍位于西州东面，属蒲昌府防务范围，本件似为蒲昌府关系文书。

图 遗珍图 10。文 遗珍 12 页。参 遗珍 12 页。

011　唐仪凤二年（677）十一月市司牒为报十月三旬莿柴估直事（中村文书 D）

本件下部、后部残缺，存 6 行，1 行署"市司"，2-3 行记"莿柴壹车准次估直……牒被责十月三旬估……"，4 行署"仪凤二年十一月……"，其后有市司丞、令的签署。本件可与大谷 1700 号缀合。

图 遗珍图 11。文 遗珍 13 页。西域Ⅲ 61 页。参 遗珍 13 页。内藤乾吉 1960。大津透 1990、1993。

012　唐西州虔勖牒为请微交河帖料填还所欠中馆钱物事

本件前、后缺，存 4 行，记虔勖"见欠中馆回残米二十石、面八石八升、钱一十八千文"，"今被县司微撮切急，合取前件帖料填还，折除外欠即合虔勖出。今见捉达匪馆祇承，犹自不济，其回残钱物请为微交河帖……"。

图 遗珍图 12。文 遗珍 13 页。参 遗珍 13 页。孙晓林 1991。

013　唐残帐

本件前、后缺，上部残，存 4 行，1 行记某物之升斗数及物主姓名，"一升主辛德林　五斗六升主高志静"，2-4 行记某物之车数及车主名，只有一个为"一十四车"，其余多为"一车"。

图 遗珍图 13。文 遗珍 14 页。参 遗珍 14 页。

014　唐天宝六载（747）四月交河郡某寺给家人春衣历

本件全 7 行，首行列"天宝六载四月十四日给家人春衣历"，2 行列"常住"等 4 人名，其下脚注文云："已上肆人，人各给缣一段充衫，八尺充裤。"3-4 行又记另外 4 人各给段、尺数不等。第 5-6 行云："右件缣玖段，每段用钱贰佰贰买到，用给上件人春衣，谨以为案，请僧连署。"末尾列 4 僧名。

图 遗珍图 14。文 遗珍 15 页。籍帐研究 472 页。参 遗珍 14-15 页。小笠原宣秀 1961A。小田义久 1982。姜伯勤 1982。殷晴 1987。

015　唐西州丁谷僧惠静辩辞

本件后缺，存 10 行，首行记"丁谷僧义玄"，2-4 行称"右惠静自往山居，早经五年"，其粮物家具"皆从县下将往窟所"，不久，却被"前件僧"打骂诬告。5-10 行为惠静被"推问"的答辞，认为"丁谷尸罗等数人通款诸窟及当房不曾有失脱"，而且，义玄在丁谷的一切材木杂物，"去年十一月二十日夜雨般车送入州城，惠静共般人具见，尚自不论，却被罗织云一切……"。据《西州图经》，西州有丁谷窟寺，本件还提及到"州城"，知为唐西州时期文书。

图 遗珍图 15。文 遗珍 16 页。参 遗珍 15-16 页。小笠原宣秀 1966A。

016　唐垂拱四年（688）九月西州某府卫士李圈德请免番辞

本件上、下、后部缺，存 3 行，首行记"（垂）拱四年九月 日卫士李圈德辞"，辞称，"圈德去年五月内被差……"，今又逢番，故"请准例免番"。

图 遗珍图 16。文 遗珍 17 页。菊池英夫 1962，49 页。参 遗珍 17 页。菊池英夫 1961-1962。

017　唐西州某年七月卫士阴回运、徐进达等辞为请海峻等入山替番事

本件上部稍缺，存 12 行，1 行记某年"七月 日卫士阴回运、徐进达等辞"，2 行记□海峻名下注"上上户"，王屯子名下注"上下户"，3-7 行为阴回运等的辞呈："回运等于乌堢放马，近下经一十五日。前件二人住在山北，见当乌堢番上以得一月当下，回运等望替乌堢番上。请海峻等入山为恰当。谨以辞陈，请裁，谨牒。"8-12 行为长官"澈"的判示："海峻见上，不可遣去。依前屯子勒遣即去，更不得停住，立须得罪。澈示。六日。"

图 遗珍图 17。文 遗珍 18 页。参 遗珍 18 页。

018　唐天宝五载（746）闰十月某人从吕才艺边租田契

本件存 14 行，裂为三片，缀合后缺第 8 行。契称："交用钱肆佰伍拾文，于吕才艺边租取涧东渠口分常田一段贰亩，东渠、西废屯……其地要用天宝陆载佃食……"9-14 行列有钱主、田主、保人及倩书人的名年和画指。

图 法律文书研究图版 7。遗珍图 18-1、2。T. T. D. Ⅲ（B）28 页。文 法律文书研究 405-406 页。遗珍 18-19 页。西域 Ⅲ 196-197 页。法制史研究 Ⅰ 778-779 页。T. T. D. Ⅲ（A）59 页。敦资一 457-458 页。周藤研究 49-50 页。池田温 1973B，27-28 页。参 仁井田陞 1936、1937A。遗珍 19 页。西村元佑 1959、1968B、1980。周藤吉之 1959。堀敏一 1963。均田制研究 288-289 页。池田温 1973B。小口彦太 1974。

019　唐西州田簿

本件前、后缺，存 7 行，分记某户土地段亩数及四至方位，有五段七亩半土地为"永业常田"，二段四亩土地为"永业部田"。本件缺纪年，籍帐研究推测可能为 7 世纪。

图 遗珍图 19。文 遗珍 20 页。法律文书研究 688 页。籍帐研究 383 页。参 仁井田陞 1936、1937A。遗珍 20-21 页。杨际平 1988。

020　唐天宝三载（744）前后交河郡蒲昌县帖为雇真容寺车牛入山取公廨粮事

本件存 6 行，1 行记"蒲昌县帖"，2 行记"真容寺车牛壹乘"，第 3 行起云："右件车牛，帖至仰速入山取公廨□石，待到，准估酬值。七月十九日史严顺怡，□簿判尉宋仁钊。"本件缺纪年，"宋仁钊"一名，又见于阿斯塔那 228 号墓所出《唐天宝三载（744）十二月交河郡蒲昌县上郡户曹牒》，其职任为登仕郎、主簿判尉，与本件所署同，其年代亦应与此相当。

图 遗珍图 20。文 遗珍 22 页。西域Ⅲ28 页。参 仁井田陞 1936。遗珍 20-21 页。小笠原宣秀 1960B、1961A。内藤乾吉 1960。

021　唐咸亨二年（671）四月杨隆海收领阚祐洛等六驮马价练抄

本件存 4 行，1-3 行记"阚祐洛、田阿波六驮马价练陆匹，张欢相练叁匹，张惠照练叁匹半，准得钱肆拾陆文"，第 4 行为"右件物咸亨二年四月十八日付杨隆海领"。在钱数及杨隆海名处均画有指节。

图 法律文书研究图 4，40 页。遗珍图 21。文 法律文书研究 40 页。遗珍 22 页。敦资一 453 页。池田温 1973B，101 页。T. T. D. Ⅲ（A）162 页。参 仁井田陞 1937A。遗珍 22 页。池田温 1973B。陈国灿 2003B。

022　唐开元二十九年（741）前后西州高昌县某寺入破钱物历

本件前、后缺，存 7 行，乃某寺僧"法藏"等记注的入破历，时间自某年三月至四月十三日，有五起以上，如"三月十三日杨万岁籴面贰斛入……佰文，法藏"，"钱壹阡文付可敦，拾硕粟内入三月十四日记，法藏"。本件缺纪年，据 2 行所记"健儿雷承福"，又见于大谷 2392 号开元二十九年给田文书，本件当在此前后。

图 遗珍图 22。文 遗珍 23 页。籍帐研究 492-493 页。参 遗珍 23 页。姜伯勤 1979。殷晴 1987。

023　唐仪凤二年（677）十二月府史藏残牒尾（中村文书 G）

本件前、后、下部残缺，存 3 行，内容为"牒检案连如前，谨牒。十二月十八日府史藏□。检，大爽白"。本件可与大谷 1032 号及中村文书 F 缀合，年代即依此判断。

图 遗珍图 23。文 遗珍 24 页。西域Ⅲ66 页。参 遗珍 23 页。内藤乾吉 1960。大津透 1990、1993。

024　唐残牒

本件存 1 行，有"藏牒。今未上，谨牒"数字。

图 遗珍图 24。文 遗珍 24 页。参 遗珍 24 页。

025　唐仪凤某年十一月西州府史藏残牒尾（中村文书 I）

本件前、后、下部缺，存 3 行，内容为"牒依问上件人，至今未答，谨□。十一月十五日府史藏□。检，恒让白"。

图 遗珍图 25。文 遗珍 24 页。西域Ⅲ71 页。参 内藤乾吉 1960。

026　唐仪凤二年（677）十二月西州市司上州仓曹牒为报酱估事（中村文书 F）

本件前缺，存 6 行，1-2 行为市丞翟义恭、市令中律济的签署，3-6 行记"十二月十四日录事氾文才受。录事参军 素 付。检案大爽白。十八日"。本件可与大谷 1032 号、中村文书 G 缀合。

图 缺。文 书法源流考 137 页。西域Ⅱ378 页。西域Ⅲ65-66 页。参 大庭脩 1959。内藤乾吉 1960。大津透 1990、1993。

027　周天授三年（692）西州某县大女史女辈户残籍

本件前、后缺，存 10 行，3 行记"户主大女史女辈（?）年叁拾陆岁　丁寡　代男贯"。本件缺纪年，有武周新字，据 4、5 行小注"永昌元年（689）帐后死"，籍帐研究推测可能为天授三年籍。

图 法律文书研究图 20，678 页。T. T. D. Ⅱ（B）103 页。文 仁井田陞 1936，80-81 页。法律文书研究 677 页。敦资一 132 页。集录 147-148 页。籍帐研究 238 页。T. T. D. Ⅱ（A）65 页。参 仁井田陞 1936、1937A。日野开三郎 1954。铃木俊 1957。土肥义和 1969、1979。池田温 1979，81-82 页。

028　武周大足元年（701）西州某县男智力等户残籍

本件残存 6 片，第一片 2 行，第二片 3 行，第三片 3 行，第四、五片均 1 行，第六
片 3 行。第一片 1 行记"男智力年贰拾玖岁　卫士"，2 行记"女丑始年拾陆岁
中女"。本件缺纪年，有武周新字，据第六片 2 行"圣历二年帐后点入"之记载，
籍帐研究推测可能为大足元年籍。有王树枏、高树等的题跋。

🖼 T. T. D. Ⅱ（B）103 页。📄 书法源流考 137 138 页。仁井田陞 1936，81 页。法
律文书研究 682-683 页。敦资一 133-134 页。集录 148-150 页。籍帐研究 238-239
页。T. T. D. Ⅱ（A）66 页。📎 仁井田陞 1936、1937A。西嶋定生 1959。土肥义和
1969。朱雷 1990。

029　唐开元四年（716）西州柳中县高宁乡籍（部分）

本件与分藏于东京博物馆的另外两件原贴于吐鲁番所出树下人物图背面，经剥离独
立成件，后其中二片转藏东博。本件长 1 尺 3 寸 5 分，高 9 寸 5 分，存 14 行，缝
背有"柳中县　高宁乡　开元四年籍"，可与东博之另一片缀合。籍存大女白小
尚、大女阴婆记二户人口田亩状况，8 行记"右件壹户放良其口分田先被官收讫"，
10 行记阴婆记夫翟祀君"年伍拾玖岁　白丁垂拱贰年疏勒道行没落"。末 2 行处钤
有官印，印文不明。

🖼 法律文书研究图，686 页。籍帐研究插图 18，247 页。T. T. D. Ⅱ（B）115 页。
📄 法律文书研究 687 页。敦资一 135 页。籍帐研究 247 页。T. T. D. Ⅱ（A）74 页。
📎 仁井田陞 1937A。西村元佑 1959、1968B。中村治兵卫 1966。土肥义和 1969。
池田温 1975、1976。池田温 1979，81-82、85 页。

030　唐开元年间西州交河县名山乡差科簿之一

本件裂为 24 片，原贴于吐鲁番出土树下人物图背面，揭出后，第一片 14 行、第三
片 4 行入藏书博，余入东博。第一片（28×54.5）2、3 行间及 12、13 行间缝背均
钤有"交河县之印"，1 行记"名山乡　交河城"，2 行记"户一百八十一应堪差
科"，后记二户"全家外任"：一为"安西户曹"，一为"焉耆户曹"，缝背署
"思"字。第三片记张好达等户年名及应差名目。

🖼 T. T. D. Ⅱ（B）207-208 页。📄 书法源流考 139 页。法律文书研究 651-652 页。
西域Ⅲ455 页。西村研究 677-679 页。T. T. D. Ⅱ（A）133-134 页。籍帐研究 286-
287 页。王永兴校注 630-633 页。📎 仁井田陞 1937A。曾我部静雄 1944。日野开三
郎 1954。铃木俊 1957。西村元佑 1960、1968B。上野アキ1964。中村治兵卫 1966。
池田温 1979，111-112 页。张广达 1988。唐长孺 1990。

**031　唐调露二年（680）前后西州柳中县地亩文书（吐鲁番出土古人墨迹六朝卷二十三
之一，书道博藏吐鲁番文书目 144）**

幅约 9 寸，长 1 尺 1 寸，行书，前、后缺，中残，存 14 行，1-8 行记李胜连等人、
寺名及土地亩数，8 行后有朱书"□顷九十三亩十四□□□□"；9 行起始有"张
君君欠青稞税六亩"，其下记傅奴子等人名亩数，12 行末注"已上青"，并有朱书
"七十二亩"。所记土地多则 18 亩，少则 1 亩，而以 2、3、4 亩者居多。本件无年
月和地点，池田温氏据人名中张君君、康海达在其他文书中出现的时间、地点，推
断本件在公元 680 年前后的柳中县，并判定本件"可能是为收纳地税，登录各乡种

植地段与谷种类别，确认现佃者名与亩数的一种准备性文书"。旧题"吐鲁番出土"，有王树枏的题跋。

图 出土文献研究（四）封底图版。文 池田温 1998B 66-67 页。参 文书目录第 34 页。池田温 1998B。

032　唐天宝二年（743）三月交河郡麴怀让于真容寺徒众边领钱抄

本件后缺，存 5 行，1-3 行内容为："麴怀让于真容寺徒众边领得送经藏价钱陆佰文，天宝二年三月二十五日领钱（人）麴怀让抄。"4-5 行为"横截准……钱壹佰□□□□计付壹阡□□"。

图 缺。文 法律文书研究 48 页。西域 Ⅲ 257 页。T. T. D. Ⅲ（A）162 页。参 イ 井田陞 1936。小笠原宣秀 1960B。

033　东晋写本《吴书·虞翻传》残卷

幅 8 寸 1 分，长 6 寸 3 分，白麻纸，有丝栏，隶书，前、后缺，存 10 行，乃《三国志·吴书·虞翻传》抄本。旧题"吐鲁番出土"。

图 内藤虎次郎 1931（摹）。大川富士夫 1978，39 页。文 缺。参 文书目录 23 页。内藤虎次郎 1931。大川富士夫 1978。藤枝晃 1987A。片山章雄 1992。

034　东晋写本《吴书》韦曜、华覈传残卷

幅 8 寸 1 分多，长 1 尺 2 寸 9 分，白麻纸，有丝栏，前、后缺，存 25 行，乃《吴书》韦曜、华覈传抄本，其中韦曜传 18 行，华覈传 7 行。旧题"鄯善出土"。

图 重要文化财 84 页图。片山章雄 1992 插图。文 缺。参 访古录卷一，24 页。文书目录 23-24 页。刘忠贵 1984。片山章雄 1992。

035　周久视元年（700）九月白衣弟子氾德达写《弥勒上生经》断片（唐写经 8）

幅 8 寸 1 分，长 8 尺 8 寸 5 分，隶书，有丝栏，全 135 行。旧题"吐鲁番出土"。存题记 3 行，有武周新字，记称："久视元年九月十五日白衣弟子氾德达供养。普照寺僧法浪校定。交河县龙泉乡人贾方素抄。"按氾德达卒于该年九月十四日，二十二日入葬，此经当为其祈冥福所写。

图 书法源流考图 80。书苑 7-2 图版 33。识语集录图 100。中村研究图版 8，40 页。文 访古录卷二，16 页。书法源流考 107 页。识语集录 248 页。参 访古录卷二，16 页。书法源流考 107 页。文书目录第 12 页。西域佛教史 105 页。

036　周长安二年（702）六月西州天山府右果毅男宋知古写《妙法莲华经》卷第二残片

本件前缺，有丝栏，存 6 行，有武周新字，1-3 行为经文，4 行记"妙法莲华经卷第二"，5-6 行为题记："大周长安二年岁次壬寅六月丁酉朔，天山府右果毅男宋知古为亡父敬写法华经一部。"

图 书苑 7-2 图版 34。识语集录图 101。文 识语集录 259 页。参

037　西晋永嘉二年（308）二月写《摩诃般若波罗蜜经》残卷

幅 8 寸 1 分，长 5 尺 5 寸，由 4 纸粘贴，隶书，有丝栏，经文后书"永嘉二年二月写讫"数字。识语集录认为可疑。

图 书苑 6-9 第 5 页。识语集录图 196。文 识语集录 75 页。参 文书目录第 2 页。刘忠贵 1984。

038　甘露元年三月写《譬喻经》出广演品、出地狱品残卷

幅7寸8分，长7尺9寸，由7纸粘贴，首部断裂，隶书，存2行写经题记："甘露元年三月十七日于酒泉城内斋丛中写讫。此月上旬，汉人及杂类被诛向二百人。愿蒙解脱，生生信敬三宝，无有退转。"本件出土地点不明，日本学者多认为文书中"酒泉城"为凉州酒泉城，"甘露元年"为前秦年号（359）；吴震、王素据吐峪沟所出《甘露二年正月沙门静志写〈维摩经义记〉残卷》，认为"酒泉城"在高昌，"甘露"属高昌年号，因而本件应出自吐鲁番。但年号归属，王素氏认为是缴光年号，吴震氏则认为是阚伯周年号，"甘露元年"为公元460年。

图 书法源流考图13。书苑6-9写经2。识语集录图2。**文** 文书目录第1页。书法源流考28页。写经题记95页。书苑6-9第4页。识语集录76页。**参** 书法源流考28-29页。罗振玉1933。大谷胜真1936A。神田喜一郎1962。吴震1995。王素1996。

039　**高昌甘露二年正月沙门静志写《维摩经义记》卷二题记**

出吐峪沟，存1行题记："甘露二年正月二十七日沙门静志写记。"本件原为李盛铎旧藏，今不知藏于何地，暂附于此。年号争议同上件。

图 缺。**文** 写经题记79页。识语集录76页。**参** 罗振玉1933。吴震1995。王素1996。

040　**北凉相华供养《金光明经》残卷**

幅8寸8分，长6尺3寸，尾记"相华所供养经"。本件缺纪年，识语集录认为约在5世纪。旧题"吐鲁番出土"，原为王树枏所藏。

图 书法源流考图31。书苑6-9图，5页。**文** 书法源流考47页。识语集录96页。**参** 文书目录第26页。书法源流考47-48页。

041　**北凉承玄二年（429）六月令狐炭写《妙法莲华经·方便品》残卷**

幅8寸4分，长2尺2寸5分，隶书，全33行，存题记1行："岁在己巳六月十二日，令狐炭为贤者董毕狗写讫校定。"旧题"鄯善吐峪沟出土"，原为王树枏所藏。

图 书法源流考图16。识语集录图9。**文** 书法源流考36页。识语集录83页。**参** 访古录卷一，9-10页。书法源流考35-36页。文书目录24页。小笠原宣秀1961B。

042　**北凉承平七年（449）凉王大且渠安周供养《持世》第一题记**

幅约8寸1分，长7寸3分，前缺，下部微缺，有丝栏，存4行，1行署"持世第一"，2行记"岁在己丑凉王大且渠安周所供养经"，3-4行为"吴客丹阳郡张休祖写，用帋二十六枚"。

图 书法源流考图15。南北朝写经图8。书苑6-9图版11。识语集录图11。**文** 访古录卷一，20页。书法源流考34页。文书目录第31页。写经尾题24页。识语集录86页。**参** 访古录卷一，20-22页。书法源流考34-35页。文书目录第31页。大谷胜真1936A。小笠原宣秀1961B。西域佛教史94页。唐长孺1983 B。

043　**北凉承平十三年（455）前凉王大且渠安周写《十住论》第七题记**

幅8寸5分，长9寸4分，前、下残缺，有丝栏，存5行，1行存"□是故□"，2行署"十住论第七"，3-5行记"凉王大且渠安周所写……愿一切众生深解实相，悟无生忍。用帋二十三张"。本件缺纪年，王素1997（131页）订于承平十三年前，从之。吐鲁番出土。

图 书法源流考图18。书苑6-9卷头图版，9页。识语集录图13。**文** 书法源流考37

页。识语集录 87-88 页。**参** 书法源流考 37-38 页。大谷勝真 1936B。西域佛教史 94 页。池田温 1985B。柳洪亮 1995。

044 北凉承平十三年（455）前凉王大且渠安周供养《佛华严经》残卷

幅 8 寸 8 分，长 1 尺 7 寸，隶书，有丝栏，存 22 行，末 3 行为"佛华严经□第二十八。凉王大且渠安周所供养经。二十帋"。本件亦缺纪年，年代从王素 1997（131 页）说。鄯善出土。

图 书法源流考图 19。书苑 6-9 卷头图版 16。识语集录图 14。**文** 书法源流考 38 页。书苑 6-9 第 7 页。识语集录 88 页。**参** 文书目录第 3 页。西域佛教史 94 页。池田温 1985B。柳洪亮 1995。

045 北凉承平十五年（457）大凉王大且渠安周供养《佛说菩萨藏经》第一残卷

幅 8 寸 6 分，长 3 尺 8 寸 5 分，有丝栏，存 60 行，旧题"吐鲁番三堡出土"。经文后有"佛说菩萨藏经第一"，下有"一校竟"3 字，次行书"大凉王大且渠安周所供养经"，末 3 行为题记："承平十五年岁在丁酉，书吏臣樊海写。法师 第一校。法师 第二校。祠主道……"有王树枏和赵雅熙的跋语。

图 书法源流考图 17。书苑 6-9 卷头图版 14。南北朝写经图 9。识语集录图 12。**文** 访古录卷一，22 页。书法源流考 36 页。文书目录第 2 页。写经尾题 14 页。识语集录 87 页。**参** 访古录卷一，22-23 页。书法源流考 36-37 页。周肇祥 1928。大谷勝真 1936A。小笠原宣秀 1961B。西域佛教史 94 页。

046 北凉承平年间（443-460）大凉法静供养某经题记

存 7 行，行书，有题记"凉都法静所供养"数字。本件无纪年，内称"凉都"，一般指大凉都城高昌，应为大凉写经题记。鄯善出土。

图 书苑 6-7 图版，3 页。**文** 书法源流考 38 页。识语集录 99 页。**参** 王素 1997，133 页。

047 高昌永康五年（470）七月比丘德愿写《妙法莲华经》卷第十断片

长 1 尺 2 寸 5 分，下部断残，隶书，存经文 14 行，题记 6 行。题记前 2 行为"释比丘德愿。妙法莲华经卷第十"，下记"永康五年岁在庚戌七月……"。

图 缺。**文** 访古录卷一，23 页。识语集录 88-89 页。**参** 访古录卷一，23 页。文书目录第 2 页。白须净真 1981。侯灿 1982。

048 南齐永明元年（483）正月比丘尼法敬供养《佛说欢普贤经》题记

存 4 行，有丝栏，1 行为经文，2 行署"佛说欢普贤经卷"，3-4 行记"永明元年正月谨写，用纸十四枚，比丘尼释法敬供养"。本件出土地不详，有可能出自吐鲁番，姑附此。

图 书苑 6-9 图版 18。南北朝写经图 10。识语集录图 21。**文** 书法源流考 3 页。识语集录 92 页。**参** 梅应运 1970。莫高窟年表，100 页。

049 梁天监十一年（512）建安王萧伟供养《摩诃般若波罗蜜经》卷第十四残卷

幅 8 寸 6 分，长 33 尺，由 28 张纸粘贴，隶书，有丝栏，末 5 行为题记，其中记有"（天监十一年）壬辰岁，使持节散骑常侍、都督江州诸军事、镇南将军开府仪同（三司江州刺）史建安王萧伟敬造众经一千卷流通"之语，后为祈愿文。

图 书法源流考图 41。书苑 6-9 写经 21。识语集录图 34。**文** 访古录卷一，24-25 页。

书法源流考 63 页。识语集录 102 页。叁 访古录卷一，24-25 页。书法源流考 62-63 页。文书目录第 3 页。莫高窟年表，115 页。吴震 1995。

050　梁普通四年（523）四月正法无尽藏写《华严经》卷第二十九残卷

幅 8 寸 6 分，长 34 尺 5 寸，由 23 张纸粘贴，隶书，卷首缺损，旧题"吐鲁番出土"。末 2 行记"法华经卷第二十九"，末行署"梁普通四年太岁卯四月，正法无尽藏写"。

图 书法源流考图 42。书苑 6-9 写经 24。书法篆刻二图，153 页。文 书法源流考 64 页。识语集录 113 页。叁 文书目录第 4 页。小笠原宣秀 1961B。莫高窟年表，129 页。

051　《佛说老女人经》残片

隶书，存 11 行。文书目录记为"鄯善吐峪沟出土"，并系其年代为汉魏时代。

图 书法源流考图 4。文 缺。叁 书法源流考 10 页。文书目录第 1 页。

052　高昌延和八年（609）正月白衣弟子写《摩诃般若波罗蜜经》题记

隶书，有丝栏，卷首破损，由 13 张纸粘贴，存题记 7 行，有"延和八年己巳岁正月九日白衣弟子……"。

图 缺。文 缺。叁 文书目录第 2 页。小笠原宣秀 1961B。

053　梁大同元年（535）正月散骑常侍淳于□写《佛说金刚般若波罗蜜经》残卷

长 2 尺 7 寸，隶书，有丝栏，存 48 行。旧题"鄯善出土"。有 4 行题记，题记下部残缺，记有"大同元年正月一日散骑常侍淳于……，于芮芮愿造金刚波若经一百弓。令……届梁朝，谨卒本誓。以斯切果，普施……境"之语。

图 书法源流考图 43。书苑 6-9 写经 26。南北朝写经图 11。识语集录图 48。文 访古录卷一，25 页。书法源流考 64 页。识语集录 119 页。叁 访古录卷一，25 页。书法源流考 64 页。文书目录第 4 页。唐长孺 1983B。莫高窟年表，135-136 页。

054　唐写《妙法莲华经·化城喻品》残片

幅 8 寸 5 分，长约 1 尺 2 寸 9 分，隶书。旧题"鄯善出土"。

图 缺。文 缺。叁 文书目录 14 页。

055　唐人日课习字残片

幅约 9 寸 5 分，长 32 尺 8 寸，隶书。同一字写七八十次，共有三百五六十字之多。据称，此纸是吐鲁番农夫从所掘古瓶中获得。

图 缺。文 书法源流考 142 页。叁 文书目录第 21 页。书法源流考 142 页。

056　唐写月令残片

断裂为 13 片，隶书，文中记四月孟夏、五月仲夏、六月季夏、八月仲秋、十月孟冬等语。旧题"吐鲁番出土"。

图 缺。文 缺。叁 文书目录第 21 页。

057　北凉写《般若部论》残片

幅 8 寸 2 分，长 2 尺 1 寸 5 分，隶书，存小字 49 行，每行二十二三个字。旧题"鄯善吐峪沟出土"，原为王树枏所藏。

图 缺。文 缺。叁 文书目录第 24 页。

058　北凉写《譬喻经》残片

幅约 8 寸 2 分，长 8 寸 5 分，上部断裂，隶书，有丝栏，存 20 行，每行二十五六字。旧题"鄯善吐峪沟出土"，原为王树枏所藏。

图 缺。文 缺。参 文书目录第 24 页。

059 北凉写残经

幅约 9 寸 6 分，长 9 寸，隶书，有丝栏，经名不明。旧题"鄯善吐峪沟出土"，原为王树枏所藏。

图 缺。文 缺。参 文书目录第 24 页。

060 北凉写《戒律注》残片

长 1 尺余，隶书，上部残缺，存 21 行。旧题"鄯善吐峪沟出土"，原为王树枏所藏。

图 缺。文 缺。参 文书目录第 24 页。

061 北凉写般若部经残片

长 1 尺 5 分，隶书，有丝栏，下部残缺，存 16 行。旧题"鄯善吐峪沟出土"，原为王树枏所藏。

图 缺。文 缺。参 文书目录第 24 页。书法源流考 51 页。

062 北凉写般若部经残片

幅约 9 寸 6 分，长 1 尺 2 寸 5 分，隶书，有丝栏，存 20 行。旧题"鄯善吐峪沟出土"，原为王树枏所藏。

图 缺。文 缺。参 文书目录第 24 页。书法源流考 47 页。

063 《摩诃僧祇律》卷第二十二残片

存三片，第一片长 1 尺 3 寸，诸体混写，无丝栏，上下部断裂，存 29 行；第二、三片各存 6 行。旧题"鄯善吐峪沟出土"，原为王树枏所藏。

图 书法源流考图 23。文 缺。参 文书目录第 24 页。书法源流考 41 页。

064 北凉写戒律缘起残片

长 1 尺 3 寸，诸体混写，有丝栏，上下部断裂，存 29 行。旧题"鄯善吐峪沟出土"，原为王树枏所藏。

图 缺。文 缺。参 文书目录第 24 页。

065 北凉写《法华经·七宝塔品第十一》残片

幅约 8 寸 1 分，长 1 尺 3 寸，隶书，有丝栏，存 24 行。旧题"鄯善吐峪沟出土"，原为王树枏所藏。

图 书法源流考图 25。文 缺。参 文书目录第 24 页。书法源流考 43 页。

066 北凉写残经

长 9 寸弱，隶书，有丝栏，存 16 行，经名不明。旧题"鄯善吐峪沟出土"，原为王树枏所藏。

图 缺。文 缺。参 文书目录第 24 页。书法源流考 43 页。

067 北凉写残经

幅约 8 寸 4 分，长 2 尺 2 寸，隶书，有丝栏，存 39 行，经名不明。旧题"鄯善吐峪沟出土"，原为王树枏所藏。

图 缺。文 缺。参 文书目录第 25 页。

068　北凉写小乘部注释残片

长 2 尺 4 寸，隶书，有丝栏，上部断裂，存 30 行。旧题"鄯善吐峪沟出土"，原为王树枏所藏。

图 缺。文 缺。参 文书目录第 25 页。书法源流考 52 页。

069　北凉写《法华经·譬喻品》残片

幅约 8 寸 2 分，长 4 尺 5 寸，由 4 张纸粘贴，隶书，有丝栏，存 79 行。旧题"鄯善吐峪沟出土"，原为王树枏所藏。

图 书法源流考图 26。文 缺。参 文书目录第 25 页。书法源流考 43 页。

070　北凉写大乘随形好释论残片

幅 8 寸 6 分，长 1 尺 9 寸，隶书，有丝栏，存 31 行，首行记"摩诃衍第八部卷第九第七十七品中八十随形好释论"。旧题"鄯善吐峪沟出土"，原为王树枏所藏。

图 缺。文 缺。参 文书目录第 25 页。书法源流考 52 页。

071　北凉写譬喻部经残片

幅 8 寸 6 分，长 7 寸，隶书，有丝栏，存 11 行，每行 17 字。旧题"鄯善吐峪沟出土"，原为王树枏所藏。

图 缺。文 缺。参 文书目录第 25 页。书法源流考 52 页。

072　北凉写《贤愚因缘经》残片

幅 8 寸，长 1 尺 7 寸 2 分，隶书，有丝栏，存 28 行，每行 20 字。旧题"吐鲁番出土"，原为王树枏所藏。

图 缺。文 缺。参 文书目录第 25 页。书法源流考 47 页。

073　北凉写佛经注疏残片

幅 8 寸 6 分，长 2 尺 8 寸 2 分，隶书，有丝栏，存 48 行，经名不明。旧题"吐鲁番出土"，原为王树枏所藏。

图 缺。文 缺。参 文书目录第 25 页。书法源流考 52 页。

074　北凉写《辨意长者子经》残片

裂为 2 张纸，一张纸幅 8 寸，长 9 寸 2 分，存 16 行；另一张纸幅 8 寸，长 1 尺 6 分，存 18 行，俱隶书，有丝栏。旧题"吐鲁番出土"，原为王树枏所藏。

图 书法源流考图 22。文 缺。参 文书目录第 25 页。书法源流考 41 页。

075　北凉（？）写《佛说菩萨本业经》残片

幅 8 寸，长 1 尺 3 寸，隶书，有丝栏，存 24 行。旧题"吐鲁番出土"，原为王树枏所藏。此经书法笔力刚健，或为西晋所写。

图 书法源流考图 21。文 缺。参 文书目录第 25 页。书法源流考 41 页。

076　北凉写《异译维摩经》残片

幅 8 寸 6 分，长 1 尺 5 寸 5 分，隶书，书法精妙，存 35 行。旧题"吐鲁番出土"，原为王树枏所藏。

图 缺。文 缺。参 文书目录第 25 页。书法源流考 56 页。

077　北凉写《大般涅槃经》残片

幅 8 寸 5 分，长 1 尺 3 寸 5 分，隶书，有丝栏，存 32 行。旧题"吐鲁番出土"，原为王树枏所藏。

图 缺。**文** 缺。**参** 文书目录第 25 页。书法源流考 47 页。

078 **北魏写残经"哀叹品第四"残片**

　　幅 8 寸 5 分,长 1 尺 1 寸 5 分,隶书,书法明快,有丝栏,存 22 行,经名不明。旧题"吐鲁番出土",原为王树枬所藏。

　　图 缺。**文** 缺。**参** 文书目录第 26 页。书法源流考 78 页。

079 **残经片**

　　长 6 寸 5 分,隶书,上部及左右部俱缺损,存 10 行 80 余字。旧题"吐鲁番出土",原为王树枬所藏。

　　图 缺。**文** 缺。**参** 文书目录第 26 页。

080 **北凉写《法华经·药王菩萨品、妙音菩萨品》残片**

　　幅 8 寸 5 分,长 10 尺,由 8 张纸粘贴,隶书,存 183 行。旧题"吐鲁番出土",原为王树枬所藏。

　　图 书法源流考图 34。**文** 缺。**参** 文书目录第 26 页。书法源流考 53 页。

081 **北凉写《十住毗婆沙论》卷第四残片**

　　幅 8 寸 5 分,长 6 尺 3 寸,由 4 张纸粘贴,隶书,有丝栏,存 106 行。旧题"吐鲁番出土",原为王树枬所藏。

　　图 书法源流考图 37。**文** 缺。**参** 文书目录第 26 页。书法源流考 56 页。

082 **北凉写《般若部论》残片**

　　断裂为二纸,一张纸幅 8 寸 1 分,长 1 尺 4 寸,存 25 行;另一张纸下部断裂,长 7 寸 5 分,存 14 行,俱为隶书,有丝栏。旧题"吐鲁番出土",原为王树枬所藏。

　　图 缺。**文** 缺。**参** 文书目录第 26 页。书法源流考 48 页。

083 **北凉写《大般涅槃经》残片**

　　幅 8 寸 7 分,长 1 尺 4 寸,隶书,有丝栏,下部断裂,存 23 行。旧题"吐鲁番出土",原为王树枬所藏。

　　图 缺。**文** 缺。**参** 文书目录第 26 页。

084 **北凉写《法华经·方便品》残片**

　　幅 8 寸 3 分,长 1 尺 2 寸,隶书,有丝栏,存 23 行。旧题"吐鲁番出土",原为王树枬所藏。

　　图 缺。**文** 缺。**参** 文书目录第 26 页。书法源流考 53 页。

085 **北凉写《佛说维摩诘经》注疏残片**

　　幅 8 寸 2 分,长 2 尺 7 寸,隶书,有丝栏,存 46 行,经文下有双行小字注。旧题"吐鲁番出土",原为王树枬所藏。

　　图 书法源流考图 32。**文** 缺。**参** 文书目录第 27 页。书法源流考 48 页。

086 **北凉写《宝积经》残片**

　　幅 8 寸 2 分,长 3 尺 2 寸 5 分,隶书,有丝栏,存 59 行。旧题"吐鲁番出土",原为王树枬所藏。

　　图 缺。**文** 缺。**参** 文书目录第 27 页。书法源流考 53 页。

087 **北凉写《妙法莲华经·序品、方便品》残片**

　　幅 8 寸 1 分,长 3 尺 5 寸,隶书,有丝栏,存 55 行。旧题"吐鲁番出土",原为王树枏所藏。

图 书法源流考图 27。文 缺。参 文书目录第 27 页。书法源流考 43 页。

088　北凉写《华严经》残片

幅 8 寸 6 分，长 1 尺 5 分，隶书，存 19 行。旧题"吐鲁番出土"，原为王树枏所藏。

图 缺。文 缺。参 文书目录第 27 页。书法源流考 56 页。

089　北凉写残经片

幅 8 寸 6 分，长 1 尺 4 寸 4 分，隶书，有丝栏，存 26 行，名称不明。旧题"吐鲁番出土"，原为王树枏所藏。

图 缺。文 缺。参 文书目录第 27 页。

090　北魏写《妙法莲华经》卷第五残片

长 1 尺 7 寸 5 分，隶书，有丝栏，存 27 行。旧题"吐鲁番出土"，原为王树枏所藏。

图 书法源流考图 55。文 缺。参 文书目录第 27 页。书法源流考 78 页。

091　北凉写《大般若经》残片

幅 8 寸 6 分，长 1 尺 9 寸 5 分，隶书，有丝栏，存 32 行。旧题"吐鲁番出土"，原为王树枏所藏。

图 缺。文 缺。参 文书目录第 27 页。书法源流考 48 页。

092　北凉写《增壹阿含经》卷第十残片

幅 8 寸，长 1 尺 4 寸 8 分，有丝栏，存 24 行。旧题"吐鲁番出土"，原为王树枏所藏。

图 书法源流考图 28。文 缺。参 文书目录第 27 页。书法源流考 45 页。

093　北凉写《大智度论释佛母品》第四十八之余（卷第七十）残片

幅 8 寸 6 分，长 1 尺 6 寸 3 分，隶书，有丝栏，存 27 行。旧题"吐鲁番出土"，原为王树枏所藏。

图 书法源流考图 35。文 缺。参 文书目录第 27 页。书法源流考 53-54 页。

094　北凉写《涅槃经》残片

幅 8 寸 2 分，长 8 寸 5 分，隶书，有丝栏，存 14 行。旧题"吐鲁番出土"，原为王树枏所藏。

图 缺。文 缺。参 文书目录第 27 页。书法源流考 48 页。

095　唐写《金刚般若波罗蜜经》残片

长 9 寸，隶书，有丝栏，下部残缺，存 24 行，每行八九字。旧题"吐鲁番出土"，原为王树枏所藏。

图 缺。文 缺。参 文书目录第 27-28 页。书法源流考 113 页。

096　北凉写《宝积部经》残片

幅 8 寸 6 分，长 7 寸 4 分，隶书，有丝栏，存 13 行。旧题"吐鲁番出土"，原为王树枏所藏。

图 缺。文 缺。参 文书目录第 28 页。书法源流考 48 页。

097　北凉写经残片

长 9 寸，隶书，存 14 行。旧题"吐鲁番出土"，原为王树枏所藏。

图 缺。文 缺。参 文书目录第 28 页。

098 北凉写经残片

长 6 寸 7 分，隶书，有丝栏，存 11 行。旧题"吐鲁番出土"，原为王树枏所藏。

图 缺。文 缺。参 文书目录第 28 页。

099 北凉写经残片

幅 8 寸 6 分，长 3 寸 7 分，隶书，有丝栏，存 6 行，名称不明。旧题"吐鲁番出土"，原为王树枏所藏。

图 缺。文 缺。参 文书目录第 28 页。

100 北凉（?）写愿文残片

长 3 寸，隶书，存 6 行。旧题"吐鲁番出土"，原为王树枏所藏。

图 缺。文 缺。参 文书目录第 28 页。书法源流考 45 页。

101 北魏写《问憍尸迦经》残片

长 1 尺 1 寸 5 分，隶书，有丝栏，存 21 行。旧题"吐鲁番出土"，原为王树枏所藏。

图 缺。文 缺。参 文书目录第 28 页。

102 北凉写《小乘有部论》残片

长 4 寸，为一三角形断片，隶书，存 30 余字。旧题"吐鲁番出土"，原为王树枏所藏。

图 缺。文 缺。参 文书目录第 28 页。

103 北凉写《大智度论释毕定品》第八十三之余（卷第七十四）残片

幅 8 寸 8 分，长 1 尺 8 寸，隶书，有丝栏，存 29 行。旧题"吐鲁番出土"，原为王树枏所藏。

图 书法源流考图 33。文 缺。参 文书目录第 28 页。书法源流考 48-49 页。

104 北凉写《正法华经》残片

长 1 尺 1 寸 5 分，隶书，有丝栏，上下断裂，存 19 行。旧题"吐鲁番出土"，原为王树枏所藏。

图 缺。文 缺。参 文书目录第 28 页。

105 北凉写《般若部经》残片

幅 8 寸 6 分，长 1 尺 4 寸 5 分，隶书，存 23 行。旧题"吐鲁番出土"，原为王树枏所藏。

图 缺。文 缺。参 文书目录第 28 页。书法源流考 55 页。

106 文书残片

幅 8 寸 8 分，长 1 尺 1 寸，隶书，存 19 行。旧题"吐鲁番出土"，原为王树枏所藏。

图 缺。文 缺。参 文书目录第 28 页。

107 北凉写残经片

幅 8 寸 8 分，长 1 尺 4 寸 5 分，隶书，有丝栏，存 23 行，经名不明。旧题"吐鲁番出土"，原为王树枏所藏。

图 缺。文 缺。参 文书目录第 28 页。

108　北凉写《华严经》残片

长 4 寸 5 分，隶书，有丝栏，上下断裂，存 8 行。旧题"吐鲁番出土"，原为王树枏所藏。

图 缺。文 缺。参 文书目录第 29 页。

109　文书残片

上下断裂，隶书，存 11 行，名称不明。旧题"吐鲁番出土"，原为王树枏所藏。

图 缺。文 缺。参 文书目录第 29 页。

110　北魏写《妙法莲华经》残片

长 5 寸 5 分，下部残缺，隶书，有丝栏，存 8 行。旧题"吐鲁番出上"，原为王树枏所藏。

图 缺。文 缺。参 文书目录第 29 页。

111　北凉写《大智度论》卷第三十九残片

断裂为 3 张纸，幅 8 寸，隶书，有丝栏。第一张纸长 1 尺 3 寸 5 分，存 25 行，尾题"卷三十九品第五十二"；第二张纸长 1 尺 4 寸，存 26 行；第三张纸长 1 寸 2 分，存 2 行。旧题"吐鲁番出土"，原为王树枏所藏。

图 缺。文 缺。参 文书目录第 29 页。书法源流考 50 页。

112　北凉写《般若部经》残片

幅 8 寸，长 5 寸 5 分，隶书，存 9 行。旧题"吐鲁番出土"，原为王树枏所藏。

图 缺。文 缺。参 文书目录第 29 页。书法源流考 50 页。

113　北魏写《小品般若波罗蜜经》卷第二残片

幅 8 寸，长 1 尺 1 寸，隶书，有丝栏，存 19 行。旧题"吐鲁番出土"，原为王树枏所藏。

图 书法源流考图 38。文 缺。参 文书目录第 29 页。书法源流考 57 页。

114　北凉写《文殊菩萨说般若波罗经》残片

幅 8 寸，长 1 尺 7 寸 5 分，隶书，有丝栏，存 29 行。旧题"吐鲁番出土"，原为王树枏所藏。

图 缺。文 缺。参 文书目录第 29 页。书法源流考 57 页。

115　北凉写《大般涅槃经》残片

幅 8 寸 6 分，长 4 尺 1 寸，隶书，有丝栏，存 73 行。旧题"吐鲁番出土"，原为王树枏所藏。

图 缺。文 缺。参 文书目录第 29 页。书法源流考 55 页。

116　北魏写《涅槃经》残片

长 1 尺 6 寸 5 分，行书，存 29 行。旧题"吐鲁番出土"，原为王树枏所藏。

图 缺。文 缺。参 文书目录第 29 页。书法源流考 78 页。

117　隋写《佛名经》残片

长 2 尺 1 寸，隶书，上下缺损，存 31 行。旧题"吐鲁番出土"，原为王树枏所藏。

图 缺。文 缺。参 文书目录第 29 页。

118　《佛说佛名经》残片

长 1 尺 7 寸 2 分，隶书，有丝栏，下部残缺，存 24 行。旧题"吐鲁番出土"，原为王树枏所藏。

图缺。文缺。参文书目录第 29 页。

119　北凉写《四生释》残片

幅 8 寸 6 分，长 1 尺 2 寸，隶书，有丝栏，存 20 行。旧题"吐鲁番出土"，原为王树枏所藏。

图缺。文缺。参文书目录第 30 页。书法源流考 57 页。

120　北凉写《妙法莲华经》残片

幅 8 寸 4 分，长 1 尺 1 寸 5 分，隶书，有丝栏，存 21 行。旧题"吐鲁番出土"，原为王树枏所藏。

图缺。文缺。参文书目录第 30 页。

121　文书残片

长 8 寸 5 分，下部残缺，行书。旧题"吐鲁番出土"，原为王树枏所藏。

图缺。文缺。参文书目录第 30 页。

122　文书残片

幅 8 寸 5 分，长 7 尺（？），隶书，有丝栏，存 11 行。旧题"吐鲁番出土"，原为王树枏所藏。

图缺。文缺。参文书目录第 30 页。

123　文书残片

幅 8 寸 4 分，长 5 寸，隶书，存 9 行。旧题"吐鲁番出土"，原为王树枏所藏。

图缺。文缺。参文书目录第 30 页。

124　北魏写残经片

幅 8 寸 2 分，长 2 尺 7 寸 3 分，隶书，有丝栏，存 54 行，经名不明。旧题"吐鲁番三堡出土"，原为王树枏所藏。

图缺。文缺。参文书目录第 31 页。

125　北魏写残经片

幅 8 寸 2 分，长 2 尺 7 寸 7 分，隶书，有丝栏，存 41 行，经名不明。旧题"吐鲁番三堡出土"，原为王树枏所藏。

图缺。文缺。参文书目录第 31 页。

126　北凉写残经片

幅 8 寸 3 分，长 1 尺 9 寸，隶书，存 34 行，经名不明。据称出自"旧高昌国遗跡"。

图缺。文缺。参文书目录第 31 页。

127　北凉写残经片

幅 8 寸，长 1 尺 4 寸 4 分，隶书，存 27 行，经名不明。据称出自"旧高昌国遗跡"。

图缺。文缺。参文书目录第 31 页。

128　六朝写《金光明经》残片

幅 8 寸 1 分，长 1 尺 7 寸 6 分，隶书，有丝栏，存 21 行，其中记有"金光明经善集品第十二"。旧题"吐鲁番出土"，原为王树枏所藏。

图 缺。文 缺。参 文书目录第 32 页。

129　六朝写残经片

幅 8 寸 2 分，长 1 尺 4 寸，隶书，有丝栏，存 25 行，经名不明。旧题"吐鲁番出土"，原为王树枏所藏。

图 缺。文 缺。参 文书目录第 32 页。

130　六朝写残经片

幅 9 寸 1 分，长 8 寸 4 分，隶书，有丝栏，存 14 行，经名不明。旧题"吐鲁番出土"，原为王树枏所藏。

图 缺。文 缺。参 文书目录第 32 页。

131　六朝写残经片

上下左右残缺，隶书，存 15 行，经名不明。旧题"吐鲁番出土"，原为王树枏所藏。

图 缺。文 缺。参 文书目录第 32 页。

132　六朝写《大般涅槃经》残片

纸幅 9 寸 2 分，长 1 尺 2 分，隶书，有丝栏，存 17 行。旧题"吐鲁番出土"，原为王树枏所藏。

图 缺。文 缺。参 文书目录第 32 页。

133　六朝写残经片

幅约 9 寸 2 分，长 1 尺 1 寸 8 分，隶书，有丝栏，存 20 行。旧题"吐鲁番出土"，原为王树枏所藏。

图 缺。文 缺。参 文书目录第 32 页。

134　六朝写《妙法莲华经·授记品》残片

幅约 8 寸 2 分，长 2 尺 4 寸 5 分，隶书，存 45 行。旧题"吐鲁番出土"，原为王树枏所藏。

图 缺。文 缺。参 文书目录第 32 页。

135　六朝写《妙法莲华经》残片

幅 8 寸，长 6 寸 3 分，隶书，存 1 行"妙法莲华经第八"。旧题"吐鲁番出土"。

图 缺。文 缺。参 文书目录第 32 页。

136　六朝写《妙法莲华经》残片

幅 8 寸 2 分，长 2 尺 7 寸 7 分，隶书，有丝栏，存 49 行，其中随喜功德品 22 行，法师功德品卷第十八，27 行。旧题"吐鲁番出土"。

图 缺。文 缺。参 文书目录第 32 页。

137　六朝写《妙法莲华经》卷一方便品残片

幅 8 寸 2 分，长约 2 尺 9 寸，隶书，有丝栏，上部残损，存 43 行。旧题"吐鲁番出土"。

图 缺。文 缺。参 文书目录第 33 页。

138　六朝写《春秋左氏传·昭公七年》残片

纵 5 寸 2 分，横 8 寸 6 分，白麻纸书写，隶书，有丝栏，上部残缺，存 12 行，首为"执之周",末为"公命我先",乃昭公七年残篇。旧题"吐鲁番三堡出土"。

图缺。文缺。参文书目录第 33 页。

139 六朝写残经片

幅约 4 寸 1 分,长约 5 寸 7 分,隶书,有丝栏,存 11 行,经名不明。旧题"吐鲁番三堡出土"。

图缺。文缺。参文书目录第 33 页。

140 六朝写残经片

幅约 2 寸 8 分,长约 7 寸 2 分,隶书,有丝栏,存 11 行。旧题"吐鲁番三堡出土"。

图缺。文缺。参文书目录第 33 页。

141 六朝写《佛名经》残片

幅约 4 寸 2 分,长约 7 寸 5 分,隶书,有丝栏,存 11 行 39 字。旧题"吐鲁番三堡出土"。

图缺。文缺。参文书目录第 33 页。

142 文书残片

隶书,存 5 行 20 余字。旧题"吐鲁番三堡出土"。

图缺。文缺。参文书目录第 33 页。

143 文书残片

幅约 4 寸 1 分,长约 4 寸,隶书,存 5 行。旧题"吐鲁番三堡出土"。

图缺。文缺。参文书目录第 33 页。

144 文书残片

幅 4 寸,长 1 寸 8 分,隶书,存 1 行"元年庚辰岁五月十一日传□"数字。旧题"吐鲁番三堡出土"。

图缺。文缺。参文书目录第 33 页。

145 唐景龙三年(709)写经残片

幅 4 寸 3 分,长 6 寸,隶书,有丝栏,存 8 行,6 行经文,每行 10 字;2 行题记:"景龙三年酉岁九月十八日……大德静索师边方木□……"旧题"吐鲁番三堡出土"。

图缺。文缺。参文书目录第 33 页。

146 唐诗文残片

长 1 尺 4 寸 3 分,隶书,上下断缺,存 21 行。旧题"吐鲁番出土",有王树枏的题跋。

图缺。文缺。参文书目录第 34 页。

147 武周户口册文书

幅 9 寸,长 9 寸 5 分,隶书,存 8 行。旧题"吐鲁番出土",有王树枏的题跋。

图缺。文缺。参文书目录第 34 页。

148 六朝写文书残片

幅 4 寸 7 分,长 8 寸 4 分,隶书,有丝栏,存 16 行。旧题"吐鲁番出土"。

图缺。文缺。参文书目录第 34 页。

149　某妇为亡夫超度文书残片

幅4寸8分，长4寸5分，行书，存6行半。旧题"吐鲁番出土"，有王树枏的题跋。

图 缺。**文** 缺。**参** 文书目录第34页。

150　《佛名经》残片

纵4寸7分，横2寸3分，隶书，存约12字。旧题"吐鲁番出土"。

图 缺。**文** 缺。**参** 文书目录第34页。

151　残经片

纵5寸1分，横4寸6分，隶书，有丝栏，存9行。旧题"吐鲁番出土"。

图 缺。**文** 缺。**参** 文书目录第34页。

152　残经片

纵5寸8分，横5寸5分，隶书，存11行。旧题"吐鲁番出土"。

图 缺。**文** 缺。**参** 文书目录第34页。

153　文书残片

存2片，行书，一片纵2寸8分，横1寸7分；另一片纵2寸，横3寸。旧题"吐鲁番出土"。

图 缺。**文** 缺。**参** 文书目录第34页。

154　残经片

纵3寸，横3寸7分，隶书，有丝栏。旧题"吐鲁番出土"。

图 缺。**文** 缺。**参** 文书目录第34页。

155　残经片

纵4寸6分，横2寸7分，隶书。旧题"吐鲁番出土"。

图 缺。**文** 缺。**参** 文书目录第34页。

156　残经片

纵4寸6分，横5寸7分，隶书。旧题"吐鲁番出土"。

图 缺。**文** 缺。**参** 文书目录第34页。

157　残经片

存2片，隶书，一片纵3寸4分，横4寸7分；另一片纵3寸，横2寸。旧题"吐鲁番出土"。

图 缺。**文** 缺。**参** 文书目录第34页。

158　残经片

存2片，隶书，一片纵2寸，横2寸4分；另一片纵3寸5分，横1寸7分。旧题"吐鲁番出土"。

图 缺。**文** 缺。**参** 文书目录第34页。

159　残经片

纵5寸5分，横5寸1分，隶书，有丝栏。旧题"吐鲁番出土"。

图 缺。**文** 缺。**参** 文书目录第34页。

160　残经片

纵3寸5分，横2寸5分，隶书。旧题"吐鲁番出土"。

图 缺。文 缺。参 文书目录第 34 页。

161 《菩萨本缘经》残片

纵 3 寸 3 分，横 1 尺 5 分，隶书，有丝栏。旧题"吐鲁番出土"。

图 缺。文 缺。参 文书目录第 34 页。

162 残经片

纵 5 寸，横 4 寸 5 分，隶书，有丝栏。旧题"吐鲁番出土"。

图 缺。文 缺。参 文书目录第 34 页。

163 残经片

存 3 片，隶书，第一片纵 3 寸 9 分，横 6 寸 2 分，第二片纵 2 寸 5 分，横 1 寸 8 分；第三片纵 2 寸 8 分，横 2 寸 6 分。旧题"吐鲁番出土"。

图 缺。文 缺。参 文书目录第 34 页。

164 残经片

纵 6 寸，横 7 寸 7 分，行体隶书，有丝栏，存 14 行。旧题"吐鲁番出土"。

图 缺。文 缺。参 文书目录第 35 页。

165 残经片

纵 5 寸，横 1 寸 6 分，隶书，存 3 行。旧题"吐鲁番出土"。

图 缺。文 缺。参 文书目录第 35 页。

166 残经片

纵 7 寸，横 4 寸 7 分，隶书。旧题"吐鲁番出土"。

图 缺。文 缺。参 文书目录第 35 页。

167 《大般若波罗蜜多经》卷第四残片

纵 5 寸 5 分，横 7 寸 3 分，版本，隶书。旧题"吐鲁番出土"。

图 缺。文 缺。参 文书目录第 35 页。

168 《阿含经》卷第七残片

纵 3 寸 8 分，横 3 寸 9 分，版本，隶书。旧题"吐鲁番出土"。

图 缺。文 缺。参 文书目录第 35 页。

169 残经片

纵 3 寸 5 分，横 2 寸 8 分，版本，隶书，存 4 行二十三四字。旧题"吐鲁番出土"。

图 缺。文 缺。参 文书目录第 35 页。

170 文书残片

纵 4 寸，横 4 寸 5 分，隶书，存 5 行。旧题"吐鲁番出土"。

图 缺。文 缺。参 文书目录第 35 页。

171 残经片

纵 3 寸 7 分，横 7 寸，版本，隶书，存 11 行。旧题"吐鲁番出土"。

图 缺。文 缺。参 文书目录第 35 页。

172 文书残片

纵 5 寸 4 分，横 3 寸 7 分，版本，隶书，存 6 行三十四五字。旧题"吐鲁番出土"。

图 缺。文 缺。参 文书目录第 35 页。

173 残经片

纵 4 寸 7 分，横 3 寸，版本，隶书，存 5 行 30 余字。旧题"吐鲁番出土"。

图 缺。文 缺。参 文书目录第 35 页。

174　藏经目录残片

纵 5 寸 5 分，横 3 寸 7 分，隶书，存 6 行。旧题"吐鲁番出土"。

图 缺。文 缺。参 文书目录第 35 页。

175　唐写经残片

幅 8 寸 3 分，长 2 尺 1 寸 3 分，隶书，有丝栏，存 35 行。旧题"吐鲁番出土"。

图 缺。文 缺。参 文书目录第 35 页。

176　唐藏经目录残片

幅 8 寸 3 分，长 2 尺 3 寸 7 分，隶书，有丝栏，存 41 行。旧题"吐鲁番出土"。

图 缺。文 缺。参 文书目录第 35 页。

177　北凉写《一切功德积聚经》残卷

幅约 8 寸，长 5 尺 8 寸，隶书，有丝栏，存 96 行。旧题"吐鲁番出土"。

图 缺。文 缺。参 文书目录第 39 页。书法源流考 57 页。

178　六朝写《般若部经》残卷

幅 8 寸 1 分，长 4 尺 6 寸，隶书，有丝栏，存 77 行。旧题"鄯善出土"。

图 缺。文 缺。参 文书目录第 39 页。书法源流考 51 页。

179　《太子须大拏经》残片

断残为 10 片。

图 书法源流考图 30。文 缺。参 书法源流考 45 页。

180　写经残片

长 9 寸，存 15 行，隶书，经名不详。鄯善出土。

图 缺。文 缺。参 书法源流考 47 页。

181　《问阿那婆达龙王经》残片

长 1 尺 4 寸 5 分，存 26 行，隶书。吐鲁番出土。

图 缺。文 缺。参 书法源流考 56 页。

182　《华严经》残片

长 4 寸 5 分，存 7 行，隶书。吐鲁番出土。

图 缺。文 缺。参 书法源流考 57 页。

183　《胜鬘经》残片

长 7 寸，存 10 行，隶书。吐鲁番出土。

图 缺。文 缺。参 书法源流考 57 页。

184　《法华经》残片

长 5 寸 5 分，下部缺损，存 8 行，隶书。吐鲁番出土。

图 缺。文 缺。参 书法源流考 78 页。

185　《般若波罗蜜多经》残片

下部残缺，存 14 行，隶书。吐鲁番出土。

图 缺。文 缺。参 书法源流考 78 页。

186　《十地菩萨说陀罗尼经》残片

    长 1 尺 2 寸 5 分，存 21 行，隶书。鄯善出土。

    图 缺。**文** 缺。**参** 书法源流考 114 页。

187 《法华经》残片

    长 1 尺 5 分，存 16 行，隶书。鄯善出土。

    图 缺。**文** 缺。**参** 书法源流考 114 页。

188 《金刚般若波罗蜜经》残片

    长 2 尺 6 分，存 46 行，隶书。鄯善出土。

    图 缺。**文** 缺。**参** 书法源流考 114 页。

189 《法华经·譬喻品》残片

    长 1 尺 2 寸，存 16 行，隶书。鄯善出土。

    图 缺。**文** 缺。**参** 书法源流考 114 页。

190 《正法华经》残片

    长 1 尺 4 寸 5 分，存 25 行，隶书。鄯善出土。

    图 缺。**文** 缺。**参** 书法源流考 114 页。

191 残经片

    长 1 尺 4 寸 2 分，存 24 行，隶书。鄯善出土。

    图 缺。**文** 缺。**参** 书法源流考 124 页。

192 《法华经·提婆达多品、劝持品》残片

    长 1 尺 1 寸 5 分，存 20 行，隶书。鄯善出土。

    图 缺。**文** 缺。**参** 书法源流考 124 页。

193 《药师经》残片

    长 9 寸 5 分，存 17 行，隶书。鄯善出土。

    图 缺。**文** 缺。**参** 书法源流考 124 页。

194 《法华经·化城喻品》残片

    长 1 尺 2 寸 5 分，存 23 行，隶书。鄯善出土。

    图 缺。**文** 缺。**参** 书法源流考 125 页。

195 《道德经》残片

    长、宽各 5 寸，下部缺，存 9 行，每行 10 字。吐鲁番出土。

    图 缺。**文** 缺。**参** 书法源流考 143 页。

196 回鹘文经典残片

    幅 1 尺 7 分，长 1 尺 7 寸，存 36 行。旧题"吐鲁番出土"。

    图 缺。**文** 缺。**参** 文书目录第 19 页。书法源流考 159 页。

197 回鹘文经典残片

    存 7 片，其中 6 片为回鹘文经典残片，一片为画像。旧题"鄯善吐峪沟出土"。

    图 缺。**文** 缺。**参** 文书目录第 19 页。

    编者按：以下仅存经名及片数。

198 北凉写经残字册（一）

    鄯善吐峪沟出土残片搜集品，存"佛说都迦长者经题记款"、"佛说贤劫经卷第三题款"、"法华经见宝塔品"、"大般若部波罗蜜经"、"法华经"、"般若部经"、"大

云经"、"譬喻部经（北凉末期）"、"法华经（西凉建初顷）"、"般若部经（北凉末期）"、"法华经授记品"、"般若部经十一行（汉末期）"、"方广荘严经（西晋）"、"佛说瑜迦长者问菩萨行经（西晋）"、"佛本行经（北凉）"、"法华经"、"小乘论部经"、"法华经第六题款"、"凉都法静题名"（编者按：本件已注录）等约 105 片。

圖 缺。文 缺。參 文书目录第 38 页。

199　六朝写经残字册（二）

鄯善吐峪沟出土残片搜集品，存"大涅槃经"、"法华经普门品"、"拔出过罪生死得度经（唐）"、"般若经（唐）"、"道行经（般若）"、"涅槃经"、"比丘摩得勒伽第一题款"、"般若经"、"法华经"、"律部（草书）"、"佛名经"、"论部"、"佛本行事第二□题款（布片）"、"维摩经"等约 107 片。

圖 缺。文 缺。參 文书目录第 38 页。

200　六朝写经残纸册（三）

鄯善吐峪沟出土残片搜集品，存"法华经比喻品（初唐）"、"老子"、"律部"、"法华经"、"涅槃经（唐）"、"般若经"、"大涅槃经"、"般若部经"、"大般涅槃经第十八"、"大槃涅槃经卷第十三题款"等凡 42 片，内属唐写本 12 片。

圖 缺。文 缺。參 文书目录第 38 页。

201　北凉写经残字册（四）

鄯善吐峪沟出土残片搜集品，存"法华经比喻品（西晋）"等凡 278 片。

圖 缺。文 缺。參 文书目录第 38 页。

202　北凉写经残纸册（王树枏旧藏品）

存"妙法莲华经第十题款"、"佛名经"、"法华经药王菩萨品、宝塔品、方便品、神力品"等小片 103 片，内属唐写本 78 片。

圖 缺。文 缺。參 文书目录第 39 页。

203　唐写经残片册（一）

鄯善出土，存"般若经"、"论部"、"佛说药师流璃光佛本愿功德经"、"法华经"、"涅槃经"、"律部"等凡 40 片，其中属隋写本约 10 片。

圖 缺。文 缺。參 文书目录第 39 页。

204　唐写经残片册（二）

鄯善出土，存"般若经"、"法华经"等凡 27 片，其中属隋写本 4 片。

圖 缺。文 缺。參 文书目录第 39 页。

205　唐写经残片册（三）

鄯善出土，存"般若部经"、"法华经"、"妙法莲华经第九题款"、"法华经化城喻品"、"般若经现趣部"、"法华经普门品、方便品"、"妙法莲华经卷第十"等凡 35 片。

圖 缺。文 缺。參 文书目录第 39 页。

206　流沙碎金册

收新疆出土真迹残片 99 种，其中唐写本 40 片，梵字 4 片，西藏刻字一，绘画一。

圖 缺。文 缺。參 文书目录第 39 页。

207　柳中遗文册

分上、下二册，每册收有吐鲁番出土唐代古文书 10 种，其中大部分金祖同氏已录入《流沙遗珍》。

图 缺。**文** 缺。**参** 文书目录第 39 页。

东京静嘉堂文库藏吐鲁番文书

　　编者按：日本静嘉堂所藏吐鲁番文书，据荣新江氏介绍，是 1935 年前后由岩崎小弥太氏在日本购自某个中国书商，因写本较残，购入时已装裱成折本形式的 8 册（荣新江《海外敦煌吐鲁番文献知见录》，184 页）。今据荣氏所得静嘉堂文库藏卷照片编目。

（一）六朝准部写经残字（原封题名，下小字书"辛亥秋　素文"）

001　六朝写《大般涅槃经》卷第三十八残片

　　　　前、后、上、下残，有丝栏，存 7 行。

　　　　图 缺。文 缺。参 知见录 184 页。

002　六朝写佛典残片

　　　　前、后缺，下部残，有丝栏，存 9 行。

　　　　图 缺。文 缺。参 知见录 184 页。

003　六朝写佛典残片

　　　　前、后、上、下残，存 2 行数字。

　　　　图 缺。文 缺。参 知见录 184 页。

004　六朝写《佛说大乘入诸佛境界智光明庄严经》卷第三（？）残片

　　　　前、后缺，下部残，有丝栏，存 6 行。本件内容与今本义同文不同。

　　　　图 缺。文 缺。参 知见录 184 页。

005　六朝写《十住经》卷第二残片

　　　　前、后、上、下残，有丝栏，存 7 行，2 行"身坏"，今本《大藏经》作"死后"（第十册，508b）。

　　　　图 缺。文 缺。参 知见录 184 页。

006　六朝写佛典残片

　　　　前、后、上、下残，有丝栏，存 1 行，有"王太子名"数字。本件与上件书法相同。

　　　　图 缺。文 缺。参 知见录 184 页。

007　六朝写佛典残片

　　　　前、后、上、下残，存 4 行数字。

　　　　图 缺。文 缺。参 知见录 184 页。

008　六朝写佛典残片

　　　　前、后缺，上部残，存 5 行。

图缺。文缺。参知见录184页。

009　六朝写祈愿文残片

前缺，上部微残，存2行愿文："……能为者，我某甲等悉代其人礼佛忏悔，持此之福，共一切众生回向无上道。"

图缺。文缺。参知见录184页。

010　六朝写《思益梵天所问经》卷第四残片

前、后缺，上部残，有丝栏，存6行。

图缺。文缺。参知见录184页。

011　六朝写《阿毗昙八犍度论》卷第三十残片

前、后缺，上部残，有丝栏，存2行10字。

图缺。文缺。参知见录184页。

012　六朝写《妙法莲华经》卷第一残片

前、后缺，下部残，存2行，有丝栏。

图缺。文缺。参知见录184页。

013　六朝写佛经残片

存1行数字。

图缺：文缺。参知见录184页。

014　缺第四叶

015　缺第四叶

016　六朝写《大般涅槃经》卷第二十二残片

前、后缺，有丝栏，存3行，满行约17字。

图缺。文缺。参知见录184页。

017　六朝写《中论》卷第二残片

前、后缺，存3行。

图缺。文缺。参知见录184页。

018　六朝写《大般涅槃经》卷第二十二残片

前、后缺，下部残，有丝栏，存4行。本件经文内容与前揭016号衔接。

图缺。文缺。参知见录184页。

019　六朝写《大般涅槃经》卷第三十一残片

前、后、上、下残，有丝栏，存3行数字，书法与上件同，当为同一抄本。

图缺。文缺。参知见录184页。

020　六朝写《正法华经》卷第三残片

前、后缺，下部微残，有丝栏，存6行，满行16字。

图缺。文缺。参知见录184页。

021　六朝写《佛说首楞严三昧经》卷上残片

前、后缺，有丝栏，存4行，满行21字。

图缺。文缺。参知见录184页。

（二）六朝人写经残字（原封题名，下小字书"辛亥十月吐鲁番出土　素文题"，又有原编序号"八十一号"）

022　六朝写《妙法莲华经·譬喻品第三》残片
前、后、上、下残，有丝栏，存8行，四字一句。
图 缺。文 缺。参 知见录184页。

023　六朝写《金光明经·四天王品第六》残片
前、后缺，下部残，有丝栏，存7行，四字一句。
图 缺。文 缺。参 知见录184页。

024　六朝写《妙法莲华经》卷第二残片
前、后缺，上部残，有丝栏，存3行数字。
图 缺。文 缺。参 知见录184页。

025　六朝写《妙法莲华经》卷第六残片
前、后、上、下残，有丝栏，存5行。
图 缺。文 缺。参 知见录184页。

026　六朝写《摩诃般若波罗蜜经》卷第四残片之一
前、后缺，下部残，有丝栏，存3行。
图 缺。文 缺。参 知见录184页。

027　六朝写《摩诃般若波罗蜜经》卷第四残片之二
前、后缺，下部残，有丝栏，存3行。
图 缺。文 缺。参 知见录184页。

028　六朝写《佛说观佛三昧海经》卷第一残片
前、后缺，上部残，有丝栏，存3行，2行"如来钩锁"下有双行小字注"四果反"，其后为"骨卷舒目"，似为四字一句。
图 缺。文 缺。参 知见录184页。

029　六朝写《佛说观佛三昧海经》卷第四残片
前、后缺，上部残，存2行，2行有"万亿那由他光"数字。本件与上件当为同一写本。
图 缺。文 缺。参 知见录184页。

030　六朝写《合部金光明经》卷第一残片之一
前、后、上、下残，有丝栏，存5行，5行内容为"彼诸佛言诸世尊云何彼（释迦牟尼如来）"，可与下件前后衔接。
图 缺。文 缺。参 知见录184页。

031　六朝写《合部金光明经》卷第一残片之二
前、后、上、下残，有丝栏，存6行，1行内容为"（显）示如是短少寿量如"，可与上件最后1行衔接。
图 缺。文 缺。参 知见录184页。

032　六朝写《中论》卷第三残片之一

前、后缺，下部残，有丝栏，存12行。

图缺。文缺。参知见录184页。

033　六朝写《中论》卷第三残片之二

前、后、上、下残，中有缺，有丝栏，存4行十余字。

图缺。文缺。参知见录184页。

034　六朝写佛典残片

前、后、上、下残，有丝栏，存1行，有"愚癡心"3字。

图缺。文缺。参知见录184页。

035　六朝写佛典残片

前、后、上、下残，有丝栏，存2行，1行有"作大上"3字。

图缺。文缺。参知见录184页。

036　六朝写佛典残片

前、后缺，下部残，有丝栏，存3行，2行有"何等是苦"4字。

图缺。文缺。参知见录184页。

037　六朝写佛典残片

前、后、上、下残，存1行数字。

图缺。文缺。参知见录184页。

038　六朝写佛典残片

前、后、上、下残，有丝栏，存1行3字。

图缺。文缺。参知见录184页。

039　六朝写佛典残片

前、后、上、下残，有丝栏，存4行。

图缺。文缺。参知见录184页。

040　六朝写佛典残片

前、后、上、下残，存1行。

图缺。文缺。参知见录184页。

041　六朝写《金刚仙论》卷第八残片

前、后缺，有丝栏，存8行，满行20字。

图缺。文缺。参知见录184页。

042　六朝写佛典残片

前、后、上、下残，有丝栏，存8行。

图缺。文缺。参知见录184页。

043　六朝写佛典残片

前、后、上、下残，存7行。1行"汝意云何是"，见于《菩萨藏经》；3行"免火难全其"，见于《妙法莲华经义记》卷第四"譬喻品第三"。

图缺。文缺。参知见录184页。

044　六朝写《大智度论·释初品中舍利弗因缘第十六》残片

前、后缺，下部残，有丝栏，存6行，字体古朴。

图缺。文缺。参知见录184页。

045　六朝写《道行般若经》卷第四残片

前、后缺，下部残，有丝栏，存 2 行，有双行小字注。

图 缺。文 缺。参 知见录 184 页。

046　六朝写《摩诃般若波罗蜜经》卷第四残片

前、后缺，下部残，有丝栏，存 2 行，2 行有"天子空相"4 字。

图 缺。文 缺。参 知见录 184 页。

047　六朝写《大般涅槃经》卷第二十二残片

前、后缺，上部残，有丝栏，存 2 行。

图 缺。文 缺。参 知见录 184 页。

048　六朝写佛典残片

前、后缺，下部残，有丝栏，存 5 行。

图 缺。文 缺。参 知见录 184 页。

049　六朝写《大智度论·释初品中八念义第三十六》残片

前、后缺，上部残，有丝栏，存 7 行，字体古朴，与 044 号相近。

图 缺。文 缺。参 知见录 184 页。

050　唐写《金光明最胜王经·四天王护国品第十二》残片

前、后缺，上部残，有丝栏，存 2 行，1 行"（金光）明最胜王经四天王护国品第
十二"下有小字"三藏法师义净奉 制译"，知为唐代写经。

图 缺。文 缺。参 知见录 184 页。

051　《大般涅槃经》卷第二十八残片

前、后缺，下部残，有丝栏，存 6 行。

图 缺。文 缺。参 知见录 184 页。

052　六朝写《大般涅槃经》卷第二十五残片

前、后、上、下残，存 3 行，2 行有"夫魔王□"4 字。

图 缺。文 缺。参 知见录 184 页。

053　唐写《妙法莲华经》卷第六残片

前、后缺，上部残，有丝栏，存 4 行，据书法，似为唐代所写佛经。

图 缺。文 缺。参 知见录 184 页。

054　佛典残片

前、后缺，有丝栏，存 5 行，满行 16 字。

图 缺。文 缺。参 知见录 184 页。

055　六朝写佛典残片

前、后、上、下残，存数字。

图 缺。文 缺。参 知见录 184 页。

056　六朝写佛典残片

前、后、上、下残，存数字。

图 缺。文 缺。参 知见录 184 页。

057　六朝写佛典残片

前、后、上、下残，存 2 行。

图 缺。文 缺。参 知见录 184 页。

058　六朝写《大方广佛华严经》卷第五十五残片

前、后、上、下残，存 4 行。

图 缺。文 缺。参 知见录 184 页。

059　六朝写《大智度论·释散华品第二十九》残片

前、后缺，上部残，有丝栏，存 6 行。

图 缺。文 缺。参 知见录 184 页。

060　六朝写《摩诃般若波罗蜜经》卷第二十四残片

前、后缺，下部残，有丝栏，存 6 行。

图 缺。文 缺。参 知见录 184 页。

061　六朝写佛典残片

前、后、上、下残，存 3 行。

图 缺。文 缺。参 知见录 184 页。

062　六朝写《大般涅槃经义记》卷第五残片

前、后、上、下残，存 4 行。

图 缺。文 缺。参 知见录 184 页。

063　六朝写佛典残片

前、后、上、下残，存 1 行 3 字。

图 缺。文 缺。参 知见录 184 页。

064　六朝写《首楞严义疏注经》卷第一残片

前、后、上、下残，存 2 行。

图 缺。文 缺。参 知见录 184 页。

065　六朝写《大佛顶如来蜜因修证了义诸菩萨万行首楞严经》卷第一残片

前、后、上、下残，存 3 行。

图 缺。文 缺。参 知见录 184 页。

066　《释迦谱》卷第二残片

前、后、上、下残，有丝栏，存 7 行。

图 缺。文 缺。参 知见录 184 页。

067　《摩诃般若波罗蜜经》卷第一残片

前、后缺，上部残，有丝栏，存 4 行。

图 缺：文 缺。参 知见录 184 页。

068　六朝写《大智度论·释灯炷品第五十七》残片

前、后缺，下部残，存 7 行。

图 缺。文 缺。参 知见录 184 页。

069　六朝写《大涅槃经》卷第二十二残片

前、后缺，上部残，有丝栏，存 7 行，6 行有 "□文句" 3 字，7 行 5 字一句。

图 缺。文 缺。参 知见录 184 页。

070　六朝写祈愿文（？）残片

前、后缺，下部残，有丝栏，存 3 行，2 行为 "认祈恩请□□□夜……"，3 行为

"经念诵伏唯功德□……"，似为祈愿文，旁有后人题名"灵宝斋愿文"。

图 缺。文 缺。参 知见录 184 页。

071　六朝写《妙法莲华经》卷第二残片

前、后缺，有丝栏，存 7 行。经文内容又同于《添品妙法莲华经》卷第二。

图 缺。文 缺。参 知见录 184 页。

072　六朝写《大般涅槃经》卷第二十二残片

前、后缺，下部残，有丝栏，存 3 行。

图 缺。文 缺。参 知见录 184 页。

073　六朝写《佛说灌顶拔除过罪生死得度经》残片

前、后缺，下部残，有丝栏，存 6 行。

图 缺。文 缺。参 知见录 184 页。

074　六朝写《大般涅槃经》卷第二十残片

前、后、上、下残，有丝栏，存 8 行，每行存 3 字。

图 缺。文 缺。参 知见录 184 页。

075　六朝写《贤劫经》卷第四残片

前、后缺，下部残，有丝栏，存 7 行。

图 缺。文 缺。参 知见录 184 页。

076　六朝写佛典残片

前、后、上、下残，存 8 行。

图 缺。文 缺。参 知见录 184 页。

077　六朝写《大般涅槃经》卷第二十二残片

前、后缺，上部残，有丝栏，存 5 行。本件书法同于 072 号，当为同一抄本。

图 缺。文 缺。参 知见录 184 页。

078　六朝写《撰集百缘经》卷第七残片

前、后、上、下残，有丝栏，存 4 行。

图 缺。文 缺。参 知见录 184 页。

079　六朝写《大涅槃经》卷第二十残片

前、后缺，下部残，有丝栏，存 5 行，五字一句。

图 缺。文 缺。参 知见录 184 页。

080　六朝写佛典残片

前、后缺，上部残，有丝栏，存 4 行，似为五字一句。4 行"说普在三界"见于《阿毘昙心论经》。

图 缺。文 缺。参 知见录 184 页。

081　六朝写佛典残片

前、后缺，上部残，有丝栏，5 行，似为五字一句。本件有涂抹，并在涂抹处右边另行书写，书法与上件同，或为同一抄本。

图 缺。文 缺。参 知见录 184 页。

082　《妙法莲华经》卷第六残片

前、后、上、下残，存 4 行。

图缺。文缺。参知见录 184 页。

083 《十住经》卷第一残片

前、后缺，下部残，有丝栏，存 7 行。

图缺。文缺。参知见录 184 页。

084 六朝写《维摩诘所说经》卷中残片

前、后缺，上部残，有丝栏，存 6 行。

图缺。文缺。参知见录 184 页。

085 六朝写《摩诃般若波罗蜜经》卷第二十四残片

前、后缺，下部残，有丝栏，存 8 行。

图缺。文缺。参知见录 184 页。

086 六朝写《妙法莲华经》卷第一残片

前、后、上、下残，存 4 行，四字一句。

图缺。文缺。参知见录 184 页。

087 六朝写《大般涅槃经》卷第三十五残片

前、后、上、下残，有丝栏，存 6 行。

图缺。文缺。参知见录 184 页。

088 六朝写《佛名经》残片

前、后、上、下残，存 6 行。

图缺。文缺。参知见录 184 页。

089 六朝写《大般涅槃经》卷第十五残片

前、后、上、下残，存 9 行。

图缺。文缺。参知见录 184 页。

090 六朝写《过去现在因果经》卷第二残片

前、后、上、下残，存 3 行十余字。

图缺。文缺。参知见录 184 页。

091 六朝写《大通方广经》卷中残片

前、后、上、下残，有丝栏，存 4 行。

图缺。文缺。参知见录 184 页。

092 六朝写《大方广佛华严经》卷第三十一残片

前、后缺，上部残，有丝栏，存 14 行。

图缺。文缺。参知见录 184 页。

093 六朝写《大般涅槃经》卷第二十七残片

前、后、上、下残，存 4 行。

图缺。文缺。参知见录 184 页。

094 六朝写《妙法莲华经》卷第一残片

前、后、上、下残，存 6 行。

图缺。文缺。参知见录 184 页。

095 六朝写佛典残片

前、后、上、下残，有丝栏，存 6 行。

图缺。文缺。参知见录 184 页。

096　六朝写《大方广佛华严经》卷第三十一残片

前、后缺，下部残，有丝栏，存 3 行数字。本件书法同于 092 号，二者当为同一抄本。

图缺。文缺。参知见录 184 页。

097　六朝写《大智度论·释摩诃萨品第十三》残片

前、后、上、下残，存 4 行。

图缺。文缺。参知见录 184 页。

098-116　暂缺

（三）高昌出土写经残字（原封题名，下小字书"宣统辛亥六月　素文珍藏"，又有原编序号"八十二号"。以下各本有原编叶码及所收残片数）

117　六朝写《大方广佛华严经》卷第五十五残片

前、后、上、下残，有丝栏，存 5 行。

图缺。文缺。参知见录 184-185 页。

118　六朝写《大般涅槃经》卷第十八残片

前、后缺，上部残，有丝栏，存 5 行。

图缺。文缺。参知见录 184-185 页。

119　六朝写《成实论》卷第三残片

前、后缺，上部残，有丝栏，存 4 行。

图缺。文缺。参知见录 184-185 页。

120　六朝写《大般涅槃经》卷第三残片

前、后缺，下部残，有丝栏，存 11 行。

图缺。文缺。参知见录 184-185 页。

121　六朝写《大般涅槃经》卷第九残片

前、后缺，上部残，有丝栏，存 8 行。

图缺。文缺。参知见录 184-185 页。

　　编者按：以上 5 片收于第 1 页，有静嘉堂收藏印，并有段永恩跋语："此叶五纸，均六朝以来墨迹，经千余年始出土，而纸质苍黄，色黝黑，真希世之宝也。辛亥秋日，永恩记。"

122　六朝写《维摩经义疏》卷第五残片

前、后缺，下部残，有丝栏，存 11 行。

图缺。文缺。参知见录 184-185 页。

123　六朝写《大般涅槃经》卷第二十六残片

前、后、上、下残，存 5 行数字。

图缺。文缺。参知见录 184-185 页。

124 六朝写《妙法莲华经》卷第五残片

前、后、上、下残，有丝栏，存6行。

图 缺。文 缺。参 知见录184-185 页。

125 六朝写佛典残片

前、后、上、下残，有丝栏，存5行。

图 缺。文 缺。参 知见录184-185 页。

126 六朝写《大般涅槃经》卷第二十五残片

前、后、上、下残，有丝栏，存7行。又见于卷第二十七"师子吼菩萨品第十一之一"。

图 缺。文 缺。参 知见录184-185 页。

127 六朝写《大般涅槃经》卷第三残片

前、后、上、下残，存3行数字。

图 缺。文 缺。参 知见录184-185 页。

128 六朝写《摩诃般若波罗蜜经》卷第七残片

前、后缺，上部残，有丝栏，存8行。

图 缺。文 缺。参 知见录184-185 页。

129 六朝写《大般涅槃经》卷第九残片之一

前、后缺，下部残，有丝栏，存7行。

图 缺。文 缺。参 知见录184-185 页。

130 六朝写《大般涅槃经》卷第九残片之一

前、后缺，上部残，存8行。本件与上揭129号上下衔接。

图 缺。文 缺。参 知见录184-185 页。

131 六朝写《大般涅槃经》卷第九残片

前、后缺，下部残，有丝栏，存7行。

图 缺。文 缺。参 知见录184-185 页。

132 六朝写《大般涅槃经》卷第二十三残片

前、后缺，上部残，有丝栏，存5行。

图 缺。文 缺。参 知见录184-185 页。

    编者按：以上129-132号4片收入第3页，有段永恩跋语："以上四纸有落花依㞕素月流云之致，北魏写经中无上品也。季承跋。"

133 三阶教经典残片

前、后缺，下部残，存5行，2行记有"十轮经"，3行有"四乘"、"三乘"之语，3行"邪魔外道法乎"下有双行小字注。

图 缺。文 缺。参 小笠原宣秀1966B。知见录184-185 页。

134 《大般涅槃经》卷第九残片

前、后缺，下部残，有丝栏，存4行。

图 缺。文 缺。参 知见录184-185 页。

135　六朝写佛典残片

前、后、上、下残，有丝栏，存6行。

图 缺。文 缺。参 知见录184-185页。

136　六朝写佛典残片

前、后、上、下残，存3行数字。

图 缺。文 缺。参 知见录184-185页。

137　三阶教经典残片

前、后、上、下残，存1行，有"三阶"之语，且书法与130号相同，二者当为同一抄本。

图 缺。文 缺。参 知见录184-185页。

138　六朝写佛典残片

前、后、上、下残，有丝栏，存3行，2行为双行小字注。

图 缺。文 缺。参 知见录184-185页。

139　六朝写《摩诃般若波罗蜜经》卷第二十五残片

前、后、上、下残，有丝栏，存4行。

图 缺。文 缺。参 知见录184-185页。

140　六朝写《佛名经》（？）残片

前、后、上、下残，存3行5字。

图 缺。文 缺。参 知见录184-185页。

141　六朝写《佛说无量寿经》卷上残片

前、后缺，上部残，存5行。

图 缺。文 缺。参 知见录184-185页。

142　六朝写《大般涅槃经》卷第十八残片

前、后、上、下残，有丝栏，存3行数字。

图 缺。文 缺。参 知见录184-185页。

143　六朝写《大智度论》卷第三十五残片

前、后、上、下残，有丝栏，存4行十余字。

图 缺。文 缺。参 知见录184-185页。

144　六朝写《大智度论》卷第四十二残片

前、后缺，上部残，有丝栏，存6行。

图 缺。文 缺。参 知见录184-185页。

145　六朝写佛典残片

前、后、上、下残，有丝栏，存3行十余字。

图 缺。文 缺。参 知见录184-185页。

146　六朝写《大方广佛华严经》卷第六十残片

前、后、上、下残，有丝栏，存2行十余字。

图 缺。文 缺。参 知见录184-185页。

147　六朝写《大般涅槃经》卷第二十残片之一

前、后缺，下部残，有丝栏，存7行。本件下部可与145号缀合。

图缺。文缺。参知见录184-185页。

148 六朝写《大般涅槃经》卷第二十残片之一
前、后缺，上部残，有丝栏，存8行，上部可与上件缀合。
图缺。文缺。参知见录184-185页。

149 六朝写《大般涅槃经》卷第二十六残片
前、后缺，上部微残，有丝栏，存10行。
图缺。文缺。参知见录184-185页。

150 六朝写《大般涅槃经》卷第八残片
前、后、上、下残，有丝栏，存6行。
图缺。文缺。参知见录184-185页。

151 六朝写佛典残片
前、后、上、下残，有丝栏，存4行数字。
图缺。文缺。参知见录184-185页。

152 六朝写《大般涅槃经》卷第三十六残片
前、后缺。上部残，有丝栏，存5行。
图缺。文缺。参知见录184-185页。

153 六朝写《大般涅槃经》卷第三十一残片
前、后缺，下部残，有丝栏，存8行。
图缺。文缺。参知见录184-185页。

154 六朝写《金光明最胜王经》卷第八残片
前、后、上、下残，有丝栏，存8行。
图缺。文缺。参知见录184-185页。

155 六朝写佛典残片
前、后缺，下部残，有丝栏，存6行。
图缺。文缺。参知见录184-185页。

156 六朝写佛典残片
前、后缺，上部残，存7行。
图缺。文缺。参知见录184-185页。

157 六朝写《妙法莲华经》卷第二残片
前、后、上、下残，有丝栏，存4行，4字一句。
图缺。文缺。参知见录184-185页。

158 六朝写《菩萨戒本宗要辅行文集》残片
前、后缺，上部残，存5行。经文与现行本稍有差异。
图缺。文缺。参知见录184-185页。

159 六朝写《大般涅槃经》卷第二十七残片
前、后、上、下残，有丝栏，存7行。
图缺。文缺。参知见录184-185页。

160 六朝写《大般涅槃经》卷第二十八残片
前、后缺，上部残，有丝栏，存5行。

图缺。文缺。参知见录184-185页。

161 六朝写《道行般若经》卷第六残片
前、后缺，下部残，有丝栏，存3行十余字。
图缺。文缺。参知见录184-185页。

162 六朝写《大智度论·初品中回向释论》残片
前、后缺，上部残，存2行十余字。
图缺。文缺。参知见录184-185页。

163 六朝写《金刚般若波罗蜜经》残片
前、后缺，下部残，有丝栏，存4行。
图缺。文缺。参知见录184-185页。

164 六朝写《佛说仁王般若波罗蜜经》卷下残片
前、后缺，上部残，存3行。
图缺。文缺。参知见录184-185页。

165 六朝写《大般涅槃经》卷第五残片
前、后、上、下残，有丝栏，存4行。
图缺。文缺。参知见录184-185页。

166 六朝写《大般涅槃经》卷第三十三残片
前、后、上、下残，存4行。
图缺。文缺。参知见录184-185页。

167 六朝写《大般涅槃经》卷第二十二残片
前、后缺，上部残，有丝栏，存6行。
图缺。文缺。参知见录184-185页。

168 六朝写《大般涅槃经》卷第三十五残片
前、后、上、下残，有丝栏，存4行。
图缺。文缺。参知见录184-185页。

169 六朝写《大般涅槃经》卷第十残片
前、后、上、下残，有丝栏，存5行。
图缺。文缺。参知见录184-185页。

170 六朝写《大般涅槃经》卷第三残片
前、后、上、下残，有丝栏，存9行。
图缺。文缺。参知见录184-185页。

171 六朝写《大般涅槃经》卷第二十四残片
前、后、上、下残，存6行。
图缺。文缺。参知见录184-185页。

172 六朝写《大般涅槃经》卷第十六残片
前、后缺，上部残，有丝栏，存3行11字。
图缺。文缺。参知见录184-185页。

173 六朝写佛典残片

前、后、上、下残，有丝栏，存 3 行数字。

图 缺。文 缺。参 知见录 184-185 页。

174 六朝写《大般涅槃经》卷第十八残片

前、后缺，下部残，有丝栏，存 3 行十余字。

图 缺。文 缺。参 知见录 184-185 页。

175 六朝写《放光般若经》卷第十八残片

前、后缺，下部残，有丝栏，存 4 行十余字。

图 缺。文 缺。参 知见录 184-185 页。

176 唐印本《增壹阿含经》卷第五残片

前、后、上、下残，存 3 行。

图 缺。文 缺。参 知见录 184-185 页。

177 唐印本《增壹阿含经》卷第六残片

前、后、上、下残，存 2 行。

图 缺。文 缺。参 知见录 184-185 页。

178 六朝写《放光般若经》卷第十六残片

前、后缺，下部残，有丝栏，存 13 行。

图 缺。文 缺。参 知见录 184-185 页。

179 唐印本佛画残片

前、后缺，下部残，存榜题"佛为天曹地府说法之处"。

图 缺。文 缺。参 知见录 184-185 页。

180 六朝写《大般涅槃经》卷第九残片

前、后缺，上部残，有丝栏，存 11 行。

图 缺。文 缺。参 知见录 184-185 页。

181 回鹘文文书残片之一

182 回鹘文文书残片之二

183 佛典残片

184 佛典残片

185 佛典残片

186 佛典残片

187 佛典残片

188 佛典残片

189 回鹘文印本佛经残片

190 回鹘文印本佛经残片

191 回鹘文印本佛经残片

192 回鹘文印本佛经残片

193 回鹘文印本佛经残片

194　回鹘文印本佛经残片

（四）古高昌出土残经（原封题名，下小字书"辛亥七月　素文题"，原编号"八十三"）

195　六朝写《道行般若经》卷第三"残片
前、后、上、下残，有丝栏，存 4 行。下有段永恩跋语："此书糅合钟画科斗篆隶为一，如宝枏庄严，芬芳竟发，吉光片羽，洵无价之宝也。素文先生其珍之。段永恩跋。"
图 缺。文 缺。参 知见录 185 页。

196　六朝写《妙法莲华经》卷第六残片
前、后缺，下部残，有丝栏，存 6 行十余字。
图 缺。文 缺。参 知见录 185 页。

197　六朝写佛典残片
前、后、上、下残，存 3 行数字。
图 缺。文 缺。参 知见录 185 页。

198　六朝写《佛说佛名经》卷第八残片
前、后缺，上部残，有丝栏，存 4 行。
图 缺。文 缺。参 知见录 185 页。

199　六朝写《佛顶尊胜陀罗尼经》残片
前、后、上、下残，有丝栏，存 4 行。
图 缺。文 缺。参 知见录 185 页。

200　六朝写《大般涅槃经》卷第八残片
前、后、上、下残，有丝栏，存 3 行。
图 缺。文 缺。参 知见录 185 页。

201　六朝写《金光明经》卷第三残片（卷六亦同）
前、后、上、下残，存 6 行。
图 缺。文 缺。参 知见录 185 页。

202　六朝写《妙法莲华经》卷第四残片
前、后缺，上部残，有丝栏，存 7 行。
图 缺。文 缺。参 知见录 185 页。

203　六朝写《妙法莲华经》卷第四残片
前、后缺，上部残，有丝栏，存 5 行。
图 缺。文 缺。参 知见录 185 页。

204　六朝写《金刚般若波罗蜜经》残片
前、后缺，上部残，有丝栏，存 3 行数字。
图 缺。文 缺。参 知见录 185 页。

205　六朝写《大宝积经》卷第二十残片
前、后缺，上部残，有丝栏，存 9 行。

图缺。文缺。参知见录185页。

206　唐写佛典残片

前、后缺，下部残，有丝栏，存5行，有双行小字注音，旁有后人所写"注音"2字。

图缺。文缺。参知见录185页。

207　六朝写佛典残片

前、后、上、下残，存1行数字。

图缺。文缺。参知见录185页。

208　六朝写《大般涅槃经》卷第三残片

前、后、上、下残，存2行。

图缺。文缺。参知见录185页。

209　六朝写《十诵律》卷第二十八残片

前、后、上、下残，有丝栏，存8行。

图缺。文缺。参知见录185页。

210　六朝写《十诵律》卷第二十八残片

前、后缺，下部残，有丝栏，存4行。

图缺。文缺。参知见录185页。

211　《春秋左氏传·昭公二十五年》（杜预集解）残片

前、后、上、下残，存4行，2行有"窃其宝龟"语。有段永恩跋语。

图缺。文知见录188页。参知见录188页。

212　六朝写《悲华经》卷第一残片

前、后缺，上部残，有丝栏，存10行，每行三至四字。

图缺。文缺。参知见录185页。

213　六朝写《佛说仁王般若波罗蜜经》卷下残片

前、后、上、下残，存3行数字。

图缺。文缺。参知见录185页。

214　六朝写《大智度论·释合受品第二十三》残片

前、后、上、下残，存2行。

图缺。文缺。参知见录185页。

215　六朝写《佛说观无量寿经》残片

前、后、上、下残，有丝栏，存14行。有段永恩跋语："阿僧（编者按：指上揭211号）、惭愧二纸，与延和八年写经卷如出一手。季承记。"

图缺。文缺。参小笠原宣秀1966B。知见录185页。

216　六朝写《悲华经》卷第一残片

前、后缺，上部残，有丝栏，存14行，每行三至四字。

图缺。文缺。参知见录185页。

217　六朝写《佛说仁王般若波罗蜜经》卷下残片

前、后缺，下部残，有丝栏，存6行。

图缺。文缺。参知见录185页。

218　《大方广佛华严经卷》第七十四残片

前、后缺，上部残，有丝栏，存3行。

图 缺。文 缺。参 知见录185页。

219　残愿文

前、后缺，上部残，存5行，旁有后人所写"愿文"2字，并有段永恩跋语："观此仏字即佛字，为梁天监时所造。永恩再识。"

图 缺。文 缺。参 知见录185页。

220　佛典残片

前、后、上、下残，有丝栏，存2行。

图 缺。文 缺。参 知见录185页。

221　佛典残片

前、后、上、下残，有丝栏，存7行。

图 缺。文 缺。参 知见录185页。

222　唐写《盂兰盆经疏》卷下残片

前、后缺，上部残，有丝栏，存7行。与今本相比，有衍、脱、误之处。

图 缺。文 缺。参 知见录185页。

223　《妙法莲华经》卷第六残片

前、后缺，下部残，有丝栏，存9行。

图 缺。文 缺。参 知见录185页。

224　《摩诃般若波罗蜜经》卷第七残片

前、后、上、下残，存2行6字。

图 缺。文 缺。参 知见录185页。

225　《贤愚经》卷第三残片

前、后、上、下残，存11行。

图 缺。文 缺。参 知见录185页。

226　六朝写《妙法莲华经》卷第一残片

前、后、上、下残，有丝栏，存8行。

图 缺。文 缺。参 知见录185页。

227　六朝写《优婆塞戒经》卷第七残片

前、后缺，上部残，存2行数字。

图 缺。文 缺。参 知见录185页。

228　《起信论疏》上卷残片

前、后、上、下残，存4行。

图 缺。文 缺。参 知见录185页。

229　佛典残片

前、后、上、下残，存2行，旁有后人所书："此经文待考。"

图 缺。文 缺。参 知见录185页。

230　《小品般若波罗蜜经》卷第十残片

前、后、上、下残，有丝栏，存4行十余字。

图 缺。文 缺。参 知见录 185 页。

231 《妙法莲华经》卷第四残片

前、后、上、下残，存 2 行十余字。

图 缺。文 缺。参 知见录 185 页。

232 《妙法莲华经》卷第六残片

前、后缺，上部残，有丝栏，存 2 行 7 字。

图 缺。文 缺。参 知见录 185 页。

233 佛典残片

前、后缺，下部残，存 4 行数字。

图 缺。文 缺。参 知见录 185 页。

234 《金光明经》卷第三残片

前、后、上、下残，有丝栏，存 3 行数字。

图 缺。文 缺。参 知见录 185 页。

235 《大方广佛华严经》卷第九残片

存 1 行 6 字。

图 缺。文 缺。参 知见录 185 页。

236 《妙法莲华经》卷第七残片

前、后、上、下残，存 4 行。

图 缺。文 缺。参 知见录 185 页。

237 《楞伽阿跋多罗宝经》卷第二残片

前、后、上、下残，有丝栏，存 4 行十余字。

图 缺。文 缺。参 知见录 185 页。

238 《合部金光明经·序品第一》残片

前、后、上、下残，存 2 行 10 字。

图 缺。文 缺。参 知见录 185 页。

239 《妙法莲华经》卷第六残片

前、后缺，上部残，存 8 行二十余字。

图 缺。文 缺。参 知见录 185 页。

240 《佛说佛名经》卷第二残片

前、后缺，上部残，存 3 行数字。

图 缺。文 缺。参 知见录 185 页。

241 《成实论》卷第十六残片

前、后、上、下、中残，有丝栏，存 5 行。

图 缺。文 缺。参 知见录 185 页。

242 北凉写《贤愚经》卷第一残片

前、后缺，下部残，有丝栏，存 12 行，旁有后人跋语："北凉书法兼然针垂落二者而合之，令人百玩不厌。"并有季承圆印一方。

图 缺。文 缺。参 知见录 185 页。

243 六朝写《大智度论》卷第八十八残片

前、后、上、下残，有丝栏，存 3 行十余字。

图 缺。文 缺。参 知见录 185 页。

244　六朝写佛典残片

前、后、上、下残，存 4 行数字。

图 缺。文 缺。参 知见录 185 页。

245　六朝写《大智论度》卷第四十六残片

前、后、上、下残，有丝栏，存 3 行十余字。

图 缺。文 缺。参 知见录 185 页。

246　六朝写《妙法莲华经》卷第六残片

前、后、上、下残，有丝栏，存 4 行，似为 5 字一句。

图 缺。文 缺。参 知见录 185 页。

247　六朝写《妙法莲华经》卷第六残片

前、后、上、下残，存 7 行。与 246 号为同一抄本。

图 缺。文 缺。参 知见录 185 页。

248　六朝写佛典残片

前、后缺，下部残，存 6 行。

图 缺。文 缺。参 知见录 185 页。

249　六朝写《大般若波罗蜜多经》卷第五百四十八残片

前、后缺，下部残，存 3 行。

图 缺。文 缺。参 知见录 185 页。

250　佛教文书残片

前、后、上、下残，存 4 行。

图 缺。文 缺。参 知见录 185 页。

251　佛典残片

前、后、上、下残，有丝栏，存 2 行数字。

图 缺。文 缺。参 知见录 185 页。

252　六朝写《阿毗达磨大毗婆沙论》卷第一百三十七残片

前、后缺，下部残，存 3 行。

图 缺。文 缺。参 知见录 185 页。

253　六朝写《光讚经》卷第六残片

前、后、上、下残，存 4 行数字。

图 缺。文 缺。参 知见录 185 页。

254　六朝写《大智度论·释摩诃衍品第十八》残片

前、后缺，上部残，有丝栏，存 4 行。

图 缺。文 缺。参 知见录 185 页。

255　六朝写《大智度论·释菩萨行品第七十二》残片

前、后缺，上部残，有丝栏，存 3 行。

图 缺。文 缺。参 知见录 185 页。

256　六朝写《楞伽阿跋多罗宝经》卷第一残片

前、后缺,上部残,有丝栏,存5行。

图缺。**文**缺。**参**知见录185页。

257 六朝写佛典残片

存1行数字。

图缺。**文**缺。**参**知见录185页。

258 六朝写《摩诃般若波罗蜜经》卷第十一残片

前、后、上、下残,存3行。

图缺。**文**缺。**参**知见录185页。

259 六朝写《妙法莲华经》卷第四残片

前、后、上、下残,存4行,五字一句。

图缺。**文**缺。**参**知见录185页。

260 六朝写《摄大乘论释》卷第三残片

前、后缺,上部残,有丝栏,存3行数字。

图缺。**文**缺。**参**知见录185页。

261 六朝写《摩诃般若波罗蜜经》卷第九残片

前、后、上、下残,有丝栏,存10行。

图缺。**文**缺。**参**知见录185页。

262 六朝写《大智度论·释宝塔校量品第三十二》残片

前、后、上、下残,有丝栏,存6行。

图缺。**文**缺。**参**知见录185页。

263 六朝写《十诵比丘尼波罗提木叉戒本》残片

前、后、上、下残,存2行数字。

图缺。**文**缺。**参**知见录185页。

264 六朝写佛典残片

前、后、上、下残,有丝栏,存3行数字。

图缺。**文**缺。**参**知见录185页。

265 佛典残片

前、后、上、下残,存2行数字。

图缺。**文**缺。**参**知见录185页。

266 六朝写佛典残片

前、后、上、下残,有丝栏,存4行十余字。

图缺。**文**缺。**参**知见录185页。

267 六朝写《增壹阿含经》卷第十残片

前、后、上、下残,有丝栏,存8行。

图缺。**文**缺。**参**知见录185页。

268 六朝写佛典残片

前、后、上、下残,有丝栏,存5行。

图缺。**文**缺。**参**知见录185页。

269 佛典残片

前、后、上、下残，有丝栏，存 2 行数字。

🖼 缺。🈶 缺。🔗 知见录 185 页。

270　六朝写《佛名经》（？）残片

前、后、上、下残，有丝栏，存 2 行佛名。

🖼 缺。🈶 缺。🔗 知见录 185 页。

271　唐写何晏集解本《论语·颜渊第十二》残卷

前、后缺，下部残，存 2 行，1 行有"家无怨"下有双行小字注："包曰：在邦为诸侯，在家为卿大夫。"有段永恩跋语："此《论语》仲弓问仁章，亦当时学官子弟传抄教授之本也。季承恩。"

🖼 缺。🈶 知见录 188 页。🔗 知见录 188 页。

272　唐写《妙法莲华经》卷第四残片

前、后、上、下残，存 2 行。

🖼 缺。🈶 缺。🔗 知见录 185 页。

273　唐写《梵网经》残片

前、后缺，下部残，有丝栏，存 7 行。

🖼 缺。🈶 缺。🔗 知见录 185 页。

274　唐写《十诵律》卷第二十八"七法中衣法第七之下"残片

前、后、上、下残，有丝栏，存 3 行数字。

🖼 缺。🈶 缺。🔗 知见录 185 页。

275　佛典残片

前、后、上、下残，存 3 行数字。

🖼 缺。🈶 缺。🔗 知见录 185 页。

276　佛典残片

存 1 行数字。

🖼 缺。🈶 缺。🔗 知见录 185 页。

277　《增壹阿含经》卷第三十六残片

前、后、上、下残，存 2 行数字。

🖼 缺。🈶 缺。🔗 知见录 185 页。

278　《大般涅槃经》卷第三十七残片

前、后、上、下残，有丝栏，存 2 行数字。

🖼 缺。🈶 缺。🔗 知见录 185 页。

279　唐印本《大般若波罗蜜多经》卷第一百三十二残片

前、后、上、下残，存 3 行数字。

🖼 缺。🈶 缺。🔗 知见录 185 页。

280　唐印本佛典残片

前、后、上、下残，存 3 行数字。

🖼 缺。🈶 缺。🔗 知见录 185 页。

281　唐印本佛典残片

前、后、上、下残，存 2 行数字。

图缺。文缺。参知见录 185 页。

282 唐印本佛典残片

前、后、上、下残，存 1 行数字。

图缺。文缺。参知见录 185 页。

283 唐印本《大般若波罗蜜多经》卷第五百五十九残片

前、后缺，下部残，存 5 行。

图缺。文缺。参知见录 185 页。

284 佛典残片

存 1 行 3 字。

图缺。文缺。参知见录 185 页。

285 唐印本佛典残片

前、后、上、下残，存 2 行数字。

图缺。文缺。参知见录 185 页。

286 佛典残片

前、后、上、下残，存 6 行。

图缺。文缺。参知见录 185 页。

287 唐印本《大般若波罗蜜多经》卷第一百三十二残片

前、后、上、下残，存 4 行数字。

图缺。文缺。参知见录 185 页。

288 唐印本《大般若波罗蜜多经》卷第一百三十二残片

前、后、上、下残，存 5 行数字。与 279 号可上下缀合。

图缺。文缺。参知见录 185 页。

289 唐印本《大般若波罗蜜多经》卷第七十七残片

前、后、上、下残，存 3 行数字。

图缺。文缺。参知见录 185 页。

290 《大般若波罗蜜多经》卷第四百七十二残片

前、后缺，下部残，存 3 行数字。

图缺。文缺。参知见录 185 页。

291 《佛说阿弥陀经》卷下残片

前、后、上、下残，有丝栏，存 2 行数字。

图缺。文缺。参知见录 185 页。

292 佛典残片

前、后、上、下残，有丝栏，存 2 行数字。

图缺。文缺。参知见录 185 页。

293 佛典残片

前、后、上、下残，有丝栏，存 3 行数字。

图缺。文缺。参知见录 185 页。

294 佛典残片

前、后缺，下部残，有丝栏，存 2 行数字。1 行"慈心于天下"，见于《佛般泥洹经》卷下、《佛说灌顶七万二千神王护比丘咒经》卷第一、《优婆夷堕舍迦经》等。

图 缺。文 缺。参 知见录 185 页。

295　　佛典残片

极小片，残存数字。

图 缺。文 缺。参 知见录 185 页。

296　　佛典残片

极小片，存 2 行数字。

图 缺。文 缺。参 知见录 185 页。

297　　佛典残片

极小片，存数字。

图 缺。文 缺。参 知见录 185 页。

298　　佛典残片

前、后、上、下残，存 2 行数字。

图 缺。文 缺。参 知见录 185 页。

299　　佛典残片

前、后缺，上部残，存 6 行数字。

图 缺。文 缺。参 知见录 185 页。

300　　佛典残片

极小片，存 2 行数字。

图 缺。文 缺。参 知见录 185 页。

301　　唐印本佛典残片

前、后缺，下部残，存数字。

图 缺。文 缺。参 知见录 185 页。

302　　《解脱戒经》残片

前、后、上、下残，存 2 行数字。

图 缺。文 缺。参 知见录 185 页。

303　　佛典残片

极小片，存数字。

图 缺。文 缺。参 知见录 185 页。

304　　佛典残片。

极小片，存数字。

图 缺。文 缺。参 知见录 185 页。

305　　《梵网经》残片

前、后、上、下残，有丝栏，存 3 行十余字。

图 缺。文 缺。参 知见录 185 页。

306　　印本千佛像残片

307　　印本千佛像残片

308　　印本千佛像残片

309　　印本天王像残片

（五）六朝以来写经残字（原封题名，下小字书"庚戌仲冬　素文藏"，原编
　　　号"八十四号"）

310　唐写《佛名经》残片
　　　前、后缺，下部残，存3行。
　　　图 缺。文 缺。参 知见录185-186页。

311　唐写《佛说佛名经》卷第十二残片
　　　前、后、上、下残，有丝栏，存6行。
　　　图 缺。文 缺。参 知见录185-186页。

312　佛画残片
　　　前、后、上、下残。
　　　图 缺。文 缺。参 知见录185-186页。

313　佛画残片
　　　前、后、上、下残。
　　　图 缺。文 缺。参 知见录185-186页。

314　清代文书残片
　　　前、后、上、下残，存3行，有"长盛公记"印。
　　　图 缺。文 缺。参 知见录186页。

315　唐写《十方千五百佛名经》残片
　　　前、后、上、下残，存5行。
　　　图 缺。文 缺。参 知见录186页。

316　唐写《佛说佛名经》残片
　　　前、后、上、下残，有丝栏，存2行。
　　　图 缺。文 缺。参 知见录186页。

317　唐写《妙法莲华经·譬喻品第三》残片
　　　前、后、上、下残，存3行。
　　　图 缺。文 缺。参 知见录186页。

318　唐写《十方千五百佛名经》残片
　　　前、后、上、下残，存1行，有"五百佛名经卷第"数字。并有段永恩跋语："以
　　　上二纸（编者按：指上揭317号和本件）书法如营卒挽强弩，发必尽力而亦有神
　　　致。季承。"
　　　图 缺。文 缺。参 知见录186页。

319　唐写《中阿含经》卷第四十九残片
　　　前、后、上、下残，存4行。
　　　图 缺。文 缺。参 知见录186页。

320　唐写《妙法莲华经》卷第三残片
　　　前、后、上、下残，有丝栏，存3行。
　　　图 缺。文 缺。参 知见录186页。

321　佛典残片

前、后、上、下残，有丝栏，存 2 行数字。

图 缺。文 缺。参 知见录 186 页。

322　佛典残片

前、后、上、下残，有丝栏，存 2 行数字。

图 缺。文 缺。参 知见录 186 页。

323　佛典残片

存 1 行 2 字。

图 缺。文 缺。参 知见录 186 页。

324　唐贞元十一年（795）正月录事残牒文

前、后、上、下残，存 2 行，1 行残缺有 2 字的笔画，2 行有"贞元十一年正月日录事□"数字。有段永恩跋语："按贞元十一年为唐德宗在位之第十七年，此纸仅存数字，下有录事某字，盖亦录事所上之牒文也。永恩记。"

图 缺。文 知见录 189 页。参 陈国灿 1996。知见录 189 页。荣新江 2000。

325　六朝写《大般涅槃经》卷第二十六残片

前、后缺，下部残，有丝栏，存 4 行十余字。

图 缺。文 缺。参 知见录 186 页。

326　北朝写《摩诃般若波罗蜜经》卷第六残片

前、后、上、下残，存 5 行。有跋语："此纸与延和写经同，盖亦北魏时书也。"并有季承方印。

图 缺。文 缺。参 知见录 186 页。

327　唐写《佛顶尊胜陀罗尼经》残片

前、后缺，上部残，有丝栏，存 6 行。

图 缺。文 缺。参 知见录 186 页。

328　佛典残片

前、后、上、下残，存 2 行十余字。

图 缺。文 缺。参 知见录 186 页。

329　北朝写《观无量寿经》残片

前、后、上、下残，存 7 行。有段永恩跋语："此纸在北魏中最为隽逸，如霓裳羽衣，婀娜有致。辛亥烁日，永恩观。"

图 缺。文 缺。参 小笠原宣秀 1966B。知见录 186 页。

330　六朝写《大般涅槃经》卷第四残片

前、后缺，下部残，有丝栏，存 6 行。

图 缺。文 缺。参 知见录 186 页。

331　六朝写《大般涅槃经》卷第十四残片（卷第十三亦同）

前、后缺，下部残，有丝栏，存 5 行。

图 缺。文 缺。参 知见录 186 页。

332　《妙法莲华经》卷第三残片

前、后缺，下部残，有丝栏，存 2 行数字。《添品妙法莲华经》卷第三亦同。

图缺。文缺。参知见录186页。

333　《妙法莲华经》卷第六残片

有丝栏，存1行数字。《添品妙法莲华经》卷第六亦同。

图缺。文缺。参知见录186页。

334　唐写《大方广佛华严经》卷第一残片

前、后缺，下部残，有丝栏，存3行。

图缺。文缺。参知见录186页。

335　唐写《十方千五百佛名经》残片

前、后缺，下部残，有丝栏，存4行十余字。

图缺。文缺。参知见录186页。

336　唐写《金光明经·三身分别品第三》残片

前、后、上、下残，有丝栏，存6行。

图缺。文缺。参知见录186页。

337　唐写《大般若波罗蜜多经》卷第一百二十一残片

前、后缺，上部残，有丝栏，存5行。

图缺。文缺。参知见录186页。

338　唐写《妙法莲华经》卷第五残片

前、后、上、下残，有丝栏，存7行。

图缺。文缺。参知见录186页。

339　唐写《妙法莲华经》卷第一残片

前、后缺，下部残，有丝栏，存4行。

图缺。文缺。参知见录186页。

340　唐写《大般若波罗蜜多经》卷第九十九残片

前、后、上、下残，有丝栏，存4行。

图缺。文缺。参知见录186页。

341　唐写《大般涅槃经》卷二十九残片

前、后、上、下残，有丝栏，存1行。

图缺。文缺。参知见录186页。

342　唐写《金光明经》卷第四残片

前、后、上、下残，存3行。

图缺。文缺。参知见录186页。

343　唐写《妙法莲华经》卷第六残片

前、后、上、下残，有丝栏，存4行十余字。

图缺。文缺。参知见录186页。

344　唐写《大般若波罗蜜多经》卷第十五残片

前、后、上、下残，存4行。

图缺。文缺。参知见录186页。

345　唐写《佛说灌顶随愿往生十方净土经》卷第十一残片

前、后缺，上部残，存5行。

图缺。文缺。参知见录186页。

346　唐写佛典残片

前、后、上、下残，存3行。

图缺。文缺。参知见录186页。

347　唐写佛典残片

前、后、上、卜残，存3行。

图缺。文缺。参知见录186页。

348　唐写《妙法莲华经》卷第七残片

前、后、上、下残，有丝栏，存3行。

图缺。文缺。参知见录186页。

349　唐写佛典残片

前、后、上、下残，有丝栏，存4行。

图缺。文缺。参知见录186页。

350　佛典残片

前、后、上、下残，存3行。

图缺。文缺。参知见录186页。

351　佛典残片

前、后、上、下残，存3行。

图缺。文缺。参知见录186页。

352　佛典残片

前、后、上、下残，存3行。

图缺。文缺。参知见录186页。

353　佛典残片

前、后、上、下残，存5行。

图缺。文缺。参知见录186页。

354　唐写《分别业报略经》残片

前、后缺，下部残，存6行，5字一句。

图缺。文缺。参知见录186页。

355　佛典残片

前、后、上、下残，有丝栏，存2行数字。

图缺。文缺。参知见录186页。

356　佛典残片

前、后、上、下残，有丝栏，存5行。

图缺。文缺。参知见录186页。

357　佛典残片

前、后、上、下残，存2行数字。

图缺。文缺。参知见录186页。

358　唐写《妙法莲华经》卷第三残片

前、后、上、下残，有丝栏，存4行。

图 缺。文 缺。参 知见录 186 页。

359 唐写《妙法莲华经》卷第三残片

前、后、上、下残，有丝栏，存 4 行。本件与 358 号当为同一抄本。

图 缺。文 缺。参 知见录 186 页。

360 唐写《妙法莲华经》卷第三残片

前、后、上、下残，有丝栏，存 4 行。本件与 358 号当为同一抄本。

图 缺。文 缺。参 知见录 186 页。

361 唐写《妙法莲华经》卷第三残片

前、后、上、下残，有丝栏，存 4 行。本件与上揭 358、359、360 诸号书法相同，当为同一抄本。

图 缺。文 缺。参 知见录 186 页。

362 唐写《大般涅槃经》卷第三十七残片

前、后、上、下残，存 2 行 16 字。

图 缺。文 缺。参 知见录 186 页。

363 《大般若波罗蜜多经》卷第三百九十八残片

前、后、上、下残，有丝栏，存 3 行。

图 缺。文 缺。参 知见录 186 页。

364 唐写佛典残片

前、后缺，下部残，有丝栏，存 5 行。

图 缺。文 缺。参 知见录 186 页。

365 佛典残片

前、后、上、下残，存 4 行。

图 缺。文 缺。参 知见录 186 页。

366 唐写《注维摩诘经》卷第九残片

前、后缺，下部残，中有缺，有丝栏，存 6 行。

图 缺。文 缺。参 知见录 186 页。

367 唐写佛典残片

前、后、上、下残，有丝栏，存 5 行。

图 缺。文 缺。参 知见录 186 页。

368 唐写《大般若波罗蜜多经》卷第五百二十残片

前、后、上、下残，存 7 行。

图 缺。文 缺。参 知见录 186 页。

369 《妙法莲华经》卷第七残片

前、后、上、下残，有丝栏，存 4 行。

图 缺。文 缺。参 知见录 186 页。

370 佛典残片

前、后、上、下残，存 6 行。

图 缺。文 缺。参 知见录 186 页。

371 唐写《维摩经略疏》卷第三（？）残片

前、后、上、下残，有丝栏，存 4 行。

🖼 缺。📄 缺。📑 知见录 186 页。

372 《妙法莲华经》卷第六残片

存 2 行 5 字。

🖼 缺。📄 缺。📑 知见录 186 页。

373 《大般涅槃经》卷第七残片

前、后、上、下残，有丝栏，存 5 行。

🖼 缺。📄 缺。📑 知见录 186 页。

374 唐写佛典残片

存 1 行 5 字。

🖼 缺。📄 缺。📑 知见录 186 页。

375 《华严一乘教分记辅宗匡真钞》残片

存 2 行数字。

🖼 缺。📄 缺。📑 知见录 186 页。

376 《杂阿含经》卷第三十一残片

前、后、上、下残，存 5 行。

🖼 缺。📄 缺。📑 知见录 186 页。

377 唐写《佛说观佛三昧海经》卷第二残片

前、后缺，上部残，中有缺，有丝栏，存 6 行。

🖼 缺。📄 缺。📑 知见录 186 页。

378 《大方便报佛恩经》卷第四残片

前、后、上、下残，存 3 行。

🖼 缺。📄 缺。📑 知见录 186 页。

379 佛典残片

有丝栏，存 1 行 3 字。

🖼 缺。📄 缺。📑 知见录 186 页。

380 佛典残片

前、后、上、下残，存 4 行。

🖼 缺。📄 缺。📑 知见录 186 页。

381 佛典残片

有丝栏，存 2 行 3 字。

🖼 缺。📄 缺。📑 知见录 186 页。

382 佛典残片

存 3 行数字。

🖼 缺。📄 缺。📑 知见录 186 页。

383 《金光明最胜王经》卷第八残片

前、后缺，存 2 行。

🖼 缺。📄 缺。📑 知见录 186 页。

384 唐代文书残片

前、后、上、下残，存5行。

图缺。文缺。参知见录186页。

385　唐写《妙法莲华经》卷第一残片

前、后缺，上部残，有丝栏，存8行。

图缺。文缺。参知见录186页。

386　唐写《四分僧戒本》残片

前、后缺，上部残，存8行。

图缺。文缺。参知见录186页。

387　回鹘文文书残片

388　佛经残片

389　佛经残片

390　佛经残片

391　佛经残片

（六）北魏以来写经残字（原封题名，下小字书"出吐鲁番　素文珍藏"，原编号"八十五"）

392　六朝写《思益梵天所问经》卷第四残片

前、后缺，上部残，有丝栏，存9行。

图缺。文缺。参知见录186页。

393　六朝写《金光明经》卷第四残片

前、后缺，下部残，有丝栏，存5行。有段永恩跋语："此二纸（编者按：指392号与本件）均六朝书法，其浑朴处令人玩之不置。季承观。"《合部金光明经》卷第七同。

图缺。文缺。参知见录186页。

394　六朝写《维摩诘所说经·菩萨品第四》残片

前、后、上、下残，有丝栏，存5行。

图缺。文缺。参知见录186页。

395　六朝写《菩萨地持经》卷第十残片

前、后缺，上部残，有丝栏，存5行。

图缺。文缺。参知见录186页。

396　六朝写《成实论》卷第十二残片

前、后、上、下残，中有缺，有丝栏，存10行。

图缺。文缺。参知见录186页。

397　六朝写《合部金光明经》卷第六残片

前、后缺，上部残，有丝栏，存9行。

图缺。文缺。参知见录186页。

398　唐写《添品妙法莲华经》卷第二残片之一

前、后缺，有丝栏，存6行，4字一句。

图缺。文缺。参知见录 186 页。

399　唐写《添品妙法莲华经》卷第二残片之二

前、后缺，上部残，有丝栏，存 3 行，4 字一句。本件与 398 号可前后缀合。

图缺。文缺。参知见录 186 页。

400　《添品妙法莲华经》卷第一残片

前、后、上、下残，有丝栏，存 3 行，5 字一句。

图缺。文缺。参知见录 186 页。

401　"五台山"文书残片

存 1 行"五台山"3 字。

图缺。文缺。参知见录 186 页。

402　六朝写《大方等大集经》卷第八残片

前、后、上、下残，有丝栏，存 11 行。

图缺。文缺。参知见录 186 页。

403　六朝写《金光明经》卷第三残片

前、后、上、下残，存 4 行，4 字一句。

图缺。文缺。参知见录 186 页。

404　唐写《大般涅槃经》卷第十残片

前、后、上、下残，有丝栏，存 7 行。

图缺。文缺。参知见录 186 页。

405　六朝写《妙法莲华经》卷第七残片（《添品妙法莲华经》卷第七同）

前、后、上、下残，有丝栏，存 5 行。

图缺。文缺。参知见录 186 页。

406　六朝写《妙法莲华经》卷第一残片（《添品妙法莲华经》卷第一同）

前、后缺，上部残，有丝栏，存 6 行。

图缺。文缺。参知见录 186 页。

407　六朝写《大般涅槃经》卷第二十三残片

前、后缺，下部残，有丝栏，存 4 行。

图缺。文缺。参知见录 186 页。

408　六朝写《大方广佛华严经》卷第十残片

前、后、上、下残，存 5 行。

图缺。文缺。参知见录 186 页。

409　六朝写《大方等大集经》卷第二十三残片

前、后缺，上部残，有丝栏，存 10 行。

图缺。文缺。参知见录 186 页。

410　六朝写《佛说长阿含经》卷第二十残片

前、后、上、下残，有丝栏，存 4 行。

图缺。文缺。参知见录 186 页。

411　六朝写《佛说长阿含经》卷第二十残片

前、后缺，下部残，有丝栏，存 8 行。本件与 410 号当为同一抄本。

图 缺。文 缺。参 知见录 186 页。

412 六朝写《佛说长含经》卷第十四残片

前、后、上、下残，有丝栏，存 4 行。

图 缺。文 缺。参 知见录 186 页。

413 六朝写《佛说长阿含经》卷第二十残片

本件似有两片，一片前、后、上、下残，存 5 行，另一片前、后缺，中有缺，存 12 行，俱有丝栏。有段永恩跋语："此与前叶（编者按：当指上揭 411 号）书法同为一纸，颇似钟无常《荐季直表》。永恩记。"

图 缺。文 缺。参 知见录 186 页。

414 六朝写《佛说长阿含经》卷第二十残片

前、后、上、下残，有丝栏，存 4 行。

图 缺。文 缺。参 知见录 186 页。

415 唐写《妙法莲华经》卷第二残片

前、后缺，上部残，有丝栏，存 5 行。

图 缺。文 缺。参 知见录 186 页。

416 北朝写《摩诃般若波罗蜜经》卷第二十三残片

前、后缺，下部残，存 12 行。有段永恩跋语："上一纸与延和写经纸墨无一不同。季承跋。"

图 缺。文 缺。参 知见录 186 页。

417 佛典残片

存 1 行 3 字。

图 缺。文 缺。参 知见录 186 页。

418 六朝写《大般涅槃经》卷第十三残片

前、后、上、下残，有丝栏，存 4 行。

图 缺。文 缺。参 知见录 186 页。

419《妙法莲华经》卷第六残片

前、后、上、下残，存 4 行。

图 缺。文 缺。参 知见录 186 页。

420 六朝写《杂阿毗昙心论》卷第二残片

前、后、上、下残，存 4 行十数字。

图 缺。文 缺。参 知见录 186 页。

421 六朝写《佛说长阿含经》卷第二十残片

前、后、上、下残，有丝栏，存 5 行。本件与 410、411、413、414 诸号当为同一抄本。

图 缺。文 缺。参 知见录 186 页。

422《大般涅槃经》卷第三十九残片

前、后、上、下残，存 2 行数字。

图 缺。文 缺。参 知见录 186 页。

423 六朝写《妙法莲华经义记》卷第六残片

前、后、上、下残，存 7 行。

图 缺。文 缺。参 知见录 186 页。

424　六朝写《大般若波罗蜜多经》卷第五百三十一残片

前、后缺，上部残，有丝栏，存 12 行。

图 缺。文 缺。参 知见录 186 页。

425　六朝写《妙法莲华经》卷第一残片

前、后缺，下部残，有丝栏，存 4 行，四字一句。

图 缺。文 缺。参 知见录 186 页。

426　佛典残片

前、后、上、下残，存 4 行。

图 缺。文 缺。参 知见录 186 页。

427　六朝写《摩诃般若波罗蜜经》卷第九残片

前、后缺，下部残，有丝栏，存 4 行十余字。

图 缺。文 缺。参 知见录 186 页。

428　六朝写《摩诃般若波罗蜜经》卷第九残片

前、后缺，上部残，有丝栏，存 6 行。本件书法与 427 号同，二者当为同一抄本。

图 缺。文 缺。参 知见录 186 页。

429　《放光般若经》卷第二残片

前、后、上、下残，存 3 行十余字。

图 缺。文 缺。参 知见录 186 页。

430　《妙法莲华经》卷第四残片

前、后缺，上部残，有丝栏，存 3 行数字。

图 缺。文 缺。参 知见录 186 页。

431　六朝写《佛说长阿含经》卷第二十残片

前、后缺，有丝栏，存 8 行。本件书法与上揭 410、411、413、414、421 诸号同，当为同一抄本。

图 缺。文 缺。参 知见录 186 页。

432　《妙法莲华经》卷第四残片

前、后缺，上部残，有丝栏，存 3 行数字。本件书法与上揭 430 号同，当为同一抄本。

图 缺。文 缺。参 知见录 186 页。

433　安乐公主残愿文

前、后、上、下残，存 2 行。

图 缺。文 缺。参 知见录 186 页。

434　安乐公主残愿文

前、后、上、下残，存 3 行。有跋语："此亦隋经，为安乐公主所写，并附愿文，意似祈其夫之回心者，上纸亦同。"

图 缺。文 缺。参 知见录 186 页。

435　《成实论》卷第十二残片

前、后、上、下残，有丝栏，存5行。

图缺。文缺。参知见录186页。

436 《大方广佛华严经》卷第五十五残片

前、后、上、下残，有丝栏，存6行十余字。

图缺。文缺。参知见录186页。

437 佛典残片

存2行数字。

图缺。文缺。参知见录186页。

438 佛典残片

前、后、上、下残，有丝栏，存4行数字。

图缺。文缺。参知见录186页。

439 《佛说长阿含经》卷第十四残片

前、后缺，下部残，有丝栏，存4行。

图缺。文缺。参知见录186页。

440 六朝写佛典残片

前、后、上、下残，有丝栏，存3行十余字。

图缺。文缺。参知见录186页。

441 《大般涅槃经》卷第二十残片

前、后、上、下残，有丝栏，存4行十余字。

图缺。文缺。参知见录186页。

442 佛典残片

前、后、上、下残，有丝栏，存5行十余字。

图缺。文缺。参知见录186页。

443 佛典残片

前、后、上、下残，有丝栏，存6行。

图缺。文缺。参知见录186页。

444 六朝写《放光般若经》卷第二残片

前、后缺，上中残，存6行。

图缺。文缺。参知见录186页。

445 六朝写《大方广佛华严经》卷第十四残片

前、后缺，上部残，存5行。

图缺。文缺。参知见录186页。

446 六朝写《大方广佛华严经》卷第五十五残片

前、后、上、下残，中缺，有丝栏，存8行。

图缺。文缺。参知见录186页。

447 六朝写《放光般若经》卷第二残片

前、后缺，上部残，存2行。可与444号前后缀合。

图缺。文缺。参知见录186页。

448 《妙法莲华经》卷第一残片

前、后缺，上部残，存6行。

图缺。文缺。参知见录186页。

449　《妙法莲华经》卷第一残片

前、后缺，上部残，存6行。

图缺。文缺。参知见录186页。

450　《妙法莲华经》卷第二残片

前缺，上下残，有丝栏，存2行，2行记"妙法莲华经卷第二……"

图缺。文缺。参知见录186页。

451　《大般涅槃经》残片

前、后、上、下残，存1行，有"□大般涅槃经卷第十□"数字。

图缺。文缺。参知见录186页。

（七）晋宋以来印版藏经（原封题名，下小字书"出吐鲁番 素文珍藏"，原编号"八十七号"）

452　印本《四分律》卷第四十四残片

前、后缺，下部残，存3行数字，3行有双行小字注："四分律四□□□。"

图缺。文缺。参知见录186页。

453　印本《大般若波罗蜜多经》卷第四百七十五残片

前、后、上、下残，存3行十余字。

图缺。文缺。参知见录186页。

454　印本《大般若波罗蜜多经》卷第三百八十九残片

前、后、上、下残，存15行。

图缺。文缺。参知见录186页。

455　印本佛典残片

前、后、上、下残，存4行数字。

图缺。文缺。参知见录186页。

456　印本《般若灯论释》卷第十四残片

前、后、上、下残，存2行数字。

图缺。文缺。参知见录186页。

457　印本《大般若波罗蜜多经》卷第五百五十六残片

存2行6字。

图缺。文缺。参知见录186页。

458　印本《增壹阿含经》卷第六残片

前、后缺，上部残，存4行十余字。

图缺。文缺。参知见录186页。

459　印本《增壹阿含经》卷第六残片

前、后缺，下部残，存8行。

图缺。文缺。参知见录186页。

460　印本佛典残片

存 2 行数字。

图缺。文缺。参知见录 186 页。

461　印本《中阿含经》卷第十四残片

前、后、上、下残，存 6 行，1 行页边有"东晋罽"3 字。有段永恩跋语："此东晋罽宾国印板藏经。考古家谓印板始于宋，而不知其东晋即有之，唐亦有之，余见三藏法师所译印本及宋天竺所译皆类此。按《汉书·西域传》：罽宾国，王治休循城，其民巧雕文刻镂。此应为当时所刊。罽宾即今之痕都斯坦，西与克什米尔接，为今北印度交界。东晋时佛教正盛，此的为其时传经之本。季承记。"荣新江氏已辨其非。

图缺。文缺。参知见录 186-187 页。

462　印本《增壹阿含经》卷第六残片

前、后缺，下部残，存 4 行十余字。

图缺。文缺。参知见录 186-187 页。

463　印本佛典残片

存 2 行数字。

图缺。文缺。参知见录 186-187 页。

464　印本《增壹阿含经》卷第六残片

前、后、上、下残，存 9 行。

图缺。文缺。参知见录 186-187 页。

465　印本《增壹阿含经》卷第六残片

前、后、上、下残，存 4 行。

图缺。文缺。参知见录 186-187 页。

466　印本佛典残片

前、后缺，下部残，存 2 行数字。

图缺。文缺。参知见录 186-187 页。

467　印本《般若灯论释》卷第十四残片

前、后缺，下部残，存 6 行。

图缺。文缺。参知见录 187 页。

468　印本《大般若波罗蜜多经》卷第三百六十七残片

前、后缺，上部残，存 4 行。

图缺。文缺。参知见录 187 页。

469　印本佛典残片

存 2 行 3 字。

图缺。文缺。参知见录 187 页。

470　印本佛典残片

存 3 行数字。

图缺。文缺。参知见录 187 页。

471　印本《增壹阿含经》卷第三十五残片

存 3 行数字。

图 缺。文 缺。参 知见录 187 页。

472 印本《大般若波罗蜜多经》卷第四百七十五残片

前缺下残，存 10 行。

图 缺。文 缺。参 知见录 187 页。

473 印本佛典残片

存 3 行数字。

图 缺。文 缺。参 知见录 187 页。

474 印本佛典残片

存 2 行 3 字。

图 缺。文 缺。参 知见录 187 页。

475 印本《中阿含经》卷第十六残片

前、后缺，下部残，存 7 行。

图 缺。文 缺。参 知见录 187 页。

476 印本佛典残片

存 3 行数字。

图 缺。文 缺。参 知见录 187 页。

477 印本《大般若波罗蜜多经》卷第四百七十五残片

前、后缺，上部残，存 7 行。

图 缺。文 缺。参 知见录 187 页。

478 印本《大般若波罗蜜多经》卷第四百七十五残片

前、后、上、下残，存 4 行十余字。

图 缺。文 缺。参 知见录 187 页。

479 印本《大般若波罗蜜多经》卷第四百七十五残片

前、后缺，下部残，存 7 行，1、2 行版心间标有"般若四百七十五 十四"。

图 缺。文 缺。参 知见录 187 页。

480 印本《大般若波罗蜜多经》卷第三百九十七残片

前、后、上、下残，存 4 行十余字。

图 缺。文 缺。参 知见录 187 页。

481 印本《大般若波罗蜜多经》卷第一百四十八残片

前缺上残，存 7 行，后部有一千字文编号"列"字。

图 缺。文 缺。参 知见录 187 页。

482 印本佛典残片

存 1 行 2 字。

图 缺。文 缺。参 知见录 187 页。

483 印本《大般若波罗蜜多经》卷第四百七十五残片

前、后缺，下部残，存 6 行。

图 缺。文 缺。参 知见录 187 页。

484 印本《大般若波罗蜜多经》卷第四百七十五残片

后缺上残，存 7 行。

图 缺。文 缺。参 知见录 187 页。

485 印本《大般若波罗蜜多经》卷第四百七十五残片

前、后缺，下部残，存 10 行。

图 缺。文 缺。参 知见录 187 页。

486 印本《大般若波罗蜜多经》卷第三十七残片

前、后缺，上部残，存 6 行。

图 缺。文 缺。参 知见录 187 页。

487 印本《大般若波罗蜜多经》卷二百四十五残片

前、后缺，下部残，存 6 行。

图 缺。文 缺。参 知见录 187 页。

488 印本《佛说长阿含经》卷第二十一残片

前、后缺，上部残，存 5 行。

图 缺。文 缺。参 知见录 187 页。

489 印本《大般若波罗蜜多经》卷第五百六十二残片

前、后、上、下残，存 3 行数字。

图 缺。文 缺。参 知见录 187 页。

490 印本《佛说长阿含经》卷第二十一残片

前、后缺，下部残，存 6 行，3、4 行版心间标有"长阿含经二十一"。本件与 488 号为同一印本。

图 缺。文 缺。参 知见录 187 页。

491 印本《佛说长阿含经》卷第十三残片

前、后、上、下残，存 4 行数字。

图 缺。文 缺。参 知见录 187 页。

492 印本《大般若波罗蜜多经》卷第五百六十二残片

前、后缺，上部残，存 6 行。

图 缺。文 缺。参 知见录 187 页。

493 印本《大般若波罗蜜多经》卷第四百五十四残片

前、后、上、下残，存 4 行数字。

图 缺。文 缺。参 知见录 187 页。

494 印本《佛说长阿含经》卷第十三残片

前、后、上、下残，存 7 行。

图 缺。文 缺。参 知见录 187 页。

495 印本《大般若波罗蜜多经》卷第四百七十五残片

前、后缺，上部残，存 5 行。

图 缺。文 缺。参 知见录 187 页。

496 印本佛典残片

存 1 行 2 字。

图 缺。文 缺。参 知见录 187 页。

497 印本佛典残片

存 2 行数字。

图 缺。文 缺。参 知见录 187 页。

498 印本《大般若波罗蜜多经》卷第五百六十二残片

前、后缺，下部残，存 2 行十余字。

图 缺。文 缺。参 知见录 187 页。

499 印本《大般若波罗蜜多经》卷第三百九十七残片

前、后缺，下部残，存 5 行。

图 缺。文 缺。参 知见录 187 页。

500 印本《大般若波罗蜜多经》卷第三百九十七残片

前、后缺，上部残，存 12 行。

图 缺。文 缺。参 知见录 187 页。

501 印本《大般若波罗蜜多经》卷第三百九十七残片

前、后缺，下部残，存 8 行。

图 缺。文 缺。参 知见录 187 页。

502 印本《大般若波罗蜜多经》卷第三百九十七残片

前、后缺，上部残，存 3 行。

图 缺。文 缺。参 知见录 187 页。

503 印本《大般若波罗蜜多经》卷第二百八十九残片

前、后缺，上部残，存 6 行。

图 缺。文 缺。参 知见录 187 页。

504 印本《增壹阿含经》卷第六残片

前、后、上、下残，存 4 行。

图 缺。文 缺。参 知见录 187 页。

505 印本《大般若波罗蜜多经》卷第三百九十七残片

前、后缺，上部残，存 10 行。

图 缺。文 缺。参 知见录 187 页。

506 印本《大般若波罗蜜多经》卷第四百五十四残片

存 2 行数字。

图 缺。文 缺。参 知见录 187 页。

507 印本《大般若波罗蜜多经》卷第四百七十五残片

前、后缺，下部残，存 7 行。

图 缺。文 缺。参 知见录 187 页。

508 印本《大般若波罗蜜多经》卷第四百七十五残片

前缺上残，存 8 行。

图 缺。文 缺。参 知见录 187 页。

509 印本《大般若波罗蜜多经》卷第一百一十九残片

前、后缺，下部残，存 3 行数字。

图 缺。文 缺。参 知见录 187 页。

510 印本《大般若波罗蜜多经》卷第一百三十残片
前、后缺，下部残，存8行。
图缺。文缺。参知见录187页。

511 印本《大般若波罗蜜多经》卷第五百五十六残片
上、下、后缺，存5行，1、2行版心间标有"般若五百五十六"。
图缺。文缺。参知见录187页。

512 印本《大般若波罗蜜多经》卷第四百七十五残片
前、后、上、下残，存9行。
图缺。文缺。参知见录187页。

513 印本《增壹阿含经》卷第三十残片
前、后缺，下部残，存10行。
图缺。文缺。参知见录187页。

514 印本《大般若波罗蜜多经》卷第四百五十四残片
存2行数字。
图缺。文缺。参知见录187页。

515 印本佛典残片
存2行数字。
图缺。文缺。参知见录187页。

516 印本《大般若波罗蜜多经》卷第五百六十二残片
前、后缺，上部残，存6行。
图缺。文缺。参知见录187页。

517 印本《大般若波罗蜜多经》卷第二百四十五残片
前、后缺，下部残，存4行。
图缺。文缺。参知见录187页。

518 印本《大般若波罗蜜多经》卷第五百六十二残片
前、后缺，下部残，存6行。
图缺。文缺。参知见录187页。

519 印本《佛说长阿含经》卷第十三残片
前、后、上、下残，存3行十余字。
图缺。文缺。参知见录187页。

520 印本佛典残片
前、后、上、下残，存2行数字。
图缺。文缺。参知见录187页。

521 印本《大般若波罗蜜多经》卷第四百七十五残片
前、后、上、下残，存9行，最后1行有"蜜多经卷□"数字。
图缺。文缺。参知见录187页。

522 印本《大般若波罗蜜多经》卷第四百九十七残片
前、后缺，下部残，存7行。
图缺。文缺。参知见录187页。

523　印本《般若灯论释》卷第十四残片

前、后、上、下残，存4行。

图缺。文缺。参知见录187页。

524　印本《增壹阿含经》卷第十三残片

存2行数字。

图缺。文缺。参知见录187页。

525　印本《大般若波罗蜜多经》卷第四百九十六残片

前、后、上、下残，存4行数字。

图缺。文缺。参知见录187页。

526　印本《增壹阿含经》卷第三十五残片

前、后缺，上部残，存4行。

图缺。文缺。参知见录187页。

527　印本佛典残片

存3行数字。

图缺。文缺。参知见录187页。

528　印本《大般若波罗蜜多经》卷第四百七十五残片

前、后缺，上部残，存3行十余字。

图缺。文缺。参知见录187页。

529　印本《佛说长阿含经》卷第十三残片

前、后、上、下残，存3行。

图缺。文缺。参知见录187页。

530　印本《大般若波罗蜜多经》卷第四百七十五残片

前、后、上、下残，存3行。

图缺。文缺。参知见录187页。

531　印本佛典残片

存2行数字。

图缺。文缺。参知见录187页。

532　印本佛典残片

后缺上残，存3行。

图缺。文缺。参知见录187页。

533　印本《增壹阿含经》残尾题

前缺，存2行，2行为"增壹阿含经卷第十八　馨"。

图缺。文缺。参知见录187页。

（八）高昌出土刻经残纸（原封题名，下小字书"辛亥初秋 玉书书"，原编号"八十八号"）

534　印本《增壹阿含经》卷第十三残片

前、后缺，下部残，存7行。

图 缺。文 缺。参 知见录 187 页。

535 印本 《大般若波罗蜜多经》卷第五百六十二残片

存 2 行数字。

图 缺。文 缺。参 知见录 187 页。

536 印本 《大般若波罗蜜多经》卷三百六十七残片

前缺上残，存 9 行。

图 缺。文 缺。参 知见录 187 页。

537 印本 《大般若波罗蜜多经》卷第一百五十四残片

前、后缺，下部残，存 6 行。

图 缺。文 缺。参 知见录 187 页。

538 印本 《大般若波罗蜜多经》卷第四百七十五残片

前、后、上、下残，存 4 行十余字。

图 缺。文 缺。参 知见录 187 页。

539 印本 《大般若波罗蜜多经》卷第四百七十五残片

存 1 行 4 字。

图 缺。文 缺。参 知见录 187 页。

540 印本 《大般若波罗蜜多经》卷第四百七十五残片

存 1 行 4 字。

图 缺。文 缺。参 知见录 187 页。

541 印本 《大般若波罗蜜多经》卷第五百五十六残片

前、后缺，上部残，存 6 行。

图 缺。文 缺。参 知见录 187 页。

542 印本 《佛说长含经》卷第二十残片

前、后缺，下部残，存 2 行十余字。

图 缺。文 缺。参 知见录 187 页。

543 印本 《增壹阿含经》卷第六残片

前、后、上、下残，存 3 行十余字。

图 缺。文 缺。参 知见录 187 页。

544 印本 《大般若波罗蜜多经》卷第三百九十七残片

存 3 行数字。

图 缺。文 缺。参 知见录 187 页。

545 印本 《佛说长含经》卷第二十残片

前、后、上、下、中残，存 13 行，10、11 行版心间有"长阿含经□□"数字。

图 缺。文 缺。参 知见录 187 页。

546 印本 《佛说长含经》卷第十一残片

前、后缺，上部残，存 4 行。

图 缺。文 缺。参 知见录 187 页。

547 印本 《佛说长含经》卷第十残片

前、后缺，下部残，存 8 行。

图缺。文缺。参 知见录 187 页。

548 印本《增壹阿含经》卷第六残片

前、后缺，上部残，存 6 行。

图缺。文缺。参 知见录 187 页。

549 印本《佛说长含经》卷第九残片

前、后缺，卜部残，存 8 行。

图缺。文缺。参 知见录 187 页。

550 印本《增壹阿含经》卷第四十二残片

前、后缺，上部残，存 6 行。

图缺。文缺。参 知见录 187 页。

551 印本《佛说长阿含经》卷第二十一残片

前、后缺，下部残，存 6 行。

图缺。文缺。参 知见录 187 页。

552 印本《增壹阿含经》卷第六残片

前、后、上、下残，存 4 行数字。

图缺。文缺。参 知见录 187 页。

553 印本《大般若波罗蜜多经》卷第二百四十五残片

前、后、上、下残，存 4 行。

图缺。文缺。参 知见录 187 页。

554 印本《大般若波罗蜜多经》卷第三百九十七残片

前、后、上、下残，存 4 行。

图缺。文缺。参 知见录 187 页。

555 印本《大般若波罗蜜多经》卷五百六十二残片

前、后、上、下残，存 4 行。

图缺。文缺。参 知见录 187 页。

556 印本《中阿含经》卷第十四残片

前、后缺，上部残，存 6 行。

图缺。文缺。参 知见录 187 页。

557 印本《增壹阿含经》卷第六残片

前、后缺，下部残，存 4 行。

图缺。文缺。参 知见录 187 页。

558 印本《大般若波罗蜜多经》卷第五百五十六残片

前、后缺，上部残，存 5 行。

图缺。文缺。参 知见录 187 页。

559 印本《大般若波罗蜜多经》卷第四百七十五残片

前、后、上、下残，存 5 行。

图缺。文缺。参 知见录 187 页。

560 印本《大般若波罗蜜多经》卷第四百七十八残片

前、后、上、下残，存 3 行十余字。

图缺。文缺。参知见录 187 页。

561　印本《大般若波罗蜜多经》卷第五百五十六残片
前、后、上、下残，存 3 行十余字。
图缺。文缺。参知见录 187 页。

562　印本《大般若波罗蜜多经》卷第二百五十七残片
前、后缺，下部残，存 2 行十余字。
图缺。文缺。参知见录 187 页。

563　印本《佛说长含经》卷第十三残片
前、后、上、下残，存 5 行。
图缺。文缺。参知见录 187 页。

564　印本《大般若波罗蜜多经》卷五百五十六残片
前、后缺，上部残，存 6 行。
图缺。文缺。参知见录 187 页。

565　印本《佛说长含经》卷第十三残片
前、后缺，下部残，存 7 行。
图缺。文缺。参知见录 187 页。

566　印本《增壹阿含经》卷第十三残片
存 1 行，有"能愚"2 字。
图缺。文缺。参知见录 187 页。

567　印本《佛说长含经》卷第十三残片
存 3 行数字。
图缺。文缺。参知见录 187 页。

568　印本《佛说长含经》卷第十三残片
存 2 行数字。
图缺。文缺。参知见录 187 页。

569　印本《大般若波罗蜜多经》卷五百一十九残片
前、后、上、下残，存 18 行。
图缺。文缺。参知见录 187 页。

570　印本佛典残片
存 2 行数字。
图缺。文缺。参知见录 187 页。

571　印本《大般若波罗蜜多经》卷第四百七十五残片
前、后缺，下部残，存 5 行。
图缺。文缺。参知见录 187 页。

572　印本《大般若波罗蜜多经》卷第三百九十七残片
存 2 行数字。
图缺。文缺。参知见录 187 页。

573　印本《增壹阿含经》卷第六残片
存 3 行数字。

图 缺。文 缺。参 知见录 187 页。

574　印本《大般若波罗蜜多经》卷第五百五十六残片

存 4 行数字。

图 缺。文 缺。参 知见录 187 页。

575　印本《佛说长阿含经》卷第十七残片

存 2 行，版心间有 "佛说长阿十七" 余字。

图 缺。文 缺。参 知见录 187 页。

576　印本《般若灯论释》卷第十四残片

前、后缺，下部残，存 5 行十余字。

图 缺。文 缺。参 知见录 187 页。

577　印本《增壹阿含经》卷第六残片

前、后、上、下残，存 8 行。

图 缺。文 缺。参 知见录 187 页。

578　印本《大般若波罗蜜多经》卷第五百六十二残片

前、后缺，上部残，存 6 行十余字。

图 缺。文 缺。参 知见录 187 页。

579　印本《大般若波罗蜜多经》卷第二百八十九残片

存 1 行 3 字。

图 缺。文 缺。参 知见录 187 页。

580　印本《大般若波罗蜜多经》卷第三百九十七残片

前、后、上、下残，存 4 行十余字。

图 缺。文 缺。参 知见录 187 页。

581　印本《大般若波罗蜜多经》卷第三百八十九残片

存 2 行数字。

图 缺。文 缺。参 知见录 187 页。

582　印本《大般若波罗蜜多经》卷第四百七十五残片

前、后、上、下残，存 5 行。

图 缺。文 缺。参 知见录 187 页。

583　印本《大般若波罗蜜多经》卷第五百三十五残片

前、后缺，上部残，存 5 行，1、2 行版心间有 "闰" 或 "阙"。

图 缺。文 缺。参 知见录 187 页。

584　印本佛典残片

存 3 行数字。

图 缺。文 缺。参 知见录 187 页。

585　印本《大般若波罗蜜多经》卷第五百六十二残片

前、后、上、下残，存 3 行十余字。

图 缺。文 缺。参 知见录 187 页。

586　印本《大般若波罗蜜多经》卷第五百三十五残片

存 3 行数字。

图 缺。文 缺。参 知见录 187 页。

587 印本《大般若波罗蜜多经》卷第五百八十九残片

前、后、上、下残，存 5 行。

图 缺。文 缺。参 知见录 187 页。

588 印本《大般若波罗蜜多经》卷第四百七十五残片

前、后、上、下残，存 8 行。

图 缺。文 缺。参 知见录 187 页。

589 印本《增壹阿含经》卷第六残片

前、后、上、下残，存 3 行十余字。

图 缺。文 缺。参 知见录 187 页。

590 印本《增壹阿含经》卷第六残片

前、后、上、下残，存 3 行十余字。

图 缺。文 缺。参 知见录 187 页。

591 印本《大般若波罗蜜多经》卷第三百八十九残片

前、后、上、下残，存 5 行十余字。

图 缺。文 缺。参 知见录 187 页。

592 印本《般若灯论释》卷第十四残片

前、后、上、下残，存 6 行。

图 缺。文 缺。参 知见录 187 页。

593 印本《大般若波罗蜜多经》卷第五百五十六残片

前、后、上、下残，存 7 行。

图 缺。文 缺。参 知见录 187 页。

594 印本佛典残片

前、后、上、下残，存 2 行。

图 缺。文 缺。参 知见录 187 页。

595 印本《佛说长含经》卷第五残片

前、后、上、下残，存 6 行。

图 缺。文 缺。参 知见录 187 页。

596 印本《佛说长含经》卷第五残片

前、后、上、下残，存 3 行。

图 缺。文 缺。参 知见录 187 页。

597 印本《佛说长含经》卷第五残片

存 1 行数字。与 596 号可衔接。

图 缺。文 缺。参 知见录 187 页。

598 印本《佛说长含经》卷第五残片

存 2 行数字。与 597 号可衔接。

图 缺。文 缺。参 知见录 187 页。

599 印本《增壹阿含经》卷第六残片

存 2 行数字。

　　　图 缺。文 缺。参 知见录 187 页。

600　印本《佛说长含经》卷第五残片

　　　存 2 行数字。

　　　图 缺。文 缺。参 知见录 187 页。

601　印本佛典残片

　　　残存 3 字。

　　　图 缺。文 缺。参 知见录 187 页。

602　印本《佛说长阿含经》卷第六残片

　　　前、后缺，存 4 行。

　　　图 缺。文 缺。参 知见录 187 页。

603　印本佛典残片

　　　前、后、中残，存 13 行。

　　　图 缺。文 缺。参 知见录 187 页。

604　印本《佛说长阿含经》卷第二十残片

　　　前、后缺，中有缺，存 5 行。

　　　图 缺。文 缺。参 知见录 187 页。

605　印本《大般若波罗蜜多经》卷第四百七十五残片

　　　前、后缺，下部残，存 9 行，1、2 行版心间标有"般若四百……"字样。

　　　图 缺。文 缺。参 知见录 187 页。

606　印本《般若灯论释》卷第十四残片

　　　前、后、上、下残，存 3 行十余字。

　　　图 缺。文 缺。参 知见录 187 页。

607　印本《增壹阿含经》卷第十三残片

　　　前、后缺，上部残，存 5 行。

　　　图 缺。文 缺。参 知见录 187 页。

608　印本《大般若波罗蜜多经》卷四百七十五残片

　　　存 3 行数字。

　　　图 缺。文 缺。参 知见录 187 页。

609　印本《妙法莲华经》卷第六残片

　　　前、后缺，下部残，存 6 行。

　　　图 缺。文 缺。参 知见录 187 页。

610　印本《大般若波罗蜜多经》卷五百六十二残片

　　　存 2 行数字。

　　　图 缺。文 缺。参 知见录 187 页。

611　印本《大般若波罗蜜多经》卷四百七十五残片

　　　前、后缺，上部残，存 5 行十余字。

　　　图 缺。文 缺。参 知见录 187 页。

612　印本《佛说长阿含经》卷第十八残片

　　　前、后缺，下部残，存 3 行十余字。

图缺。文缺。参知见录 187 页。

613 印本《大般若波罗蜜多经》卷第四百四十五残片
前、后、上、下残，存 18 行，14、15 行版心间有"玉"字。
图缺。文缺。参知见录 187 页。

614 印本《大般若波罗蜜多经》卷第四百四十五残片
前、后缺，下部残，存 4 行。
图缺。文缺。参知见录 187 页。

615 印本《大般若波罗蜜多经》卷第二百六十二残片
前、后缺，下部残，存 8 行。
图缺。文缺。参知见录 187 页。

616 印本《大般若波罗蜜多经》卷第二百二十六残片
后缺下残，存 4 行，1 行题"大般若波罗蜜多（经）"。
图缺。文缺。参知见录 187 页。

617 印本《大般若波罗蜜多经》卷第四百四十五残片
前、后、上、下残，存 8 行，7、8 行版心间有"玉"字。
图缺。文缺。参知见录 187 页。

618 印本《大般若波罗蜜多经》卷第四百七十一残片
存 3 行数字。
图缺。文缺。参知见录 187 页。

619 印本《大般若波罗蜜多经》卷第四百四十五残片
前、后、上、下残，存 6 行。
图缺。文缺。参知见录 187 页。

620 印本《中阿含经》卷第二十四残片
前、后缺，上部残，存 3 行。
图缺。文缺。参知见录 187 页。

621 印本《大般若波罗蜜多经》卷第四百四十五残片
存 2 行数字。
图缺。文缺。参知见录 187 页。

622 印本《大般若波罗蜜多经》卷第二百六十二残片
前、后、上、下残，存 4 行。
图缺。文缺。参知见录 187 页。

623 印本佛典残片
存 1 行数字。
图缺。文缺。参知见录 187 页。

624 印本《大般若波罗蜜多经》卷第四百七十五残片
存 2 行 6 字。
图缺。文缺。参知见录 187 页。

625 印本佛典残片
前、后、上、下残，存 4 行。

图 缺。文 缺。参 知见录 187 页。

626 印本佛典残片

前、后、上、下残，存 2 行数字。

图 缺。文 缺。参 知见录 187 页。

627 印本《大般若波罗蜜多经》卷第四百七十五残片

前、后、上、下残，存 4 行，1、2 行版心间标有"般若四百七丨五"。

图 缺。文 缺。参 知见录 187 页。

628 印本佛典残片

存 1 行 1 字。

图 缺。文 缺。参 知见录 187 页。

629 印本《大般若波罗蜜多经》卷第四百四十五残片

存 2 行数字。

图 缺。文 缺。参 知见录 187 页。

630 印本《大般若波罗蜜多经》卷第四百四十五残片

前、后缺，上部残，存 4 行十余字。

图 缺。文 缺。参 知见录 187 页。

631 印本《杂阿含经》卷第三残片

前、后、上、下残，存 7 行。

图 缺。文 缺。参 知见录 187 页。

632 印本《大般若波罗蜜多经》卷第四百四十五残片

前、后、上、下残，存 6 行。

图 缺。文 缺。参 知见录 187 页。

633 印本《大般若波罗蜜多经》卷第四百四十五残片

前、后缺，下部残，存 6 行。

图 缺。文 缺。参 知见录 187 页。

634 印本佛典残片

存 2 行数字。

图 缺。文 缺。参 知见录 187 页。

635 印本佛典残片

存 2 行数字。

图 缺。文 缺。参 知见录 187 页。

636 印本《大般若波罗蜜多经》卷第三百四十四残片

前、后缺，下部残，存 4 行。

图 缺。文 缺。参 知见录 187 页。

637 印本《大般若波罗蜜多经》卷第四百三十残片

存 2 行数字。

图 缺。文 缺。参 知见录 187 页。

638 印本《大般若波罗蜜多经》卷第四百三十残片

前、后、上、下残，存 7 行。

图 缺。文 缺。参 知见录 187 页。

639 印本《妙法莲华经》卷第四残片

存 3 行数字。

图 缺。文 缺。参 知见录 187 页。

640 印本《大般若波罗蜜多经》卷第五百六十三残片

前、后、上、下残，存 4 行十余字。

图 缺。文 缺。参 知见录 187 页。

641 印本《大般若波罗蜜多经》卷第一百三十二残片

存 3 行数字。

图 缺。文 缺。参 知见录 187 页。

642 印本《大般若波罗蜜多经》卷第一百三十二残片

前、后缺，下部残，存 4 行十余字。

图 缺。文 缺。参 知见录 187 页。

643 印本《大般若波罗蜜多经》卷第一百三十二残片

存 3 行数字。

图 缺。文 缺。参 知见录 187 页。

644 印本佛典残片

存 3 行数字。

图 缺。文 缺。参 知见录 187 页。

645 印本《大般若波罗蜜多经》卷第三百五十二残片

存 2 行数字。

图 缺。文 缺。参 知见录 187 页。

646 唐写《大般若波罗蜜多经》卷第三十三残片

前、后、上、下残，存 3 行十余字。

图 缺。文 缺。参 知见录 187 页。

647 唐写《四分律》卷第二十三残片

前、后、上、下残，存 5 行十余字。

图 缺。文 缺。参 知见录 187 页。

奈良宁乐美术馆藏吐鲁番文书

001　**唐开元二年（714）二月三日蒲昌县牒为勘某人身死事（宁乐29〈4〉号）**

13.8×30，存8行，前、上部缺，无纪年，据"麴相"名，知为开元二年案卷，第4行有"蒲昌县之印"。

图 宁乐吐文书27页。文 日比野丈夫1963，305页。目录初稿Ⅰ313页。宁乐吐文书27页。参 仁井田陞1937B，日比野丈夫1963。

002　**唐开元二年（714）二月四日蒲昌府案卷尾判（宁乐33<1>号）**

17.5×16.5，存4行，前缺，据"玉示"，知为开元二年。

图 宁乐吐文书28页。文 日比野丈夫1963，313页。目录初稿Ⅰ313页。宁乐吐文书28页。参 日比野丈夫1963。

003　**唐开元二年（714）二月三十日西州都督府下蒲昌府牒为差替人番上事（宁乐19 <2>+17<2>号）**

9.8×8.3、18.2×50.3，存18行，四面缺，由两件拼接而成，前4行为另件文书牒尾，5-7行、11-13行、16-17行有"西州都督府之印"。

图 宁乐吐文书29-30页。文 日比野丈夫1963，278-279页。目录初稿Ⅰ314页。菊池英夫1970，61-62页。宁乐吐文书30-31页。参 日比野丈夫1963。菊池英夫1969-1970。姜伯勤1989A。

004　**唐开元二年（714）闰二月蒲昌府范阿祚牒为知薗临番方始与替、仗备失时事（宁乐30<5>+22<3>+13<2-1>号）**

15.1×23.8、10.1×26.1、18.2×26.7，存19行，由三片缀合，前、上、中均缺，前片5-7行残存"右玉钤卫蒲昌府之印"；后片由两片上下拼成，下缺，为判文。

图 宁乐吐文书32-33页。文 日比野丈夫1963，280页。目录初稿Ⅰ314-315页。菊池英夫1970，69-70页。宁乐吐文书33-34页。参 日比野丈夫1963。菊池英夫1964、1969-1970。

005　**唐开元二年（714）西州都督府牒蒲昌府为寇贼在近、镇戍烽候督察严警事（宁乐28<2>+13<2-2>号）**

10×20.3、17.6×19.4，存9行，由两片上下拼合，下、后有缺，2-4行、7-9行上部有"西州都督府之印"。

图 宁乐吐文书35页。文 日比野丈夫1963，280页。目录初稿Ⅰ314-315页。菊池英夫1970，77-78页。宁乐吐文书35-36页。参 日比野丈夫1963。菊池英夫1969-1970。陈国灿2001。

006　**唐开元二年（714）闰二月西州都督府牒蒲昌府为李思缩欠练事（宁乐10<1>号）**

14.9×13.1，存3行，前、后、上均缺，无年月，据桥本关雪藏开元二年闰二月五日蒲昌府文书中李绾负练事，本件亦应在闰二月。

图 宁乐吐文书37页。文 日比野丈夫1963，285页。目录初稿Ⅰ316页。菊池英夫1970，84页。宁乐吐文书37页。参 日比野丈夫1963。菊池英夫1969-1970。

007 唐开元二年（714）闰二月四日蒲昌府折冲都尉王温玉自往临川城巡检判（宁乐26<2>+24<3>号）

10.1×29.3、14.2×29.4，存9行，由两片上下拼合而成，前、下缺，为牒文尾判。

图 宁乐吐文书38页。文 日比野丈夫1963，283页。目录初稿Ⅰ315页。菊池英夫1970，66页。宁乐吐文书38页。参 日比野丈夫1963。菊池英夫1969-1970。

008 唐开元二年（714）闰二月九日蒲昌府折冲都尉王温玉依年前所配番上判辞（宁乐23<5>号）

18.1×23.9，存8行，前、上、下均缺，残存王温玉判语。

图 宁乐吐文书39页。文 日比野丈夫1963，286页。宁乐吐文书39页。参 日比野丈夫1963。

009 唐开元二年（714）闰二月十八日蒲昌府索才牒为□礼奕等番当来月申州处分事（宁乐10<3>号）

25.6×30.4，存12行，上缺，纸尾骑缝押"玉"字，纸面透纸背所画竖条墨迹。

图 宁乐吐文书40页。文 日比野丈夫1963，286页。菊池英夫1964，47页。菊池英夫1970，79-80页。目录初稿Ⅰ353页。宁乐吐文书40页。参 日比野丈夫1963。菊池英夫1964、1969-1970。

010 唐开元二年（714）闰二月蒲昌县牒为卫士范君住母亡准式丧服事（宁乐28<5>+21<2>号）

8.3×21.9、17.4×22.6，存8行，由上下两片拼成，下、后缺，2-3行、6-7行有"蒲昌县之印"，纸首骑缝押"玉"字。

图 日比野丈夫1963，287页。宁乐吐文书41页。文 日比野丈夫1963，286-287页。目录初稿Ⅰ316页。宁乐吐文书41页。参 日比野丈夫1963。

011 唐开元二年（714）三月一日蒲昌县牒为卫士魏义逿母郭氏身亡准式丧服事（宁乐18<2>+14<2>+7<3>号）

17×45.3、9.4×9、10.1×37.4，存16行。由三片贴成，前5行为三月二日和均替姜德上城防御牒尾"玉示"判文；6-12行乃蒲昌县三月一日为魏母郭氏身亡给蒲昌府的牒文，7-8行、9-10行有"蒲昌县之印"；13-16行为军府三月三日受文判示，14-15行钤"右玉钤卫蒲昌府之印"。

图 日比野丈夫1963，文首图版。宁乐吐文书42-43页。文 日比野丈夫1963，287-288页。目录初稿Ⅰ316-317页。宁乐吐文书43-44页。参 日比野丈夫1963。陈国灿2001。

012 唐开元二年（714）三月西州都督府牒为冯住子身死、魏义逿遭母忧事（宁乐33<2>号）

17.3×13.8，存8行，前、后、下部均缺，2-4行有"西州都督府之印"。缺年月，据上件011号三月一日牒，本件当在其后不久，姑置于其后。

图 宁乐吐文书 45 页。文 日比野丈夫 1963，288 页。宁乐吐文书 45 页。参 日比野丈夫 1963。

013　**唐开元二年（714）三月十六日蒲昌府索才牒为兵李秀才马病废解退事（宁乐 17 <1> +19 <3> +16 <2> 号）**

17.5×45.3、9.6×10.2、9.8×35.5，存 18 行，由三片拼成，上缺。前 5 行为另件牒尾，有"右玉铃卫蒲昌府之印"，第 6 行起为索才牒文。

图 日比野丈夫 1963，289 页。宁乐吐文书 46-47 页。文 日比野丈夫 1963，289 页。目录初稿 I 317 页。宁乐吐文书 47-48 页。参 日比野丈夫 1963。

014　**唐开元二年（714）三月西州牒下蒲昌府为李秀才解退病马依追到府事（宁乐 14 <5> +22 <2> 号）**

15.6×35.9、15.3×9.2，存 10 行，由骑缝处拼接，前、后、下均缺，前 7 行为李秀才病马事，1-2 行铃"西州都督府之印"；8-9 行为卫士□玄敬呈辞，7、8 行间骑缝押"玉"字。本件缺日期，但与 013 号三月十六日牒相关，姑置其后。

图 宁乐吐文书 48-49 页。文 日比野丈夫 1963，290 页。目录初稿 I 317 页。宁乐吐文书 49 页。参 日比野丈夫 1963。

015　**唐开元二年（714）三月二十日赤亭镇典任瑄牒为检白仁轨闰二月番上事（宁乐 14 <4> +16 <4> +26 <1> 号）**

16.3×35.6、10.3×35.7、27.9×10.4，存 19 行，由三片拼成，前、上部缺。

图 宁乐吐文书 50-51 页。文 日比野丈夫 1963，290-291 页。菊池英夫 1970，70-71 页。宁乐吐文书 51-52 页。参 日比野丈夫 1963。菊池英夫 1964、1969-1970。

016　**唐开元二年（714）三月二十六日西州都督府牒下蒲昌府为□守节年老改配仗身事（宁乐 18 <1> +12 <2> 号）**

17.1×45.3、8.9×41.1，存 16 行，由两片上下拼成，上缺，8-9 行年月处铃"西州都督府之印"，12-13 行铃"右玉铃卫蒲昌府之印"。

图 宁乐吐文书 53-54 页。文 日比野丈夫 1963，291-292 页。目录初稿 I 318 页。宁乐吐文书 54-55 页。参 日比野丈夫 1963。黄惠贤 1990。

017　**唐蒲昌府郭才感妻魏氏辞（宁乐 7 <1> 号）**

14.7×16.1，存 6 行，上、后缺，缺年月，据日比野丈夫新获见《开元二年三月蒲昌府悬泉烽长探郭才感辞》中所言事，应为同时文书，姑列于三月末。

图 宁乐吐文书 56 页。文 日比野丈夫 1963，295 页。宁乐吐文书 56 页。参 日比野丈夫 1963。

018　**唐西州都督府帖为从春来番上守捉事（宁乐 22 <4> 号）**

11.7×30.6，存 4 行，上缺，3-4 行有"西州都督府之印"，尾署"四月五日"，故列于三月之后。

图 宁乐吐文书 57 页。文 日比野丈夫 1963，306 页。目录初稿 I 353 页。菊池英夫 1970，80 页。宁乐吐文书 57 页。参 日比野丈夫 1963。菊池英夫 1964、1969-1970。

019　**唐开元二年（714）四月九日牒尾（宁乐 24 <1> 号）**

28.3×6.3，存 2 行，前缺，无署名，仅存日期，透纸背墨涂黑白相间方格图案。

图 宁乐吐文书 58 页。文 宁乐吐文书 58 页。参

020 唐开元二年（714）四月十一日西州都督府牒蒲昌府为李绾替折冲王温玉游弈及索
才赴州事（宁乐5号）

28.2×44.3，存15行，前缺，1-8行为西州牒尾，9-15行为蒲昌府得牒后检案文，
8、9行间骑缝押"玉"字。

图宁乐吐文书59-60页。文日比野丈夫1963，293页。目录初稿Ⅰ319页。菊池英
夫1970，62-63页。宁乐吐文书60-61页。参日比野丈夫1963。菊池英夫1969-
1970。

021 唐开元二年（714）五月一日西州都督府牒蒲昌府为游弈官番上等事（宁乐25
<1>+6号）

11.1×13.9、26.4×31.7，存14行，前缺，由两片左右拼合，2、3行间骑缝为拼
接处，押"玉"字，骑缝前为牒文内容，已缺，今据判文拟题。

图宁乐吐文书62页。文日比野丈夫1963，294页。目录初稿Ⅰ319页。菊池英夫
1970，63-64页。宁乐吐文书62页。参金祖同1939。菊池英夫1969-1970。程喜霖
1983。

022 唐开元二年（714）五月八日蒲昌府判为请柳中县差一骑填番申州取裁事（宁乐3
<2>号）

29.2×31.5，存12行，残存判尾，9、10行间骑缝押"玉"字。

图宁乐吐文书63页。文日比野丈夫1963，294页。宁乐吐文书63页。参日比野
丈夫1963。

023 唐开元二年（714）五月十九日蒲昌府索才牒为来月当上番、改补、请替申州处分
事（宁乐27<1>+1号）

27.8×5.8、27.7×44.6，存19行，前缺，由两件左右拼合，右件1、2行为另一
小片，第13行骑缝押"玉"字。

图宁乐吐文书64-65页。文日比野丈夫1963，295页。目录初稿Ⅰ320页。菊池英
夫1970，71-72页。宁乐吐文书65-66页。参金祖同1939。日比野丈夫1963。菊
池英夫1969-1970，程喜霖1983。陈国灿2001。

024 唐开元二年（714）五月二十四日蒲昌县牒蒲昌府为张同录牒上州户曹事（宁乐25
<2>号）

23.3×26.4，存8行，前、后、上均缺，3-4行有"蒲昌县之印"。

图宁乐吐文书67页。文日比野丈夫1963，296页。目录初稿Ⅰ313页。宁乐吐文
书67页。参日比野丈夫1963。

025 唐开元二年（714）六月三日蒲昌府受州牒为当月游弈官乘马及各烽戍替番下所由
事（宁乐27<2>+4号）

26.7×5.9、26.8×37，存15行，前缺，由两片左右拼合，首行前骑缝押"玉"
字，1-2行有"右玉钤卫蒲昌府之印"，4-5行间背面有"州为长探烽人不到事，
六月三日辰时付……"等语。

图宁乐吐文书68-69页。文日比野丈夫1963，296-297页。目录初稿Ⅰ321页。菊
池英夫1970，64页。宁乐吐文书69页。参日比野丈夫1963。菊池英夫1969-
1970。

026 **唐开元二年（714）六月十一日西州都督府牒下蒲昌府为□长寿侍丁事（宁乐30 ＜6＞＋11＜1＞号）**

6.1×28.2、6.8×17.3，存11行，四面缺，由两片上下拼合，2-3行有"西州都督府之印"。

図 宁乐吐文书70页。文 日比野丈夫1963，297页。宁乐吐文书70页。参 日比野丈夫1963。菊池英夫1969-1970。

027 **唐开元二年（714）七月二十二日□忽吕牒为塞悬泉谷事（宁乐20＜2＞＋15＜4＞号）**

6×29.1、6.5×43.3，存9行，由两片上下拼接，上缺，4-5行间骑缝押"方"字。有"二十二日"而无年月，据下件028号文书"先塞悬泉谷"语，故列于其前。

図 宁乐吐文书71页。文 日比野丈夫1963，306-307页。宁乐吐文书71页。参 日比野丈夫1963。

028 **唐开元二年（714）七月二十二日蒲昌府贺方为诸事上州听裁判（宁乐8＜2＞号）**

24.8×24.6，前、下缺，存8行，行牒为二十二日，判则在二十五日。

図 宁乐吐文书72页。文 日比野丈夫1963，298页。目录初稿Ⅰ321页。菊池英夫1970，55页。宁乐吐文书72页。参 日比野丈夫1963。菊池英夫1969-1970。

029 **唐开元二年（714）七月蒲昌县牒为勘白诨庆身死事（宁乐21＜1＞号）**

21.5×16.2，存4行，四面均缺，人名诸字有朱勾，残存"蒲昌县之印"。

図 宁乐吐文书73页。文 日比野丈夫1963，298页。宁乐吐文书73页。参 日比野丈夫1963。

030 **唐开元二年（714）八月五日蒲昌府贺方判抽突播烽兵向上萨捍烽候望事（宁乐9＜2＞号）**

28.1×24.6，牒文缺，存判文8行。

図 宁乐吐文书74页。文 日比野丈夫1963，298页。目录初稿Ⅰ322页。菊池英夫1970，68-69页。宁乐吐文书74页。参 日比野丈夫1963。菊池英夫1969-1970。程喜霖1983。陈国灿2000。

031 **唐开元二年（714）八月蒲昌县牒为君行差替宋神俨迟违事（宁乐34＜7＞＋21＜3＞号）**

2.9×28.3、12.6×41.5，存9行，由两片合成，上、中、下均缺。

図 宁乐吐文书75页。文 日比野丈夫1963，298页。菊池英夫1970，56页。宁乐吐文书75页。参 日比野丈夫1963。菊池英夫1969-1970。

032 **唐开元二年（714）八月长探见到文书（宁乐27＜4＞号）**

6.7×27.9，存8行，四面缺，人名缺。

図 宁乐吐文书76页。文 日比野丈夫1963，299页。宁乐吐文书76页。参 日比野丈夫1963。

033 **唐西州都督府牒为维磨戍长探曹顺落贼警备勿失事（宁乐23＜2＞号）**

14×16.8，存5行，下、后缺，首行前骑缝押"玉"字，2-3行有"西州都督府之印"。

图 宁乐吐文书 77 页。**文** 日比野丈夫 1963，299 页。菊池英夫 1970，67-68 页。宁乐吐文书 77 页。**参** 日比野丈夫 1963。菊池英夫 1969-1970。

034　唐西州都督府牒蒲昌府为卫士某患疾不能行事（宁乐 15 <2> 号）

6.3×31.3，存 10 行，上、下、后缺，8-10 行有"西州都督府之印"。

图 宁乐吐文书 78 页。**文** 日比野丈夫 1963，299-300 页。目录初稿 I 322 页。宁乐吐文书 78 页。

035　唐西州都督府牒为蒲昌府诸烽戍替人事（宁乐 31 <3> 号）

15.5×17.8，存 6 行，前、后、下缺，第 3 行有"西州都督府之印"。

图 宁乐吐文书 79 页。**文** 日比野丈夫 1963，300 页。目录初稿 I 315 页。菊池英夫 1970，69 页。宁乐吐文书 79 页。**参** 日比野丈夫 1963。菊池英夫 1969-1970。

036　唐西州都督府牒为巡逻觇探贼踪事一（宁乐 20 <3> +7 <2> 号）

7.7×33.5、19.3×31.7，存 16 行，被裁成两片，上下之间约缺 2 字，上片首行前骑缝押"玉"字，2-3 行有"西州都督府之印"。

图 宁乐吐文书 80 页。**文** 日比野丈夫 1963，300-301 页。目录初稿 I 323 页。宁乐吐文书 81 页。**参** 日比野丈夫 1963。菊池英夫 1969-1970。程喜霖 1983。陈国灿 2000。

037　唐西州都督府牒为巡逻觇探贼踪事二（宁乐 26 <3> +16 <3> 号）

16.2×22.1、11.2×6.1，存 11 行，由两片左右拼成，前、后、下缺，内容与前件一致。

图 宁乐吐文书 82 页。**文** 日比野丈夫 1963，300-301 页。目录初稿 I 323 页。宁乐吐文书 81 页。**参** 日比野丈夫 1963。菊池英夫 1969-1970。陈国灿 2000。

038　唐西州都督府牒为巡逻觇探贼踪事三（宁乐 10 <2> 号）

12.3×19.7，存 7 行，四面缺，内容与前两件一致，4-6 行有"西州都督府之印"。以上三件内容，与桥本 3 号《开元二年（714）四月四日西州都督府牒蒲昌府为诸处要路陪须严备防贼入界事》所载大体相同。

图 宁乐吐文书 83 页。**文** 日比野丈夫 1963，300-301 页。目录初稿 I 323 页。宁乐吐文书 83 页。**参** 日比野丈夫 1963。菊池英夫 1969-1970。陈国灿 2000。

039　唐柳中县牒为勘维磨戍兵战死及埋殡事（宁乐 27 <3> +28 <1> 号）

? ×22.3、16.1×23，存 19 行，由两片左右拼接，前、后、下缺，缺年月，2-3 行、11-12 行有"柳中县之印"。

图 宁乐吐文书 84-85 页。**文** 菊池英夫 1960，109 页。日比野丈夫 1963，302、303 页。目录初稿 I 323、324 页。宁乐吐文书 84-85 页。**参** 仁井田陞 1937B。菊池英夫 1960。日比野丈夫 1963。

040　唐蒲昌县牒为刘文伯入老、曹迴住等未没贼上报事（宁乐 8 <1> 号）

24.2×20.9，存 8 行，后缺，2-3 行上部、7-8 行下部有"蒲昌县之印"。

图 宁乐吐文书 86 页。**文** 菊池英夫 1960，108 页。日比野丈夫 302 页。目录初稿 I 323-324 页。宁乐吐文书 86 页。**参** 仁井田陞 1937B。菊池英夫 1960。日比野丈夫 1963。

041　唐蒲昌县司兵牒为火急发遣维磨路长探事（宁乐 32 <2> 号）

16.3×19.7，存7行，下、后缺，无年月，首行前骑缝押"玉"字。

图 宁乐吐文书87页。文 日比野丈夫1963，303页。目录初稿Ⅰ324页。菊池英夫
1970，68页。宁乐吐文书87页。参 日比野丈夫1963。菊池英夫1969-1970。

042　唐某县牒为勘某兵母亡遭忧事（宁乐16＜1＞＋20＜5＞号）

6.1×5.7、7.2×43.2，存13行，由两片左右拼成，上缺，第10行以后为另一起
侍丁事，第8行有朱笔勾"了"字。

图 宁乐吐文书88页。文 日比野丈夫1963，304页。目录初稿Ⅰ324页。宁乐吐文
书88页。参 日比野丈夫1963。

043　唐赤亭镇牒蒲昌府为请速差替倚团及身亡者上当月烽戍事（宁乐9＜1＞号）

28.1×21，存7行，后缺，年月缺，第1行"蒲昌府"下有朱笔线。

图 宁乐吐文书89页。文 日比野丈夫1963，305页。目录初稿Ⅰ325页。宁乐吐文
书89页。参 金祖同1939。日比野丈夫1963。

044　唐队正宋元恭状上蒲昌府为某烽替人落贼事（宁乐25＜3＞号）

15.2×29.7，存11行，前、上缺，有日无年月。

图 宁乐吐文书90页。文 日比野丈夫1963，305-306页。宁乐吐文书90页。参 日
比野丈夫1963。

045　唐蒲昌府某人到团文书（宁乐20＜1＞号）

17.2×13.3，存3行，上、后缺，年月性质不明。

图 宁乐吐文书91页。文 日比野丈夫1963，306页。目录初稿Ⅰ325页。宁乐吐文
书91页。参 日比野丈夫1963。

046　唐蒲昌府折冲王温玉判为戍主李昭旦住停事（宁乐24＜4＞号）

15.8×18.8，存6行，前、上缺，有日无年月，据书法知为王温玉判文。

图 宁乐吐文书92页。文 日比野丈夫1963，307页。目录初稿Ⅰ326页。宁乐吐文
书92页。参 日比野丈夫1963。

047　唐蒲昌府承帐、随番、不役、停番等名簿（宁乐2号）

23.8×43.1，存18行，下缺，其余较完整，无年月日，首尾骑缝均押"玉"字。4
行记"人承帐及随番"，11行记"人入六十"，14行记"人侍丁"，16行记"人五
十停番"，余皆为人名。

图 仁井田陞1937B图，18页。宁乐吐文书93-94页。文 菊池英夫1960，117-118
页。日比野丈夫1963，272页。宁乐吐文书94-95页。参 仁井田陞1937B。菊池英
夫1960。日比野丈夫1963。

048　唐蒲昌府终服、没蕃及现支配诸所等名簿（宁乐13＜1＞＋16＜5＞号）

17.3×45.7、10.3×45.5，存19行，由两片上下拼接，上缺，无年月日，书法与
前件一致，支配诸所项下列有狼泉、达匪、塞亭、胡麻泉、悬泉等烽上番人名。

图 日比野丈夫1963，274页。宁乐吐文书96-97页。文 日比野丈夫1963，274页。
目录初稿Ⅰ306页。菊池英夫1970，57-58页。宁乐吐文书97-98页。参 日比野丈
夫1963。菊池英夫1969-1970。陈国灿2000。

049　唐蒲昌府军行不回、没落等名簿（宁乐29＜1＞号）

25×5.7，存3行，前、后被剪损，书法与前两件一致，事类不同，列"天兵军行

不迴" 者六人。

📷 宁乐吐文书 99 页。📄 菊池英夫 1962，49-50 页。日比野丈夫 1963，272 页。宁乐吐文书 99 页。📑 菊池英夫 1961-1962。日比野丈夫 1963。

050　唐蒲昌府番上、不番上等名簿（宁乐 12 <1> 号）
8.7×45.2，存 16 行，前、后、下均缺，无年月日，尾部残存押缝 "玉" 字痕。所列人名，多见于前 048 号文书。
📷 宁乐吐文书 100-101 页。📄 日比野丈夫 1963，273 页。宁乐吐文书 100-101 页。📑 日比野丈夫 1963。

051　唐蒲昌府支配诸所人等名簿（宁乐 19 <4> +11 <4> 号）
7.1×36.5、6.5×12.5，存 17 行，由两片左右拼成，前、后、下均缺，无年月日，列方亭、狼泉、罗护、突播、赤亭、胡麻泉、悬泉等烽戍番上人名，第 13、14 行间拼接处的骑缝押 "玉" 字。
📷 宁乐吐文书 102-103 页。📄 日比野丈夫 1963，275 页。菊池英夫 1970，69 页。宁乐吐文书 102-103 页。📑 日比野丈夫 1963。菊池英夫 1969-1970。

052　唐蒲昌府番上烽、镇人名簿（宁乐 11 <5> 号）
26.8×30.9，存 10 行，前、后缺，无年月日，列有小岭、狼泉、罗护、达匪、赤亭、塞亭诸烽镇番上人我名，8-9 行间的骑缝押 "玉" 字。
📷 宁乐吐文书 104 页。📄 日比野丈夫 1963，275 页。目录初稿 I 308 页。菊池英夫 1970，58-59 页。宁乐吐文书 105 页。📑 日比野丈夫 1963。菊池英夫 1969-1970。陈国灿 2000。

053　唐蒲昌府来月应当番名簿（宁乐 19 <7> 号）
6.9×38.7，存 13 行，下、后缺，书法与 051 号文书相同。
📷 宁乐吐文书 106 页。📄 日比野丈夫 1963，276 页。宁乐吐文书 106 页。📑 日比野丈夫 1963。

054　唐蒲昌府校尉康宝团牒为主帅史才智事（宁乐 11 <3> 号）
6.5×13.2，存 4 行，上、下、后缺。
📷 宁乐吐文书 107 页。📄 日比野丈大 1963，290 页。宁乐吐文书 107 页。📑 日比野丈夫 1963。

055　唐西州都督府牒蒲昌府为队副史才智番当事（宁乐 34 <1> +23 <1> 号）
2.7×28.4、2.7×8.8，存 3 行，由两片上下拼成，后缺，下片 2-3 行残存 "西州都督府之印"。
📷 宁乐吐文书 108 页。📄 日比野丈夫 1963，296 页。宁乐吐文书 108 页。📑 日比野丈夫 1963。

056　唐开元二年蒲昌县牒为勘责某人男是卫士事（宁乐 25 <4> 号）
6.6×30.7，存 10 行，上、下缺，4-5 行残存 "蒲昌县之印"。
📷 宁乐吐文书 109 页。📄 日比野丈夫 1963，305 页。宁乐吐文书 109 页。📑 日比野丈夫 1963。

057　唐蒲昌县牒为勘某人父死事（宁乐 30 <7> +24 <5> 号）
10.2×6.7、10.7×19.7，存 8 行，由两小片左右拼成，上缺，月、日上钤 "蒲昌县之印"。

图 宁乐吐文书 110 页。文 日比野丈夫 1963，304 页。宁乐吐文书 110 页。参 日比野丈夫 1963。

058　　唐某人身是侍丁准式免番文书（宁乐 31 <1> 号）

6.7×17.3，存 5 行，上、下、后缺，书法与 026 号文书相同。

图 宁乐吐文书 111 页。文 日比野丈夫 1963，297 页。宁乐吐义书 111 页。参 日比野丈夫 1963。

059　　唐应上、当上残牒（宁乐 25 <5> 号）

5.3×21.4，存 9 行，上、后缺，首行为牒文书式。

图 宁乐吐文书 112 页。文 日比野丈夫 1963，306 页。宁乐吐文书 112 页。参 日比野丈夫 1963。

060　　唐蒲昌县牒为勘某人事（宁乐 31 <2> 号）

4.8×23.1，存 5 行，上缺，书法、格式与 001 号文书相同。

图 宁乐吐文书 113 页。文 日比野丈夫 1963，305 页。宁乐吐文书 113 页。参 日比野丈夫 1963。

061　　"付蒲昌府"牒文封题（宁乐 23 <3> 号）

10×17，存 2 行，仅 4 字，每字一分为二，左侧大半在右第 1 行，右侧小半在左第 2 行，实为折叠包封牒文后在骑缝上押签，本为 1 行 4 字。

图 日比野丈夫 1963，312 页。宁乐吐文书 114 页。文 日比野丈夫 1963，312 页。宁乐吐文书 114 页。参 日比野丈夫 1963。

062　　唐西州帖蒲昌府为今月番上欠兵事（宁乐 11 <2> 号）

6.1×13.4，存 5 行，上、下缺，墨涂黑白相间的方格图案。从 1 行"帖蒲"知为西州都督府下给蒲昌府帖文。

图 宁乐吐文书 115 页。文 宁乐吐文书 115 页。参

063　　唐兵翟礼达残片（宁乐 14 <3> 号）

6.1×8.7，存 3 行，四面缺。

图 宁乐吐文书 115 页。文 宁乐吐文书 115 页。参

064　　唐蒲昌县牒蒲昌府为勘严某某事（宁乐 30 <4> 号）

2.9×19.7，存 6 行，下、后缺，其格式、性质与 010 号文书相同。

图 宁乐吐文书 116 页。文 宁乐吐文书 116 页。参

065　　唐曹才通等倚团残名簿（宁乐 28 <4> 号）

5.3×20.8，存 5 行，上缺。

图 宁乐吐文书 117 页。文 宁乐吐文书 117 页。参

066　　唐柳中县上蒲昌府残片（宁乐 22 <5> 号）

3.7×42.6，存 5 行，下、后缺，首行前骑缝押"玉"字。

图 宁乐吐文书 118 页。文 宁乐吐文书 118 页。参

067　　唐西州下蒲昌府牒残片（宁乐 20 <4> 号）

6.7×35.7，存 5 行，上、下缺，有"西州都督府之印"，纸尾骑缝押"玉"字。

图 宁乐吐文书 118 页。文 宁乐吐文书 118 页。参

068　　唐张孝敬牒残片（宁乐 19 <6> 号）

　　6.5×38.9，存 6 行，前、上缺。

　　图 宁乐吐文书 119 页。文 宁乐吐文书 119 页。参

069　　唐西州都督府下蒲昌府牒残片（宁乐 31 <3> 号）

　　3.3×27.2，存 8 行，下、后缺。

　　图 宁乐吐文书 119 页。文 宁乐吐文书 119 页。参

070　　唐西州都督府牒为番上人事（宁乐 29 <2> 号）

　　4.4×31.6，存 12 行，行存 1-2 字，下、后缺。

　　图 宁乐吐文书 120 页。文 宁乐吐文书 120 页。参

071　　唐注死亡文书残片（宁乐 32 <7> 号）

　　4.4×35.3，存 5 行，四面缺。

　　图 宁乐吐文书 120 页。文 宁乐吐文书 120 页。参

072　　唐开元残文书（宁乐 32 <8> 号）

　　2.6×39.7，存 5 行，四面缺。

　　图 宁乐吐文书 121 页。文 宁乐吐文书 121 页。参

073　　唐蒲昌府受牒文残片（宁乐 32 <9> 号）

　　2.6×34，存 9 行，四面缺。

　　图 宁乐吐文书 121 页。文 宁乐吐文书 121 页。参

074　　唐开元年与蒲昌府府司文书残片（宁乐 31 <4> 号）

　　2.9×40，存 5 行，四面缺。

　　图 宁乐吐文书 122-123 页。文 宁乐吐文书 122 页。参

075　　唐王温玉判残文书（宁乐 31 <5> 号）

　　3.1×46.6，存 12 行，四面缺。

　　图 宁乐吐文书 122-123 页。文 宁乐吐文书 122-123 页。参

076　　唐番上烽戍人簿残片（宁乐 30 <2> 号）

　　8.3×5.8，存 3 行，四面缺。

　　图 宁乐吐文书 123 页。文 宁乐吐文书 123 页。参

077　　唐牒为李思绾事残片（宁乐 15 <5> 号）

　　6.8×48.3，存 8 行，四面缺，第 7 行为骑缝，押"玉"字。

　　图 宁乐吐文书 124-125 页。文 宁乐吐文书 124 页。参

078　　唐残名簿（宁乐 35 <17> 号）

　　2×26.1，存 9 行，四面缺，后 3 人名又见于 052 号文书。

　　图 宁乐吐文书 124 页。文 宁乐吐文书 246 页。参

079　　唐令陪残片（宁乐 28 <3> 号）

　　6.5×17.4，存 2 行，四面缺。

　　图 宁乐吐文书 126 页。文 宁乐吐文书 126 页。参

080　　唐史周思残片（宁乐 30 <3> 号）

　　17.2×5.5，存 2 行，四面缺。

　　图 宁乐吐文书 126 页。文 宁乐吐文书 126 页。参

081　唐蒲昌县上蒲昌府牒残片（宁乐 35 <4 >号）

　　3.1×31.3，残存 11 行，下、后缺。

　　图 宁乐吐文书 127 页。文 宁乐吐文书 127 页。参

082　唐王温玉判残片（宁乐 22 <1 >号）

　　6.6×13.3，残存 4 行，四面缺。

　　图 宁乐吐文书 127 页。文 宁乐吐文书 127 页。参

083　唐蒲昌府文书残片一（宁乐 35 <3 >号）

　　3.5×10.4，残存"受"字。

　　图 宁乐吐文书 128 页。文 缺。参

084　唐蒲昌府文书残片二（宁乐 34 <8 >号）

　　4.7×8，残存 3 行。

　　图 宁乐吐文书图（128 页）。文 缺。参

085　唐蒲昌府文书残片三（宁乐 32 <3 >号）

　　7.4×4.6，残存 2 行，存"□秃发"、"安置讫"诸字。

　　图 宁乐吐文书 128 页。文 缺。参

086　唐蒲昌府文书残片四（宁乐 35 <10 >号）

　　5.5×2.7，残存 1 行"范君住"3 字。

　　图 宁乐吐文书 128 页。文 缺。参

087　唐蒲昌府文书残片五（宁乐 34 <1 >号）

　　6.3×6.8，残存 1 行。

　　图 宁乐吐文书 128 页。文 缺。参

088　唐蒲昌府文书残片六（宁乐 33 <4 >号）

　　7.4×3.9，残存 1 行。

　　图 宁乐吐文书 128 页。文 缺。参

089　唐蒲昌府文书残片七（宁乐 32 <6 >号）

　　3.1×2.7，残存 1 行。

　　图 宁乐吐文书 128 页。文 缺。参

090　唐蒲昌府文书残片八（宁乐 34 <11 >号）

　　3.3×6.4，残存 1 行。

　　图 宁乐吐文书 128 页。文 缺。参

091　唐蒲昌府文书残片九（宁乐 35 <9 >号）

　　3.5×2，残存 1 行"张车相"3 字。

　　图 宁乐吐文书 128 页。文 缺。参

092　唐蒲昌府文书残片十（宁乐 19 <1 >号）

　　5.2×9.2，残存 1 行。

　　图 宁乐吐文书 128 页。文 缺。参

093　唐蒲昌府文书残片十一（宁乐 35 <8 >号）

　　1.6×26.3，残存 5 行，行 1 字。

　　图 宁乐吐文书 129 页。文 缺。参

094 唐蒲昌府文书残片十二（宁乐 35 <6 > 号）
3×25.4，残存 1 行。
图 宁乐吐文书 129 页。文 缺。参

095 唐蒲昌府文书残片十三（宁乐 35 <12 > 号）
2.5×3.7，存"赵智" 2 字。
图 宁乐吐文书 129 页。文 缺。参

096 唐蒲昌府文书残片十四（宁乐 35 <13 > 号）
2.7×22.1，残存 2 行。
图 宁乐吐义书 129 页。文 缺。参

097 唐蒲昌府文书残片十五（宁乐 14 <1 > 号）
9.6×9.4，残存 3 行。
图 宁乐吐文书 129 页。文 缺。参

098 唐蒲昌府文书残片十六（宁乐 23 <4 > 号）
9.8×14，残存 2 行"蒲昌"、"兵曹"诸字。
图 宁乐吐文书 129 页。文 缺。参

099 唐蒲昌府文书残片十七（宁乐 35 <5 > 号）
2.6×15.2，残存 3 行。
图 宁乐吐文书 129 页。文 缺。参

100 唐蒲昌府文书残片十八（宁乐 35 <7 > 号）
2×13.8，残存"都"字。
图 宁乐吐文书 129 页。文 缺。参

101 唐蒲昌府文书残片十九（宁乐 24 <2 > 号）
5.9×6.3，残存 2 行。
图 宁乐吐文书 129 页。文 缺。参

102 唐蒲昌府文书残片二十（宁乐 3 <1 > 号）
30.4×5.8，残存 2 行，有"付司玉示，二十二"。
图 宁乐吐文书 130 页。文 缺。参

103 唐蒲昌府文书残片二十一（宁乐 30 <1 > 号）
25.3×3.8，残存 1 行，存文头"都督府" 3 字。
图 宁乐吐文书 130 页。文 缺。参

104 唐蒲昌府文书残片二十二（宁乐 35 <11 > 号）
9.7×4.6，残存墨迹。
图 宁乐吐文书 130 页。文 缺。参

105 唐蒲昌府文书残片二十三（宁乐 34 <6 > 号）
7.2×5.3，残存"六日"。
图 宁乐吐文书 130 页。文 缺。参

106 唐蒲昌府文书残片二十四（宁乐 32 <8 > 号）
12.4×3.7，残存 1 行。
图 宁乐吐文书 130 页。文 缺。参

107   唐蒲昌府文书残片二十五（宁乐35＜1＞号）
　　　13.3×3.1，残存2行。
　　　图 宁乐吐文书130页。文 缺。参

108   唐蒲昌府文书残片二十六（宁乐35＜2＞号）
　　　1.8×19，残存"牒"字。
　　　图 宁乐吐文书130页。文 缺。参

109   唐蒲昌府文书残片二十七（宁乐32＜5＞号）
　　　4.9×6.2，残存2行。
　　　图 宁乐吐文书130页。文 缺。参

110   唐蒲昌府文书残片二十八（宁乐35＜14＞号）
　　　1.8×10.3，残存"牒"字。
　　　图 宁乐吐文书130页。文 缺。参

111   唐蒲昌府文书残片二十九（宁乐32＜4＞号）
　　　6×3.4，残存2行。
　　　图 宁乐吐文书130页。文 缺。参

112   唐蒲昌府文书残片三十（宁乐15＜3＞号）
　　　6.7×41.9，纸首残存"牒检案"3字。
　　　图 宁乐吐文书131页。文 缺。参

113   唐蒲昌府文书残片三十一（宁乐33＜7＞号）
　　　3×46，残存2字。
　　　图 宁乐吐文书131页。文 缺。参

114   唐蒲昌府文书残片三十二（宁乐34＜5＞号）
　　　3.1×45.6，残存7行，每行一二字。
　　　图 宁乐吐文书131页。文 缺。参

115   唐蒲昌府文书残片三十三（宁乐12＜3＞号）
　　　6.8×48.4，残存2行，行间骑缝押"玉"字，后存"检案连如前"。
　　　图 宁乐吐文书131页。文 缺。参

116   唐蒲昌府文书残片三十四（宁乐34＜4＞号）
　　　2.6×3.3，残存2行。
　　　图 宁乐吐文书131页。文 缺。参

117   唐蒲昌府文书残片三十五（宁乐34＜3＞号）
　　　2.9×32.4，残存3行，有"□才牒"，缝押"玉"字。
　　　图 宁乐吐文书131页。文 缺。参

118   唐蒲昌府文书残片三十六（宁乐35＜15＞号）
　　　1.4×41.4，存5、6个字残迹。
　　　图 宁乐吐文书131页。文 缺。参

119   唐蒲昌府文书残片三十七（宁乐19＜2＞号）
　　　6.5×35.6，存"检案"2字，纸尾骑缝押"玉"字。
　　　图 宁乐吐文书131页。文 缺。参

120　**唐蒲昌府文书残片三十八（宁乐 34 <2> 号）**

2.9×34，残存 2 行。

图 宁乐吐文书 131 页。文 缺。参

121　**唐蒲昌府文书残片三十九（宁乐 34 <10> 号）**

2.9×31.2，残存字迹一处。

图 宁乐吐文书 132 页。文 缺。参

122　**唐蒲昌府文书残片四十（宁乐 33 <5> 号）**

4.1×29.5，残存 3 行。

图 宁乐吐文书 132 页。文 缺。参

123　**唐蒲昌府文书残片四十一（宁乐 33 <6> 号）**

16.4×5.3，残存字迹一处。

图 宁乐吐文书 132 页。文 缺。参

124　**唐蒲昌府文书残片四十二（宁乐 29 <3> 号）**

6.2×24，残存 5 行，有"二十□"、"録事魏"、"玉示，二十□"。

图 宁乐吐文书 132 页。文 缺。参

125　**唐蒲昌府文书残片四十三（宁乐 32 <1> 号）**

4.5×22.2，残存字迹两处。

图 宁乐吐文书 132 页。文 缺。参

126　**唐蒲昌府文书残片四十四（宁乐 33 <3> 号）**

3.3×11.6，残存 1 行，有"牒检"字。

图 宁乐吐文书 132 页。文 缺。参

127　**唐蒲昌府文书残片四十五（宁乐 35 <16> 号）**

1.6×17.2，残存字迹三处。

图 宁乐吐文书 132 页。文 缺。参

128　**唐蒲昌府文书残片四十六（宁乐 15 <1> 号）**

8.2×11.5，残存 1 行，纸尾骑缝押"玉"字。

图 宁乐吐文书 132 页。文 缺。参

奈良天理大学图书馆藏吐鲁番文书

001 **高昌延寿十四年（637）五月清信女供养《维摩诘经》卷下残片**

本件前缺，存 14 行，有丝栏，1-3 行为经文，4 行署"维摩诘经卷下"，5-7 行分记"经生令狐善欢写。曹法师法慧校。法华斋主大僧平事沙门法焕定"。8 行称"延寿十四年岁次丁酉五月三日清信女　稽首归命三宝"，11 行提及"赖王父之仁慈，蒙妃母之训诲"，知此清信女当为当时高昌王麹文泰的女儿。本件出土地不详，识语集录认为可疑。

图 识语集录图 208。**文** 识语集录 183-184 页。**参** 内藤虎次郎 1915。小笠原宣秀 1961B。王素 1992。

大阪四天王寺出口常顺藏吐鲁番文书

（一）北朝、高昌国时期写本（《高昌残影》101-133 号，由隶到楷）

001 《正法华经》卷第二断片 （残影 101 号）

25.2×30.4，前、后缺损，六朝书体，有乌丝栏，存 19 行，每行 4 句 16 字。古写本展订本件年代为公元 400 年顷。

图 高昌残影 1 页。古写本展图 17。文 藤枝晃 1991。参 藤枝晃 1991。

002 《菩萨善戒经》卷第三断片 （残影 102 号）

28.5×30.5，前缺，右上部残，六朝书体，有乌丝栏，存 20 行，满行 19 字，经文末署"第三卷"，末 2 行为"一校竟，比丘僧寿所供养经"注记。本件缺纪年，识语集录认为大约在 5 世纪，古写本展订为 5 世纪前半。

图 高昌残影 2 页。古写本展图 18。文 识语集录 97 页（题记）。藤枝晃 1991。参 藤枝晃 1991。

003 《妙法莲华经》卷第六断片 （残影 103 号）

27.7×55.2，前、后缺，左上部残，六朝书体，有乌丝栏，存 30 行，满行 18 字。古写本展订本件年代为 5 世纪。

图 高昌残影 3-4 页。古写本展图 19。文 藤枝晃 1991。参 藤枝晃 1991。

004 《金光明经》卷第三、第四断片 （残影 104 号）

28.2×47.5，前、后缺，六朝书体，有乌丝栏，存 28 行，满行 19 字，第 8 行题"金光明经流水长者子品第十六"。古写本展订本件年代为公元 400 年顷。

图 高昌残影 5-6 页。古写本展图 20。文 藤枝晃 1991。参 藤枝晃 1991。

005 《十诵律》卷第二十一断片 （残影 105 号）

14×78.1，前、后缺，六朝书体，存 55 行，每行 14-19 字不等，行中有补字。古写本展订本件年代为 5 世纪前半。

图 高昌残影 7-8 页。古写本展图 21。文 藤枝晃 1991。参 藤枝晃 1991。

006 《金光明经》卷第二断片 （残影 106 号）

19.6×17.1，前、后、下缺，六朝书体，有乌丝栏，存 9 行。

图 高昌残影 9 页。文 缺。参

007 《妙法莲华经》卷第二断片 （残影 107 号）

12.9×15.4，前、后、下缺，六朝书体，有乌丝栏，存 10 行。

图 高昌残影 9 页。文 缺。参

008 《悲华经》卷第二残片 （残影 108 号）

9.6×6.8，四面缺，六朝书体，存 4 行。

图 高昌残影 9 页。文 缺。参

009　《道行般若经》卷第五断片（残影 **109** 号）

16.9×13.9，前、后、下缺，两面书写，正面为六朝书体，有乌丝栏，存 9 行经文。古写本展订本件年代为公元 400 年顷。

图 高昌残影 10 页。古写本展图 22。文 藤枝晃 1991。参 藤枝晃 1991。

009v　回鹘文写经题记

存 6 行回鹘文与经题记，并有木笔所写极细汉字。

图 高昌残影 10 页。文 缺。参

010　《道行般若经》卷第一断片（残影 **110** 号）

12.4×22.6，前、后、下缺，六朝书体，有乌丝栏，存 13 行。

图 高昌残影 10 页。文 缺。参

011　《正法华经》卷第九断片（残影 **111** 号表）

12×18.9，前、后、下缺，六朝书体，有乌丝栏，存 11 行。

图 高昌残影 11 页。文 缺。参

011v　佛经注疏断片（残影 **111** 号里）

四面缺，存 12 行，行楷，末行字有涂抹迹。

图 高昌残影 11 页。文 缺。参

012　《首楞严三昧经》卷下残片（残影 **112** 号）

10.1×8.2，四面缺，六朝书体，有乌丝栏，存 6 行。

图 高昌残影 11 页。藤枝晃 1987B 图 11。文 缺。参 藤枝晃 1987B。

013　《阿毗昙八犍度论》卷第二十断片（残影 **113** 号）

13.1×11.3，前、后、上缺，六朝书体，有乌丝栏，存 8 行，行中有补字。

图 高昌残影 11 页。文 缺。参

014　《佛说决罪福经》卷上断片（残影 **114** 号）

26.8×46.9，前、后缺，楷书，存 24 行，满行 17 字，23、24 行间有接缝。

图 高昌残影 12 页。文 缺。参

015　《放光般若经》卷第九断片（残影 **115** 号）

27.5×34，前、上、中间有缺损，楷书，存 16 行，有尾题"摩诃般若波罗蜜放光经卷第八"，后部夹 3 行回鹘文杂写。

图 高昌残影 13 页。文 缺。参

016　《妙法莲华经》卷第一断片（残影 **116** 号）

26.1×68.7，前缺，上下中微残，楷书，存 32 行，满行 4 句 20 字，句间空格，有尾题"妙法莲华经卷第一"。古写本展订本件年代为公元 600 年顷。

图 高昌残影 14-15 页。古写本展图 23。文 藤枝晃 1991。参 藤枝晃 1991。

017　《佛说观佛三昧海经》卷第九断片（残影 **117** 号）

24.5×28.9，前、后缺，楷书，有乌丝栏，存 19 行，满行 17 字。

图 高昌残影 16 页。文 缺。参

018　《十方千五百佛名经》断片（残影 **118** 号）

15.9×26.9，四面缺损，楷书，有乌丝栏，存 15 行。

图 高昌残影 16 页。文 缺。参

019 《大般涅槃经》卷第五断片（残影 **119** 号）

　　11.8×13.8，前、后、下缺，楷书，有乌丝栏，存 7 行。

　　图 高昌残影 17 页。**文** 缺。**参**

020 《大般涅槃经》卷第十五断片（残影 **120** 号）

　　12.2×11，四面缺，楷书，存 7 行。

　　图 高昌残影 17 页。**文** 缺。**参**

021 《维摩诘所说经》卷下断片（残影 **121** 号）

　　12×7.8，前、后、下缺，楷书，有乌丝栏，存 4 行。

　　图 高昌残影 17 页。**文** 缺。**参**

022 《光讃般若经》卷第二断片（残影 **122** 号）

　　19.2×13.4，前、后、上缺，楷书，有乌丝栏，存 7 行。

　　图 高昌残影 17 页。**文** 缺。**参**

023 《金光明经》卷第三断片（残影 **123** 号）

　　12×19.4，前、后、下缺，楷书，存 11 行，四字一句，句间空格。

　　图 高昌残影 18 页。藤枝晃 1987B，图 4。**文** 缺。**参** 藤枝晃 1987B。

024 《金光明经》卷第一断片（残影 **124** 号）

　　13.3×20.6，前、后、下缺，楷书，存 11 行。

　　图 高昌残影 18 页。**文** 缺。**参**

025 《佛本行集经》卷第五十五断片（残影 **125** 号）

　　10×9，四面缺，楷书，有乌丝栏，存 4 行。

　　图 高昌残影 18 页。**文** 缺。**参**

026 《妙法莲华经》卷第四断片（残影 **126** 号）

　　13.5×19.8，前、后、下缺，楷书，有乌丝栏，存 13 行，有品题“妙法莲华经法师品第十”。

　　图 高昌残影 18 页。**文** 缺。**参**

027 《妙法莲华经注》断片之一（残影 **127** 号甲）

　　27.5×36.7，前、后缺，行书，有乌丝栏，存 25 行，满行 25、26 字，有个别补字。古写本展订本件年代为 6 世纪。

　　图 高昌残影 19 页。古写本展图 24。**文** 藤枝晃 1991。**参** 藤枝晃 1991。

028 《妙法莲华经注》断片之二（残影 **127** 号乙）

　　27.8×38.5，前、后缺，左上部残，行书，有乌丝栏，存 27 行，满行 26 字。古写本展订本件年代为 6 世纪。

　　图 高昌残影 20 页。古写本展图 24。**文** 藤枝晃 1991。**参** 藤枝晃 1991。

029 《佛说十一面观世音神咒经》断片（残影 **128** 号）

　　13.5×75.8，前、下缺，楷书，有乌丝栏，存 35 行。

　　图 高昌残影 21 页。**文** 缺。**参**

030 《胜天王般若波罗蜜经》卷第四断片（残影 **129** 号）

　　16.5×36.4，前、后、下缺，楷书，有乌丝栏，存 19 行。

　　图 高昌残影 22 页。**文** 缺。**参**

031　《佛说救疾经》断片（残影 130 号）

14.5×26.2，前、上缺，楷书，有乌丝栏，存 9 行。

图 高昌残影 22 页。文 缺。参

032　《大般涅槃经》卷第二十七断片（残影 131 号）

26.7×44.7，前、后缺，楷书，存 22 行，满行 17 字。

图 高昌残影 23 页。文 缺。参

033　《大智度论释随喜回向品》第三十九（卷第六十一）断片（残影 132 号）

27.3×66.5，前、后缺，楷书，有乌丝栏，存 32 行，满行 17 字。古写本展订本件年代为公元 600 年顷。

图 高昌残影 24 页。古写本展图 25。文 藤枝晃 1991。参 藤枝晃 1991。

034　高昌延寿四年（627）九月写《仁王般若波罗蜜经》卷上断片（残影 133 号）

19.3×46.2，前、上、中缺，有乌丝栏，楷书，存 15 行，经文尾钤朱印"奏闻奉信"，后署"延寿四 年 丁亥岁九月二日，经生令狐善欢抄，用纸十九张。崇福寺法师玄觉覆校"。

图 高昌残影 24-25 页。古写本展图 26。文 识语集录 181 页（题记）。藤枝晃 1991。参 关尾史郎 1990、1991A。藤枝晃 1991。

（二）唐代（楷书，高昌残影 201-241 号）

035　《注维摩诘经》卷第六断片之一（残影 201 号甲）

26.4×64，前、后缺，楷书，有乌丝栏，存 31 行，大字正文，双行小注。古写本展订本件年代为公元 700 年顷。

图 高昌残影 26－27 页。古写本展图 27（a）。文 藤枝晃 1991。参 藤枝晃 1991。

036　《注维摩诘经》卷第九断片之二（残影 201 号乙）

26.4×16，前、后缺，右上部残，楷书，有乌丝栏，存 8 行，大字正文，双行小注。古写本展订本件年代为公元 700 年顷。

图 高昌残影 27 页。古写本展图 27（b）。文 藤枝晃 1991。参 藤枝晃 1991。

037　《佛遗教经》断片（残影 202 号）

20×33.6，前、后、下缺，草书，有乌丝栏，存 21 行。古写本展订本件年代为 8 世纪前半。

图 高昌残影 28 页。古写本展图 28。文 藤枝晃 1991。参 藤枝晃 1991。

038　《佛说佛名经》卷第九断片（残影 203 号）

11.3×11.6，四面缺，有乌丝栏，存 4 行，佛名下绘坐佛像 4 尊。

图 高昌残影 28 页。文 缺。参

039　《大方广佛华严经》卷第一断片（残影 204 号）

26.6×37.5，前、后缺，楷书，有乌丝栏，存 19 行，满行 16、17 字。

图 高昌残影 29 页。文 缺。参

040　《妙法莲华经》卷第二断片（残影 205 号）

25×52，前、后缺，楷书，有乌丝栏，存 27 行，满行 17 字。

图 高昌残影 30 页。文 缺。参

041　《妙法莲华经》卷第七断片（残影 206 号）

27.3×31.7，前、后缺，楷书，有乌丝栏，存 18 行，满行 17 字，有品题"妙法莲华经陀罗尼品第二十六"。

图 高昌残影 31 页。文 缺。参

042　《妙法莲华经》卷第二断片（残影 207 号）

25.8×33.9，四面缺损，楷书，有乌丝栏，存 16 行。

图 高昌残影 32 页。文 缺。参

043　《佛说观无量寿佛经》断片（残影 208 号）

26.9×43.2，前、后、部分下缺，楷书，有乌丝栏，存 21 行，满行 17 字。

图 高昌残影 33 页。文 缺。参

044　《佛说阿弥陀经》断片（残影 209 号）

26.8×54.7，前、后及部分中、上、下部缺，楷书，有乌丝栏，存 28 行，满行 17 字。

图 高昌残影 34 页。文 缺。参

045　《妙法莲华经》卷第六断片（残影 210 号）

22.8×14.4，前、后、上缺，存 8 行，楷书。

图 高昌残影 35 页。文 缺。参

046　《妙法莲华经》卷第一断片（残影 211 号）

13.9×13.5，前、后、下缺，楷书，有乌丝栏，存 8 行。

图 高昌残影 35 页。文 缺。参

047　《合部金光明经》卷第一断片（残影 212 号）

11.8×6.8，前、后、上缺，楷书，有乌丝栏，存 3 行。

图 高昌残影 35 页。文 缺。参

048　《合部金光明经》卷第二断片（残影 213 号）

26.1×16.8，前、后缺，楷书，有乌丝栏，存 10 行，满行 17 字。

图 高昌残影 35 页。文 缺。参

049　《妙法莲华经》卷第二断片（残影 214 号）

16.1×24.4，前、后、下缺，楷书，有乌丝栏，存 14 行。

图 高昌残影 36 页。文 缺。参

050　《妙法莲华经》卷第四断片（残影 215 号）

16×15，前、后、下缺，楷书，有乌丝栏，存 8 行。

图 高昌残影 36 页。文 缺。参

051　《妙法莲华经》卷第四断片（残影 216 号）

12.2×14.6，上、下、后缺，楷书，有乌丝栏，存 8 行。

图 高昌残影 36 页。文 缺。参

052　《妙法莲华经》卷第三断片（残影 217 号）

15.3×13，前、后、下缺，楷书，有乌丝栏，存 7 行。

图 高昌残影 36 页。文 缺。参

053　《金刚般若波罗蜜经》断片（残影 **218** 号）

14.2×20，前、后、下缺，楷书，有乌丝栏，存 11 行。

图 高昌残影 37 页。文 缺。参

054　《金刚般若波罗蜜经》断片（残影 **219** 号）

12.7×12.4，前、后、下缺，楷书，有乌丝栏，存 7 行。

图 高昌残影 37 页。文 缺。参

055　《般若波罗蜜多心经》断片（残影 **220** 号）

16×17.2，上、后缺，楷书，有乌丝栏，存 6 行。

图 高昌残影 37 页。文 缺。参

056　麹敬□写《普遍智藏般若波罗蜜多心经》记（残影 **221** 号）

12.1×29.6，前、下缺，楷书，有乌丝栏，存 9 行，4 行经文，后 5 行为"菩萨戒佛弟子麹敬□"写经祈愿题记。本件缺纪年，识语集录认为大约在 7 世纪后期，古写本展订为 8 世纪前半。

图 高昌残影 37 页。古写本展图 29。文 识语集录 250 页（题记）。藤枝晃 1991。参 藤枝晃 1991。

057　《金刚般若波罗蜜经》（菩提流支译本）断片（残影 **222** 号）

16.4×27.4，前、后、下缺，楷书，有乌丝栏，存 15 行。

图 高昌残影 38 页。文 缺。参

058　《金刚般若波罗蜜经》断片（残影 **223** 号）

16.5×18，前、下缺，楷书，有乌丝栏，存尾部 3 行，含尾题，又题记 1 行"乾元元年八月十七日"，乃另笔所书。

图 高昌残影 38 页。文 识语集录 304-305 页（题记）。参

059　《金刚般若波罗蜜经》断片（残影 **224** 号）

12.5×15.7，四面缺，楷书，有乌丝栏，存 9 行。

图 高昌残影 38 页。文 缺。参

060　《金刚般若波罗蜜经》（菩提流支译）断片（残影 **225** 号）

14.4×9.5，四面缺，楷书，存 6 行。

图 高昌残影 38 页。文 缺。参

061　《佛说观药王药上二菩萨经》断片（残影 **226** 号）

15.4×18.5，前、后、下缺，楷书，有乌丝栏，存 10 行。

图 高昌残影 39 页。文 缺。参

062　佛经断片（残影 **227** 号）

15.9×11.7，前、后、上、部分下缺，存 6 行，楷书。

图 高昌残影 39 页。文 缺。参

063　《大乘阿毗达摩杂集论》卷第九断片（残影 **228** 号）

14×20.5，前、后、上缺，存 11 行，楷书。

图 高昌残影 39 页。文 缺。参

064　《大般涅槃经》卷第十二断片（残影 **229** 号）

16.4×13.6，前、后、上缺，存 6 行，楷书。

图 高昌残影 39 页。文 缺。参

065 《十诵律》卷第四十三断片（残影 230 号）

26.6×39.5，前、后缺，楷书，有乌丝栏，存 32 行，满行 30 字左右，有个别补字。

图 高昌残影 40 页。文 缺。参

066 《四分律删繁补阙行事钞》卷下（一）断片（残影 231 号）

28.5×47.4，前、后缺，楷书，有乌丝栏，存 35 行，满行 35 字左右，每行均超出下框线 2 字。

图 高昌残影 41 页。文 缺。参

067 《佛说宝车菩萨经》、《观世音折刀除罪经》合卷断片（残影 232 号）

26.3×53，两文合卷，前者存 17 行，后者存 13 行，楷书，有乌丝栏，前、后、下缺，纸面四面及前部中间均有破损。

图 高昌残影 42 页。文 缺。参 牧田谛亮 1970。蔡荣婷 2003。

068 《瑜伽法镜经》断片（残影 233 号）

26.9×26.2，前、后缺，有乌丝栏，存 6 行，满行 17 字。

图 高昌残影 43 页。文 缺。参

069 《佛说法句经》断片（残影 234 号）

13.4×20.1，前、后、下缺，存 13 行，楷书。

图 高昌残影 43 页。文 缺。参

070 《大通方广忏悔灭罪庄严成佛经》卷上断片（残影 235 号）

存两片，一片为 9.8×10.4，四面缺，存 6 行，楷书。另一片存一二字。

图 高昌残影 43 页。文 缺。参

071 《太上业报因缘经》卷第八断片（残影 236 号）

25.8×16.6，前、后缺，楷书，有乌丝栏，存 9 行，满行 17 字。

图 高昌残影 44 页。文 缺。参 荣新江 1999。

072 《道德经河上公注》断片（残影 237 号）

13.6×14.2，四面缺，楷书，有乌丝栏，存 8 行，大字正文，双行小注。另有带字碎片 9 件。

图 高昌残影 44 页。文 缺。参 荣新江 1999。

073 唐开元年间（?）西州柳中县承礼乡籍（残影 238 号表）

25.9×27.7，前、后、下缺，存 8 行，第 1-6 行存某户田地六段亩数、田质、方位及四至，第 7 行为另一户主名，存"……柴子年柒拾贰岁　老寡　从本县钦明乡淳和里割来附　下下户　不课"，钤有"柳中县之印"。缝背注记有"柳中县　承礼乡"数字。缺年月，籍帐研究订为开元初年，古写本展订为 8 世纪前半。

图 高昌残影 45 页。籍帐研究插图 21，249 页。T. T. D. Ⅱ（B）118 页。古写本展图 30。文 籍帐研究 249 页。T. T. D. Ⅱ（A）77 页。藤枝晃 1991。参 杨际平 1982。船越泰次 1984、1987。王永兴 1986。藤枝晃 1991。

073v 《广弘明集》卷第十八断片（残影 238 号里）

前、后缺，楷书，存 15 行，11-12 行骑缝题"柳中县　承礼乡"，乃正面承礼乡籍背之注记。

图 高昌残影 45 页。古写本展图 30（纸背）。文 藤枝晃 1991。参 藤枝晃 1991。

074 **唐神龙三年（707）十月西州某县史李思一牒为准状科料事（残影 239 号）**

16.7×18.6，前、上、下缺，存 5 行，有"神龙三年十月四日史李思一牒"、"主簿判尉杜敬"、"主簿敬"等字，李思一名又见于神龙二年西州某县事目历（73TAM518：3/3 <b>），故定本件为神龙三年。1、2 行间有朱笔"勘同"2 字，2 行上有朱笔"印"字。

图 高昌残影 46 页。古写本展图 31。文 藤枝晃 1991。参 藤枝晃 1991。

075 **唐西州高昌县（?）籍残片（残影 240 号表）**

12.2×16.6，前、后、上缺，两面书写，正面存 6 行，有上地四至及某户"课户不输"、"随团括附"、"后新生附"等，后被两次利用抄写《天请问经》，存经文 6 行，有朱印，籍帐研究推测可能为"高昌县之印"。

图 高昌残影 46 页。T.T.D.Ⅱ（B）131 页。文 籍帐研究 258 页。T.T.D.Ⅱ（A）88-89 页。参 T.T.D.Ⅱ（A）76-77 页。

075v **高昌吉凶书仪残片（残影 240 号里）**

前、后、上缺，有夹注、栏线，存 8 行，2 行"亡考"下有双行小字注"母云亡妣"，6 行有"答书"2 字，文中多为哀痛之词。

图 高昌残影 46 页。T.T.D.Ⅱ（B）131 页。文 书仪辑校 461 页。参 书仪辑校 462 页。

076 **唐开元廿三年（735）后西州上柱国子名簿（残影 241 号表）**

19.5×8.4，前、后、上缺，存 3 行，每行列上柱国子姓名，其下有双行小字注，如 1 行"□奉璋上柱国子"下注"取父屯陁上柱国荫，开元廿三年十二月十四日授，甲头和元素"，有朱印。

图 高昌残影 46 页。文 籍帐研究 376 页。参

076v **习字残片（残影 241 号里）**

前、后缺，下部残，存 5 行，为"眷"、"会"、"合"、"云"等字的习书。

图 高昌残影 46 页。文 缺。参

（三）回鹘期写本（高昌残影 301-331 号）

077 **《大方等大集经》卷第三十二断片（残影 301 号）**

28×18.2，后及部分上、下缺，楷书，有乌丝栏，存 7 行。

图 高昌残影 47 页。文 缺。参

078 **《佛说灌顶随愿往生十方净土经》卷第十一断片（残影 302 号）**

23.1×12.2，前、后、下缺，楷书，有乌丝栏，存 6 行。

图 高昌残影 47 页。文 缺。参

079 **《佛说观药王药上二菩萨经》残片（残影 303 号）**

存两片，一片 9.2×2.8，存 2 行；另一片 12.2×6.8，存 4 行。楷书，有乌丝栏。

图 高昌残影 47 页。文 缺。参

080　《佛说咒魅经》残片（残影 304 号）

17.5×12.4，存 7 行，楷书，有乌丝栏，每行抄出上框外一字，前、后、下缺。

图 高昌残影 48 页。文 缺。参

081　《金刚般若波罗蜜经》残片（残影 305 号）

10.9×5.4，存 2 行，楷书，有丝栏线，四面缺。

图 高昌残影 48 页。文 缺。参

082　《妙法莲华经》卷第六断片（残影 306 号）

26.3×33.8，前、后缺，部分上、下缺，存 19 行，楷书，有乌丝栏。

图 高昌残影 48 页。文 缺。参

083　《大般若波罗蜜多经》卷第二百五十一断片（残影 307 号）

20.6×15.7，存 10 行，楷书，前、后、下缺，部分上缺。

图 高昌残影 49 页。文 缺。参

084　大般若经表纸（残影 308 号）

15.4×17.9，存 2 行，楷书，上、下缺，重复写经名两行。

图 高昌残影 49 页。文 缺。参

085　《合部金光明经序》断片（残影 309 号）

7.5×16.1，存 9 行，楷书，有乌丝栏，前、后、上缺。

图 高昌残影 49 页。文 缺。参

086　忏悔文断片（残影 310 号）

24.7×18.2，前、后缺，存 10 行，楷书，有乌丝栏。

图 高昌残影 50 页。文 缺。参

087　《梵网经》第十卷下断片（残影 311 号）

26.1×17.7，存 10 行，楷书，有乌丝栏，前、后、部分下缺。

图 高昌残影 50 页。文 缺。参

088　佛名礼忏文断片（残影 312 号）

8.6×24.2，存 14 行，楷书，四面缺。

图 高昌残影 50 页。文 缺。参

089　《妙法莲华经》卷第五断片（贝叶本）（残影 313 号）

25.2×10.7，两面书写，每面 8 行，共 16 行，楷书，有乌丝栏，四角稍缺，中间有穿孔。

图 高昌残影 51 页。文 缺。参

090　《百喻经》卷第四断片（册子本）（残影 314 号）

27.5×12，两面书写，每面 6 行，共 12 行，楷书，四边破损，背面中下部字迹不清，无穿孔。

图 高昌残影 51 页。文 缺。参

091　《撰集百缘经》卷第十断片（贝叶本）（残影 315 号）

22.1×8.1，两面书写，每面 5 行，共 10 行，楷书，左边稍破损，有穿孔。

图 高昌残影 52 页。文 缺。参

092　《梁朝傅大士颂金刚经》断片（折本形）（残影 316 号甲表＋乙表＋乙里＋甲里）

24.5×6.1、17.5×6.2，存 12 行，楷书，由 2 片组成，每片正面、背面各 3 行，前片完整，后片上下缺损，有丝栏框线。

图 高昌残影 52 页。文 缺。参

093　《大乘理趣六波罗蜜多经》卷第二断片（折本形）（残影 317 号表）

25.5×19.6，存 10 行，楷书，有下框线，四面缺损。

图 高昌残影 53 页。文 缺。参

093v　回鹘文文书断片（折本形）（残影 317 号里）

前、后、上缺，存 20 行。

图 高昌残影 53 页。文 缺。参

094　粟特文佛典残片（残影 318 号）

10×5.5，存 4 行，有丝栏线，四面缺。

图 高昌残影 53 页。文 吉田丰 1998，110 页。参 吉田丰 1998，110 页。

095　《大吉祥天女十二契一百八名无垢大乘经》断片（册子本）（残影 319 号）

13.1×12.5，册子形，正、背两面各存 7 行，楷书，有乌丝栏。

图 高昌残影 54 页。文 缺。参

096　《佛说陀罗尼经》卷第三断片（残影 320 号）

15.4×12.8，正面存 5 行，楷书，前、后、上缺；背面存 3 行，有"入十七"3 个大字，渗正面墨迹。

图 高昌残影 54 页。文 缺。参

097　《颂讚》断片（贝叶本）（残影 321 号表、里）

16.3×17.2，上下折，正面存 10 行，楷书，前、上缺；背面存 10 行，楷书，前、下缺，均有乌丝栏。

图 高昌残影 54 页。文 缺。参

098　《法华经注》残片（残影 322 号甲、乙、丙）

14.8×20.3、6.3×6.5、4.5×5，甲存 13 行、乙存 4 行、丙存 3 行，行书，前后及三片之间缺损。

图 高昌残影 55 页。文 缺。参

099　《俱舍论注》断片（残影 323 号）

14×20.4，存 15 行，楷书，前、后、下缺。

图 高昌残影 55 页。文 缺。参

100　《法华经注》残片（残影 324 号）

8.7×5.8，存 3 行，楷书，四面缺。

图 高昌残影 55 页。文 缺。参

101　《盂兰盆经纂述》断片（残影 325 号）

17.3×25.6，存 15 行，楷书，有乌丝栏，四面缺。

图 高昌残影 56 页。文 缺。参

102　《佛说广博严净不退转轮经》卷第一残片（残影 326 号）

8.2×11.6，存 7 行，楷书，有乌丝栏，前、后、上缺。

图 高昌残影 56 页。文 缺。参

103 《法华玄赞》残片（残影 327 号）

13×11，存 7 行，四面缺。

图高昌残影 56 页。文缺。参

104 诗（习字）残片（残影 328 号）

7.6×5.1，存 3 行，有乌丝栏，四面缺。

图高昌残影 56 页。文缺。参

105 唐写类书残片（残影 329 号）

15.6×23.6，存 26 行，有乌丝栏，每栏书写 2 行字、有夹注，前、后、下缺。所引诸书有《论语》、《礼记》、《春秋左传》等，不少内容又见于《太平御览》，应为唐写类书残片。

图高昌残影 57 页。文缺。参

106 《本草书》残片（残影 330 号甲、乙）

共两片，甲片 9.1×8.1，存 6 行，楷书，列本书目录，有乌丝栏，前、后、下缺；乙片 10.4×13.9，存 11 行，记诸药名，有夹注、乌丝栏，前、后、下缺。

图高昌残影 57 页。文缺。参

107 《占星书》断片（册子本）（残影 331 号甲表、甲里）

6.5×7.5，左右折，存 10 行，每面 5 行，有乌丝栏，前、后、下缺。

图高昌残影 57 页。文缺。参

108 《占星书》（册子本）（残影 331 号乙表、乙里）

6.7×14.5，左右折，存 23 行，正面 12 行、背面 11 行，有乌丝栏，前、后、下缺。

图高昌残影 57 页。文缺。参

（四）印沙佛（高昌残影 401-409 号）

109 印沙佛像（三尊形）（残影 401 号）

20.3×16，存三尊形佛像 3 幅，仅 1 幅完整，每幅有框线；下、后缺。

图高昌残影 58 页。

110 印沙佛像（三尊形）（残影 402 号）

12.1×9.4，存三尊形佛像 2 幅，1 幅较完整、另 1 幅残损，四面缺。

图高昌残影 58 页。

111 印沙佛像（三尊形）（残影 403 号）

22.1×12.4，存三尊形佛像 7 幅，其中 3 幅较完整，四面缺。

图高昌残影 58 页。

112 印沙佛像（独尊形）（残影 404 号）

28.7×22.3，存坐佛像 6 尊，有 3 尊完整，前、后、下缺。

图高昌残影 59 页。

113 印沙佛像（独尊形）（残影 405 号）

13.8×7.3，存坐佛像 2 尊，每像有框线，前、后缺。

图 高昌残影 59 页。

114 印沙佛像（独尊形）（残影 406 号）

15.3×13.8，存坐佛像 6 尊，仅一尊完整，每尊有框线；前、后、上缺。

图 高昌残影 59 页。

115 印沙佛像（独尊形）（残影 407）

13.1×21.9，存坐佛像 9 尊，其中 5 尊完整，纸近似三角形，四面缺。

图 高昌残影 60 页。

116 印沙佛像（独尊形）（残影 408）

15.2×12.2，存小型坐佛像 35 尊，四面缺，缺损部分的图像不完整。

图 高昌残影 408 印沙佛（独尊形）。

117 印沙佛像（独尊形。朱印）（残影 409）

18.5×9.3，存立佛像 8 尊，仅 1 尊完整，朱色印制，前、后、下缺。

图 高昌残影 60 页。

（五）版本（高昌残影 501-514 号）

118 印本《佛说弥勒下生成佛经》残片（残影 501）

17.5×14.3，前、后、上缺，印本，有下框线，存 1 行经文，4 行题记，有"洛京朱家装印"、"洛京历日王家雕字记"等语，其后存"□从悔，奉为亡姚特印此经一百卷，伏……速往净方，面礼弥陀……"。

图 高昌残影 61 页。文 缺。参 荣新江 1997。

119 扉页绘画（残影 502）

5.2×13.1，印本，残存 4 尊菩萨像，绘画线条精细，四面缺。

图 高昌残影 61 页。

120 印本《苏悉地羯罗供养法》卷下残片（残影 503）

29.4×13.6，存 6 行，行 14 字，印本，正楷，字迹工整，前后缺，5 - 6 行缝间有"苏悉……第八张"小字。

图 高昌残影 61 页。文 缺。参

121 印本《妙法莲华经》卷第四残片（残影 504）

25.4×33.9，折本两页，每页 6 行，页边刻"妙法莲华经卷第四第三十四张，鸣字号"，四面有框线，为完整的 1 印张。

图 高昌残影 62 页。文 缺。参 党宝海 1999。

122 印本《大般若波罗蜜多经》卷第二百七十六残片（残影 505）

24.9×17.2，存 6 行，印本，上下缺，有下、左框线残段，为后半张残页。

图 高昌残影 62 页。文 缺。参 党宝海 1999。

123 印本《大方广佛华严经》卷第一残片（残影 506）

26.2×10.9，存 5 行，印本，有上下框线，下框下有一戏书"天"字，前后缺。

图 高昌残影 63 页。文 缺。参 中村菊之进 1990。党宝海 1999。

124 印本《大般若波罗蜜多经》卷第一百五十五残片（残影 507）

30.7×27.2，存 13 行，每行 14 字，印本，第 1 行小字存"大般若经卷一百五十五……"，存前、上、下框线，前缺一角、后缺。

图 高昌残影 63 页。文 缺。参 党宝海 1999。

125 印本《大般若波罗蜜多经》卷第一百三十三残片（残影 508）

34.3×19.3，存 10 行，每行 17 字，印本，中有破损，有上、下框线，后缺。从第 1 行前有小字"蜜 三卷 五"诸字，知本印张为下半张。

图 高昌残影 64 页。文 缺。参

126 印本《杂阿含经》卷第三残片（残影 509）

29.8×16，存 1 页 8 行，印本，有上、下框线，前、后、部分上缺，又残页边题"杂阿含三"。

图 高昌残影 64 页。文 缺。参

127 西夏文残片（残影 510）

4.5×5.4，存 4 行 16 字，印本，其中有一阴文，四面缺。

图 高昌残影 64 页。文 缺。参

128 印本《妙法莲华经》卷第三残片（残影 511）

22.5×31.8，存 14 行，印本，有上框线，前、后、下缺。4-5 行间有小字"法花经三十八"。

图 高昌残影 65 页。文 缺。参

129 印本《妙法莲华经》卷第四残片（残影 512）

13.9×22.8，存 12 行，印本，有上框线，前、后、下、部分上缺。

图 高昌残影 65 页。文 缺。参

130 印本《妙法莲华经》卷第七残片（残影 513）

14.8×10.9，印本，2 页，每页 5 行，有上、下框线，上为三线、下为双线，前后缺。

图 高昌残影 65 页。文 缺。参

131 印本《妙法莲华经》卷第五残片（残影 514）

25.2×9.4，印本，1 页，存 6 行，有上、下双线框，前后缺。

图 高昌残影 65 页。文 缺。参

静冈县矶部武男藏吐鲁番文书

001　**武周圣历二年（699）二月西州五品子邓远牒为勘问银钱价等事**
本件由两片组成，第一片 28.8×14.6，后缺，存 2 行，略记"牒：被问，得伯款：还牛价练总还几疋？仰答者。谨……"；第二片 27.7×6.5，前缺，残存 6 行，有武周新字，1 行存"钱是何处……"，2、3 行为"与邢君成等各与银钱价、铜钱壹拾叁文有实。被问依实，谨牒"，下有"恭"的签署，4 行记"圣历二年二月 日五品子邓远牒"，5、6 行为"连恭白。七日"。
🖼 唐代史研究 2 图，21 页。📄 唐代史研究 2 第 20-21 页。📎 丸山裕美子 1999。

002　**朋友书仪**
289.9×21，前、后缺，上部残，下部有一孔，存 13 行。
🖼 唐代史研究 2 图，18 页。📄 唐代史研究 2 第 18 页。📎 丸山裕美子 1999。

003　**残祭文**
8×30.5，后缺下残，存 8 行，每行存 2-4 字不等，1 行存"维岁次"3 字，2 行存"累累谨以"4 字。
🖼 唐代史研究 2 图，23 页。📄 唐代史研究 2 第 23 页。📎 丸山裕美子 1999。

004　**唐残状**
5.4×26，前、后缺，上部残，存 9 行，每行存 2-4 字不等，9 行残存"子状"2 字。
🖼 唐代史研究 2 图，24 页。📄 唐代史研究 2 第 24 页。📎 丸山裕美子 1999。

005　**唐便麦历**
15.1×5.5，前、后缺，下残，存 3 行，1 行为"伍斗，至秋两硕贰斗伍升……"，2 行为"宋悦反便麦壹硕伍斗，至秋……"。
🖼 唐代史研究 2 图，24。📄 唐代史研究 2 第 24 页。📎 丸山裕美子 1999。

上野淳一藏吐鲁番文书

001　东晋写本《三国志·吴书》虞翻、陆绩、张温等传残卷
本件前、后缺，存 80 行，有丝栏。
图 三国志卷首图。书法篆刻二图 32。**文** 缺。**参** 白坚 1925。罗福成 1925。内藤虎次郎 1931。大川富士夫 1978。藤枝晃 1987A。

三井八郎右卫门藏吐鲁番文书

001　高昌延昌二年（562）经生和常太写《华严经》卷第卅六残片

前缺，存 13 行，有丝栏，1-11 行为经文，12 行署"华严经卷第卅六"，13 行记"延昌二年经生和常太写。用帋十九"。其后尚存 8 行开皇三年（583）武候帅都督前治会稽县令宋绍演的祈愿文（识语集录 139 页）。

图 识语集录图 60。文 识语集录 132 页。参

日本散见吐鲁番文书

001　唐开元四年（716）西州高昌县李慈艺上护军勋告

本件全 33 行，1-5 行、18 行、25 行、27 行、29 行、33 行处均钤有多方"尚书司勋告身之印"。1-3 行列酬勋事由："瀚海军破河西阵、白涧阵、土山阵、双胡丘阵、伍里堠阵、东胡袄阵等，总陆阵，准开元三年三月廿二日敕，并于凭洛城与贼斗战，前后总叙陆阵，比类府城及论台等功人叙勋，则令递减，望各酬勋拾转。"4-5 行为"白丁西州李慈艺高昌县右可上护军"。6-18 行为黄门（门下省）所拟授勋名单，有泾、庆、绛、郿、延、瓜、坊、晋、蒲、北庭、陇、甘、岐、虢、幽等州总 485 人，下署"开元四年正月六日"。19-22 行小字列"兵部尚书兼紫微令上柱国梁国公姚崇宣"，其下记"苏颋奉"及"王邱行等言"。23-25 行为"制书如右，请奉制付外施行，谨言。开元四年二月廿五日"。26 行记"制可"。27-33 行为尚书省所下符文及诸长官的签名，尾署"开元四年二月廿八日下"。本件原为大谷探险队得自吐鲁番，在收入西本愿寺时，被德富苏峰氏拍成照片，而告身原物今已不知所在。1999 年 11 月小田义久教授前往德富苏峰纪念馆访察，并于次年发表《德富苏峰记念馆藏〈李慈艺告身〉照片》（载《龙谷大学论集》第 456 号）一文，才首次全面公布了此勋告的内容及照片。而此前学术界只知其部分内容，并未见全文。

图 探险记附图版（部分）。西域Ⅲ图版 36（部分）。龙大论集 456 号，141 页。东洋史苑 56 号图，25 页。西域研究 36 页附图。**文** 观堂集林 877 页（部分）。西域Ⅲ 296 页（部分）。释录四 283-284 页。龙大论集 456 号，128-131 页。东洋史苑 56 号，6-8 页（部分）。**参** 观堂集林 877-881 页。石田幹之助 1928。石滨纯太郎 1930。内藤乾吉 1933。仁井田陞 1937C。小笠原宣秀、大庭脩 1958。大庭脩 1960。小田义久 2000A、2000B。瀚海军研究，139-151 页。陈国灿 2003A。

002　唐仪凤二年（677）十月西州北馆厨典周建智牒为于坊市得柴等请酬价直事

本件前、后缺，存 13 行，首行存"廿三日" 3 字，2 行署"北馆厨"，3 行列"莿柴柒车叁拾陆分"，下注："一车：主张萨陁。二车：主竹广之。三车：主赵思礼。一车：主梁洪义。"4 行列"酱壹斗伍胜贰合"，下注："七胜：主竹进君。八胜二合：主阴永智。"其后有"仪凤二年十月十八日典周建智牒"、"十八日录事受"。本件原为王树枏氏旧藏，有段永恩等人跋语。

图 古典籍下见展目 41 页。**文** 大津透 1993，394-395 页。**参** 荒川正晴 1990。大津透 1993。知见录 190 页。李方考论，153 页。

003　回鹘文《妙法莲华经·普门品》断片

6.4×12.3，梵夹式，下残，两面书写，正面存 21 行，背面存 22 行，上部 3-5 行间有穿绳用的小孔。

图 羽田论文集（下）图版第 2 图。**文** 羽田论文集（下）144-146 页。**参** 羽田亨 1915A。张铁山 1990。

004　　回鹘文《华严经》残片

存五叶半共 11 篇，每篇存 13、14、15 行不等，为回鹘文四十华严经本。

图 羽田亨 1953，附图 1。羽田论文集（下）图版第 4 图（部分）。**文** 羽田论文集（下）185-201 页。**参** 羽田亨 1953。杨富学 1998，106-107 页。

005　　回鹘文《华严经》残片

存九叶，为回鹘文八十华严经。原为羽田明收藏，今不知藏于何地。

图 缺。**文** 百济康义、小田寿典 1983，176-205 页。**参** 百济康义、小田寿典 1983。Juten Oda 1985。P. Zieme 1991，134-175、310-312 页。

006　　回鹘文《观无量寿经》断片

存一叶，贝叶式，两面书写，共 52 行。

图 ペーター・ツイーメ、百济康义 1985，图版 I-XVIII。**文** 二乐丛书（一）21-41 页。**参** 羽田亨 1912。百济康义 1979。P. Zieme1982。ペーター・ツイーメ、百济康义 1985。

附录：京都藤井有邻馆藏文书

编者按：关于京都藤井有邻馆所藏文书的出土地，目前学术界有两种不同的观点：池田温氏《敦煌汉文写本の价值》(《敦煌汉文文献》，东京大东出版社，1992 年，725 页)、陈国灿氏《东访吐鲁番文书纪要（一）》(《魏晋南北朝隋唐史资料》第 12 辑，武汉大学出版社，1993 年，41 页) 认为既有出自敦煌者，又有出自吐鲁番者；荣新江氏《海外敦煌吐鲁番文献知见录》(江西人民出版社，1996 年，197 页) 则认为是出自敦煌，并且与英、俄所藏文书同是揭自敦煌经帙。有鉴于此，本目对该馆所藏文书特以附录形式编入。

001　唐某人致十三郎书

存 6 行，行书，5 行有"今日发交河，违隔渐远"语。1 行下有印朱印三："合肥孔氏珍藏"、"何彦昇家藏唐人秘笈"、"德化李氏凡将阁珍藏"。

图缺。文缺。参饶宗颐 1954。陈国灿 1993。施萍婷 1994。

002　唐轮台守捉典傅师表致三郎书

存 5 行，楷书，末行有"十月五日轮台守捉典傅师表"，1 行下有李氏、孔氏、何氏收藏印。

图缺。文菊池英夫 1964，46 页。施萍婷 1994，91 页。参饶宗颐 1954。菊池英夫 1964。陈国灿 1993。施萍婷 1994。

003　残书信

前、后缺，存 4 行，楷书，2、3 行间有孔氏藏印。

图缺。文缺。参陈国灿 1993。施萍婷 1994。

004　张季札请降小供疏

存 7 行，行书，1-2 行列 14 人名，3、4 行为"右季札今月二十三（?）日小供，幸请依时降驾"，5 行下为"五月二十一日张季札疏"，6-7 行有 10 人签名。有李、何二氏藏印。

图缺。文施萍婷 1994，91 页。参陈国灿 1993。施萍婷 1994。

005　唐□思泰辞为乞推问赐练绵被典吏隐没事

前、上部缺，残存 4 行，行书。有孔、何二氏藏印。

图缺。文目录初稿Ⅰ145 页。参陈国灿 1993。施萍婷 1994。

006　唐写本《燕子赋》残片

前后上下残，存 11 行，行书，起"下牒分析，燕子单贫"，中有"乃被雀儿强夺"，尾至"尊权交"。

图缺。文缺。参陈国灿 1993。施萍婷 1994。

007 **唐开元十六年（728）末北庭钱帛计帐稿残片之一**

前、后缺，存4行，1行记"陆疋纳马价，伍疋纸价"，2行为"壹佰陆拾大练 疋 别肆佰文 计陆拾肆贯"，其后为具体的支出帐目。本件与有邻馆37号及罗振玉 《贞松堂西陲秘籍丛残》41叶背所载文书残片为同类文书，籍帐研究订题为"唐开 元十六年（728）年末庭州轮台县钱帛计会稿"，西北军事研究订为"唐开元十六 年（728）北庭节度申尚书省年终勾帐稿残卷"。

图 缺。**文** 目录初稿Ⅰ248-249页。籍帐研究355页。施萍婷1994，92页。西北军 事研究322页。**参** 冻国栋1988。姜伯勤1989B。西北军事研究321-326页。

008 **残书仪**

残存16行，行书，记有"与四海平怀书"、"与四海未相识书"、"答书"等，背有 日历4行，并有习书。

图 缺。**文** 缺。**参** 饶宗颐1954。陈国灿1993。施萍婷1994。

009 **唐某人致都督公书稿**

存7行，行书，首起"季秋渐冷，惟都督公……"，无落款，1行下有孔氏、李氏、 何氏藏印。

图 缺。**文** 缺。**参** 饶宗颐1954。陈国灿1993。施萍婷1994。

010 **唐北庭都护府残判尾**

28×15.7，存6行，草书，钤有"北庭都护府之印"，缝背署"二十五"。

图 藤枝晃1956图，27页。**文** 饶宗颐1954，98页。藤枝晃1956，27页。**参** 饶宗 颐1954。藤枝晃1956。

011 **唐开元七年（719）四月北庭案为长行马两疋患死帐欠准式事残文尾**

27.9×20.8，前缺，存8行，草书，记有"专当官仙"，后有"案为长行马两疋患 死帐欠准式事"之语。1行前缝背署"二十八"，8行后缝背署"二十九"。有何 氏、孔氏、李氏藏印。

图 藤枝晃1956图，28页。**文** 饶宗颐1954，98页。藤枝晃1956，29页。目录初稿 Ⅰ273页。**参** 饶宗颐1954。藤枝晃1956。孙晓林1990。施萍婷1994。

012 **唐开元十五年（727）后敕瀚海军经略大使下马军行客石抱玉牒**

后缺，存5行，行书，1行为"敕瀚海军经略大使牒石抱玉"，2行记"马军行客 石抱玉，年卅四宁州罗川县"，其后记所获战利品，本件当为石抱玉的军功公验。背 有草书2行："牒检校北庭都护借紫金鱼袋阴。大使延王在内。""大使延王"即开 元十五年五月被册为"安西大都护兼四镇节度大使"的李洄。

图 藤枝晃1957图，12页。中村研究图版31，441页。**文** 饶宗颐1954，98页。藤 枝晃1957，1页。中村研究440-441页。施萍婷1994，93页。刘安志2001，64页。 **参** 饶宗颐1954。中村研究440-457页。陈国灿1993。刘安志2001。

013 **唐石堡守捉状为上当守捉押队官名籍事**

前、后缺，存7行，楷书，1行存"石堡守捉"，2行为"合当守捉兼参押队押官 总叁（人）"，下记"二人押马军"、"一人押步军"，押步军者为"延州金明府队 副王洪静"。本件背贴另纸写有佛经5行。

图 缺。**文** 饶宗颐1954，98页。菊池英夫1964，46页。目录初稿Ⅰ351页。**参** 饶宗颐 1954。菊池英夫 1964。施萍婷 1994。

014　唐开元十年（722）三月西州牧马所典王场牒为状上死驴出卖得钱事

27.8×24.5，存 8 行，行书，有李氏、孔氏、何氏收藏印。1 行署"西州牧马所　状上"，6 行记"开元十年三月　日典王场牒"。

图 藤枝晃 1956 图，20 页。文 饶宗颐 1954，98 页。藤枝晃 1948，75 页。藤枝晃 1956，20 页。参 饶宗颐 1954。藤枝晃 1956。郭平梁 1986。

015　唐北庭金满县牒上孔目司为开元十六年（728）税钱事

后缺，存 5 行，楷书，2、3 行钤有"金满县之印"。1 行署"金满县　牒上孔目司"，2 行记"开十六年税钱支开十七年用"，3-5 行为"合当县管百姓、行客、兴胡总壹阡柒佰陆拾人，应见税钱总计当贰佰伍拾玖阡陆佰伍拾文。捌拾伍阡陆佰伍拾文百姓税"。1 行下有李氏藏印。

图 藤枝晃 1957 图，33 页。中村研究图版 33，452 页。文 饶宗颐 1954，98 页。藤枝晃 1957，1 页。籍帐研究 354 页。王永兴校注 521-522 页。中村研究 451 页。施萍婷 1994，93 页。参 藤枝晃 1957。姜伯勤 1989A。沙知 1990。中村研究 451-457 页。荣新江 1994。

016　唐北庭检长行马二疋致死酸枣戍牒

27.5×15.7，存 5 行，行书，尾有李氏藏印。

图 藤枝晃 1956 图，29 页。文 藤枝晃 1848，75-76 页。藤枝晃 1956，29 页。目录初稿 I 273 页。参 藤枝晃 1948、1956。孔祥星 1981。孙晓林 1990。

017　唐残判文

26.6×14.9，前缺，下部残，存 5 行，内容乃为有关长行马死后肉钱及皮分付、输纳及检勘的残判文，尾有李氏藏印。

图 藤枝晃 1956 图，14 页。文 藤枝晃 1956，14 页。施萍婷 1994，94 页。参 藤枝晃 1956。

018　唐西州长行坊牒北庭都护府为长行马死西州事

26.4×14.6，存 5 行，行书，木行钤有"西州都督府之印"，缝背署"五十四"，其下有李氏藏印。

图 藤枝晃 1956 图，25 页。文 藤枝晃 1956，25 页。参 藤枝晃 1956。

019　唐开元七年（729）三月某长行群群头赵元爽状上为七匹马死事

27.8×20.5，存 7 行，楷书，1 行署"长行群　状上"，7 行记"开元七年三月　日群头赵元爽牒"，同署者为"押官戍主王文睐"，该名又见于有邻馆所藏第 40、43 号文书。本件有李氏藏印。

图 藤枝晃 1956 图，23 页。文 饶宗颐 1954，98 页。藤枝晃 1848，74 页。藤枝晃 1956，22 页。参 藤枝晃 1948、1956。饶宗颐 1954。孔祥星 1981。郭平梁 1986。

020　唐开元八年（720）三月牒为西州长行马一匹致死事

26.4×14.7，存 6 行，草书，缝背署"五十一"，有李氏藏印。

图 藤枝晃 1956 图，26 页。文 藤枝晃 1956，26 页。文 藤枝晃 1956。孔祥星 1981。

021　唐北庭史张奉牒为失马复得见在北庭马坊事

26.5×14.4，前、后缺，存 7 行，行书，文书记两次得某"首领"的牒文，一次称马"于此失却"，因所涉人员说法不一，故"牒西州勘问"，但西州"至今不报"；第二次称其马已找到，"见在北庭马坊"，因而，"请乞勘问，事须处分"。末行记"五月　日史张奉"。

图 藤枝晃 1956 图，17 页。**文** 饶宗颐 1954，98 页。藤枝晃 1956，17 页。**参** 饶宗颐 1954。藤枝晃 1956。孔祥星 1981。孙晓林 1990。

022　**唐开元十年（722）三月牒西州长行坊为西州驴死事**

27.6×18，存 6 行，草书，有李氏藏印。

图 藤枝晃 1956 图，16 页。**文** 饶宗颐 1954，98 页。藤枝晃 1956，16 页。**参** 饶宗颐 1954。藤枝晃 1956。孔祥星 1981。

023　**唐开元十六年（728）九月主帅马思果（？）牒为请修城门钥匙鏁事**

存 6 行，行书，有李氏藏印。1 行记"大城中郭（？）门"，2 行为"钥匙一"，3、4 行叙城门钥匙鏁破，请求修理。6 行记"开元十六年九月　日主帅马思果（？）牒"。本件有李氏藏印。

图 缺。**文** 籍帐研究 354 页。**参** 饶宗颐 1954。中村裕一 1984。

024　**唐开元十年（722）二月某牧马所驴子李贞仙牒为使李恪下驴患事**

28×13.5，存 5 行，草书，缝背署"四十沙"。1 行为另案尾记事目："牒长行坊并西州牧马所为准状事。"

图 藤枝晃 1956 图，18 页。**文** 藤枝晃 1956，18 页。**参** 饶宗颐 1954。藤枝晃 1956。

025　**唐某年三月氾通牒尾**

27.8×13.3，存 6 行，草书，有李氏藏印。

图 藤枝晃 1956 图，15 页。**文** 饶宗颐 1954，98 页。藤枝晃 1956，15 页。**文** 饶宗颐 1954。藤枝晃 1956。

026　**唐开元八年（720）四月西州典杨□牒北庭为马子盖嘉顺寄马北庭事**

25.6×14.7，存 6 行，行书，末行钤有"西州都督府之印"（5.4cm×5.4cm）。

图 藤枝晃 1956 图，24 页。**文** 饶宗颐 1954，98 页。藤枝晃 1948，75 页。藤枝晃 1956，24 页。**文** 藤枝晃 1948、1956。饶宗颐 1954。

027　**唐开元十年（722）三月某牧马所驴子李贞仙牒为使李恪下驴患死事**

27.8×23，存 11 行，行书，本件与前揭第 24 号当为同一案卷。

图 藤枝晃 1956 图，19 页。**文** 藤枝晃 1956，20 页。**参** 藤枝晃 1956。孔祥星 1981。

028　**唐开元二年（714）十一月后三娘牒稿为索还寄留焉耆龙司马处物不得事**

前、后缺，存 6 行，草书，有李氏藏印。

图 缺。**文** 目录初稿 I 87 页。**参** 饶宗颐 1954。

029　**文书残片**

15.5×3.4，本件为二残片，可补前揭第 27 号文书之缺。

图 藤枝晃 1956 图，18 页。**文** 藤枝晃 1956，18 页。**参** 藤枝晃 1956。孔祥星 1981。

030　**唐急发遣文书**

存 6 行，楷书，5、6 行有印二方，但印文不清，至少 9 字或以上。本件磨损严重，字迹模糊，不易识读。

图 缺。**文** 缺。**参** 陈国灿 1993。

031   十六国史事残卷

存 10 行，行书，叙前秦至后凉一段史事。背有佛经。

图 缺。文 缺。参 饶宗颐 1954。陈国灿 1993。施萍婷 1994。

032   唐某人立功第壹等公验抄件残片

前缺，存 3 行，草书。1、2 行为所获战利品，2 行后有小字"已上并纳足"，3 行为"右使注殊功第壹等，赏绯鱼袋"，后贴有纸，倒书 2 行"朝议郎行主簿判尉蔺思□"、"宣议郎令吕延嗣"。

图 藤枝晃 1957 图，22 页。中村研究图版 32，442 页。文 藤枝晃 1957，1 页。目录初稿 I 356 页。中村研究 442 页。刘安志 2001，64 页。参 藤枝晃 1957。中村研究 440-451 页。施萍婷 1994。刘安志 2001。

033   唐兵士衣装名簿（？）

存 6 行，行书，每行人名下记袄子、複袴、幞头、鞋、鞦等数，似为兵士的衣装名簿。

图 缺。文 缺。参 饶宗颐 1954。陈国灿 1993。施萍婷 1994。

034   唐开元十六年（728）五月仇庭牒

图 缺。文 缺。参 饶宗颐 1954。

035   佛像供养画

图 缺。文 缺。参 施萍婷 1994。

036   唐某年八月五日旌节官年某致太保状

存 11 行，楷书，背存佛经 19 行，内容为《妙法莲华经·随喜功德品第十八》，有李氏藏印。

图 缺。文 缺。参 施萍婷 1994。

037   唐开元十六年（728）末北庭钱帛计帐稿残片之二

前、后缺，存 12 行，草书，1、2 行记"轮台县白直、执衣季别玖阡叁佰陆拾文。秋、冬两□共计壹拾捌贯柒佰贰拾文"，3、4 行记"军使八人料，每月贰阡贰佰文。从七月、八月、九月、十月、十一月、十二月，每月二千贰佰文，计一十三贯二佰文"，其后为买马、纳纸价等的支出帐日。

图 缺。文 目录初稿 I 249 页。籍帐研究 365 页。西北军事研究 322 页。参 徐伯夫 1985。西北军事研究 321-326 页。

038   唐开元十年（722）三月西州牧马所王怀场牒为长行马死卖肉钱事

27.8×23.1，存 7 行，有李氏、孔氏藏印。

图 藤枝晃 1956 图，21 页。文 饶宗颐 1954，98 页。藤枝晃 1948，75 页。藤枝晃 1956，21 页。参 藤枝晃 1948、1956。饶宗颐 1954。郭平梁 1986。

039   唐都司牒阴副使徇为别奏史帝赊被解退事

后缺，下部微残，存 10 行，草书，2、3 行有朱印一方，印文不清，有李氏藏印。1 行为"都司 牒阴副使徇"，2 行为"副使阴前别奏上柱国史帝赊"，3 行以后叙史帝赊被解退后，向都司上牒，诉称自己有上柱国勋，"请乞商量处分"，都司乃下牒给阴副使徇。

图 缺。文 目录初稿 I 337 页。菊池英夫 1964，50-51 页。瀚海军研究，58-59 页。

参 菊池英夫 1964。瀚海军研究，58-73 页。

040　唐俱六守捉状上为当守捉行客百姓有品押队官名数事

后缺，存 7 行，楷书，有李氏藏印。1 行署"俱六守捉状上"，2 行为"当守捉行客百姓有品押队官总壹拾壹人"，其下分记各押队官的身份、姓名及官衔，其中"王文暕"又见于该馆所藏第 43 号文书，年代为开元七年（719），本件年代应与此相当。

图 藤枝晃 1956 插图，10 页。中村研究图版 15，184 页。文 藤枝晃 1956，10 页。目录初稿 I 352 页。菊池英夫 1964，45 页。中村研究 185、452-453 页。施萍婷 1994，97 页。参 藤枝晃 1956。菊池英夫 1961、1964。姜伯勤 1989A。中村研究 184-185、452-453 页。

041　唐开元八年（720）八月某典牒为南北长行使马料断乞付事

22.2×27.4，存 6 行，楷书，末行署"押官都督"。本件曾两次使用，正面牒文前后另笔 3 行字迹与背面 5 行相同，为邓怀义、索章五等人逐日书事记事。

图 藤枝晃 1956 图，34 页。文 藤枝晃 1948，74-75 页。藤枝晃 1956，34 页。施萍婷 1994，97 页。参 藤枝晃 1948、1956。孔祥星 1981。

042　唐开元七年（719）三月西州酸枣戍使刘善状为北庭长行马死界内事

27.5×30.8，下部微残，存 15 行，行书，有李氏藏印。

图 藤枝晃 1956 图，33 页。文 饶宗颐 1954，98 页。藤枝晃 1948，74 页。藤枝晃 1956，33 页。参 藤枝晃 1948、1956。饶宗颐 1954。孔祥星 1981。

043　唐北庭思嵩判为长行马死七匹须下三状事

27.7×26.7，存 8 行，行书，后 4 行为判语，文末有"思嵩"签署，有李氏藏印。按"思嵩"签署又见于前揭第 10 号文书，本件亦为北庭都护府文书，文中所云七匹马及王文暕状，在上揭第 19 号文书中有反映。

图 藤枝晃 1956 图，22 页。文 藤枝晃 1956，22 页。目录初稿 I 372 页。施萍婷 1994，97 页。参 藤枝晃 1956。孔祥星 1981。孙晓林 1990。

044　唐某年二月西州牧马所王怀场状为使马一匹起止不得事

28×28.8，存 6 行，草书，有李氏藏印。本件与上揭第 38 号有关联，6 行后贴有另件"三月史氾通牒"文尾 5 行。

图 藤枝晃 1956 图，31 页。文 饶宗颐 1954，98 页。藤枝晃 1956，31 页。参 饶宗颐 1954。藤枝晃 1956。孔祥星 1981。郭平梁 1986。

045　唐开元九年（721）十二月长行坊槽头状为西州长行马起止不得事

27.8×27.4，存 9 行，行书，有李氏藏印。

图 藤枝晃 1956 图，30 页。文 饶宗颐 1954，98 页。藤枝晃 1956，30 页。参 饶宗颐 1954。藤枝晃 1956。孔祥星 1981。孙晓林 1990。

046　唐写《妙法莲华经·经常不轻菩萨品第二十》残片

存 17 行，楷书，有丝栏。背为唐乾宁四年（897）百姓张德政牒。

图 缺。文 缺。参 饶宗颐 1954。施萍婷 1994。

046v　唐乾宁四年（897）三月瓜州百姓张德政牒为乞赐粮用事

存 13 行，行书，有何氏、李氏藏印。

图 缺。文 目录初稿 I 146 页。参 饶宗颐 1954。

047 道教书

存 28 行，行书，有丝栏。

图 缺。文 缺。参

048 声闻唱道文

存 10 行，行书，有朱色句读。

图 缺。文 缺。参

049 文殊师利菩萨像印本

上图卜文，印本，给菩萨牵狮子者为缠头、大胡子并着皮靴，与敦煌莫高窟的昆仑奴迥然不同。

图 缺。文 缺。参 施萍婷 1994。

050 唐某年三月史氾通牒判为西州长行马因患致死事

存 15 行，行、草书，背存 2 行文字。"史氾通"又见于上揭第 44 号文书。

图 藤枝晃 1956 图，32 页。文 藤枝晃 1956，32 页。参 饶宗颐 1954。藤枝晃 1956。孔祥星 1981。

051 唐大中四年（850）十月令狐进达牒为通当户叁拾肆人事

存 14 行，草书，有"木斋审定"印一枚，背有梵文。1 行首署"令狐进达"，2 行低两格记"应管口妻男女兄弟姐妹新妇僧尼奴婢等共叁拾肆人"，14 行署"大中四年十月 日户令狐进达牒"。

图 藤枝晃 1959 图，330 页。文 藤枝晃 1959，330 页。籍帐研究 566 页。施萍婷 1994，98-99 页。参 饶宗颐 1954。藤枝晃 1959。竺沙雅章 1961。

052 劝善经一卷

存 19 行，楷书，尾题"贞元十九 二十三日下"。

图 缺。文 缺。参 饶宗颐 1954。小笠原宣秀 1963B。

053 佛顶尊胜陀罗尼经

存 29 行，楷书，题"特进试鸿胪卿大兴善寺三藏沙门大广智不空奉诏译"，背有草书陀罗尼经诗文。

图 缺。文 缺。参 饶宗颐 1954。陈国灿 1993。施萍婷 1994。

054 受八开斋戒文一卷

存 23 行，行书，题"释迦比丘庆园写受斋"，背有杂写 8 行，内有"大顺元年"字样。有"木斋审定"藏印。

图 缺。文 缺。参 饶宗颐 1954。小笠原宣秀 1966A。陈国灿 1993。施萍婷 1994。

055 白画三塔

三塔为一大二小，有孔氏藏印。

056 戊年入破历

存 28 行，草书，有双行小字注，有李氏藏印。

图 缺。文 缺。参

057 戒律

存 29 行，行书，背绘一胡人骑马，旁有梵文 2 行。

图 缺。**文** 缺。**参**

058　　式叉摩那尼六法文

存 47 行，楷书，有丝栏，尾题"大中七年三月一日尼沙弥灵妙记"。

图 缺。**文** 缺。**参** 饶宗颐 1954。小笠原宣秀 1966A。

059　　敦煌诗歌册

本件为小册子，内容有三：一为"十五愿"，存 19 行；二为"劝善文"，存 67 行；三为"五更转"，存 36 行。有"木斋审定"印一枚。

图 缺。**文** 缺。**参** 饶宗颐 1954。

060　　残类书及杂写

残类书存 40 多行，其子目有"楼"、"兄弟"、"张衡"、"庄子"、"孟子"等，后有杂写 6 行："旌节文德元年（888）十月十五日入沙州，押节大夫宋光庭、副使朔方押牙康元诚上下廿人，十月十九日中馆设后，廿日送。"

图 古典籍下见展目 40 页。归义军史研究 196 页。**文** 陈国灿 1993，45 页。施萍婷 1994，100 页。知见录 198 页。归义军史研究，191 页。**参** 饶宗颐 1954。归义军史研究 191、196 页。

吐鲁番文书研究参考论著目录

B（B、北、白、百、鲍、滨）

Bang-Gabain 1934：W. Bang & A. von Gabain，Turkische Turfan Texte，SPAW，1934.

北原薰 1975：《唐代敦煌县の论决せる笞杖刑文书二种（上）——开元十四年（726）理欠马社钱牒案と总章二年（669）传马坊帐案について——》，《中国前近代史研究》1，1975 年，21-84 页。

白坚1925：《晋写本〈三国志·吴志〉残卷跋》，《支那学》3-12，1925 年，82-83 页。

白须净真 1981：《高昌墓砖考释》（三），《书论》第 19 号，1981 年，155-173 页。

白须净真 1984：《麴氏高昌国における上奏文书试释——民部、兵部、都官、屯田等诸官司上奏文书の检讨》，《东洋史苑》23，1984 年，13-66 页。

百济康义 1978：《五十二心所を说くウイグル译アビダレマ论书断片》，《印度学佛教学研究》26-2，1978 年，1001-1003 页。

百济康义 1979：《观无量寿经——ウイグル译断片修订》，《佛教学研究》第 35 号，1979 年，33-56 页。

百济康义、小田寿典 1983：《ウイグル译八十华严断简》，《佛教文化研究纪要》第 22 集，1983 年，176-205 页。

鲍晓娜 1987：《唐代"地子"考释》，《社会科学战线》1987 年 4 期，137-144 页。

滨口重国 1966：《唐王朝の贱人制度》，京都大学东洋史研究会，1966 年。

C（出、池、陈、斯、程、川、船、蔡）

出土文献研究（四）：中国文物研究所编《出土文献研究》第 4 辑，中华书局，1998 年。

池田温 1961：《中国古代墓葬の一考察——随葬衣物券について》，《国际东方学者会议纪要》第 6 册，1961 年，51-60 页。

池田温 1962：《西域文化研究会编〈西域文化研究第三　敦煌吐鲁番社会经济资料（下）〉》，《法制史研究》12，1962 年，270-273 页。

池田温 1965：《八世纪中叶における敦煌のソグド人聚落》，《ユーラシア文化研究》1，1965 年，49-92 页；辛德勇汉译文载刘俊文主编《日本学者研究中国史论著选译》第 9 卷，中华书局，1993 年，140-219 页；汉译文再录同著《唐研究论文选集》，中国社会科学出版社，1999 年，3-67 页。

池田温 1968：《中国古代物价の一考察——天宝二年交河郡市估案断片を中心とし

て——》（一）、（二），《史学杂志》77-1、2，1968年，1-45页，45-64页；韩昇汉译文载刘俊文主编《日本学者研究中国史论著选译》第4卷，中华书局，1992年，445-513页；汉译文再录同著《唐研究论文选集》，122-182页。

池田温 1973A：《中国古代券・契の诸相——トウルフアン出土文书を中心として——》，《东洋文库书报》4，1973年，36-37页。

池田温 1973B：《中国古代の租佃契》（上），《东洋文化研究所纪要》60，1973年，1-112页。

池田温 1975：《中国古代の租佃契》（中），《东洋文化研究所纪要》65，1975年，1-112页。

池田温 1976：《现存开元年间籍帐の一考察》，《东洋史研究》35-1，1976年，46-83页。汉译文载《唐代均田制研究选译》，甘肃教育出版社，1992年，277-316页。

池田温、冈野诚 1978：《敦煌、吐鲁番发见唐代法制文献》，载《法制史研究》27，1978年，189-229页。

池田温 1979：《中国古代籍帐研究・概观》，东京大学东洋文化研究所，1979年；龚泽铣汉译本，中华书局，1984年。

池田温 1980：《敦煌の流通经济》，池田温编《讲座敦煌3 敦煌の社会》，大东出版社，1980年，297-343页。

池田温 1982：《麴氏高昌国土地制度の性格》，《史学杂志》91-12，1982年，81页。

池田温 1983：《口马行考》，《佐久间重男退休记念中国史・陶磁史论集》，燎原书店，1983年，31-57页。

池田温 1984A：《最近における唐代法制资料の发见绍介》，唐代史研究会编《中国律令制の展开とその国家・社会との关系——周边诸地域の场合を含めて——》（唐代史研究报告第 V 集），刀水书房，1984年，62-74页。

池田温 1984B：《中国古代买田、买园券の一考察——大谷文书三点の绍介を中心として——》，《东アジア史における国家と农民》，山川出版社，1984年，259-296页。

池田温 1985A：《唐代敦煌均田制の一考察——天宝后期敦煌县田簿をめぐって——》，《东方学报》66-1、2、3、4，1985年，1-31页；孙继民汉译文载《敦煌学辑刊》1986年第2期，159-173页；汉译文再录同著《唐研究论文选集》，312-335页。

池田温 1985B：《高昌三碑略考》，《三上次男博士喜寿记念论文集・历史编》，平凡社，1985年，102-120页。谢重光汉译文载《敦煌学辑刊》1988年1、2期，146-161页。

池田温 1988：《中国で脚光あびる"大谷文书"》，《读卖新闻》（夕刊）1988年9月16日。

池田温 1998A：《〈开元十三年西州都督府牒秦州残牒〉简介》，《敦煌吐鲁番研究》第3卷，北京大学出版社，1998年，105-126页。

池田温 1998B：《东京书道博物馆所藏唐代西州地亩文书残片简介》，《出土文献研究》第4辑，中华书局，1998年，66-71页。

池田温 1998C：《盛唐物价资料をめぐって——天宝二年交河郡市估案の断简追加を中心に——》，《シルクロード研究》创刊号，1998年，69-89页。

池田论集：池田温《唐研究论文选集》，中国社会科学出版社，1999年。

陈仲安 1990：《试释高昌王国文书中"剂"字》，《敦煌吐鲁番文书初探二编》，武汉大学出版社，1990 年，1-28 页。

陈国灿 1983A：《唐代的民间借贷——吐鲁番、敦煌等地所出唐代借贷契券初探》，《敦煌吐鲁番文书初探》，武汉大学出版社，1983 年，217-274 页。改订再录同著《唐代的经济社会》，台湾台北文津出版公司，1999 年，172-221 页。

陈国灿 1983B：《从吐鲁番出土的"质库帐"看唐代的质库制度》，《敦煌吐鲁番文书初探》，316-343 页。改订再录同著《唐代的经济社会》，223-245 页。

陈国灿 1983C：《对唐西州都督府勘检天山县主簿高元祯职田案卷的考察》，《敦煌吐鲁番文书初探》，455-485 页。

陈国灿 1983D：《吐鲁番出土的〈诸佛要集经〉残卷与敦煌高僧竺法护的译经考略》，《敦煌学辑刊》创刊号，1983 年，6-13 页。改订再录同著《敦煌学史事新证》，甘肃教育出版社，2002 年，28-43 页。

陈国灿 1987：《武周瓜、沙地区的吐谷浑归朝事迹——对吐鲁番墓葬新出敦煌军事文书的探讨》，《1983 年全国敦煌学术讨论会文集》（文史·遗书编）上，甘肃人民出版社，1987 年，1-26 页。改订再录同著《敦煌学史事新证》，167-197 页。

陈国灿 1988：《对高昌国某寺全年月用帐的计量分析》，《魏晋南北朝隋唐史资料》第 9、10 合辑，武汉大学学报编辑部，1988 年，4-12 页。

陈国灿 1989：《唐五代敦煌县乡里制的演变》，《敦煌研究》1989 年 3 期，39-50、110 页。改订再录同著《敦煌学史事新证》，360-383 页。

陈国灿 1990A：《略论日本大谷文书与吐鲁番新出墓葬文书之关联》，《敦煌吐鲁番学研究论文集》，上海汉语大词典出版社，1990 年，268-287 页。

陈国灿 1990B：《武周时期的勘田检籍活动——对吐鲁番所出两组经济文书的探讨》，《敦煌吐鲁番文书初探二编》，武汉大学出版社，1990 年，370-418 页。改订分为《武周圣历年间的勘检田亩运动》、《武周长安年间的括户运动》二章，再录同著《唐代的经济社会》，1-72 页；又录同著《敦煌学史事新证》，98-166 页。

陈国灿 1991：《高昌国的占田制度》，《魏晋南北朝隋唐史资料》第 11 辑，武汉大学出版社，1991 年，226-238 页。

陈国灿 1993：《东访吐鲁番文书纪要（一）》，《魏晋南北朝隋唐史资料》第 12 辑，武汉大学出版社，1993 年，37-45 页。

陈国灿 1994：《斯坦因所获吐鲁番文书研究》，武汉大学出版社，1994 年。

陈国灿 1996：《安史乱后的唐二庭四镇》，《唐研究》第 2 卷，北京大学出版社，1996 年，415-436 页。改订再录同著《敦煌学史事新证》，445-471 页。

陈国灿 1999：《从吐鲁番出土文书看唐前期户税》，《敦煌吐鲁番研究》第 4 卷，北京大学出版社，1999 年，465-476 页。

陈国灿 2000：《唐西州蒲昌府防区的镇戍与馆驿》，《魏晋南北朝隋唐史资料》第 17 辑，武汉大学出版社，2000 年，85-106 页。

陈国灿 2001：《辽宁省档案馆藏吐鲁番文书考释》，《魏晋南北朝隋唐史资料》第 18 辑，武汉大学出版社，2001 年，87-99 页。

陈国灿 2002：《略论吐鲁番出土的敦煌文书》，《西域研究》2002 年 3 期，1-9 页。

陈国灿 2003A：《〈唐李慈艺告身〉及其补阙》，《西域研究》2003 年 2 期，37-43 页。

陈国灿 2003B：《唐代行兵中的十驮马制度》，《魏晋南北朝隋唐史资料》第 20 辑，武汉
　　　大学文科学报编辑部，2003 年，187-198 页。

陈明2001：《〈医理精华〉：印度古典医学在敦煌的实例分析》，《敦煌吐鲁番研究》第 5
　　　卷，北京大学出版社，2001 年，227-262 页。

程喜霖 1983：《从吐鲁番出土文书中所见的唐代烽堠制度之一》，《敦煌吐鲁番文书初
　　　探》，275-315 页。

程喜霖 1985：《唐代的公验与过所》，《中国史研究》1985 年 1 期，67-80 页。

川村康 1987：《麴氏高昌国における土地买卖についての一考察》，《法研论集》41，1987
　　　年，171-199 页。

船越泰次 1981：《唐・五代の地子・苗子——附税子・租子——》，《山形大学史学论集》
　　　1，1981 年，1-12 页。

船越泰次 1984：《北朝・隋・唐代の户等制をめぐって》，唐代史研究会编《中国律令制
　　　の展开とその国家・社会との关系——周边诸地域の场合を含めて——》，刀水书
　　　房，1984 年，105-115 页。

船越泰次 1987：《唐代户等制杂考》，《日野开三郎博士颂寿记念论集　中国社会・制度・
　　　文化史の诸问题》，中国书店，1987 年 10 月，197-222 页。

蔡荣婷 2003：《敦煌本〈佛说妙好宝车经〉研究》，项楚、郑阿财主编《新世纪敦煌学论
　　　集》，巴蜀书社，2003 年，429-452 页。

D（敦、大、道、嶋、东、冻、杜、党）

敦资一：中国科学院历史研究所资料室编《敦煌资料》第 1 辑，中华书局，1961 年。

大谷目一：龙谷大学西域文化研究会・小笠原宣秀编《大谷探检队将来西域出土古文书
　　　目录——社会经济关系其一》（西域文化丛书目录编　第 6 集），1956 年（油印本）。

大谷目二：龙谷大学西域文化研究会・小笠原宣秀编《大谷探检队将来西域出土古文书
　　　目录——社会经济关系其二》（西域文化丛书目录编　第 6 集），1956 年（油印本）。

大谷资料选：井ノ口泰淳责任编集《大谷探检队将来西域文化资料选》（龙谷大学创立
　　　350 周年记念），龙谷大学，1989 年。

大谷研究：小田义久《大谷文书の研究》，法藏馆，1996 年。

大谷胜真 1936A：《高昌麴氏王统考》，《京城帝国大学创立十周年记念论文》（京城帝国
　　　大学文学会论纂 5　史学篇），大阪屋号书店，1936 年，1-44 页。

大谷胜真 1936B：《高昌国における儒学》，《服部先生古稀祝贺记念论文集》，富山房，
　　　1936 年，213-226 页。

大津透 1986：《唐律令国家の予算について——仪凤三年度支奏抄・四年金部旨符试
　　　释——》，《史学杂志》95-12，1986 年，1-50 页。苏哲汉译文载《敦煌研究》1997
　　　年第 2 期，86-111 页。

大津透、榎本淳一 1987：《大谷探检队吐鲁番将来アンペラ文书群の复原——仪凤三年度
　　　支奏抄・四年金部旨符试释——》，《东洋史苑》第 28 号，1987 年，47-78 页。

大津透 1988：《唐律令制下の力役制度について——日唐赋役令管见——》，《东洋文化》

68，1988 年，109-148 页。

大津透 1990：《大谷、吐鲁番文书复原二题》，《东アジア古文书の史的研究》（唐代史研究会报告第Ⅶ集），刀水书房，1990 年 9 月，90-104 页。

大津透 1993：《唐日律令地方财政管见——馆驿・驿传制を手がかりに——》，笹山晴生先生还历记念会编《日本律令制论集》（上），吉川宏文馆，1993 年 9 月，389-440 页。

大津透等 2003：大津透、野尻忠、稻田奈津子《大谷文书唐代田制关系文书群の复原研究》，《东洋史苑》第 60、61 合号，2003 年，35-74 页。

大庭脩 1958-1960：《建中元年朱巨川奏授告身と唐の考课》（上・中・下），《史泉》11、12、18，1958 年、1960 年，1 9、9 24、11-25 页。

大庭脩 1959：《吐鲁番出土北馆文书——中国驿传制度史上の一资料》，《西域文化研究第二・敦煌吐鲁番社会经济资料（上）》，法藏馆，1959 年，367-380 页。汉译文载《敦煌学译文集——敦煌吐鲁番出土社会经济文书研究》（姜镇庆、那向芹译），甘肃人民出版社，1985 年，784-817 页。

大庭脩 1960：《唐告身の古文书学的研究》，《西域文化研究第三・敦煌吐鲁番社会经济资料（下）》，法藏馆，1960 年，279-368 页。

大庭脩 1964：《魏晋南北朝告身杂考——木から纸へ——》，《史林》47-1，1964 年，68-92 页。

大川富士夫 1978：《〈古本三国志〉をめあぐって》，《立正大学文学部论丛》第 62 号，1978 年，35-57 页。

大金富雄 1988：《唐西州における地目について》，《栗原益男先生古稀记念论集　中国古代の法と社会》，汲古书院，1988 年，271-291 页。

道经目录：大渊忍尔《敦煌道经目录编》，东京福武书店，1978 年。

嶋崎昌 1959：《高昌国の城邑について》，《中央大学文学部纪要》第 17 号，1959 年，69-94 页；再录同著《隋唐时代の东トウルキスタン研究——高昌国史研究を中心として》，东京大学出版会，1977 年，113-147 页。

嶋崎昌 1963：《麴氏高昌国官制考》（上、下），《中央大学文学部纪要》第 28、33 号，1963 年，75-93、50-74 页；再录同著《隋唐时代の东トウルキスタン研究——高昌国史研究を中心として》，253-310 页。

东洋史苑 24、25 合号：《东洋史苑》24・25，1985 年。

东洋史苑 56 号：龙谷大学东洋史学研究会编《东洋史苑》第 56 号，2000 年。

冻国栋 1986：《吐鲁番所出〈唐勒依限徵纳税钱文书〉跋》，《魏晋南北朝隋唐史资料》第 8 辑，1986 年，73-77 页。

冻国栋 1988：《唐代民族贸易与管理杂考》，《魏晋南北朝隋唐史资料》第 9、10 合辑，1988 年，122-131、121 页。

冻国栋 1990：《麴氏高昌时期役制研究》，载《敦煌学辑刊》1990 年 1 期，24-42 页。

冻国栋 1996：《旅顺博物馆藏〈唐建中五年（784）孔目司帖〉管见》，《魏晋南北朝隋唐史资料》第 14 辑，武汉大学出版社，1996 年，120-139 页。

杜绍顺 1989：《唐代均田地段四至辨疑》，《纪念陈寅恪教授国际学术讨论会文集》，中山大学出版社，1989 年，555-568 页。

党宝海 1999：《吐鲁番出土金藏考——兼论一组吐鲁番出土佛经残片的年代》，《敦煌吐鲁番研究》第 4 卷，北京大学出版社，1999 年，103-125 页。

E（二）

二乐丛书（一）：橘瑞超编《二乐丛书》第　号，1912 年。

F（访、法、佛）

访古录：王树枏《新疆访古录》，二卷，1918 年（再版：《石刻史料新编》第 2 辑第 15 卷，新文丰出版公司，1979 年）。

法制文书考释：刘俊文《敦煌吐鲁番唐代法制文书考释》，中华书局，1989 年。

法律文书研究：仁井田陞《唐宋法律文书の研究》，东方文化学院东京研究所，1937 年。

法制史研究 I：仁井田陞《中国法制史研究　土地法・取引法》，东京大学出版会，1960 年（补订版：《补订中国法制史研究　土地法・交易法》，东京大学出版会，1980 年）。

法制史研究 II：仁井田陞《中国法制史研究　奴隶农奴法・家族村落法》，东京大学出版会，1962 年（补订版：《补订中国法制史研究　奴隶农奴法・家族村落法》，东京大学出版会，1980 年）。

法制史研究 III：仁井田陞《中国法制史研究　法と惯习・法と道德》，东京大学出版会，1964 年（补订版：《补订中国法制史研究　法と惯习・法と道德》，东京大学出版会，1980 年）。

佛典研究：井ノ口泰淳《西域出土佛典の研究——〈西域考古图谱〉の汉文佛典》，法藏馆，1980 年。

G（观、关、归、高、古、郭）

观堂集林：王国维《观堂集林》（全 4 册），中华书局，1959 年。

关尾史郎 1989：《高昌文书中の"剂"字について——〈吐鲁番出土文书〉札记（八）》（下），《吐鲁番出土文物研究会会报》第 17 号，1989 年，1-4 页。

关尾史郎 1990：《高昌文书にみえる官印について——〈吐鲁番出土文书〉札记（九）》，《吐鲁番出土文物研究会会报》第 40、41 号，1990 年，1-4、5-8 页。

关尾史郎 1991A：《〈トゥルファン古写本展〉参观记——〈高昌延寿四年（627）九月仁王般若经题记〉のこと》，《吐鲁番出土文物研究会会报》第 56 号，1991 年，6 页。

关尾史郎 1991B：《高昌国の侍郎について——その所属と职掌の检讨》，《史林》74-5，1991 年，135-150 页。

关尾史郎等 1990：《高昌文书阅览记》（二），《吐鲁番出土文物研究会会报》第 51 号，1990 年，1-6 页。

关尾史郎等 1991：《高昌文书阅读记》（三），《吐鲁番出土文物研究会会报》第 59 号，

1991 年，1-4 页。

关尾史郎 1994：《〈高昌延寿元年（624）六月勾远行马价钱敕符〉をめぐる诸问题》（上），《东洋史苑》第 42、43 合刊号，1994 年，62-82 页。

关尾史郎 1996：《有关高昌国"远行马价钱"的一件史料——大谷一四六四、二四〇一号文书及其意义》（黄正建译），《出土文献研究》第 3 辑，中华书局，1996 年，189-197 页。

归义军史研究：荣新江《归义军史研究——唐宋时代敦煌历史考索》，上海古籍出版社，1996 年。

高昌残影：藤枝晃编《高昌残影　山口常顺藏トルファン出土佛典断片图录》，法藏馆，1978 年。

古典籍下见展目：《古典籍下见展观大入札会目录》，东京古典会，1990 年。

古写本展：现代书道二十人展第 35 回记念《トゥルファン古写本展》，朝日新闻社，1991 年。

古本研究：李零《孙子古本研究》，北京大学出版社，1995 年。

郭平梁 1986：《唐朝王奉仙被捉案文书考释——唐代西域陆路交道运输初探》，《中国史研究》1986 年 1 期，136-145 页。

H（侯、黄、韩、瀚、荒、横、护）

侯灿 1982：《西晋至北朝前期高昌地区奉行年号探讨》，《考古与文物》1982 年 2 期，92-102 页；再录同著《高昌楼兰研究论集》，新疆人民出版社，1990 年，108-125 页。

侯灿 1984：《麴氏高昌王国官制研究》，《文史》第 22 辑，中华书局，1984 年，29-76 页；再录同著《高昌楼兰研究论集》，1-72 页。

侯灿 1986：《麴氏高昌王国郡县城考述》，《中国史研究》1986 年 1 期，146-152 页。

侯灿 1988：《吐鲁番晋—唐古墓出土随葬衣物疏综考》，《新疆文物》1988 年 4 期，35-44 页；再录同著《高昌楼兰研究论集》，165-180 页。

黄惠贤 1983：《从西州高昌县征镇名籍看垂拱年间西域政局之变化》，《敦煌吐鲁番文书初探》，武汉大学出版社，1983 年，396-438 页。

黄惠贤 1990：《唐代前期仗身制的考察》，《敦煌吐鲁番文书初探二编》，武汉大学出版社，1990 年，242-278 页。

黄烈 1981：《略论吐鲁番出土的"道教符箓"》，《文物》1981 年 1 期，51-55 页。

黄烈 1986：《南北朝时期道教西传高昌试探》，《魏晋南北朝史研究》，四川省社会科学院出版社，1986 年，288-299 页；改题再录同著《中国古代民族史研究》，人民出版社，1987 年，459-469 页。

黄正建 2000：《S. 964V 号文书与唐代兵士的春冬衣》，宋家钰、刘忠编《英国收藏敦煌汉藏文献研究：纪念敦煌文献发现一百周年》，中国社会科学出版社，2000 年，237-251 页。

韩国磐 1985：《〈吐鲁番出土文书〉よりみた高昌の租佃（土地赁贷借）关系》，《明治大学国际交流基金事业招请外国人研究者讲演录》4（1985 年度），1985 年，5-24 页。

韩国磐 1986：《再论唐代西州的田制》，韩国磐主编《敦煌吐鲁番出土经济文书研究》，厦门大学出版社，1986 年，1-38 页。

瀚海军研究：孙继民《唐代瀚海军文书》，甘肃文化出版社，2002 年。

荒川正晴 1986：《麴氏高昌国における郡县制の性格をめって——主としてトウルフアン出土资料による——》，《史学杂志》95-3，1986 年，37-74 页。

荒川正晴 1988：《唐の中央アジア支配と墨离の吐谷浑（上）——トウルノアン・アスターナ出土の豆卢军牒の检讨を中心として——》，《史滴》9，1988 年，25-48 页。

荒川正晴 1989：《唐河西以西の传马坊と长行坊》，《东洋学报》第 70 卷第 3、4 号，1989 年，35-69 页。

荒川正晴 1990：《古书展に出品された北馆文书について》，《吐鲁番出土文物研究会会报》第 50 号，1990 年，4-5 页。

横山裕男 1958：《唐代の捉钱户について》，《东洋史研究》17-2，1958 年，73-88 页。

护雅夫 1960：《ウイグル文葡萄园卖渡文书》，《东洋学报》42-4，1960 年，22-50 页。

J（J、菊、堀、均、籍、集、京、金、姜、吉）

Juten Oda 1980-1986：Uighur Fragments of the Block-printed Text, < Säkiz Törlügïn Yarumïš Nom Bitig > , Türk Dili ve Edebiyati Dergisi, XXIV-XXV, 1980-1986。

Juten Oda 1985：On the Uigur Colophon of the Buddhāvataamsaka-Sūtra in Forty Volumes,《丰桥短期大学研究纪要》21，1985 年，121-127 页。

菊池英夫 1960：《唐代府兵制度拾遗》，《史林》43-6，1960 年，102-127、168 页。

菊池英夫 1961：《西域出土文书中の唐代军制史料管见》，《史学杂志》70-12，1961 年，85-86 页。

菊池英夫 1961-1962：《节度使制确立以前における "军" 制度の展开》（正编·续编），《东洋学报》44-2、45-1，1961 年、1962 年，54-88、33-68 页。

菊池英夫 1962：《节度使制确立以前における "军" 制度の展开》（续编），《东洋学报》45-1，1962 年，33-68 页。

菊池英夫 1964：《唐代边防机关としての守捉、城、镇等の成立过程について》，《东洋史学》27，1964 年，31-57 页。

菊池英大 1969-1970：《西域出土文书を通じて见たる唐玄宗时代における府兵制の运用》（上·下），《东洋学报》52-3、4，1969 年、1970 年，22-53、52-101 页。

菊池英夫 1970：《西域出土文书を通じてみたる唐玄宗时代における府兵制の运用（下）》，《东洋学报》第 52 卷第 4 号，1970 年，52-101 页。

菊池英夫 1979：《新出吐鲁番唐代军制关系文书试释——〈开元三年四月西州营诸队火别请受马料帐〉について》，《北海道大学文学部纪要》27-1，1979 年，3-40 页。

菊池英夫 1980：《唐代敦煌社会の外貌》，池田温编《讲座敦煌 3·敦煌の社会》，大东出版社，1980 年，91-147 页。

堀敏一 1960：《トウルフアソの佃人制をめぐる二、三の问题》，《历史学研究》142，1960 年，56-62 页。

堀敏一 1963：《唐代租田文书私见》，岩井博士古稀记念事业会编《岩井博士古稀记念典籍论集》，1963 年，617-628 页。

均田制研究：堀敏一《均田制の研究》，岩波书店，1975 年；汉译本《均田制的研究》（韩国磐等译），福建人民出版社，1984 年。

籍帐研究：池田温《中国古代籍帐研究·录文》，东京大学东洋文化研究所，1979 年。

集录：池田温《中国古代籍帐集录》，《北海道大学文学部纪要》19-4，1971 年，3-220 页。

集成壹：小田义久责任编集《大谷文书集成》（壹），法藏馆，1984 年。

集成贰：小田义久责任编集《大谷文书集成》（贰），法藏馆，1990 年。

集成叁：小田义久责任编集《大谷文书集成》（叁），法藏馆，2003 年。

京大博物馆：《京都大学文学部博物馆》，京都大学文学部编集发行，1987 年。

金祖同 1939：《唐开元二年西州屯戍烽燧残牒跋》，《说文月刊》1-5、6，1939 年，45-48 页。

金谷治 1978：《郑玄与〈论语〉》，载同著《唐抄本郑氏注论语集成》，平凡社，1978 年；汉译文载王素《唐写本论语郑氏注及其研究》，204-243 页。

姜伯勤 1979：《敦煌文书中的唐五代"行人"》，《中国史研究》1979 年第 2 期，17-21 页。

姜伯勤 1982：《唐西州寺院家人奴婢的放良》，《中国古代史论丛》1982 年第 3 辑，福建人民出版社，1982 年，286-303 页；再录何兹全主编《五十年来汉唐佛教寺院经济研究（1934-1984）》，北京师范大学出版社，1986 年，202-219 页。

姜伯勤 1983：《上海藏本敦煌所出河西支度营田使文书研究》，《敦煌吐鲁番文献研究论集》第 2 辑，北京大学出版社，1983 年，329-355 页。

姜伯勤 1989A：《敦煌新疆文书所记的唐代"行客"》，《出土文献研究续集》，文物出版社，1989 年，277-290 页。

姜伯勤 1989B：《吐鲁番敦煌文书所见的突骑施》，《文物》1989 年 11 期，53-59 页。

姜伯勤 1990：《高昌麴朝与东西突厥——吐鲁番所出客馆文书研究》，《敦煌吐鲁番文献研究论集》第 5 辑，北京大学出版社，1990 年，33-51 页。

吉田丰 1985：《大谷探险队将来中世イラン语文书管见》，《オリエント》28-2，1985 年，50-65 页。

吉田丰 1989A：《ソグド语杂录（II）》，《オリエント》31-2，1989 年，165-176 页。

吉田丰 1989B：《ソグド语杂录（III）》，《内陆アジア言语の研究》V，1989 年，9-107 页。

吉田丰、W. Sundermann 1992：《ベゼクリク・ベルリン・京都——ソグド文字によるマニ教パルティア语の赞歌》，《オリエント》第 25 卷第 2 号，1992 年，119-134 页。

吉田丰 1998：《日本に保管されている中世イラン资料について》，《アジア言语论丛》2（神户外国语大学外国学研究 XXXIX），1998 年，101-120 页。

K（考、孔、K）

考古图谱：香川默识编《西域考古图谱》上、下二卷，国华社，1915 年（再版：柏林社，

1972 年）。北京学苑出版社 1999 年影印版。

孔祥星 1979：《唐代里正——吐鲁番、敦煌出土文书研究》，《中国历史博物馆馆刊》1，1979 年，48-61 页。

孔祥星 1981：《唐代新疆地区的交通组织长行坊——新疆出土唐代文书研究》，《中国历史博物馆馆刊》3，1981 年，29-38、66 页。

孔祥星 1982A：《唐代前期的土地租佃关系——吐鲁番文书研究》，《中国历史博物馆馆刊》4，1982 年，49-68 页。再录沙知、孔祥星编《敦煌吐鲁番文书研究》，甘肃人民出版社，1984 年，236-276 页。

孔祥星 1982B：《唐代"丝绸之路"上的纺织品贸易中心西州——吐鲁番文书研究》，《文物》1982 年 4 期，18-23 页。

孔祥星 1983：《唐代江南和四川地区丝织业的发展——兼论新疆吐鲁番出土的丝织品》，《唐史研究会论文集》，陕西人民出版社，1983 年，64-80 页。

Kudara-Zieme 1996：K. Kudara – P. Zieme, Uigurische Āgama-Fragmente（3），《仏教文化研究所纪要》第 34 集，1996 年，23-84 页。

L（李、柳、鲁、论、龙、泷、刘、卢、罗、楼、铃）

李方 1996：《唐西州长官编年考证——西州官吏考证（一）》，《敦煌吐鲁番研究》第 1 卷，北京大学出版社，1996 年，271-296 页。

李方 1997A：《唐西州户曹参军编年考证——西州官吏考证（六）》，《敦煌学辑刊》1997 年 2 期，45-58 页。

李方 1997B：《唐西州上佐编年考证——西州官吏考证（二）》，《敦煌吐鲁番研究》第 2 卷，北京大学出版社，1997 年，189-214 页。

李方 2000：《唐代考课制度拾遗——敦煌吐鲁番考课文书考释》，《98 法门寺唐文化国际学术研讨会论文集》，陕西人民出版社，2000 年，557-568 页。

李方考论：李方《唐西州行政体制考论》，黑龙江教育出版社，2002 年。

李经纬研究 A：李经纬《吐鲁番回鹘文社会经济文书研究》，新疆人民出版社，1996 年。

李经纬研究 B：李经纬《回鹘文社会经济文书研究》，新疆大学出版社，1996 年。

李志生 1990：《唐开元年间西州抄目三件考释》，《敦煌吐鲁番文献研究论集》第 5 辑，北京大学出版社，1990 年，471-502 页。

李春润 1983：《唐开元以前的纳资纳课初探》，《中国史研究》1983 年 3 期，101-111 页。

李锦绣 1995：《唐代财政史稿》（上卷），北京大学出版社，1995 年。

柳洪亮 1995：《吐鲁番出土文书中"建平"、"承平"纪年索隐——北凉且渠无讳退据敦煌、高昌有关史实》，《西域研究》1995 年 1 期，44-50 页；再录同著《新出吐鲁番文书及其研究》，新疆人民出版社，1997 年，253-266 页。

鲁才全 1990：《唐代前期西州的驿马驿田驿墙诸问题——吐鲁番所出馆驿文书研究之二》，《敦煌吐鲁番文书初探二编》，武汉大学出版社，1990 年，279-304 页。

论语集成：金谷治《唐抄本郑氏注论语集成》，平凡社，1978 年。

龙大论集 456 号：龙谷大学龙谷学会编《龙谷大学论集》第 456 号，2000 年。

泷川政次郎 1928：《西域出土の唐律断片に就いて》，《法律春秋》3-4，1928 年，80-90 页，改题再录《律令の研究》，刀江书院，1931 年，47-49 页（附录）。

泷川政次郎 1934：《唐の法制》，《世界文化史大系》第 7 卷《隋唐の盛世》，新光社 1934 年，改题再录《支那法制史研究》，有斐阁，1941 年，1-55 页；又录《中国法制史研究》，严南堂书店，1979 年，1-55 页。

刘俊文 1982：《敦煌吐鲁番发现唐写本律及律疏残卷研究》，载《敦煌吐鲁番文献研究论集》，中华书局，1982 年，528-595 页。

刘忠贵 1984：《敦煌写本〈三国志·步骘传〉残卷考释》，《敦煌学辑刊》1984 年 1 期，45-50 页。

刘安志 1997A：《对吐鲁番所出唐天宝间西北逃兵文书的探讨》，《魏晋南北朝隋唐史资料》第 15 辑，武汉大学出版社，1997 年，118-132 页。

刘安志 1997B：《库车出土唐安西官府事目历考释》，《西域研究》1997 年 4 期，87-91 页。

刘安志 2001：《唐代安西、北庭两任都护考补——以出土文书为中心》，《武汉大学学报》（人文科学版）2001 年 1 期，62-66 页。

刘安志 2002：《读吐鲁番所出〈唐贞观十七年（643）西州奴俊延妻孙氏辩辞〉及其相关文书》，《敦煌研究》2002 年 3 期，58-67 页。

刘安志、石墨林 2003：《〈大谷文书集成〉佛教资料考辨》，《魏晋南北朝隋唐史资料》第 20 辑，武汉大学文科学报编辑部，2003 年，214-283 页。

卢开万 1983：《试论麴氏高昌时期的赋役制度》，《敦煌吐鲁番文书初探》，武汉大学出版社，1983 年，66-99 页。

卢向前 1986：《牒式及其处理程式的探讨——唐公式文研究》，《敦煌吐鲁番文献研究论集》第 3 辑，北京大学出版社，1986 年，307-338 页。

卢向前 1990：《从敦煌吐鲁番出土的几件文书看唐前期和籴的一些特点》，《敦煌吐鲁番文献研究论集》第 5 辑，北京大学出版社，1990 年，307-338 页。

罗振玉 1920：《〈论语〉郑氏〈子路篇〉残卷跋》，《永丰乡人稿》之《雪堂校刊群书叙录》卷下，1920 年。又收录《罗雪堂先生全集》初编第一册，文华出版公司，1968 年。

罗振玉 1933：《增订高昌麴氏年表》，《辽居杂著乙编》，1933 年。收录《罗雪堂先生全集》初编第 6 册。

罗福成 1925：《晋写本〈三国志·吴志〉残卷校字记 虞翻、陆绩、张温传》，《支那学》3-12，1925 年，83-84 页。

楼兰新史：孟凡人《楼兰新史》，光明日报出版社，1990 年。

铃木俊 1957：《户籍作成の年次と唐令》，《中央大学文学部纪要》9，1957 年，81-90 页。再录同著《均田、租庸调制度の研究》，刀水书房，1980 年，83-92 页。

铃木俊、青山定雄 1958：《隋唐帝国经济》，《世界史大系 3·东アジア I》，诚文堂新光社，1958 年，232-249 页。

M（M、马、目、莫、梅、牧）

Moriyasu, T. and P. Zieme 1999：From Chinese to Uighur Documents，《内陆アジア言语の研究》XIV，1999 年，73-102 页。

马雍1973：《吐鲁番的"白雀元年衣物券"》，《文物》1973 年第 10 期，61-65、72 页；再录新疆社会科学院考古研究所编《新疆考古三十年》，新疆人民出版社，1983 年，273-280 页；再录同著《西域史地文物丛考》，文物出版社，1990 年，122-128 页。

马继兴 2002：《当前世界各地收藏的中国出土卷子本古医药文献备考》，《敦煌吐鲁番研究》第 6 卷，北京大学出版社，2002 年，129-182 页。

目录初稿Ⅰ：菊池英夫编《西域出土汉文文献分类目录初稿》Ⅰ（非佛教文献之部·古文书类），东洋文库油印本，1964 年。

莫高窟年表：姜亮夫《莫高窟年表》，上海古籍出版社，1985 年。

梅应运 1970：《唐代敦煌寺院藏经之情形及其管理》，《新亚书院学术年刊》第 12 期，1970 年，145-197 页。

牧野巽、仁井田陞 1931：《故唐律疏议制作年代考》（上·下），《东方学报》（东京）1、2，1931 年，70-158 页，50-226 页。

牧田谛亮 1970：《北魏の庶民经典について》，横超慧日编《北魏佛教の研究》，京都平乐寺书店，1970 年，377-406 页。

N（南、内、宁、那）

南北朝写经：紫溪《由魏晋南北朝的写经看当时的书法》，《文物》1963 年 4 期，28-34 页。

内藤虎次郎1931：《晋人写三国志残卷跋》，武居绫藏《古本三国志》，1931 年；后收入《内藤湖南全集》第 14 卷，筑摩书房，1976 年，129-130 页。

内藤考证：内藤乾吉《中国法制史考证》，有斐阁，1963 年。

内藤虎次郎 1910：《西本愿寺的发掘物》，《大阪朝日新闻》1910 年 8 月 3 日至 6 日，再录《内藤湖南全集》第 12 卷，筑摩书房，1970 年，212-221 页。

内藤虎次郎 1915：《高昌国の纪年に就て》，《艺文》6-11，1915 年；再录《内藤湖南全集》第 7 卷，筑摩书房，1976 年，448-460 页。

内藤乾吉 1933：《敦煌出土の唐骑都尉秦元告身》，《东方学报》（京都）3，1933 年，218-262 页，又收录同著《中国法制史考证》，有斐阁 1963 年，26-63 页。

内藤乾吉 1958：《敦煌发见唐职制户婚厩库律断简》，《石滨先生古稀记念东洋学论丛》，1958 年，325-364 页。再录同著《中国法制史考证》，182-222 页。

内藤乾吉 1960：《西域发见唐代官文书の研究》，《西域文化研究第三·敦煌吐鲁番社会经济资料（下）》，法藏馆，1960 年，9-111 页。再录同著《中国法制史考证》，223-345 页。

宁欣1986：《唐代敦煌地区农业水利问题——从伯三五六〇号看唐代敦煌地区的农业水

利》，《敦煌吐鲁番文献研究论集》第 3 辑，北京大学出版社，1986 年，467-540 页。

宁乐吐文书：陈国灿、刘永增《日本宁乐美术馆藏吐鲁番文书》，文物出版社，1997 年。

那波利贞 1959：《千佛岩莫高窟と敦煌文书》，《西域文化研究第二·敦煌吐鲁番社会经济
资料（上）》，法藏馆，1959 年，11-68 页。

P（P、片）

P. Zieme1982：A New Fragment of the Uigur Guanwuliangshoujing，《龙谷大学佛教文化研究
所纪要》第 20 号（特集），京都，1982 年，20-29 页。

P. Zieme1983：Editions and Studies of Uigur Texts from Turfan and Dunhuang since 1970，
Journal of Central Asia 6，no. 1，Islambad 1983，p. 98.

ペーター・ツイーメ、百济康义 1985：《ウイグル语の观无量寿经》，京都，1985 年。

P. Zieme1991：Die Stabreimtexte der Uiguren von Turfan und Dunhuang. Studien zur
alttürkischen Dichtung，Budapest，1991，p. 199.

P. Zieme 2000A：Fragments of the Old Turkic *Maitrisimit nom bitig* in the Otani Collection，
《内陆アジア言语の研究》XV，2000 年，123-134 页。

P. Zieme2000B：Vimalakīrtinirdeśasūtra. Edition alttürkischer Übersetzungen nach
Handschriftfragmenten von Berlin und Kyoto. BTT XX，Turnhout，2000。

片山章雄 1992：《吐鲁番、敦煌发见の〈三国志〉写本残卷》，《东海史学》第 26 号，
1992 年，33-42 页。

Q（契、齐）

契约文书集成 1：山田信夫主持，小田寿典、梅村坦、森安孝夫、茨默合编《ウイグル文
契约文书集成》第 1 卷，大阪大学出版会，1993 年。

契约文书集成 2：山田信夫主持，小田寿典、梅村坦、森安孝夫、茨默合编《ウイグル文
契约文书集成》第 2 卷，大阪大学出版会，1993 年。

契约文书集成 3：山田信夫主持，小田寿典、梅村坦、森安孝夫、茨默合编《ウイグル文
契约文书集成》第 3 卷，大阪大学出版会，1993 年。

齐陈骏 1986：《简述敦煌、吐鲁番文书中有关职田的资料》，《中国史研究》1986 年 1 期，
40-49 页；再录同著《河西史研究》，甘肃人民出版社，1989 年，242-258 页。

齐陈骏 1989：《也论唐代西北的屯田》，《平准学刊》第 4 辑（上册），光明日报出版社，
1989 年，97-119 页。改题再录同著《河西史研究》，178-241 页。

R（荣、饶、日、仁）

荣新江 1994：《西域粟特移民考》，马大正等编《西域考察与研究》，新疆人民出版社，
1994 年，157-172 页。

荣新江 1995：《〈唐开元二十九年西州天山县南平乡籍〉残卷研究》，《西域研究》1995 年第 1 期，33-43 页。

荣新江 1997：《五代洛阳民间印刷业一瞥》，《文物天地》1997 年第 5 期，12-13 页。

荣新江 1999：《唐代西州的道教》，《敦煌吐鲁番研究》第 4 卷，北京大学出版社，1999 年，127-144 页。

荣新江 2000：《摩尼教在高昌的初传》，柳洪亮主编《吐鲁番新出摩尼教文献研究》，文物出版社，2000 年，215-230 页；又载刘东主编《中国学术》第 1 辑，北京商务印书馆，2000 年，158-171 页。

饶宗颐 1954：《京都藤井氏有邻馆藏敦煌残卷纪略》，《金匮论古综合刊》第 1 期，96-100 页；又收录同著《选堂集林·史林》（下），香港中华书局，1982 年，998-1010 页。

日比野丈夫 1963：《唐代蒲昌府文书の研究》，《东方学报》（京都）33，1963 年，267-314 页。

日比野丈夫 1973：《新获の唐代蒲昌府文书について》，《东方学报》（京都）45，1973 年，363-376 页。

日野开三郎 1954：《租调（庸）户等——大唐租调惑疑第三章——》，《东洋史学》11，1954 年，43-71 页。

仁井田陞 1931：《唐宋时代に於ける债权の担保》，《史学杂志》42-10，1931 年，25-93 页；改题再录《中国法制史研究　土地法·取引法》，东京大学出版会，1960 年，490-539 页。

仁井田陞 1936：《吐鲁番出土の唐代法律史料数种》，《史学杂志》47-10，1936 年，79-102 页。

仁井田陞 1937A：《户籍》，《唐宋法律文书の研究》，东方文化学院东京研究所，1937 年，650-792 页。

仁井田陞 1937B：《吐鲁番出土の唐代公牍（蒲昌府文书等）》，《书苑》1-6，1937 年，4-11 页。

仁井田陞 1937C：《告身》，《唐宋法律文书の研究》，793-806 页。

仁井田陞 1937D：《画指、指模（指印）及び手模（掌印）》，《唐宋法律文书の研究》，37-38 页。

仁井田陞 1939：《スタイン・ペリオ两氏敦煌将来法律史料数种》，《东方学报》（东京）9，1939 年，91-122 页。改题再录同著《中国法制史研究　土地法·取引法》，东京大学出版会，1960 年，647-674 页。

仁井田陞 1960：《吐鲁番出土の唐代取引法关系文书》，《西域文化研究第三·敦煌吐鲁番社会经济资料（下）》，法藏馆，1960 年，187-214 页。改题再录同著《中国法制史研究　土地法·取引法》，762-826 页。汉译文载《敦煌学译文集——敦煌吐鲁番出土社会经济文书研究》（姜镇庆、那向芹译），甘肃人民出版社，1985 年，660-740 页。

仁井田陞 1961：《吐鲁番发见の唐代租田文书の二形态》，《东洋文化研究所纪要》23，1961 年，1-14 页。再录同著《中国法制史研究　奴隶农奴法·家族村落法》，东京大学出版会，1962 年，249-260 页。

仁井田陞 1963：《吐鲁番发见の高昌国および唐代租田文书》，《东洋文化研究所纪要》

29，1963 年，1-19 页。再录同著《中国法制史研究　法と慣习・法と道德》，东京大学出版会，1964 年，627-646 页。

仁井田陞 1965：《ペリオ敦煌发见唐令の再吟味——特に公式令断简——》，《东洋文化研究所纪要》35，1965 年，1-15 页。

S（S、三、山、石、书、释、松、识、森、沙、宋、施、孙、桑、室、神）

Sundermann, W. 1990: *The Manichaean Hymn Cycles Huyadagman and Angad Rosnan in Parthian and Sogdian.* London 1990.

Sundermann, W. 1992: *Der Sermon vom Licht-Nous: eine Lehrschrift des ostlichen Manichaismus; Edition der parthischen und soghdischen Version* (Berliner Turfantexte 17), Berlin 1992, 165 + 40pls.

三国志：《三国志》，中华书局标点本，1959 年。

三木荣 1964：《西域出土医药关系文献总合解说目录》，《东洋学报》47-1，1964 年，01-025 页。

山田信夫 1958：《ウイグル文天地八阳神咒经断片——龙谷大学所藏大谷探检队将来文书附西北科学考察团将来文书——》，《东洋学报》40-4，1958 年，79-97 页。

山田信夫 1961：《大谷探检队将来ウイグル文卖买贷借文书》，《西域文化研究第四・中央アジア古代语文献》，法藏馆，1961 年，207-220 页。又收录《ウイグル文契约文书集成》第 1 卷，13-31 页。

山田信夫 1963：《ウイグル文卖买契约书の书式》，《西域文化研究第六・历史と美术の诸问题》，法藏馆，1963 年，29-62 页。又收录《ウイグル文契约文书集成》第 1 卷，35-71 页。

山田信夫 1965：《ウイグル文贷借契约书の书式》，《大阪大学文学部纪要》11，1965 年，87-216 页。又收录《ウイグル文契约文书集成》第 1 卷，73-212 页。

山田信夫 1967: Uigur Documents of Sale and Loan Contracts Brought by Otani Expeditions. Appendix: The Forms of the Uigur Documents of Sale Contracts. Memoirs of the Research Department of the Toyo Bunko, 23 (1964), Toyo 1967, p. 71-118. 又收录《ウイグル文契约文书集成》第 1 卷，403-455 页。

山田信夫 1971: Four Notes on Several Names for Weights and Measures in Uighur Documents. L. Ligeti (ed.), Studia Turcica, Budapest 1971, p. 491-498. 又收录《ウイグル文契约文书集成》第 1 卷，459-467 页。

山田信夫 1978：《タムガとニシャン》，《足利惇氏博士喜寿记念オリエント学・インド学论集》，东京国书刊行会，1978 年，345-357 页。又收录《ウイグル文契约文书集成》第 1 卷，484-496 页。

山根清志 1982：《唐前半期における邻保とその机能——いわゆる摊逃の弊を手がかりとして——》，《东洋史研究》41-2，1982 年，57-93 页。

石滨纯太郎 1930：《流沙遗文小记》，《龙谷史坛》2-2，1930 年，1-6 页；再录同著《支那学论考》，全国书房 1943 年，57-63 页。

石田幹之助 1928：《祆教丛考——神田学士の〈祆教杂考〉を读みて——》，《史学杂志》39-6，1928 年，21-51 页。再录《东亚文化史丛考》，东洋书库，1973 年，221-245 页。

石田勇作 1990：《吐鲁番出土"举钱契"杂考》，《骏台史学》第 78 号，1990 年，109-129 页。

书法篆刻二：《中国美术全集》（书法篆刻编二），人民美术山版社，1986 年。

书仪辑校：赵和平《敦煌表状笺启书仪辑校》，江苏古籍出版社，1997 年。

书法源流考：中村不哲著、李德范译《禹域出土墨宝书法源流考》，中华书局，2003 年。按日文本原著由东京西东书房于 1927 年出版。

书苑 6-7：《书苑》第六卷第七号，1942 年。

书苑 6-9：《书苑》第六卷第九号，1942 年。

书苑 7-2：《书苑》第七卷第二号，1943 年。

释录二：唐耕耦、陆宏基等编《敦煌社会经济文献真迹释录》第 2 辑，全国图书馆文献缩微复制中心，1990 年。

释录四：唐耕耦、陆宏基等编《敦煌社会经济文献真迹释录》第 4 辑，全国图书馆文献缩微复制中心，1990 年。

松本善海 1963：《吐鲁番文书より见たる唐代邻保制》，西域文化研究会编《西域文化研究第六·历史と美术の诸问题》，法藏馆，1963 年，245-269 页；再录同著《中国村落制度の史的研究》，岩波书店，1971 年，395-440 页。

松本研究：松本善海《中国村落制度の史的研究》，岩波书店，1971 年。

松井太 1998A：《モンゴル时代ウイグリタン税役制度とその渊源——ウイグル文供出命令文书にみえる Käzig の解释を通じて——》，《东洋文库和文纪要东洋学报》79-4，1998 年。

松井太 1998B：《ウイグル文クトルグ印文书》，《内陆アジア言语の研究》13，1998 年，1-62 页。

识语集录：池田温《中国古代写本识语集录》，东京大学东洋文化研究所，1990 年。

森安研究：森安孝夫《ウイグル＝マニ教史の研究》，《大阪大学文学部纪要》第 31、32 卷合并号，1991 年。

森安孝夫 1997：《大英图书馆藏ルーン文字》，《内陆アジア言语の研究》XII，1997 年，41-71 页。

沙知1982：《唐敦煌县寿昌城主小议——兼说城主》，《中国古代史论丛》1982 年 3 辑，福建人民出版社，1982 年，274-285 页。

沙知1990：《跋唐开元十六年庭州金满县牒》，《敦煌吐鲁番学研究论文集》，上海汉语大词典出版社，1990 年，187-195 页。

宋家钰 1983：《唐代户籍上的田籍与均田制——唐代均田制的性质与施行问题研究》，《中国史研究》1983 年第 4 期，25-42 页。

施萍婷 1994：《日本公私收藏敦煌遗书叙录（二）》，《敦煌研究》1994 年 3 期，90-100 页。

孙晓林 1990：《试探唐代前期西州长行坊制度》，《敦煌吐鲁番文书初探二编》，武汉大学出版社，1990 年，169-241 页。

孙晓林 1991：《关于唐前期西州设"馆"的考察》，《魏晋南北朝隋唐史资料》第 11 辑，武汉大学出版社，1991 年，251-262 页。

孙达人 1962：《对唐至五代租佃契约经济内容的分析》，《历史研究》1962 年 6 期，97-107 页。又收入沙知、孔祥星编《敦煌吐鲁番文书研究》，甘肃人民出版社，1984 年，201-217 页。

桑原隲藏 1911：《纸の历史》，《艺文》2-9、10，1911 年 9、10 月，15-25、13、25 页；再录《东洋文明史论丛》，弘文堂 1934 年，93-118 页；再录《桑原隲藏全集》第 2 卷，岩波书店，1968 年，69-85 页。

室永芳三 1974：《吐鲁番发见朱耶部落文书について——沙陀部族考　その一（补遗）——》，《有明工业高等专门学校纪要》10，1974 年，1-7 页。

神田喜一郎 1962：《中国书道史上より见たる大谷探检队の将来品について》，《西域文化研究第五·中央アジア佛教美术》，法藏馆，1962 年，241-253 页。

T（T、チ、土、禿、探、唐、藤）

T. T. D. Ⅰ（A）、（B）：Yamamoto Tatsuro, Ikedo On , Okano Makoto ed. Tun-huang and Turfan documents concerning social and economic history Ⅰ Legal Texts（A）·（B）. The Toyo Bunko 1980，1978.

T. T. D. Ⅱ（A）、（B）：Yamamoto Tatsuro, Dohi Yoshikazu ed. Tun-huang and Turfan documents concerning social and economic history Ⅱ Census Registers（A）·（B）. The Toyo Bunko 1985，1984.

T. T. D. Ⅲ（A）、（B）：Yamamoto Tatsuro, Ikedo On ed. Tun-huang and Turfan documents concerning social and economic history Ⅲ Contracts（A）·（B）. The Toyo Bunko 1987，1986.

T. T. D. Ⅳ（A）、（B）：Yamamoto Tatsuro, Dohi Yoshikazu , Ishida Yusaku ed. Tun-huang and Turfan documents concerning social and economic history Ⅳ She Associations and Related Documents（A）·（B）. The Toyo Bunko 1989，1988.

チベット语文献研究（1）：上山大峻、井ノ口泰淳、武内绍人、筑后诚隆、白井博之、三谷真澄《龙谷大学藏チベット语文献の研究（Ⅲ）——大谷探检队蒐集チベット语文书の研究（1）——》，《龙谷大学佛教文化研究纪要》第 26 集，1987 年，37-51 页。

チベット语文献研究（2）：上山大峻、井ノ口泰淳、武内绍人、筑后诚隆、白井博之、三谷真澄《龙谷大学藏チベット语文献の研究（Ⅳ）——大谷探检队蒐集チベット语文书の研究（2）——》，《龙谷大学佛教文化研究纪要》第 28 集，1990 年，20-30 页。

土肥义和 1969：《唐令よりみたる现存唐代户籍の基础的研究》（上·下），《东洋学报》52-1、2，1969 年，90-125 页，47-98 页。

土肥义和 1979：《唐代均田制の给田基准考——とくに吐鲁番盆地の实例を中心に——》，

　　唐代史研究会编《隋唐帝国と东アジア世界》，汲古书院，1979 年，215-250 页。冻
　　　　国栋汉译文载《魏晋南北朝隋唐史资料》第 6 辑，1984 年，76-96 页。

土肥义和 1984：《唐代均田制下における敦煌地方の田土给授について——大英图书馆所
　　　　藏〈天宝载间敦煌县受田簿〉を中心に——》，唐代史研究会编《中国律令制の展开
　　　　とその国家·社会との关系——周边诸地域の场合を含めて——》（唐代史研究报告
　　　　第 V 集），刀水书房，1984 年，123-136 页。

土桥秀高 1963：《敦煌本にみられる种々の菩萨戒仪——スタイン本を中心として——》，
　　　　《西域文化研究第六·历史と美术の诸问题》，法藏馆，1963 年，95-178 页。

秃氏祐祥、小川贯弌 1962：《十王生七经讚图卷の构造》，《西域文化研究第五·中央アジ
　　　　ア佛教美术》，法藏馆，1962 年，255-296 页。

探险记：橘瑞超《新疆探险记》，东京民友社，1912 年。汉译文载柳洪亮译《橘瑞超西行
　　　　记》，新疆人民出版社，1999 年，113-136 页。

唐代史研究 2：《唐代史研究》第 2 号，1999 年。

唐长孺 1961：《关于武则天统治末年的浮逃户》，《历史研究》1961 年 6 期，90-95 页。再
　　　　录沙知、孔祥星编《敦煌吐鲁番文书研究》，甘肃人民出版社，1984 年，133-141 页。

唐长孺 1982：《唐代の部曲と客》（竹内实译），《东方学》63，1982 年，104-117 页。

唐长孺 1983A：《唐西州差兵文书跋》，《敦煌吐鲁番文书初探》，武汉大学出版社，1983
　　　　年，439-454 页。

唐长孺 1983B：《南北朝期间西域与南朝的陆路交道》之五《吐鲁番所出佛经中的迹象》，
　　　　《魏晋南北朝史论拾遗》，中华书局，1983 年，189-193 页。

唐长孺 1989：《唐代的客户》，《山居存稿》，中华书局，1989 年 7 月，129-165 页。

唐长孺 1990：《吐鲁番文书中所见的西州府兵》，《敦煌吐鲁番文书初探二编》，29-103
　　　　页。

唐长孺 1995：《跋吐鲁番所出〈千字文〉》，《唐研究》第 1 卷，北京大学出版社，1995
　　　　年，1-9 页。再录同著《唐长孺社会文化史论丛》，武汉大学出版社，2001 年，233-
　　　　242 页。

唐耕耦 1980：《唐代的资课》，《中国史研究》1980 年 3 期，82-91 页。

藤枝晃 1948：《〈长行马〉文书》，《东洋史研究》10-3，1948 年，73-77、72 页。

藤枝晃 1956：《长行马》，《墨美》60，1956 年，2-34 页。

藤枝晃 1957：《藤井有邻馆所藏の北庭文书》，《书道全集》第 8 卷（中国 8·唐 II·月报
　　　　13），平凡社，1957 年，1-3 页。

藤枝晃 1959：《敦煌の僧尼籍》，《东方学报》29，1959 年，285-338 页。

藤枝晃 1987A：《トルファン出土写本のはなし》，《东洋文库书报》18，1987 年，98-102
　　　　页。

藤枝晃 1987B：《中国北朝写本の三分期》，《古笔学丛林》第 1 号，1987 年，3-36 页。白
　　　　文汉译文载《敦煌研究》1990 年第 2 期，40-49 页。

藤枝晃 1991：《トウルファン出土写本解说》，现代书道二十人展第 35 回记念《トウルフ
　　　　ァン古写本展》附录，朝日新闻社，1991 年。

W（王、丸、文、吴、武）

王永兴 1982：《唐田令研究——从田令和敦煌文书看唐代土地制度中几个问题》，《纪念陈垣诞辰百周年史学论文集》，北京师范大学出版社，1982 年，160-244 页。

王永兴 1983：《试论唐代勾官——唐代官制研究之一》，北京大学中国中古史研究中心编《敦煌吐鲁番文献研究论集》第 2 辑，北京大学出版社，1983 年，281-328 页。

王永兴 1986：《关于唐代均田制中给田问题的探讨——读大谷欠田、退田、给田文书札记》，《中国史研究》1986 年 1 期，13-28 页。

王永兴校注：王永兴《隋唐五代经济史料汇编校注》第 1 辑（上、下），中华书局，1987 年。

王仲荦 1976：《唐代西州的縑布》，《文物》1976 年第 1 期，85-88 页。再录新疆社会科学院考古研究所编《新疆考古三十年》，新疆人民出版社，1983 年，453-457 页；再录同著《蜡华山馆丛稿》，中华书局，1987 年，263-273 页。

王仲荦 1980：《唐代西州高昌城周围的水利灌溉》，《文物集刊》第 2 集，文物出版社，1980 年，204-207 页。再录同著《蜡华山馆丛稿》，315-327 页。

王素 1989：《麴氏高昌中央行政体制考论》，《文物》1989 年 11 期，39-52 页。

王素研究：王素《唐写本论语郑氏注及其研究》，文物出版社，1991 年。

王素1992：《关于 S. 2838 号文书的抄写地点》，《新疆文物》1992 年 4 期，76-79 页。

王素1995：《吐鲁番出土〈功德疏〉所见西州庶民的净土信仰》，《唐研究》第 1 卷，北京大学出版社，1995 年，11-35 页。

王素1996：《吐鲁番出土写经题记所见甘露年号补说》，《敦煌吐鲁番学研究论集》，书目文献出版社，1996 年，244-252 页。

王素 1997：《吐鲁番出土高昌文献编年》，台湾台北新文丰出版公司，1997 年。

王珠文 1983：《关于唐代户税的几点意见》，《北京师院学报》1983 年 1 期，90-93 页。

丸山裕美子 1999：《静冈县矶部武男氏藏敦煌·吐鲁番资料管见》，《唐代史研究》第 2 号，1999 年，16-26 页。

文书目录：《书道博物馆所藏经卷文书录（附解说）》，西域文化研究会复制。

吴震1982：《近年出土高昌租佃契约研究》，《新疆历史论文续集》，新疆人民出版社，1982 年，106-164 页。

吴震1986：《麴氏高昌国土地形态所有制试探》，《新疆文物》1986 年第 1 期，44-73 页。

吴震1987：《吐鲁番出土的"敦煌文书"》，《1983 年全国敦煌学术讨论会文集》（文史·遗书编上），甘肃人民出版社，1987 年，438-458 页。

吴震1995：《敦煌吐鲁番写经题记中"甘露"年号考辨》，《西域研究》1995 年 1 期，17-27 页。

吴玉贵 1991：《高昌供食文书中的突厥》，《西北民族研究》1991 年 1 期，46-66 页。

武敏 1984：《吐鲁番出土蜀锦的研究》，《文物》1984 年第 6 期，70-80 页。

X（上、小、西、写、徐、熊）

上野アキ1964：《トウファン出土彩画纸片について》，《美术研究》230，1964 年，27-36 页。

小口彦太 1974：《中国土地所有法史序说——均田制研究のための予备的作业——》，《比较法学》9-1，1974 年，67-158 页。

小田义久 1961：《吐鲁番出土葬送用文书の一考察——特に"五道大神"について——》，《龙谷史坛》47，1961 年，39-56 页。

小田义久 1962：《西域における寺院经济について》，《龙谷大学佛教文化研究所纪要》第 1 集，1962 年，140-147 页。

小田义久 1974：《初期の吐鲁番佛教について》，《龙谷大学佛教文化研究所纪要》第 13 集，1974 年，171-175 页。

小田义久 1975：《吐峪沟出土大乘方便经断简考》，《龙谷大学佛教文化研究纪要》第 14 集，1975 年，16-30 页。

小田义久 1976：《吐鲁番出土の随葬衣物疏について》，《龙谷大学论集》第 408 号，1976 年，78-104 页。

小田义久 1981A：《唐の西州支配に关する一考察》，《龙谷大学论集》418，1981 年 5 月，103-134 页。

小田义久 1981B：《佃人文书の一考察》，《龙谷史坛》79，1981 年 3 月，96-119 页。

小田义久 1982：《唐西州における僧田と寺田について》，《小野胜年博士颂寿记念东方学论集》，朋友书店，1982 年 12 月，211-232 页。

小田义久 1984：《龙谷大学图书馆藏大谷文书について》，《大谷文书集成》（壹），法藏馆，1984 年，1-20 页。

小田义久 1985A：《吐鲁番出土唐代官厅文书の一考察——物价文书と北馆文书をめぐって——》，《龙谷大学论集》427，1985 年，108-129 页。

小田义久 1985B：《麹氏高昌国时代の土地卖买证书について》，《东洋史苑》24、25 合号，1985 年，67-87 页。

小田义久 1988：《大谷文书と吐鲁番文书について》（研究ノート1），《龙谷大学仏教文化研究所所报》11，1988 年，1-3 页。

小田义久 1989：《西州仏寺考》，《龙谷史坛》93、94，1989 年，1-13 页。

小田义久 1990：《大谷文书と吐鲁番文书の关连について》，《东アジア古文书の史的研究》（唐代史研究会报告第Ⅶ集），刀水书房，1990 年，129-146 页；侯灿汉译文载《新疆文物》1993 年 1 期，158-166 页。

小田义久 1993：《大谷探检队将来の库车出土文书について》，《东洋史苑》第 40、41 合刊号，1993 年 3 月，1-23 页。

小田义久 2000A：《德富苏峰记念馆藏〈李慈艺告身〉の写真について》，《龙谷大学论集》456，2000 年，122-141 页。乜小红汉译文载《西域研究》2003 年 2 期，27-36 页。

小田义久 2000B：《唐代告身の一考察——大谷探检队将来李慈艺及び张怀寂の告身を中心として——》，《东洋史苑》56，2000 年，1-27 页。

小田义久 2002：《西域出土の写经断片について——〈大谷文书集成・叁〉を中心に——》，《佛教文化研究所纪要》第 41 集，2002 年，1-41 页。

小笠原宣秀 1955：《龙大所藏吐鲁番出土经济文书特色》，《龙谷大学论集》第 349 号，1955 年，1-15 页。

小笠原宣秀 1957：《高昌佛教の研究》，《龙谷史坛》第 42 号，1957 年，1-13 页。

小笠原宣秀 1958A：《吐鲁番净土教史の一断面》，《龙谷史坛》第 44 号，1958 年，121-130 页。

小笠原宣秀 1958B：《佛说阿弥陁经（吐峪沟出土善导愿经）解说》，《西域文化研究第一・敦煌佛教资料》，法藏馆，1958 年，204-205 页。

小笠原宣秀 1959：《龙谷大学所藏大谷探检队将来吐鲁番出土古文书素描》，《西域文化研究第二・敦煌吐鲁番社会经济资料（上）》，法藏馆，1959 年，386-410 页。柳洪亮汉译文载《橘瑞超西行记》，新疆人民出版社，1999 年，192-228 页。

小笠原宣秀 1960A：《西域出土の寺院文书再论——西州の寺田——》，《印度学佛教学研究》8-1，1960 年，105-109 页。

小笠原宣秀 1960B：《吐鲁番出土の宗教生活文书》，《西域文化研究第三・敦煌吐鲁番社会经济资料（下）》，法藏馆，1960 年，249-262 页。

小笠原宣秀 1961A：《吐鲁番文书に现れたる伪滥僧の问题》，《印度学佛教学研究》9-2，1961 年，205-211 页。

小笠原宣秀 1961B：《高昌国における写经行业》，《龙谷大学论集》第 367 号，1961 年，10-20 页。

小笠原宣秀 1961C：《〈西域考古图谱〉佛典编杂考》，《龙谷史坛》第 48 号，1961 年，1-11 页。

小笠原宣秀 1962：《唐代西州における净土教》，《龙谷史坛》第 50 号，1962 年，12-23 页。

小笠原宣秀 1963A：《叶鲁番出土の唐代官厅记录文书二种》，《龙谷史坛》第 51 号，1963 年，1-15 页。

小笠原宣秀 1963B：《敦煌本〈劝善经〉をめぐつて》，《东方宗教》22，1963 年，157-172 页。

小笠原宣秀 1965：《唐代西州人士の精神生活》，《龙谷史坛》55，1965 年，1-11 页。

小笠原宣秀 1966A：《唐代西域の僧尼众团》，《印度学佛教学研究》14-2，1966 年，79-84 页。

小笠原宣秀 1966B：《吐鲁番佛教史研究》，《龙谷大学佛教文化研究所纪要》第 5 集，1966 年，26-38 页。

小笠原宣秀、大庭脩 1958：《龙谷大学所藏吐鲁番出土の张怀寂告身について》，《龙谷大学论集》第 359 号，1958 年，73-87 页。

小笠原宣秀、西村元佑 1960：《唐代役制关系文书考》，《西域文化研究第三・敦煌吐鲁番社会经济资料（下）》，法藏馆，1960 年，131-167 页。汉译文载《敦煌学译文集——敦煌吐鲁番出土社会经济文书研究》（姜镇庆、那向芹译），甘肃人民出版社，1985 年，871-977 页。

小田寿典 1974：《ウイグル文文殊师利成就法の断片一叶》，《东洋史研究》33-1，1974年，86-109 页。

小田寿典 1980："Eski Uygurca bir vesikanin Budizmle ilgili ducud（Kucuk?）bir parcasi"，Urkiyat Mecmuasi 19，1980，S. 183-202.

小田寿典 1983：《龙谷大学图书馆藏ウイグル文八阳经の断片拾遗》，护雅夫编《内陆アジア・西アジアの社会と文化》，东京山川出版社，1983 年，161-184 页。

小田寿典 1984：《ウイグル文八阳经"大谷氏所藏断片"追考》，《丰桥短期大学研究纪要》第 1 号，1984 年，91-100 页。

小田寿典 1987：《龙谷大学图书馆藏ウイグル文八阳经の版本断片》，《丰桥短期大学研究纪要》第 4 号，1987 年，25-38 页。

小岛宪之 1983：《东海と西域——启蒙期としてみた日本上代文学一斑——》，《文学》51，岩波书店，1983 年 12 月。

西北军事研究：王永兴《唐代前期西北军事研究》，中国社会科学出版社，1994 年。

西域Ⅱ：西域文化研究会编《西域文化研究第二・敦煌吐鲁番社会经济资料（上）》，法藏馆，1959 年。

西域Ⅲ：西域文化研究会编《西域文化研究第三・敦煌吐鲁番社会经济资料（下）》，法藏馆，1960 年。

西域Ⅳ：西域文化研究会编《西域文化研究第四・中央アジア古代语文献》，法藏馆 1961年。

西域Ⅴ：西域文化研究会编《西域文化研究第五・中央アジア佛教美术》，法藏馆，1962 年。

西域Ⅵ：西域文化研究会编《西域文化研究第六・历史と美术の诸问题》，法藏馆，1963 年。

西嶋定生 1959：《吐鲁番出土文书より见たる均田制の施行状态——给田文书・退田文书を中心として——》，《西域文化研究第二・敦煌吐鲁番社会经济资料（上）》，法藏馆，1959 年，151-250 页。改订再录同著《中国经济史研究》，东京大学出版会，1966 年，431-726 页。西嶋定生 1960：《吐鲁番出土文书より见た均田制の施行状态——补遗・补正——》，《西域文化研究第三・敦煌吐鲁番社会经济资料（下）》，法藏馆，1960 年，467-480 页。改订再录同著《中国经济史研究》，431-726 页。

西嶋定生 1966：《吐鲁番出土文书より见たる均田制の施行状态　给田文书・退田文书を中心として——》，同著《中国经济史研究》，431-726 页。汉译文载《敦煌学译文集——敦煌吐鲁番出土社会经济文书研究》（姜镇庆、那向芹译），甘肃人民出版社，1985 年，168-474 页。

西嶋研究：西嶋定生《中国经济史研究》，东京大学出版会，1966 年。

西村元佑 1959：《唐代吐鲁番における均田制の意义——大谷探检队将来欠田文书を中心として——》，《西域文化研究第二・敦煌吐鲁番社会经济资料（上）》，法藏馆，1959 年，295-353 页。改订再录同著《中国经济史研究——均田制度篇——》，东洋史研究会，1968 年，302-466 页。

西村元佑 1960：《唐代敦煌差科簿研究——大谷探检队将来敦煌、吐鲁番古文书参考资料——》,《西域文化研究第三·敦煌吐鲁番社会经济资料(下)》,法藏馆,1960年,375-464 页,改订再录同著《中国经济史研究——均田制度篇——》,东洋史研究会,1968 年,467-706 页。

西村元佑 1968A:《唐代均田制度における班田の実态——大谷探检队将来、唐代西州高昌县出土欠田文书を中心として——》,《中国经济史研究——均田制度篇——》,东洋史研究会,1968 年,302-466 页。汉译文载《敦煌学译文集——敦煌吐鲁番出土社会经济文书研究》(姜镇庆、那向芹译),甘肃人民出版社,1985 年,475-659 页。

西村元佑 1968B:《唐代敦煌差科簿を通じてみた唐均田制时代の徭役制度——大谷探检队将来、敦煌·吐鲁番古文书を参考史料として——》,《中国经济史研究——均田制度篇——》,467-706 页。汉译文载《敦煌学译文集——敦煌吐鲁番出土社会经济文书研究》(姜镇庆、那向芹译),甘肃人民出版社,1985 年,978-1233 页。

西村研究:西村元佑《中国经济史研究——均田制度篇——》,东洋史研究会,1968 年。

西域佛教史:小笠原宣秀、小田义久《要说西域佛教史——佛教东渐の历史——》,百华苑刊,1980 年。

西域文书:关尾史郎《西域文书からみた中国史》,山川出版社,1998 年。

西田龙雄 1961:《西夏语と西夏文字》,《西域文化研究第四·中央アジア古代语文献》,法藏馆,1961 年,391-462 页。

西域研究:《西域研究》2003 年 2 期(总第 50 期)。

写经尾题:罗福苌《古写经尾题录存》,《永丰乡人杂著续编》,1923 年;收录《罗雪堂先生全集》初编第 3 册,文华出版公司,1968 年。

写经题记:许国霖《敦煌石室写经题记与敦煌杂录》,上海商务印书馆,1937 年(再版:《敦煌丛刊初集》(五),新文丰出版公司,1985 年)。

徐伯夫 1985:《唐代西域交河郡的商业》,《新疆历史研究》1985 年 1 期,43-50 页。

新西域记:上原芳太郎编《新西域记》上、下卷,有光社,1937 年。

熊谷宣夫 1960:《橘师将来吐鲁番出土纪年文书》,《美术研究》第 213 号,1960 年,23-37 页。

Y(Y、イ、玉、羽、韻、余、严、伊、杨、遗、殷)

Yoshida, Y. 1990: "On a Manichaean Middle Iranian Fragment Lost from the Otani Collection", Asian Languages and General Languages. Festschrift for Professor T. Nishida on his 60th Birthday, Kyoto 1990, 175-181.

Yoshida, Y. 1991: "Sogdian Miscellany III", Corolla Iranica. Papers in honour of Prof. Dr. David. Neil MacKenzie on the occasion of his 65th birthday on April 8th, 1991. ed. by R. E. Emmerick & D. Weber, Frankfurt am Main 1991, 237-244.

Yoshida Y. 1994: "Review of Werner Sundermann, Der Sermon vom Licht-Nous", Studies on the Inner Asian Languages, IX, 1994, 105-111.

Yoshida, Y. 2000: First Fruits of Ryukoku-Berlin Joint Project on the Turfan Iranian Manuscripts, Acta Asiatica, 78, 2000, 71-85.

イラン语断片集成：百济康义、ヴェルナー・ズンダーマン、吉田丰《イラン语断片集成・大谷探检队收集・龙谷大学所藏中央アジア出土イラン语资料》解说编、图版编，法藏馆，1997 年。

玉井是博 1936：《支那西陲出土の契》，《京城帝国大学创立十周年记念论文集　史学篇》，1936 年，157-216 页；再录《支那社会经济史研究》，岩波书店，1942 年，291-339 页。

羽田亨 1911：《大谷伯爵所藏新疆史料解说》，《东洋学报》1-2，1911 年，52-66 页；再录同著《羽田博士史学论文集》（上卷历史篇），京都同朋舍，1975 年，516-528 页。

羽田亨 1912：《二乐丛书第一号を读む》，《艺文》第 3 年第 10 号，1912 年，82-90 页；再录同著《羽田博士史学论文集》（下卷　言语、宗教篇），京都同朋舍，1975 年，546-553 页。

羽田亨 1915A：《突厥文法华经普门品の断片》，《东洋学报》5-3，1915 年，394-400 页；再录同著《羽田博士史学论文集》（下卷），143-147 页。

羽田亨 1915B：《回鹘文の天地八阳神咒经》，《东洋学报》5-1、2、3，1915 年，41-78、189-228、401-407 页；再录同著《羽田博士史学论文集》（下卷），64-142 页。

羽田亨 1916A：《回鹘文女子卖渡文书》，《东洋学报》6-2，1916 年，272-276 页；再录同著《羽田博士史学论文集》（下卷），44-48 页。

羽田亨 1916B：《西域考古图谱》，《史林》1 卷 1 号，1916 年，147-150 页。再录同著《羽田博士史学论文集》（下卷），东洋史学会，1958 年，553-558 页。

羽田亨 1931：《回鹘文摩尼教徒祈愿文の断简》，《桑原博士还历记念东洋史论丛》，弘文堂书房，1931 年，1345-1368 页。再录同著《羽田博士史学论文集》（下卷），325-347 页。

羽田亨 1940：《"兴胡"名义考》，《池内博士还历记念东洋史论丛》，座右宝刊行会，1940 年，675-680 页。再录同著《羽田博士史学论文集》（上卷　历史篇），606-609 页。

羽田亨 1953：《トルコ文华严经の断简》，《关西大学东西学术研究所论丛第六　石滨先生还历记念论文五》，1953 年，1-29 页。再录同著《羽田博士史学论文集》（下卷），183-205 页。

羽田明，山田信夫 1961：《大谷探险队将来ウイグル字资料目录》，西域文化研究会编《西域义化研究第四・中央アヅア古代语义献》，法藏馆，1961 年，11-37 页。

羽田论文集（下）：羽田亨《羽田博士史学论文集》（下卷　言语・宗教篇），京都同朋舍，1975 年。

韵书集成：周祖谟《唐五代韵书集成》上、下册，中华书局，1983 年。

余太山 1995：《新疆出土文书札记》，《西域研究》1995 年 1 期，82-86 页；又收录同著《两汉魏晋南北朝与西域关系史研究》，中国社会科学出版社，1996 年，271-278 页。

严耀中 1986：《麹氏高昌时期的〈孝经〉与孝的观念》，《中华文史论丛》1986 年第 2 辑，1986 年，275-282 页。

伊藤正彦 1980：《七・八世纪トウルフアンの田主佃人关系》，《中岛敏先生古稀记念论集》（上），汲古书院，1980 年，97-124 页。

杨联陞 1962：《龙谷大学所藏の西域文书と唐代の均田制》，《史林》45-5，1962 年，28-34 页。

杨际平 1982：《试考唐代吐鲁番地区"部田"的历史渊源》，《中国社会经济史研究》1982 年 1 期，59-67 页。

杨际平 1988：《再谈麴氏高昌与唐代西州"部田"的历史渊源》，《中国史研究》1988 年 2 期，23-33 页。

杨富学 1998：《回鹘之佛教》，新疆人民出版社，1998 年。

遗珍：金祖同《流沙遗珍》，秀水金氏 1940 年影印本（再版：《敦煌丛刊初集》5，新文丰出版公司，1985 年）。

殷晴 1987：《唐代塔里木盆地南缘的社会经济生活——于阗某寺帐簿残页析释》，《新疆文物》1987 年第 3 期，60-73 页。

Z（中、佐、朱、知、周、重、郑、张、赵、竺、曾、真、庄）

中川学 1962：《唐代における均田法・租庸调法の反复公布と括户政策》，《一桥研究》9，1962 年，1-12 页。

中村治兵卫 1966：《再び唐代の乡について——望乡と耆老》，《史渊》96，1966 年，35-62 页。

中村裕一 1984：《厩库》，律令研究会编《译注日本律令6　唐律疏议　译注篇2》，东京堂出版，1984 年，313-382 页。

中村研究：中村裕一《唐代官文书研究》，中文出版社，1991 年。

中村菊之进 1990：《トルファン出土の大藏经》，《密教文化》第 172 期，1990 年。
中田笃郎 1985：《休胤文书集录考》，《东洋史苑》第 24、25 合号，1985 年，161-189 页。

佐藤武敏 1967：佐藤武敏《唐代地方における水利施设の管理》，《中国水利史研究》3，1967 年，1-19 页。

朱雷 1983A：《论麴氏高昌时期的"作人"》，载《敦煌吐鲁番文书初探》，武汉大学出版社，1983 年，32-65 页；再录同著《敦煌吐鲁番文书论丛》，甘肃人民出版，2000 年，44-68 页。

朱雷 1983B：《唐"籍坊"考》，《武汉大学学报》1983 年 5 期，114-119 页；再录同著《敦煌吐鲁番文书论丛》，甘肃人民出版社，2000 年，139-149 页。

朱雷 1990：《敦煌两种写本〈燕子赋〉中所见唐代浮逃户处置的变化及其他——读〈敦煌变文集〉札记（六）》，《敦煌吐鲁番文书初探二编》，武汉大学出版社，1990 年，503-532 页；再录同著《敦煌吐鲁番文书论丛》，甘肃人民出版社，2000 年，272-293 页。

知见录：荣新江《海外敦煌吐鲁番文献知见录》，江西人民出版社，1996 年。

周藤吉之 1959：《佃人文书の研究——唐代前期の佃人制——》，《西域文化研究第二・敦煌吐鲁番社会经济资料（上）》，法藏馆，1959 年，91-132 页。增补再录同著《唐宋社会经济史研究》，东京大学出版会，1965 年，1-100 页。汉译文载《敦煌学译文集——敦煌吐鲁番出土社会经济文书研究》（姜镇庆、那向芹译），甘肃人民出版社，1985 年，1-120 页。

周藤吉之 1960：《唐代中期における户税の研究——"周氏一族文书"を中心として——》，《西域文化研究第三·敦煌吐鲁番社会经济资料（下）》，法藏馆，1960 年，225-241 页。增补再录同著《唐宋社会经济史研究》，521-559 页。汉译文载《敦煌学译义集——敦煌吐鲁番出土社会经济文书研究》（姜镇庆、那向芹译），甘肃人民出版社，1985 年，741-783 页。

周藤吉之 1965：《佃人文书补考——特に乡名の略号记载について——》，载同著《唐宋社会经济史研究》，105-146 页。汉译文载《敦煌学译文集——敦煌吐鲁番出土社会经济文书研究》（姜镇庆、那向芹译），甘肃人民出版社，1985 年，121-167 页。

周藤研究：周藤吉之《唐宋社会经济史研究》，东京大学出版会，1965 年。

周肇祥 1928：《沮渠安周造经》，《艺林旬刊》第 6 期，1928 年 2 月 21 日，第 1 版。

重要文化财：《重要文化财》19（书跡·典籍·古文书 II），每日新闻社，1976 年。

郑阿财 1993：《学日益斋敦煌学札记》，《周一良先生八十生日纪念论文集》，中国社会科学出版社，1993 年，190-196 页。

张广达 1988：《唐灭高昌国后的西州形势》，《东洋文化》68，1988 年，69-107 页。再录同著《西域史地丛稿初编》，上海古籍出版社，1995 年，281-310 页。

张铁山 1990：《回鹘文〈妙法莲华经·普门品〉校勘与研究》，《喀什师范学院学报》1990 年 3 期，56-68 页。

张娜丽 2002：《西域发见の佚文资料——「大谷文书集成」所收诸断片について》，《学苑》第 742 号，2002 年 5 月，26-43 页。

张娜丽 2003A：《西域发见の文字资料——「大谷文书」中の诸断片について—（2）》，《学苑》第 753 号，2003 年 5 月，13-35 页。

张娜丽 2003B：《西域发见の文字资料（三）——「大谷文书集成」所收写经断片について，《学苑》第 759 号，2003 年 12 月，656-109 页。

张娜丽 2004 年：《西域发见の文字资料（四）——「大谷文书集成」叁　读后札记》，《学苑》第 764 号，2004 年 5 月，11-34 页。

赵冈 1977：《唐代西州的布价》，《幼狮月刊》46-6，1977 年，5-6 页。

赵吕甫 1984：《唐代吐鲁番文书"部田"、"常田"名义释疑》，《中国史研究》1984 年第 4 期，105-112 页。

赵吕甫 1989：《从敦煌吐鲁番文书看唐代"乡"的职权地位》，《中国史研究》1989 年第 2 期，9-19 页。

赵和平 1982：《唐代"两税"一词探源》，《敦煌学辑刊》1982 年 3 期，51-58 页。

竺沙雅章 1961：《敦煌の寺户について》，《史林》44-5，1961 年，40-73 页；改订再录同著《中国佛教社会史研究》，京都同朋舍，1982 年，427-476 页。

竺沙雅章 1964：《敦煌出土"社"文书の研究》，《东方学报》（京都）35，1964 年，215-288 页；改订再录同著《中国佛教社会史研究》，477-557 页。

曾我部静雄 1944：《日唐令た见元事力役制度の研究》，《史学杂志》55-8，1944 年，1-33 页。

真田有美 1961：《大谷探检队将来梵文佛典资料》,《西域文化研究第四·中央アヅア古代语文献》, 法藏馆, 1961 年, 51-118 页。

庄垣内正弘 1979：《中村不折氏旧藏ウイグル语文书断片の研究》,《东洋学报》61-1、2, 1979 年, 01-029 页。

庄垣内正弘 1981（Masahiro Shogaito）："Ein uigurisches Fragment eines Beichttextes", scholia·Beiträge zur Turkologie und Zentralasienkundc, Annemarie von Gabain zum 80. Geburtstag am 4. Juli 1981, ed k. Röhrborn &H. W. Brands, Wiesbaden 1981, p. 163-169 + 1pl.

武汉大学学术丛书 | 书目